LOIN

ALEXIS MICHALIK

LOIN

roman

ALBIN MICHEL

« Pour l'enfant, amoureux de cartes et d'estampes,
L'univers est égal à son vaste appétit. »

Charles Baudelaire,
« Le voyage »

Ami lecteur, avant de pénétrer dans les méandres du récit, je voudrais te poser une question : Qui es-tu ?

Je voudrais que tu réfléchisses un instant à ce qui fait que tu es toi.

Il n'y a pas l'ombre d'un mouvement sectaire derrière cette entrée en matière, il n'y a pas de paroisse, pas de salut, pas d'enfer. Tout juste des questions, car les questions sont la vie même. Tant qu'il existera quelqu'un pour questionner, et pour se questionner, l'humanité vivra, avancera, reculera, s'effondrera, renaîtra de ses cendres.

Donc, qui es-tu ?

Commençons, si tu le veux bien, par nous intéresser à ton sang et à ton sol.

Ton sang, donc celui de tes parents, de tes grands-parents, de tes arrière-grands-parents, de tes ancêtres, ton sang provient du monde entier.

Si nous mettons à part quelques milliards d'êtres humains qui placent nos origines dans le jardin d'Éden ou dans un bloc d'argile – je ne leur jette pas la pierre, ma mère en fait partie, et je vous épargne nos savoureux débats théologiques car ils suffiraient à écrire un autre roman –, les quelques milliards d'autres s'accordent à dire que nos lointains ancêtres étaient velus, grimpaient aux arbres, et vivaient au cœur de l'Afrique actuelle, où ils s'épouillaient joyeusement et forniquaient en famille.

De nos jours, mais de nombreuses découvertes quotidiennes entraînent l'évolution permanente du sujet, le plus vieux fossile de primate bipède, qui nous ramène environ sept millions d'années avant le barbu christique, a été déterré au Tchad. Pour ceux qui ne situent pas, le Tchad est entouré de la Libye, du Soudan, du Cameroun et du Nigeria. Étant donné sa position stratégique eu égard au commerce saharien, le Tchad a été, depuis des millénaires, envahi, libéré et réenvahi, par de nombreuses puissances coloniales, la France par exemple. Aujourd'hui encore, le Tchad est le théâtre de luttes et de troubles récurrents. En 2010, il était le deuxième pays le plus « défaillant » du monde, derrière la Somalie, autre chantier fructueux de fouilles archéobiologiques. Loin de moi l'idée d'avoir un discours moralisateur, la façon dont je traite mes amis, mes collaborateurs ou la loi française – notamment en matière de drogues douces – suffit à savoir combien ma notion de morale est fluctuante, mais il est intéressant de noter que le berceau de nos ancêtres est aujourd'hui un dépotoir politique mondial. Ce qui montre bien, si besoin en était, que l'humanité a la mémoire courte.

Pour reprendre le fil de mes pensées dispersées, qui sautent d'un sujet à l'autre comme un quidam errant sur Wikipédia, à la recherche de la capitale du Nicaragua, et qui se retrouve quelques minutes plus tard à consulter la discographie de Nina Simone, en ayant déjà oublié la réponse à sa question initiale (Managua, pour l'anecdote), nous pouvons considérer que l'homme, et la femme bien sûr, l'Homme au sens large du terme, est parti du Tchad il y a quelques millions d'années pour aller progressivement investir le monde.

Et là, je pose pour la première fois la question primordiale, celle qui nous intéresse ici et qui reviendra souvent : *Pourquoi le voyage ?*

C'est une question, comme toutes les questions, à la fois particulière et générale, individuelle et absolue, universelle et quotidienne.

Ainsi, qu'est-ce qui peut bien pousser notre Breton moyen à payer 14 euros de taxi jusqu'à la gare de Morlaix, à subir trois heures et demie de TGV, trois stations de métro et dix-sept ou dix-huit de RER, selon le terminal, une bonne demi-heure de queue pour dire un au revoir incertain à ses bagages, un ou deux contrôles de sécurité – je passe sur l'humiliation silencieuse que représente l'enlèvement des ceintures, chaussures et autres produits d'hygiène –, un vol de vingt-sept heures, enfin, ponctué de deux ou trois escales, pour aller s'alanguir sur les plages de Nouvelle-Calédonie, qui n'ont, dans l'absolu, si ce n'est une petite différence de température, de faune et de flore, rien de plus que celles du Finistère ? Notons que je prends comme exemple un Breton non pas, comme dit la chanson, parce qu'il a un chapeau rond, mais parce qu'il est le premier immigré de France, en tout cas le premier immigré parisien, avant les Italiens, les Polonais et autres Marocains. Mais revenons à notre Breton. Qu'est-ce qui le pousse à s'infliger une telle aventure ? La réponse est dans la question et nous y reviendrons.

À ceux qui espèrent un récit construit à la fin de ce prologue décousu, posez ce livre et partez en Nouvelle-Calédonie, ou en Bretagne, car je mettrai un point d'honneur à le rendre aussi chaotique que l'a été ma vie.

On dit qu'un patrimoine génétique fort, garant d'une population en bonne santé, vient de croisements ethniques permanents. Ainsi, le Brésil, pays le plus métissé du monde, suite à la rencontre des Indiens, des Portugais et des esclaves affranchis du Cap-Vert, ainsi que de quelques touristes perdus en route, a le patrimoine génétique le plus solide du globe. Le patrimoine génétique du Brésil mettrait KO avant la fin du premier round le patrimoine génétique de la Suisse, ce serait comme voir s'affronter aux échecs un homme politique et une otarie.

Je crois pouvoir affirmer que mon patrimoine génétique personnel n'a rien à envier à celui du Brésil.

Ma mère, celle avec qui je débats longuement sur Dieu, l'enfer et les homosexuels, est née au Cameroun en 1951. Sa mère à elle, ma grand-mère, était également camerounaise, née à Douala, fille et petite-fille de Bassas, une des deux cents ethnies du Cameroun, un peuple nomade ayant fui le Nil et l'ancienne Nubie suite à d'incessantes invasions. Le père de ma mère, en revanche, et là, ça devient très intéressant, était du Tchad. Et quand je dis du Tchad, je ne parle pas de N'Djamena, la capitale, fondée en 1900 par les Français, encore eux, sous le joli nom de Fort-Lamy, sur l'emplacement d'un petit village kotoko, non, mon grand-père était de Metemetko, un village, que dis-je, un hameau, où aujourd'hui encore les hommes et les femmes vivent dans des cases. Et s'ils se marient parfois avec des membres des tribus voisines, il faut considérer le voyage de mon grand-père de Metemetko à Douala, dans les années trente, donc, comme un véritable périple. On en revient à ma question : qu'est-ce qui pousse un homme à quitter sa famille et son sol pour venir s'établir non seulement dans le pays voisin, mais dans sa capitale, une ville de dix millions d'habitants ?

Qu'est-ce qui pousse ensuite une femme, africaine, camerounaise de la classe moyenne, à la fin des années soixante, à quitter son pays, sa famille, les siens pour un voyage de plusieurs milliers de kilomètres, jusqu'à Paris, France, puis un express de cinq heures pour Rennes, Bretagne, pour y étudier ?

Et, plus chaotique encore, qu'est-ce qui peut bien pousser cette même femme, éduquée, titulaire d'un doctorat de lettres classiques, saine d'esprit, à épouser un Breton, de Quintin, Côtes-d'Armor, et à lui faire quatre enfants ?

Toute l'absurdité humaine est résumée dans mon sang. Car

c'est cette somme d'événements improbables qui conduisit, entre mes deux grandes sœurs et mon petit frère, à ma naissance.

Qui suis-je ?

Mon sang se puise d'une part au berceau de l'humanité et d'autre part, mêlé à de fortes doses de cidre, dans une lignée de têtes de mule. La moitié de mon sang est restée durant des millions d'années peut-être exactement au même endroit, au soleil, ou dans une case, tandis que l'autre moitié a tout risqué, de génération en génération, pour remonter jusqu'en Europe, traversant des mers, escaladant des montagnes et chassant le mammouth pour finalement s'installer, comble de l'ironie, dans une région où le vent, le froid et la pluie sont les principaux attributs du climat. Et on en arrive à la même question, mais universelle à présent : Pourquoi le voyage ?

J'avance, tout de go, ma théorie personnelle : le voyage est une fuite en avant. L'homme a fui un territoire dans l'espérance de cieux plus cléments ailleurs, l'homme a fui certains mammouths trop agressifs, certaines tribus trop belliqueuses, certaines femmes trop pressantes, que sais-je ?

L'homme, lâche par définition, a conquis le monde par accident.

Ami lecteur, pour clore le chapitre du sang, chaque être humain a un père et une mère, à qui la même règle s'applique. Je veux que tu imagines tes parents, puis les parents de tes parents, et ainsi de suite, dans la même pièce que toi. Si l'on compte vingt-cinq ans par génération, et donc quatre générations par siècle, tes ancêtres seraient 16 dans la pièce en 1900, mais 256 en 1800, et il faudrait une très grande pièce, ou bien louer la commune de Revigny-sur-Ornain, pour loger les 4 096 membres de ta famille en 1700. Et en l'an 1000 de notre ère, il faudrait théoriquement nourrir plus de 1 000 milliards d'aïeuls, ce qui est tout à fait impossible, même avec un très bon traiteur. Ce qui veut dire que chaque être humain est un cousin lointain du reste de la population mondiale. Dans tes veines, lecteur, coule aussi le sang de ton voisin, de tes amis, de ton patron, de ton boulanger et de ton professeur d'art dramatique. Notre planète contient une grande, belle et très chaotique famille, dont les membres les moins incestueux sont les Brésiliens.

Mais tout le monde, dans l'Histoire, ne l'entend pas ainsi, et sitôt que l'homme a été en mesure d'être, donc de penser, donc de choisir, donc de se tromper, il a lui-même inventé le pire fléau imaginable : la propriété.

Mais que posséder ? Une descendance, d'abord. Et puis quoi ? Des cailloux ? Des rochers ? Un mammouth ? Une rivière, un fleuve, une forêt ? Oui, tout.

L'homme a choisi, décidé, décrété que ces cailloux étaient les siens. Or, comme il ne s'agit pas d'une assertion aisément démontrable à l'aide d'arguments logiques, sitôt le premier voisin désireux de posséder à son tour ces magnifiques cailloux, la force a été le moyen le plus simple de déterminer qui des deux disserteurs avait raison, et l'homme a inventé la guerre. Et avec elle les frontières, les royaumes, les empires, la monarchie, les langues, les traditions, les épées, les villes, les remparts, les catapultes, l'huile bouillante, les arbalètes, les arquebuses, les canons, les bombes atomiques – j'accélère –, enfin tous les moyens de dialoguer, de se quereller, de s'étriper, et au-dessus d'eux le pire de tous : le folklore.

Ainsi, ami lecteur, qui es-tu ?

Tu es un Homme, issu d'un sang qui est à tout le monde, issu d'un sol qui ne l'est pas moins. Mais surtout, tu es ce que tu as fait, ce que tu as vu, ce que tu as dit. Car ton sol et ton sang ont une vertu, ou un vice : toute ta vie, ils te définiront. Toute ta vie, tu tenteras soit d'embrasser qui tu es, de le proclamer, le célébrer, avec ta famille et tes compatriotes, soit de le fuir, comme avant toi bon nombre de membres éminents de l'humanité.

Pour ma part, je me suis très vite considéré comme un citoyen du monde. Pas au sens où l'entend un agriculteur du Larzac, mais par défaut. Car très vite, je ne me suis senti nulle part chez moi. Le racisme ordinaire est une chose extraordinaire, car il vous définit, vous construit et vous détruit une identité, parfois en une seule phrase.

Je suis né breton, d'un père breton, marin d'abord, ça ne s'invente pas, puis ouvrier mécanicien, puis artisan boulanger, puis chef d'entreprise, chômeur, après faillite, enfin père de famille au foyer, athée par dépit et fidèle par intermittence. Associons-lui ma mère, dont j'ai déjà parlé, universitaire, professeur de français, catholique pratiquante et force de la nature, on comprendra aisément que j'avais en moi tous les germes de la contradiction.

Dire que j'ai souffert du racisme est une assertion, je réutilise le mot car je l'aime bien, à relativiser. La souffrance d'un peuple est souvent portée de génération en génération, mais y a-t-il un peuple noir ? Certes, les Bassas, comme les autres, ont été emmenés en esclavage, notamment au Brésil, mais les ascendants de ma grand-mère sont, de fait, passés entre les mailles du filet. Ils ont donc souffert du colonialisme, invasions et autres conflits, mais au même titre que le Français moyen de Calais, passé aux mains de l'envahisseur anglais pendant plus de deux siècles, reconquis, repris, cédé, et même capturé par les Espagnols pendant trois ans.

Néanmoins, on m'a fait comprendre dès la maternelle que j'étais *différent*, quand une charmante petite Soizic, après m'avoir considéré un instant, d'une expression dont je ne pouvais pas savoir alors si c'était de la méfiance ou de l'intérêt, a tout simplement demandé à la maîtresse :

– Pourquoi il est noir ?

Et la maîtresse de répondre, esquivant complètement la question :

– Il n'est pas noir, il est métis.

Métis, noir, café au lait, négro, bamboula, reufré, créole, antillais, africain, marron, moricaud, bougnoule, camerounais, ivoirien, sénégalais, j'ai tout entendu, ou presque, me concernant. Je n'en ai tiré ni colère, ni hargne, ni non plus une sorte de fierté communautaire naïve, mais plutôt une philosophie désabusée de l'humain.

– La force est dans la diversité et au cœur de l'adversité, me disait ma mère après une insulte.

– Qui c'est qui t'a dit ça, que je lui casse la gueule ? disait mon père.

L'un dans l'autre, ils apportaient du baume à mes questionnements, mais pas vraiment de réponse. Alors, pour en chercher, et puisqu'en Bretagne je n'étais pas tout à fait chez moi, je suis allé voir ailleurs, sitôt que j'en ai eu l'âge. Adolescent, donc, tout mon argent de poche passait dans les voyages.

Et à toi, lecteur, je pose à présent cette question : Où es-tu allé ?

Combien de pays as-tu visités ?

Combien de villes, combien de continents ?

Je veux que tu te souviennes, là, maintenant, pose le livre et souviens-toi des endroits où tu es allé.

Et voilà notre Breton qui se souvient : Madrid, Lisbonne, New York, Buenos Aires, le Chili, le Maroc, la Thaïlande, l'Afrique du Sud, le Japon, Marseille, Clermont-Ferrand, Helsinki, le Pays basque… Mais qu'a-t-il fait ? Il est arrivé, a changé ses devises, a vu des bâtiments, des églises, des plages, des montagnes. Alors souviens-toi, lecteur, d'une ville que tu as visitée il y a cinq ans, disons. Madrid, allez. Combien de temps y es-tu resté ? Deux jours ? Une semaine ? Qu'as-tu vu ? Te souviens-tu seulement du nom de cette église ? De quel détail ton guide t'avait parlé ? Te souviens-tu seulement des contacts que tu as eus avec les Madrilènes ? En as-tu rencontré d'autres que le réceptionniste, le serveur et le chauffeur de taxi ? Te souviens-tu des quelques mots que tu avais appris ?

À quoi sert le voyage ?

Tu as pris un avion, consommé du kérosène, dépensé de l'argent, et tout ça pour quoi ? Pour quelques photos de plus des Vélasquez du Prado, que tu ne regarderas jamais à nouveau, qui mourront avec ton disque dur, quand ton disque dur mourra ? Tout le monde, chaque être humain, aujourd'hui, possède un appareil photo, un téléphone avec appareil photo, une caméra vidéo. Qui ira regarder les photos, les innombrables et inutiles photos du voisin ? Mal cadrées, mal éclairées, prises avec un matériel médiocre, et qui contiennent, devant une merveille architecturale mondiale, la tête du voisin, en polo rouge, casquette vissée sur le crâne, souriant et faisant de ses doigts le V de la victoire… Pourquoi cette photo existe-t-elle seulement ?

Parce que – excuse-moi de cette diatribe virulente – c'est un moyen comme un autre d'oublier l'inéluctabilité de la mort. Comme l'amour. Comme la cuisine. Comme le football. On voyage car on le peut encore.

On voyage car on veut voir, on veut nourrir nos yeux avant que ceux-ci ne se ferment, et pour se prouver qu'on les a nourris, on photographie.

Pourquoi notre Breton, ou notre voisin, se lance-t-il dans une telle aventure ? Parce qu'il en a soif, d'aventure. Parce que aujourd'hui sa plus grande peur se résume à perdre son emploi, à se découvrir une tumeur, ou à se lancer sur les routes en état d'ivresse. Les loups n'occupent plus les forêts du royaume de France, on ne meurt plus d'un bras cassé, l'Amérique a été découverte, les Indiens ont presque tous été massacrés, les voitures ont des airbags, il n'y a plus de danger.

Quelle a été ta dernière aventure, lecteur ?

Quand ton métro a eu quarante minutes de retard ? Quand ton chat s'est échappé par la fenêtre ?

Voilà pourquoi l'homme voyage : par bravoure autant que par lâcheté.

Je voulais l'aventure, moi aussi. Je voulais vivre.

À vingt ans, j'avais posé le pied sur quatre continents. J'avais dit « bonjour » en dix-sept langues, j'avais photographié trente-six hôtels de ville.

Outre le plaisir de la découverte, j'en avais tiré une leçon essentielle : nulle part, je n'étais chez moi. J'étais un Français en Afrique, un Africain ailleurs, un Breton en Normandie, un Martien en Russie. Mais peu m'importait. C'est ainsi que j'ai compris qui j'étais : un passager, un témoin.

Je n'étais pas politisé, sauf dans certains pays, où je l'étais déjà trop. Je n'avais pas la prétention de vouloir changer le monde. Je n'étais pas assez doué pour être un artiste ou un écrivain. Je suis devenu journaliste. Mais j'anticipe.

Le sol, donc, et le sang nous conditionnent ou nous révoltent. Les hommes, lorsqu'on les écoute, provoquent en nous des questions, des tourments, des remises en question et, qu'on le veuille ou non, nous font avancer. Les hommes, je le dis parce que je les connais un peu, sont lâches, craintifs, envieux, mauvais, traîtres par nature et mécontents par habitude. Ils sont, et je le dis en soupirant d'aise, le contraire des femmes.

Si la peur de l'étranger a émaillé ma scolarité d'inimitiés diverses avec le Breton moyen, la Bretonne moyenne est le baume qui a sans cesse soigné les hématomes de mon âme. Il existe un cliché persistant selon lequel les Noirs sont des délinquants en puissance, mais il existe une vérité qui vient adoucir la bêtise humaine : les filles adorent les délinquants. Combien de Soizic, de Marie ou de Gaëlle se sont frottées au seul Camerounais du collège, pensant y gagner quelques frissons, et ne trouvant entre leurs bras qu'un nigaud d'adolescent aimant ses parents, aidant son petit frère à faire ses devoirs du soir, en résumé, d'une gentillesse décevante ? Certaines, heureusement, parce que plus curieuses que l'homme et donc plus intéressantes, voyaient plus loin que l'excitation du danger et découvraient un être cultivé, ouvert et amoureux.

Les hommes, j'exagère, n'étaient pas tous stupides, ou plutôt ils l'étaient à différents degrés. Certains, de prime abord très amicaux, laissaient un jour filer entre leurs lèvres une remarque assassine, confondante de racisme latent.

Un seul, parmi tous, me fit d'emblée une impression qui, depuis, ne s'est jamais dissipée. Il est mon meilleur ami, et sera, de ça au moins je suis certain, le personnage principal de ce récit. Il s'appelle Antoine Lefèvre.

1.
Bretagne

Selon les critères locaux, en ce jour de l'été 2008, il faisait presque beau.

Des tombereaux de pluie avaient obscurci les premières semaines de juillet, et une légère brise n'avait pas découragé la famille Lefèvre : ils profiteraient, au moins aujourd'hui, de la piscine.

Jennifer, alanguie sur un transat, faisait le point.

Elle n'avait jamais été une personne empreinte de cynisme.

Elle considérait encore le monde qui l'entourait, ainsi que sa propre personne, avec une indulgence à l'aune de son exigence : modérée.

Était-elle une personne *gentille* ? Pas vraiment, non, surtout en sachant quelle connotation négative avait ce mot de nos jours. Mais elle n'était pas dénuée de bonnes intentions, en particulier envers ses proches. Et si elle pouvait parfois agir de manière brutale, ou cruelle, ce n'était en somme que pour leur bien, comme un écho lointain de l'adolescente qu'elle avait été, déterminée, radicale, toute en violence retenue derrière une banalité apparente.

La banalité, c'était ce qui l'effrayait le plus aujourd'hui.

Après tout, elle avait obtenu tout ce qu'elle désirait. Elle avait réussi à combiner une réussite sociale évidente – classe préparatoire, école de commerce, CDI dans une multinationale au nom incompréhensible – avec une vie amoureuse des plus stables.

Combien de filles de son âge, parmi ses copines, avaient réussi à garder un homme comme Antoine ? Il était ponctuel, galant, responsable, n'oubliait jamais un anniversaire, mangeait avec modération, mais non sans plaisir, buvait peu, ne fumait pas, courait deux ou trois fois par semaine. De temps en temps, il cuisinait, des plats simples, mais tout à fait convenables. Certes, il ne brillait dans aucun domaine particulier, et s'il avait, comme tout le monde, des centres d'intérêt, il ne brûlait de passion ni pour le moindre sport ni pour le moindre loisir. Il regardait le football, avec les compagnons des amies de Jennifer, mais elle sentait bien que c'était plus par agrément social que par véritable amour du ballon rond. Néanmoins, elle devait reconnaître qu'il était particulièrement doué, oui, c'était une sorte de talent, pour s'intéresser, ou feindre de s'intéresser, elle ne parvenait jamais à le savoir vraiment, aux passions des autres. Il connaissait les noms des joueurs, des actrices, des réalisateurs, des chansons préférés de sa future belle-mère, c'était comme s'il s'était spécialisé dans la culture générale de ses proches.

Il ne semblait pas s'ennuyer, mais *quelque chose*, se disait Jennifer, quelque chose ou quelqu'un lui manquait. Elle leva les yeux au ciel. Psychologie de comptoir, peut-être, mais c'était évidemment l'absence de son père qui lui pesait. Parti vingt ans auparavant, il n'était jamais revenu.

Pas d'autorité paternelle, pensa-t-elle, donc pas de masculinité ? Pas de charisme ? Pas de passion ?

Antoine, à quelques pas de là, au bord de la piscine, cherchait du réseau. Il multipliait les positions les plus improbables, le bras tendu vers le ciel, comme une offrande au dieu Bouygues, dans l'attente d'une barre ou deux.

Jennifer sourit.

Antoine n'était jamais vraiment drôle. Il n'avait pas le sens du ridicule. Il n'avait pas non plus une classe naturelle, une élégance rare, il avait une droiture. Parfois, il pouvait avoir de l'esprit, de l'humour aussi, mais il ne cherchait ni à rire ni à faire rire.

Elle chassa ses pensées négatives en même temps qu'une mouche qui persistait à se poser sur son front. Elle l'aimait, ça, oui, elle en était sûre.

Avant Antoine, elle avait eu quatre hommes dans sa vie.

Le plus insignifiant, un garçon rencontré en vacances, se résumait à l'histoire d'un été. Le plus important était un correspondant allemand. Il avait eu la bonne surprise d'hériter de Jennifer à la suite d'un désistement. Il avait deux ans de plus qu'elle. Elle en était tombée follement amoureuse, avait voulu tout quitter pour lui, la Bretagne, la France, ses parents. Il avait des mains de paysan et fumait des roulées.

Le troisième était lycéen, comme elle, un gars du coin : un imbécile.

Le premier était un médecin, divorcé, un ami de son père. Cette fois, c'est lui qui était tombé amoureux. Mais Jennifer était trop jeune, seize ans à peine, et dans la pleine découverte de son pouvoir sur l'autre sexe.

Depuis, elle en avait usé, et abusé. Elle était grande, élancée, un visage régulier, une peau de pêche, il n'y avait que ses seins qu'elle trouvait trop petits. Elle envisageait régulièrement la chirurgie esthétique, mais moitié convaincue par Antoine, moitié effrayée par les risques divers et le poids évident du changement à assumer dans le regard des proches, elle remettait continuellement l'opération à plus tard, peut-être après les enfants.

Elle avait rencontré Antoine à dix-huit ans, juste après le lycée. Lui l'avait déjà repérée en terminale, mais n'avait pas osé l'aborder. Il l'avait séduite, c'était triste à dire, par son sérieux, sa fidélité, sa constance et, d'une certaine manière, son romantisme découlant de l'application à la lettre des principes d'une séduction convenue. D'invitations à dîner en séances de cinéma, Jennifer avait fini par apprécier ce garçon sans failles et, après huit ans de vie de couple, ne lui avait découvert aucun vice caché.

Jennifer se leva et s'approcha de la piscine.

– Je pense qu'elle n'est pas très chaude, prévint Antoine.

– Il faut vivre dangereusement.

– Tu as raison, lui dit-il, les yeux fixés sur l'écran de son portable.

Jennifer plongea. L'eau était trop froide.

Elle sortit très vite, se sécha vigoureusement, et pensa quelque chose de méchant sur la Bretagne, qu'elle se reprocha instantanément.

– Alors ?

– Elle est bonne, elle est vraiment bonne, dit-elle en claquant des dents.

– Ah bon ?

Elle laissa échapper une sorte de soupir attendri. Antoine n'était pas naïf, mais il avait en lui quelque chose d'extraordinaire, et c'était ça peut-être qui avait rendu Jennifer profondément amoureuse, au fil des années : il croyait en l'humain. Il n'avait jamais perdu sa foi en l'autre, et continuait de voir inlassablement la bonté des hommes, même dans les endroits où elle avait vraisemblablement disparu.

Jennifer avait cette particularité très masculine : elle doutait peu. Et Antoine la rendait meilleure, elle en était certaine. Dans quelques mois, au plus tard au printemps, elle l'épouserait.

Elle joua avec la bague de fiançailles, amusée de s'imaginer mariée. Elle, femme de pouvoir, capable de monter un dossier en moins de six heures, en deux langues, capable de faire licencier un collègue de travail dangereux, capable enfin de ne pas dormir pendant deux nuits de suite pour assurer une productivité sans commune mesure avec celle de ses concurrents, elle allait se marier.

Elle avait tout obtenu. Tout ce qu'elle désirait.

– Antoine, tu viens m'aider ? cria Patricia de la cuisine.

– Je capte pas.

– Je dis : tu viens m'aider ! cria-t-elle un peu plus fort.

– Non, je dis : je capte pas ! J'ai une barre qui vient, qui repart. Elle joue avec mes nerfs, elle m'allume, et quand j'appelle elle est plus là !

– Salope, plaisanta Jennifer.

– T'es sur quoi ? Orange c'est à l'étage, SFR c'est dans la salle de bains !

– Je suis sur Bouygues, maman ! Sur Bouygues.

– Bouygues, t'es niqué ! annonça Jacques.

– Non, non, t'es pas niqué, corrigea Patricia. Tu sors, tu vas vers la boulangerie, y a du réseau là-bas !

Antoine soupira, échangea un regard lourd de sens avec Jennifer.

Un cri multiple retentit : trois enfants, en maillot de bain, sortirent de la cuisine en courant. Pendant un instant, Jean, Julie et Léo restèrent comme suspendus en l'air, puis leurs trois bombes cumulées provoquèrent à la fois un raz-de-marée miniature et la crispation silencieuse de Jennifer, aussi trempée que sa serviette, son transat et ses habits.

– Et tant que t'y es, tu m'achètes trois baguettes, acheva Patricia, comme si de rien n'était.

En remontant la route principale vers La Farinière, leur résidence d'été, Antoine poussa un soupir de reconnaissance lorsque son portable afficha trois barres pleines. Le bruit des messages textuels lui procura enfin l'apaisement : il était connecté.

Il consulta son répondeur.

Après trois messages de son meilleur ami, Laurent, pour qui la séparation d'avec Antoine était toujours un douloureux déchirement, et qui s'inquiétait de ne pas le voir décrocher, il entendit enfin une voix chaleureuse, une voix d'homme, lui confirmer ce qu'il attendait.

Il appela Anna, d'abord. Le téléphone sonna, quatre fois, puis la boîte vocale se déclencha.

Il raccrocha sans laisser de message, rappela à nouveau.

– Anna, décroche. Je t'ai appelée dix fois, je t'ai laissé trois messages, décroche ou rappelle, ou fais signe, ou envoie un mail, juste dis-moi que t'es en vie, s'il te plaît. Merci.

Il hésita à appeler Laurent, se dit qu'il en aurait l'occasion le lendemain. Il réfléchit un instant à l'évolution des codes de communication. Il avait assisté, adolescent, à la naissance du téléphone portable et à celle d'Internet. Il avait été témoin du changement progressif de statut du portable, d'abord objet de luxe, puis standard. Il avait l'impression que quelle que soit la personne qu'il appelait, elle ne répondait pas. L'essentiel de ses communications passaient par un répondeur. Antoine, lui, répondait toujours au téléphone. Même pour un gêneur, même pour un coup de fil embarrassant. C'était pour lui la moindre des politesses, mais il lui semblait que la politesse la plus évidente était en train de disparaître à mesure que les moyens de communiquer se multipliaient.

– Tu mets la table ? ordonna gentiment Patricia, lorsque Antoine passa la porte.

– Euh… oui. Léo devait pas le faire ?

– Il est sous la douche. Tu as pris des pains ? J'avais dit des baguettes.

– J'ai demandé des baguettes.

– C'est des pains, ça. Tu as pu écouter tes messages ?

– J'ai demandé des baguettes, désolé. Jen ? T'es où ? appela Antoine.

– Je suis en haut ! répondit la voix de Jen.

Antoine entra dans la chambre où Jennifer était en train de se changer.

– Attention, mon cœur, y a des mômes partout, je suis presque à poil…

Il referma la porte, lentement, sans cesser de la fixer. Jennifer comprit qu'il s'était passé quelque chose :

– T'as eu un message ?

– J'ai eu un message.

– Lebel & Blondieu ?

– Oui. J'ai rendez-vous demain.

Jennifer lui sauta dans les bras. Elle serra son visage entre ses mains, et l'embrassa longuement. Elle ne put s'empêcher d'être émue.

– C'est génial. C'est génial.

– C'est qu'un entretien…

– Tu vas déchirer. Tu vas l'avoir. Tu l'as dit à ta mère ?

– Pas encore.

Jennifer le serra contre elle.

Madame Jennifer Lefèvre, pensa-t-elle fugacement.

De *Lefèvre*, ce jour-là, il n'y avait en réalité qu'Antoine.

Dans ma famille, autant nos origines et nos caractères sont compliqués, autant nos noms sont simples : mon père s'appelle Éric Delaume, ma mère, mes deux sœurs, mon frère et moi nous appelons comme mon père – Delaume.

Le nom de famille, je pense et je vais le démontrer, n'est rien de moins qu'une conséquence directe de la *propriété*.

En même temps que la descendance et les cailloux, l'homme

a voulu posséder une identité. Il ne serait plus *homme*, ou *femme*, ou *vieux*, ou *enfant*, il serait, quelques millions d'années plus tard, Marcel Patachon.

Mais avant d'en arriver à un nom aussi élaboré, on devine qu'il s'est d'abord appelé *Urgh*, ou *Rhoû*, puisque les phonèmes du langage étaient bien moins nombreux qu'aujourd'hui.

Lorsque, quelques années plus tard, les joyeux colporteurs de l'histoire de Jésus ont fini par persuader la majorité de l'Europe qu'il fallait s'aimer les uns les autres, et qu'il n'existait qu'un seul Dieu, les Urgh se sont mis à s'appeler Jean, Jeanne, Pierre, et autres Paul.

C'est à la fin du Moyen Âge, pour cause de surpopulation de Jean, qu'il devint important de les différencier. On trouva de nombreux stratagèmes pour ne plus confondre ces braves Jean, comme les prénoms composés, et autres horreurs de la nature, mais bientôt, cela ne suffit plus. Alors, on leur attribua un autre nom, dit *de famille*. Ils furent nommés Jean Le Bègue, Jean Le Grand, Jean Le Gros, selon leurs particularités physiques, Jean Tailleur, Jean Maçon, Jean Boulanger, selon leurs métiers, et ainsi de suite.

Les plus riches, des nobles donc, recevaient le nom de leur terre : M. de Sarcelles, marquis de Calais, baron de Revigny-sur-Ornain. Et dans notre joyeuse société patriarcale, le nom se transmit de père en fils.

Qu'est-ce qu'un nom, donc, aujourd'hui, en France, à l'échelle de l'humanité ? Quelque cinq cents ans d'ancienneté ? Vingt générations ?

Combien de querelles, combien de luttes fratricides autour d'un patronyme ? Pourquoi l'homme tient-il tant à ce qu'on lui rappelle que son ancêtre, Jean Le Bègue, passa sa vie à se battre contre les mots ?

Parce qu'aujourd'hui, il a conscience de l'exacte immensité de la planète, il sait qu'il n'y a pas un grand précipice derrière les océans, il connaît la population exacte de son village, de sa région, de son pays, du monde entier, et paradoxalement, il se sent perdu.

Autrefois, il pouvait se reposer sur son ignorance, s'abandonner au destin cruel imposé par des puissances célestes. Aujourd'hui il sait, tout le monde sait, il n'y a plus de mystère. Et tout le monde, chaque individu, veut douloureusement exister.

Ce nom, c'est une trace, si infime soit-elle. C'est la preuve qu'il a eu un père, et un père avant lui. C'est la preuve qu'il existe.

Antoine Lefèvre avait eu un père : Charles Lefèvre.

Charles était parti.

Patricia, la mère d'Antoine, avait repris son nom de jeune fille, puis s'était remariée avec Jacques Lautrec – devenu de fait le beau-père d'Antoine – et ils vivaient en harmonie agitée depuis plus de dix ans.

Léo, treize ans, le fils aîné de Jacques, n'était pas le fruit de Patricia, mais d'une erreur de jugement et d'un excès d'alcool. Sa mère, qui n'avait pas échangé un mot avec Jacques depuis la naissance, s'entendait paradoxalement très bien avec Patricia.

La garde de Léo n'avait jamais été un sujet de discorde, il était là par intermittence. À présent qu'il était en âge de le décider, il venait quand il le voulait. À l'opposé des tensions parentales, il avait trouvé en Antoine un grand frère idéal, et il se sentait aujourd'hui autant Lefèvre que Lautrec. On peut aussi y ajouter le nom de sa mère, Mollet, et celui de Patricia, Kervel.

Léo Lautrec-Kervel-Lefèvre-Mollet parvint, à la troisième tentative, à atteindre Jennifer avec une boulette de mie de pain.

– Ah c'est drôle, dit la victime en comprenant l'origine du tir, je me tords de rire.

– Qu'est-ce qu'il y a ? demanda Patricia.

– Rien, rien. Ceux qui savent de quoi je parle savent de quoi je parle.

À l'autre bout de la table, Julie et Jean retinrent avec difficulté un fou rire grandissant.

Chaque homme cherche son héros : Léo avait Antoine, Jean avait Léo.

Jean et Julie Lautrec, respectivement huit et dix ans, étaient les enfants « naturels » de Patricia et Jacques. Les demi-frère et sœur d'Antoine, donc.

– Jacques, tu pourras m'emmener à la gare demain matin ?

Un court silence suivit cette question inattendue.

Les regards convergèrent vers Antoine, et tout le monde – respectivement Jacques, Jennifer, Léo et Patricia – parla à peu près en même temps :

– Si tu veux, oui, pas de problème, à quelle heure ?

– Laisse, je vais t'accompagner.

– Tu pars ? Oh non, reste ! Reste !

– Pourquoi t'as besoin d'aller à la gare ?

Antoine choisit de répondre à sa mère :

– Je monte à Paris pour la journée. Je serai de retour pour le dîner.

– Je t'emmène, insista Jennifer.

– T'embête pas, reprit Jacques, vraiment y a pas de problème.

– Pourquoi tu montes à Paris ? continua Patricia.

– Parce que j'ai un entretien d'embauche. Merci, Jacques.

– Avec qui ?

– Avec une poissonnerie très réputée. Mais non, avec un cabinet, reprit-il plus sérieusement, même si sa mère avait visiblement compris la boutade.

– Un cabinet d'avocats ? demanda Jacques.

– Un cabinet de toilettes.

Léo pouffa de façon peu discrète.

– Il a rendez-vous avec Lebel & Blondieu, annonça Jennifer, avec un mélange de fierté personnelle et de détachement.

– Qui ça ?

– Avec le bon Dieu ?

– Je t'en ai parlé dix fois, reprit Antoine.

– Ils sont très, très réputés en droit des aff, renchérit Jen.

– Donc c'est bien ? demanda Patricia.

– Si j'ai le boulot, c'est très, très bien, oui.

– … Donc tu es content ?

Antoine eut un petit temps de réflexion. Un battement de cils.

– J'ai pas l'air content ? Oui, je suis très content. On est contents. On est contents, mon cœur ?

– Si tu l'as, on est hyper contents.

Le lendemain, dans le train, Antoine posa sa tête contre la vitre et regarda passer quelques poteaux.

Quelle chance j'ai, se dit-il. *Ma vie est un rêve.*

Il avait traversé une scolarité sans encombre, avait des amis fidèles, une fiancée superbe et une tribu familiale dont il se considérait comme l'élément le plus stable.

Il quitta le paysage du regard et plongea dans un journal. Il lisait peu de romans – à peine un Goncourt de temps à autre – mais il était un adepte assidu de la presse quotidienne.

Antoine Lefèvre n'était pas un passionné. Il aimait, mangeait, buvait avec modération. Pourtant, il n'était pas détaché. Il était constant, fidèle, droit. Plus que ça, il était la personnification de la fidélité et l'incarnation de la droiture. Je l'avais vu maintes fois, dans les bars et les soirées où nous allions régulièrement me trouver une nouvelle pitance féminine, plaire sans le vouloir. Harponné par une jolie fille un peu trop éméchée, il restait imperturbable, charmant, cordial, détournant poliment le visage lorsque celle-ci tentait de l'embrasser.

Il avait peu d'amis, mais n'en avait jamais trahi aucun. De l'avis des magazines féminins, avec lesquels pourtant je suis rarement en accord, Antoine était ce qu'on appelle *un type bien*.

J'ai beau chercher, se dit-il en oubliant un instant *Le Monde diplomatique*, *il ne me manque rien.*

Je te devine, lecteur, posant cette question : que peut-il bien arriver à un garçon aussi banalement parfait, dont la vie ressemble à un téléfilm de première partie de soirée sur TF1, sinon qu'il obtienne son poste chez le bon Dieu, qu'il épouse Jen-Jen et lui fasse deux enfants blonds ? Où va ce récit qui annonçait une épopée et démarre par des préoccupations domestiques à faire bâiller un nonagénaire ?

D'abord, et pour répondre en trois points, comme c'est l'usage en rhétorique, ces critères de perfection ne sont pas les miens. Ils sont ceux de Jennifer, de notre société ou de *Biba*. Je n'ai jamais prétendu à la perfection de cet homme, ni d'aucun autre d'ailleurs, car j'ai la conviction profonde que personne n'est parfait.

Ensuite, l'aventure a ceci en commun avec la mer, l'amour et la maladie : on ne la choisit pas. Enfin, et c'est un Parisien d'adoption cynique doublé d'un paysan d'origine qui parle, si les gens, à la campagne, se marient plus tôt qu'en ville, c'est autant par ennui que par ignorance. L'ignorance, en effet, restreint, jusqu'à l'unicité parfois, nos choix de vie. Il y a peut-être quelqu'un qui nous correspond mieux, qui ne boit pas, qui a de l'humour, qui sent bon, mais on préfère ne pas prendre le risque d'aller le chercher, car on pourrait revenir bredouille, alors faute de grives, on mange des merles.

J'avais visité, en Chine, les habitants d'une vallée. Une route traversait le village, et de hautes montagnes, de part et d'autre de la route, les protégeaient et les isolaient. Ils n'avaient, dans la vie, que trois options : rester, partir vers l'est, partir vers l'ouest. Ces trois options se retrouvaient partout dans leur philosophie de vie, dans leurs habitudes, dans leur façon de penser. Leur conception du voyage était limitée à cette route, mais cela n'empêchait pas une profonde joie de vivre, apparente du moins. Moins de choix, moins de responsabilités, moins de pression. *Ignorance is bliss.*

Je ne veux pas dire qu'Antoine était ignorant, loin de là, mais il ne voyait pas d'intérêt à partir loin, comme je le faisais souvent. Il aimait les balises, il aimait avoir pied. La Corse, le cap Ferret, le Mont-Saint-Michel. Il m'avait vu revenir d'Inde lessivé, déprimé, cinq kilos en moins. « Pourquoi, me disait-il, pourquoi ? »

Je n'avais pas su lui répondre. Pourquoi, en effet ? Pourquoi le voyage ?

Je compris, mais plus tard, qu'une réponse n'était pas nécessaire.

L'essentiel était déjà de se poser la question.

Antoine pénétra dans les bureaux de Lebel & Blondieu avec une belle assurance naïve. Le hall d'entrée était fraîchement rénové, des dalles de marbre menaient à un poste d'accueil où une jeune fille munie d'un micro-casque terminait de répondre à un appel. Les portes de l'ascenseur s'étaient directement ouvertes sur cette salle. Aux murs, des tableaux d'art moderne étaient exposés sans discrétion, mais sans arrogance excessive.

L'immeuble était situé avenue des Ternes, entre le parc Monceau et la place de l'Étoile. C'était un quartier qu'Antoine trouvait aussi bourgeois qu'animé. Alors qu'il patientait dans la salle d'attente, il se mit à rêver d'une vie de famille, dans le XVIe arrondissement, avec Jennifer. Il devrait revendre son appartement actuel, surtout si par la suite il y avait des enfants.

Des après-midi familiaux au parc, au milieu des nounous roumaines des familles aisées voisines, oui, c'était une vie à laquelle il pourrait s'habituer. Il sourit de s'imaginer côtoyer la haute bourgeoisie parisienne. Cet objectif n'avait jamais été le sien, tout au plus celui de Jennifer.

Il détailla la salle d'attente. Jamais, chez sa mère, le sol n'avait été aussi immaculé que ce parquet clair flambant neuf. Une porte s'ouvrit sur un jeune homme, élégant et svelte, qui ne devait pas être beaucoup plus âgé qu'Antoine.

– Monsieur Lefèvre ? Vous me suivez ?

Antoine se leva, et tendit une main amène, qui fut amènement saisie.

– Jean-Jacques Lebel. Je suis le petit-fils Lebel, la troisième génération. La « 3G ». C'est avec moi que vous allez passer l'entretien.

– Merci de cette opportunité.

– Ne remerciez personne. Si vous êtes ici, c'est parce que nous avons jugé que vous le méritiez, dit Lebel « 3G » junior en montrant le chemin à Antoine.

Le bureau de JJL, d'un luxe de bon aloi, était tout en blanc mat et en teintes crème japonisantes. Lebel fit signe à Antoine de s'asseoir.

– Vous étiez en vacances ?

– Chez ma mère.

– Où ça ?

– En Bretagne.

– Vous avez eu beau temps ?

– C'est une valeur relative, là-bas. Mais en réalité, la pluviométrie est sensiblement la même qu'en Île-de-France.

– C'est de la propagande, je pense. Ils doivent faire croire ça aux écoliers bretons pour qu'ils restent au pays.

– Sûrement, concéda Antoine en souriant.

L'humour pince-sans-rire de son interlocuteur ne lui déplaisait pas. Il préférait les vrais cyniques aux faux sincères.

– Je plaisante, tempéra Lebel. J'ai de la famille dans le Nord, ce qui est encore pire, météorologiquement parlant. Je voudrais, si vous le permettez, vous poser quelques questions personnelles. La motivation des candidats est sensiblement la même chaque fois, nous avons lu et analysé votre dossier, et nous sommes un cabinet à l'ancienne. Ce qui nous intéresse, donc, c'est l'humain.

– Entendu.

– Si vous êtes retenu, vous aurez une période d'essai de six mois, au terme de laquelle nous statuerons sur vos capacités de travail et déciderons si, oui ou non, nous désirons continuer à vous avoir parmi nous. Pendant cette période, je ne vous cache pas que vos horaires repousseront les frontières de l'impossible, et que vous emporterez, que vous le vouliez ou non, le cabinet chez vous.

– Le travail ne me fait pas peur.

– Très bien. Je voudrais que vous vous décriviez. Je voudrais entendre de votre bouche vos défauts et vos qualités.

Antoine réfléchit un moment, puis répondit :

– Je suis quelqu'un, je pense, sur qui on peut compter. La fidélité, l'engagement, la constance sont des valeurs qui m'importent beaucoup.

– Pourquoi ?

– …

– N'importe qui peut se dire fidèle et constant, pourquoi vous plus qu'un autre ? Vous êtes marié ?

– Bientôt. Je suis fiancé. J'ai toujours été quelqu'un de responsable, et la confiance que m'a accordée mon entourage m'a conforté dans mes choix. Pourquoi, je ne sais pas, c'est ainsi.

– Des défauts ? Des remords ? Des regrets ?

– Non, pas vraiment, ni remords ni regrets. Des défauts, bien sûr, comme tout le monde. Des petits complexes, des petites manies... Je ne suis pas... très...

Antoine s'arrêta, au milieu de sa phrase. Il s'était perdu. Il aurait dû enchaîner, c'était un exercice facile, mais une pensée occupait son esprit.

– Oui ? l'encouragea JJL.

Il hésita, un instant, entre la sincérité et la composition.

– L'abandon, dit-il, sans trop savoir où il allait. L'abandon est une lâcheté masculine que je condamnerai toujours. Ce n'est pas romantique, bien sûr, aujourd'hui, d'être fidèle. L'homme-fantasme est un aventurier, un baroudeur. Il va de pays en pays, de femme en femme. Cette société mondialiste méprise les sédentaires. Moi, je suis l'homme d'une seule femme. Je considère qu'un enfant, pour bien se construire, a besoin d'un référent fort, constant, pas d'un père-enfant. C'est peut-être un point de vue quelque peu réactionnaire, mais je ne l'érige pas en modèle. Excusez-moi, je me perds en route.

– Se perdre, c'est déjà chercher.

– Mon meilleur ami est journaliste. Mon beau-père était marin. Le reste de ma famille a la bougeotte. Je les comprends et je ne les juge pas. Moi, j'ai déjà accepté de ne pas être exceptionnel. Je veux construire une famille, trouver un emploi stable, m'occuper de mes parents. C'est déjà beaucoup.

– La famille, c'est important pour vous ?

La question laissa Antoine perplexe. Pour qui n'était-ce pas important ?

– Bien sûr.

– Vous avez des frères et sœurs ?

Antoine prit le temps avant de répondre. La description de sa famille pouvait être un exercice fastidieux, ou ludique. Il choisit la seconde option.

– J'ai des frères, des sœurs, un père, une mère, un beau-père, un chien, une fiancée, un poisson rouge, des amis... La famille n'a jamais été un concept restreint chez moi. Alors je suis en quête de stabilité. Je ne me retrouve pas particulièrement dans la génération Y, nomade, mouvante. J'ai peut-être des valeurs qui sont d'un autre temps, mais je les tiens pour saines. Je ne suis pas frustré, je ne suis pas malheureux.

JJL regarda longuement Antoine. Où était la faille ?

En sortant de l'immeuble, Antoine appela Anna, encore. Elle ne décrocha pas, encore.

– Anna, putain ! Un texto, ça prend combien de temps ?

Anna avait ce don : elle pouvait l'énerver, le faire sortir de ses gonds, en une phrase, deux mots, un geste. Elle parvenait à lui faire hausser la voix, crier, hurler – lui, pourtant si pondéré.

Antoine passa chez lui.

Chez lui. Il aimait répéter ces mots, tout haut, les faire sonner dans son petit salon. Il s'était acheté un appartement, tout seul, comme un grand. Avec Jennifer.

Ils en avaient longuement discuté. Ils vivaient ensemble depuis le temps que durait leur histoire, ou presque. Jennifer, à l'époque, au cœur d'une crise post-adolescente, avait claqué la porte de ses parents. Elle s'était installée chez Patricia, dans la chambre d'Antoine. Non, pas à La Farinière, cette récente maison où la famille au complet bravait les fraîches brises pour plonger dans la piscine au péril de leur vie, mais à Paris, dans l'appartement de Patricia.

Puis Jennifer et Antoine avaient partagé un studio, en proche banlieue. Quiconque a partagé un studio avec un membre du sexe opposé, en proche banlieue de surcroît, sans rixes ni animosité, pendant plus de trois ans, peut d'ores et déjà commander les bagues de fiançailles, car rien ne séparera l'entité bicéphale ayant survécu à cette épreuve.

Jennifer avait la première émis l'idée d'acheter un appartement. Au train où allait la hausse des loyers, il était absurde de dépenser de telles sommes d'argent sans en faire un investissement.

Jennifer était donc partie en quête du nid d'amour idéal, une première marche dans la conquête minutieuse de l'Ouest parisien qu'elle avait prévue.

Mais c'était finalement Antoine qui avait trouvé, et qui était parvenu à convaincre sa fiancée, au terme de nombreuses négociations, qu'il était plus judicieux d'acheter dans ce quartier du XXe.

Certes, il n'était pas aussi calme que les vieilles rues bordées d'antiquaires du VIIe, mais il était plus abordable et surtout tourné vers l'avenir. La porte des Lilas, bientôt recouverte, la place Gambetta, le cimetière du Père-Lachaise, l'hôpital Tenon, Montreuil, Bagnolet… le prix du mètre carré allait monter, c'était évident.

Sans compter qu'ils resteraient proches, géographiquement parlant, de la famille d'Antoine.

Antoine préférait la vieille pierre, Jennifer voulait du neuf, ils étaient tombés d'accord sur un immeuble des années soixante, avec un grand balcon.

Quelques mois de travaux, un après-midi chez Ikea, et ils avaient investi leur cocon de bonheur.

Antoine passa la main sur l'étagère à DVD, et constata une couche de poussière inhabituelle. *J'en ferai la remarque à Oana*, se dit-il.

Antoine et Jennifer avaient une femme de ménage. Antoine et Jennifer jouaient au bridge. Antoine et Jennifer avaient un chien, un appartement propre et un vendredi consacré à la cuisine en couple.

Mais Antoine et Jennifer n'étaient pas un couple de quinquagénaires vivant dans les années cinquante, nous étions en 2008, ils venaient d'avoir vingt-six ans.

S'il s'était encroûté à ce point, ce n'était pas entièrement la faute d'Antoine : il était la victime involontaire de sa droiture. Sa gentillesse, sa fidélité et son amour avaient fait de lui un être dont les convenances et la politesse faisaient office de personnalité.

Lorsqu'il avait tourné la clé dans la serrure de son appartement, il avait eu un moment de recul. Non pas de doute, mais de recul. Un éclair de lucidité.

L'espace d'un moment, le temps d'un clin d'œil, il s'était demandé : *Qui suis-je ?* Le commencement d'une réflexion, d'une introspection, comme un homme au pied d'une montagne traversé par une idée : *Et si je la gravissais ?*

Puis, pénétrant dans son appartement qui sentait bon la peinture fraîche, il n'y avait plus pensé. Rien n'avait changé depuis qu'il l'avait quitté. Tout était propre. Tout était en ordre. Tout, ou presque, était neuf.

Il sortit, avec un mélange d'aise et de malaise, qu'il mit sur le compte du silence et de l'odeur, et se rendit chez Patricia et Jacques. Il avait promis d'aérer, d'arroser les ficus, de rapporter le courrier.

Lorsqu'il pénétra dans la maison de son enfance, un millier de souvenirs l'assaillirent. Il avait longtemps vécu ici, dans ce ravissant pavillon de la rue de Mouzaïa. Lorsque Patricia et Charles – le père d'Antoine – l'avaient acheté, en 1983, les prix parisiens étaient au plus bas. Le XIXe arrondissement – et particulièrement la place des Fêtes, la rotonde de Stalingrad, les quais du canal de l'Ourcq – était une place forte du trafic de drogue de la capitale. Peu de gens étaient attirés par la proximité des barres de béton – les orgues de Flandre, la cité Curial – et Charles avait dû, comme Antoine vingt-cinq ans plus tard, batailler ferme pour convaincre Patricia d'acheter dans ce quartier.

Lorsqu'il était parti, elle était restée.

Il lui avait, en quelque sorte, laissé la maison, et sa propriété devint celle de Patricia lorsqu'on prononça son décès par contumace, de nombreuses années plus tard.

Aujourd'hui, le quartier était en pleine « mutation », c'était le terme préféré des élus. Pistes cyclables, logements sociaux à taille humaine, lieux culturels, de nombreux projets rendaient le XIXe vivant et hétérogène, « fier de sa diversité », comme disaient les brochures. Le pavillon de la rue de Mouzaïa avait vu sa valeur littéralement décupler, en vingt-cinq ans.

Antoine ouvrit les volets, arrosa les plantes, ramassa le courrier. Fit le tri. Depuis qu'il était en âge de voter, et même avant, en y réfléchissant, Antoine s'occupait des factures de sa mère.

Il avait ce don pour l'administration, et même s'il n'était pas particulièrement passionné par les relances EDF ou les impôts locaux, il s'en acquittait avec zèle, sans jamais rechigner.

Depuis qu'il étudiait le droit, il était même devenu un expert en pinaillages et contorsions de la loi. Il trouvait toujours, après un examen minutieux des textes, le moyen de faire économiser à sa mère quelques euros face à la lourde machine administrative française. C'était devenu un jeu pour lui.

Certains de ses amis sniffaient de la coke, payaient des prostituées, perdaient des fortunes au casino, partaient faire du planeur, du saut à l'élastique, du deltaplane, couraient le marathon enceintes de six mois, que sais-je ? Antoine, lui, lisait jusqu'au bout les petits caractères du formulaire E6.

D'aucuns pourraient se demander à présent quelles qualités amicales je trouvais en lui. Et pourquoi l'être que je suis, si perverti aux plaisirs du péché – la plupart des exemples ci-dessus sont les miens –, s'attachait tant à un retraité de vingt-six ans. Je répondrais d'abord que dans la vie, l'essentiel n'est ni le mouvement ni l'immobilité, l'essentiel est l'équilibre. Deux diables ensemble font un trop grand tapage, deux anges s'ennuient, mais un ange et un diable ont une source inépuisable de dialogue. Je tâchais régulièrement de pervertir Antoine, en combattant ma pire ennemie, sa fiancée, et Antoine tâchait régulièrement de me faire revenir dans le droit chemin. De plus, les petites taquineries que je me permets, lecteur, de te faire remarquer n'ont pour but que d'excuser Antoine, qu'un lecteur ignorant pourrait taxer d'intrusif, lorsqu'il le découvrirait, comme je vais le décrire, en train d'ouvrir le courrier de sa mère.

Antoine mit de côté quelques factures, n'ouvrit pas les lettres qui semblaient personnelles, éventra rapidement quelques publicités, qui finirent dans la poubelle jaune, celle qui recycle, parcourut les brochures Conforama, But, Lapeyre, sans autre raison que l'attrait des couleurs, et s'arrêta sur une lettre en apparence administrative.

Ni EDF, ni les impôts, ni SFR. La Poste.

Rien d'étrange, si ce n'était la destinataire : Patricia Lefèvre. *Lefèvre.*

Depuis combien de temps sa mère ne portait-elle plus ce nom ?

Il hésita un moment, jugea l'erreur humaine, déchira l'enveloppe.

Il en découvrit le contenu avec circonspection, sans comprendre d'abord. Puis il cessa de respirer. Dix bonnes secondes, au moins. Il déglutit.

La lettre de La Poste était un courrier standard.

Chère Madame,
Nous avons retrouvé, au centre de tri postal de la Garenne-Colombes, une carte postale qui semble vous être adressée. Il arrive que certaines lettres se perdent, c'est le cas de celle-ci. En vous priant de nous excuser pour le retard.
Le service clientèle de La Poste

Le tampon de la carte postale indiquait la date d'expédition : le 23 mars 1991. Dix-sept ans auparavant.

La carte représentait un petit musée, un joli manoir du début du siècle dernier. Le nom du centre d'expédition sembla d'abord allemand à Antoine, ou suisse-allemand peut-être, en tout cas germanique.

Au verso, quelques mots seulement étaient écrits :

Je pense à vous.
Je vous aime.

Charles

2.

Londres

Dans le train du retour, Antoine ne lisait pas de journal.

Antoine n'avait qu'une seule question, qui revenait sans cesse, obsédante : devait-il, oui ou non, en parler à sa mère ?

Oui, elle était en droit de savoir. De quoi s'agissait-il ? De quelques mots, griffonnés à l'arraché, un simple signe de vie, un simple « Je pense à vous ».

Il n'avait pas écrit « Venez me rejoindre », ou « Je reviens lundi en 8 », ou « Vous pouvez me joindre au + 45 680 456 5679, de 9 h à 17 h, du mardi au vendredi », non, il avait simplement écrit « Je vous aime ».

Qui écrit « Je vous aime » à sa famille, sinon un homme qui sait qu'il ne les reverra pas ? Patricia, en lisant la carte postale, ne s'affolerait pas. Elle aurait simplement la preuve que Charles avait quitté la France.

Mais, se disait Antoine, *mais si*…

Mais si quoi ?

Mais si, reprit Antoine en son for intérieur, *mais s'il habitait encore là-bas ?*

Pourquoi ? répondit son objecteur personnel. Pourquoi serait-il allé s'enterrer au fin fond de l'Autriche – il avait vérifié le cachet – dans un village au nom imprononçable ?

Mais si…

Antoine faillit rater son arrêt.

Il descendit à la hâte. Jennifer l'attendait sur le quai.
– Alors ?
– Alors quoi ? répondit-il, un peu trop sur la défensive.
– Alors quoi, à ton avis ? Alors, les plantes de ta mère ?
– Euh… Je…
– L'entretien, putain ! Alors ?
– Ah ! Bien. Enfin, je sais pas. Si, bien.
– Ça va ?
– Oui, et toi ?
– Ça va pas ?
– Ça va très bien, conclut-il en l'embrassant.
Dans la voiture, il ne lui dit rien de la carte postale. *Pourquoi*, se disait-il, *pourquoi ? C'est ma fiancée, c'est ma femme, je l'aime, je peux tout lui dire…*
Mais il ne lui dit rien.
Laurent, se dit Antoine. *Laurent pourra m'aider.*

Laurent décrocha dès la première sonnerie.
– Ne me dis pas qu'on ne peut pas partir à Londres.
– J'ai pas dit ça, répondit Antoine, calme, calme.
Il s'était proposé d'aller chercher le pain. Il captait, et n'avait pas d'oreilles indiscrètes autour de lui.
– Je t'appelle dix fois, je te laisse cinq messages, tu réponds pas, pour moi c'est évident : tu vas me lâcher. Tu vas partir en Corse, comme un canard, avec ta fiancée…
– Je ne pars pas en Corse. Qu'est-ce que tu me fais, là ? J'ai l'impression d'appeler ma maîtresse.
– Je t'ai appelé dix fois…
– Tu m'as appelé trois fois, tu m'as laissé deux messages, je les ai eus, je les ai écoutés, je te rappelle, on se calme.
– Je t'aime.

– Je t'aime aussi, et maintenant ma boulangère pense que je suis pédé.

– T'es pas pédé ?

– Laurent, j'ai un truc qui m'est tombé dessus, là, un gros truc.

– Un cancer ?

– Non, pas si gros quand même.

– Un rhume ?

– Arrête de faire le con, s'il te plaît. J'ai besoin de – putain, j'ai un double appel.

– Ah non, hein ! Tu me fais pas le coup du double appel.

– Je te rappelle.

– Pourquoi tu me rappelles ? Rappelle ton double appel !

– Je dois répondre, je te rappelle.

– Tu me rappelleras pas. Tu vas oublier de me rappeler.

– Je t'embrasse.

– Fumier.

Antoine prit son appel entrant.

– Monsieur Lefèvre ? Jean-Jacques Lebel, de Lebel & Blondieu.

Il va de soi qu'Antoine oublia de rappeler son ami Laurent.

Parenthèse, ami lecteur, car comme tu es futé, tu auras compris que je suis son ami Laurent. Pour l'instant, je parle de moi à la troisième personne, Laurent donc, Laurent Delaume, est-ce un excès d'ego, peut-être, mais peut-être reprendrai-je la première personne de temps à autre, je ne sais pas encore.

C'est le privilège de l'auteur de n'en faire qu'à sa guise.

– Au fait, demanda Patricia au cœur du dîner, comment ça s'est passé ?

Telles étaient les priorités dans la famille Lefèvre élargie. On était tellement habitué aux bonnes nouvelles d'Antoine qu'on ne doutait même plus de lui. Au lycée, il rapportait des notes continuellement bonnes. Pas parfaites, pas extraordinaires, mais bonnes. Quinze. Seize. Au premier seize, on est content. Au deuxième aussi. Au premier quinze, on est déçu.

– Ça s'est bien passé. Ça s'est bien passé.

– C'est où, déjà ? Dans Paris ?

– Ternes.

– Ah oui, reconnut Patricia avec une moue qui signifiait tout autant *Salauds de bourgeois* que *Ça ne me dérangerait pas que mon fils travaille pour ces salauds de bourgeois.*

– T'as la réponse quand ? demanda Jennifer.

Antoine ne répondit pas, il remuait ses petits pois.

– Antoine ! reprit Léo. Y a Jennifer qui t'a posé une question !

– Ils m'ont appelé, quand j'allais chercher le pain.

– Les baguettes, corrigea Patricia.

– Le pain au sens générique du terme, précisa Jacques. N'est-ce pas, Antoine ?

– Ils t'ont appelé ? Ils t'ont donné une réponse ? demanda Jennifer, se raidissant.

– Ils m'ont proposé le poste.

– Et tu as dit oui ? demanda sa mère.

– Bien sûr qu'il a dit oui ! confirma Jennifer, moitié pour se rassurer. Tu as dit oui, oui ?

Antoine termina sa bouchée, en mâchant lentement.

– J'ai dit oui. Je commence dans trois semaines.

Plus tard, après les célébrations, après l'explosion de joie de Jennifer, si fière de son homme, et qui dans la demi-heure avait déjà envoyé des textos à tout son répertoire, après la bouteille de Jacques, qu'il avait insisté pour ouvrir, mais non, mais si, après les mots émouvants qu'il avait trouvés pour Antoine, *Mon fils, ça t'ennuie si je t'appelle mon fils – Mais non, bien sûr que non – Je suis si content, si content pour toi*, après les plans sur la comète – *Il va falloir déménager – Déjà ? Mais vous venez juste d'emménager,* après les effusions et les bravos et les bisous et les blablas, Antoine se retrouva dans la cuisine, avec sa mère.

Elle faisait la vaisselle, il essuyait.

C'était devenu un rituel mère-fils, depuis qu'Antoine s'était retrouvé « homme de la maison », titre dont il essayait de ne jamais abuser.

Patricia parla la première :

– Tu es content ?

– Je suis content, oui. C'est bien, pour nous.

– Pour nous ?

– Pour nous aussi, oui, mais je veux dire pour Jen et moi.

– Ah.

– Bon, écoute, tu vas pas faire ta mère juive. On est ensemble depuis sept ans, je l'aime, elle m'aime, on va se marier…

– Mais j'ai rien dit. Je l'aime bien, Jennifer.

– Ouais, tu l'aimes bien. Tu l'aimes pas beaucoup, tu l'aimes bien. Bref. Je veux pas avoir cette conversation maintenant.

– Tu as des nouvelles d'Anna ?

Antoine souffla, longuement. Frotta ses cavités oculaires fatiguées. Sa simple évocation suffisait à le tendre.

– Non. J'essaie, maman. J'essaie de l'appeler, je lui envoie des mails, rien, pas un texto.

– Elle a pas de forfait.

– M'en fous, elle décroche. Elle se démerde. Putain !

L'assiette se cassa en deux, net. Entre les mains d'Antoine.

– Oh, tu te calmes, dis ? Va t'asseoir.

Antoine s'exécuta, en ruminant :

– Qu'est-ce que tu veux que je te dise ? Tu lui pardonnes tout.

– Anna est… elle a… c'est une belle personne.

Antoine leva les bras au ciel, prêt à rugir, puis laissa tomber.

Il expira. Inspira, expira à nouveau. Le bruit de la vaisselle le calma, comme une berceuse. Il regarda en direction de la porte, entrouverte. Il regarda sa mère, de dos. Appliquée, prenant toujours la défense du plus faible, ne se plaignant jamais.

– Maman, comment ça s'est terminé avec papa ?

Elle s'arrêta un moment, se tourna vers Antoine, le regarda avec étonnement. Cela faisait quinze ans, peut-être, qu'il n'avait pas abordé le sujet.

– Pourquoi tu me demandes ça ?

Antoine haussa les épaules. *Pourquoi pas ?*

– Tout ce que je peux te dire, c'est que malgré tous tes efforts, tu lui ressembles beaucoup.

– Comment ça ? Pourquoi, malgré tous mes efforts ? Ça veut dire quoi ?

Patricia retourna à sa vaisselle.

– Ça veut dire qu'avant son départ, ton père était comme toi : attentionné, prévenant, bien élevé, fidèle… à ses engagements, à sa famille, à ses amis.

Antoine ne cilla pas.

– Je n'aurais pas pu savoir, dit-elle. Il est parti d'un coup et je n'ai rien vu venir.

– Tu ne crois pas qu'il a pu lui arriver quelque chose ?… Un enlèvement ?

– Par qui ? Pourquoi ? Il n'était pas violent, ne jouait pas aux courses, n'avait pas de dettes… Il est parti, je te dis. Je me suis levée, un matin, un peu après lui. J'étais enceinte de ta sœur. Il avait emporté quelques affaires, des caleçons, ses papiers, de l'argent. Tu dormais encore.

– Tu n'as jamais cherché à le retrouver ?

– Jamais, non. Mais bien sûr, enfin, Antoine ! J'ai retourné le pays, j'ai appelé tout le monde, tout son carnet d'adresses, j'ai déposé plainte au commissariat, j'y allais trois fois par semaine, je leur faisais des gâteaux… et puis les mois ont passé, et les années. Et puis j'ai rencontré Jacques.

Antoine soupesa le pour et le contre. Il réfléchit à la tournure de sa prochaine question : ni trop entendue ni trop innocente.

– Il ne t'a pas laissé un mot ?

– Ton père ? Rien. C'est comme s'il n'avait jamais existé.

Patricia jeta les derniers couverts dans l'égouttoir.

– Des fois, je me demande.

Les jours suivants furent consacrés au départ de Jennifer en Corse, avec ses amies. Elles étaient quatre. Belles, jeunes, casées, ambitieuses, le clan de Jen passerait les deux prochaines semaines à soigner un bronzage qui serait probablement parti à la mi-septembre, ou comme j'aimais à le lui rappeler : à soigner son cancer de la peau. Ce à quoi Jennifer, droit dans mes yeux, répondait invariablement :

– C'est sûr que toi, bronzer, t'as pas besoin.

Racisme ordinaire.

Sur le départ, Jennifer implora Antoine du regard :

– Vraiment, t'es sûr, tu préfères pas venir avec moi ? Deux semaines en Corse, non, deux semaines à Londres, oui ? T'as pas eu suffisamment de pluie ?

– Vraiment ? Tu veux que je m'incruste dans votre groupe de nanas ? Vous allez faire la fête, danser, vous faire draguer…

– Oh mais tu es jaloux ? Mais tu es trop mignon !

– Je préfère empêcher Laurent de faire un coma éthylique, en lui tenant la tête au-dessus des toilettes…

– Si tu me trompes, je te tue.

– Je t'aime.

– Embrasse Laurent.

Et elle était partie.

Plus tard, Jacques regarda Antoine qui regardait l'avion décoller.

– Libertéééé, chanta-t-il discrètement.

Antoine ne put s'empêcher de sourire.

Lorsqu'il retrouva Laurent, deux jours plus tard, à Paris, celui-ci faillit lui mettre un coup de tête en l'embrassant.

– Il est vivant ! Il est libre !

– Mais arrêtez avec ça, putain. Je suis très bien avec Jen, je l'aime, elle m'aime, je vais…

– Bla-bla-bla-autopersuasion-guimauve mais là tu es seul, elle est partie, enfin, je t'ai pour moi et on part faire la fête à Londres ! Putain, toi et moi, mec ! Toi et moi !

– Je sens déjà que je vais le regretter.

– Qu'est-ce que tu bois ?

– Un Coca.

– Un demi, d'accord. Garçon, s'il vous plaît ! Ah je suis con, c'est moi.

Laurent retourna vers le comptoir, où il tira deux Amstel pression et les posa sur la table d'Antoine.

Lorsqu'il ne trouvait pas de piges, Laurent retournait au service. Lorsqu'il n'avait pas d'argent pour payer son loyer, ou ses billets d'avion, Laurent retournait au service. En fait, Laurent aimait se dire journaliste, pour épater les filles, ou s'imposer dans une conversation politique, mais techniquement, si l'on devait parler en termes de volume horaire, Laurent était serveur.

– Il est 15 heures.

– Antoine, c'est une bière. Une bi-ère. Pas un rail de coke.

– T'as filé ta dém ?

– T'as acheté les billets ?

– … T'as filé ta dém ?

– T'as pas acheté les billets. Putain, Antoine, merde ! Tu veux pas partir. J'en étais sûr.

Antoine fit glisser les billets sur la table.

– Départ 8 h 30, deuxième classe. Arrivée 10 h 45. T'as filé ta dém ?

Laurent passa au-dessus du comptoir pour l'embrasser.

– À la fin du service, Antoine, on file sa « dém » à la fin du service. 8 h 30, c'est tôt, non ? Je plaisante.

– J'ai juste promis à Jen que je ne boirais pas d'alcool.

Laurent fusilla Antoine du regard.

– Je plaisante.

Laurent sourit :

– Ce qui se passe à Londres reste à Londres.

– Rien ne va se passer à Londres.

– Ça, c'est mon affaire.

– N'essaie pas de passer la frontière avec de l'herbe, par pitié. Tu trouveras tout ce que tu veux là-bas.

– Non ! Tu t'es renseigné ?

– … Rends-moi service.

– En parlant de service, tu devais pas me dire un truc très très important, tellement important que tu m'as pas rappelé ?

Antoine hésita. Puis, mû par une impulsion bienvenue, il sortit la carte postale de sa poche et la posa sur le comptoir.

– C'est quoi ?

Antoine ne répondit pas, mais encouragea Laurent d'un signe de tête. Laurent lut la carte. D'abord amusé, il perdit son sourire en comprenant qui était l'expéditeur.

– T'as trouvé ça où ?

– Chez ma mère. La Poste l'a envoyée avec dix-sept ans de retard.

– Mais non.

– Si.

Laurent relut le mot, regarda le manoir. Une vieille photo en noir et blanc. Il prit la mesure de l'information.

– … Elle a réagi comment, ta mère ?

– Je lui ai pas montré.

Laurent inspecta la carte plus en détail.

– *Gramatneusiedl.* C'est où, ça ?

– En Autriche. À 30 kilomètres de Vienne. Trois mille habitants.

Laurent laissa passer un temps, en regardant son ami, et soupira. Il le connaissait suffisamment pour savoir exactement ce qui allait se passer.

– Pourquoi tu soupires ? demanda Antoine.

– Les billets, ils sont échangeables ?

– Je ne sais pas, je crois, pourquoi tu soupires ?

– Parce que j'aurais bien aimé aller à Londres.

– On *va* à Londres.

– On va pas à Londres. On va passer une semaine dans un patelin autrichien, à chercher ton père.

– Mais ça va pas ? Qui a décidé ça ?

– Antoine… Une carte postale de ton père, avec une adresse, et qui dit « Je vous aime », et que t'as pas montrée à ta mère, tu vas en faire quoi ? La poser sur une étagère ? On va aller boire des bières à Londres plutôt que de tenter de retrouver le mec qui t'a abandonné y a vingt ans ? Si on fait pas ça pour le fils que tu es, on fait ça pour le journaliste que je suis. Ou serai. Un jour.

Antoine hésita, encore, puis secoua la tête.

– Il est sûrement passé par là, c'est tout. Il est peut-être mort.

– Ouais. Ou alors il est peut-être encore là-bas. Les billets. Échangeables ?

Antoine saisit l'enveloppe contenant les billets, l'ouvrit, et les inspecta. Il releva la tête vers Laurent, qui attendait, déjà persuadé de sa réponse.

En rentrant chez lui, Antoine riait tout seul dans l'escalier. Ils avaient changé les billets, puis ils avaient repris à boire, Laurent avait filé sa dém, avait convaincu Antoine d'aller voir un film, qui s'était révélé être un navet. Ils étaient sortis de la salle et avaient continué à boire, le long du canal. Laurent avait convaincu deux jeunes étudiantes de dîner avec eux, malgré les protestations d'Antoine, qui avait généreusement invité la tablée. Laurent était rentré avec l'une d'entre elles, Antoine avait pris par politesse le numéro de l'autre. Mais la jeune fille qu'avait ramenée Laurent avait glissé dans la rue et s'était sans doute foulé la cheville, ce qui avait conduit Laurent – gentleman et espérant probablement un peu plus qu'un baiser – aux urgences de l'hôpital Saint-Louis. Une cheville foulée n'étant pas prioritaire, Laurent était condamné à passer une bonne partie de la nuit à attendre, et décrivait sa galère par SMS, non sans une bonne dose d'autodérision, à Antoine, provoquant son rire solitaire. Rire qui s'arrêta net lorsqu'il aperçut, assise sur son palier, fumant une cigarette, une jeune fille aux yeux rouges et aux cheveux sales.

– Eh ben pas trop tôt, dit Anna.

Elle entra dans l'appartement et posa son énorme sac de voyage, qu'on eût pu croire trop lourd pour elle, sur le canapé du salon. Antoine pensa très fort : *Pas sur le canapé*, mais il parvint à ne pas le dire tout haut.

– Je vais prendre une douche, annonça Anna.

Antoine acquiesça.

– Si tu veux dire un truc, vas-y, hein. Je me suis préparée au couplet du père-la-morale, je pensais pas que t'arriverais à te retenir aussi longtemps.

Antoine secoua la tête.

– OK. On fait ça après ma douche.

Pendant qu'Anna prenait sa douche, Antoine résista à la tentation d'ouvrir son sac. À la place, il contempla ses billets pour Vienne, et se rappela qu'il avait lui-même un sac à préparer.

Anna sortit alors qu'il pliait un pull. Il constata qu'elle avait eu la décence d'enfiler une culotte de coton. Pour le reste, elle assumait sa nudité avec son je-m'en-foutisme habituel.

– Tu pars ? T'as enfin quitté ta meuf ?

– On part à… Londres. Avec Laurent.

– Cool.

Elle ouvrit son sac et en sortit en vrac des habits, une trousse de maquillage, des restes de nourriture, qui s'étalèrent sur le canapé.

– Anna…

– Oui ?

Antoine secoua la tête, compta mentalement jusqu'à dix, et recommença à plier ses vêtements. Anna trouva ce qu'elle cherchait : une petite boîte en fer-blanc. Elle en sortit un gros morceau de cannabis, du tabac et des feuilles à rouler.

– T'as un briquet ?

– Il y a des allumettes dans la cuisine.

Elle se leva et s'y rendit, ses seins rebondissant à chaque pas.

Quand elle tira enfin sur son joint, son expression changea. Elle se détendit très légèrement.

– Tu veux un Coca ? demanda Antoine.

Elle le dévisagea.

– Ouais.

Antoine versa le Coca dans deux verres, avec des glaçons.

– Pourquoi tu m'as pas proposé une bière ?

– Je sais que t'aimes le Coca.

– J'aime bien la bière aussi.

– J'ai pas de bière.

– Je suis pas alcoolique, hein.

– J'ai pas de bière. Tu veux pas de Coca ?

Anna saisit son verre et but une grande gorgée. Puis elle se mit à pleurer. De gros sanglots, aussi éclatants qu'inhabituels.

– Ça va ? demanda Antoine.

– Super, répondit-elle en pleurant de plus belle.

– Tu veux pas mettre un… un T-shirt ?

– J'ai pas froid.

– T'habites où, en ce moment ?

– Ça y est, c'est parti pour le sermon ?

– Réponds.

– Je squatte chez des potes.

– T'as rendu ton studio ?

– J'avais plus de sous pour le loyer.

– J'aurais pu t'en prêter.

– J'aurais pas pu te les rendre.

– J'aurais pu t'en filer.

– Je veux pas de ton argent.

– Tu… Ça faisait combien de temps que t'avais pas pris de douche ?

– Ça va, Antoine, je suis pas SDF.

– Pourquoi tu pleures ?

Un sanglot douloureux la traversa.

– Tiens, dit-il en lui tendant un T-shirt.

Elle l'enfila machinalement.

– C'est le boulot ?

– J'ai pas de boulot.

– Ton stage ?

Anna ne répondit pas. Elle soupira et constata que son joint était éteint. Antoine attendit. Elle le ralluma, inhala, expira.

– Ils t'ont virée ?

– Je me suis fait larguer.

Antoine écarquilla les yeux.

– T'as un copain ? Enfin… t'avais un copain ?

– À ton avis ?
– Je savais pas ! Ça faisait longtemps ?
– Huit mois.
– Ah quand même !

Sa sœur lui cachait tout. Enfants, ils n'avaient jamais eu de tendre complicité. Leur rapport s'était toujours basé sur une confrontation plus ou moins directe. Était-ce l'écart d'âge ? Le fait qu'Antoine avait toujours tout réussi, sans jamais sortir des cases ? Anna s'était construite comme son exacte opposée. Antoine montait à Paris ? Elle irait à Londres. Il ne fumait pas ? Elle commencerait à douze ans. Il serait l'homme d'une seule femme ? Elle enchaînerait les partenaires sans jamais s'attacher. Elle n'avait jamais été particulièrement discrète à ce sujet, affichant ses opinions et ses envies avec force, et Antoine ne parvenait plus à suivre sa vie sexuelle débordante et chaotique. Mais une histoire d'amour, c'était nouveau.

– Il s'appelle comment ?
– Leila.

Antoine mit un moment à digérer l'information.

– Leila, répéta-t-il, bêtement.
– Ouais, fit-elle en recrachant la fumée.

Plus tard, alors qu'elle regardait la télé en écoutant de la musique, Antoine prit le temps d'envoyer un texto à sa mère, pour lui apprendre que sa fille était vivante. Il hésita à appeler Jen, mais se rendit compte qu'elle ne prendrait pas très bien cette incursion familiale dans leur nid commun, et choisit de résoudre cette situation seul, comme l'adulte responsable qu'il était.

En revenant dans le salon, il remarqua les chips écrasées sur le canapé Roche Bobois, et jura intérieurement. Il s'assit face à Anna, et lui fit un signe de la main. Elle consentit à enlever ses écouteurs.

– … Ouais ?
– T'as un plan ? demanda-t-il avec douceur.
– Un plan ?
– Pour ces prochains jours.
– Je pensais me suicider.
– OK. Et sinon ?
Anna soupira, regarda l'écran de la télévision, puis la nuit parisienne.
– Je peux venir à Londres ? demanda-t-elle à la fenêtre.
– Pardon ?
– J'ai des potes, à Londres. Si tu m'avances le billet.
Antoine se mordit la lèvre. Il savait bien où irait cette discussion. Il devrait révéler à Anna ses projets secrets. Mais Anna serait la dernière personne qui irait en parler à sa mère, pour la simple raison qu'elles ne se parlaient pas.
– On ne va plus à Londres, avoua Antoine.
Anna leva les yeux.
– Vous allez où ?
– … En Autriche.
Elle baissa les yeux, déçue. Son frère était la seule personne au monde qui pouvait choisir l'Autriche comme destination de vacances.
– Qu'est-ce que vous allez foutre en Autriche ?
– Tu promets de le garder pour toi ? répondit Antoine.
– Oh putain. Scandale, tromperie, meurtre, trahison ?
Antoine alla chercher la carte postale, et la mit sous les yeux d'Anna. Elle sembla déçue.
– … Et ?
Antoine lui expliqua le caractère exceptionnel de ce retard de dix-sept ans.
– Ah, OK. Donc tu vas flinguer tes vacances pour essayer de retrouver un mec qui t'a abandonné comme une merde sans jamais te donner de nouvelles ?

– Qui *nous* a abandonnés.

Elle n'avait pas le même rapport au père qu'avait eu Antoine. Elle n'avait jamais connu Charles. Elle n'avait jamais souffert de cette absence.

– OK. Je peux venir ?

– Non.

– Pourquoi ?

Antoine pensa à mille raisons. Parce qu'il allait devoir tout lui payer, parce qu'elle allait passer son temps à répandre sa négativité, en entraînant Laurent dans une cascade de beuveries, parce qu'elle se ferait probablement arrêter par la police autrichienne pour tapage nocturne, ou trouble à l'ordre public, parce qu'elle était incapable de modération, et qu'Antoine estimait, pour *ses* vacances, avoir droit à un minimum de modération. Mais il répondit :

– Parce que.

– OK.

Elle roula un autre joint, l'alluma, tira une taffe, exhala.

– ... Je peux rester ici, alors ?

Antoine regarda le canapé, les affaires d'Anna, les cendres, la fumée. Il eut une pensée fugitive pour Jen et comprit qu'il devait choisir entre la peste et le choléra. Après trois secondes de réflexion, il opta pour la peste.

3.

Gramatneusiedl

Laurent avait très peu dormi. Il avait patienté jusqu'au petit matin, pour finir chez la jeune demoiselle à la cheville foulée – qui n'était pas foulée, finalement. Elle avait cédé à ses avances, mais il ne saurait jamais vraiment si c'était par réelle envie ou par politesse, car selon le code civique de ce début de millénaire, on ne pouvait décemment éconduire un garçon qui venait de patienter six heures aux urgences, sans même une prise de courant pour recharger son portable. Cette fin de nuit – ou ce début de matinée – n'avait pas été particulièrement glorieuse, chacun des participants aux ébats ayant une envie secrète d'en finir au plus vite, afin de pouvoir grappiller quelques précieuses minutes de sommeil. Laurent s'était ensuite extirpé du lit, avait empli son sac à la hâte et s'était rendu, comme un automate, jusqu'au quai de la gare. Il en était à son troisième café lorsqu'il crut discerner derrière Antoine une apparition improbable. Improbable pour plusieurs raisons : d'abord il était étonnant qu'Anna soit levée à cette heure matinale, ensuite Laurent doutait fort qu'elle ait les moyens de se payer un billet de train, enfin il était impensable qu'elle ait accompagné son frère.

– Je sais pas si tu sais, mais y a ta sœur qui te suit.

– Elle vient avec nous.

– Elle quoi ?

– C'était ça ou la laisser saccager mon appart.

– Elle vous entend, dit Anna. Elle est juste là. Désolée de casser votre délire de vacances de couple, je vous laisserai des moments câlins.

Laurent la fusilla du regard.

– Je pensais pas que ça t'intéressait de passer du temps avec des vieux.

– Je t'ai dit ça *une* fois. J'avais quinze ans, j'étais bourrée, t'essayais de me sauter.

Laurent ouvrit la bouche pour répondre, regarda Antoine, retint son souffle. Ce fut Antoine qui dit, en levant les yeux au ciel :

– On va pas encore reparler de cette histoire ?

Dans le train, personne ne dit rien pendant un bon moment.

Parenthèse, et je repasse à la première personne, pour vous assurer que je n'ai jamais essayé de « sauter » Anna Lefèvre.

Anna a toujours été pour moi cette enfant capricieuse et surexcitée qui faisait tomber les lampes, qui quittait la table en plein milieu du repas, qui nous infligeait des spectacles sans queue ni tête, chantait – faux et bien trop fort – au milieu d'une conversation, en deux mots : une petite sœur.

Certes, à la puberté, cette gamine maigrichonne se dota fort précocement d'une poitrine inattendue, son timbre criard se mua en une voix grave et légèrement cassée – mais peut-être était-ce dû aussi aux cigarettes qu'elle fumait en cachette à douze ans –, certes les vêtements d'enfant qu'elle enfilait négligemment devinrent soudain bien petits pour ses formes naissantes, et les yeux perçants qu'elle posait sur le monde se chargèrent désormais de lourds sous-entendus sexuels, mais elle restait la petite sœur d'Antoine.

Oui, elle commença à coucher avec des garçons en même temps que son frère faisait une cour chaste à Jennifer, oui, à quinze ans, elle suivait des hommes mariés à l'arrière de leur moto et quand elle dansait aux soirées des « vieux », son déhanchement n'avait rien d'innocent, mais je vous prie de croire que c'est elle-même qui, un soir, vint m'aborder avec une insolence encouragée par l'alcool, et qu'il me fallut un sang-froid remarquable pour résister à ses assauts et ne pas sombrer dans le péché, l'illégalité, et la trahison de mon meilleur ami.

Anna Lefèvre était un cas à part. Si connerie il y avait à faire, elle la faisait. Elle était douée pour tout, et s'intéressait à tout, mais se lassait si vite des choses qu'elle finissait par échouer, invariablement. Elle était insupportable et pourtant on ne pouvait que l'aimer.

– Qu'est-ce que t'écris ? demanda-t-elle.

– Rien, dis-je en refermant mon portable.

– Qui était insupportable ?

– Quelqu'un. Ça te dérange de pas lire par-dessus mon épaule ?

– C'est un roman ?

Laurent souffla.

– C'est un début de quelque chose.

– Sur quoi ?

Antoine le regardait aussi, à présent. Laurent avait tapé au clavier pendant la première heure de leur trajet, tandis que l'une écoutait son iPod et l'autre lisait les journaux. Peut-être n'avait-il pas osé le lui demander, mais il se joignait désormais au regard interrogatif de sa sœur.

– Je ne sais pas si c'est une nouvelle ou un article. On verra.

– Sur quoi ?

Laurent se dit qu'au fond, malgré le maquillage, la drogue et les provocations, Anna était toujours cette petite fille de sept ans qui posait trop de questions, répétées avec insistance jusqu'à épuisement de l'auditeur.

– … Sur le voyage.

– Sur le voyage ? Quel voyage ? *Ce* voyage ?
– Ce voyage, ou tous les voyages. Je me pose des questions.
– Quelles questions ?
– On s'en fout. Je vais dormir un peu.
Anna sourit, ravie de pouvoir embêter Laurent.
– Tu vas parler de nous ?
– Bonne nuit.
– Si tu me décris, tu pourras dire que je suis une grande blonde ? Et je veux m'appeler Shéhérazade. Non, Jasmine !
Anna était tout le contraire d'une grande blonde. C'était une petite brune bien proportionnée, un corps de rêve en miniature. Une taille de guêpe, des fesses fermes, des seins opulents qu'elle se permettait de ne pas cacher derrière un soutien-gorge, et qui défiaient la gravité par le simple miracle de ses dix-neuf ans. Plus tard, en lisant mes épreuves, elle viendrait me jeter les pages au visage en criant : « Dis donc, connard ! Je parle de la taille de ton sexe, moi ? », ajoutant d'autres insultes que la décence m'interdit de reproduire ici.
– C'est quoi les questions que tu te poses ? reprit-elle.
– Je peux dormir ?
– Des questions sur le voyage ? Genre à quelle heure on arrive ?
Laurent fusilla Anna du regard.
– Bon, Anna, intervint Antoine, arrête de le faire chier.
– Des questions sans réponse, répondit Laurent, un peu remonté. L'essentiel, ce sont les questions. Tant que l'on pose des questions, il y a un but. Dès qu'on a la réponse, on peut mourir. Voilà ce que j'écris.
Un court silence suivit sa tirade. Antoine regarda sa sœur.
– Eh ben, conclut-elle, ça a l'air bien chiant.
Elle se leva pour aller chercher un café. Laurent et Antoine restèrent seuls.
– Je suis sûr que c'est pas chiant.

– Merci, mon lapin. Je vais vraiment essayer de dormir.
– Dans trois minutes, elle revient me taper de l'argent.
– T'as payé son billet ?
– Non, mentit Antoine.
Laurent ouvrit les yeux et le regarda. Pas à lui.
– Oui, admit-il.
Laurent secoua la tête.
– Pourquoi t'as fait ça ?
– Parce qu'elle avait nulle part où aller. Parce que sinon elle serait restée chez moi. Parce que je suis trop lâche pour affronter Jennifer.
Laurent acquiesça, dépité.
– Elle vient de se faire larguer, ajouta Antoine.
– Ah. Elle avait un mec ?
– Une meuf.
Laurent rit de la blague d'Antoine, puis comprit que ce n'en était pas une. Anna revint avant qu'il puisse approfondir l'information, et s'adressa à son frère :
– T'as pas 20 balles ?

À Vienne, Antoine insista pour aller visiter la ville. Ils marchèrent le long du Danube, mangèrent une escalope panée, et ce fut dans le Museumsquartier qu'ils perdirent Anna de vue. Antoine tenta de la rappeler, en maugréant sur le prix du hors forfait, Laurent revint sur ses pas, et demanda même autour de lui si personne ne l'avait vue, sans succès. Ils durent se rendre à l'évidence : elle les avait lâchés.

Ce n'était pas la première fois. En société, en soirée, elle ne disait jamais au revoir. Elle partait, tout simplement. Pendant les repas familiaux, elle ne demandait pas la permission de quitter la table, ne souhaitait pas bonne nuit. Parfois, elle restait tout le repas, débarrassait, lavait la vaisselle, mais la plupart du temps, elle se levait avant le dessert et regagnait sa chambre. Cela rendait Antoine furieux, et il soupçonnait que c'était une des raisons pour lesquelles elle continuait de disparaître au débotté.

À la gare, ils l'attendirent une bonne vingtaine de minutes, puis Antoine dut se résoudre à constater qu'une fois de plus, Anna était partie.

Le train faisait partie du réseau urbain, et le trajet ne dura pas plus d'un quart d'heure. Laurent ne prit pas la peine d'ouvrir son ordinateur, et nota qu'Antoine semblait plus préoccupé par sa sœur que par la recherche de son père, ce qu'Antoine fut obligé de reconnaître. Il constatait avec amertume une proximité plus évidente avec ses demi-frère et sœur qu'avec Anna. Et encore plus avec Léo, avec qui Antoine n'avait pas de gènes en commun. Jen disait qu'Anna reportait sur lui l'abandon du père qu'elle n'avait jamais connu. Elle lui en voulait, à lui, Antoine, que Charles soit parti, ne pouvant en vouloir à Charles lui-même. Laurent leva les yeux au ciel. Jen était la reine des raccourcis psychologiques. Néanmoins, Antoine avait toujours eu envers Anna un rapport plus paternel que fraternel, et elle se comportait avec lui comme une ado en crise, accentuant son impression de vieillesse précoce. Elle dénigrait tout ce qu'Antoine pouvait dire, méprisait ses choix, ses idées, ses goûts…

– On est arrivés, l'interrompit Laurent.

Antoine regarda le panneau à travers la vitre : *Gramatneusiedl.* Ils bondirent sur leurs pieds et réussirent à sauter sur le quai avant que les portes ne les condamnent à prendre un autre train. Essoufflés, ils détaillèrent le paysage. Ils ne parvinrent pas à décider ce que cette ville sentait le plus : la propreté ou l'ennui.

En parcourant le petit kilomètre qui séparait la gare de l'unique hôtel de la ville, leur première impression se confirma. Des bâtiments modernes, des petits pavillons, un ou deux cafés vides... Le regard des rares autochtones qu'ils croisaient ne semblait ni hostile ni chaleureux, simplement endormi.

À l'accueil de l'hôtel, ils ne trouvèrent personne, jusqu'à ce qu'une dame d'un certain âge sortie de nulle part s'adresse à eux dans un anglais plus qu'approximatif. Ils comprirent qu'elle était la gérante de l'hôtel. Antoine eut toutes les peines du monde à lui expliquer qu'ils n'étaient plus trois, mais deux.

La chambre sentait le neuf. Antoine et Laurent séparèrent les lits jumeaux et déballèrent leurs valises. Laurent ouvrit la fenêtre, qui donnait sur la place. Il resta un instant à contempler la non-activité de la bourgade, puis s'assit sur le lit et parut songeur.

– Franchement, dit-il après quelques secondes de réflexion, si ton père s'est installé ici, soit il était très amoureux, soit c'était pour se pendre.

Antoine entreprit de suspendre ses chemises :

– Bon, on se donne trois jours. Si on l'a pas trouvé, on remonte à Vienne.

La mairie était ouverte, et – par chance – le réceptionniste parlait un anglais plus que correct.

– Charles Lefèvre ? répéta-t-il. Ça ne me dit rien... Il a quel âge ?

– Il est né en 1957, répondit Antoine. Il aurait cinquante et un ans... Non, cinquante. Il est de novembre.

Le réceptionniste secoua la tête.

– Non, je ne vois pas, et si c'est un Français, c'est moi qui me serais occupé de ses papiers... Attendez-moi un instant.

Il disparut vers une autre salle. Antoine eut un regard vers Laurent, qui admirait l'absence de style architectural de la mairie. Il soupira, secoua la tête et alla s'asseoir sur un banc inconfortable.

– À quoi tu penses ? demanda Laurent.

– Je me mets à sa place. J'ai trente et un ans, mon fils en a sept. Ma femme est enceinte de notre deuxième enfant, et tout va bien. Je n'ai pas de tendances dépressives, je ne suis pas un père violent, avec ma femme on ne s'engueule jamais, tout porte à croire qu'on est très amoureux. Et un matin, je pars.

– Sans dire au revoir. Sans laisser de mot. Sans rien dire à personne.

Antoine regarda le plafond – blanc cassé.

– Ça, c'est parce que j'ai l'intention de revenir.

– Tu crois ?

– Si je pars pour de bon, si j'ai décidé de me tuer, je laisse au moins un mot. Pour m'excuser, m'expliquer. Si je pars chercher le pain, je laisse un mot. Pour dire quand je rentre. Si je ne laisse pas de mot, c'est que je compte revenir. Mais je ne sais pas quand.

– Sauf qu'après, silence radio.

– Silence radio pendant deux ans. C'est donc que… ?

– Il n'a pas osé appeler.

– Possible. Ou alors j'ai toujours l'intention de rentrer, mais je ne sais toujours pas quand. Et puis un jour, j'envoie une carte postale. D'un bled. En Autriche.

– « Je pense à vous. Je vous aime. »

Antoine mordilla son ongle, et lança un nouveau regard circulaire au hall de la mairie.

– Il n'est plus là, affirma-t-il soudain. Il n'aurait pas refait sa vie ici.

– J'espère pour lui, en tout cas.

– Et même si… Sur la carte, il ne laisse pas d'adresse, pas de numéro… Il est juste passé par là. Il savait qu'on ne le retrouverait pas en venant ici.

Le fonctionnaire de la mairie interrompit leurs réflexions. Son visage trahissait déjà la déception, et il confirma les craintes d'Antoine :

– Je suis désolé, aucune trace d'un Charles Lefèvre. Il vit peut-être chez quelqu'un, en concubinage ? Demandez autour de vous. Dans les commerces, dans les cafés… On ne sait jamais.

Antoine et Laurent passèrent le reste de la journée à parcourir la ville en menant leur petite enquête. Antoine avait emporté une vieille photo, qu'il montra à tous ceux qui daignaient répondre à leurs questions. Les habitants n'étaient pas particulièrement bavards, et lorsqu'ils comprenaient que leur recherche remontait à plus de quinze ans, la plupart levaient les yeux au ciel et partaient en secouant la tête.

Ils dînèrent à 19 heures, et Antoine lut dans l'œil de Laurent une certaine angoisse, teintée d'un soupçon de déception.

– Tu regrettes pas d'avoir filé ta dém, hein ? lança Antoine avec humour.

Laurent observait la clientèle, majoritairement âgée et silencieuse.

– Vis ma vie de vieille dame en retraite.

– Je crois que la majorité des vieilles dames en retraite s'éclatent, en comparaison avec celles-ci.

– Je sais pas ce que je m'imaginais. Je pensais être plus doué que ça pour enquêter, mais je me rends compte qu'en fait, je suis peut-être meilleur serveur que journaliste.

– Impossible, tu es un très mauvais serveur.

– C'est vrai, j'oubliais.

À 21 h 45, ils étaient au lit. Ils avaient cherché un cinéma, sans succès. Un bowling, un billard ? Non plus. Ils s'étaient donc calés devant une rediffusion de *Robin des bois, prince des voleurs*, avec Kevin Costner, en VO. Antoine semblait presque avoir abandonné toute velléité de recherche. Ce fut lorsque

Robin revint au château de son père – tué par les hommes du shérif après avoir refusé de se joindre à eux – que Laurent eut une idée.

– Passe-moi la carte postale, dit-il soudain.

Antoine, sans quitter la télé des yeux, pointa un doigt en direction de la table de nuit.

– Dans le tiroir.

Laurent se saisit de la carte, et descendit dans le hall, à la recherche de la logeuse. Mais il dut se rendre à l'évidence : à Gramatneusiedl, nous étions au milieu de la nuit, et tout le monde dormait.

– T'es sûr que ça va ? demanda Antoine lorsqu'il remonta dans la chambre.

– Je te dirai demain.

Le lendemain matin, au petit déjeuner, Laurent montra la carte à leur logeuse. Elle acquiesça et commenta de son meilleur anglais :

– Ah, oui, manoir von Markgraff. Pas loin. Mais vieux. Vieux photo. Bombes pendant la guerre. Boum.

Les gestes qu'elle fit furent éloquents : si manoir il y avait, manoir il n'y avait plus. Laurent sembla déçu.

– Tu t'attendais à quoi ?

– Je ne sais pas. Le type t'envoie une carte postale, une. Tu crois pas qu'il la choisit avec soin ? Qu'elle veut dire quelque chose ?

– Le type ne nous donne aucune nouvelle pendant deux ans, et quand il nous écrit, c'est deux lignes. Oui, je le crois parfaitement capable de prendre la première carte postale sur le premier stand venu. Et vu la banalité architecturale de cette ville, il n'est pas étonnant que ce manoir soit sur la majorité des cartes.

Mais Laurent ne sembla pas satisfait de cette réponse.

Il entraîna Antoine à la mairie. Ils tombèrent à nouveau sur le réceptionniste, dont les yeux s'illuminèrent lorsqu'il les reconnut. Leur requête avait dû transformer en profondeur son quotidien. Laurent lui montra la carte postale. Il avait déjà vu cette photo maintes fois, ce qui conforta Antoine dans l'idée que son père l'avait achetée au hasard.

– C'est le manoir von Markgraff. La photo date d'avant la guerre.

– Il a été bombardé, c'est ça ?

– Euh… je crois qu'il a brûlé, oui. Mais il a été reconstruit.

Laurent releva les yeux.

– Pardon ?

– Oui, aujourd'hui c'est un centre d'accueil social. Vous pouvez aller le visiter, c'est à quelques kilomètres seulement. Vous avez une voiture ?

Antoine et Laurent secouèrent la tête de concert.

– On peut en louer une ? demanda Laurent.

– Bien sûr, mais pas ici. À Vienne. Mais pour le manoir, il y a un bus, je vais vous indiquer.

En attendant le bus, Antoine appela Anna, encore, qui ne répondit pas.

Dans le bus, Antoine regarda la carte postale.

Après le bus, ils marchèrent quelques minutes avant d'arriver à destination. Le manoir était entouré d'un parc modeste, qui semblait correctement entretenu. Ils s'avancèrent vers le bâtiment et s'étonnèrent de pouvoir y pénétrer sans obstacle. Ils croisèrent une femme qui en sortait, et qui leur adressa un signe de tête pressé. Ils reportèrent leur attention sur le hall d'entrée. Les peintures étaient récentes, les murs semblaient dater des années cinquante. Une plaque était vissée sur la porte du gardien. Ils frappèrent trois coups brefs. La femme qu'ils avaient croisée les héla, et leur lança quelques mots en allemand. Puis elle repartit. Antoine regarda Laurent.

– Je sais pas, je parle pas allemand. Mais à mon avis, le gardien est pas là.

Après quelques secondes à attendre devant la porte, ils s'assirent sur le perron. Laurent sortit son ordinateur portable, et se mit à écrire. Antoine se leva et fit le tour du parc. Il entreprit de comprendre d'où la photo avait été prise, lorsque le manoir avait sa forme d'avant-guerre. Il trouva facilement : pleine face, à une centaine de mètres de Laurent. Il constata les différences : moins de boiseries, plus de béton. Les ailes avaient été agrandies et le nouveau bâtiment avait gagné en hauteur ce qu'il avait perdu en charme.

Antoine imagina son père saisir à la hâte cette carte postale, griffonner quelques mots et l'envoyer, avant de reprendre la route. Il se rendit compte qu'il avait entraîné son meilleur ami jusqu'au village le plus ennuyeux d'Autriche afin de percer un mystère imaginaire, plutôt que de profiter avec lui des nuits londoniennes. Il se trouva stupide.

Ils restèrent encore quelques heures devant le manoir, questionnant les familles qui passaient par là, mais ne recueillant que des informations inutiles – la plupart n'habitant ici que depuis peu.

Enfin, le gardien arriva, ouvrit sa loge et leva un sourcil en constatant la présence inhabituelle des deux touristes français.

L'espoir d'Antoine fut de courte durée : le gardien ne parlait pas un mot d'anglais, encore moins que leur logeuse. Ils durent se rendre à l'évidence, c'était un échec. Ils reprirent le bus en sens inverse, en maugréant contre les instances imbéciles qui avaient placé avec des familles de migrants un gardien monolingue.

– Bon, tout ça n'a pas de sens, décréta Antoine. On repart demain.

– On peut encore interroger les commerçants ? Il y a peut-être une presse locale…

– Non, non. On est pas dans un roman d'Agatha Christie. Mon père est peut-être passé ici il y a dix-sept ans, mais il n'y a jamais remis les pieds, et je le comprends. Il nous reste dix jours de vacances, on remonte à Vienne.

En revenant à l'hôtel, leur logeuse fondit sur eux en déversant une logorrhée autrichienne. Elle semblait s'excuser tout en les disputant. Quand elle eut la décence de passer à l'anglais, Antoine comprit les mots « deux », « trois », « chambre », « douche » et « jeune fille ». Il fronça les sourcils et sentit la colère monter.

En ouvrant la porte de la chambre, il tomba sur Anna, enroulée dans une grande serviette, allongée sur le lit, qui fumait une cigarette.

– Putain, Anna ! Tu ne fumes pas dans ma chambre, tu t'habilles, s'il te plaît, et la prochaine fois que tu te barres, tu me préviens !

Anna recracha la fumée, tourna la tête vers Antoine, et dit, comme si sa diatribe avait simplement glissé sur elle :

– J'ai la dalle. Vous avez mangé, déjà ?

Anna n'avait pas dormi. À Vienne, elle s'était laissé porter par la foule. Elle avait longuement marché, avait traîné dans les magasins de prêt-à-porter, avait volé un ou deux articles, plus pour garder la main que par réel besoin, avait calé sa valise dans le garde-bagages d'un hôtel quelconque, leur racontant une histoire à la mords-moi-le-nœud comme elle seule en était capable, elle avait dîné copieusement dans un fast-food local, avant de disparaître par la fenêtre des toilettes, puis elle avait eu envie de danser. Se joignant à divers groupes de garçons un peu éméchés, elle était entrée en boîte de nuit, se faisant offrir des verres, des cigarettes, et même un rail de cocaïne. Le matin, elle avait somnolé dans un parc avant de vaquer à ses occupations quotidiennes. Dans l'après-midi, elle avait commencé à avoir faim, alors elle avait récupéré sa valise, pris le train, reçu une amende, donné un faux nom, rejoint l'hôtel d'Antoine et Laurent, embrouillé l'esprit embrumé de leur logeuse et passé vingt bonnes minutes sous une douche chaude. De tout cela, Antoine ne sut rien.

Ils étaient tous les trois attablés au restaurant chinois, le seul encore ouvert en plein après-midi. Anna dévorait son deuxième bo-bun, tandis que les garçons résumaient les résultats de leur recherche.

– Ouais, bon, vous avez rien trouvé, quoi.

Laurent et Antoine ne commentèrent pas. Anna se lécha les doigts.

– Eh ben bravo, les enquêteurs.

Elle sortit un carnet de son sac, carnet qui était fait d'un amoncellement de feuilles liées les unes aux autres. Elle fouilla entre les pages.

– Alors… Le manoir von Markgraff appartient à une entreprise d'accueil d'immigrés qui s'appelle Zuhause, ça veut dire « chez nous ». Selon leur site, ils logent des familles entières, c'est une sorte de HLM, ou un truc comme ça. Bref, le siège de l'asso est à Vienne, j'ai passé un coup de fil, j'ai parlé avec le directeur, très sympa, qui m'explique qu'il y a dix ans, c'était déjà Zuhause qui gérait le château, enfin le manoir, mais qu'ils ne logeaient pas encore les familles. Ils faisaient dans la réinsertion sociale, et le manoir était une sorte de centre important de la région, avec une clinique de dépistage, une crèche, bref, un truc avec pas mal de passage. De 1987 à 1999, le directeur était un mec qui s'appelle Gustav quelque chose. J'ai récupéré son numéro, je l'ai appelé.

– Attends, attends, pause, dit Laurent, qui masquait mal son étonnement. Tu parles allemand ?

– Ouais.

Au lycée, Anna avait choisi allemand première langue, par esprit de contradiction. Elle n'avait pas particulièrement accroché avec la poésie germanique, mais s'était découvert un ton pour la musicalité et la grammaire. Lorsque professeurs et famille l'encouragèrent à poursuivre une carrière dans les langues, elle s'en désintéressa immédiatement.

– Bref. J'appelle Gustav, il décroche, je lui raconte l'histoire, Charles, la carte postale, tout ça. Je lui donne la date, 1991, je lui décris papa, et là, le mec s'excite tout seul. Il se souvient de lui.

– Quoi ? s'écria Antoine.

– Ouais, ouais. Apparemment, à l'époque, papa a travaillé quelques mois comme bénévole au manoir et Gustav s'en souvient. Bref, je lui demande si on peut le rencontrer, il me dit : Pas de problème, je lui demande où il habite, il me dit qu'il habite encore à Gramatneusiedl. On a rendez-vous avec lui dans une heure. Si je reprends un troisième bo-bun, je vais gerber, non ?

Antoine voulut répondre, mais aucun son ne sortit de sa bouche.

Une heure plus tard, devant la porte de Gustav Brunner, il se tourna vers Anna :

– Mais du coup, tu as dormi où, hier soir ?

Elle sonna, pour éluder la question. Laurent se tenait légèrement en retrait, digérant l'humiliation d'avoir été dépassé par cette gamine insolente. La porte s'ouvrit sur Gustav, la cinquantaine bedonnante, gilet usé et petites lunettes rondes. Anna s'adressa à lui dans un allemand impeccable :

– Monsieur Brunner ? Je suis Anna, on s'est eus au téléphone, tout à l'heure… Vous vous souvenez ?

– Oui ! Bien sûr, Anna, entrez, entrez… Et vous devez être…

Il s'était adressé à Antoine, qui ne comprenait rien.

– Antoine, répondit Anna à sa place. Mon frère. Le fils de Charles.

– Ah, oui ! s'exclama Gustav. Oui, je vois. Je vois la ressemblance. Ah oui.

Gustav avait une bonhomie naturelle et une proximité immédiate, et il leur sembla évident qu'il ait choisi une carrière dans le social. Il aperçut Laurent et sourit encore plus franchement :

– Bonjour !

Il regarda Anna, puis Laurent à nouveau, puis revint à Anna.

– Votre petit ami ? Fiancé ?

Anna secoua la tête.

– Ah non, non. Non. Pas le mien, en tout cas.

– Ah ? Alors peut-être…

L'œil de Gustav s'illumina, et il montra Antoine. Anna connaissait ce regard, c'était celui d'un homme ravi de rencontrer deux jolis garçons.

– Oui, voilà. C'est le mec de mon frère.

– Ah ! Très bien ! Très bien !

Il sembla enchanté de cette nouvelle.

– Qu'est-ce que tu lui as dit ? demanda Laurent.

– Que vous êtes des vieux potes, dit-elle en souriant.

Gustav les invita à s'asseoir dans le salon, et partit leur préparer du thé. Le silence et l'état immaculé de l'appartement laissaient à deviner qu'il vivait seul.

– Préférez-vous qu'on parle anglais ? lança-t-il de la cuisine.

Les deux garçons acquiescèrent avec enthousiasme. Gustav mit l'eau à chauffer et revint dans la pièce. Il s'assit un moment, puis se releva.

– J'ai un peu fouillé dans mes dossiers, depuis le coup de fil de votre sœur. La plupart des bénévoles avaient vingt ans, à peine, mais votre père était de ma génération, alors même s'il n'est pas resté longtemps, je me souviens bien de lui. J'ai tout de suite senti que c'était un bon garçon…

Gustav saisit un petit paquet de photos, qu'il parcourut rapidement, avant d'en sortir une et de la leur tendre.

– Tenez, c'est bien lui ?

Antoine la saisit doucement. Il s'agissait de Gustav, posant devant le manoir en souriant, la main sur l'épaule d'un homme, la trentaine sportive. Trois choses le frappèrent : d'abord, c'était son père, indéniablement. Ensuite, il semblait différent de ses souvenirs – plus mûr, plus jeune, plus vivant ? Impossible à dire. Enfin, il lui ressemblait terriblement.

– C'est lui, oui. Avec vous ?

– Oui ! Je ne sais plus qui a pris la photo…

– Vous souvenez-vous pourquoi il était venu ici ?

Gustav sembla chercher dans ses souvenirs.

– Honnêtement, non. Je sais qu'il voyageait, mais il était plutôt secret. Je savais qu'il était français, même si son accent ne le trahissait pas, et je crois qu'il m'avait dit qu'il avait des enfants.

Antoine accusa le coup, Anna ne cilla pas.

– Que faisait-il, comme travail ?

– Du bénévolat, comme tout le monde. Accueillir les personnes en difficulté, faire du travail de bureau, nettoyer les locaux… Pour le reste, les journées ne se ressemblaient pas.

– Est-il resté longtemps ?

– Quelques semaines. Quelques mois, peut-être ? Ce n'est pas comme si nous faisions des contrats. Les bénévoles venaient tant qu'ils le pouvaient. Un jour, il n'est plus venu, et je ne l'ai plus vu. Alors ? Que lui est-il arrivé ?

Antoine fut surpris de la question. Il échangea un court regard avec Anna, avant de répondre :

– On… On ne sait pas. Il n'est jamais revenu en France. Enfin… Il n'est jamais revenu à nous, en tout cas.

Un voile de déception passa derrière les lunettes de Gustav.

– Ah. Je suis désolé de l'apprendre.

– Savez-vous pourquoi il s'était engagé au manoir ?

– Il était de passage, je suppose qu'il cherchait à s'occuper.

– Vous dites qu'il était bénévole, comment gagnait-il sa vie ?

– Aucune idée. Il n'avait pas d'autre travail. Il n'était pas riche, mais il ne m'a jamais demandé d'argent.

– Comment était-il ? Quels souvenirs avez-vous de lui ?

– C'était un homme bon, pudique. Il était curieux de tout. Il me posait beaucoup de questions sur la ville, sur le passé, sur le manoir aussi… Mais la plupart du temps, nous allions boire des coups, écouter de la musique, faire la fête à Vienne. Ici, c'est une petite ville, il n'y a pas beaucoup de distractions.

– Savez-vous où il est allé ensuite ? D'où il venait ?

Gustav inspira profondément, et ferma les yeux. Il fit la moue, secoua la tête, puis répondit :

– Où il est allé, je ne sais pas. Mais je sais qu'il venait de l'Est.

Antoine fronça les sourcils.

– De l'Est ? C'est-à-dire ? De Russie ?

– Non, de Turquie.

Les trois jeunes gens écarquillèrent les yeux.

– De Turquie ?

– Oui, oui. C'est ça. Il revenait de Turquie.

– Où ça, en Turquie ?

– Aucune idée. Un village, je crois. J'aimerais être plus précis, mais… Il avait dû m'en parler un soir. La Turquie, oui, ça, je m'en souviens. Oui…

Un ange passa. Gustav tentait de creuser le sillon de ses souvenirs. Comment aurait-il pu savoir que vingt ans plus tard, on viendrait l'interroger sur un étranger de passage ?

– Avait-il d'autres amis dans la ville ? demanda Laurent.

– Non, ça, je sais que non. Il était arrivé seul, il s'entendait bien avec les autres bénévoles, mais il ne poussait pas plus loin le lien. Peut-être savait-il qu'il n'allait pas rester longtemps. Je me souviens qu'il plaisait aux filles, et certaines lui avaient ostensiblement fait des avances, mais il s'en fichait. Il n'était pas insensible à leurs charmes, mais il semblait avoir autre chose en tête. À vrai dire, je me doutais qu'il ne resterait pas.

– Et vous ? Ça fait longtemps que vous habitez ici ?

– Oh oui, depuis toujours. J'ai un peu voyagé, mais je suis natif d'ici. Votre père aussi posait beaucoup de questions… Je lui avais présenté ma mère.

– Votre mère ? Pourquoi ?

– Parce qu'elle était née avant la guerre, et elle lui racontait des histoires de famille – pas de notre famille, bien sûr, mais celle des von Markgraff, et du manoir. Elle l'avait trouvé charmant, il allait la voir souvent, elle pourrait peut-être vous en dire plus que moi.

– Elle est toujours en vie ? s'étonna Antoine.

– Bien sûr, je ne suis pas si vieux !

– Excusez-moi, intervint Laurent. Vous avez dit que son accent ne le trahissait pas. Qu'est-ce que vous vouliez dire par là ?

– Il parlait un très bon allemand. Il manquait de vocabulaire, mais son accent était bon. Comme le vôtre, ajouta-t-il en direction d'Anna.

Laurent tourna la tête vers Antoine, qui avait reçu plus d'informations en cinq minutes sur son père qu'en dix-neuf ans. Il vit Antoine hésiter à poser une question, puis se lancer :

– Monsieur Brunner, si j'ai bien compris, vous étiez la personne la plus proche de mon père, pendant les deux mois qu'il a passés ici.

– C'est exact. Je le pense.

– Régulièrement, vous alliez boire des verres ensemble, tous les deux.

– Oui.

– J'espère que vous n'allez pas mal prendre la question que je vais vous poser…

Gustav fronça les sourcils, tandis qu'Anna et Laurent se regardèrent, intrigués.

– Avez-vous eu plus qu'une amitié avec lui ?

– Que voulez-vous dire ?

Antoine prit son courage à deux mains pour demander :

– Étiez-vous amants ?

Gustav eut le souffle coupé. Un instant, Laurent imagina qu'il allait casser quelque chose, ou frapper Antoine, mais il éclata d'un grand rire sincère et chaleureux.

– Mon garçon, dit-il quand il eut repris son calme, je peux vous certifier deux choses : nous n'avons eu qu'une franche amitié, et non, votre père n'était pas homosexuel.

Antoine acquiesça, lentement. Il était presque déçu. Il aurait obtenu une explication plausible de ce départ inopiné.

– Pardonnez-moi si j'ai pu vous offenser.

– M'offenser ? reprit Gustav, tout aussi souriant. Vous me flattez ! Si Charles avait voulu de moi, j'aurais sauté sur l'occasion !

Antoine sourit, et reprit :

– Monsieur Brunner… Vous souvenez-vous de quelque chose qu'il vous aurait dit, quelque chose qui pourrait nous aider à comprendre pourquoi il est parti ?

Gustav secoua lentement la tête et dit d'une voix douce :

– Vous êtes jeune… quel âge avez-vous ? Trente ans ?

– Vingt-six.

– Vingt-six ans, mon Dieu… Donc il y a dix-sept ans, vous étiez en primaire. Imaginez qu'un élève soit entré dans votre classe, pour n'y rester que deux mois. Même si vous aviez sympathisé, même s'il vous avait raconté sa vie… c'était il y a dix-sept ans, la mémoire s'estompe. Tout est flou, Antoine. Je suis désolé.

Antoine se tut. Laurent se leva et se posta devant la fenêtre. Anna n'avait rien dit depuis qu'ils étaient assis, et ce fut elle qui brisa le silence :

– Et votre mère, alors ? Elle habite où ?

Arlene Brunner vivait seule, dans un petit appartement moderne. Gustav avait eu la gentillesse de lui téléphoner, et elle avait accepté de les recevoir le lendemain matin. Laurent sentit tout de suite qu'elle n'était pas entièrement rassurée d'avoir un garçon à l'épiderme si foncé chez elle, si proche de ses effets personnels, mais Gustav avait tellement insisté sur la *gentillesse* de ces *deux garçons* qu'elle prenait sur elle, s'efforçant de ne pas faire de commentaire ostentatoirement raciste.

– Je me souviens de votre père, oui, je m'en souviens très bien, dit-elle après avoir vu la photo de Charles. Très poli. Et curieux.

– De quoi vous avait-il parlé ? demanda Anna.

Arlene, bien sûr, ne parlait pas anglais. Les garçons s'attendaient donc à avoir un sérieux problème de communication. Or, non seulement Anna déployait des merveilles de fluidité, mais Gustav avait tenu à venir avec eux, et il traduisait en simultané les réponses de sa mère aux garçons.

– Lui ? De rien. Il ne parlait pas de lui, il posait des questions. Beaucoup de questions. Mais j'étais bavarde, alors, et j'aimais la compagnie d'un jeune homme charmant.

– Des questions sur quoi ?

– Il m'a posé beaucoup de questions sur le manoir… Voyez-vous, mon père travaillait pour eux.

– Pour qui ?

– Pour les von Markgraff.

Les von Markgraff, leur apprit Gustav, étaient une puissante famille autrichienne, qui avait investi massivement dans le charbon et la sidérurgie, et amassé une fortune considérable. Implantés à Vienne, ils avaient fait construire dans la seconde moitié du XIXe siècle un magnifique manoir, à quelques kilomètres seulement de la capitale. Ils avaient choisi Gramatneusiedl car ils y avaient alors deux usines, l'une produisant de l'acier, l'autre du matériel agricole. Au début du XXe siècle, ils s'étaient orientés vers l'armement, et spécialisés dans les fusils et les canons, avec un sens du timing proche de la perfection : ils avaient fourni les armées austro-hongroises durant la Grande Guerre, puis le Reich hitlérien pendant la Seconde. La destruction des usines entraîna le démembrement de la famille. Certains des membres furent tués par les bombardements, d'autres furent jugés pour trahison et fusillés sans sommation par les Soviétiques.

– Je corresponds toujours avec Mme Gerber, ajouta Arlene. Elle avait épousé un des fils von Markgraff. Enfin, je correspondais. Maintenant, elle perd un peu la tête.

Antoine tenta de recentrer le débat :

– Et vous dites que mon père s'intéressait à cette famille ?

– Il s'intéressait à tout ! Mais ce sont de vieilles histoires, vous savez…

– Vous a-t-il parlé de lui ? demanda-t-il avec espoir.

– Que vouliez-vous qu'il me raconte ?

Antoine fut désemparé par la question. Effectivement, quel intérêt son père eût-il pu avoir à partager ses errements avec une vieille dame inconnue ?

– Il venait tous les dimanches. Un garçon très poli, très bien élevé. Et qui parlait très bien. Un pur accent berlinois.

Gustav tiqua sur le dernier mot de sa mère. Il lui répondit quelque chose qui semblait mi-négatif, mi-interrogatif, puis une petite prise de bec s'engagea.

– Qu'est-ce qu'ils disent ? demanda Antoine à sa sœur.

– Ils parlent un peu vite pour moi.

Gustav surprit leur échange et s'empressa de traduire :

– Ma mère me soutient qu'il avait un accent de Berlin, mais il n'y a pas d'accent de Berlin, c'est un mélange de plusieurs accents...

– Il avait l'accent de Berlin ! s'exclama Arlene.

– Il avait un très bon accent, maman, mais il était clairement français !

Puis, Arlene rétorqua quelque chose qui laissa son fils sans voix. Quelque chose que visiblement Anna comprit.

– Qu'est-ce qu'elle a dit ? redemanda Antoine.

– Qu'il vivait à Berlin. Avant de venir ici.

Le lendemain, Antoine, Anna et Laurent reprirent le petit train pour Vienne. Au dîner, la veille, ils étaient revenus sur la révélation d'Arlene. Au détour d'une conversation, Charles lui avait effectivement confié avoir vécu à Berlin, pendant au moins un an. Anna avait bien essayé de creuser – dans quel quartier, quand ça exactement, avec qui, pourquoi ? – mais les souvenirs d'Arlene s'arrêtaient là. Qu'importe, c'était assez pour relancer la machine à fantasmes. Ainsi, il était allé en Allemagne, en Turquie et à Gramatneusiedl. En deux jours, nos trois héros avaient rencontré deux personnes qui avaient personnellement connu Charles. Gustav avait insisté pour prendre le numéro d'Antoine, au cas où un souvenir resurgirait, et Antoine s'était douté que la teneur de leurs échanges, si échanges futurs il y avait, serait sûrement plus personnelle qu'informative. Pourtant, le premier coup de fil qu'il reçut le détrompa.

Ils venaient de mettre le pied sur le quai viennois, et se dirigeaient, bagages en main, vers une pension trouvée à la hâte. Antoine hésita un moment avant de décrocher, mais refusa de déroger à son propre code d'honneur.

– Allô ?

– C'est Gustav. Je me suis souvenu.

Antoine s'arrêta, posa ses bagages.

– De quoi ?

– Votre père m'avait raconté ce qu'il venait de faire, en Turquie. Mais nous avions beaucoup bu ce soir-là, et je n'étais pas sûr qu'il m'ait dit la vérité. Écoutez, je vous le dis, faites-en ce que vous voulez.

– Il vendait de la drogue ?

– Non, non… rien d'illégal, mais…

Antoine attendit, circonspect. Gustav semblait hésiter à croire en ses propres souvenirs.

– Oui ? Qu'avait-il fait, en Turquie ?

– Il venait d'enterrer quelqu'un.

– D'enterrer quelqu'un ? Il avait tué quelqu'un ?

– Non ! Non, quelqu'un était mort, et il était parti l'enterrer.

– Mais qui ? Il vous a dit qui ?

– Oui. C'est pour ça que ça m'étonne, je pensais que vous sauriez…

– Que je saurais quoi ? Qui était-il allé enterrer en Turquie ?

Gustav hésita à lui dire, puis finit par lâcher :

– … Sa mère. Il était allé enterrer sa mère.

4.
Vienne

En sortant de la Hauptbahnhof, ils s'arrêtèrent dans le premier café venu, une chaîne impersonnelle qui vendait pizzas, chocolats et journaux. Anna tirait la tronche, peu enchantée par la perspective de passer des vacances viennoises.

– Bon, accouche, il t'a dit quoi ?

Antoine leur rapporta les paroles de Gustav. Anna leva les sourcils, puis eut une moue sceptique. Laurent se leva pour commander des cafés. Anna resta silencieuse un moment, puis dit en secouant la tête :

– N'importe quoi.

Ami lecteur, à ce stade il est important, afin que tu comprennes l'incrédulité de notre jeune protagoniste, que je te parle d'Ivan et Martine Lefèvre. Ivan Lefèvre était maçon. Maçon breton, pour faire la rime. Au milieu des années cinquante, alors qu'il n'était encore qu'un jeune apprenti, il avait rencontré Martine, institutrice de village. Peu de choses les rapprochaient. Ivan parlait peu, Martine beaucoup – d'aucuns diraient trop. Ivan était un manuel, Martine une intellectuelle – du moins aimait-elle à le penser, plongée dans ses lectures d'essais sophrologiques. Ivan avait la peau tannée par le soleil, des cheveux bruns, des sourcils épais. Martine avait la peau laiteuse, des taches de rousseur, des cheveux blonds et dix ans de plus que lui. Ils n'avaient en commun que leurs origines. Et pourtant, ils s'étaient aimés – et mariés. Un fils était né de cette union, Charles donc, qui peut-être avait porté en lui une frustration de départs et d'ailleurs. Les Lefèvre vivaient à Quintin depuis plusieurs générations, et Ivan comme Martine n'avaient jamais exprimé un désir de voyage. Charles s'était accoutumé à la vie bretonne, mais il était monté à Paris pour ses études, et le hasard avait fait qu'il était tombé amoureux de Patricia, originaire d'un patelin quasi mitoyen à celui des Lefèvre. Pour affirmer leur indépendance, ils s'étaient installés dans la capitale, à la grande vexation d'Ivan, tolérant sur la plupart des sujets, mais quasi indépendantiste sur la question du territoire.

Antoine avait brièvement connu ses grands-parents. Sans avoir de souvenirs clairs et précis, il associait à Martine un caractère mordant et plein d'esprit, tandis qu'Ivan était l'incarnation de l'ours au bon fond. Plusieurs photographies montraient Antoine dans les bras de ses grands-parents paternels. Lorsqu'il n'avait que trois ans, Martine avait fait une rechute. Un cancer qu'elle portait depuis longtemps était réapparu avec une agressivité insoupçonnée, et deux mois plus tard, elle était morte. Ivan n'avait pas supporté cette disparition. Pour une raison inconnue d'Antoine, il avait définitivement coupé les ponts avec son fils et avait quitté Quintin. Antoine n'avait plus jamais entendu parler de lui, jusqu'à la nouvelle de sa mort, que Patricia avait reçue par un biais confus. Charles n'avait jamais voulu s'ouvrir à Patricia des différends qui l'opposaient à son père, et Antoine n'en savait pas plus. Mais ce qu'il savait, ce que tous savaient avec certitude, pour s'y rendre quasiment chaque année en pèlerinage, c'est que Martine Lefèvre, sa grand-mère, la mère de Charles donc, était enterrée au cimetière de Quintin.

– Bon, dit Laurent en posant les cafés. Pour résumer : on sait qu'en 91, ton père est passé par Gramatneusiedl, a bossé au manoir, a rencontré Gustav et sa mère.

– Oui, corrobora Antoine.

– On sait qu'il revenait de Turquie et qu'il avait vécu à Berlin avant ça.

– Berlin, je veux bien. Mais la Turquie ? Qu'est-ce qu'il serait allé faire en Turquie ?

– Moi, ce que je crois, intervint Anna, c'est qu'il a menti à Gustav, et Gustav a gobé. Il lui a fait croire qu'il était allé enterrer sa mère en Turquie pour pas lui avouer qu'il venait de braquer une banque en Italie.

– Donc selon toi, reprit Laurent, il te semble crédible qu'il ait braqué une banque en Italie, mais pas qu'il ait enterré sa mère en Turquie ?

– Oui, Sherlock. Parce que sa mère est enterrée en Bretagne.

– On en est sûrs ? demanda Laurent.

– J'étais encore sur sa tombe il y a six mois, répondit Antoine.

– OK. Elle est morte quand, exactement ?

Antoine but une petite gorgée de café et regarda Anna.

– Martine ? Je sais pas, avant que je naisse, répondit-elle.

– J'avais trois ans, précisa Antoine. En 85, 86, un truc comme ça.

– Et il est complètement impossible qu'il l'ait déterrée pour aller l'enterrer ailleurs ?

– Elle était de Quintin, comme ses parents, comme ses grands-parents.

Laurent médita sur ces informations nouvelles, puis répondit :

– OK, alors de deux choses l'une. Soit, comme dit Anna, Charles a menti à Gustav. C'est possible. Mais quel intérêt ? Il aurait pu simplement ne rien dire.

– Soit il a vraiment enterré sa mère en Turquie ? Allô, Laurent ?

– Le mec part sans donner de nouvelles, il s'est embrouillé avec son père… moi j'aurais pensé qu'il s'était foutu en l'air et qu'on n'avait jamais retrouvé son corps. Mais la carte postale et le témoignage de Gustav et sa mère infirment cette possibilité. Donc, il est parti pour une raison précise. OK, il a peut-être pas enterré sa mère. Mais quelqu'un d'autre à qui il tenait beaucoup ?… Une maîtresse ?

Antoine et Anna regardèrent Laurent. Se regardèrent. Anna éclata de rire.

– N'importe quoi, dit-elle à nouveau en secouant la tête.

– N'importe quoi ? reprit Laurent, légèrement vexé. OK, n'importe quoi.

Il but son café, lentement. Anna semblait déjà abandonner l'enquête. Elle bâilla, et dit à son frère :

– Je vais peut-être prendre un autre hôtel, pour pas vous faire chier.

Antoine semblait perdu dans les méandres de ses pensées. Il ne répondit pas à Anna. Il s'éveilla soudain :

– Admettons. Admettons que mon père ait dit la vérité à Gustav.

– Mais non…, soupira Anna.

– Il n'a pas pu déterrer Martine et l'emporter en Turquie. Et puis, pourquoi passer par l'Allemagne ?

– C'est pas Martine qu'il a enterrée, conclut Laurent.

– Il a enterré personne, dit Anna en levant les yeux au ciel.

– Mais s'il a enterré quelqu'un d'autre, et que ce quelqu'un d'autre était vraiment sa mère, alors… ?

– Alors Martine n'était pas sa vraie mère.

– Vraiment, les mecs ? fit Anna, sceptique. Vous partez là-dessus ?

– Supposons que Martine ne soit pas sa vraie mère.

– Vas-y, l'encouragea Laurent.

– Elle l'a élevé. J'ai des photos de lui bébé, avec Martine et Ivan.

– D'accord. Mais s'il avait été adopté ?

– Il ressemblait quand même beaucoup à Ivan.

– … Mais c'est une possibilité. Ou alors… Ivan aurait quitté la vraie mère ?

– Quel genre de mère accepterait de laisser partir son nouveau-né ?

– Une mère absente.

– Une mère morte.

– Si elle était morte, il a pas pu l'enterrer trente-cinq ans plus tard.

– Les gars, vous partez complètement en vrille, intervint Anna.

– *Imaginons* qu'Ivan ait eu un fils, reprit Antoine. Avec une femme qui est morte en couches. Une Bretonne, a priori.

– On est en 57, la mort en couches est plausible.

– Dans un roman de Mary Higgins Clark, ajouta Anna en haussant les épaules.

Antoine ignora sa sœur :

– Il se marie avec Martine, et elle s'occupe de l'enfant.

– D'où les photos.

– À la mort de Martine, Ivan révèle à Charles qu'elle n'était pas sa vraie mère.

– Il lui en veut, c'est compréhensible.

– Du coup, il abandonne sa famille et part enterrer sa vraie mère… en Turquie.

Les deux hommes s'arrêtèrent et considérèrent le résultat absurde de leur suite de déductions.

– Ou bien, reprit Anna, il a juste menti à Gustav.

Ils arrivèrent à l'hôtel. Ils s'installèrent. Antoine semblait complètement noyé dans ses hypothèses. Anna découvrit la chambre avec suspicion : il y avait un grand lit double et un lit d'appoint.

– Ah, mais vous aviez vraiment prévu une petite semaine en couple ?

– Très drôle, répondit Laurent. Mais en parlant d'homosexualité…

Anna s'arrêta net de sourire et regarda Antoine.

– Tu lui as dit ?

– C'était un secret ?

– Tu fais chier !

– Moi je trouve ça très mignon, admit Laurent.

– C'était pas mignon, c'était horrible. Je peux avoir ma chambre à moi ?

– Si tu te la paies, dit Antoine sans la regarder.

– Super. Sympa. Laurent, ça te dérange pas que je dorme nue ?

– J'allais te demander la même chose.

Anna sembla à court de reparties pendant quelques secondes.

– … OK. Je vais aller dans la salle de bains, fermer le verrou et y rester pendant une heure.

– Tu tiendras pas une heure.

Pour toute réponse, Anna prit son sac et s'enferma dans la salle de bains. Très vite, Antoine et Laurent entendirent l'eau couler.

– Ou alors, dit Antoine, mon père est parti à Berlin sans aucune raison logique, complètement par hasard.

– Ou alors on oublie ça et on sort boire des coups ?

Antoine montra du doigt Anna, qu'ils devinaient sous la douche. Laurent sourit et hocha la tête. Sans rien dire, Antoine alluma la télé et monta le volume. Puis ils s'éclipsèrent à l'anglaise, en prenant soin de ne pas faire claquer la porte. Ce n'est qu'une fois dehors que Laurent laissa éclater sa joie. Il n'avait rien contre Anna, bien sûr, mais il profitait déjà si peu souvent des rares moments où Antoine ne voyait pas Jen qu'il n'allait pas se laisser entièrement bouffer ses deux semaines de vacances par une gamine capricieuse, fût-elle pleine d'esprit, passablement jolie et apparemment bisexuelle.

Ils se laissèrent guider par leur instinct et suivirent les foules d'étudiants qui s'engouffraient dans les brasseries viennoises et occupaient les grandes terrasses en bois en ce mois d'août ensoleillé. Ils burent une bière, puis deux, mangèrent un bon repas, refirent le monde. Laurent engagea la conversation avec une jolie étudiante en philosophie, une petite brune d'une vingtaine d'années à peine. Elle ne semblait pas insensible à son charme et eût volontiers prolongé la conversation, mais Laurent aperçut alors son ami, seul au bar, perdu dans ses pensées. Il se souvint qu'ils étaient trois à partager la même chambre d'hôtel, et lorsqu'il eut appris que Nina vivait encore chez ses parents, il se résigna et s'excusa poliment, rejoignit Antoine, le surprit d'une grande bourrade dans le dos, et commanda une nouvelle tournée.

Sur le chemin du retour, ce fut Laurent qui relança son ami :

– Ta grand-mère, elle avait des frères et sœurs ?

– Non. Pas à ma connaissance.

– Des parents ?

– Elle a eu mon père assez tard, j'ai pas connu mes arrière-grands-parents.

– Des amis ?

– Pas vraiment. À part tata Jeannette.

– Tata Jeannette ?

– Mais si, tu la connais. Jeannette Leguennec.

– Jeannette Leguennec était amie avec ta grand-mère ?

– Super-pote, ouais. Elles se connaissaient depuis la petite enfance.

Laurent s'arrêta un instant dans la nuit viennoise. Jeannette Leguennec était assistante sociale dans le même lycée où sa propre mère enseignait le français. Militante socialiste, elle avait été particulièrement bienveillante à l'égard de cette Camerounaise aussi croyante qu'érudite, ce qui n'avait pas été le cas de tout le corps enseignant, dont plusieurs membres accueillaient avec scepticisme l'idée même de voir la langue française enseignée par une personne à la peau noire. Jeannette, elle, aspirait à un monde ouvert et métissé. Elle avait épousé, au début des années cinquante, un ancien soldat algérien – donc français, ayant fait le choix de s'implanter en France, et d'ouvrir en Bretagne un restaurant traditionnel algérien. Elle avait aidé son mari du mieux qu'elle pouvait, tout en élevant leurs quatre enfants, sans pour autant quitter son travail, qu'elle considérait comme une mission. Souvent, Jeannette invitait sa collègue camerounaise et toute sa petite famille dans le restaurant de son mari, et le couscous du dimanche avait sa place dans les souvenirs culinaires heureux de Laurent, autant que les crêpes et les premières gorgées de cidre.

Jeannette avait pris à regret sa retraite à soixante-six ans, contrainte et forcée par le lycée de profiter un peu de la vie. Mais elle avait continué à donner de son temps dans diverses causes bénévoles et engagées. Elle passait souvent à la maison, et avait une affection toute particulière pour le petit Laurent.

– Seulement voilà, reprit Antoine, je sais même pas si elle est encore en vie.

– Elle est en vie.

– Tu la connais ?

Laurent résuma sa connexion avec tata Jeannette.

– Mais… c'est toujours son mari qui tient le couscous, alors ?

– Non, c'est l'un des fils, Romain.

– Que tu connais ?

– Un peu, il a l'âge de mon père.

– Et tata Jeannette, et Kamel ? Ils sont où ?

– Ils ont déménagé. En Suisse. Ils sont partis vivre à Lausanne.

– À Lausanne ?

– Ouais, je sais… Moi non plus, j'ai pas compris. Le calme, peut-être.

– Ils ont quel âge ?

– Pas loin de quatre-vingts piges. Kamel est un peu malade, il se repose, mais je crois que Jeannette est encore consultante, dans le social. On s'envoie des cartes de vœux à Noël.

Antoine resta un instant silencieux.

– Tu as son numéro ?

– Ouais, je dois l'avoir. Je peux l'appeler, poser quelques questions, mais ça fait des plombes que je l'ai pas vue. Si y a un secret de famille à déterrer, elle me le lâchera pas comme ça, au téléphone, au détour d'une conversation de courtoisie.

Ils étaient arrivés à l'hôtel et trouvèrent porte close. Il était à peine minuit. Dans leur hâte de partir, ils n'avaient pas pris soin de demander à l'accueil le code d'entrée. Ils frappèrent délicatement à la porte vitrée, puis tambourinèrent avec insistance, mais personne ne vint ouvrir. Heureusement, il ne faisait pas trop froid.

– Et si tu y allais ? demanda Antoine.

– Où ça ?

– À Lausanne.

– Quand ça ?

– Je sais pas, demain. Faut voir le prix des billets. C'est loin ? Je me rends pas compte.

Antoine sortit son portable et se souvint qu'il n'était pas en France, les communications seraient hors de prix. Il essaya péniblement de capter le réseau Wi-Fi de l'hôtel et parvint à accrocher une barre, en collant son téléphone à la vitre.

– C'est pas très loin, avoua Laurent. En train, c'est galère. En avion, y en a pour une heure, je pense.

– Une heure et demie, précisa Antoine. Y a un vol qui part demain à 14 heures. Jusqu'à Genève, ensuite tu prends le train.

– Demain ? Je sais même pas si elle est là-bas.

– Tu l'appelles demain matin. Si elle est là, tu lui dis que tu passes par Lausanne, pour le boulot. Et que t'as pas de logement. C'est plausible ?

– Tu me connais, Antoine, est-ce plausible que j'arrive dans une ville sans avoir pensé à un logement ?

– C'est le contraire qui semblerait difficile à croire. Bon, ils font quoi, sérieux ? Y a pas un veilleur de nuit ?

Laurent tapa de plus belle sur la vitre. Rien.

– OK, reprit-il. Admettons que je puisse la voir. Comment j'amène ça ?

– T'es journaliste, non ? T'as toute la nuit pour y réfléchir.

Le salut vint d'un couple de touristes munichois, qui rentraient d'un dîner romantique et avaient eu la présence d'esprit de noter le code. Laurent et Antoine pénétrèrent dans le hall et constatèrent qu'effectivement, celui-ci était vide. Antoine en profita pour avoir une meilleure connexion Internet, et comparer les prix des billets. Puis ils remontèrent vers la chambre, non sans avoir remercié le couple teuton.

– Tu crois qu'elle dort ? demanda Laurent.

– Jeannette ? À cette heure-ci, y a des chances.

– Anna.

Antoine soupira. L'espace d'une soirée, il l'avait oubliée.

– Non. Je crois qu'elle est sortie, qu'elle est en train de se mettre minable dans un lieu alternatif en banlieue de Vienne, et qu'elle ne va pas rentrer avant l'aube. Et tu sais quoi ? Grand bien lui fasse.

Antoine ouvrit la porte sur ces derniers mots. La musique était forte, mais pas assez pour couvrir les bruits d'ébats de sa sœur et du grand gaillard qui se tenait derrière elle. Elle aperçut Antoine et Laurent et ne sembla pas y prêter plus d'attention que ça. Le mâle, en revanche, eut un mouvement de recul immédiat, et dévoila aux deux amis sa nudité, ses tatouages et un membre dressé qui ne pouvait que susciter l'admiration.

– *Matthias, das ist mein Bruder*, dit Anna nonchalamment au colosse, en reprenant son souffle et en montrant Antoine du doigt.

Antoine ne parlait pas allemand, mais il comprit qu'elle venait de dire en substance « voici mon frère », car Matthias se rhabilla avec une célérité insoupçonnée. Lorsqu'il enfila sa veste d'uniforme de veilleur de nuit, les deux hommes comprirent pourquoi ils venaient de passer quelques minutes à attendre devant la porte vitrée.

Matthias bredouilla quelques excuses et sortit sans demander son reste, avec toutefois un dernier regard éperdu de reconnaissance – mêlé d'un soupçon d'angoisse – pour Anna. Antoine était tellement choqué qu'il n'avait pas prononcé un mot. Laurent s'était fait tout petit. Il avait d'abord effectué un repli discret vers le couloir à la vue de l'impressionnante intimité de Matthias, puis, lorsque ce dernier fut sorti, il rentra dans la chambre pour éteindre le poste de musique qui diffusait du hard rock à un volume un peu trop élevé pour l'heure et l'endroit. Le retour du silence débloqua la paralysie d'Antoine, et le sortit de son mutisme :

– Putain, Anna, t'es sérieuse !? Tu te fous de moi ?!

– Oh, ça va, dit Anna en enfilant une culotte.

Laurent regarda autour de lui, et huma l'air : les lieux dévastés empestaient la fumée, l'herbe et la sueur. Il ouvrit discrètement une fenêtre.

– Non ça va pas ! explosa Antoine. Ça ne va pas ! Tu fais ce que tu veux de ta vie, ça c'est clair, si tu veux faire n'importe quoi c'est ton problème, mais là, on est en communauté, bordel ! Tu vis avec nous ! Tu habites avec nous !

– Pourquoi vous vous êtes cassés, alors ?

Parce que tu nous les brises ! pensa-t-il.

– Parce que tu venais de nous annoncer que tu allais squatter la salle de bains pendant une heure ! Parce que je fais ce que je veux ! Mais moi, quand je rentre, je respecte la communauté ! Je te respecte. Je respecte les voisins !

Anna enfila un T-shirt et s'alluma une cigarette.

– Arrête de fumer ! Y a sûrement une alarme.

Elle secoua la tête.

– Matthias l'a désactivée.

Antoine eut envie de la jeter par la fenêtre. Ce n'était pas à cause de Matthias, bien sûr, c'étaient les dizaines de Matthias qu'il avait dû encaisser, faire oublier. C'étaient les dizaines d'Anna qu'il avait dû ramasser, les dizaines de chambres d'hôtel qu'il avait dû nettoyer, de voisins, de familles qu'il avait dû rassurer. Il secoua la tête. Laurent ouvrit l'autre fenêtre, en grand.

– T'as rien d'autre à dire ? demanda Antoine à sa sœur.

– Qu'est-ce que tu veux que je dise ? T'as raison, t'es un saint, je suis une conne, je te demande pardon, demain j'arrête.

Antoine se mordit la lèvre supérieure. Puis il partit vers la salle de bains.

– Antoine ? demanda Laurent.

– Je vais prendre une douche.

Il ouvrit la porte de la salle de bains, découvrit les serviettes mouillées, les affaires éparpillées, les dessins au rouge à lèvres sur le miroir et les murs. Il secoua la tête à nouveau et ferma la porte derrière lui.

Laurent et Anna restèrent un moment sans rien dire. Il avait tant de fois assisté à des prises de bec entre ces deux-là qu'il n'en était plus affecté. Mais jamais encore il n'avait vu Anna dans le plus simple appareil, en pleine action, et il devait bien reconnaître qu'il était un peu excité par cette vision, un peu incrédule à la pensée qu'un engin aussi impressionnant était parvenu à pénétrer un si petit corps, et un peu jaloux du veilleur de nuit.

– T'es plus lesbienne, finalement ? demanda-t-il.

– Ta gueule, répondit-elle en lui tournant le dos.

Le lendemain, à l'aéroport, Antoine donna une belle accolade à son ami.

– Ça va rouler. Je te fais confiance.

Le matin même, Laurent avait appelé Jeannette. Elle l'avait remis immédiatement, et semblait véritablement enchantée de cette surprise téléphonique. Elle lui avait demandé des nouvelles de toute sa famille, et l'avait surpris par la précision de sa mémoire. Ce n'est qu'après quelques coûteuses minutes de banalités que Laurent lui avait confié l'objet de son appel : il devait passer une nuit à Lausanne, et n'y connaissait personne. Il n'avait même pas eu besoin de demander quoi que ce soit, Jeannette avait spontanément proposé, exigé, même, que Laurent dorme à la maison. Sa compagnie lui ferait plaisir, et la chambre d'amis n'était occupée par personne cette semaine. Elle disait habiter le Flon, et Laurent n'avait compris qu'après avoir raccroché qu'il s'agissait du nom d'un quartier. Antoine avait acheté les billets et tous deux étaient partis pour l'aéroport, tandis qu'Anna faisait une sieste post-*Frühstück*.

– Et toi ? demanda Laurent. Ça va aller ?

– T'inquiète pas pour moi. Une petite journée frère-sœur, sans Jen, sans la famille, sans toi, ça peut nous faire du bien.

Qu'est-ce que je vous disais ? Antoine était l'allégorie de l'optimisme.

*

Le vol fut agréable, conditions météo au top, sandwich correct, hôtesses souriantes. Laurent en profita pour mettre au propre ses notes et commencer à rédiger un début d'histoire. Il se dit que ça pourrait faire un bon article, en changeant les noms, bien sûr, et quelques détails. Antoine rentrerait sûrement changé de son voyage. Un jour ou l'autre, il en parlerait à sa mère, à Jen. Elles l'encourageraient à continuer ses recherches. Il passerait un message public. À l'époque de la disparition de Charles, Internet n'existait pas. Qui sait si aujourd'hui il ne serait pas possible de le retrouver, quelque part en Allemagne, en Autriche ou en Turquie ?

Laurent sortit de l'avion, perdit un peu de temps à l'aéroport et prit le train pour Lausanne. Il aimait voyager seul. Il se trouvait plus serein, plus enclin à rencontrer, à parler aux inconnus. À deux, on se replie. Les quelques voyages en couple qu'il avait effectués ne lui avaient pas laissé un souvenir impérissable. Ce n'était que compromis, dialogues de sourds, engueulades en français entourés d'étrangers. Ou peut-être ne conservait-il que les moments les plus difficiles ? C'était un peu des deux. Lorsqu'il était amoureux, il était heureux partout. Lorsqu'il était seul, il n'était heureux qu'en voyage. La découverte, l'inattendu, l'aventure le ravissaient, et ces trois mots n'étaient pas ceux qui définissaient le mieux une semaine de service en restauration.

Il parcourut Lausanne à pied, son centre-ville, dans lequel il retrouva toutes les enseignes de prêt-à-porter de la rue de Rivoli, mais aussi son lac, le théâtre de Vidy, vestige d'une Exposition universelle, quelques bars sympathiques, et enfin le Flon, quartier un peu plus authentique de fripes et de chausseurs. Il en repartit avec une paire de baskets et chercha l'adresse de Jeannette, ce qui ne prit qu'une question posée à un boutiquier et quelques minutes de marche. Il sonna à l'interphone, ce fut Kamel qui répondit, et Laurent entendit une exclamation de joie, derrière Kamel. La porte s'ouvrit, il monta les trois étages à la hâte et se retrouva enfin face à Jeannette, qui l'accueillit dans ses bras.

– Mon petit Laurent ! s'écria-t-elle en resserrant son étreinte.

Il ne l'avait pas vue depuis dix ans peut-être, et même s'il n'avait pas gardé l'image d'une jeune femme, il fut déconcerté par la personne qu'il retrouvait. Jeannette n'avait plus un seul cheveu noir, elle s'était un peu tassée et se déplaçait moins prestement qu'auparavant. Mais dès qu'ils se mirent à converser, Laurent retrouva avec soulagement toute la vivacité d'esprit de cette femme extraordinaire. Elle n'avait pas de baisse d'audition, et déroulait sa diction impeccable avec emphase.

Pour Kamel, c'était l'inverse. Physiquement, l'ancien patron de restaurant avait gardé souplesse et agilité, mais il semblait s'éteindre petit à petit. Il n'avait jamais été un grand bavard, mais il resta presque muet pendant le repas, approuvant çà et là quelques vérités énoncées par sa femme. À l'immense surprise de Laurent, ils dînèrent de makis japonais, livrés juste avant qu'il n'arrive. Jeannette confessait un plaisir coupable pour ces boules de riz et de poisson cru, qu'elle digérait pourtant difficilement – surtout le soir. Ils avaient prévu du vin pour Laurent, mais eux-mêmes n'en buvaient pas. Jeannette n'avait pas droit à l'alcool pour des raisons de santé, et Kamel était solidaire.

Laurent redoutait une gêne, une conversation laborieuse, au début du moins. Il n'en fut rien. Jeannette avait soif d'apprendre les trajectoires des frères et sœurs de Laurent, et Laurent était ravi d'entendre que les enfants et petits-enfants de Jeannette étaient aussi nombreux qu'hétéroclites.

Il n'était pas 22 heures quand Kamel partit se coucher. Il souhaita bonne nuit à Laurent, lui mit la main sur l'épaule – ce qui était sans doute chez lui une débordante démonstration de tendresse – et s'en fut. Jeannette se leva et mena Laurent à l'autre bout de l'appartement pour lui montrer sa chambre. Le lit était fait, des serviettes propres étaient posées sur le petit bureau attenant, et une autre porte donnait sur une petite douche privée. Il la remercia mille fois et sentit qu'elle allait prendre congé.

– Bon, dit-elle effectivement, je ne vais pas t'embêter plus longtemps. Voici la clé de la maison, il y a un passe pour la porte d'entrée, je me doute que tu n'as sûrement pas sommeil à cette heure-ci, il y a plusieurs cafés dans les environs, essaie juste de ne pas faire trop de bruit en rentrant, la porte grince.

– Merci, répondit-il en souriant, à vrai dire je vais en profiter pour me reposer. Demain, je reprends le service. Mais il y a une chose qui me ferait très plaisir, Jeannette... c'est un petit digestif.

– Bien sûr ! Il y a de la prune dans le salon. Sers-toi.

– Ah non, je ne peux pas boire tout seul. C'est contre mes principes.

Jeannette sourit.

– Bon, après tout, un petit verre... Tu ne diras rien à Kamel ?

– Ce qui se passe dans le salon reste dans le salon.

Ils ouvrirent la bouteille de prune et se servirent un petit verre. Laurent avait prévu des manœuvres compliquées pour amener la conversation sur Martine, mais il n'en eut pas besoin, car la première question de Jeannette fut :

– Alors dis-moi, tu as une amoureuse ?

– Euh... pas vraiment, non.

– Quelqu'un de spécial ? Un amoureux, peut-être ?

Laurent ne put s'empêcher de s'esclaffer.

– Non, pas du tout, mais tu n'es pas la seule à le supposer. La petite sœur d'Antoine nous traite régulièrement de « petit couple ».

Un léger voile passa dans l'œil de Jeannette.

– Antoine ?

– Antoine Lefèvre, le fils de Patricia.

– Antoine, bien sûr ! Mon Dieu... Comment va-t-il ?

Laurent pouvait à peine croire à sa bonne étoile, mais il choisit de suivre la direction du vent.

– Bien, plutôt bien.

– Et sa sœur, tu dis ?

– Anna. Elle a vingt ans. Ou presque.

– Anna ! Oui… Je me souviens… Une jolie petite môme. Turbulente. Impertinente. Mais jolie. Elle est toujours jolie ?

Laurent sourit et répondit, après une gorgée de prune :

– Elle est toujours turbulente et impertinente.

– Antoine et Anna… Lui était si calme, si pondéré. Un bon garçon.

– Il l'est encore. C'est mon meilleur ami. Il va se marier.

– Se marier ! Mais quel âge a-t-il ?

– Vingt-six.

– Si tôt ? Qu'il est bête. Et avec qui ?

– Elle s'appelle Jennifer.

– Et je devine à la façon dont tu prononces son nom qu'elle n'est pas ta meilleure amie, elle.

– Je l'aime bien, mentit Laurent à moitié. Je pense comme toi qu'il est un peu jeune pour se marier, mais si c'est ce qu'il veut vraiment… Et au fait…

– Au fait ?

Il hésita. Était-ce trop tôt ? Il mit en ordre ses mots du mieux qu'il put afin de ne pas rendre la transition trop brutale :

– Tu étais amie avec sa grand-mère, non ? La mère de son père ?

– Martine, oui. On a grandi ensemble.

– Vous vous êtes connues comment ?

– Pendant la guerre. On était gamines, mais on avait déjà très envie de faire la différence, de combattre. On avait treize ans en 42, tu imagines ? On voulait poser des bombes, résister. Nos parents nous en ont dissuadées, ils ont été très durs. On les traitait en secret de collabos. En fait, ils ont caché deux petits garçons juifs, au grenier, un chacun. On ne l'a su qu'après la guerre.

– Elle était comment ?

– Martine ? Une guerrière. Militante, engagée. Fille unique, son père aurait préféré un garçon, alors il en a fait un garçon manqué.

– Et Ivan ? Tu le connaissais ?

– Non. Ivan est arrivé plus tard, elle avait trente ans quand elle l'a rencontré. Elle avait eu d'autres amoureux avant, mais elle leur avait fait peur.

– Et Ivan ? Il n'était pas du coin ?

– Non, il… il venait de loin.

– D'où ?

Il y eut un silence. Jeannette, emportée par la prune et ses souvenirs, avait abordé un terrain dangereux. Laurent sentit qu'elle rassemblait ses esprits.

– Je ne sais plus, répondit-elle. Je trouvais qu'ils n'avaient rien en commun. Mais je l'ai découvert peu à peu. C'était un homme bon et droit, d'une grande douceur. Il lui a toujours été fidèle, s'est toujours occupé d'elle, a toujours été reconnaissant.

– Reconnaissant ? De quoi ?

– … De l'avoir accueilli.

Laurent tenait quelque chose, il en était sûr à présent, mais il ne fallait pas la brusquer. Il remplit les verres à nouveau.

– Pas trop, pas trop, protesta Jeannette.

– Elle est morte quand ?

– Ah ça… Je sais qu'Antoine était né… Elle était venue à mes trente ans de mariage, mais elle était déjà fatiguée. Elle est morte peu après. En 85, donc.

– D'un cancer, c'est ça ?

– Oui, une saloperie de cancer. Elle s'est battue, pourtant.

– Cela faisait longtemps ?

– Oh oui… Très jeune, elle avait eu une tumeur. Opération, chimiothérapie… Et puis les doses étaient lourdes, à l'époque.

– Cancer de quoi ? Du sein ?

– Des ovaires. Ils lui avaient tout retiré, des bouchers. Mais elle s'était remise.

Laurent tiqua :

– En 85 ?

– Non, non, bien avant. Je venais d'épouser Kamel, parce qu'elle était venue au mariage avec un type – qui l'a quittée quand il a appris qu'elle était malade, le salaud… 57 ? Non, je me suis mariée en 55, c'était l'année d'après.

– Ils lui ont retiré les ovaires ?

– Tout l'appareil génital. Et elle s'en est sortie.

– En 56 ?

– Attends… Oui, c'est ça. C'est sûr. Pourquoi ?

Laurent n'en revenait pas. Il la tenait.

– … C'était avant qu'elle rencontre Ivan, alors ?

Il n'eut pas besoin d'entendre la réponse de Jeannette, son regard la trahit. Il sut qu'elle en avait trop dit. Il tenait la faille. Il n'avait plus qu'à creuser.

– Jeannette ?

– Je sais plus, Laurent, c'était y a longtemps.

– Charles est né en 57. Comment elle a pu donner naissance à un enfant sans appareil génital ?

– C'était sans doute plus tard alors. Je n'ai pas l'habitude de boire, et puis je ne suis plus toute jeune, tu sais…

Elle se leva, désireuse d'écourter la conversation :

– Allez, il est tard, pour moi.

– Jeannette. Est-ce que Martine est la vraie mère de Charles ?

– Mais enfin bien sûr ! Qu'est-ce que tu essaies de me faire dire ?

– Rien, rien. Désolé, ajouta-t-il en souriant. Déformation professionnelle.

Elle se radoucit un peu, comprit qu'il n'y avait là rien de volontaire.

– Ne t'en fais pas. Je m'embrouille dans les dates, c'est tout.

Il la raccompagna jusqu'à la porte, mais avant de la laisser, il la regarda droit dans les yeux et joua cartes sur table :

– Jeannette, je ne veux pas me mêler de ce qui ne me regarde pas, je ne sais pas ce qu'il y a derrière l'histoire de Martine et Ivan, mais je sais ceci : à la mort de Martine, Ivan a eu une discussion avec Charles, puis il est parti pour ne jamais revenir. Et quelque temps après, Charles est parti à son tour. Quels que soient les secrets que tu gardes, ils ont plus d'un demi-siècle. Ils peuvent mourir avec toi, ou être libérés. Par toi.

Elle resta sans bouger, un moment, pétrifiée.

– C'est pour ça que tu es venu à Lausanne ?

Laurent prépara son plus beau mensonge, mais choisit de dire la vérité :

– Oui. J'aime Antoine. C'est le type le plus droit et le plus intègre du monde. Et j'aimerais pouvoir apporter quelques précisions quant à ses origines.

Jeannette réfléchit, soupira, et demanda :

– Qu'est-ce que tu sais, exactement ?

C'est maintenant ou jamais, pensa-t-il.

– Je sais que Charles est allé enterrer sa véritable mère, en Turquie, en 91. Avant ça, il est allé à Berlin. Après, il est passé en Autriche.

Laurent vit l'hésitation dans les yeux de Jeannette. Elle allait parler. Elle gardait ce secret depuis si longtemps. Elle ouvrit la bouche, mais ce fut Kamel qui dit, de la chambre :

– Mon amour ? Tu viens te coucher ?

– J'arrive, répondit-elle.

Le charme était rompu. Elle embrassa Laurent sur la joue gauche :

– Bonne nuit, mon Laurent.

Et ce fut tout. Elle rentra dans sa chambre.

Laurent resta un instant dans le couloir, frustré. Puis il rejoignit son lit. Il ne pouvait pas la forcer à continuer cette discussion. Il mit du temps à trouver le sommeil, cherchant un moyen de la coincer avant son départ.

Mais ce fut en pure perte. Le matin, il tomba sur les deux vieux époux, qui lui préparaient un petit déjeuner helvético-algérois, à base de röstis, de msamen et de thé à la menthe. Il n'eut pas un moment seul avec Jeannette, et elle se garda bien de le lui permettre. Il remercia Kamel chaleureusement, et ne put discerner dans le sourire de l'octogénaire s'il *savait*, ou s'il était simplement satisfait de son petit déjeuner. Jeannette l'accompagna à la porte et le serra dans ses bras.

– Bon voyage, lui souhaita-t-elle simplement.

Dans l'avion du retour, il souffla. Chou blanc. Un échec de plus à mettre sur sa note. Cela s'était joué à rien, une minute de plus et elle disait tout. Il espéra que la nuit d'Antoine avait été plus calme que la précédente.

*

Antoine avait d'abord passé la journée avec sa sœur. Il savait qu'elle lui ferait payer l'engueulade qu'ils avaient eue autour de Matthias, mais il ne soupçonnait pas que *tout* serait laborieux et contradictoire, jusqu'à la plus simple prise de décision.

– Bon, tu veux faire quoi ? lui avait-il demandé en rentrant de l'aéroport.

– Je sais pas.

– Une balade ? Un musée ?

– Bof, non, pas trop.

– Tu veux rester là toute la journée et rien faire ?

Elle ne répondit rien.

– Un ciné ?

– …

– Du shopping ?

– Non, mais fais ce que tu veux.

– Tu n'as pas compris : on va faire un truc ensemble, et c'est toi qui vas choisir, comme ça tu ne pourras pas me reprocher d'avoir décidé.

Finalement, elle avait cédé pour le musée, et ils en avaient enquillé trois. Elle s'était enfermée dans un mutisme obtus, se limitant à quelques onomatopées quand Antoine lui adressait la parole. À bout de forces, il finit par s'asseoir sur un banc, au beau milieu de la rue. Elle s'arrêta et vint vers lui.

– T'es fatigué ?

– Assieds-toi.

– Ça va, je suis bien debout.

Antoine se prit la tête à deux mains. Rien, rien ne serait simple.

– Qu'est-ce que je t'ai fait ? demanda-t-il, sincèrement.

– Oh non, pitié, pas encore cette putain de discussion.

– Anna, j'en peux plus. Je dis blanc, tu dis noir.

– J'aime bien le noir.

– Qu'est-ce qui te ferait plaisir ? Dis-moi juste un truc qui te ferait plaisir.

– Je sais pas, aller faire la teuf, avoir un million de dollars sur mon compte, manger au McDo, faire du kung-fu, fumer la meilleure herbe que j'aie jamais fumée, prendre de la MD avec une fille super belle et un garçon canon, faire un plan à trois, plonger dans la mer. Ça va, là ?

– Bah tu vois, c'était pas difficile.

Au comptoir, Anna prit un menu Filet-O-Fish et un sundae, pour tremper ses frites dedans. Antoine se contenta d'un Big Mac, avec des potatoes. Ils s'installèrent à côté de la piscine à boules, et Anna commença à manger, sans le regarder.

– T'as rien à me dire ?

– Tu veux que je te dise quoi ?

Antoine écarta les bras, puis les laissa retomber.

– Bon, dit-il. Voilà ce que je pense. Je pense que t'es complètement perdue. Tu ne sais pas ce que tu veux faire de ta vie, tu ne sais pas qui tu es. Tu es en colère parce que tu aimerais bien te la couler douce et envoyer bouler la société, mais tu n'en as pas les moyens. Et soyons clairs, à moins de te mettre à bosser, tu ne les auras jamais, parce qu'on ne roule pas sur l'or, dans la famille. Et tu nous en veux. Tu pourrais toujours trouver un job, serveuse, télé-enquêtrice, mais tu as un problème avec toute forme de hiérarchie et d'autorité. Mais le pire, ce qui te bouffe vraiment, c'est que tu ne sais pas ce que tu veux faire. Et ce qui te bouffe encore plus, c'est de devoir t'avouer qu'il y a des choses que tu ne sais pas. Mais tu sais quoi ? C'est pas ma faute. Je t'ai rien fait. Et même, je veux t'aider. Seulement, ça demande de savoir communiquer. Exprimer tes envies. Tes craintes. Tes doutes. Alors je veux juste te dire que je suis là, et que malgré ce que tu penses, je suis prêt à les entendre.

Anna soupira.

– Ah putain, tu m'as gâché mon McDo.

Elle reposa son Filet-O-Fish, inspira profondément et répondit :

– Bon. Voilà ce que je pense. Tu n'as pas de passion, pas de vices, pas de vie. Tu as une mentalité de provincial. Ton rêve le plus fou, c'est de devenir cadre sup, de bosser soixante-dix heures par semaine et de prendre un chien. Tu es chiant comme la pluie, et le côté le plus cool de toi, c'est même pas toi, c'est ton meilleur ami. Je pense que t'es complètement vide. Et tu cherches à combler ce vide en tentant de ramener les gens autour de toi vers le chemin de la banalité. Tu voudrais que je reprenne mes études pour trouver un travail parce que pour toi, l'homme se définit par ses horaires et l'intitulé de sa fonction sur sa fiche de paie, et s'il n'a pas de fiche de paie, il est en danger. Tu voudrais que je paie des impôts pour que tu puisses me conseiller le meilleur placement sur vingt ans et que je trouve un copain pour te rassurer sur ta propre sexualité monogame et routinière. Quand je te vois, je vois un type qui se dépêche d'aller vers la mort. Et peut-être que c'est pour ça que papa s'est barré, tu vois. Parce qu'il avait terriblement envie de vivre.

Antoine resta coi. Il porta le burger à sa bouche, arracha une bouchée et la mâcha pendant un long moment. Puis il déglutit, et répondit :

– Je ne suis pas un modèle. À aucun moment je n'ai érigé ma vie comme étant celle que tu dois imiter, ou atteindre. Que tu me considères comme le pire des ringards, c'est ton droit, à vrai dire. Mais mes actions ne rejaillissent pas sur mon entourage. Je ne suis pas en dette envers mes amis, ma famille. Je ne provoque pas l'angoisse de mes parents, je ne cherche pas par tous les moyens – ni par les actes ni par les paroles – à me faire rejeter par les gens qui m'aiment.

– Non, et c'est ça qui me rend dingue. Parce que pour toi, c'est une victoire de ne pas déranger. Pire, c'est un but en soi. Rester à sa place, surtout ne pas faire de vagues, se conformer au moule. Mais c'est quoi, ce qui brûle en toi ? Il y a bien des fois où tu as envie de tromper Jennifer ? De dépasser les limites de vitesse ? De fumer, de boire, de prendre de la coke ? D'envoyer chier les gens ? Non ? Jamais ?

– Bien sûr que si. Mais je respire, et ça passe. Parfois rapidement, parfois moins. Mais ça passe toujours. Et ce n'est pas moi, le sujet de cette conversation. Ce n'est pas moi qui me suis tapé le veilleur de nuit !

– Et alors ? Et alors si je me tape le veilleur de nuit, ou le serveur du McDo, ou Leila, ou n'importe qui ? Qu'est-ce qui te fait chier ? Que tu les connaisses pas ou que je prenne mon pied ?

– Ce qui me fait chier, c'est qu'à dix-neuf ans, tu te tapes sans protection un type qui pourrait être ton père dans *ma* chambre d'hôtel ! Ce qui me fait chier, c'est que tu risques ta vie, en faisant ça ! Que tu risques de choper une saloperie et ce qui me ferait chier, c'est de te perdre bêtement !

– C'est ce qui s'appelle la vie, Antoine. Et tu vois, ce qui me fait chier, moi, c'est que tu risques si peu la tienne.

– Je n'ai pas besoin de risquer ma vie pour me sentir vivant !

– T'es pas vivant, Antoine. T'es déjà mort.

Anna mit fin à la bataille en dévorant ce qui lui restait de burger et de frites. Son sundae avait fondu. Antoine respira, se calma. Sa colère redescendit.

Ils n'échangèrent quasiment pas un mot du reste de la journée. Revenus à l'hôtel, Anna se doucha longuement, tandis qu'Antoine regardait les Jeux olympiques à la télévision. Un jeune Jamaïcain de 1,95 mètre venait de pulvériser son propre record personnel en finale du 100 mètres, en 9 secondes et 69 centièmes, remportant la médaille d'or et laissant planer sur son image des soupçons immédiats de dopage, qui seraient bien entendu dissipés par la suite. Les images d'Usain Bolt repassaient en boucle, mais Antoine eut de la peine à y trouver du plaisir : les mots d'Anna tournaient en boucle dans sa tête. Elle sortit de la salle de bains et se planta devant lui. Il la vit hésiter, et comprit qu'elle allait soit lui demander de l'argent, soit lui présenter des excuses.

– Allez, dit-elle, habille-toi. On sort, ce soir.

Il sourit. C'était sa manière toute personnelle de s'excuser.

Lorsque Laurent retrouva Antoine à l'aéroport, il comprit tout de suite que quelque chose s'était mal passé. Laurent avait souvent remarqué autour de lui divers cas de somatisation : des abcès, des rougeurs, des éruptions cutanées. Chez Antoine, l'irritation suprême se traduisait par une petite crispation des maxillaires. Crispation qu'il remarqua en quelques minutes à peine.

– C'est Anna, c'est ça ?

– Je veux pas en parler.

Anna l'avait entraîné dans un lieu excentré, où la musique était trop forte et l'alcool bon marché. Antoine s'était accoutumé à l'ambiance et avait même suivi sa sœur sur la piste, pendant vingt bonnes minutes. Pour lui, c'était un véritable marathon. Pour elle, ce n'était qu'un échauffement. Il s'était donc assis et l'avait observée. Il était assez admiratif de sa manière de danser. Elle n'avait jamais pris de cours, et ne possédait aucune technique, mais elle dansait sans retenue, sans surveiller son sac, sans regarder autour d'elle, et cet abandon lui conférait une certaine grâce. Quelques garçons – et filles – lui tournaient autour, et Antoine remarqua qu'elle ne les rejetait jamais. Elle acceptait chacun avec ses défauts et ses attributs, et s'adaptait. Elle valsait avec eux quelques minutes, de loin, de près, collé-serré ou du bout des doigts, puis trouvait un nouveau partenaire dès l'épuisement du précédent. Antoine y vit une métaphore facile de sa sexualité, boulimique et disparate. Ce qui l'étonnait, en revanche, c'est qu'elle n'avait pas bu depuis près de deux heures, et cela ne lui ressemblait pas. Il se fraya un chemin jusqu'à elle, elle l'aperçut, se débarrassa de son partenaire et vint danser avec lui.

– Ça va ? demanda-t-elle.

– Bien, et toi ?

– Super bien…

Il l'observa. Elle souriait. Il l'observa de plus près. Ses pupilles étaient extrêmement dilatées.

– Tu as pris quelque chose ?

– Oh, ça va…

– Tu as pris quoi ?

– Mais arrête ! Je m'amuse.

Il tâcha de garder le sourire.

– Et moi, j'ai pas le droit de m'amuser ?

– Tu veux en prendre ? Mais non…

– Fais voir.

Dans son état normal, elle n'eût pas été dupe du stratagème d'Antoine, mais elle était déjà loin. Elle sortit une pilule rose de sa poche et la lui tendit, en disant :

– Pense à boire beaucoup d'eau.

Antoine regarda la pilule et fit semblant de l'avaler. Anna sourit et leva les bras au ciel en hurlant un cri de victoire. Puis il passa la demi-heure suivante à danser à ses côtés, la surveillant de près.

Lorsqu'il passa aux toilettes, il regarda plus attentivement la pilule. LSD, devina-t-il. Il retourna sur la piste et ne la trouva pas. Un mauvais pressentiment le prit. Elle était au bar, entourée de deux garçons maigres, et tous trois enchaînaient des shots d'une liqueur caramel. Elle en tendit un à Antoine lorsqu'elle l'aperçut. Il déclina poliment.

– Ça va ? demanda-t-elle. Tu te sens comment ?

– Ça va, ça va. On rentre ? Il est pas loin de 2 heures…

– Oh non, je m'amuse tellement !

Elle fut happée par les deux hommes. Antoine passa encore quarante minutes à la surveiller de loin, puis il retourna vers elle et dit un peu plus fermement :

– Anna, on y va.

– Mais non, vas-y, toi, ça va !

– Putain, Anna, on rentre.

– Mais lâche-moi ! T'es pas mon père !

Elle retourna sur la piste en titubant. C'en fut trop pour Antoine. Il mit le cap vers la sortie, héla un taxi et rentra à l'hôtel. Vers 5 heures, il fut réveillé par des cris et des bruits de lutte provenant du hall. Il n'y prêta pas attention, jusqu'au moment où il entendit les cris d'Anna. Il se leva à la hâte et descendit, espérant secrètement ne pas prendre un coup perdu. À son grand désespoir, il trouva des meubles renversés, des vases brisés, une voiture de police, le veilleur de nuit qui tenait une compresse sur son crâne, un type étendu sur le trottoir, et Anna qui criait, se débattant, face au policier qui tentait de lui passer les menottes.

Antoine dut d'abord se faire comprendre de tout ce beau monde, pour qui l'anglais n'était pas la langue de prédilection, il dut ensuite comprendre ce qui s'était passé, puis remonter dans sa chambre, prendre les papiers d'Anna, s'habiller un peu plus chaudement, redescendre, monter dans la voiture de police sans adresser un mot à Anna – qui de toute façon n'osait pas le regarder – et passer l'heure suivante au commissariat de quartier, à remplir les formalités administratives pour faire sortir sa sœur.

Elle n'avait rien trouvé de mieux que de ramener un toxicomane violent à l'hôtel, qui avait réveillé le veilleur de nuit à grands coups de poing sur la vitre, énervé celui-ci, les ego de mâles s'étaient affrontés, poings, coups, cris, le veilleur l'avait emporté, moyennant quelques points de suture.

Dans le taxi du retour, Antoine ne prononça pas un mot de plus.

Sa sœur s'effondra sur son lit, et dormait encore quand Antoine partit chercher Laurent.

– Et toi, alors ? demanda Antoine à son ami. Dis-moi que tu as des bonnes nouvelles.

Laurent fit une moue, et raconta dans le détail sa nuit avec Jeannette, moins violente peut-être que celle d'Antoine, mais pas moins riche en rebondissements. Antoine en fut d'autant plus frustré. Pourtant, Laurent souriait.

– Qu'est-ce qui te fait sourire ? Anna ?

– Non, non. C'est Jeannette, quand elle m'a souhaité bon voyage.

– Et quoi ?

– C'est là qu'elle a dû agir.

– Agir ?

Laurent sourit de plus belle, et sortit de son sac une enveloppe, à son nom, qui contenait une lettre manuscrite. Antoine ouvrit la lettre, incrédule, et pendant quelques minutes, oublia Anna, le veilleur, la nuit dernière et sa propre vie, pour se concentrer sur les mots de Jeannette :

Mon cher Laurent, par où commencer ?

Je t'écris cette lettre de ma chambre, au matin, mais j'ai passé la nuit à la rédiger mentalement. Passé soixante-quinze ans, et je te souhaite d'y arriver, on ne fait que peu de cas du sommeil. Mon mari est levé et comme tous les matins, il me prépare du café, un œuf à la coque, et des petites mouillettes au beurre salé.

Hier soir, j'ai eu peur. J'ai eu peur du passé. Mais j'ai compris ensuite qu'il ne pouvait plus venir me heurter, que Martine et Ivan n'étaient plus de ce monde, que Charles était parti.

J'ai pensé à Antoine, cet enfant, aujourd'hui un homme, qui un jour, sans doute, deviendra père.

Je ne sais que trop l'importance de savoir qui on est, et d'où l'on vient, car mes propres enfants se sont souvent débattus avec cette dualité de cultures qui était la leur. Ils avaient un avantage, il est vrai, sur Antoine et Anna : on ne leur a jamais rien caché.

Peut-être que mes réponses ne te suffiront pas, peut-être déclencheront-elles une soif d'en savoir plus chez ton ami, peut-être choisiras-tu de ne pas lui montrer cette lettre, finalement, mais quoi qu'il en soit, tu as raison : un secret est fait pour être libéré.

Lorsque Martine a rencontré Ivan, c'était en janvier 1958. Il venait d'arriver dans un village voisin. Il travaillait comme maçon, même si je ne pense pas que ce fut son premier métier, et son premier client ne fut autre que mon père. C'est à lui qu'il demanda de l'aide : il cherchait une jeune fille pour prendre soin de son fils, nouveau-né.

Mon père pensa immédiatement à Martine, qui se remettait alors de sa maladie et d'un chagrin d'amour.

Elle garda Charles plusieurs fois, et s'y habitua tant qu'à Quintin on la prit rapidement pour la mère de l'enfant. Elle se mit à fréquenter Ivan, mais ne voyait en lui qu'un ami. Leur différence d'âge leur donnait une allure décalée : il était père, mais n'avait que vingt ans, elle était fille et en avait déjà trente. Je ne donnais pas six mois à leur histoire, mais comme tu vois, je me trompais. Ivan épousa Martine, et ils élevèrent Charles du mieux qu'ils purent. Il ne manqua ni de temps ni d'amour, et ses deux hommes rendirent Martine plus heureuse que je ne l'avais jamais vue.

Et maintenant, ce que tu n'avais pas deviné, et qui te surprendra peut-être : Ivan Lefèvre n'était pas né Lefèvre. Il avait pris le nom de Martine, afin de se franciser et d'effacer toute trace de ses origines. Ils ont toujours soutenu que c'était pour éviter le racisme ordinaire, j'ai toujours soupçonné que ce n'était pas la seule raison, je n'ai jamais rien dit, car c'eût été peut-être au prix de notre amitié.

D'où venait Ivan ? Je l'ai trop connu pour ne pas le savoir. Il masquait son accent du mieux qu'il le pouvait, mais ses traits, sa peau, et certaines expressions le trahissaient : il était turc, originaire d'un village dont je n'ai jamais su le nom. Je précise que, poussée par la curiosité, j'avais obtenu de mon père son véritable nom de famille : Dertli, un nom assez courant là-bas, il me semble.

Qui était la mère biologique de Charles ? Ils n'en parlaient jamais. Tout ce que m'a avoué Ivan, un jour, c'est qu'elle était déjà morte quand il était arrivé en France. Ce que m'a confirmé Martine, c'est où elle était morte, puisque c'est aussi de là que venait Ivan : Berlin.

5.

Berlin

– *Ladies and gentlemen*, fit la voix de l'hôtesse avec un léger accent autrichien, *we will shortly be taking off for Berlin. Will you please fasten your seat belt now and for your own comfort and safety, keep it fastened during the flight if you don't have to move around the cabin.*

Laurent, qui avait le nez plongé dans le magazine de bord, le releva vers son ami en entendant sa respiration saccadée. Antoine déglutit.

– Ça va ? demanda Laurent.

– Oui, oui.

– *Furthermore*, continua la voix, *we remind you that this flight is non smoking and it's strictly forbidden in the toilets.*

Antoine resserra sa ceinture, et chercha un chewing-gum de plus dans la poche de sa veste. Il regarda vers le hublot et vit l'avion se mettre en branle.

– T'es sûr que ça va ? demanda Laurent.

– Oui, oui.

Laurent pensa d'abord qu'Antoine était stressé à cause d'Anna. Il l'avait rarement vu aussi ferme avec elle. Avec qui que ce soit d'ailleurs.

Il ne lui avait pas passé un savon, n'avait rien dit de la nuit d'avant. Il était entré dans la chambre et avait commencé à faire son sac. Elle avait émergé lentement de son état de sommeil comateux et était parvenue à formuler :

– Qu'est-ce que tu fais ?

Il n'avait pas répondu, continuant à faire son sac.

– Tu t'en vas ?

– La chambre est louée pour la semaine, fais-toi plaisir. Pour le retour, j'ai laissé 200 euros sur la table, ça devrait suffire.

– Je veux pas de ta thune. Tu vas où ? Vous allez où ?

– Peu importe. Passe une bonne semaine. Salut.

Il était sorti de la chambre, valise en main. Anna avait bondi hors de son lit et l'avait suivi dans le couloir, dans une demi-tenue.

– Attends ! Attends ! OK, tu m'en veux pour hier, mais ça te donne pas le droit de me traiter comme de la merde. Vous allez où ?

Antoine, sans rien dire, était entré dans l'ascenseur. Anna l'avait suivi.

– Réponds, putain ! J'ai envie de savoir !

Antoine fixait les numéros des étages, immobile. Elle se tourna vers Laurent, qui jusqu'ici s'était fait tout petit.

– Laurent, vous allez où ? Dis-moi.

– On va… on va continuer à chercher.

– En Turquie ? Me dis pas que vous allez en Turquie ?

Antoine foudroya Laurent du regard, lui interdisant d'en dire plus.

– Putain, mais dites-moi !

Ils sortirent de l'ascenseur, se dirigèrent vers le taxi, qui les attendait. Quelques personnes dans le hall sursautèrent en entendant Anna crier :

– C'est mon père aussi ! OK ? C'est pas parce que toi tu l'as connu que ça te donne le droit de me laisser dans l'ignorance, connard ! Dis-moi. Dis-moi !

Mais Antoine était fermé, imperturbable. Il mit sa valise dans le coffre et entra dans le taxi. Anna retint Laurent par l'épaule, et se fit suppliante :

– Laurent, juste dis-moi où vous allez. Vous rentrez à la maison ? Vous allez à Londres ?

– Bon, on y va ? demanda Antoine d'une voix ferme.

Laurent entra dans le taxi et ferma la portière. Anna resta là, les bras ballants, et des larmes coulèrent sur ses joues. Elle ne quitta pas Laurent des yeux.

– *To the airport, please*, dit Antoine au chauffeur.

Laurent eut pitié d'elle. Muettement, il articula le nom de leur destination. Il ne sut si elle comprit ou non, car le taxi partit. Antoine resta silencieux pendant quelques secondes, puis souffla un bon coup.

– Ça va, je sais ce que tu penses, finit-il par dire.

– En tout cas, répondit Laurent, vous avez un super rapport. Et ça, c'est le plus important dans les familles. La communication.

Antoine ferma les yeux et secoua la tête. Il se détendit à mesure que le taxi s'éloignait de Vienne. Mais à présent, dans l'avion qui s'ébranlait, il ressemblait à un junkie en manque : suées, tics et démangeaisons.

– C'est à cause d'Anna ? demanda Laurent.

– Non, non.

– … C'est l'avion ?

Antoine souffla longuement, en tentant de contrôler le filet d'air qui s'écoulait. Puis il regarda Laurent et dit :

– C'est con, hein ?

Laurent en resta bouche bée. Il ne put s'empêcher de sourire du paradoxe. Chaque homme nourrit en lui l'espoir d'être un héros, chacun a un jour imaginé arrêter un voleur à mains nues, terrasser des terroristes, ou sauver le monde d'une attaque extraterrestre. Laurent avait depuis longtemps abandonné cet espoir, car de nombreuses situations ridicules lui avaient démontré l'étendue de sa poltronnerie. Enfant, il avait peur de la nuit, du monstre dans le placard, de la solitude. Adolescent, il avait peur d'être racketté, détroussé, tabassé, lynché, assassiné. Dans le métro parisien, il sortait parfois d'une rame par crainte d'un colis suspect. Il changeait souvent de trottoir. Une petite frayeur parcourait son échine chaque fois qu'il croisait une voiture de police, malgré son casier vierge et la sympathie immédiate qu'il inspirait. L'habitude des contrôles au faciès, sans doute. Et puis, il avait grandi, gagné en assurance. Les gens dans la rue qu'il croisait dans la nuit changeaient eux-mêmes de trottoir en le voyant. Il cohabitait désormais pacifiquement avec cette peur et avait fini par la considérer comme un signal d'alarme, qui bien des fois l'avait tiré de véritables situations périlleuses, comme en Russie, où il avait dû se hâter de se réfugier dans un commerce, ayant croisé quelques mines patibulaires désireuses d'en découdre avec l'étranger. Mais il continuait de lâcher des cris aigus et perçants lorsqu'on le surprenait, lorsqu'on le chatouillait, et lorsqu'il avait le malheur de regarder un film d'horreur. Antoine, lui, était le stoïcisme incarné. Il désamorçait chaque situation périlleuse avec le flegme d'un lord anglais. Rien ne semblait l'atteindre. Au cœur même d'un conflit, il ne laissait jamais transparaître la moindre angoisse. Mais il apparaissait aujourd'hui très clairement à Laurent que son meilleur ami, Antoine Lefèvre, avait peur en avion.

– Essaie de penser à autre chose, tenta Laurent.

– Oui, oui. J'essaie, là.

À mesure que l'avion se rapprochait de la piste, Antoine semblait se rapprocher de la crise de panique. Un comble pour un être aussi rationnel. Lui-même ne parvenait pas à se l'expliquer.

– Sinon, retenta Laurent, essaie de verbaliser ton angoisse.

– Eh ben je panique, quoi. Je vais mourir.

Il était parfaitement au courant des statistiques et des faits : quelques centaines de morts par an pour plusieurs milliards de passagers, alors que la voiture faisait plus d'un million de victimes par an dans le monde. Il savait que les circuits électriques d'un avion étaient triplés, qu'un avion pouvait aisément continuer à voler s'il lui manquait un moteur, qu'il y avait même plus de chances que l'on croit de survivre à un accident d'avion, mais rien n'y faisait, il continuait de visualiser la chute en piqué à 10 000 mètres d'altitude.

La machine se plaça en début de piste.

– Il s'arrête, là. Pourquoi il s'arrête ?

– C'est normal, il attend le signal de la tour de contrôle.

– Oh putain.

Antoine ouvrit une petite bouteille d'eau et en but la moitié.

– Ça va mieux ? s'enquit son ami.

– Non.

Les moteurs se mirent à tourner et l'avion s'élança.

– Oh putain. Oh putain. Oh putain.

Il respirait comme un plongeur en apnée qui se prépare à battre le record du monde. Laurent, à court d'idées, lui saisit la main. Antoine la serra si fort que notre narrateur se mit à craindre pour son métacarpe. L'avion décolla. Antoine ferma les yeux et cessa de respirer. Il cessa littéralement de respirer, pendant plus d'une minute.

– Mec, dis-moi que t'es vivant, ordonna timidement Laurent.

Antoine souffla d'un coup, reprit une grande respiration, et retint à nouveau son souffle. Il n'avait toujours pas ouvert les yeux.

Dong, fit le haut-parleur pour précéder une annonce. La voix reprit, en allemand d'abord.

– Qu'est-ce qu'elle dit ? demanda Antoine, les paupières closes.

– Qu'il faut garder nos ceintures de sécurité attachées jusqu'à extinction du signal lumineux, c'est la procédure standard.

– OK. OK. OK, dit-il.

Il se détendit, très légèrement. Il consentit à ouvrir les yeux, sans pour autant oser se tourner vers le hublot. *Voilà pourquoi il préférait le train*, se dit Laurent. Ou le bateau d'ailleurs. Ou la voiture. Voilà pourquoi il avait laissé Laurent partir seul à Lausanne. Voilà aussi peut-être pourquoi il était si tendu, ce matin, avec Anna. Voilà pourquoi, lorsqu'ils avaient envisagé ces vacances, Antoine avait balayé les propositions lointaines de Laurent : la Thaïlande ? Trop chaud. L'Inde ? Encore ? Le Japon ? *Mais quelle est cette obsession des pays asiatiques ?* Les États-Unis ? Trop grand, trop cher. Et pourquoi pas Londres ?

– On peut parler du fait que tu m'as caché ta peur en avion ?

– Peur ? J'ai pas peur.

– Ah non ? C'est vrai, pardon, t'as l'air hyper serein.

– C'est juste le décollage. Après, ça va.

– Regarde par le hublot.

– Pourquoi tu veux que je regarde par le hublot ?

– Vas-y.

Antoine se mordit la langue, puis haussa les épaules, faussement cool, et tourna la tête vers le hublot.

– Voilà.

– Tu as les yeux fermés.

– C'est à cause du soleil.

– Ouvre les yeux.

Antoine déglutit, et ouvrit les yeux, au prix d'un effort surhumain. Laurent eut l'impression qu'il regardait un amoncellement de cadavres. Puis il retourna la tête vers lui :

– Tu vois ? Pas de problème.

Dong, fit à nouveau le haut-parleur, et la voix en allemand.

– Qu'est-ce qu'elle dit ?

– Turbulences.

– Oh, mon Dieu, dit Antoine en pâlissant.

– Ça va secouer.

– Oh non, tu déconnes ? demanda Antoine qui se rapetissait sur son siège.

– Je déconne. On peut juste détacher nos ceintures.

Antoine mit un temps à savoir si c'était du lard ou du cochon, puis entendit le message en anglais, et poussa un ouf de soulagement. Il regarda Laurent, pas fier, puis avoua :

– OK, j'ai peur en avion.

– Sans blague ?

Antoine sourit timidement. Quelques minutes plus tard, lorsqu'ils entrèrent dans une véritable zone de turbulences, le sourire disparut.

Pour Laurent, l'atterrissage était toujours une partie de plaisir. Il regardait se rapprocher le sol avec une excitation grandissante, pressé de découvrir de nouveaux territoires. Cette fois-ci, avec Antoine, ce fut un peu plus compliqué, cerise sur le gâteau de terreur que fut le vol. Malgré le demi-comprimé de Xanax que l'hôtesse avait eu la gentillesse de lui donner, Antoine avait cru trépasser. Laurent, lui, préférait trépasser plutôt que d'affronter à nouveau des turbulences en compagnie d'Antoine, qui s'était transformé en bombe anxiogène, bombardant ses voisins de questions alarmées, de remarques alarmistes, et de halètements maladifs. À l'atterrissage, donc, Laurent crut le perdre. Il envisagea l'espace d'un instant que son meilleur ami subissait une attaque cérébrale, mais non, lorsque l'avion fut arrêté, Antoine revint à la vie. Il mit cependant une bonne heure à s'en remettre, et Laurent ne retrouva son vrai visage que lorsqu'ils eurent déposé leurs bagages dans l'hôtel, une pension bon marché du quartier de Kreuzberg – central, populaire et animé.

– Qui sait ? Pour ta phobie ? Ta mère ?

– Non.

– Ta sœur ?

– Certainement pas.

– Jennifer ?

Antoine regarda Laurent, et passa aux aveux. La première fois qu'Antoine avait pris l'avion, c'était avec elle. Jennifer, qui avait de la famille au Canada, avait l'habitude des vols long-courriers. Lui, non. Elle avait découvert un nouvel Antoine. Un Antoine qu'elle n'avait pas particulièrement apprécié. Son Antoine, l'homme qu'elle aimait, était fort, solide, et savait s'occuper d'elle. Dans cet avion qui n'allait pourtant qu'à Rome, les rôles s'étaient inversés. Elle avait été complètement dépassée et, il faut bien le dire, un peu déçue. La peur de son homme n'était ni virile ni élégante. Il avait vu des spécialistes, un psy, un hypnotiseur, rien n'y avait fait. Au fil des ans, cette angoisse s'était accrue. Chaque voyage était une souffrance de plus en plus pénible. Il s'était donc résolu à adopter le remède le plus simple : il ne prenait plus l'avion. Lorsque Jennifer partait rejoindre ses copines ou sa famille, il restait là, à travailler, pour le plus grand bonheur de Laurent. Lorsqu'ils voulaient vraiment partir en amoureux, ils prenaient le train. Quand ils n'avaient pas le choix, ils prenaient des places séparées, afin que sa détresse ne contamine pas Jennifer. Il se retrouvait en général à côté d'un pauvre voyageur qui devait supporter son état de malaise incoercible. Quoi qu'il en soit, il plaçait son seuil de survie à deux heures et demie de vol. Au-delà, il somatisait tellement que sa santé était réellement menacée – ainsi que celle de ses voisins. Il soupçonnait qu'au bout de trois heures de vol, son cœur lâcherait. Voilà donc pourquoi il n'avait jamais dépassé cette durée, pourquoi son exploration du monde allait du Maroc à la Suède. Voilà pourquoi, enfin, il aimait mieux travailler que partir en vacances.

Laurent fut terriblement affecté de comprendre que tant

que cette phobie ne serait pas guérie, son meilleur ami passerait à côté des splendeurs du reste du monde, et qu'il ne pourrait jamais partager avec lui les délices du voyage.

Compatissant, il décréta que cette journée serait consacrée à la détente. Il prit les choses en main et réserva un sauna qui donnait directement sur la Spree, le fleuve berlinois. Il ne se rappela qu'en entrant dans le premier petit espace de bois que les saunas étaient naturistes, en Allemagne. Ils se retrouvèrent donc nez à nez avec quelques septuagénaires qui côtoyaient deux préadolescentes, leurs parents, un couple de messieurs et une mère de famille nombreuse, tous dans le plus simple appareil. Laurent ne revint pas sur la cruauté désolidarisée de Jennifer, et subit le rituel des serviettes tournantes en silence. Il offrit même à son ami un massage crânien, et sut à son sourire placide et à son regard clair, en sortant du sauna, que celui-ci avait oublié leur fâcheux moment aérien.

Autour d'une bière et d'un bon steak, ils abordèrent enfin le sujet qui les préoccupait réellement :

– Bon, on en parle ?

– De quoi ? demanda Antoine.

– De la lettre de Jeannette.

Antoine termina sa bouchée, puis répondit :

– Tu crois que j'aurais eu le poste, si je m'étais appelé Antoine Dertli ?

Le plus étrange, c'est à quel point on s'habitue à son nom. C'est la première chose qu'on apprend à écrire. C'est ainsi qu'on se présente. Le prénom, c'est autre chose, c'est un choix libre des parents, qui se réinvente donc à chaque naissance. Le nom définit. C'est celui du père du père du père, et ainsi de suite. Il indique l'origine ou la classe sociale. Il est très étrange d'apprendre, du jour au lendemain, que son nom n'est pas son nom. Ainsi, Ivan Lefèvre était né Ivan Dertli. Charles Lefèvre aurait dû s'appeler Charles Dertli. Antoine Lefèvre était en fait Antoine Dertli.

– Jusqu'à aujourd'hui, la Turquie, pour moi, c'était un vague pays entre deux continents, avec une langue étrange, ni arabe ni européenne.

– Fiers inventeurs du döner kebab.

– Un empire à la gloire passée. Des mecs qui veulent entrer dans l'Europe. Istanbul, le Bosphore. Des bases militaires pas loin de l'Irak.

– Et aujourd'hui ?

– J'ai pas une gueule de Turc, si ?

– Je ne suis pas un expert. On t'a jamais pris pour un Arabe ?

– Jamais, enfin ! Regarde mes yeux.

Antoine avait les yeux bleus, qui contrastaient avec des cheveux et une pilosité très bruns. Ses traits saillants pouvaient le faire passer pour un Irlandais, peut-être. Mais la communauté turque en France n'était pas si nombreuse, et Laurent manquait de points de comparaison.

– Et Anna ? demanda-t-il.

Antoine haussa les épaules. Laurent s'en voulut de lui rappeler cette source de désagrément, que son ami semblait avoir oubliée.

– En tout cas, Ivan venait de Berlin.

– Ce qui ne colle pas. En termes de dates.

– Pourquoi ?

Laurent reprit ses notes. Il avait un peu potassé le sujet, dès qu'il avait eu accès au Wi-Fi.

– Alors… Les Turcs sont arrivés en Allemagne suite à la signature d'une convention sur le recrutement de main-d'œuvre, en plein miracle économique allemand. Mais cette convention n'est signée qu'en octobre 61. Or, Charles naît en novembre 57, soit quatre ans plus tôt. Et surtout, Ivan arrive en France en janvier 58.

– Il y avait sûrement des Turcs en Allemagne avant 61.

– Il y en avait, mais pas beaucoup : ils étaient seulement sept mille. Dix ans plus tard, ce nombre avait été multiplié par cent. Aujourd'hui, ils sont peut-être deux millions. Sans compter les générations nées en Allemagne.

– Donc, il faisait partie des sept mille.

– Mais surtout, il n'était pas venu pour des raisons économiques, puisque la convention n'était pas signée.

– Il est peut-être venu par amour. Il a rencontré une Allemande, une touriste en vacances en Turquie. Elle tombe enceinte, il fuit sa famille, ils s'installent à Berlin, elle meurt en accouchant.

– Ou bien c'est lui qui est venu en Allemagne, où il est tombé amoureux d'une jeune Berlinoise, qui tombe enceinte…

– Peut-être qu'ils n'étaient pas amoureux ?

– Peut-être qu'elle était trop jeune ? Elle n'a pas résisté à la grossesse.

– Ce qui est sûr, c'est que sa famille à elle n'a pas assumé le bébé.

– Ni sa famille à lui. S'il en a une.

Antoine eut un moment de recul.

– Pour ce qui est de Charles, en tout cas, reprit Laurent, il y a un truc évident qui ne nous a pas frappés jusqu'ici.

– Je t'écoute.

– Quand est-ce qu'il est parti, déjà ?

– Été 89, avant la naissance d'Anna. Elle est du 6 août, il est parti en juillet.

– Quand est-ce qu'il arrive à Gramatneusiedl ?

– Début 91.

– Et qu'est-ce qui se passe en novembre 89, ici même ?

– Euh… je sèche.

– Le 9 novembre 1989, très exactement ?

Antoine se concentra, il n'avait que sept ans.

– Comment tu veux que je le sache ?
– Événement mondial, 89, Berlin. Antoine, putain !
Puis il comprit.
– La chute du Mur ?
– Bingo. En octobre, manifestations, démissions, violences policières. Le 4 novembre, un million de personnes descendent dans la rue, en RDA. Le 8, le parti socialiste démissionne. Le 9, à 18 h 57, Schabowski annonce l'ouverture des frontières. Des dizaines de milliers de Berlinois se ruent vers le Mur, qui tombera quelques heures plus tard. Le démantèlement du bloc soviétique est amorcé.
– OK, donc mon père se trouvait là lors de la chute du Mur.
– Allons plus loin, tu veux ?
Antoine réfléchit un instant.
– Il a participé à la chute du Mur ?
– Non. Enfin, peut-être, mais non, c'est pas ça que je veux dire.
– ... Il est venu pour ça ?
Laurent sourit, pas peu fier.
– Ouais, fit Antoine, sceptique. Il est parti en juillet, qu'est-ce qui aurait motivé son départ ?
– D'abord, il y a eu plusieurs signes avant-coureurs : en février 89, l'Union soviétique décide de quitter l'Afghanistan, sans victoire. Le 2 mai, la Hongrie autorise le démantèlement du « rideau de fer », à la frontière autrichienne. En août, Mazowiecki, de Solidarnosc, devient Premier ministre de Pologne. Même s'il ne pouvait pas savoir que le Mur allait tomber, je comprends pourquoi il est venu. Et s'il avait l'intention de passer à l'Est, je comprends pourquoi il n'a rien dit.
– Pourquoi il serait passé à l'Est ?
– Parce que sa mère était enterrée à l'Est.
– Donc tu penses qu'Ivan Dertli, un immigré turc, serait

tombé amoureux d'une Allemande de l'Est, au début des années cinquante ?

– Pourquoi pas ?

Antoine resta pensif un instant.

– Tu te rends compte que l'on base nos hypothèses sur la parole de deux vieilles dames, une en Autriche, une en Suisse, qui ne se basent elles-mêmes que sur une assomption et le souvenir d'une conversation ?

– Oui. Mais deux vieilles dames qui ne se connaissent pas.

Le lendemain, ils commencèrent leurs recherches. Ils se rendirent d'abord au Rathaus, l'hôtel de ville de Berlin, tirant son nom de la couleur rouge que lui donnaient ses briques. Laurent se rendit très vite compte qu'ils auraient fait un très bon usage d'une petite germanophone de leur connaissance, mais il choisit de ne pas enfoncer le clou et s'accommoda tant bien que mal de la situation, en palliant leurs lacunes à grand renfort de gestes et d'anglais. Ils tombèrent sur des gens charmants, qui comprirent la requête d'Antoine et semblèrent dégager une empathie profonde pour celui-ci. Mais lorsqu'il fallut obtenir un renseignement solide, tout ce que put faire l'employé de l'accueil fut d'aller chercher son responsable, puis la responsable de son responsable. Chaque fois, Antoine devait réexpliquer son affaire – affaire qui semblait les passionner –, et chaque fois ils renvoyaient Antoine vers une nouvelle personne. Enfin, une adjointe de quartier finit par savoir comment s'y prendre. Elle disparut pendant une éternité et revint avec une liste de noms et de coordonnées qui recouvraient plusieurs pages. Il s'agissait des « Charles » et des « Lefèvre » qui vivaient à Berlin, ou du moins ce fut ce que comprirent les garçons.

Ils sortirent du rendez-vous avec le sentiment du devoir accompli, comme si le reste n'était qu'une petite partie de chasse. Ils déchantèrent vite.

D'abord, la liste n'était pas à jour. Lorsqu'ils téléphonaient aux susdits Lefèvre, ils tombaient sur une annonce standardisée qu'ils se firent traduire par la logeuse : « Le numéro que vous avez demandé n'est pas attribué. » Lorsque quelqu'un décrochait, la personne ne parlait pas tout le temps anglais, presque jamais français, et était rarement celle qu'ils cherchaient à joindre.

Ils décidèrent de se rendre directement aux adresses indiquées, et découvrirent alors l'étendue quasi infinie de Berlin. Antoine et Laurent se considéraient désormais comme des Parisiens, et traverser le périphérique était déjà pour eux un voyage épique. Paris, donc, l'une des capitales les plus denses du monde, recouvrait un territoire de 100 kilomètres carrés. Le territoire de Berlin était neuf fois plus grand.

D'un quartier à l'autre, ils trouvaient patiemment les adresses indiquées sur la liste désuète du Rathaus, marchant parfois plusieurs kilomètres à la sortie du U-bahn, le métro berlinois. Ils eurent le plaisir de rencontrer trois authentiques Charles Lefèvre. Le premier avait dix-neuf ans et faisait des études de linguistique, le deuxième avait la petite trentaine, et s'était installé à Köpenick – le quartier du bout du monde – après son mariage avec une Berlinoise. Le troisième avait à peu près l'âge d'être le père d'Antoine, mais outre une absence totale de ressemblance, et le fait qu'il était installé à Tempelhof depuis près de trente ans, ses origines antillaises flagrantes éliminaient directement la possibilité d'une filiation.

Quant aux autres Lefèvre, certains avaient effectivement un Charles dans leur famille, mais aucun ne correspondait à la description du père d'Antoine.

Quelques jours plus tard, ils avaient épuisé la liste. Ils avaient passé la majeure partie de leur temps à marcher et à prendre les transports en commun. Certes, ils en avaient profité pour sillonner les monuments touristiques de la ville – la porte de

Brandebourg, le palais du Reichstag, Alexanderplatz, l'île aux Musées ou les vestiges du Mur, ainsi que des quartiers moins connus, les parcs, les gares, les grandes étendues d'eau… Certes, ils avaient profité du soleil, s'étendant torse nu sur les grandes pelouses jouxtant le lac de Senftenberg, et constatant que le naturisme s'étendait en Allemagne bien au-delà des saunas… Certes, leurs vacances n'avaient rien à envier à celles qu'ils auraient eues en partant à Londres, mais Antoine ne pouvait s'empêcher de s'en vouloir un peu. Comme en Autriche, quelques jours auparavant, leur enquête pataugeait. Comme en Autriche, la solution vint d'une aide extérieure inopinée et inattendue. La même aide qu'en Autriche, à vrai dire.

Antoine et Laurent étaient en train de petit-déjeuner, au rez-de-chaussée de leur pension. Le jour d'avant, ils avaient tenté de s'adresser à la police, afin d'obtenir des renseignements plus précis, mais ils s'étaient fait gentiment éconduire. Les polices allemandes avaient mieux à faire que de mettre leurs meilleurs éléments sur la piste d'un homme qui serait peut-être passé par Berlin en 89-90. Ce matin, Antoine consultait les prix des billets de train et les durées de trajet jusqu'à Paris.

– Il y en a pour huit heures, environ. Neuf heures, max.

Laurent leva les yeux au ciel, discrètement. Puis il prit le parti d'en rire. En neuf heures, après tout, il aurait parfaitement le temps de mettre ses notes au propre. Antoine ne vit pas sa petite moue moqueuse. Il pensait au retour. Que raconterait-il à sa mère ? Avait-il vraiment trouvé une piste, ou n'avait-il pas plutôt cédé aux élucubrations de deux vieilles femmes séniles ? Il avait cru ce qu'il voulait entendre, voilà tout. Jeannette avait rêvé l'accent d'Ivan, ses origines turques. Arlene avait mal compris ce qu'avait dit Charles : Berlin, oui, il avait eu envie d'y habiter. Envie, voilà tout.

Ils furent interrompus dans leurs rêveries par des éclats de voix. La logeuse tentait de rattraper une petite boule de nerfs, qui fondait sur eux d'un pas décidé. Antoine l'aperçut en premier. Laurent fut saisi par l'expression d'Antoine, mais lorsqu'il se retourna, elle était déjà sur eux : Anna avait traversé la petite salle à manger, s'était arrêtée face à son frère, et aplatit soudain sa main sur la table des garçons, d'un geste brusque dont le bruit fit sursauter l'assistance. Elle planta son regard dans celui d'Antoine, puis, sans un mot, tourna les talons et s'enfuit vers la sortie. Antoine mit une seconde à recouvrer ses esprits, puis il se leva à son tour et partit à sa poursuite. Laurent baissa les yeux et fixa la table : elle y avait simplement laissé 200 euros.

Antoine la rattrapa dans la rue. Elle avait accéléré le pas, mais il se mit à courir et la prit par le bras.

– Lâche-moi ! Lâche-moi, c'est bon !

Elle se débattit, mais il tint bon. Il la força à le regarder :

– Calme-toi, Anna. Calme-toi.

– Mais fous-moi la paix, putain ! Laisse-moi partir !

Ne sachant plus quoi faire, il la prit dans ses bras et resserra l'étreinte. Elle continua de le repousser, de crier, de le frapper même, mais il ne la lâcha pas. Il la serra plus fort, tant et si bien qu'elle finit par cesser de lutter. Son corps se relâcha, et elle éclata en sanglots. De lourds sanglots, retenus depuis quelques jours en même temps que s'accumulait sa haine.

Elle dévora l'équivalent de trois petits déjeuners, mais Antoine eut l'élégance de ne pas lui demander l'origine de sa faim.

Elle était venue en stop.

D'abord, elle avait passé vingt-quatre heures à Vienne, maudissant son aîné, ruminant sa vengeance, profitant de la chambre d'hôtel. Puis elle avait remarqué les billets laissés négligemment sur la commode, comme à une fille de peu de vertu. C'est cette dette qui l'avait rongée, et qui, heure après heure, avait pris une place démesurée dans son esprit habituellement peu préoccupé par l'argent et l'honneur. Mais elle avait fini par partir, d'un coup, empochant les billets, son sac et ses écouteurs. Ce n'était pas la première fois qu'elle faisait du stop, mais sans savoir si c'était son style vestimentaire, son maquillage approximatif, sa jeunesse ou simplement le hasard, elle n'était jamais tombée sur autant d'emmerdeurs que lors de ce trajet.

La sortie de Vienne avait été rapide, simple, sans encombre. Une mère de famille l'avait amenée jusqu'à Brno en deux heures à peine. C'est en République tchèque que les choses s'étaient gâtées. La route de Brno à Prague, pourtant simple et droite, avait été morcelée en quatre parties, dont trois avec des routiers en apparence inoffensifs, qui avaient vite fait comprendre à Anna qu'ils seraient ravis de continuer le voyage contre de simples faveurs sexuelles. Au premier, elle avait répondu par un sourire poli, au deuxième par une indifférence froide. Au troisième, qui avait joint le geste à la parole, elle avait envoyé un coup de la pointe du pied dans ses testicules, avant de s'extirper du camion et de courir se réfugier dans la cafétéria de l'aire d'autoroute. Elle avait passé une nuit à Prague, sur un banc du jardin public, malgré une brise rafraîchissante qui la poussait à prendre une chambre d'hôtel.

Elle sentait les billets lui brûler les doigts, mais avait résisté à la tentation de les utiliser. Sur le chemin de Prague à Dresde, elle était tombée sur un play-boy allemand d'une trentaine d'années, qui aurait pu lui plaire en temps normal. Mais elle était si refroidie par les mauvaises expériences de la veille qu'elle était restée sur un qui-vive alerte, ne lui laissant pas entrevoir la moindre faille charmée, malgré ses insistances répétées à l'inviter au moins à boire un verre. À Dresde, elle avait volé un sandwich dans un supermarché, mais avec moins de dextérité que d'habitude, car elle s'était fait surprendre. Elle avait tenté à nouveau sa chance sur un étal de marché, mais n'était parvenue qu'à obtenir une pâtisserie et un fruit. Elle avait voulu monter dans le direct pour Berlin, mais s'était fait contrôler – et débarquer – avant même le départ, ce qui l'avait obligée à recourir une fois de plus aux aléas de la route. Elle avait été embarquée par une femme qui passait par Leipzig, ce qui avait allongé son parcours. Elle avait dormi à nouveau dehors, commençant à subir les affres de la faim. Le lendemain matin, heureusement, une bonne âme qui n'allait pourtant qu'à Potsdam l'avait déposée au centre de Berlin. Elle avait cherché le premier café Internet venu, s'était installée, et avait tout simplement ouvert la boîte mail de son frère. Elle en avait un peu honte, mais elle avait essayé à l'époque – par jeu – plusieurs mots de passe, et n'en était elle-même pas revenue lorsque *Jennifer82* lui avait ouvert les clés de l'intimité d'Antoine. La banalité totale du contenu de ses échanges avait fini par avoir raison de sa curiosité, et elle n'y était pas retournée depuis plusieurs mois. Elle avait trouvé le nom de la pension à Kreuzberg, et s'y était dirigée de ce pas, non sans avoir fait les yeux doux au patron du café Internet, et obtenu la gratuité pour ces quelques minutes de connexion.

Aux garçons, elle n'avoua pas son intrusion dans les courriels d'Antoine, laissant planer le doute. Laurent crut qu'elle avait fait le tour des hôtels, Antoine soupçonna Laurent de le lui avoir révélé, et ils n'en parlèrent plus.

Antoine relata à Anna les derniers éléments en leur possession : leur traque malheureuse d'un Charles Lefèvre berlinois, la lettre de Jeannette. Anna écouta religieusement, et il leur sembla à tous deux que pour une fois, elle n'était pas dans le dédain, mais dans un intérêt profond. Ou peut-être était-ce simplement qu'après deux jours à dormir dehors, elle ne rêvait que d'un vrai lit. De fait, elle passa l'essentiel de la journée à dormir, tandis qu'Antoine et Laurent profitaient des derniers jours d'été pour acheter, écrire et envoyer des cartes postales – l'ironie ne manqua pas de les frapper.

Antoine téléphona à Jennifer. Ils avaient correspondu ces

derniers jours – de manière sporadique – par textos, ou par mails. Laurent devait bien reconnaître que si énervante fût-elle, Jennifer n'était ni pressante ni étouffante, et ce depuis le début de leur relation. Et en même temps, se dit-il, comment ne pas faire confiance à Antoine ? Ce dernier ne parla pas de Vienne, encore moins de Gramatneusiedl, il se borna à écouter Jennifer lui décrire laconiquement ses vacances ensoleillées, et tout juste consentit-il à dire que tout se passait bien, et que Laurent était très sage.

Cette sagesse toute relative s'envola dès le soir venu. Anna, réveillée et ragaillardie après un déjeuner tardif, parvint à convaincre les garçons de sortir, et les emmena dans une sorte de boîte de nuit éphémère, au plafond inexistant et à la musique indéfinissable jouée par un groupe prépubère. Néanmoins, il s'agissait d'un quartier étonnamment central, l'endroit était propre et aéré et les gens semblaient détendus et heureux. Anna dansait – elle avait promis de boire modérément et de ne pas prendre de drogue –, Laurent regardait autour de lui les jeunes Berlinoises aux styles les plus variés et pour la première fois, il sembla à Antoine que tous trois avaient trouvé un terrain d'entente. À sa grande surprise, Anna avait revêtu une robe. Elle attirait l'attention de tous les jeunes Allemands qui guettaient le moment propice pour aller à tour de rôle lui parler, danser avec elle et se faire gentiment éconduire.

– Tu sais, lui dit Laurent, dans dix ans, elle travaillera dans la finance, elle aura deux enfants, une nounou, un mari, un grand appart dans le VIIIe, et tu repenseras en riant à cette époque où elle prenait de la drogue, buvait trop et couchait avec n'importe qui.

– Ouais. Ou bien elle sera toujours en train de danser.

– Et c'est ce qu'on devrait faire aussi. Allez, viens.

Les deux garçons s'avancèrent et se laissèrent emporter par les rythmes rock électronique. Ils se rappelèrent alors qu'ils n'avaient que vingt-six ans, et tâchèrent d'oublier leurs échecs en tant que détectives amateurs. Dans trois jours, ils seraient à Paris et la vie reprendrait. Pour Antoine, la rentrée serait aussi brutale que passionnante. Il décida de reprendre une bière.

Tous deux étaient légèrement gris, accoudés au bar, lorsqu'ils aperçurent Anna qui venait à eux en tenant un homme par la main. Laurent eût bien aimé préciser un *jeune* homme, mais non, il n'avait pas l'air jeune. Anna les présenta à Dieter, discrètement, sans mentionner qu'Antoine était son frère. Ils se serrèrent la paluche. Dieter était vif, le visage marqué, quelques cheveux gris sur les tempes. Il portait une petite veste en cuir, des chaussures de ville, une chaîne en argent, une montre. Il semblait mesurer sa chance d'être parvenu à intéresser une fille comme Anna, et en était presque gêné. Anna se pencha auprès d'Antoine, et dit :

– On se voit demain.

Elle l'embrassa sur la joue, fit un signe à Laurent, et disparut en tirant Dieter par la main. Les deux garçons restèrent accoudés au bar, incrédules. Ce fut Laurent qui commenta le premier :

– Au moins quarante ans, non ?

– Quarante-cinq.

– Pas particulièrement beau, si ?

– Pas moche…

– Pas très bien habillé, non plus ?

– Habillé, en tout cas.

– Qu'est-ce qu'elle lui trouve, sans déconner ? J'ai vu au moins trois mecs dix fois plus mignons venir lui parler.

– Jaloux ?

– T'es pas jaloux, toi ? Ah non, je suis con, t'es son frère.

– Je dois admettre qu'elle avait bien choisi sa robe. Qu'est-ce que tu veux que je fasse ? Elle est majeure et en pleine possession de ses moyens. Allez, je te repaie un verre.

– Oh mon Dieu. Antoine Lefèvre me *repaie un verre* ?

– Ce qui se passe à Berlin reste à Berlin.

Laurent embrassa son ami sur la joue tandis qu'il commandait à boire.

– Attention, elles vont croire qu'on est ensemble.

– Qui ça ?

Antoine lui indiqua une direction, que Laurent suivit, pas très discrètement. Deux jeunes filles étaient assises sur des tabourets hauts, et ne semblaient pas accompagnées.

– Tu les avais repérées ?

– C'est elles qui t'avaient repéré, quand tu dansais. Allez, on y va.

– On y va… On y va ?

Antoine fit signe au barman de resservir les demoiselles, en lui tendant un billet. Puis il s'approcha d'elles, en tirant Laurent par l'épaule.

– Mais qu'est-ce qui t'arrive ? lui demanda ce dernier, incrédule.

– Je me rends compte que je ne suis pas encore vieux. *Good evening, ladies. Do you speak english ?*

Les deux filles s'appelaient Hilde et Graziella. Elles avaient à peu près le même âge que les garçons. Laurent et Antoine s'étaient assis arbitrairement chacun en face de l'une et l'autre et se rendirent vite compte – mais il était trop tard – qu'ils auraient gagné à intervertir. Graziella, avec qui parlait Antoine, était tatoueuse – et tatouée. Brune incendiaire aux origines diverses, elle n'avait pas d'autre but dans la vie que boire de l'alcool, fumer de l'herbe et prendre diverses pilules aux compositions chimiques les plus variées. Elle parlait anglais comme une vache espagnole, maîtrisait l'italien autant que faire se peut, et n'avait d'autres sujets de conversation que les soirées, la musique et la drogue. Antoine, de bonne composition, tâcha néanmoins de faire bonne figure, et il joua le jeu, acquiesçant aux effets décrits par Graziella et tentant de reconnaître les airs qu'elle chantait, couverte par la musique du bar.

Le salut vint de Laurent, qui pataugeait lui aussi dans une conversation qui ne lui convenait pas. Il voulut aller danser, sa partenaire refusa poliment. Graziella sauta sur l'occasion et ils disparurent tous les deux dans la foule. Antoine se retrouva avec Hilde, un peu gêné d'abord. Mais il remarqua qu'elle semblait encore plus gênée que lui, ce qui l'encouragea à briser la glace :

– On dirait que ma partenaire vient de me lâcher, dit Antoine d'un anglais maltraité par l'alcool.

– Graziella ne passe jamais à côté d'une occasion de laisser son corps s'exprimer, répondit Hilde d'un français presque pur.

Antoine écarquilla les yeux, impressionné.

– Tu parles français ?

Elle acquiesça en souriant.

– Mais… vous parliez anglais, avec Laurent, non ?

– C'était bien plus drôle de le voir faire des efforts. J'ai vécu à Strasbourg, pendant trois ans, pour mes études, précisa-t-elle.

Antoine prit peur.

– Merde, on n'a rien dit de compromettant ? Entre nous ?

– Non, vous avez été très corrects.

Il souffla.

– Vous faites des études ? demanda-t-il. Enfin… tu fais des études ?

– Droit international. J'ai presque fini.

Antoine sourit et tendit la main, comme pour saluer un futur confrère. Hilde saisit sa main cérémonieusement.

– Tu vas peut-être pouvoir me dire pourquoi on étudie le droit, reprit-il, parce que moi j'avoue ne pas vraiment savoir encore. Et pourtant, je commence un boulot dans trois jours.

– Il y a deux possibilités : soit nos parents sont avocats et on ne voulait pas les décevoir…

– Pas mon cas.

– Soit on ne savait pas quoi faire parce qu'on ne s'est jamais posé la question.

Antoine ne répondit rien. À la place, il demanda :

– Et pour toi, c'est laquelle ?

Hilde leva deux doigts.

– Les deux.

Antoine la détailla. Elle était l'exact opposé physique de son amie tatoueuse. Elle était blonde, plutôt grande, très fine, des grands yeux bleus, des cheveux lisses. Graziella ne laissait pas d'espace à l'imagination, affichant sa peau, ses formes, son sourire et sa voix dès les premières secondes. Hilde était plus réservée. On devinait bien sûr sa silhouette élégante, on voyait immédiatement son visage délicat, mais il était impossible de connaître son caractère, son appétit, son humour, sans creuser un peu.

– Vous vous connaissez depuis longtemps ? Avec ta copine ?

– Depuis assez longtemps pour savoir que tu n'es pas son genre.

Antoine fut surpris de la découvrir si directe.

– Ah oui, pourquoi ?

– Trop sage.

– Qu'est-ce qui te fait dire ça ?

– Ta politesse. Le col de ta chemise. Le fait que tu étudies le droit.

Il déboutonna son col, instinctivement. Ce qui la fit rire.

– C'est beaucoup mieux. Mais surtout, tu n'as pas lu ses signaux.

– Les signaux de qui ?

– Graziella. Elle t'a parlé pendant dix minutes, les yeux dans les yeux, et tu n'as même pas essayé de l'embrasser.

– On venait juste de se rencontrer.

– C'est bien ce que je dis : trop sage.

– Ah, pardon, dit-il avec humour, j'oubliais que tu ne maîtrises pas bien le français. Par « sage », tu veux dire « civilisé ».

– « Civilisé » est un anglicisme, répondit-elle du tac au tac. Mais je t'ai compris, parce que je maîtrise aussi bien l'anglais que le français.

Antoine resta sans voix un moment. Puis il rendit les armes :

– J'ai toujours été nul pour lire les signes.

– Et ton ami ? Laurent ?

– Oh, tu es tout à fait son style. En fait, je connais peu de filles qui ne soient pas son style.

– Ah, fit-elle, un peu déçue. Ce n'est pas très flatteur.

– Pardon ! se reprit Antoine. Je ne voulais pas dire ça. Tout ce que je peux dire, c'est que c'est un garçon adorable, sincère, drôle, et profondément gentil.

– Gentil ?

– Non, pas gentil. Pardon. Il déteste quand je dis qu'il est gentil.

– Pas gentil, alors ?

– Si ! Non ! Il est… C'est un…

Antoine reprit son souffle, concentra ses esprits, et dit :

– Il joue les séducteurs et de fait, il a eu pas mal d'aventures.

– Ah.

– Mais ce n'est pas le genre de mec à dire n'importe quoi pour obtenir ce qu'il veut. Je ne l'ai jamais vu briser le cœur de quelqu'un.

Hilde parut réfléchir. Peser le pour et le contre. Puis elle dit :

– Bon, je te crois.

Antoine mentait. Il m'avait vu briser bien des cœurs. En fait, il avait eu à panser bien des cœurs, car c'est souvent vers lui – droiture incarnée, voix de la raison – que se tournaient les filles dont je me lassais. Pour savoir. Pour comprendre. Et j'aimerais, à ce stade, faire deux déclarations : d'abord, moi aussi, j'ai eu le cœur brisé. Souvent, même. Ensuite, pour celles dont j'étais le bourreau, ce n'était jamais intentionnel. J'ai toujours rêvé, au fond de moi, de tomber sur l'unique, la vraie, la seule. Celle qui me ferait oublier les autres. Et peut-être l'ai-je croisée, à vrai dire, au cours de mes aventures, mais il était trop tard, j'avais déjà appris la triste vérité : qu'un amour chasse l'autre. Qu'on peut aimer encore après avoir aimé. Que quel que soit le nombre d'amourettes qu'un être humain aura au cours de sa vie, il n'aura pas rencontré le millième des rencontres possibles. Et je sais ce que vous allez me dire : l'amour unique existe – témoin Antoine. De même qu'on peut exercer le même métier, vivre dans la même maison, manger le même plat à la même heure tous les jours de sa vie. Mais pourquoi ? Et on en revient, vous voyez, à la question du début : pourquoi le changement ? Pourquoi le voyage ? C'est un vaste débat, et nous aurons le temps d'y revenir, mais je voulais juste éclaircir ce point, afin que vous me pardonniez un peu ma disparition à l'anglaise imminente.

– *Scheisse*, dit Hilde en consultant son téléphone.

Cela faisait quelques minutes qu'ils se demandaient où nous étions passés, Graziella et moi. Ils nous avaient oubliés, passionnés par une discussion enflammée sur le droit international et la politique européenne. Quand ils avaient daigné remarquer notre absence, Antoine était allé faire un tour rapide sur la piste, aux toilettes et devant la boîte. En revenant, il comprit au regard de Hilde qu'elle avait déjà la solution à l'énigme.

Elle tenait son téléphone en main, comme une preuve.

– Ils sont rentrés ensemble ? demanda Antoine.

Elle acquiesça. Antoine prit une mine contrite et s'excusa muettement.

– Graziella a eu la gentillesse de me prévenir.

Antoine consulta son portable à son tour. Laurent lui avait effectivement envoyé un message pour le rassurer et lui souhaiter une bonne nuit.

– Je suis désolé, il est… il a…

– On y va ? demanda Hilde.

Antoine, pris de court, acquiesça.

Il paya, prit sa veste et tous deux sortirent de la boîte. Ils marchèrent dans les rues de Berlin, un temps, puis arrivèrent au vélo de Hilde.

– Bon, dit-il.

– Bon.

– Ça va ? Tu n'habites pas trop loin ?

– Je ne peux pas rentrer chez moi.

– Comment ça ?

Hilde leva les yeux au ciel.

– Graziella est ma colocataire. Nous partageons la même chambre.

Antoine resta muet. Cela ne constituait-il pas la forme la plus osée d'invitation nocturne ? Avait-il mal jugé Hilde en la qualifiant de timide ?

– Pas le même lit ! s'exclama-t-elle en comprenant les interrogations d'Antoine.

– Je n'ai rien dit, s'excusa-t-il.

– C'est temporaire. J'habitais avec quelqu'un, ça s'est fini, elle me rend service. Je cherche un appart, mais…

– Tu n'as pas les clés de chez tes parents ?

– Mes parents habitent à Munich… Parfois je dors chez une autre amie mais elle habite à Köpenick, c'est…

– C'est super loin. Je sais. Je connais.

– *Scheisse, Graziella !*

Hilde enfouit sa tête entre ses mains, et soupira profondément.

– Ça faisait longtemps ? Avec ton copain ? demanda Antoine.

Elle regarda le trottoir et secoua la tête.

– Quatre ans. On venait d'emménager ensemble.

Antoine comprit sa détresse. Il partageait avec Laurent le besoin impérieux d'aider les demoiselles en détresse. Mais à la différence de Laurent, il ne comprenait jamais les sous-entendus sexuels qu'impliquait ce sauvetage.

– Tu veux… ?

Hilde leva vers Antoine des yeux neutres, interrogatifs, mais neutres.

– Je veux dire… si Laurent n'est pas à l'hôtel, son lit est libre.

– Et donc ?

– Tu veux dormir à l'hôtel ?

Hilde regarda son portable, hésita – ou fit mine d'hésiter –, et répondit :

– Qu'est-ce qu'on fait, avec mon vélo ?

Ils pédalèrent à deux sur le grand vélo hollandais. Ou plutôt Antoine pédala tandis que Hilde, derrière lui, tentait péniblement de se tenir sur la selle, les pieds dans le vide, accrochée à sa taille.

Dans l'ascenseur, il se dit qu'il n'avait jamais été dans une telle situation de promiscuité, si ce n'est avec Jennifer. Mais Hilde n'envoyait aucun signal, ne laissait aucunement paraître qu'elle pouvait être intéressée par lui. Tout au plus semblait-elle agacée de devoir céder sa chambre à un couple dont la partie masculine lui faisait la cour quelques heures auparavant.

En entrant dans la chambre, Antoine mit un point d'honneur à ne pas la brusquer. Lentement, il alluma les lumières, posa sa veste sur le fauteuil et entrouvrit la fenêtre avant de lui demander galamment :

– Tu veux prendre une douche ?

Alors qu'elle prenait sa douche, Antoine essaya de s'endormir, mais quelque chose l'en empêcha. Il se refusa à admettre que c'était peut-être la présence d'une jeune fille nue, à seulement quelques mètres.

– Alors, qu'est-ce que vous faites à Berlin ? demanda-t-elle en sortant.

Elle avait enroulé une grande serviette autour de sa poitrine, dévoilant ses longues jambes dénudées. Antoine se leva et se dirigea à son tour vers la salle de bains, évitant soigneusement de la regarder avec trop d'insistance.

– Tourisme, répondit-il laconiquement en saisissant sa brosse à dents.

– Laurent m'a dit que vous cherchiez ton père ?

Il s'arrêta. Laurent avait dit ça. Après tout, ce n'était pas un secret.

– Oui. Mais on ne l'a pas trouvé.

Il se brossa les dents, méthodiquement – trois minutes réglementaires. Hilde ne posa plus de questions, et il soupçonna qu'elle s'était endormie.

Lorsqu'il revint dans le salon, les lumières étaient tamisées, elle s'était glissée dans son lit. Et elle le regardait.

– J'ai une copine, dit-il mécaniquement.

– Sans blague ? J'avais compris. Viens t'asseoir.

Il ne sut pas vraiment pourquoi il obtempéra, mais sa demande était si simple et évidente qu'il s'assit à côté d'elle, sur le bord du lit. Elle posa un doigt sur sa tempe et chassa une mèche de cheveux, découvrant son front.

– Je suis fiancé, dit-il. Je vais me marier.

Elle sourit tristement.

– Et où est-elle, ta fiancée ?

– En… en Corse.

Il ne s'était jamais retrouvé dans cette situation, avant cette nuit. D'abord, il habitait avec Jen. Ensuite, il ne quittait que rarement la France. Enfin, il estimait que les barrières de protection qu'il affichait fièrement suffiraient – et c'était toujours le cas ! – à décourager les tentatrices. Mais il était désormais dans une chambre d'hôtel, dans un pays étranger, assis sur un lit avec une jeune fille nue qui lui caressait le visage, parfaitement au fait de sa situation quasi maritale. Il lui apparut que cette jeune fille était ravissante, pleine d'esprit, brillante et tout à fait désirable. Il approcha son visage et put sentir son odeur, douce et piquante. Personne ne savait qu'ils étaient dans cette chambre d'hôtel. Ils étaient seuls au monde. Jennifer n'en saurait jamais rien.

Hilde se pencha vers lui et l'embrassa.

Il avait l'habitude des baisers de Jen, pudiques, maîtrisés, raisonnables. La jeune Berlinoise glissa sa langue dans la bouche d'Antoine et explora son palais, posant sa main sur son torse.

Ce fut comme une décharge électrique. Il se leva, frappé de stupeur et d'effroi, et recula jusqu'au mur. Il reprit son souffle et secoua la tête.

– Je ne peux pas. Je ne peux pas.

Elle se leva et s'avança vers lui. Elle ne portait qu'une petite culotte, masquant sa pudeur, et Antoine ne put s'empêcher d'être fasciné par ses jolis petits seins en poire. Elle se planta devant lui.

– Je ne te plais pas ?

Une scène de film, se dit Antoine en transpirant. *C'est une scène de film.*

– Mais si ! Enfin non !

– Oui ou non ?

– Tu me plais, tu aurais pu me plaire si je n'étais pas déjà engagé !

– Tu n'as pas envie de moi ?

– Ça ne suffit pas à justifier que je trahisse la confiance de ma copine.

– Tu n'as pas répondu à ma question. Tu as envie de moi ?

– Peut-être, oui, c'est humain, je n'en sais rien !

– Moi, j'ai envie de toi.

– Mais… mais… mais…

– Je ne veux pas de ton amour, je veux juste toi. Je ne veux pas d'engagement, pas de promesse. Je veux être touchée, caressée, sublimée. Je veux un peu de chaleur humaine, je veux juste prendre et donner du plaisir.

Antoine ne sut quoi répondre, un instant. Puis il parvint à articuler :

– Je ne peux pas.

– Personne n'en saura rien.

– Moi, je saurai ! Moi, je saurai et ça me rendra fou, je ne parviendrai pas à vivre avec, je finirai par lui dire et ce sera pire que tout. Elle me quittera, ou elle ne me fera plus confiance, ni à Laurent ni à personne, et moi-même je ne me ferai plus confiance.

Hilde parut fascinée par sa diatribe. Elle comprit qu'elle ne parviendrait pas à le faire fléchir. Elle émit un petit bruit de bouche qui voulait dire *Dommage*, puis demanda :

– Je peux fumer, ici ?

Antoine montra la baie vitrée. Elle saisit une cigarette dans son sac et ouvrit un peu plus la fenêtre. Elle s'assit sur le rebord, toujours aussi nue, et contempla Antoine. Puis elle lui dit :

– C'est la première fois que je rencontre quelqu'un comme toi.

– Quelqu'un qui te résiste ?

Elle secoua doucement la tête, de droite à gauche :

– Quelqu'un qui *se* résiste.

Ils dormirent chacun dans un lit. Antoine mit quelque temps à trouver le sommeil. Dans le noir, il parla de son père. Des souvenirs qu'il avait. Dans la nuit, il rêva qu'il épousait Hilde, puis se livrait avec elle aux ébats les plus torrides. Alors qu'il la possédait par-derrière, elle se retourna : elle avait le visage d'Anna. Il se réveilla en sursaut, c'était presque le matin. Le lit voisin était vide : Hilde était partie. Il se rendormit, sans savoir s'il était frustré, déçu ou soulagé.

*

Anna fut réveillée par l'odeur du café. Dieter lui avait préparé un petit déjeuner à l'allemande. Elle s'extirpa péniblement du lit, s'assit et avala une demi-tasse de café, d'une gorgée. Dieter hésita à s'allumer une cigarette, Anna le précéda. Ils recrachèrent la fumée en chœur. Il l'observa un instant et demanda, en allemand :

– Quel âge as-tu, vraiment ?

Elle lui sourit, énigmatique.

– Quel âge tu me donnes ?

Il parut se poser la question.

– Hier soir, dans la boîte, je me suis dit que tu ne pouvais pas avoir plus de vingt-cinq ans. Mais après cette nuit, je me dis qu'il est absolument impossible que tu aies moins de vingt-cinq ans.

Elle inhala, exhala.

– Alors ?

– Tu as vingt-cinq ans.

– Bravo, inspecteur, mentit-elle.

– Vingt-cinq ans, *mein Gott*.

Il eut un petit rire de victoire, avala un morceau d'omelette, secoua la tête et dit :

– Commissaire. Pas inspecteur.

Elle n'avait pas l'intention de finir la nuit avec quelqu'un.

Elle voulait danser, enterrer la hache de guerre avec son frère, dormir.

En dansant, elle repensait à son père, cet homme qu'elle ne connaissait pas. Ses premiers souvenirs de famille remontaient à ses sept ans. À cet âge, Patricia avait déjà rencontré Jacques, et Jacques avait donc fait office de père. À ceci près que Jacques était bien plus motivé pour s'occuper d'un garçon modèle, poli, bien élevé et bon élève que d'une enfant colérique, capricieuse, en pleine période de rébellion. Bien sûr, Jacques n'était pas un monstre, il n'avait jamais été violent ou pervers avec Anna, mais il n'avait pas accepté pour elle le fardeau de la paternité avec le même enthousiasme que pour Antoine. Voilà pourquoi elle avait grandi avec une vision idéalisée de Charles, en opposition avec la molle figure de Jacques et celle, trop raide, d'Antoine. Charles était le père qui l'aurait tant aimée, dont elle aurait été la petite dernière, la *chouchoute*. Elle aurait, pour le rendre fier, bien travaillé à l'école. Elle aurait brillamment réussi ses études de médecine, se serait probablement spécialisée en oncologie, dédiant ses années de jeunesse à sauver des âmes en peine. Sans lui, elle n'avait aucune raison d'être appliquée, polie, droite. Antoine s'en chargeait très bien.

En dansant, elle se laissa gentiment aborder par des garçons enhardis par l'alcool, mais en sortant des toilettes, elle tomba sur Dieter, seul au bar, et sentit la faille. Elle avait un don pour repérer les imparfaits, les déçus, les frustrés, les floués par la vie, car elle savait qu'ils appartenaient à la même tribu qu'elle : la tribu de ceux qui ne parviennent pas à s'aimer. Elle s'approcha de lui avec l'intention de le taquiner un peu avant de retourner danser.

– Vous avez perdu quelqu'un ? demanda-t-elle à Dieter.

Il tourna lentement la tête vers elle, et regarda derrière lui pour s'assurer qu'elle ne s'adressait pas à un autre.

– Pardon ?

– Quelqu'un est mort ?

Il sourit, étonné.

– Non.

– Divorcé, alors ?

Il écarquilla les yeux.

– Oui, mais…

– Avec des enfants, qui sont chez leur mère ce soir ?

Cette fois, il fut presque méfiant.

– Comment vous savez ?

– Vous pensez que vous êtes le seul dans ce cas-là ? Ça arrive tous les jours, des gens qui se séparent. En fait, ça arrive autant que des gens qui se rencontrent. Ça fait longtemps ? Un an ? Deux ?

– Deux ans et demi.

Elle leva les yeux au ciel et eut un rire sincère.

– Deux ans et demi ! Il faut passer à autre chose ! On dirait que vous portez le malheur du monde sur vos épaules.

– C'est la fonction qui veut ça.

– Prof ? devina-t-elle. Non, pas prof. Le cuir vous trahit… Fonctionnaire ?

Il sourit tristement, et sortit de sa veste une plaque sur laquelle était inscrit, derrière le nom de Dieter, le mot *Polizeikommissar.*

Anna se figea, déconcertée. Elle releva les yeux vers lui. Il n'était pas si moche. Il n'était pas si beau. Une idée lui traversa l'esprit.

– Ne vous inquiétez pas, dit-il, je ne suis pas en service ce soir.

– Payez-moi un verre.

Il fut d'abord flatté, puis intrigué. Il avait l'âge d'être son père. Mais après tout, il préférait payer un verre à une jolie jeune fille que de continuer à boire seul. Et puis, que risquait-il ? De perdre 3 euros ? Il fit signe au barman.

Le lendemain matin, donc, Anna engloutit une part impressionnante de nourriture, en ponctuant ses bouchées d'exclamations enthousiastes et sincères. Elle se sentit observée et releva les yeux vers Dieter :

– Tu bosses aujourd'hui ?

– Oui, mais ça va, j'ai le temps.

Toute la soirée, Anna l'avait laissé lui parler de son ex-femme, de ses malheurs, de ses affaires en cours. Si elle n'avait pas eu un plan précis, elle aurait pu l'arrêter net. Lui expliquer pourquoi il était toujours seul. Lui dire de se taire et d'écouter. De s'intéresser, de poser des questions. De cesser de se plaindre. Mais à la place, elle avait souri et enduré patiemment ses histoires de flic, de dealers, de viols. Elle l'avait laissé dire du mal de son ex et s'était bien gardée de lui faire remarquer toutes les erreurs qu'il avait commises, et de lui expliquer pourquoi il se retrouvait aujourd'hui à ne voir ses enfants qu'un week-end sur deux.

En entrant chez lui, elle avait fait mine de ne pas voir les photos de famille qui recouvraient le mur de l'entrée. Puis, quand il les lui avait montrées, elle avait souri et trouvé ses enfants mignons – un pieux mensonge. Au lit, elle l'avait d'abord laissé faire, mais il était maladroit et manquait d'assurance, sans doute peu aidé par l'alcool, alors elle l'avait déshabillé, pris en bouche, satisfait rapidement. Retrouvant un semblant de lucidité, en l'admirant, nue, petit corps de bombe en miniature, il avait simplement dit :

– Mais pourquoi moi ?

Elle avait souri, n'avait rien répondu, s'était enfoui la tête contre son aisselle, et l'avait laissé s'endormir. Vers 4 heures, elle l'avait réveillé pour le second round, et lorsqu'il était venu, rouge, dégoulinant de sueur, elle avait presque cru à une attaque cardiaque. Mais elle savait à présent que ses efforts avaient payé. Elle connaissait cette lueur qu'il avait dans l'œil, au matin : c'était celle d'un homme qui se trouve beau. Un homme qui se trouve beau sifflote, le matin. Un homme qui se trouve beau a le temps. Un homme qui se trouve beau prépare au petit déjeuner un repas gastronomique.

– Est-ce que je t'ai parlé de mon père, hier ? demanda Anna.

– Non. Enfin… je ne crois pas.

Elle prit une mine un peu contrite, et dit :

– Ah. Bon, ce n'est pas grave. Je vais y aller.

Elle se leva, il l'arrêta :

– Attends. C'est quoi, l'histoire avec ton père ?

– Pff… C'est long, vraiment. Mais bon, je me disais, c'est un peu ton métier, ça aurait pu t'intéresser. Je pensais t'en avoir parlé hier, mais je veux pas te soûler.

Il était définitivement piqué :

– Dis-moi ! J'ai le temps. Comment ça, mon métier ?

– Bon. Mais si l'histoire t'ennuie, tu me dis et on arrête d'en parler.

– Promis.

– OK. Voilà : en fait, je n'ai jamais connu mon père. Il a quitté le foyer avant ma naissance.

– Ah, merde. Je suis désolé.

– Non, non, c'est pas grave. J'ai eu un super beau-père, et tout, mais mon grand frère, lui, a toujours souffert du départ de mon père.

– Il est parti où ?

– Bah… c'est ça, le truc.

Anna lui résuma la situation, en éludant certains passages qui l'eussent fait passer pour autre chose qu'une jeune fille sage. Lorsqu'elle eut fini, Dieter paraissait moitié intrigué, moitié sceptique.

– Et voilà, reprit-elle, toutes nos pistes sont mortes. On repart dans deux jours. Toi qui es du métier, tu n'as pas une idée de ce qu'on pourrait faire ?

– C'est compliqué…, soupira-t-il. Il a peut-être commis une infraction, auquel cas son nom apparaîtra dans les fichiers de la police, mais à part ça…

– Il n'y a aucun moyen de savoir s'il a pénétré dans le pays entre 89 et 91 ?

– S'il s'agissait d'un tueur en série, on ouvrirait une enquête, et on finirait peut-être par retrouver sa trace… mais s'il n'a fait que passer…

– Et sa mère ? Si elle est morte à Berlin ?

– On pourrait la retrouver, comment s'appelle-t-elle ?

Anna resta muette. Elle se trouva stupide.

– … On ne sait pas.

– Et quand est-elle morte ?

– On ne sait pas non plus. Tout ça, ce ne sont que des hypothèses.

Dieter eut l'air embêté.

– Écoute… Si tu veux, je passerai son nom dans le fichier. Comment tu dis qu'il s'appelle ?

Anna sourit, reconnaissante, sans trop y croire.

*

Lorsque Antoine se réveilla à nouveau, ce fut à cause des ronflements de Laurent. Son ami était rentré, épuisé probablement, et s'était endormi sur le lit, sans prendre la peine de se déshabiller.

Antoine se leva et prit une douche. Sous l'eau chaude, il repensa à la nuit précédente. Un instant, il fut tenté de ne rien dire à Laurent, mais il balaya très vite cette possibilité, pour au moins trois raisons : d'abord, Hilde avait peut-être croisé le couple au matin, auquel cas il était ridicule de nier, ensuite, il n'avait jamais menti à son meilleur ami, enfin, et surtout, il n'avait absolument rien à se reprocher.

– QUOI ? s'écria Laurent lorsqu'il fut réveillé.

– Quoi, quoi ?

Il venait de lui raconter la nuit passée.

– Tu l'as INVITÉE ici ? Elle a DORMI ici ?

– Oui, bon, et alors ?

– Elle était NUE devant toi et elle t'a EMBRASSÉ ?

– Arrête de crier, s'il te plaît.

– Mais, Antoine… mais c'est dingue ! Qu'est-ce qui t'est arrivé ?

– Mais rien, justement ! Il ne m'est rien arrivé.

– Non mais, non mais, non mais mets-toi à ma place…

– À ta place, j'aurais sûrement passé une tout autre nuit.

Laurent, lui, avait passé une excellente nuit. Malgré le fait que Graziella et lui ne se comprenaient que très vaguement, ils avaient trouvé un langage commun dans l'intimité. Il avait très peu dormi, mais il aurait volontiers troqué bien des nuits de sommeil contre celle-ci. Elle l'avait gentiment mis dehors le matin venu, et il était rentré en titubant, ivre du parfum de leurs ballets corporels.

– Antoine, c'est la première fois depuis qu'on se connaît, c'est-à-dire depuis toujours, c'est la première fois que tu ramènes une meuf. C'est bête, mais je suis un peu fier.

– Alors d'abord, je n'ai pas « ramené une meuf »…

– Elle a dormi ici ! Elle était nue !

– Elle n'était pas nue.

Mais en disant ça, l'image des petits seins de Hilde revint à Antoine.

– Dis-moi que tu étais au moins un peu excité par la situation.

– Non !

– Sois honnête.

– J'étais…

– Troublé ? Intrigué ? Étouffé par le sentiment de culpabilité ?

Antoine fit une mine que Laurent comprit : c'était un peu des trois.

– Je pense que c'est parce qu'on ne s'est pas donné beaucoup de nouvelles, avec Jen, et qu'on a pas l'habitude de ne pas se voir pendant si longtemps, et que…

– Pourquoi tu me parles de Jen ? Je te parle de la blonde d'hier !

– Quelle blonde d'hier ? demanda Anna.

Les deux garçons tournèrent la tête en simultané. Anna venait de rentrer dans la chambre d'hôtel, portant toujours sa jolie robe d'été. Antoine revint à son ami :

– Merci, Laurent, super.

– Quelle blonde d'hier ? répéta Anna.

– Bonjour, Anna. Tu as bien dormi ?

Elle s'adressa à Laurent, ignorant Antoine :

– T'as pécho une blonde ?

– Moi ?

Il désigna Antoine. Anna écarquilla les yeux, incrédule :

– Mais non ! Antoine a pécho ?

Antoine haussa la voix :

– Personne n'a « pécho » personne ! Enfin si, Laurent a « pécho » une tatoueuse, Anna a « pécho » un type qui aurait pu être son père, mais Antoine, lui, a dormi comme un bébé !

– Quelle tatoueuse ? demanda Anna à Laurent. C'est elle, la blonde ?

– Ah non, ma tatoueuse était brune. La blonde, c'était sa copine.

Anna se tourna à nouveau vers Antoine :

– T'as pécho la copine de la tatoueuse ?

– Mais arrêtez avec ça ! Il ne s'est rien passé !

– Elle a juste dormi ici, ajouta Laurent.

– Tais-toi, Laurent ! supplia Antoine.

– Elle a dormi ici ? s'écria Anna. Avec toi ? Et la tatoueuse ? Et Laurent ?

– Non, moi j'ai dormi chez la tatoueuse, précisa Laurent.

– Mais tais-toi ! s'étrangla Antoine.
– Elle a dormi avec toi ? demanda Anna.
– Non ! Non ! On a dormi dans des lits séparés.
– T'as même pas essayé de la niquer ?
– Mais non ! Je suis maqué, putain !
– Oui, enfin bon… avec Jennifer.
– Allez vous faire foutre.
– Il s'est rien passé ? Rien de rien ?
– Non !
– Vous vous êtes embrassés, quand même, dit Laurent.
– Laurent, je te jure, je vais te jeter par la fenêtre.
– Vous vous êtes EMBRASSÉS ? s'écria Anna.
– Non. Non. Non. ELLE a essayé de m'embrasser, voilà. Et je lui ai dit qu'il n'allait rien se passer, parce que j'étais amoureux, et voilà.
– Elle était jolie ? demanda Anna à Laurent.
– Très.
Anna secoua la tête en regardant son frère.
– Et voilà. Une fenêtre de tir en dix ans, et t'arrives à la louper.
– OK. On va pas commencer à chambrer Jennifer, ça va m'énerver. Et je peux savoir pourquoi t'es rentrée avec ce mec ? Pas de jugement, hein ! Je suis juste très curieux. Qu'est-ce que tu lui trouvais ?
Anna émit un petit soupir.
– Il est flic.
Antoine écarta les bras, perplexe :
– Et alors ? L'uniforme, ça t'excite ?
– Mais non…
– Non, non, dit Laurent. C'est pas ça. Il vendait de la drogue ?
– Pas du tout.
– Alors, quoi ? reprit Antoine. Il te plaisait, physiquement ?

– Non. Enfin, je le trouvais pas moche, mais… OK, voilà : je me suis dit qu'il pourrait nous aider à retrouver papa.

– Sérieusement ? fit Antoine, abasourdi.

Elle acquiesça, penaude.

– Non mais… non mais… non mais sérieusement ? Tu rencontres un type en boîte, qui te dit qu'il est flic, et toi tu te dis : Ce mec peut m'aider, je vais coucher avec lui ? Parce que tu as couché avec lui, j'imagine ?

– Oui. Deux fois.

– Deux fois. Et le mec ne t'avait rien promis ?

– Non.

– OK. C'était bien, au moins ?

– Pas dingue.

– Bien sûr, fit Antoine, consterné. Mais qu'est-ce qui te passe par la tête, putain ? Pardon, je veux pas m'énerver, mais… c'est ton corps que tu donnes, là. C'est pas rien. C'est ta pudeur, c'est ton intimité. Et tout ça pour quoi, Anna ? Hein ? Pour quoi ?

Anna soupira, sans répondre. Puis elle fouilla dans son sac et en sortit un petit papier plié.

– C'est quoi, ça ? dit Antoine, en ouvrant le papier.

– Dieter a passé le nom de papa dans ses fichiers. Il a trouvé cette adresse. Alors, il a appelé le bureau des notaires de la ville, pour vérifier. Le 4 janvier 90, un Charles Lefèvre, né le 11 novembre 57, a acheté un appartement au 36, Landsberger Allee, dans le quartier de Fennpfuhl, à Berlin-Est. Et aujourd'hui encore, il en est propriétaire. Ce papier, c'est l'adresse de papa.

6.
Fennpfuhl

Très densément peuplé, relativement pauvre, cet ancien quartier est-allemand était constitué de longues barres d'immeubles datant pour la plupart des années soixante-dix, mais de gros travaux récurrents indiquaient la mauvaise qualité des bâtisses initiales.

Les trois jeunes gens trouvèrent facilement l'adresse et furent soulagés de constater qu'il s'agissait d'un immeuble récent, dans un état correct. Ils attendirent que quelqu'un leur ouvre la porte, et inspectèrent la liste des nombreux noms sur les boîtes à lettres. Ce fut Laurent qui remarqua en premier la triplette *Lefèvre/Yilmaz/Landmann*.

– Il y a notre nom écrit là, dit Antoine, hébété.

– Il y a *trois* noms écrits là, précisa Anna.

Il se retourna vers elle.

– Je sais pas si tu te rends compte… Dans quelques minutes, tu vas peut-être rencontrer ton père.

– Ouais. Et ses deux colocs.

– Anna, je suis sérieux, là. T'es prête ?

– Moi, ça va. C'est toi qui as l'air nerveux.

Effectivement, Antoine n'était plus aussi calme qu'il y a quelques heures. Et beaucoup moins que deux semaines auparavant. Il n'imaginait pas retrouver son père aussi rapidement, quand il avait découvert cette carte postale. À présent, la perspective de se tenir face à lui, de constater combien son visage aurait changé, d'entendre à nouveau sa voix lui faisait peur.

– Mec, dit Laurent avec douceur, on est pas obligés de monter.

– Tu crois ? demanda Antoine.

– Non mais vous déconnez ou quoi ? s'exclama Anna. Ça fait deux semaines qu'on le cherche. Ça fait vingt ans que tu lui en veux. On va monter, et on va le mettre face à ses choix.

– Est-ce qu'on va pas être déçus ?

– T'es vraiment une baltringue. Allez, on y va.

Ils sortirent de l'ascenseur, au cinquième étage. Ils avancèrent jusqu'à la porte de l'appartement 54. Laurent resta légèrement en retrait. Antoine alla pour frapper, puis se retint. Il eut un regard hésitant vers Anna. Elle leva les yeux au ciel et appuya sur la sonnette. Aussitôt, une certaine agitation se fit entendre dans l'appartement. Des bruits de pas, des cris. La porte s'ouvrit soudain sur une petite tête brune, pas plus de dix ans. La petite tête brune les dévisagea, et leur dit en souriant :

– *Hallo !*

Puis une seconde tête brune, féminine cette fois-ci, s'adjoignit à l'autre dans l'entrebâillement de la porte. Six ans peut-être, estima Antoine.

Ils mirent un instant à réagir. Ils n'avaient pas anticipé la possibilité de se trouver nez à nez avec des enfants.

– Euh… *Hallo*, dit Anna, hésitante. Est-ce que votre papa est là ?

– *Ja. Papa !* hurlèrent-ils de concert.

Antoine foudroya Anna du regard. Elle avait été plus vive que lui. Il y avait de fortes chances que ces deux petites têtes ne soient autres que leurs propres demi-frère et sœur. Il eut un accès de panique.

– Détends-toi, je gère, lui dit-elle.

L'homme qui leur apparut soudain avait l'âge d'être Charles. Il avait le regard sec, une haute stature et des épaules carrées. Mais ce n'était pas Charles.

– *Herr Landmann ?* demanda Anna.

– *Ja. Was wollen sie ?*

Anna s'expliqua calmement, dans son allemand le plus précis. Mais dès qu'elle prononça le nom *Lefèvre*, l'homme se referma. Son visage se fit méfiant, sombre. Il posa à son tour des questions à Anna, assez agressivement. Elle prit sur elle pour ne pas s'énerver, se fit plus insistante. Le ton monta. Une voix de femme se fit entendre, de l'intérieur de la maison :

– *Wer ist es, Johannes ?*

Johannes Landmann lui répondit visiblement de rester dans la cuisine, qu'il avait la situation bien en main. Anna le relança, lui demanda à entrer, mais il la repoussa d'une phrase, se lança dans un monologue énervé, puis, finalement, referma la porte sur eux.

Anna, furieuse, appuya sur la sonnette, longuement. Il ouvrit la porte à nouveau, encore plus énervé, et dit une longue phrasc négative avec plusieurs *Charles Lefèvre*. Il referma la porte, sans la claquer. Anna souffla.

– Venez, on redescend, dit Laurent.

Pour redescendre, ils empruntèrent les escaliers cette fois. Anna fulminait.

– Il ment.

– Qu'est-ce qu'il a dit ?

– Il commence par me dire qu'il ne connaît pas de Charles Lefèvre, je lui réponds qu'il y a son nom écrit en bas, il me demande qui on est, je lui dis qu'on est ses enfants, il se braque, il ferme la porte. J'insiste, je re-sonne, il me dit que Charles est l'ancien propriétaire de l'appartement, mais que ça fait quinze ans qu'il n'habite plus là, et qu'ils laissent son nom parce qu'ils ont jamais pensé à l'enlever.

– Qu'est-ce qui te fait dire qu'il ment ?

– C'était marqué sur son visage, putain ! Pourquoi il se braque, comme ça ? Pourquoi il me parle pas calmement ? Tu crois vraiment qu'en quinze ans ils auraient pas enlevé son nom de la boîte à lettres ?

Ils arrivèrent en bas des marches.

– Bon, qu'est-ce qu'on fait ? demanda Antoine.

– On remonte ! dit Anna. On est en position de force, vous êtes deux, il est tout seul. On remonte et lui fait cracher la vérité.

– Oui, dit Laurent. Ou alors on se calme et on essaie d'être plus malins que ça.

Ils s'installèrent dans un petit troquet, en face de l'immeuble.

– Bon, commença Laurent, j'ai remarqué plusieurs choses : d'abord, c'est le matin, ça sentait le café dans l'appartement, le mec avait l'air pressé. Visiblement, il allait partir au travail. En revanche, les enfants étaient en pyjama, ils sont encore en vacances. Ils vont pas rester seuls à la maison, quelqu'un va devoir les garder. On a entendu la voix d'une femme, la mère des enfants a priori. Elle sera peut-être plus encline à nous aider.

– Ouais, répondit Anna, sceptique. Sauf si c'est elle qui part au travail.

Quelques minutes plus tard, la porte de l'immeuble s'ouvrit et Johannes Landmann en sortit, visiblement en retard. Il eut un regard circulaire, dans la rue, pour s'assurer que les trois gêneurs de ce matin étaient partis, puis il se mit en route d'un bon pas. Laurent regarda Anna, triomphant, et déclama comme un moine bouddhiste :

– « Patience et longueur de temps… »

– Ta gueule, répondit-elle.

Ils remontèrent les cinq étages, sonnèrent à nouveau à la porte de l'appartement, entendirent les enfants crier, et des pas plus légers que ceux de M. Landmann arriver. Steffi Yilmaz ouvrit en disant, en allemand :

– Tu n'as pas pris tes clés ?

Puis elle les aperçut, et fut saisie.

– Bonjour, madame, commença Anna.

– Qu'est-ce que vous voulez ? leur demanda-t-elle, inquiète.

– Ne paniquez pas, dit Anna, étonnamment calme.

– Les enfants, restez dans votre chambre !

– Vous n'avez rien à craindre, vraiment. Nous voulons juste…

Elle aperçut Laurent, et ne put s'empêcher de refermer automatiquement la porte. Anna mit son pied en travers :

– Non, s'il vous plaît !

– Mon mari revient ce soir, je ne sais pas ce que vous voulez me vendre, mais je n'ai pas le temps.

– Mais je ne veux rien vous vendre ! s'écria Anna.

– Laisse, Anna, dit Antoine en posant la main sur son épaule. C'est pas grave.

– Comment ça, c'est pas grave ? Bien sûr que c'est grave ! Je demande pas du fric, je veux juste une putain de conversation !

– Les gars ? dit Laurent.

– Oui, eh bien visiblement, on dérange, ajouta Antoine.

– On dérange ? s'exclama Anna, hors d'elle. On dérange ?! Mais dérangeons, putain ! Dérangeons !

– Les gars ! répéta Laurent, en haussant le ton.

– Quoi ?! firent Antoine et Anna en le regardant.

Il pointa le menton vers Steffi. Elle ne bougeait plus, et fixait Antoine, la bouche à moitié entrouverte. Dans ses yeux, il n'y avait plus de peur, juste de la stupéfaction. Elle n'essayait plus de refermer la porte. Elle ne pouvait plus articuler le moindre mot. Elle leva lentement la main gauche et appliqua sa paume sur le visage d'Antoine, en caressant ses traits. Puis elle sourit et dit, en français :

– Tu es le fils de Charles.

Elle les invita à entrer.

Ils pénétrèrent dans l'appartement, rencontrèrent les enfants, s'assirent dans la grande cuisine, tandis que Steffi mettait du café à chauffer. Elle devait avoir une quarantaine d'années, mais paraissait à la fois plus et moins jeune. Sa silhouette fine, ses cheveux noirs, son sourire lui enlevaient dix ans, mais ses traits secs et ses yeux fatigués – qui indiquaient un passé pas toujours rose – démentaient cette impression. Elle ne prêta pas grande attention à Laurent, répondit évidemment aux questions d'Anna, mais dès qu'elle le pouvait, ses yeux noirs se braquaient sur Antoine, qu'elle dévisageait au mépris d'une pudeur bien ancrée. Son français était hésitant, très imparfait, mais elle remplaçait le vocabulaire qui lui manquait par de l'anglais, ou de l'allemand, qu'Anna traduisait alors. Malgré la grande douceur qui émanait de Steffi Yilmaz, lorsqu'elle se mit à parler, ce fut d'une voix étreinte par l'émotion.

Elle était née ici, à Berlin, en 1964. À l'Ouest. Ses parents étaient arrivés en 1962. Ils étaient originaires d'Ovasaray, un petit village de la région de Çorum, en Turquie. Comme tous les autres, ils avaient rejoint le miracle économique allemand dans l'espoir d'une vie meilleure. Steffi était l'aînée de cinq enfants, qui portaient tous des prénoms teutons. Leur père avait judicieusement deviné qu'un simple prénom leur ouvrirait parfois les portes d'un entretien, ou d'un emploi. Il plaçait beaucoup d'espoirs en eux, et particulièrement en son aînée. Lui était ouvrier. La mère de Steffi travaillait comme couturière, à domicile, tout en s'occupant des enfants. Steffi avait vite fait office de maman bis, secondant la principale lorsque les tâches ménagères devenaient trop chronophages. Ainsi, elle avait grandi entre un père obsédé par l'ascenseur social et une mère la poussant à rester à la maison. Elle avait su trouver un bon compromis en devenant infirmière.

Elle s'était ainsi confrontée au marché du travail. Miracle ou pas miracle, elle avait accepté la première offre qu'elle avait eue, à Saint-Joseph, un hôpital catholique construit à la fin des années vingt. Le marché était pris d'assaut par ceux de l'Est, et travailler dans un hôpital catholique n'était ni simple ni très bien payé, surtout quand on avait une tête de Turque et des origines musulmanes, mais Steffi avait du travail, une colocation, ses parents étaient fiers, et dans le Berlin de la fin des années quatre-vingt, la fête battait son plein, surtout après la chute du Mur. Elle était passionnée de cinéma, et s'était mis en tête d'apprendre le français en découvrant Truffaut, Godard, Sautet... Son père n'avait jamais compris cette lubie, mais enfin elle restait une élève appliquée et ses notes n'en pâtissaient pas, alors il avait accepté sa marotte, et payé pour ses cours du soir lorsqu'elle était un peu juste.

Elle n'avait jamais vraiment utilisé cette langue, mais elle prenait beaucoup de plaisir à comprendre avant ses compatriotes sceptiques l'humour de la bande du Splendid.

C'est à l'hôpital qu'elle avait trouvé cette annonce : « Cherche infirmière parlant le français pour travail temporaire à domicile. » Elle avait téléphoné, pour en savoir un peu plus, elle était allée au rendez-vous car c'était correctement payé. Elle se souvenait très bien de la rencontre. C'était en janvier 1990, il neigeait. En arrivant, dans un café central surchauffé, elle découvrit un homme d'une trentaine d'années, plutôt grand, les traits anguleux et le menton carré. Elle ne put s'empêcher d'être troublée par le léger accent français qui teintait son allemand et par la profondeur de ses yeux. Très vite, il lui demanda ses origines, et sourit lorsqu'il apprit qu'elle était turque et qu'elle parlait la langue. Elle ne sut jamais si c'était pour cette raison qu'elle avait eu le poste, ou s'il était charmé, lui aussi, par le doux visage de la jeune infirmière. Le travail proposé était simple : passer du temps à domicile, à surveiller et soigner une dame d'un certain âge, qui n'était autre que sa mère.

Antoine faillit recracher son café.

– Quoi ? Pardon ? S'occuper de sa mère ? Sa mère était vivante ?

Steffi parut troublée.

– Mais… bien sûr. Vous ne saviez pas ?

Il secoua la tête :

– On ne savait pas, non. On ne savait rien.

– Je suis désolée. Je pensais que…

– Ce n'est rien. Je vais… essayer de vous résumer ce qu'on sait.

Il fit un signe à Anna et Laurent :

– Ça risque de prendre un peu de temps. Je vous appelle quand c'est fini.

Anna ne résista pas. Elle se leva et alla droit au balcon, où elle s'alluma une cigarette. Laurent la suivit de près :

– Ça va ?

– Ouais, ouais, ça va. Je sens qu'à la fin de la journée, on aura appris qu'on a plein de nouveaux cousins. Alors, je me prépare psychologiquement.

Laurent regarda vers le vide. Puis vers l'appartement. Il observa Antoine, qui trouvait les mots pour décrire avec le plus de précision possible près de vingt années d'absence.

– À quoi tu penses ? demanda-t-elle.

– Je pense que cette femme a connu ton père.

– Et ma grand-mère, apparemment.

Laurent resta silencieux un temps.

– J'ai jamais connu ma grand-mère, dit-il machinalement.

– Mamé ? Qu'est-ce que tu racontes ? Même moi, je la connais.

– Non, non, je veux dire… du côté de ma mère.

– Ah.

Anna se tut, et fut presque saisie par un mélange d'attendrissement et de culpabilité. Cette quête un peu vaine du père disparu n'était rien comparée à la distance qui séparait Laurent de la moitié de ses origines. Elle ne lui demanda pas pourquoi il n'était jamais allé au Tchad, ou au Cameroun. Elle le savait. Laurent avait peur d'affronter cette part de lui-même. Peur d'être déçu, principalement, soit de son pays, soit de sa propre personne.

Il est très étrange de venir d'ailleurs, et de n'y être jamais allé.

Nombre de gens, nombre de fois, dans les premières phrases de notre première conversation, me demandèrent la même chose : D'où viens-tu ? Es-tu antillais ? Sénégalais ? Malgache ? Nombre de fois, ma réponse – Breton – les fit rire, et pourtant, je ne pouvais être plus exact. Ma culture, mes lectures, ma nourriture, ma confiture préférée tenaient bien évidemment plus de la région où j'étais né, où j'avais grandi, dont je parlais la langue et draguais les filles que d'un endroit lointain où je n'avais jamais mis les pieds. Qu'avais-je en commun, si ce n'est quelques gènes, avec mes cousins tchadiens ? Encore une fois, le racisme ordinaire nous fournit une réponse : elle était affichée sur mon visage, elle était gravée sur ma peau.

– C'est bon, dit Antoine. Vous pouvez venir.

Laurent chassa l'image de sa propre grand-mère, et se concentra sur son sujet. Anna posa sa main sur son épaule, et ils rejoignirent Steffi dans la cuisine. Ils se rassirent et attendirent. Elle eut un sourire pour Antoine, puis reprit :

– La mère de votre père s'appelait Maria. Maria Dertli.

– Elle était allemande ? demanda Anna.

– Elle avait passé trente ans à Berlin, mais à l'origine, elle était turque.

Ce fut un nouveau coup de semonce. Anna reprit la parole :

– La mère de papa était turque ? Elle aussi ?

– Oui.

– Vous en êtes sûre ?

– Certaine. Lorsqu'elle parlait allemand, son accent était très prononcé. Elle venait de la région d'Erzurum.

– Laisse-la continuer, Anna, dit Antoine.

– Tu te rends compte de ce que ça veut dire ? On est à moitié turcs.

– Anna…

– Si nos grands-parents étaient turcs, alors papa l'était lui aussi.

– Non, dit Laurent. Ton père était français. Breton, même. Comme moi.

– Oui, se reprit Anna. Oui, c'est pas ce que je… Bref.

Antoine se tourna vers Steffi.

– Cette Maria, vous dites qu'elle était malade ? De quoi souffrait-elle ?

– Je vais vous raconter, continua Steffi, mais laissez-moi procéder par étapes. Lorsque je l'ai rencontrée, Maria souffrait de multiples traumatismes. En premier lieu, une insuffisance cardiaque chronique. Elle avait fait un infarctus récemment, qui l'avait plongée dans un état de faiblesse permanent. Elle avait des rhumatismes et de l'arthrose. Elle était soignée pour une double pneumonie, due à un long foyer d'infection non traité. Ses propos manquaient de cohérence, elle passait de l'allemand au turc sans arrêt. Votre père avait du mal à la comprendre, alors j'ai commencé à l'aider à traduire et, au fil des visites, une certaine cohérence s'est dégagée de ses propos. Mais au début, vraiment, on ne pouvait pas comprendre ce qu'elle disait.

– Quel âge avait-elle ?

– La première fois que je l'ai vue, je croyais qu'il s'agissait d'une personne en fin de vie, mais en consultant son dossier, je suis tombée des nues : elle n'avait que cinquante-trois ans. On lui en aurait donné vingt de plus.

Laurent nota machinalement : cinquante-trois ans en 1990, elle était née en 1937.

– Pourquoi était-elle aussi malade ?

– Elle avait vécu dans des conditions épouvantables, à l'Est.

– Que faisait-elle là-bas ?

– Elle était en prison.

Steffi marqua une longue pause, et parut soudain plongée dans ses souvenirs. Antoine et Laurent se regardèrent, abasourdis. Anna voulut être sûre qu'elle avait bien compris :

– Pardon ? Vous avez dit… ?

– En prison. Elle avait passé trente ans en prison.

– Trente ans !

– … Dont trois ans à Hohenschönhausen.

– Où ça ?

Elle les regarda, surprise qu'ils n'aient pas au moins déjà entendu ce nom.

– Hohenschönhausen. La prison de la Stasi.

Quelques jours plus tôt, Antoine et Anna étaient persuadés que leur grand-mère maternelle reposait dans un petit cimetière de Bretagne. Chaque année, Antoine allait fleurir sa tombe. À présent, en quelques mots, ils venaient de perdre une grand-mère et d'en découvrir une autre, et cette nouvelle mamie avait fait trente ans de prison.

Dire que ce fut un choc serait un euphémisme. Ils prirent tous trois cinq minutes pour fumer une cigarette, ou siroter une boisson chaude.

Dix-huit ans auparavant, Steffi avait appris toute l'histoire en une nuit. Mais cette nuit avait mis quelques mois à arriver. Au début, elle ne connaissait que l'état de santé de sa patiente. Charles lui avait tout de suite dit qu'il s'agissait de sa mère, mais il avait vis-à-vis d'elle une attitude étrange : peu de marques d'affection, comme s'il hésitait à l'appeler « mère », ou « maman »… Il parlait un allemand médiocre, elle ne parlait pas un mot de français. Petit à petit, avec sa douceur habituelle, Steffi s'était intégrée dans ce duo bancal. Elle avait fait comprendre à Charles qu'elle ne jugerait pas, ni ne prendrait parti. Elle aiderait, tout simplement. Elle n'avait jamais rencontré un personnage comme ce jeune Français tourmenté. En lui cohabitaient une profonde humanité, une politesse qui confinait à l'effacement et une violence imprévisible.

Steffi avait eu plusieurs histoires d'amour, avec des hommes qui, souvent, s'attachaient très vite à elle, voulaient un cocon, le mariage, une famille. C'était le revers de la médaille lorsqu'on s'intéressait aux hommes plus âgés. Steffi n'avait que vingt-cinq ans, elle aimait danser, sortir, rêvait de voyages. Elle consacrait son temps à s'occuper des autres, elle n'avait pas – encore – envie d'enfants. Charles était différent. Il respectait totalement l'indépendance de Steffi. En dehors d'une politesse de circonstance, il ne lui avait jamais manifesté la moindre marque d'un intérêt déplacé, pas même une allusion ou la promesse d'un verre de vin. Elle avait longtemps cru qu'elle n'était pas son genre, et puis, un soir, il avait craqué. Entre ses bras. Le médecin venait de passer, il avait ausculté Maria, comme d'habitude, mais en sortant, son regard était différent des autres soirs. L'air placide et optimiste qu'il affichait habituellement avait fait place à une mine assombrie. Charles avait alors compris que Maria ne parviendrait pas à s'en sortir, qu'elle était condamnée. Une fois le docteur parti, il s'était éloigné, à l'autre bout de l'appartement de la Landsberger Allee, s'était assis sur un tabouret, face au mur, et s'était mis à pleurer. Pendant de longs mois, il n'avait pas baissé les bras. Ce soir-là, il comprenait qu'il était arrivé trop tard pour sauver sa mère. Il avait pleuré de lourds sanglots et tapé le mur avec son poing. Steffi était arrivée, sans rien dire, et l'avait pris dans ses bras, et ils s'étaient embrassés. Elle n'avait jamais su résister à un homme qui se cache pour pleurer. Ils avaient fait l'amour cette nuit même et, à la façon désespérée dont il s'était donné à elle, elle avait compris que, depuis qu'il était arrivé en Allemagne, Charles était resté chaste, consacrant tous ses efforts à sauver sa mère.

Après l'amour, ils avaient parlé, longuement. Steffi avait brièvement résumé ses histoires, ses doutes, ses propres questionnements identitaires, mais devinant que Charles, lui, souffrait d'un besoin vital de se livrer, elle avait surtout écouté. En confiance, il avait déversé des mois, des années de secrets retenus. Steffi aurait pu prendre peur, mais elle avait accueilli ces confidences familiales comme on accepte un homme, avec tous ses défauts.

Il lui avait raconté sa vie en France, sa femme, son fils, Antoine. Son autre enfant qu'il n'avait jamais vu. Il lui avait parlé de son père, Ivan, de sa mère, Martine, celle qui l'avait élevé. De ce matin de 1985 où son père lui avait avoué que sa mère n'était pas sa vraie mère – enfin si, mais pas sa mère biologique. Que sa véritable mère, Maria, était enfermée à Berlin, dans une prison pour longues peines, à l'Est. La première question de Charles à son père avait été :

– Pourquoi est-elle en prison ?

La seconde :

– Pourquoi es-tu parti ?

À la première, il avait répondu qu'elle avait été accusée de conspiration, le chef d'accusation standard. Ce genre de dénonciations était monnaie courante à l'Est, seulement voilà, deux choses rendaient étranges la détention de Maria. D'abord, la durée extraordinaire de sa peine. Ensuite, le fait qu'elle avait été capturée à l'Ouest, et transférée à l'Est pour y être réduite à l'oubli, en toute discrétion.

À la seconde question, il avait eu un silence embarrassé, avant de répondre que sa propre vie et celle de Charles étaient alors en danger. Maria était captive car elle avait déplu à quelqu'un dont les amis ou les connexions avaient le pouvoir de la tenir isolée du monde, pendant trente ans.

– À quelle conspiration avait-elle participé ? avait demandé Charles.

– À aucune, bien sûr. Ta mère était innocente.

Charles était passé par tous les états : la surprise, la tristesse, la honte, la joie, la colère. Ainsi, il avait une mère, toujours en vie peut-être. Ainsi, son père, Ivan, l'avait abandonnée en prison.

Il était resté vague sur les raisons de son emprisonnement, et sur ceux qui l'avaient dénoncée, ou peut-être est-ce Charles qui était resté vague auprès de Steffi, mais ce qui était clair, c'est qu'Ivan avait décidé de retourner non pas à Berlin, mais en Turquie, pour finir ses vieux jours. Charles lui en avait terriblement voulu de sa lâcheté, et avait fini par partir, un matin de juillet, avec la ferme intention de libérer sa mère.

D'abord, alors même que le Mur n'était pas encore tombé, alors que tous ceux qu'il croisait lui disaient de laisser tomber, il avait retrouvé sa trace, à l'aide d'un bon avocat et d'un détective privé. Effectivement, Maria Dertli avait bien été arrêtée à Berlin-Ouest, puis transférée, sans raison aucune, vers l'Est. Charles avait alors engagé des procédures pour la retrouver et, le cas échéant, la faire libérer. Mais on lui fit vite comprendre que faire sortir une prisonnière d'une geôle de Berlin-Est revenait à percer à mains nues un trou dans du béton. De rage, il voulut attaquer rien de moins que la RFA en justice, et engagea des poursuites pour cette affaire vieille de trente ans. Nous étions déjà en septembre, mais nul ne pouvait imaginer que la réunification irait si vite. La RFA n'avait alors aucune envie de voir ses petits arrangements d'antan apparaître au grand jour, alors elle passa un marché avec Charles : contre l'abandon de ses poursuites, elle promit d'accélérer la procédure de libération de Maria, si celle-ci était encore en vie, et de prendre en charge tous les frais médicaux, ainsi qu'un dédommagement correct. Il va de soi qu'ils ne soupçonnaient pas qu'elle puisse être encore vivante. Charles accepta et se prépara à une longue lutte bureaucratique avec l'administration de la RDA. Ce ne fut pas le cas. Le Mur tomba en novembre, Charles passa à l'Est dès le lendemain, croisant des centaines d'Ossis faisant le chemin inverse. Il fit le tour des prisons de femmes, avec son détective privé. Ils trouvèrent Maria en moins d'une semaine, et quelques jours plus tard, elle était libre. La RFA fut bien obligée de payer, et Charles acheta un appartement à l'Est pour une bouchée de pain. Celui-là même dans lequel Steffi leur racontait aujourd'hui cette histoire.

– Mais pourquoi y habitez-vous encore ? demanda Anna. Et où est Charles ? Pourquoi y a-t-il son nom sur la porte ?

Antoine fit un signe à sa sœur. Steffi allait y arriver.

– Vous a-t-il raconté la rencontre ? demanda-t-il. Les retrouvailles avec sa mère ?

Elle hocha tristement la tête.

– Oui.

La première fois que Charles avait rencontré sa mère, il en était sorti bouleversé. Quant à elle, cela ne lui avait pas fait plus d'effet qu'un repas tiède.

Il avait eu droit à une visite au parloir. Elle s'était approchée, aidée par des gardes qui la soutenaient jusqu'au tabouret. Elle avait le regard creux et semblait de pas comprendre les paroles pourtant limpides, posées et impeccablement articulées de Charles :

– Bonjour, Maria. Je suis Charles. Je suis ton fils.

Il avait tant espéré ce moment. Il se l'était passé et repassé, dans ses nuits berlinoises, seul dans sa petite chambre d'hôtel. Il avait imaginé qu'elle le reconnaîtrait tout de suite, peut-être même parlerait-elle quelques mots de français ? Mais elle secouait lentement la tête, de gauche à droite, sans comprendre. Elle n'était ni triste ni heureuse. Cela faisait longtemps qu'elle ne ressentait plus rien.

Sitôt sortie, Charles l'avait emmenée dans un hôpital de l'Est, pour effectuer un bilan médical complet. Bilan qui, comme on sait, n'était pas bon. Après quelques jours à l'hôpital, Charles l'avait installée, au calme, dans son appartement de Fennpfuhl. Il avait quitté sa famille, il habitait, seul, dans un pays qu'il connaissait mal, avec une mère qu'il n'avait jamais vue, avec qui il ne parvenait pas à communiquer, et qui, a priori, semblait condamnée. Il avait quelques bonnes raisons de craquer, ce soir-là, et Steffi se dit qu'elle avait eu raison de le prendre dans ses bras.

Elle emménagea peu de temps après, apportant quelques affaires seulement. La cohabitation s'organisa tout naturellement. Charles passait le plus clair de son temps à consigner dans un carnet les paroles de sa mère, à la veiller, à faire des courses, à s'occuper d'elle. Steffi travaillait toujours à Saint-Joseph et lorsqu'elle rentrait, elle était soit au chevet de Maria, soit dans les bras de Charles. Chacun respectait l'intimité de l'autre, l'appartement était assez grand pour ça, et Steffi s'attacha, à son tour, et plus vite qu'elle ne le crut, à cet homme dévoué, attentionné et réservé.

L'état de santé de Maria se détériora, lentement, mais jour après jour, sa raison revenait. Les conversations l'épuisaient, mais elles faisaient sens, à présent. Lorsqu'elle comprit enfin que Charles était son fils, des larmes silencieuses coulèrent sur ses joues. Steffi et Charles ne parvinrent pas à retenir les leurs, et tous trois s'étreignirent comme une famille éphémère. Chaque matin, Maria partait en promenade avec son fils, même si, la plupart du temps, elle restait dans le fauteuil qu'il poussait à travers les rues désertées par la population de l'Est.

Elle raconta les interrogatoires de Hohenschönhausen.

Les prisonniers étaient rarement frappés, afin de ne pas laisser de marques, mais les cellules étaient froides, avec un seau et une couchette en bois pour seul mobilier. Ils n'avaient pas de chauffage, mais la lumière, elle, était toujours allumée. Parfois, ils éteignaient, pendant quelques minutes, puis ils réveillaient les prisonniers. Leurs habits n'étaient jamais à la bonne taille. Ils avaient l'interdiction formelle de se parler, ni entre eux ni aux gardiens. Leurs seuls interlocuteurs étaient les agents de la Stasi, lors des nombreux interrogatoires. Un jour, ils entrèrent dans la cellule, passèrent un sac sur la tête de tous les occupants, les firent sortir, entrer dans une camionnette, puis ils roulèrent plusieurs dizaines de minutes. Enfin, ils s'arrêtèrent, sortirent tout le monde, dans le froid, et les forcèrent à se tenir debout, sans bouger. Ils crièrent des ordres : « En joue ! Feu ! » Des coups de feu partirent. Les prisonniers récents s'urinèrent dessus. Les autres avaient depuis longtemps abandonné tout espoir de survie, et traversaient les journées en espérant une mort proche et rapide. Puis ils retournèrent dans la camionnette, et en cellule. Avant d'être soumis à un nouvel interrogatoire. Et un autre. Et encore un autre. Évidemment, ils parlaient. Ils disaient tout ce que l'interrogateur voulait entendre, et plus encore. Rien que le fait de parler était déjà un soulagement.

En comparaison, la prison pour longues peines lui avait fait l'effet d'un hôtel de luxe : des petits matelas, des toilettes. Pas d'interrogatoire, de vraies nuits de sommeil… un luxe relatif, certes, mais dans la RDA des années soixante, tout était relatif.

Lorsque Charles commença à interroger sa mère sur ce qui s'était passé avant la prison, ou ne serait-ce que les raisons qui l'y avaient menée, elle prit peur. Trente ans de lavage de crâne ne s'effaçant pas en quelques balades, il dut s'y prendre pas à pas pour démêler le vrai du faux. Il ne raconta pas tout à Steffi, car il semblait lui-même avoir du mal à tout croire.

– Que vous a-t-il dit ? demanda Laurent. Vous vous souvenez ?

Steffi se concentra.

– Je me souviens, oui, de certaines choses. Mais vous devez comprendre… c'était il y a plus de quinze ans. À l'époque, je faisais tout ce qui était en mon pouvoir pour maintenir Maria en vie. Sa santé était ma seule obsession. Charles, lui, voulait savoir pourquoi. Pourquoi elle était là, qui l'avait mise en prison, d'où elle venait. Il m'en parlait, bien sûr, mais tout était confus.

– D'où venait-elle ?

– De Turquie, je vous ai dit. Et je savais… Je crois qu'il m'a dit qu'il voulait la ramener là-bas. Il avait acheté une voiture, d'occasion. Une Lada. Je me moquais de lui en lui disant qu'il n'arriverait jamais jusqu'en Turquie…

– Quand est-il parti ? demanda Antoine.

Un voile passa sur les grands yeux noirs de Steffi.

Un matin de mai 1990, avant d'aller travailler, elle avait avalé quelques raisins, vérifié que Maria allait bien, embrassé Charles. Il lui avait souhaité une bonne journée, comme d'habitude. À l'hôpital, elle avait eu une matinée particulièrement chargée. Elle avait déjeuné avec les autres infirmières, plus âgées qu'elle. Lorsqu'elle était rentrée à l'appartement, elle avait d'abord supposé qu'ils étaient partis en promenade. Voyant qu'ils ne revenaient pas, elle avait pris peur : était-il arrivé quelque chose à Maria ? Elle avait téléphoné à l'hôpital le plus proche, mais ils n'avaient personne qui correspondait à la description qu'elle donnait. Elle avait appelé tous les hôpitaux environnants, rien. Puis, un soupçon l'avait prise. En ouvrant les armoires, elle en avait eu confirmation : les affaires de Charles avaient disparu.

Elle passa l'appartement en revue, et constata que celles de Maria manquaient également. Les clés de la voiture, habituellement dans le petit panier du meuble jaune de l'entrée, n'y étaient pas non plus. Dans le tiroir des papiers, ceux de Charles et de sa mère avaient disparu.

Steffi s'assit sur une chaise, dans la cuisine, le souffle coupé. *Déjà ? Si brutalement ?* Elle secoua la tête, se releva. Une lettre, il aurait au moins laissé une lettre. Mais elle dut se rendre à l'évidence : de lettre, il n'y avait point, et Charles était parti.

Les premiers jours, elle supposa qu'il avait décidé, sur un coup de tête, d'emmener sa mère voir du pays, de prendre la route pour le week-end. Puis pour la semaine. Deux semaines passèrent, puis trois. L'inquiétude de Steffi se mua en colère. Elle l'imagina sur les routes turques, au début du mois de juin. Combien de temps sa mère survivrait-elle à un pareil changement ? Un mois ? Deux, peut-être ? Il avait forcément dû passer par les hôpitaux de Turquie. Mais lesquels ?

Elle se procura une carte détaillée, et traça le chemin le plus probable vers Erzurum. Il serait passé par Istanbul, forcément, mais s'y serait-il arrêté ? Ankara, peut-être ? Çorum ? Comment se procurer les numéros des hôpitaux ? Et s'il était passé par des cliniques ? S'il ne s'était arrêté que dans des pharmacies ?

Elle essaya, pourtant. Déplaça des montagnes. Appela la direction générale du SGK, la sécurité sociale turque, obtint les noms et numéros de tous les hôpitaux et cliniques de Turquie. Les appela, un à un, se ruina en téléphone. Pour rien. Après quelques mois, elle dut se rendre à l'évidence : il ne reviendrait pas. Et pourtant, quelque chose la retint. Sa raison avait beau lui crier, lui hurler que c'était absurde, elle ne pouvait s'empêcher d'espérer. Elle espérait – et d'une certaine manière, elle espérait toujours – qu'il reviendrait, un matin, ouvrirait la porte et lui dirait :

– J'ai une histoire extraordinaire à te raconter.

Mais ce jour ne vint pas. Alors, elle se rangea à la logique, et supposa qu'il était rentré en France. Qu'il avait retrouvé sa famille, sa vraie famille. Patricia. Antoine. La petite dernière. Elle ne pouvait que comprendre.

Elle avait connu d'autres hommes depuis, et avait fini par rencontrer le père de ses enfants, Johannes. Mais elle n'avait jamais réussi à quitter cet appartement, pour lequel, il fallait bien l'admettre, elle ne payait pas de loyer. Les factures arrivaient, depuis dix-huit ans, au nom de Charles Lefèvre. Elle les payait, consciencieusement. D'une certaine manière, il lui avait légué l'appartement de la Landsberger Allee, et le souvenir de cet homme si particulier habitait si délicatement les murs qu'elle n'était jamais parvenue à l'oublier.

– Maman ! Maman ! hurlèrent les deux têtes brunes qui, jusqu'ici, s'étaient tenues tranquilles en jouant dans leur chambre.

– Oh ! Mon Dieu, quelle heure est-il ? s'écria Steffi.

Il était largement l'heure du déjeuner et elle dut s'excuser auprès des trois jeunes gens : elle avait deux bouches affamées à nourrir.

Frustrés, Antoine, Anna et Laurent se dirigèrent vers la sortie, mais avant de partir, Antoine se retourna :

– Est-il possible de vous revoir ? J'ai mille questions à vous poser.

Elle acquiesça, machinalement, sans pour autant répondre.

– Aujourd'hui ? Cet après-midi ?

Elle soupira, récapitula sa journée :

– Je dois confier les enfants à Johannes, puis je travaille. Mais j'ai une pause entre 18 heures et 19 heures. Retrouvez-moi à la cafétéria de l'hôpital ?

– À Saint-Joseph ?

– Non, je travaille à la Charité maintenant. Demandez à l'accueil, ils vous diront où je suis. Steffi Yilmaz.

Ils sortirent de l'appartement, sonnés. Ils marchèrent, sans dire un mot, pendant quelques minutes. Sans savoir où ils allaient, sans exprimer la moindre envie ou protestation, ils marchèrent. L'ironie du sort les amena dans une rue bardée de döner kebabs, et le fumet de la viande grasse les ramena à leurs instincts primaires. Ils commandèrent chacun leur propre variation de cholestérol amélioré : qui de la mayonnaise, qui du ketchup, qui une double ration de frites, ils s'assirent en terrasse et mangèrent en silence. Ce fut Laurent qui parla le premier :

– Bon, ben j'ai de quoi écrire un article.

L'hôpital de la Charité était immense. Un bâtiment gigantesque et sombre surplombant plusieurs campus universitaires regroupés en un seul. La bâtisse avait des faux airs de tour de la terreur pour Disneyland surdimensionné. Néanmoins, lorsque les trois jeunes gens donnèrent le nom de Steffi à l'accueil, on leur indiqua immédiatement le chemin, et celui-ci fut rapidement parcouru. En fait de cafétéria, ils se retrouvèrent au restaurant universitaire, et Laurent nota la réaction de Steffi lorsqu'elle aperçut Antoine : par réflexe, elle porta la main à sa bouche. Même si elle avait passé toute la matinée avec lui, elle avait cru à nouveau voir le père au lieu du fils. Elle portait une blouse, évidemment, et Laurent ne put s'empêcher de constater qu'elle avait conservé une silhouette de jeune fille. Sans doute influencé par quelques films pornographiques qui lui revinrent en mémoire, il la trouva tout à fait désirable, entérinant un cliché.

– Excusez-moi, dit-elle en s'asseyant, je suis un peu émue. Vous m'avez replongée dans des souvenirs que j'avais un peu oubliés.

– Et nous donc ! répondit Anna.

Steffi dévoila pour la première fois un joli sourire.

– Oui, c'est sûr. Alors, nous avons un peu moins d'une heure, vous avez des questions, je suppose. Je vous écoute.

Ce fut Anna qui prit la parole :

– Je pense qu'Antoine a pas mal de choses à vous demander, mais avant, je voudrais parler de l'appartement.

Antoine regarda Anna, surpris.

– L'appartement ?

– On a tous été très émus d'entendre parler de papa, mais on oublie quand même de dire que vous êtes chez lui, depuis dix-huit ans. Et comme il a été déclaré mort par contumace, j'ai l'impression que vous êtes chez nous.

– Mais enfin, Anna…, commença Antoine.

– Je me trompe ? demanda-t-elle à Steffi, sans se démonter.

L'infirmière soupira.

– Non… Je suppose que non.

– Techniquement, surenchérit Anna, vous nous devez même un loyer, pour l'avoir conservé pendant si longtemps.

– Sans doute, oui.

– C'est pour ça que Johannes ne voulait pas nous parler, ce matin. N'est-ce pas ?

Steffi ne répondit pas, mais son silence tenait lieu d'assentiment.

– Bon, reprit Antoine. Tu as fini ?

– Presque. Combien il vaut, aujourd'hui ?

– Anna ! protesta-t-il, choqué.

Mais Steffi répondit :

– L'appartement fait 85 mètres carrés. Vous en tirerez au moins 250 000 euros.

– Ah quand même, fit Laurent, ce qui constitua son unique contribution au débat immobilier.

Steffi se leva :

– Et maintenant, passez une bonne journée.

Elle se dirigea droit vers la sortie. Antoine fut plus prompt et la rattrapa avant que les portes vitrées ne s'ouvrent. Laurent se tourna vers Anna, restée assise :

– Mais qu'est-ce que tu fous ?

– De quoi ? J'ai pas raison ?

– Mais peu importe ! Ce que tu as, là, c'est un levier. Si tu la braques avant même qu'elle nous parle, pourquoi elle irait nous dire ce qu'on veut savoir ?

– Alors je ferme ma gueule ?

– Bien sûr ! Tu veux des infos ? Tu attends la fin ! Tu crois quand même pas qu'elle va te signer un chèque, là, sur un coin de table ?

Antoine, lui, barra le chemin de l'infirmière :

– Attendez. Attendez. S'il vous plaît, ma sœur parle sous l'impulsion de la colère, rasseyez-vous, j'ai tellement de choses à vous demander.

– Je ne suis pas obligée de vous parler, vous savez. Votre père m'a fait beaucoup souffrir.

– Je sais. Je sais. Moi aussi, vous pouvez me croire.

Elle fut convaincue, à nouveau, par le même éclat dans les yeux d'Antoine qu'elle trouvait en Charles. Elle se rassit, sur ses gardes.

– Anna, commença Antoine, on ne va pas revenir sur ce sujet. Il est clair que Charles avait l'intention de lui laisser l'appart, sinon il serait revenu.

– Ah oui ? répondit Anna. Tu lis dans ses pensées ? Tu as peut-être les capacités financières de cracher sur 250 000 euros, mais pas moi, tu vois.

Laurent écarta les bras en la fusillant du regard, ce qui signifiait : *Tu te fous de moi ?*

– Alors d'abord, répliqua Antoine, ce serait plutôt 125 000 euros, parce que je te signale que la moitié me reviendrait, et c'est sans compter les frais d'héritage, les taxes douanières et la montagne de paperasse administrative à remplir.

– Ça tombe bien, t'adores ça, la paperasse.

– Les gars, intervint Laurent, moi j'adore quand vous vous engueulez en public, mais on peut peut-être faire ça après, non ?

Antoine et Anna le regardèrent, se regardèrent, puis regardèrent Steffi, qui se tortillait sur son siège, prête à repartir.

– On en reparlera, dit Antoine à Anna tout en lançant un regard à Steffi qui signifiait que ce ne serait pas un problème.

Mais à sa grande surprise, Steffi dit :

– Votre sœur a raison. Je suis en tort.

– Tu vois ? reprit Anna. Elle sait !

– Tais-toi, Anna ! dit Antoine, fermement. Oui, peut-être, je dis bien peut-être qu'il y a matière à en reparler, *dans un deuxième temps*. Mais pour l'instant, Steffi a eu la gentillesse de prendre sur son temps de pause pour répondre à mes nombreuses questions, puisque tu sembles n'en avoir aucune.

– J'en avais une.

– Super, tu l'as posée. Est-ce que je peux à mon tour, s'il te plaît, lui poser mes putains de questions, maintenant ?

Anna se renfonça dans son siège, vexée, et fit un signe de tête qui signifiait : *Fais ce que tu veux, je m'en fous.* Antoine se retourna vers Steffi :

– La première chose que je voudrais savoir, c'est d'où venait Maria.

Elle souffla, soulagée.

– Je vous l'ai dit : de Turquie.

– Dans la région d'Erzurum, dit Laurent en consultant ses notes.

Steffi secoua la tête.

– Non, pas Erzurum. Je vous ai induits en erreur. Elle ne venait pas d'Erzurum, j'ai confondu avec quelqu'un d'autre.

– Alors d'où ? Vous souvenez-vous ?

– Tout à l'heure, quand vous êtes venus, j'avais oublié. Mais depuis, oui, j'ai retrouvé l'endroit. Enfin, la région. Elle avait grandi dans un petit village de l'est de la Turquie.

– Lequel ?

Steffi secoua la tête, impuissante.

Maria était arrivée à Berlin peu après la naissance de Charles, entre 1957 et 1959. Avant ça, elle avait – bien sûr – vécu en Turquie, mais pas seulement. Steffi se souvenait qu'elle parlait quelques mots de russe. Les avait-elle appris à l'école ? C'était fort peu probable. En prison ? Après 1960, pourquoi lui aurait-on parlé russe ? Avait-elle une ascendance soviétique ? Un amour de jeunesse ? Steffi n'aurait su le dire, mais elle l'avait entendue utiliser des expressions comme *kharacho* ou *spassiba* – « bien » et « merci » – de façon tout à fait naturelle, au milieu d'une conversation en allemand et en turc. Où et pourquoi avait-elle appris l'allemand, d'ailleurs ? C'était une autre interrogation. Charles semblait avoir une petite idée à ce sujet, mais il se fermait lorsque sa douce infirmière tentait d'en savoir plus. D'où venait-elle, alors ? Charles le lui avait dit, c'était certain.

Lorsque les trois jeunes gens étaient partis, elle avait fouillé l'appartement, à la recherche de son atlas. Elle avait la manie de tout garder : l'un des avantages à habiter le même grand appartement depuis plus de quinze ans. Elle avait retrouvé, après quelques minutes de tâtonnements, la grande carte de Turquie. Celle sur laquelle, à l'époque, elle avait tracé ses hypothèses. La destination finale n'était pas Erzurum, mais un autre endroit, à 400 kilomètres au sud-est, relativement proche de la frontière iranienne. Un endroit qu'elle avait entouré en rouge : le lac de Van.

– Le quoi ? demanda Antoine.

– Le lac de Van. Je me suis souvenue de tout lorsque j'ai vu ce nom. Charles m'en avait parlé. Elle avait passé son enfance dans un petit village qui donnait sur le lac de Van.

– Quel petit village ?

– Ça, je ne sais pas. Mais il m'en avait parlé plusieurs fois. Elle voulait revoir ce lac. Mais le nom du village, je ne sais pas.

– C'est loin ?

– Loin de quoi ?

– Euh… je ne sais pas, d'Istanbul par exemple.

– C'est à l'autre bout de la Turquie, pas très loin de l'Iran. D'Istanbul à Van, il doit y avoir deux heures d'avion.

– Ah, fit Antoine, dépité. D'avion.

– C'est grand, la Turquie, dit Steffi en souriant.

Antoine acquiesça, perdu dans ses pensées.

– Vous avez d'autres questions ?

Ce fut Laurent qui prit le relais :

– Gramatneusiedl, ça vous dit quelque chose ?

Steffi laissa ce nom résonner, puis secoua la tête.

– Non… je ne crois pas. Désolée. C'était il y a longtemps, vous savez.

– Et von Markgraff ? Le manoir von Markgraff ?

– Peut-être… Je ne sais pas… Non, ça ne me dit rien.

Elle fut interrompue par une collègue : elle devait retourner au travail, en avance. Laurent persista :

– Vous souvenez-vous de quoi que ce soit qui pourrait nous aider à en savoir plus sur Maria ? Un détail ? Quelque chose qu'elle aurait dit mais dont vous n'aviez pas la signification ?

Steffi fit la moue, comme pour s'excuser.

– Elle disait beaucoup de choses… Je me souviens qu'elle appelait votre père *Karl*. Jamais *Charles*.

– Oui, c'est normal, non ?

– Il la reprenait souvent. Mais elle persistait à l'appeler *Karl*. Et aussi… elle avait un surnom pour lui. *Benim prensim*.

– C'est du turc ?

– Oui. Ça veut dire « mon prince ». Elle l'appelait ainsi, *Benim prensim Karl*. Et au début… elle l'appelait *Heinrich*.

– Quoi ?

– *Heinrich*. Elle l'appelait *Heinrich*.

– Elle appelait mon père Heinrich ?

– Au début, oui, lorsqu'elle n'avait pas encore retrouvé ses esprits. Mais on n'en avait pas tenu compte, parce qu'elle ne se souvenait jamais de mon prénom, à moi.

– Heinrich, répéta Anna.

– Mais elle disait beaucoup de choses étranges, surtout quand elle sortait d'un cauchemar.

Steffi saisit soudain un papier et y inscrivit son numéro.

– Appelez-moi, si vous avez d'autres questions. Je vous laisse aussi mon mail. Je dois y aller.

– Elle faisait des cauchemars ? demanda Anna.

– Tout le temps.

– Attendez, dit Laurent. Elle avait passé trente ans en prison. La première question qu'a dû lui poser Charles, c'est *pourquoi*, non ?

– Bien sûr, bien sûr. Mais elle était innocente. C'est ce qu'elle disait. Elle ne cessait de répéter qu'elle n'avait rien fait, que c'était le démon qui l'avait envoyée là.

– Le démon ?

– Un homme qui lui faisait encore peur. Peut-être était-ce un tortionnaire, à la prison.

– Portait-il un nom ?

– Oui. Herr Koenig. M. Koenig. Mais votre père est vite revenu de cette piste.

– Pourquoi ça ?

– C'est un des noms de famille allemands les plus courants.

– Avait-il un prénom ?

– Sans doute, mais elle n'avait pas l'air de le connaître. Juste son nom : Koenig.

Steffi était déjà en retard. Elle serra la main de Laurent, salua

Anna, et s'arrêta devant Antoine, troublée. Puis elle le prit dans ses bras.

– Bonne chance, lui souffla-t-elle à l'oreille.

Il la regarda étrangement, comme si elle avait deviné ses pensées.

– Une dernière chose, demanda-t-il. D'un point de vue médical, y a-t-il une chance que Maria ait pu survivre ?

Steffi fut gênée de la question.

– Voulez-vous une réponse réaliste ?

– Une réponse franche.

– Non. C'est absolument impossible. Vu son état, elle est morte dans les trois mois après son départ.

– Trois mois. Vous en êtes sûre ?

– Certaine. Trois mois, maximum.

Antoine acquiesça, songeur. Puis il la regarda droit dans les yeux et la remercia. Il devinait pourquoi son père avait craqué. C'était une âme aimante.

La dispute éclata sur le chemin du retour. Après avoir, bien sûr, récapitulé tout ce qu'ils avaient appris dans la journée, après avoir discuté de comment ils allaient revenir à la maison bretonne en explorateurs conquérants, le sujet de l'appartement revint insidieusement sur le terrain.

– Pourquoi tu tiens absolument à jouer ton grand prince ? demanda Anna à Antoine, non sans une certaine véhémence. L'appart n'est pas à elle, elle l'a reconnu ! Elle l'a occupé gratos pendant dix-huit ans, tu trouves ça normal ?

– Qu'est-ce que tu voulais qu'elle fasse ? répondit-il.

– Rien ! Mais aujourd'hui, elle doit le rendre. À ses enfants. À nous.

– Mets-toi à sa place. Pense à maman. Parce que c'est la même situation, papa l'a quittée en laissant la maison. Elle devrait partir, aujourd'hui ? Vendre et nous donner l'argent ?

– Papa a fait deux enfants avec maman ! Il est resté trois mois avec cette fille ! C'est pas tout à fait le même ordre d'importance !

Antoine soupira, baissa les bras. Il ne comprenait pas pourquoi les rapports étaient soudain inversés. Pourquoi lui, habituellement si intransigeant, se retrouvait à défendre son père. Pourquoi Anna, au contraire, première supportrice de l'homme qui avait su s'enfuir de l'enfer familial, se retrouvait soudain à le condamner. Et pourtant, c'était limpide : son idéal, à elle, volait en éclats. Ses questions, à lui, trouvaient des réponses.

Cependant, Laurent trouva la réaction de son ami étrangement calme et déterminée. De retour à l'hôtel, il leur demanda, à sa grande surprise, un peu de temps pour lui. Il avait besoin de digérer ces informations. Seul. Anna haussa les épaules, et partit vers la rue. Laurent s'enferma dans une salle de cinéma, pour assister à la prestation posthume de Heath Ledger dans le dernier *Batman*, sorti quelques jours auparavant.

Lorsqu'il rentra, il trouva Antoine allongé sur son lit, tout habillé, contemplant le plafond.

– Alors ? Tu as digéré ? demanda Laurent.

– Plutôt bien. Du coup, j'ai faim. Allez, on bouge.

– Et Anna ?

– Elle nous rejoindra si elle veut. J'ai pas particulièrement envie d'une engueulade vespérale.

Ils sortirent manger dans un quartier jonché de bars. Le repas leur coûta étonnamment peu, et la pensée de vivre dans une ville comme Berlin, moins chère, plus grande, plus ouverte et moins agressive que Paris, traversa leurs deux esprits. Mais Antoine ne revint pas sur la journée qu'ils venaient de passer, et lorsque Laurent aborda le sujet, son ami détourna la conversation.

Le lendemain matin, l'aspirant journaliste fut réveillé de bonne heure par le futur avocat, qui sortait de sa douche.

– Tu vas où ?

– Un coup de fil à passer. Je reviens.

– Fais des bises à Jen-Jen, dit Laurent.

Et il se rendormit. Il fut réveillé, trois quarts d'heure plus tard, par le même Antoine, frais comme un gardon.

– T'es pas encore habillé ? demanda ce dernier.

Une demi-heure plus tard, ils étaient assis dans le tramway berlinois. Anna s'était jointe au duo. Pour une fois, elle n'était pas sortie tard. Elle s'était endormie en fumant ce qui lui restait d'herbe, en écoutant de la musique et en repensant à son père. Le voyageur du bout du monde qu'elle s'imaginait s'était arrêté à Berlin pour vivre une aventure avec une infirmière dans un quatre-pièces, à côté de sa mère mourante. Le piédestal était vide, à présent.

– On va où, putain ? demanda-t-elle.

– Surprise, répondit son frère sans pouvoir cacher son excitation.

Elle aurait pu le gifler. Elle avait une haine profonde pour les gens du matin. Ceux qui aimaient camper, ou se lever aux aurores pour attaquer une randonnée avant qu'il ne fasse trop chaud. Ceux qui avaient l'insolence d'afficher une mine réjouie et de proclamer leur bonheur d'être réveillés avant les autres. Elle était les autres. Au nom des autres, elle aurait voulu l'étrangler. Mais elle se contenta de piquer du nez et de fermer les yeux.

Antoine les mena à l'adresse qu'il cherchait. Au pied de l'immeuble, il leur fit signe de patienter.

– On attend qui, là ?

– Le vendeur.

Un homme, la cinquantaine joufflue, sortit de l'immeuble. Antoine le présenta brièvement à Anna et Laurent, puis ils se mirent à marcher. Laurent et Anna se regardèrent, sans comprendre. Puis, quelques minutes plus tard, ils s'arrêtèrent, au milieu de la rue. Antoine se retourna vers eux et demanda, en souriant :

– Alors ?

Ils mirent tous deux un temps à comprendre qu'il leur indiquait une petite voiture grise, sans charme, sans allure, sans autre signe distinctif que sa marque.

Lada.

– Elle a moins de dix ans, contrôle technique OK, à peine 100 000 kilomètres au compteur et il me la laisse à 1 000 euros. Qu'est-ce qui vous retient ?

Ils s'étaient assis à la première terrasse venue. Laurent et Anna, à deux, avaient englouti un demi-litre de café.

– Qu'est-ce qui nous retient ? demanda Anna. Qu'est-ce qui te prend ?!

– Tu veux rentrer en bagnole, c'est ça ? comprit Laurent.

Antoine le regarda, déçu de son manque de vivacité d'esprit.

– Qui parle de rentrer ?

Anna leva les sourcils. Laurent les fronça :

– T'as plus envie de rentrer ?

– Tu veux rester ici ? demanda Anna.

Antoine écarta les bras. Vraiment, ils ne voyaient pas où il voulait en venir ? Visiblement, non. Il soupira :

– On est le 28 août. Si on rentre demain, qu'est-ce qui m'attend ?

– Une longue conversation avec ta mère.

– Ce qui m'attend, c'est Lebel & Blondieu. Pas de week-ends. Un tunnel de travail. Au moins pendant deux ans. Et après ?

Laurent et Anna se consultèrent visuellement.

– … Un burn-out ? risqua Anna.

– Des vacances à La Baule ? tenta Laurent.

– Pensez à Jennifer, les aida Antoine.

– Un divorce ?

– Une tentative de suicide ?

– Vous faites chier, putain. Ça me fait pas rire. J'aime Jennifer. Jennifer m'aime. Il y a un moment où la question de construire quelque chose va arriver sur le tapis. En fait, ça fait déjà un moment qu'on y pense.

– Vous allez prendre un chien ? demanda Anna.

– Non, dit Laurent, elle est allergique aux poils d'animaux.

– Arrêtez, vous me soûlez. Et c'est pas drôle, elle est vraiment allergique.

Anna réprima un fou rire.

– Ne ris pas, dit Laurent. J'étais là le jour où un chat lui a sauté dessus.

– J'essaie de me livrer, là, tenta Antoine. Mais si ça vous fait chier…

– Mais non, mais accouche ! s'écria Anna. Bon, tu veux aller où, avec cette poubelle ?

Antoine, vexé, se leva, sans un mot, et partit aux toilettes. Anna avait le don de l'insupporter, à toujours tout tourner en dérision, à ne considérer sérieux que les violences et les drames. Lorsqu'il revint, elle était plongée dans son portable. Il se rassit, et Laurent reprit :

– OK, donc oui, tu vas épouser Jennifer, vous allez faire des mômes, et vous allez être très heureux.

– On va essayer, en tout cas.

– Et moi je serai très heureux pour toi, et je ferai un super discours, et même Anna viendra au mariage, et elle sera bourrée et roulera des pelles à la serveuse, et tes parents seront très gênés, et ça la rendra super heureuse, donc au final tout le monde sera heureux.

– Probable, dit Anna sans quitter son portable.

– Et donc ? demanda Laurent à son ami.

– Et donc…, reprit Antoine, et donc les années passeront et

je ne retrouverai jamais un mois de vacances. Ou si je les retrouve, ce sera pour partir avec Jen. Et les enfants. Et ça m'ira très bien.

– Mais ?

– Mais là, tout de suite, y a une petite voix qui me souffle d'acheter une voiture, de descendre en Turquie, et de retrouver le village où ma grand-mère est enterrée.

Anna releva les yeux de son écran de portable.

– Pardon ? demanda Laurent.

– On achète la Lada, on traverse la République tchèque, la Slovaquie, la Hongrie… Je sais plus… Si, la Bulgarie. Et la Serbie, aussi, j'avais oublié la Serbie. En conduisant tranquille, on est à Istanbul dans trois jours.

– Attends, attends, Antoine…

– D'Istanbul au lac de Van, c'est à peu près pareil, 1 500 bornes. Effectivement c'est un grand pays, surtout d'ouest en est, mais en roulant correctement, on est là-bas dans moins d'une semaine.

– Oui. OK, mais…

– Pourquoi pas l'avion ? Tu sais très bien pourquoi. Et de toute façon, on aura besoin de la voiture, là-bas, parce que j'ai regardé, c'est un grand lac.

Laurent mit de côté la douzaine de remarques qui lui venait, et demanda :

– Grand comment ?

– Grand. 3 755 kilomètres carrés.

– Je me rends pas bien compte, dit Laurent en essayant de visualiser, par rapport au lac du Bourget, c'est… ?

Antoine sortit son téléphone, utilisa le Wi-Fi du café, fit ses recherches, calcula rapidement, et dit :

– Quatre-vingt-quatre fois plus grand.

– Ah ouais.

– Ouais. Hier soir, j'ai recensé à la louche les villages qui donnent sur le lac. Sans tenir compte, bien sûr, des grandes villes, comme Van, ou Tatvan.

– Bien sûr.

– J'en ai compté quarante-neuf.

– Quarante-neuf, répéta Laurent, laconiquement.

– Sur place, on se rendra mieux compte. Et tous les villages n'ont pas leur propre cimetière. Je pense que c'est faisable. En inspectant deux ou trois cimetières par jour, et en comptant le retour, en un mois c'est faisable.

Laurent se retint de tourner la tête vers Anna, qui suivait sceptiquement l'enthousiasme grandissant d'Antoine.

– Donc, je récapitule, reprit-il. Tu veux qu'on fasse six jours de route dans une Lada d'occasion, pour atteindre le lac de Van. Et une fois arrivés, tu veux qu'on passe dans chaque cimetière de chaque village, à la recherche de la tombe de ta grand-mère ?

– Maria Dertli, morte en 1990, née en 1937. Il doit pas y en avoir tant que ça. Si ?

Laurent prit un moment de recul, et considéra son ami, ami qu'il avait dû pousser à venir jusqu'en Autriche, à continuer la traque, à résoudre l'enquête. En fait, il n'avait qu'une véritable question à poser, qu'il posa donc :

– … Pourquoi ?

– Pourquoi quoi ?

– Mettons qu'on trouve la tombe. Mettons que malgré le fait qu'on ne soit pas sûrs que cette tombe existe, ni qu'elle soit enterrée là-bas, si elle est enterrée d'ailleurs, malgré la forte possibilité de passer à côté en oubliant une allée de cimetière, ou que son nom ne soit juste pas indiqué sur la pierre tombale, mettons qu'on trouve la tombe de ta grand-mère. Qu'est-ce qu'on fait, après ?

Antoine sourit, il attendait cette question.

– Après, j'achète une couronne, et on rentre. Et tu écris ton article.

Laurent acquiesça, pas convaincu.

– N'importe quoi, marmonna Anna.

– Qu'est-ce qu'elle va dire, Jennifer ?

– Elle dira ce qu'elle voudra. Je pars un mois, c'est pas une année sabbatique, non plus !

– Et ton taf ? T'es pas censé commencer dans trois jours ?

– Je les ai appelés ce matin. J'ai un délai d'un mois, je commence début octobre. Alors ? Qu'est-ce que t'en penses ?

– Tu as le budget ?

– J'économise mon argent de poche depuis mes quatorze ans, j'ai un PEL depuis mes dix-huit ans, oui, ça va, je crois que j'ai le budget.

Laurent était à court d'arguments. Il sentit qu'Antoine partirait, avec ou sans lui. Il décida d'utiliser sa botte secrète, et se tourna vers Anna :

– T'en penses quoi, toi ? Ça te tente ?

Elle arrondit les yeux :

– Partir sur les routes avec mon frère pendant un mois à la recherche d'une tombe imaginaire ? Sans moi, les gars.

Laurent se retourna vers Antoine, qui lui demanda :

– Alors ?

Il aurait pu lui dire, bien sûr, qu'ils ne trouveraient rien. Qu'ils passeraient un mois de septembre à faire de la route et à manger de la viande servie avec du yaourt. Que Laurent, lui, ne l'avait pas, le budget, que son compte était déjà à découvert avant même de partir, qu'il fallait qu'il rentre pour travailler, faire du service, payer son studio, ses tickets de métro, ses pâtes et ses McDo. Mais s'il lui avait dit ça, il aurait douché la première lueur d'esprit aventurier qu'il voyait en son meilleur ami depuis qu'il le connaissait. Et puis, après tout, il aimait la viande, et le yaourt, alors pourquoi pas les deux ensemble ?

– Bien sûr, mon pote. Je te suis.

Ils achetèrent la Lada, accomplirent les démarches de Visa véhicule, se renseignèrent sur les routes qu'ils allaient emprunter, achetèrent également une tente et du matériel de camping.

Ils partirent faire un tour d'essai. La voiture qui venait du froid tint étonnamment bien la route. Alors qu'ils faisaient un point sur le voyage, carte étalée sur la table, méthode Assimil *Le Turc sans peine* à portée de main, Laurent remarqua un soupçon d'envie dans les yeux d'Anna. Il la prit à part, tandis qu'Antoine estimait la consommation d'essence et le budget total.

– T'es sûre que tu veux pas venir avec nous ? Tu vas faire quoi ?

Elle haussa les épaules.

Elle savait très bien ce qui l'attendait. Trouver un job, passer le temps, réfléchir à sa vie. Constater ses échecs, lutter contre le temps qui passe et les fausses pistes qui s'accumulent.

– OK, je sais ce que tu penses : ça voudrait dire huis clos avec ton frère pendant un mois. Mais d'une, je serai là aussi. De deux, t'as pas envie de passer un mois en Turquie, aux frais de la princesse ? Et par princesse, j'entends Antoine.

Elle sourit, à moitié.

Laurent revint à Antoine, et dit :

– Je crois que ta sœur aimerait bien venir avec nous.

– C'est comme ça que tu as analysé son « Sans moi » ?

– Elle commence toujours par dénigrer, mais ensuite, elle regrette.

Antoine se mordit la lèvre, comme chaque fois qu'il s'apprêtait à refuser.

– Tu veux vraiment l'avoir avec nous pendant un mois ?

– C'est pas mon plus fervent désir. Mais je peux vivre avec.

Antoine soupira, comme chaque fois qu'il s'apprêtait à céder.

Anna ne lui avoua jamais qu'elle voulait partir, mais elle se prépara, comme si. Antoine ne reparla pas de son refus initial, mais il l'intégra dans les conversations sur la préparation.

Lundi 1er septembre 2008, au matin, Laurent et Antoine se retrouvèrent, au petit déjeuner, pour faire la check-list des derniers détails. Vers 9 heures, ils frappèrent à la porte d'Anna. Une demi-heure plus tard, ils utilisèrent la clé supplémentaire pour la réveiller. La chambre était vide. Anna avait pris toutes ses affaires et, visiblement, n'avait pas dormi là. Encore une fois, elle avait disparu.

Antoine n'en fut même pas étonné. Il ne lui fit pas l'honneur de lui laisser un énième message vocal. Ce fut Laurent qui tenta de la joindre, tombant évidemment sur son répondeur.

Les deux garçons payèrent la note de l'hôtel, remplirent le coffre de la Lada, réglèrent les rétros, et partirent sur le coup de 10 heures.

– Tu as appelé Jennifer ? demanda Laurent.

– Je l'appellerai d'Istanbul, dit Antoine. Sinon, elle est capable de me faire changer d'avis.

Et il appuya sur l'accélérateur.

7.

Sur la route

Au début de l'été 2004, un mois avant que la Grèce ne gagne à la surprise générale le Championnat d'Europe de football, un élu écolo mariait à Bègles un couple homosexuel, au mépris du gouvernement, avec près de dix ans d'avance sur la loi autorisant ce susdit mariage. Trois jours plus tard, on pouvait voir passer en France la planète Vénus devant le soleil, pour la première fois depuis 1882. Sans aucun lien avec ces trois événements, Anna Lefèvre, pas encore quinze ans, décida, le samedi 12 juin, de faire le mur.

Ce n'était ni la première ni la dernière fois, mais ce fut pour elle une soirée particulière, car elle marqua, au sens propre comme au sens figuré, un virage dans sa vie.

Elle avait attendu que la maison bretonne s'endorme avant de passer à l'action. Antoine et Jen n'étaient pas encore là, Léo n'avait que neuf ans, Julie six, Jean quatre. Patricia et Jacques avaient éteint les feux vers minuit, et Anna s'était laissée glisser discrètement par la fenêtre, en minijupe moulante et débardeur rouge, avec un blouson de cuir piqué à sa mère et des talons hauts dans son sac. Elle avait marché, en espadrilles, pendant une vingtaine de minutes, jusqu'au carrefour où Rémi l'attendait, sur son scooter.

Rémi, seize ans et demi, était amoureux d'Anna depuis

l'enfance. Ce n'était pas un mauvais bougre, mais elle n'avait pas la moindre attirance pour les gentils garçons. Tout au plus tolérait-elle une proximité relative depuis qu'il avait récupéré le scooter de son grand frère, parti étudier en ville.

Parfois, il avait la patience d'attendre qu'elle ait fini de danser pour la ramener, espérant naïvement un baiser, mais en général – et c'est aussi ce qui s'était passé ce soir-là – il finissait par rentrer seul, au milieu de la nuit, en la laissant sur la piste de danse de la petite boîte de nuit de Quintin.

Anna n'avait aucun mal à se faire de nouveaux amis, outre les habitués qu'elle retrouvait chaque été. Elle s'entendait comme de bien entendu beaucoup mieux avec les garçons qu'avec les filles – surtout avec ceux qui lui offraient à boire. Mais jusqu'ici, elle ne s'était jamais offerte à l'un d'entre eux. La liste des soupirants platoniques était longue, et les années précédentes, elle avait découvert le plaisir coupable des baisers échangés entre les premières bières et les premières nuits blanches.

Elle était tentée, bien sûr, de sauter le pas. D'autant que cette année, elle avait été dotée par la nature d'une jolie poitrine naissante, et remarquait avec malice le changement dans le regard des hommes plus mûrs sur l'enfant qu'elle était encore. Mais elle conservait un embryon d'âme romantique, et elle attendait de tomber sur celui qui saurait trouver les bons mots. Elle le ferait patienter, pour la forme, puis elle irait chez lui, sûrement, en journée, sans avoir bu, pour ne rien rater du moment.

Les deux hommes qui l'avaient abordée ce soir-là ne correspondaient pas à l'image qu'elle se faisait du prince charmant, mais ils avaient le mérite d'être drôles, adultes, et de conduire une voiture. *Des hommes, des vrais*, s'était dit Anna en laissant volontairement planer le doute sur son âge. Ils lui avaient dit s'appeler Kevin et John, elle leur avait dit s'appeler Samantha, ils l'avaient crue. Ils devaient avoir vingt ans, ou moins, et étudiaient à Saint-Brieuc. Ils avaient suffisamment d'argent pour avoir une Clio récente, même si Anna avait compris plus tard qu'elle appartenait à la mère de Kevin.

Ils étaient sortis de la boîte vers 3 heures du matin. La nuit étant encore jeune, ils avaient pris la voiture, pas frais, en zigzaguant sur la route, Kevin au volant, John à l'arrière avec Anna. Ils s'étaient embrassés pendant le trajet, et Anna avait constaté que le garçon était aussi enhardi qu'expérimenté. Lorsque la voiture s'était arrêtée, ils étaient chez Kevin.

Ses parents étant absents, il avait mis un peu de musique, sorti des bières, et s'était mis à rouler un joint tandis que John, de plus en plus pressant, continuait de rouler des pelles à Anna. Les garçons tirèrent sur le joint, Anna ne voulut pas démériter, elle toussa, ils la chambrèrent, elle tira à nouveau, ne toussa pas. L'alcool et l'herbe eurent raison d'elle. Elle s'allongea sur le canapé, John prit cela pour une invitation et commença à la déshabiller. Kevin ne voulut pas être en reste et prit part à l'expérience. Anna résista, mollement, mais elle n'avait pas assez de clarté d'esprit pour parvenir à exprimer un refus. Elle s'abandonna et se résolut à endurer stoïquement la scène qui allait suivre. Les garçons usèrent d'abord d'une certaine douceur, puis de plus en plus de brutalité. Anna eut soudain soif, elle demanda de l'eau. Elle vida la moitié de la bouteille, eut un sursaut de lucidité, prit conscience que Kevin était en elle, qu'elle avait mal, qu'elle ne voulait pas être ici. Elle cria, ils se figèrent. Elle parvint à articuler :

– J'ai quatorze ans.

Puis elle éclata en sanglots. Les garçons étaient mortifiés. La soirée avait dégénéré, dirent-ils, ils ne savaient pas, ils pensaient qu'elle était d'accord…

Des vagues de douleur inondaient son bas-ventre à présent. Elle se rhabilla, submergée de honte et d'un malaise grandissant, exigea qu'on la ramène à la maison. Ils se rhabillèrent, penauds, se confondirent en excuses. Avant de partir, elle eut un regard pour les cadavres de bière et les mégots qui jonchaient la table basse, et se dit que le pire était derrière elle. L'essentiel était de rentrer, à présent. Rentrer à la maison, prendre une douche. Pleurer.

Il se mit à pleuvoir lorsque Kevin fit démarrer la voiture. Les deux garçons avaient laissé Anna à l'arrière, seule. John, qui retrouvait lentement ses esprits, comprenait qu'ils étaient tous deux coupables d'un délit. Il ne croyait pas si bien dire : même si Anna avait été consentante, il risquait jusqu'à cinq ans de prison, dix ans en cas de viol. Pas exactement au fait de la législation, mais soupçonnant des gros ennuis planer au-dessus de lui et son pote, il tentait à présent de convaincre Anna de ne rien dire. Surtout, ne rien dire.

Était-ce son ton impérieux ou les menaces sous-jacentes qui semblaient émaner de ses paroles enivrées ? Anna n'aurait su le dire, mais elle répondit avec la même violence : *si*, elle parlerait. Elle parlerait si elle voulait. Elle parlerait à sa mère, à son beau-père, à son frère qui viendrait lui casser la gueule. Kevin eut peur à son tour, et prit part à la conversation. Le ton monta. Ils criaient, à présent, tous les trois. Il pleuvait de plus en plus fort. Kevin ne vit pas le camion arriver. Il entendit le klaxon, trop tard. Il fit une embardée, sortit de la route. Un tonneau. Deux tonneaux. Trois.

Puis le trou noir.

Lorsque Anna reprit ses esprits, elle avait la tête à l'envers. Littéralement. Les vitres étaient brisées, la pluie battait son plein. La voiture s'était immobilisée, retournée. Anna décrocha sa ceinture, tomba sur le plafond. Elle se glissa hors de l'habitacle, sortit par la vitre brisée. Elle parvint à tenir sur ses jambes, compta jusqu'à cent, son visage ouvert aux éléments déchaînés.

Elle plia un bras, puis l'autre. Inspecta ses jambes. Elle

n'avait rien, si ce n'était une douleur au ventre. Une boule de colère.

Elle osa s'approcher de l'avant de la voiture. Aperçut un corps, désarticulé. Un seul. Impossible de savoir lequel. Elle se retourna, revint sur ses pas, vers la route. Le camion ne s'était pas arrêté, n'était pas revenu. Il n'y avait personne. La pluie s'arrêta, l'aube pointait.

Elle marcha, pendant un temps infini. Les effets de la drogue et de l'alcool s'estompèrent peu à peu. Lorsqu'elle entra dans la maison encore endormie, elle eut un regard pour l'horloge : 6 heures.

Elle prit une très longue douche, mais ne pleura pas, finalement. Elle avait déjà beaucoup trop pleuré. Comment réagirait sa mère, si elle lui disait ? Elle hurlerait, lui interdirait de sortir pour le reste de l'été. Personne ne l'avait vue partir avec les deux garçons. Personne ne savait, se dit-elle en s'endormant avec bien plus de facilité qu'elle n'eût supposé.

À midi, sa mère toqua à sa porte, lui demanda si elle comptait bientôt descendre. Anna ouvrit les yeux, porta instinctivement la main à son ventre, mais elle n'avait plus mal. Patricia passa la tête :

– Je peux entrer ?

Anna acquiesça d'un grognement.

Sa mère entra, s'approcha d'elle et la prit dans ses bras, en serrant fort.

– Qu'est-ce que tu fais ?

– Rien, je t'aime, c'est tout.

Elle regarda sa fille, lui passa la main dans les cheveux, l'embrassa sur le front. Puis elle se releva, et retourna vers la porte. Sur le chemin, elle avisa son perfecto de cuir, accroché sur la chaise.

– C'est à moi, ça, non ?

Anna retint son souffle. Si elle l'inspectait en détail, elle verrait dans quel état il était… Mouillé, abîmé. Anna devrait lui expliquer.

– Je rentre plus dedans, de toute façon, dit simplement sa mère.

Puis, juste avant de refermer la porte :

– Jacques a fait des endives braisées.

Anna grimaça : elle détestait les endives. Elle resta seule, allongée, fixant le plafond. Elle se repassa la nuit précédente. Avait-elle rêvé ? Ses articulations étaient un peu douloureuses, mais rien d'insupportable. Elle se leva et se regarda dans la glace. Son corps. Son regard. De la plus dure et la plus impitoyable des manières, cette nuit, elle était devenue une femme.

Le lendemain, dans les journaux locaux, on ne parlait que des deux morts du virage de la départementale. Deux jeunes garçons, dix-huit et dix-neuf ans. Kevin et John.

Elle ne dit jamais rien, à personne, de cette nuit-là.

Elle continua de se glisser dans la nuit, en cachette, pour aller à la petite boîte de Quintin. Elle continua à boire, à fumer, à sortir avec des garçons – et parfois des filles. Elle avait besoin d'exorciser, de pousser ses limites, de jouer avec cette frontière si fine qui sépare la vie de la mort. Elle revoyait souvent le corps en sang de John. Kevin, lui, avait été éjecté de la voiture, elle l'avait appris dans les journaux. Ils l'avaient retrouvé dans les fourrés, au pied d'un arbre, cassé en deux.

Chose étrange, Anna ne mettait habituellement que très rarement sa ceinture en voiture. Ce soir-là, elle l'avait accrochée machinalement, comme une petite fille. Plus jamais, depuis, elle ne l'avait oubliée. Elle repensait à cette nuit chaque fois qu'elle entendait le *clic* et le moteur démarrer. S'il se mettait à pleuvoir, elle se tendait immédiatement. Combien de fois depuis avait-elle ressenti cette petite montée d'angoisse, que ses proches attribuaient à sa consommation frénétique de drogue, mais dont elle – et elle seule – connaissait la raison véritable ? Bien sûr, elle parvenait à surmonter ses peurs, rationalisant, se concentrant sur l'arrivée prochaine – elle était faite d'un autre bois qu'Antoine –, mais envisager six jours de conduite, avec ledit Antoine de surcroît, lui était totalement impensable. Tant parce qu'elle refusait de se montrer à lui en position de faiblesse que parce qu'elle eût tôt fait de devenir insupportable, de susciter les reproches de son frère et de pénétrer ainsi dans un cercle vicieux de tensions et de mésententes.

Voilà pourquoi elle avait fait son sac, avant la nuit, et rejoint Dieter à son appartement.

Lorsqu'il ouvrit les yeux, le lendemain matin, elle était déjà debout depuis deux heures. Elle s'était réveillée à l'aube et n'était pas parvenue à retrouver le sommeil. Les mots de Steffi lui tournaient dans la tête. Elle cherchait à dénouer le mystère, sans succès.

Dieter prépara le petit déjeuner, comme lors de leur premier matin, et tenta d'avoir une conversation anodine, mais il sentit bien que l'esprit de la jeune fille était ailleurs. La nuit précédente, elle lui avait résumé le résultat de leur enquête, avec une telle passion et une telle emphase que Dieter, bien malgré lui, s'était mis à échafauder des hypothèses.

– Tu sais, si tu veux, tu peux rester ici quelques jours, lui proposa-t-il.

Anna ne répondit rien. Elle pourrait, bien sûr. Mais *il faudrait bien rentrer*, comme disait Laurent. Retourner à sa vie médiocre, à ses habitudes de survie en milieu urbain. Il faudrait reprendre des études et trouver un boulot, mal payé, trop chargé, ingrat. Ou retourner en Bretagne, s'acheter un doberman et vivre dans les rues de Rennes de la générosité des passants.

– OK, dit Dieter. On en parle ?... De ton père ?

Elle sortit de sa bulle de négativité et considéra l'homme à qui elle s'était donnée. Pendant un temps, elle avait oublié sa fonction première.

– C'est juste que…

– Que ton frère est parti, et que tu es restée ici. Et maintenant, tu t'en veux, parce que même si leur quête est clairement vouée à l'échec, tu aimais bien l'idée de l'aventure. Et c'est normal, parce que tu as vingt-cinq ans, et qu'à ta place, j'aurais adoré partir sur les routes, à travers l'Europe.

Mis à part son âge, Dieter ne se trompait pas. Anna s'en voulut de ne pas l'avoir cru capable d'un jugement aussi fin.

– Mais je pense que tu as raison d'être restée, continua-t-il. Parce qu'ils ne vont rien trouver de plus qu'une tombe abandonnée, en admettant qu'ils la trouvent.

Anna ne le montra pas, mais elle était complètement d'accord avec lui.

– Parce que, si j'ai bien compris, ton père est parti en Turquie enterrer sa mère, mais après, il s'est rendu en Autriche.

– À Gramatneusiedl.

– Ce qui veut dire qu'entre le moment où il est parti et le moment où il a enterré sa mère, il a appris quelque chose qui l'a fait revenir en Autriche. Sinon, il aurait logiquement commencé par l'Autriche. Vu qu'il était en voiture, et que c'était sur son chemin.

Anna acquiesça, machinalement.

– Bon. Qu'est-ce qu'il a fait, en Autriche ?

– Il a travaillé au manoir.

– Avait-il besoin d'argent ?

– Non. Il était bénévole.

– Avait-il quelqu'un qui l'attendait là-bas ?

– Non. Gustav nous a dit qu'il était très solitaire.

– Donc, pourquoi est-il allé travailler dans ce manoir ?

Anna haussa les épaules.

– Parce qu'il cherchait quelque chose, continua Dieter. Quoi ?

– Un trésor ? Un renseignement ? Une personne en particulier ?

– Et après, qu'a-t-il fait ?

– Il est reparti.

– Où ça ?

Anna haussa à nouveau les épaules. Dieter répondit à sa propre question :

– Voilà ce qu'il faut que tu apprennes. Ce qu'il cherchait, ce qu'il a trouvé, où il est allé. Ce n'est pas sur la tombe de sa mère que tu auras ces informations.

– Il a beaucoup parlé à Arlene, la mère de Gustav, se souvint-elle.

– Pour lui demander quoi ?

– Des informations, sur le manoir.

– Quelles informations ?

Anna haussa les épaules, une troisième fois.

– Si j'étais toi, je commencerais par là.

Anna secoua la tête :

– Je n'ai jamais dit que je voulais continuer l'enquête.

– Non. Mais il faut bien que quelqu'un le fasse, parce que ce n'est pas ton frère et sa Lada qui la feront avancer. Tout ce qu'ils risquent, c'est de tomber en panne au fin fond de la Bulgarie.

*

Il ne fallut que quelques minutes à Antoine et Laurent pour tomber non pas en panne, mais dans les bouchons. Un accident sur l'autoroute 113 freina leurs ardeurs et cassa leur élan initial. Après une heure de route, ils n'étaient pas sûrs d'être véritablement sortis de Berlin.

– Alors ? Il se passe quoi dans ta tête ? demanda Laurent.

Antoine avait des fourmis dans les doigts, posés sur le volant.

Son pied le démangeait, sur l'accélérateur. Sa main était moite, agrippant le levier de vitesse. Beaucoup de choses se bousculaient dans sa tête.

Dix-neuf années de colère étaient retombées d'un coup.

– J'ai eu le temps de m'imaginer beaucoup de scénarios, en dix-neuf ans.

– Scenarii. Pardon, continue.

– Parmi toutes les raisons possibles au départ de mon père, la plus probable était l'existence d'une autre femme.

– Une maîtresse.

– Évidemment. Et ça m'a rendu dingue, et j'ai toujours considéré ça comme la pire des lâchetés. De n'avoir rien dit. De n'avoir rien avoué.

– Et tu as associé l'infidélité de ton père à son départ. Et résultat, t'es toujours avec Jen. Je plaisante.

Antoine sourit de cette blague récurrente, secoua la tête et admit :

– Il y a un peu de ça. Mais parmi tous les scenarii envisagés…

– Tu n'aurais jamais soupçonné que cette autre femme puisse être sa mère. Merci pour la syntaxe.

– De rien. Ni qu'il était parti pour la sortir d'une geôle de la RDA ! Parce que vu sous cet angle, la figure paternelle est quand même beaucoup plus belle, et les raisons de sa fuite beaucoup plus nobles.

Laurent se fit l'avocat du diable :

– Il est quand même parti. Il a quand même eu une aventure avec Steffi.

– Une histoire même, mais après six mois de solitude ! Ce n'est pas la même chose que de rejoindre sa maîtresse.

– Certes.

– Regarde-moi. J'ai été soumis à la tentation après seulement deux semaines, et je n'avais pas le commencement du quart de l'état de fatigue nerveuse que Charles devait avoir après six mois de lutte sans espoir.

Laurent regarda son ami, qui admit :

– Oui, j'ai été tenté. Bien sûr que j'ai été tenté ! Elle était très jolie, offerte et nue. Mais ce que je veux dire, c'est que sans aller jusqu'à l'excuser, je peux comprendre que mon père ait eu besoin d'une épaule, d'un peu de tendresse.

– Et Steffi était la meilleure candidate.

– Évidemment.

Ils repensèrent à la douce infirmière, et ne purent s'empêcher de l'imaginer avec vingt ans de moins. Bien sûr que Charles avait craqué.

– Et toi, qu'est-ce que t'en penses ?

Laurent hésita à lui répondre. Antoine avait vécu ces révélations en ne pensant qu'à son père. Mais un aspirant journaliste prend du recul.

– Je me pose plein de questions.

– Comme quoi ?

– Quelqu'un a mis une jeune Turque en prison, pendant trente ans, et elle y serait encore si le Mur n'était pas tombé. Pour quelle raison ? Et surtout : qui a bien pu faire ça ?

– Bonne question.

– Pourquoi Ivan était si effrayé qu'il n'osait pas retourner en Allemagne ?

– Hm.

– Parce que pendant toutes ces années il n'a pas *parlé* d'elle ! Sa femme, la mère de son fils, était enfermée dans une prison à Berlin, et il l'a gardé pour lui ! Il a changé d'identité, il est allé jusqu'à masquer ses origines…

– Il devait avoir très peur que quelqu'un le retrouve.

– Et pourquoi *Ivan* ? *Ivan*, c'est un prénom breton. Pourquoi *Ivan* s'il était turc ? Pourquoi *Maria*, un prénom catholique, si elle était musulmane ?

– On est sûrs qu'elle était musulmane ?

– Si elle était turque, il y a des chances. Et Charles, qu'est-ce qu'il a découvert en Autriche, pour ne jamais revenir en France ? Est-ce qu'il lui est arrivé un truc louche ? Est-ce qu'il a été réduit au silence, lui aussi ? Enfermé dans une prison turque, ou pire, assassiné ?

– Ouais. Effectivement, t'as de quoi écrire un article.

Ils méditèrent un moment en silence sur toutes ces interrogations.

– Ah ben, pas trop tôt ! fit soudain Laurent.

Ils passèrent l'accident, la route se dégagea.

Ils déjeunèrent dans l'après-midi, vers Prague, puis ne cessèrent de rouler jusqu'à Budapest, où ils n'arrivèrent qu'à la nuit tombée.

*

Le téléphone sonna trois fois, puis Arlene décrocha :

– *Hallo ?*

Anna rassembla son allemand et toute l'amabilité dont elle était capable, pour dire :

– Arlene ? C'est Anna Lefèvre à l'appareil. Nous sommes venus vous voir il y a quelques jours, avec mon frère et son ami, Laurent.

Il y eut un petit silence. Anna ne parvint pas à savoir si c'était un délai technique ou un moment dû à l'âge, mais Arlene finit par répondre :

– … Oui ?

– Nous sommes venus avec Gustav, votre fils. C'est lui qui m'a donné votre numéro.

– Ah oui ! Vous m'avez posé des questions sur votre père !

– C'est ça ! Sur mon père, fit Anna, soulagée.

– Comment allez-vous ?

– Euh… très bien, et vous ?

– Ça va, ça va. Gustav n'est pas venu, aujourd'hui, et je n'arrive pas à refermer une des fenêtres du salon…

– Ah, dit Anna, regrettant déjà de lui avoir posé la question.

– Du coup, le plancher est humide, et même si j'ai passé la serpillière, ça goutte.

– Ah.

– Oui, et Felix est passé dans la flaque et maintenant, le canapé a des traces aussi. Felix, c'est mon chat.

– Oui, oui. Écoutez… Je téléphonerai à Gustav, si vous voulez.

– Mais je lui ai téléphoné !

– Ah ! Alors…

– Et il a dit qu'il allait passer. Mais il n'est pas passé encore.

Anna ne trouva rien à ajouter. Un nouveau silence s'ensuivit, jusqu'à ce qu'Arlene le brise à nouveau :

– … *Hallo ?*

– Oui, oui, je suis toujours là. Écoutez, vous vous souvenez des conversations avec mon père ?

– Oui, oui. Un garçon très poli.

– Voilà, vous m'avez dit qu'il vous avait posé beaucoup de questions sur le manoir…

– Sur le manoir, oui, sur le manoir. C'était un très beau manoir, je me souviens. Mais il a été détruit, et aujourd'hui ce sont des familles de Noirs et de musulmans qui y habitent. Quel malheur.

Anna resta désarçonnée, un instant, au bout du fil.

– Je ne sais pas si vous vous souvenez, mais mon ami était noir.

– Oui. Oui, c'est vrai. Un gentil garçon.

Anne tenta de se souvenir des conseils de Laurent : pour obtenir des informations, réserver ses opinions.

– … Pour revenir au manoir, savez-vous ce qui intéressait mon père ? Ce qu'il voulait savoir ?

– Oh tout, il voulait tout savoir sur les von Markgraff. Mais je lui ai dit : C'est dommage, ils sont morts. C'était une grande famille, oui. C'était un beau manoir…

– Et il a été bombardé pendant la guerre, dit Anna, un peu lasse.

– Non !

– Non ?

– Non, pas bombardé. Il a brûlé, oui, pendant la guerre. Les gens disent qu'il a été bombardé, mais ce n'est pas vrai. Il a brûlé avant que les Américains nous bombardent.

– Ah bon ?

– Oui. J'étais une enfant, pendant la guerre. J'avais dix ans. Non, moins, puisqu'il a dû brûler en 40, peut-être. Et je suis née en 32, alors…

– Huit ans.

– Quoi ?

– Vous aviez huit ans.

Nouveau silence d'incompréhension. Décidément, la ligne Berlin-Gramatneusiedl était handicapée d'une certaine latence.

– Huit ans, oui, c'est ça, dit Arlene.

Anna se demanda si elle aurait la patience d'attendre toute une conversation.

– Mais malgré tout, vous les connaissiez ? Vous vous souvenez d'eux ?

– De qui ?

– Des von Markgraff.

– Oui ! Je me souviens d'eux, parce qu'ils étaient comme notre famille royale, ici. Et mon père travaillait pour eux. Et puis leur mort… c'était une tragédie. Une tragédie.

– Leur mort ?

– Ils sont tous morts pendant la guerre. Il y en a qui sont

morts sur le champ de bataille, bien sûr, mais la plupart, c'est terrible… ils sont morts avec le manoir.

– Dans l'incendie ?

– Un incendie ? Non, il a été bombardé.

– Mais vous venez de dire que…

– Non ! C'était les usines. Les usines ont été bombardées.

– Les usines ?

– … Ou le manoir. Je ne sais plus, je n'étais qu'une enfant, vous savez…

Anna soupira, prête à raccrocher :

– Oui. Oui, je sais.

– Mais c'est Adelheid qui m'a raconté tout ça. Et Adelheid était au courant, elle avait épousé un des fils von Markgraff.

– Adelheid ?

– Adelheid Gerber, oui. Mon père l'appréciait beaucoup, et nous avons correspondu pendant de longues années, même après la mort de Heinrich.

Anna s'agrippa soudain au combiné, comme si ces dix dernières minutes de sa vie qu'elle ne retrouverait jamais avaient peut-être un sens.

– La mort de qui ?

– Heinrich von Markgraff, qu'elle avait épousé. Le plus jeune des fils von Markgraff. Et beau… Mais il est mort, lui aussi, dans l'incendie des usines. Ou du manoir.

Anna se concentra, pour ne pas devenir folle :

– Et vous dites que cette femme, cette Adelheid… vous la connaissiez ?

– Oui ! J'étais comme sa petite filleule. Elle avait très envie d'un enfant, je crois, alors elle m'appréciait, me faisait des petits cadeaux. Après la guerre, elle s'est remariée, avec un homme d'affaires je crois. Elle a vécu à l'étranger, mais nous correspondions toujours. Et puis son second mari est mort, et elle est revenue en Autriche. Enfin, en Allemagne.

L'espoir étreignit le petit cœur ému d'Anna :

– Elle est… elle est toujours vivante ?

– Adelheid ?… Je ne sais pas.

Anna entendit Arlene soupirer au bout du fil.

– Elle était malade, vous savez. Malade de la tête. Elle perdait ses esprits. Dans ses dernières lettres, elle confondait des noms, des dates, des gens.

– Ah.

– Je sais qu'elle est rentrée en Allemagne, après la mort de son mari. Pas très loin de l'Autriche. Dans une petite ville calme. Mais on ne s'est pas envoyé de lettres depuis au moins trois ans.

Anna acquiesça, derrière son combiné.

– Vous pourriez retrouver sa dernière adresse ?

– … Il faut que je fouille dans mon courrier, mais oui, je suppose que je peux la retrouver.

Une femme qui perdait la tête. Une petite ville en Allemagne. Une famille entière décimée par la guerre. Un manoir brûlé, ou bombardé.

– … *Hallo ?*

– Je suis là. Dites-moi, Arlene, j'ai une question un peu stupide…

– Oui ?

– *Heinrich*, c'est un prénom courant en Allemagne, non ?

– Oh oui. Très, très courant.

Anna soupira.

*

La nuit que les garçons passèrent à Budapest ne fut pas en soi d'une originalité transcendante – ils prirent un verre dans un bar et rentrèrent sagement dormir dans leur auberge de jeunesse, pourtant elle fut indirectement la source de leur première prise de bec depuis plusieurs années.

Ils avaient convenu de partir tôt le lendemain matin pour rouler jusqu'à Sofia, mais Laurent tenta de convaincre Antoine de découvrir une boîte à la mode, non loin de leur auberge.

– C'est à vingt minutes d'ici à pied.

– J'ai pas très envie de sortir.

– Un verre, papy. Juste un verre.

– Franchement, je suis crevé, j'ai le dos en compote, vas-y, toi.

Laurent lui lança un regard noir.

Il aimait voyager seul. Il prenait un véritable plaisir égoïste à sillonner les villes inconnues, tant en suivant les guides qu'en se perdant volontairement. Il avait le contact facile : son sourire et les quelques mots locaux qu'il assimilait dans l'avion lui ouvraient les portes les plus closes. Mais s'accouder seul au comptoir d'un bar à regarder des filles danser était une des choses les plus tristes qu'il puisse imaginer. Il lui fallait un complice, un allié, un *wingman*. Devant son pote, on peut oser, aborder, danser, se rendre ridicule. La présence d'un ami rassure une demoiselle. Le prétexte amical est essentiel. *Non, je ne suis pas sorti dans le seul but de draguer. Regarde, j'ai un ami.* L'accident est romantique. Il avait bien tenté, plusieurs fois, de discuter avec des filles, en boîte, seul. Il s'était fait violence. Parfois même, le contact passait. Mais invariablement, elles finissaient par demander : « Tu es venu seul ? » Et malgré ses tentatives de noyade de poisson, il était bien obligé d'avouer la vérité. Dans les yeux de sa proie apparaissait alors une lueur de doute. *Cet homme n'a pas d'ami. Il y a donc une chance – petite, certes, mais réelle – qu'il soit un psychopathe. Que sa véritable intention soit de me traîner dans la nuit, mettre le feu à mes habits et m'enterrer dans un bois.*

– Mec. Un verre. Et après on rentre.

– On aura plein de temps en Turquie.

– En Turquie ? C'est un pays musulman.

– Laïque.

– Sur le papier, peut-être, à Istanbul, peut-être, mais dans les villages du lac de Van ? On est à Budapest, la capitale européenne du sexe. Ce n'est pas en Turquie que j'irai boire des verres avec des Hongroises déchaînées.

Antoine, encore sous le choc de sa nuit berlinoise, eût préféré ne pas tenter le diable. Mais comment résister au sourire de son meilleur ami ?

– Un verre, hein ?

– Un verre, et quand tu me dis que t'en as marre, on rentre. De toute façon, on est en semaine ! Y aura personne, elles seront moches, on sera rentrés dans une heure.

La boîte était bondée. Les filles étaient très belles. Blondes ou brunes, grandes ou petites, impeccablement habillées – avec juste ce qu'il fallait pour heurter la décence –, elles se déhanchaient en cadence sur les tubes de Rihanna et Beyoncé tandis que les mâles hongrois, en bons Slaves qui se respectent, restaient à distance, les observant, bien campés sur leurs deux pieds, une bière locale à la main.

L'endroit était un vaste espace anciennement industriel, l'alcool était bon marché, la voie était libre. Antoine resta avec les hommes tandis que Laurent rejoignit la piste pour exhiber ses talents de danseur. Son assurance compensait son manque de technique, car c'était un des rares domaines où opérait le racisme inversé : on le complimentait souvent sur ses *moves*, pourtant inexistants.

Lorsqu'il revint, Antoine écarquilla les yeux – il était accompagné de trois créatures de rêve, la vingtaine éblouissante : Fanni, Nora et Veronika. Laurent se pencha vers son ami et lui glissa à l'oreille :

– C'est presque trop facile.

La Hongrie n'était capitaliste que depuis une vingtaine d'années. Les jeunes Hongroises compensaient par la fête et une revendication très forte de leur liberté sexuelle les quatre décennies de communisme qu'avaient dû subir leurs parents. Du moins, c'était la théorie alambiquée que Laurent tenta de faire avaler à Antoine. En même temps qu'un deuxième verre, puis un troisième. Veronika, au demeurant charmante, riait très fort à tout ce que disait Laurent, tout en bénéficiant de ses largesses alcoolisées. Son rire, sans doute, et peut-être aussi son décolleté plongeant mobilisaient toute l'attention de Laurent, qui ne voyait pas les signes répétés qu'Antoine lui faisait. Fanni et Nora se disputaient quant à elles les faveurs de ce dernier, ne remarquant pas les regards réguliers qu'il portait à sa montre, s'énervant à mesure que l'heure tournait. Il finit par se lever brusquement et sortit prendre l'air. Il ne parvenait pas à savoir exactement ce qui le contrariait le plus : l'attitude de Laurent ou la sienne.

– Tu fais la gueule ? lui lança son ami en sortant à son tour.

Antoine eût aimé mieux contrôler la colère dans sa voix, mais en fut incapable :

– Il est minuit passé ! On avait dit un verre ! Je te fais des grands signes depuis tout à l'heure…

– Ouais, ouais, mais elles sont tellement mignonnes…

– Mais je m'en fous, moi, qu'elles soient mignonnes !

– Mais elles sont mignonnes, non ?

– Tu fais chier.

Antoine se mit à marcher dans la rue.

– OK, OK. Attends ! On leur dit au revoir et on rentre, ça te va ?

Antoine s'arrêta. Regarda son pote.

– Vas-y, je t'attends là.

– J'en ai pour trois minutes.

Les trois minutes en furent quinze, mais les deux amis se retrouvèrent finalement à marcher vers l'auberge, seuls.

– Elles étaient canon, quand même, dit Laurent. Non ?

Antoine resta silencieux pendant une minute ou deux, puis souffla :

– Elles étaient pas mal.

– Enfin ! Mon pote est de retour.

– Et elles étaient clairement intéressées par nous.

– Merci ! Je suis pas dingue.

– Mais on avait dit un verre, pas plus. Je suis crevé, j'ai envie de dormir…

– Mais on passait un bon moment ! Non ?

– Non ! Enfin si, toi, oui. Moi, non !

– Antoine, je m'apprête à te suivre jusqu'en Turquie dans une Lada à la recherche d'une tombe dont on ne sait même pas si elle existe, on peut bien boire des verres avec trois bombes sans que ce soit une affaire d'État, non ?

– On avait dit un verre !

– Antoine, on est à Budapest, PERSONNE ne le sait. Et t'es l'incarnation de la droiture.

– Dis pas ça.

– Mais c'est vrai ! Tu t'en fous, des autres filles, tu as Jen.

– C'est pas une raison pour jouer avec le feu.

– Le feu, le feu… Est-ce que ce serait si grave de coucher avec une charmante petite Hongroise dans l'anonymat le plus total ?

– Arrête, on dirait ma sœur.

– Qui n'a pas toujours tort.

– Oui, ce serait grave. Parce que je me suis ENGAGÉ auprès d'une personne, UNE SEULE ! Je l'aime, c'est ma fiancée, on va se marier ! Je ne vais pas la tromper à la première occasion venue ! Est-ce qu'on peut arrêter cette discussion !?

Antoine accéléra le pas. Laurent le laissa partir, si peu habitué à un tel accès d'humeur de son ami qu'il ne sut rien dire d'autre que :

– C'est moi qui ai la clé !

Le lendemain matin, Ils roulèrent en silence pendant quelques minutes. Puis, l'un des deux alluma la radio, et ils furent portés par un rap local, des infos en hongrois et quelques musiques traditionnelles…

– Tu fais toujours la tête ?

– Avec combien de filles tu as couché ? Dans ta vie ?

– C'est quoi le rapport ?

– Tu as compté, déjà ?

– Euh… Ça m'est arrivé, y a longtemps, mais…

– Tu dirais quoi, une centaine ?

– Mais non ! Pas tant que ça…

– Une dizaine ?

– Plus, quand même… Trente, peut-être…

– Quarante-cinq.

Laurent marqua un arrêt.

– Quoi, quarante-cinq ?

– Depuis qu'on se connaît, tu as couché avec quarante-cinq filles. Quarante-six, avec la tatoueuse de Berlin. Et quand on s'est connus, on était puceaux, tous les deux, donc…

– T'as tenu un carnet, ou quoi ?

– J'y ai repensé, hier soir. J'ai fait le compte.

– … Comme le ferait un mec normal.

– Tu sais avec combien de filles j'ai couché, moi ?

Bien sûr que Laurent savait. Il pouvait même les nommer : Marie, Lucie et Jennifer. Marie était sa première, une fille de leur classe qu'Antoine avait patiemment courtisée. Lucie était une fille d'un été, une grande de trois ans de plus qu'Antoine. Jennifer était la dernière en date.

– Trois.

Antoine secoua la tête et leva l'index.

– Mais non ! Et Marie ? Et Lucie ?

– On a jamais couché ensemble.

– Mais tu m'as dit que…

– Je t'ai menti. Pour paraître normal. Pour avoir l'air cool. J'ai perdu ma virginité avec Jennifer. Et je trouve ça beau, et romantique.

Laurent souffla, et accusa le coup.

– C'est vrai, c'est beau. Et romantique. Pourquoi tu me dis ça maintenant ?

– C'est pas rien, pour moi, de la tromper. Je sais que ça te fait sourire, mais vraiment, mon monde s'écroulerait.

– Mais non…

– Mais si. Toi, tu as eu tellement d'histoires que tu te dis qu'il y aura toujours mieux après. Je ne suis pas comme toi, moi. J'ai pas la tchatche. Je suis pas cool. Je ne danse pas. Je n'ai pas visité le monde entier et je n'ai pas couché avec quarante-cinq filles.

Quarante-six, pensa Laurent.

– Ce n'est pas anodin, mon histoire, reprit Antoine. C'est ma seule histoire. Je n'aime pas lui mentir. J'en suis incapable. Et je crois bien que je ne me supporterais pas si je la trompais.

– Personne ne te demande de la tromper.

– Je ne veux pas me laisser tenter.

– Tu as déjà été tenté ? Sérieusement ?

Antoine inspira, expira longuement.

– J'ai l'impression que chaque jour qui passe, j'oublie un peu plus qu'on est ensemble. Comme si le temps et la distance me donnaient un droit de liberté. Ce qui est faux !

– Et en même temps, vous êtes pas mariés. Et même si vous étiez mariés, il ne serait pas illégal de coucher avec quelqu'un d'autre.

– Je ne veux pas coucher avec quelqu'un d'autre ! En théorie, en tout cas. Mais quand je suis entouré de trois charmantes jeunes filles qui me parlent très près du visage, mes putains de convictions vacillent, et je me déteste pour ça ! Et toi, tu devrais m'aider à me respecter, pas me pousser au vice.

Laurent considéra son ami. Un roc. L'exception qui confirme la règle. L'homme qui ne voulait pas devenir son père.

– D'une, je ne suis pas l'ami de Jennifer ou de votre couple, je suis le tien. Mon désir est que tu sois heureux et épanoui, que tu sois marié ou célibataire. Et si elle te quittait, ton monde ne s'écroulerait pas. Oui, tu serais triste, bien sûr, mais tu te rendrais compte que Jennifer, bien qu'unique, n'est pas la seule femme au monde. T'es un mec bien, tu retrouverais quelqu'un, va. Et au pire, la prêtrise.

Antoine soupira.

– Je ne veux pas qu'elle me quitte à cause d'une bêtise de ma part.

– De deux, je ne te pousse à rien, mais si tu as envie de céder à une tentation, je ne t'en empêcherai pas. Et quand bien même, Antoine, quand bien même tu fauterais, sois sûr d'une chose : c'est pas moi qui irais lui répéter !

Antoine rendit son regard à son pote, brièvement. Et se détendit un peu. Ils s'arrêtèrent pour prendre un café, puis Laurent prit le volant et Antoine consulta son portable.

– Putain.

– Quoi ?

– Elle m'a appelé trois fois.

– Qui ça ?

– Elle m'a laissé quatre textos !

– … Jennifer ?

– Oh PUTAIN !

Antoine avait une adresse mail, un smartphone, une ligne fixe. Mais à l'été 2008, il n'était pas automatique d'appartenir à plusieurs réseaux sociaux, et le quidam moyen n'était pas encore considéré comme un ermite s'il n'était inscrit à aucun. Ainsi, Antoine n'avait pas de compte Facebook. Laurent, en revanche, toujours à la pointe du progrès, en avait un. C'est sur son *wall* que les trois Hongroises d'hier avaient « posté » une photo et « identifié » ledit Laurent, sourire bienheureux. Sur la même photo, Antoine était entouré de Fanni et Nora, qui le regardaient béatement. Photo que Jennifer, bien entendu, avait vue, comprenant immédiatement que son fiancé n'était ni à Londres ni en train de travailler chez Lebel & Blondieu, mais entouré de trois sublimes créatures, l'œil vitreux, en plein centre de Budapest.

*

Anna débarqua à Eggenfelden sous un soleil de plomb. Dieter lui avait fait promettre de le tenir au courant, de l'appeler en cas de pépin, mais il avait compris, lorsqu'elle avait hésité à prendre un billet de retour, qu'il ne la reverrait probablement jamais. Il avait néanmoins insisté pour lui payer l'avion jusqu'à Munich et elle avait accepté sans la moindre protestation.

De Munich, elle avait pris un train à la climatisation excessive qui avait renforcé la sensation de canicule qu'elle avait à présent, en arpentant cette petite ville de Bavière, à quelques kilomètres de la frontière autrichienne : Eggenfelden.

Qu'est-ce que je fous là ? se demanda-t-elle en remontant la Bahnhofstrasse, sac à dos sur les épaules, se protégeant du soleil avec une visière improvisée – sa main. Elle n'avait plus de shit, plus d'argent et portait les mêmes vêtements depuis trois jours. Mais – que ce soit rassurant ou triste est un débat dont je laisserai le lecteur seul juge – ce n'était pas la première fois qu'elle se retrouvait dans ce type de situation, et elle n'était ni inquiète ni déprimée, simplement emplie de son scepticisme habituel.

Elle marcha pendant une trentaine de minutes avant d'arriver dans une zone pavillonnaire. Dieter lui avait imprimé un plan de la ville et dessiné le trajet. Cette habitude qu'avaient les quadras de la traiter comme une enfant la faisait sourire, mais elle les laissait faire, si contents qu'ils étaient de résoudre les problèmes qu'ils lui devinaient. En cette fin d'après-midi de cette fin de mois d'août, pas une voiture ne passait par les rues vides d'Eggenfelden. Anna marcha donc en plein milieu de la *Strasse*, jusqu'au bon numéro. Elle sortit de sa poche le papier sur lequel elle avait noté l'adresse. Arlene avait fini par la retrouver, avec l'aide de son fils. Et c'était devant cette adresse que se tenait Anna désormais. Devant une maison silencieuse, dont les peintures avaient récemment été refaites, mais dont les volets étaient fermés.

Anna se mordit les lèvres – les volets fermés n'induisaient pas l'optimisme. Elle fit abstraction de son brillant esprit de déduction, monta les quelques marches du perron et sonna. Personne ne répondit. Elle sonna à nouveau, plus longuement. Toujours rien. Elle colla l'oreille à la porte et n'entendit pas un bruit : la maison était vide. Elle prit quelques pas de recul. Elle n'était pas venue jusqu'en Bavière pour repartir bredouille. En grimpant sur le mur, elle pouvait se faufiler dans le jardin qu'elle devinait derrière le petit pavillon et, du jardin, peut-être pourrait-elle casser une fenêtre et pénétrer à l'intérieur ? Elle n'alla pas jusqu'à se dire que c'était un délit, qui pourrait la mener directement en prison si elle se faisait prendre. Préférant occulter cette partie-là du raisonnement, elle se débarrassa de son sac et grimpa sur le mur de briques attenant à la maison. Elle eût sûrement mis à exécution son plan hasardeux si, en marchant sur le mur, elle n'avait pas également découvert le jardin du voisin, un septuagénaire athlétique que nous appellerons Hans et qui, par un hasard malencontreux, prenait justement le soleil, dans le plus simple appareil, dans son jardin.

Anna et lui restèrent à l'arrêt un moment. Elle, perchée sur un mur, pas le profil type du cambrioleur. Lui, allongé dans un transat, les parties les plus intimes de son anatomie exposées au tout-venant.

– *Hallo*, dit-elle.

– *Hallo*, dit-il.

Anna ne manqua pas de noter la petite nuance interrogative que comprenait son *Hallo* à lui. Elle hésita un moment à repartir en courant d'où elle était venue, mais elle préféra entamer la conversation le plus naturellement du monde :

– Je cherche Adelheid Gerber.

– Qui ça ? demanda Hans.

– Adelheid Gerber. Elle vit ici.

– Ce sont les Derrick qui vivent ici.

Non, pensa Anna. *Derrick, c'est une série policière sur France 3.*

– Qui ça ? demanda-t-elle.

– Les Derrick. Une famille. Trois enfants. Ils sont en vacances.

– Ils n'ont pas une grand-mère, une femme de votre âge ?

– Quel âge me donnez-vous ?

Anna haussa les épaules.

– Quatre-vingt-dix ans ?

Hans resta bloqué, la bouche ouverte. Puis il articula :

– J'ai soixante-douze ans.

– Ah. Désolée. Ça fait combien de temps que vous habitez là ?

– Dix-sept ans.

– Et vous n'avez jamais croisé une Adelheid Gerber ? Qui vivait dans cette maison ?

– Non, non, non. Il y avait une vieille dame qui vivait ici, oui, mais elle s'appelait Koenig. Frau Koenig.

Anna écarquilla les yeux. *Koenig.* Le nom du tortionnaire de Maria. Puis elle se souvint aussi que ce nom était très courant.

– Et son prénom ? Vous ne connaissiez pas son prénom ?

Hans se plongea dans ses souvenirs, mais il se contenta de secouer lentement la tête. Soudain, il éleva la voix et cria :

– Birgit ! Birgit !

Anna ne bougea pas d'un cil. Quelques secondes plus tard, une femme d'une soixantaine d'années, plutôt gironde, sortit de la maison, entièrement nue, elle aussi.

– *Was, liebling ?* fit-elle à Hans.

– Tu te souviens de Mme Koenig, qui vivait à côté ?

– Bien sûr, mon chéri, pourquoi ?

– Cette jeune fille, dit-il en montrant Anna, demande comment elle s'appelait.

– *Hallo*, fit Anna à Birgit.

– *Hallo*, fit Birgit à Anna, en la découvrant.

Ses mamelons généreux captèrent et rebutèrent à la fois l'attention d'Anna. Birgit n'amorça même pas un mouvement de bras pour les couvrir.

– Tu te souviens de son prénom ? demanda Hans à sa femme, du moins Anna supposa que c'était sa femme.

– *Natürlich, liebling*. Elle s'appelait Adelheid. Adelheid Koenig, du nom de son deuxième mari. Mais son nom de jeune fille était Gerber. Une femme très douce, mais aussi très fatiguée.

– Ah ! fit Hans à Anna, comme s'il s'en était lui-même souvenu. Voilà ! Adelheid Gerber. Mais elle est morte il y a trois ans.

Anna eut un pincement de cœur.

– Morte ? Vous êtes sûr ?

– Bien sûr que je suis sûr ! C'est pour ça que les Derrick se sont installés !

– Euh… chéri, fit Birgit, désolée de te contredire, mais elle n'est pas morte.

– Non ? fit Anna, reprenant espoir.

– Non… Elle est partie en maison de retraite. Dans un… centre spécialisé. Sa tête, vous comprenez. Elle perdait la tête.

– Tu es sûre ? demanda Hans.

– Oui, chéri, je suis sûre, répondit Birgit.

Le regard de Hans se perdit vers la véranda, entrevoyant sûrement la perspective de se retrouver bientôt lui-même dans ce centre spécialisé.

– Et… cette maison de retraite, demanda Anna, vous savez où elle est ?

Elle parvint à la Pflegenheim St Nikolaus une demi-heure plus tard. La ville n'était pas grande et on pouvait aisément la parcourir à pied. Anna taxa une cigarette au seul passant qu'elle croisa et l'alluma avant d'entrer dans le bâtiment. *Il y a de fortes chances qu'Adelheid soit morte,* se dit-elle en recrachant la fumée. *Et même si elle n'est pas morte, elle sera complètement sénile. Et même si elle n'est pas complètement sénile, pourquoi me parlerait-elle ?* Elle secoua la tête : les vieux parlaient à n'importe qui. Ils étaient trop reconnaissants qu'on veuille bien les écouter. *Mais pour raconter quoi ?*

Elle tira sa dernière taffe. *De toute façon, ils ne vont même pas me laisser entrer.* Elle écrasa sa cigarette et s'avança, d'un pas décidé.

Il n'y avait personne à l'accueil. Il n'y avait même pas de code d'entrée, il y avait un code de sortie, pour empêcher les pensionnaires de s'enfuir, comprit-elle en souriant. Elle s'avança dans les couloirs et passa devant le réfectoire, où quelques octogénaires la fixèrent de leurs yeux fatigués. Elle repéra ceux qui, selon elle, ne passeraient pas l'hiver. Elle pénétra dans l'ascenseur et appuya sur un étage, au hasard. Le deuxième. Elle inspecta les portes, une par une, croisant du personnel mais affichant sa mine la plus détendue, comme si elle venait là toutes les semaines, après les cours. En lisant les noms des ordonnances et des régimes, elle comprit que les retraités étaient classés par ordre alphabétique. Elle redescendit au premier, remonta les portes : Hoffman, Haas, Grossman… Gerber. Adelheid Gerber.

Elle entra, sans frapper.

Le soleil de cette fin d'après-midi illuminait totalement la chambre, orientée plein sud. Une petite chose immobile était tournée vers la fenêtre, assise dans un fauteuil, et lorsque Anna s'approcha, elle ne fut d'abord pas certaine que la chose soit vivante. Puis Adelheid leva ses grands yeux gris sur Anna avec une vivacité qui la surprit, et la jeune fille eut un mouvement de recul. La chose avait le regard vitreux : soit elle ne voyait plus très bien, soit elle ne voulait plus voir.

– *Hallo, Adelheid*, dit Anna.

Adelheid ne répondit pas. Elle plissa ses yeux et regarda Anna plus intensément, comme si elle cherchait à la reconnaître. *C'est bien ma chance, elle est muette*, se dit Anna. Mais à nouveau, la vieille dame la détrompa :

– … Selma ?

– Euh… non. *Nein.*

– *Selma ? Es ist wahr ?*

Anna secoua la tête.

– Non, non, pas Selma. Anna.

Adelheid chercha à nouveau dans ses souvenirs, car il lui semblait évident désormais qu'elle connaissait Anna. Un frisson parcourut cette dernière. Puis le visage tout entier de la vieille dame s'illumina et elle reprit :

– Sibel ! Tu as changé tes cheveux.

Anna allait pour la détromper, mais quelque chose la retint.

– Euh… oui.

– Comme tu es belle, ma chérie… Comme tu es belle.

Anna ne put s'empêcher de rougir.

– Merci.

– Mais tes cheveux, Sibel… tu dois vraiment les peigner.

Anna acquiesça. *Et une douche, aussi. Je mérite une bonne douche.*

– Adelheid, demanda la jeune fille aux cheveux sales, est-ce que tu peux me parler de ton mari ?

– Frank ? Pourquoi veux-tu parler de Frank ? Il est mort.

– Non, pas lui. Je voudrais que tu me parles de Heinrich.

– Il est mort, il est mort. Frank est mort.

– Heinrich. Pas Frank. Heinrich von Markgraff ?

Un voile passa dans les yeux de la vieille dame.

– Où sont tes sœurs, Sibel ? Tu es venue sans elles ?

– Mes sœurs ? J'ai des sœurs ?

– Selma n'est pas là, j'espère… Elle est méchante. Elle me contredit tout le temps, elle est violente. Mais ton père la soutient, il est toujours d'accord avec elle…

– Mon père ? C'est Frank, mon père ?

– Frank. Frank est mort. Et Sarah aussi. Non. Sibel… Sibel est morte.

Elle regarda Anna, à nouveau, et une profonde tristesse emplit ses yeux.

– Sibel est morte ?

– Je ne sais pas… Je ne sais plus…

Elle se referma. Son être tout entier se referma. Anna s'apprêtait à la relancer, lorsqu'une voix lui parvint, de la porte d'entrée :

– Excusez-moi… Qui êtes-vous ?

Anna se retourna. Une jeune fille se tenait là, en tenue d'infirmière, ou d'aide-soignante. C'était la première jeune personne qu'Anna croisait depuis qu'elle avait mis le pied dans cette ville.

– Je… je suis…, bredouilla-t-elle.

– Tu es de la famille ?

– Oui, mentit-elle avec aplomb. Oui, je suis sa petite-fille.

L'aide-soignante la dévisagea un moment.

– Ah. L'heure des visites est passée, tu peux revenir demain.

Elle attendait qu'Anna parte. Celle-ci comprit, empoigna son sac et embrassa sa « grand-mère » en lui disant :

– À demain, mamie.

Adelheid ne réagit pas. Anna sortit de la chambre sous l'œil suspicieux de l'aide-soignante, qui referma la porte en disant :

– D'ailleurs, tu pourrais venir plus souvent, elle est très seule.

– Je sais, je sais, pardon.

– Tu n'es pas d'ici ? Tu es française ?

Anna fut un instant troublée par la vivacité d'esprit de la jeune femme.

– Je… Oui, je… j'ai grandi là-bas. Merci, au revoir.

Alors qu'elle quittait la maison de retraite, elle sentit dans son dos son regard inquisiteur.

*

Le téléphone sonna plusieurs fois, puis le répondeur de Jen s'enclencha. Antoine hésita à laisser un message, mais c'eût été le comble de la lâcheté. Il raccrocha, et rappela. Sans succès. Au troisième appel, elle finit par décrocher.

– Allô ?

– C'est moi. Je t'appelle d'une cabine.

– Antoine. Qu'est-ce que tu fous à Budapest ?

– Je suis pas à Budapest.

– Tu te fiches de moi ? Il y a une photo de toi et Laurent à Budapest. Avec des filles – des filles ou des putes, ça, je suis pas sûre –, avec des filles autour de vous ! Tu te fous de moi ?

– Je suis plus à Budapest. Je suis à Istanbul.

8.

La Sublime Porte

Pendant les heures qui suivirent la découverte de la fameuse photo, Antoine n'adressa presque pas la parole à son ami. Bien pire qu'une admonestation vigoureuse, bien pire qu'une remontrance accompagnée d'injures sommaires, ce silence était une condamnation sans appel : Laurent avait failli. Il avait commis le pire crime imaginable que son pote puisse lui reprocher : il l'avait vendu. Qui plus est, à sa future femme. Involontairement, certes, mais Laurent eut beau se confondre en excuses, se traiter de tous les noms, Antoine ne desserra pas les mâchoires avant d'arriver en Bulgarie.

À Sofia, ils prirent une douche et sortirent dîner dans un petit restaurant traditionnel. En arpentant la ville, Antoine eut du mal à définir quel était le style architectural prédominant. Quant à la gastronomie, il eut la même impression en goûtant les poivrons farcis, aubergines grillées, houmous et grillades. La Bulgarie était un pays slave aux saveurs méridionales, majoritairement chrétien, mais chrétien orthodoxe. Une langue qui évoquait le russe, mais que Laurent était incapable de comprendre – sans savoir pourquoi, il avait fait ce choix étrange au lycée d'étudier la langue de Pouchkine et de Tolstoï. Un pays au nationalisme fort, mais dont l'identité était peut-être précisément de pomper celle de ses voisins et d'en faire un mélange iconoclaste, bruyant et terriblement vivant. Au repas, Laurent relança Antoine :

– Tu l'appelles pas ?

– Je l'appellerai demain. Sinon, je suis capable de rebrousser chemin. Une fois en Turquie, je la mets devant le fait accompli. Elle sait que je ne peux pas revenir en avion.

– Et… pour ce qui est des filles ?

– Je mettrai toute la faute sur toi.

– Cool. On va en boîte, alors ? Je me suis renseigné…

– Non. Mais si tu veux, demain matin, on peut aller visiter la cathédrale.

Laurent soupira. En son for intérieur, il souriait : le dialogue avait repris. Ils dormirent dans un petit hôtel charmant, et visitèrent la cathédrale Alexandre-Nevski au petit matin. Combien d'églises, combien de cathédrales, combien de mosquées, combien de temples, combien de synagogues avait visités Laurent ? Beaucoup plus qu'il n'avait connu de femmes, en tout cas.

Au début de ses pérégrinations, lorsqu'il découvrait un nouvel édifice religieux, il était fasciné par la splendeur des détails, par le temps que les hommes – des hommes comme lui – avaient passé à construire pièce par pièce ces bâtiments majestueux. D'année en année, il devenait moins sensible à la beauté des lieux. Il regrettait qu'autant de soin n'ait pas été porté à construire des écoles, des hôpitaux, des théâtres. Antoine l'avait un jour contredit à ce sujet : quel cas feraient-ils aujourd'hui d'un hôpital du XVIe siècle ? Une église avait vocation à durer, à traverser les âges, comme une vieille dame immobile. Les routes, les habitations, les commerces évoluaient, avec le temps et le progrès. Les églises restaient, témoins des richesses passées. *N'empêche*, pensait Laurent en arpentant la cathédrale bulgare, qui ne datait que de 1912 malgré son style néobyzantin, ils auraient pu donner cet argent aux pauvres plutôt que de construire des vitraux.

Ils partirent en fin de matinée, déjeunèrent dans un petit patelin, passèrent la frontière turque en milieu d'après-midi et atteignirent Istanbul en début de soirée. Ils avaient réservé une chambre dans le cœur historique de la ville, non loin de la Mosquée bleue, mais n'avaient pas pris soin de vérifier que l'hôtel avait bien un parking. Ce qui se révéla ne pas être le cas. Ils tournèrent plusieurs longues minutes avant de trouver un parking public, à ciel ouvert. Ils demandèrent leur chemin et constatèrent qu'ils s'étaient sérieusement éloignés de l'hôtel. Après un bon quart d'heure de marche, ils déposèrent leurs valises à la réception du petit hôtel de la rue Pierre-Loti, ou plutôt *Piyer-Loti*, comme elle était orthographiée. Antoine s'amusa de savoir que l'auteur d'un livre qu'il avait étudié au lycée – *Pêcheur d'Islande* – avait sa rue à deux pas du Sultanahmet. Il soupçonna une ascendance turque, mais Laurent le détrompa, après une rapide recherche : il était surtout célébré pour avoir franchement pris position en faveur des Turcs après les massacres des Arméniens du début du XXe siècle, ou du moins pour avoir minimisé et tenté d'excuser leurs petits excès génocidaires.

– Tu vas l'appeler ?

– Pierre Loti ?

– Non. La future mère de tes enfants.

– Pas tout de suite. D'abord, je veux voir le Bosphore.

Les deux garçons sortirent de l'hôtel, passèrent devant les deux grandes mosquées – la bleue, donc, et Sainte-Sophie – et débouchèrent devant le pont de Galata, celui-là même qui menait à la tour du même nom en enjambant l'estuaire commun des rivières Alibeyköy Deresi et Kağıthane Deresi, qui se jetaient dans l'immense Bosphore. Derrière le pont, un port naturel, sobrement baptisé la Corne d'Or, sur lequel, il y a quelques siècles, les colons grecs avaient fondé Byzance. Les garçons traversèrent le pont jonché d'échoppes pour touristes, s'extasièrent du ballet des navettes fluviales qui passaient sous ses arches en en frôlant le plafond, et entamèrent leur ascension de la colline qui menait à la tour de Galata. Puis ils se retournèrent et contemplèrent enfin, illuminée par un soleil rasant, la capitale ottomane aux innombrables périphrases : la nouvelle Rome, l'ancienne Byzance, la Sublime Porte, Istanbul la Magnifique.

Antoine avait visité bien des villes portuaires – Le Havre, Marseille, Casablanca –, Laurent aussi, autrement plus lointaines et exotiques, mais aucun de nos deux protagonistes n'avait encore assisté au spectacle grandiose d'une mer traversant la ville. Des cargos russes transportant le pétrole de la mer Noire aux voiliers des particuliers fortunés, en passant par les navettes qui allaient et venaient pour quelques lires turques, le Bosphore était jonché de navires de toutes tailles qui naviguaient de la Russie à la Méditerranée. Au loin, ils apercevaient les immenses ponts enjambant le détroit. En face, c'était l'Asie, tout simplement.

Antoine inspira l'air marin et un frisson le parcourut. Il fut certain alors qu'au moins une part de lui venait de cette ville, de ce pays, de cet endroit. Quelle que soit la suite de ses aventures, quels que soient ses déceptions, ses espoirs douchés, il sut qu'il avait eu raison de venir jusqu'ici.

– Maintenant, je peux l'appeler.

Il acheta une carte de téléphone, trouva une cabine téléphonique, appela Jennifer, essuya sa mauvaise humeur initiale, et dit :

– Je suis plus à Budapest. Je suis à Istanbul.

– À Istanbul ? s'exclama Jennifer. Qu'est-ce que tu fous à Istanbul ?

– C'est une longue histoire. Je peux t'expliquer.

– C'est quoi, ces conneries, Antoine ? Je t'ai appelé dix fois, tu m'as pas répondu. Tu m'as pas rappelée.

– Je te rappelle, là.

– Deux jours plus tard !

– Un jour plus tard.

– Trente-quatre heures plus tard, Antoine. J'ai compté les heures. Ça fait trente-quatre heures que j'attends ton coup de fil, trente-quatre heures que j'essaie de comprendre pourquoi tu me rappelles pas, mais j'ai compris !

– Vraiment ?

– Bien sûr que j'ai compris ! Tu t'es fait griller de la façon la plus conne du monde et t'as passé trente-quatre heures à réfléchir à une excuse, alors vas-y, sors-moi ton excuse.

– OK, écoute-moi. Il ne s'est rien passé avec ces filles. Rien de rien. Laurent les a draguées, elles ont pris une photo, on est rentrés, c'est tout.

– Je te crois pas. Comment je pourrais te croire ?

– Parce que je ne t'ai jamais menti.

– Tu m'as dit que tu partais à Londres ! T'es à Budapest ! C'est pas mentir, ça ?

– Non. Si. Mais…

– Mais quoi ? Quoi ?

– Calme-toi.

Note de l'auteur : au cours d'un conflit, d'une discussion animée, d'une mise au point, il n'est jamais conseillé de dire « Calme-toi ». À moins que le but de ces mots ne soit précisément de faire sortir la partie adverse de ses gonds.

– Que je me calme ! Mais tu te fous de ma gueule ! Je sais très bien ce que vous êtes allés faire à Budapest, vous êtes allés vous taper des putes !

– Pas du tout.

– *Tous* les mecs vont se taper des putes à Budapest, c'est la destination principale pour les enterrements de vie de garçon, mais je sais pas pourquoi, je te croyais différent.

– Je *suis* différent.

– Mais non, tu es comme les autres. Quelle conne, mais quelle conne !

– On est juste passés par Budapest. On y a passé une nuit. C'est tout.

– Ah oui ? Et t'étais où avant ?

– C'est ce que j'essaie de t'expliquer. On était à Vienne. Et à Berlin.

– Qu'est-ce que c'est que ce délire ? Vous vous faites un tour des capitales européennes ou quoi ? POURQUOI tu m'as rien dit ? Accouche !

– C'est une longue histoire.

– Arrête de me dire ça. Explique-toi ! Je t'écoute.

La première respiration de la conversation vint s'immiscer entre Antoine et Jen-Jen. Antoine réfléchit. C'était son créneau. Il allait lui expliquer, posément. Il allait lui faire le récit de la carte postale, du petit village autrichien, de Berlin, de Steffi, de leur parcours jusqu'ici, en Turquie. Jennifer ne l'interromprait pas, pendant son récit. Et après son récit, elle comprendrait. Elle lui pardonnerait. Elle se calmerait. Tout reprendrait comme avant. Il reviendrait chez Lebel & Blondieu, reprendrait son travail. Ils se marieraient, auraient un premier enfant qu'ils appelleraient Pacôme et un second qu'ils appelleraient Andrea. Ils prendraient un appartement à Montreuil parce que *c'est presque Paris* et que ça leur ferait une chambre en plus. Ou alors dans le XVIe parce que *finalement c'est pas si cher qu'on pense* et qu'*il y a des bars, quand même*. Ils achèteraient une maison dans le sud de la France, ou dans le nord de l'Espagne, ou en Corse, parce qu'Antoine aurait eu un super-bonus. Ils y passeraient tous les étés, pour rentabiliser. Prendraient un break, pour les enfants, les poussettes dans le coffre. Le soir, après la plage,

Antoine les regarderait dormir en se disant que *quand même, ça valait la peine.*

Mais les seuls mots qui sortirent de sa bouche furent :

– On a changé d'avis.

Jennifer attendit un moment, espérant une suite à ses explications.

– Pardon ? demanda-t-elle lorsqu'elle comprit que cette suite ne viendrait pas.

– On a changé d'avis. On a acheté une vieille bagnole d'occasion et on est partis. Voilà.

– Pourquoi tu m'as rien dit ?

– Je sais pas.

Le plus mauvais menteur de tous les temps attendit le verdict. Jennifer sut instantanément qu'il lui cachait quelque chose. Antoine sut instantanément qu'elle savait qu'il lui mentait. Mais il s'en tint à sa position.

– Bon. OK. Je sais pas ce qui se passe dans ta tête, enfin si, j'ai compris, tu t'es laissé entraîner par Laurent sur le chemin de la débauche, tu m'as trompée, tu t'es tapé une fille ou une pute – enfin je m'en fous, je veux pas savoir –, et là tu regrettes. Parce que tu crois que si tu avoues, je vais te quitter.

– Et c'est vrai ?

– De quoi ?

– Si j'avoue, tu vas me quitter ?

Jennifer laissa échapper un soupir qui voulait dire : *T'es con ou quoi, mon petit vieux ?* Ou alors il comprit mal et le soupir voulait dire : *Comment je pourrais te quitter pour si peu, nigaud, je t'aime !* Quoi qu'il en soit, il reprit :

– Je t'ai pas trompée.

Et Jennifer sut, cette fois, qu'il disait la vérité.

– Alors c'est quoi ?

– C'est…

Mais là encore, aucune explication ne put sortir de sa bouche.

– Tu t'es tapé un mec ? T'as pris de la coke ? Tu t'es fait draguer ? Tu as roulé des pelles à une fille, bourré ?

Antoine ne répondit rien. Il savait qu'il était inutile de mentir.

– Tu as roulé des pelles à une fille ?

– Elle m'a roulé des pelles. Une pelle. Et c'était pas à Budapest, c'était à Berlin. Et on était pas si bourrés que ça.

– Qu'est-ce que tu foutais à Berlin ?

Antoine décida qu'il était plus que temps de charger son pote :

– C'est Laurent qui voulait y aller.

– OK, bon… On en parlera quand tu rentres. Tu rentres quand ?

– Dans un mois.

– Dans un MOIS ?

– Trois semaines, je sais pas. Je dois aller voir un truc… enfin, chercher un truc, à l'autre bout de la Turquie.

– Mais tu te fous de moi ! Tu me fais quoi, là, Antoine, tu me fais quoi ? Et Lebel & Blondieu ?

– Ils sont prévenus. C'est OK.

– C'est OK ? Tu les as juste appelés et ils t'ont laissé un mois ?

– Oui.

Jennifer soupira. Un long soupir indéchiffrable.

– Antoine… T'es où, là ? Vraiment ?

– Je suis à Istanbul. Vraiment. Je suis devant le Bosphore, écoute.

Il tendit le combiné vers la mer, mais elle entendit surtout les bruits de la circulation. Il reprit le combiné.

– T'as entendu ?

– Antoine… T'es *où*, putain ?

La moutarde monta au nez d'Antoine. Pourtant, il avait tous les torts. Il avait effectivement menti à sa fiancée, il avait effectivement roulé des pelles à une fille et omis de préciser qu'elle était nue dans le lit d'une chambre d'hôtel. Rationnellement, il n'avait aucune raison de prononcer les mots qu'il prononça alors :

– Je suis à Budapest. Je suis tombé amoureux. D'une pute.

Et il raccrocha.

*

Anna entra dans la maison de retraite, monta au premier étage, pénétra directement dans la chambre d'Adelheid.

– *Guten Tag !* lança-t-elle en claironnant.

Sans même attendre une réponse, elle sortit son carnet, son stylo quatre couleurs, et s'assit face à elle. Adelheid la vit et s'illumina.

– Sibel !

– Non, toujours pas. Anna. An-na.

La vieille dame parut s'en vouloir, et se concentra pour répéter :

– … Anna.

– Alors, mamie, de quoi on va parler aujourd'hui ?

Elle venait la voir tous les jours, depuis une semaine.

La première nuit, à Eggenfelden, il avait fallu parer au plus pressé. Certes, elle aurait pu passer la nuit dehors, mais elle avait un besoin urgent de liquidités. Elle avait choisi le bar le plus fréquenté, s'était assise à une table et avait commencé à jouer à la touriste française, en sortant un livre de poche – *L'Écume des jours* – et en jetant autour d'elle des regards réguliers. Elle avait écarté deux ou trois cibles potentielles, trop jeunes ou pas assez bien habillées, et avait jeté son dévolu sur un trentenaire légèrement dégarni. Il était accompagné d'un couple d'amis, et ne cessait de lui lancer des regards à la discrétion relative. Elle en surprit un et le lui rendit, assorti d'un sourire encourageant. Mais le garçon était timide et il lui fallut vingt bonnes minutes avant d'oser venir l'aborder. Elle se fit passer pour une voyageuse naïve qu'elle décida d'appeler Aurélia. Aurélia fut invitée à les rejoindre, se fit offrir son repas, quelques verres de vin et un digestif. Erik était banquier, en poste depuis quelques mois. Ses amis, récents, étaient dans l'hôtellerie. Anna joua la carte du naturel français décomplexé, riant souvent en secouant ses cheveux. Ils marchèrent à travers les rues de la ville, jusqu'à la voiture d'Erik. Il l'invita à prendre un dernier verre – pas de refus. Elle découvrit un charmant petit pavillon, qu'Erik avait décoré lui-même avec l'aide d'Ikea – oui, il y avait un Ikea à Salzbourg, à peine une heure et demie de route. Puis elle se confia. La face B de la vie d'Aurélia, qui semblait si joyeuse de prime abord. Des parents abusifs, violents, une vie de bohème, la promesse de meilleurs lendemains ailleurs, le voyage. Les bonnes âmes croisées au détour du chemin, les mauvaises. La faim, qui la tenaillait souvent. Son rêve aussi : devenir photographe. Une larme perla au coin de son œil, Erik la prit dans ses bras. Ils s'embrassèrent, copulèrent, et s'endormirent dans le lit double Oppland – 379 euros, literie non incluse.

Le lendemain matin, Erik ne voulut pas déranger Aurélia lorsqu'il partit travailler et la laissa dormir.

Elle se réveilla vers midi, prit une longue douche tiède – rappelons que dehors, c'était la canicule. Elle fit une machine. *Un garçon comme Erik a forcément un séchoir*, se dit-elle, avant de constater qu'elle avait vu juste. Pendant que ses vêtements séchaient, Anna se cuisina un déjeuner, mangea, puis vida le frigo pour remplir son sac de victuailles. Sur la table du salon, Erik lui avait laissé un appareil photo : le sien. Avec une lettre, pour l'encourager à suivre son instinct artistique, chose qu'il n'avait, lui, jamais pu faire. Elle inspecta la maison à la recherche de quelque chose d'autre qui puisse l'intéresser. Dans le garage, elle trouva deux vélos. Elle lui en emprunta un, en lui laissant à son tour un mot : *Je te le rapporterai.*

En ville, elle trouva un dépôt-vente qui lui racheta l'appareil photo pour quelques centaines d'euros. Puis elle retourna voir Adelheid.

Cette fois-ci, la vieille dame ne la regarda même pas. Elle resta immobile, à fixer la fenêtre. Ce fut Anna qui parla :

– Je sais que c'était il y a longtemps, mais je cherche des renseignements sur la famille von Markgraff. Sur le manoir von Markgraff. Celui qui a explosé, pendant la guerre.

Il n'y eut pas de réaction. Pas un mot. Anna continua sur ce sujet, essayant d'obtenir au moins une réponse, sans succès. Pendant une heure, elle eut la sensation d'adresser un monologue à une plante verte.

Frustrée, elle finit par se lever et la laissa seule avec son silence.

Dans le couloir, elle tomba sur la jeune aide-soignante de la veille, qui, étonnamment, lui sourit. Anna se souvenait de sa jeunesse, mais elle remarqua qu'une fois illuminé d'un sourire, ce visage n'était pas dénué de charme.

– Tu es revenue ? demanda-t-elle à Anna.

– Oui. Mais ça sert à rien, elle est muette aujourd'hui.

L'aide-soignante parut ennuyée. Elle se dirigea vers la chambre d'Adelheid, parcourut l'ordonnance et se retourna vers Anna :

– Elle vient de recevoir ses médicaments, elle est sonnée. Il faut essayer plus tard. Dans une heure ou deux.

– Ah.

– Tu es en vacances ?

– Euh… Oui.

– Tu habites où ?

– J'habite… Je…

Anna fit un geste vague de la main. D'habitude, elle mentait beaucoup mieux que ça.

– Tu sais que tu es la première personne qui la visite depuis que je travaille ici ?

– Ah bon ? Enfin oui, je sais… On habite en France.

– Où ça, en France ?

– Paris. Tu connais ?

– Oui, j'y suis allée, une fois, mais j'ai détesté. Trop de bruit. Et il a plu.

– Ah.

– J'étais allée rejoindre quelqu'un, mais ça n'a pas marché.

– Ah.

– J'ai une pause, là, tu veux prendre un café ?

Anna perdait rarement la maîtrise d'une conversation. De son faux air nonchalant, elle ne perdait pas une miette des subtilités d'un dialogue. Il était très rare qu'elle se retrouve ainsi déstabilisée.

– Euh… Oui, OK.

Claudia avait pris deux cafés au distributeur. Puis deux autres, quand les deux premiers furent bus. Elle avait une vingtaine d'années. Elle avait grandi dans un patelin du coin, avait filé droit dans ses études et pris le premier poste disponible. Désormais, elle vivait seule à Eggenfelden, dans un appartement du centre-ville, loin des jugements de sa famille. Elle était plus grande qu'Anna, un peu plus âgée aussi. Elle avait des taches de rousseur sur le visage et ses cheveux tendaient vers le blond vénitien. Elle parlait doucement mais assurément. Soudain, elle avait regardé sa montre et annoncé :

– Je dois y retourner.

Anna, elle, était retournée voir Adelheid. Elle s'était assise en face d'elle, posément, et l'avait regardée. En souriant. Après un moment, c'était Adelheid elle-même qui s'était exprimée :

– … Sibel ?

En sortant, Claudia l'attendait, fumant une cigarette. Anna était montée sur son scooter et elles étaient allées directement chez l'aide-soignante. Sitôt refermée la porte de l'appartement, elles avaient fait l'amour. Puis elles avaient cuisiné, à quatre mains. Mangé. Roulé un joint. Refait l'amour. Avant de s'endormir, Anna avait simplement dit :

– Je vais rester quelques jours.

– J'avais compris.

Puis elles avaient sombré, enlacées.

Chaque jour, donc, Anna revenait voir Adelheid. Avec un carnet et un stylo quatre couleurs. Après une semaine à dormir chez Claudia, celle-ci lui demanda un matin :

– Tu as des sous ? Tu veux que je t'en passe ?

– Non, non…, répondit Anna.

Le soir même, elle se trouva un job. Serveuse.

Adelheid, lentement, par bribes, se mit à parler. À se souvenir. À raconter. Anna ne put s'empêcher de noter les progrès fulgurants qu'une mémoire sénile pouvait faire lorsqu'on la stimulait. Petit à petit, page par page, elle assembla comme les pièces d'un puzzle mental les souvenirs d'Adelheid.

*

– Bon. Eh ben elle est pas là, dit Laurent.

Antoine arpentait encore les dernières allées du cimetière de Sarikum. Il se retourna vers son ami.

– Non, OK. Elle est pas là.

C'était le septième cimetière qu'ils visitaient.

Antoine avait quitté à regret les ruelles d'Istanbul, s'étant extasié tant autour de la partie la plus moderne que de la plus touristique. Les balades sur le Bosphore étaient devenues quotidiennes, et ce fut Laurent qui, au bout de trois jours, dut rappeler à son ami la raison initiale de leur voyage. Il mit beaucoup moins de temps à le questionner sur cette conversation expéditive qu'il avait eue avec sa fiancée, et surtout sur cette conclusion aussi abrupte que surréaliste.

– Je ne sais pas quoi te dire. C'est sorti tout seul.

– Mais… pourquoi ? Pourquoi tu lui as rien dit ?

– Je sais pas. J'avais pas envie.

À la grande surprise de Laurent, Antoine ne semblait pas plus affecté que ça. Le connaissant, il aurait dû se ronger les ongles, la bombarder de textos d'excuses, rédiger un long mail pour expliquer le pourquoi du comment, lui courir après, mais rien de tout cela. Antoine dévorait des morceaux de baklava et sirotait du thé noir sur les navettes fluviales avec un sourire gourmand et innocent.

– Tu sais ce que je voulais faire, quand j'étais gamin ? Comme métier ?

– Euh… scientifique, non ?

– Ça, c'était plus tard, quand j'étais ado. Mais petit, je voulais être marin.

– Marin ? reprit Laurent en souriant, étonné.

– C'est Pierre Loti qui m'y a fait penser. Tu te souviens, *Pêcheur d'Islande* ?

– Je me souviens que c'était long.

– J'avais adoré. Et *L'Île au trésor*, et *Vingt mille lieues sous les mers*… Mais j'imaginais que marin, c'était sur des bateaux en bois, où on buvait du rhum et où on hissait le grand foc en évitant les pirates.

– Impitoyable désillusion… Moi, je voulais être un super-héros.

– J'ai même fait de la voile, enfant. J'étais très bon. De l'optimist, du cata. J'étudiais les vents et les courants, je planifiais mon premier tour du monde. J'avais sept ans.

– Qu'est-ce qui t'a fait arrêter ?

Antoine regarda Laurent, en souriant. Il avala une gorgée de *chai*.

– Mon père est parti. La mer a cessé de m'intéresser.

Il posa sa tasse, se leva, sortit sur le pont et contempla les palais construits sur les bords du détroit. Laurent le rejoignit et Antoine lâcha :

– J'avais pas envie d'obtenir sa permission.

– De qui ?… Jennifer ?

– Pour la première fois de ma vie, je fais un truc pour moi. Pas pour la famille, pas pour la société, pas pour mon couple. *Pour moi.* Et je me surprends à aimer ça. Dans un mois, je serai de retour. Je lui expliquerai.

– Elle t'a rappelé, depuis ?

– Non, là, elle est vexée. Ensuite elle va se fâcher, ensuite elle va se calmer, comprendre que je n'ai rien fait de mal. Ensuite elle va me rappeler.

– Et tu vas répondre ?

– Je sais pas, on verra.

Antoine posa sa main sur l'épaule de Laurent et ajouta :

– Tu sais, d'une certaine manière, tu es devenu un héros. De pays en pays, de femme en femme, tu es devenu le marin que je n'ai jamais été.

– Dans deux secondes, tu vas citer Baudelaire.

Antoine sourit de plus belle et répondit :

– J'avais aussi pensé à être vétérinaire, jusqu'à ce que Jacques me signale que je passerais plus de temps à m'occuper des chiens et des chats des mémères du quartier qu'à soigner les éléphants et les otaries.

Puis il retourna à l'intérieur du bateau, en déclamant avec emphase :

– « Ô Mort, vieux capitaine, il est temps ! Levons l'ancre ! Ce pays nous ennuie, ô Mort ! Appareillons ! »

Ils n'auraient pu mettre que trois jours à atteindre le lac de Van. Mais ils s'étaient arrêtés, souvent, et ces trois jours s'étaient mués en une semaine. Antoine s'amusait à parler le turc, dont il apprenait quelques mots de chaque serveur, de chaque patron d'hôtel, de chaque vendeuse qu'il croisait. Souvent, et cela le remplissait d'aise, on le prenait pour un local. Un Stambouliote. Du moins jusqu'à ce qu'il ouvre la bouche et dévoile un accent français à couper au couteau. Il ne répondit pas à Jennifer, mais consentit à lui écrire quelques textos pour la rassurer, lorsqu'elle commença à s'inquiéter vraiment. Non, ils n'étaient pas à Budapest. Oui, il avait bien eu ses huit messages. Non, il n'était pas tombé amoureux d'une prostituée hongroise, oui, il la rappellerait bientôt.

Puis son opérateur téléphonique lui signala qu'en raison d'un dépassement de forfait trop important, il était désormais privé du privilège de recevoir et de passer des appels. Il eût pu résoudre ce problème en un mail, ou un coup de fil justement, mais il prit la nouvelle avec une sorte de résignation libératoire, et réserva à son téléphone le simple rôle d'appareil photo de mauvaise qualité.

Ils passèrent par Ankara, Kayseri, Malatya avant d'arriver à Tatvan, l'une des villes côtières qui touchaient le lac tant attendu. En fait de lac, il s'agissait d'une sorte de petite mer intérieure. Moins agitée, bien sûr, que leur océan Atlantique natal, mais dont la côte s'étendait à perte de vue.

– Eh ben, c'est pas gagné, dit simplement Laurent.

Ils s'installèrent à Tatvan et choisirent une chambre en étage élevé. Chaque matin, la vaillante Lada parcourait les routes sinueuses, de village en village, de cimetière en cimetière. Chaque soir, elle les ramenait courageusement à l'hôtel. Ils passaient deux à trois heures dans chaque cimetière, s'efforçant ainsi d'en visiter trois par jour, parfois quatre. Souvent, ils se faisaient surprendre par la nuit et revenaient le lendemain pour achever l'inspection. Ils choisirent de remonter la côte, passant par Kiyiduzu, Sarikum, Adabag… En arrivant à Ahlat se posa la question des grandes villes : fallait-il inspecter chacun des six cimetières ? Ou s'en tenir à ceux des villages alentour : Uludere, Soğanli, Bahçedere ? Considérer les hameaux comme Danaci ? Les villes moyennes comme Adilcevaz ? Antoine trancha : il ne fallait rien laisser au hasard.

Patiemment, d'allée en allée, de pierre tombale en pierre tombale, ils avancèrent. Ils trouvèrent des Dertli à la pelle : Bulut Dertli, Cengiz Dertli, Fatma Dertli, Sinan Dertli, Yusuf Dertli, plusieurs Mehmet Dertli, Habib Dertli et autres Bora Dertli, mais aucun Ivan ni Maria.

Antoine demandait autour de lui, à chaque personne qu'ils croisaient. Son turc s'améliorait, à force de répéter les mêmes phrases, inlassablement :

– *Benim dedesi, Ivan ve Maria Dertli arıyorum.*

« Je suis à la recherche de mes grands-parents, Ivan et Maria Dertli. »

– *Onlar öldü, ama onların mezarlarını arıyorlar.*

« Ils sont morts, mais je cherche leur tombe. »

– *Bana yardım edebilir misin ?*

« Pouvez-vous m'aider ? »

Mais ils ne pouvaient pas. Ils ne connaissaient pas. Qu'importe, ils continuaient. Cimetière après cimetière. Une semaine de recherche sans l'ombre d'un espoir ne diminua pas son enthousiasme. À chaque nouveau Dertli, il s'exclamait :

– *Baska bir !*

« Encore un ! »

Antoine changeait. Par petites touches, il se détendait. Lui, d'habitude si soucieux de ses comptes, réglait allègrement les additions et les notes d'hôtel. Pour passer le temps, ils abordaient tous les sujets : la politique, la religion, la famille, la vie.

Égal à lui-même, Antoine n'avait jamais réellement d'opinion bien tranchée. Il ménageait les idées de Laurent et finissait toujours par se ranger de son côté, moins par manque de conviction que par refus du conflit. Un matin, Laurent considéra son ami. Il portait une chemise froissée. Il s'était acheté un sac banane, pour conserver ses papiers, son bloc-notes, son téléphone/appareil photo. Il ne quittait pas ses lunettes de soleil et gardait toujours avec lui une petite bouteille d'eau, au cas où. Laurent comprit avec un petit pincement tendre à quelle catégorie de voyageurs il appartenait.

De catégories, on peut en discerner trois : les indigènes, les aventuriers et les touristes. Les *indigènes*, ou *locaux*, sont ceux qui vivent à l'endroit visité, ou qui semblent y vivre. En général, ils passent un temps conséquent dans une seule ville, leur *base* – soit pour le travail, soit pour le plaisir. Ils ont le temps. Ils s'installent, ils adoptent les coutumes, apprennent la langue, se fondent dans la masse. On ne saurait dire depuis combien de temps ils sont là, ou combien de fois ils sont venus. Ils connaissent, parfois mieux que les natifs, chaque ruelle de la vieille ville, les meilleurs restaurants, les meilleurs commerces, les recoins les plus secrets. Les *touristes*, en revanche, ne se mouillent pas. Ils restent attachés à leur guide, à leur hôtel. Ils n'ont pas le temps. Ils doivent *faire* un pays en quelques jours seulement. Églises, restaurants, châteaux, pyramides, musées, montagnes, plages ou piscine de l'hôtel et court de tennis, tous les jours, pendant que les enfants jouent avec les autres enfants du club. Ils ont des chaussures de marche, des lunettes de soleil *et* une casquette, un sac à dos, un guide, un sac banane. Leur plus grande crainte : se perdre. Ce qui, paradoxalement, est le but ultime de l'*aventurier*. Toujours en quête du frisson, insatisfait dès qu'il passe plus de trois jours au même endroit, allergique au confort, l'aventurier préfère le stop, la marche, la moto, le bateau. Il n'aime rien tant que tomber en panne, prendre la mousson ou tomber dans une embuscade. Il ne se sent jamais aussi vivant que lorsqu'il est en danger. Bien sûr, je caricature, et tu devines, lecteur, que mon cœur penche vers la première catégorie, mais si je me permets ces petits jugements taquins, c'est qu'il m'est arrivé, au cours de mes voyages, d'être successivement indigène, touriste et aventurier. Ces petits reproches, je me les faisais à moi-même, lorsque je revenais épuisé d'un pays, ayant photographié plus que regardé, enregistré plus qu'écouté, ou lorsque je me faisais peur, et me traitais de tous les noms en me jurant de ne plus jamais prendre un sentier inconnu. Ainsi, en regardant son ami avec son sac banane de touriste, Laurent n'eut qu'un sourire amusé et répondit : « Pour rien, pour rien » lorsque Antoine lui demanda pourquoi il souriait.

Ils quittèrent Tatvan après huit jours de recherche et partirent s'installer plus haut, à Adilcevaz. Quelques jours plus tard, ils déménagèrent à nouveau, projetant cette fois-ci de se rendre à Van, la ville, donc, qui avait donné son nom au lac. À moins que ce ne soit l'inverse.

En chemin, ils s'arrêtèrent çà et là, pour inspecter les cimetières du jour. Il faisait particulièrement chaud et sec et Laurent laissa sa veste dans la voiture. Il n'aurait pas misé un centime sur la bonne santé de la Lada, il aurait mis sa main à couper qu'avant d'arriver en Turquie ils auraient affaire à un garagiste, mais force était de constater que la petite russe en avait sous le capot. Certes, la direction assistée était un concept étranger, la fenêtre s'ouvrait avec une manivelle et le ronronnement du moteur n'avait rien de rassurant, mais elle roulait, et elle roulait bien. *Surtout*, admit Laurent, *il ne viendrait à personne l'idée saugrenue de la voler.*

Le second cimetière de la journée était à l'abandon depuis quelques années. Ils durent escalader la muraille, pas bien haute, pour l'inspecter. Des plantes avaient poussé entre les allées, entre les tombes, éventrant même parfois celles-ci. Antoine et Laurent s'arrêtèrent à l'ombre d'un olivier, et se laissèrent bercer par une douce brise. Un cimetière était par définition un havre de paix, mais la végétation était souvent rase, minimaliste. Quelques brins d'herbe, des fleurs séchées. Ils s'autorisèrent à s'allonger sur l'herbe haute et une agréable torpeur les envahit. Ils firent une petite sieste éveillée, où Antoine pensa à son père et Laurent à son déjeuner. Puis ils terminèrent leur inspection, sans succès. Pas de Dertli dans cette jungle mortuaire.

– Qu'est-ce qu'on fait, si on ne les trouve pas ? demanda Laurent, en se dirigeant vers la sortie.

– Un ami philosophe me dirait que l'essentiel est déjà de chercher.

– Et Anna dirait sûrement : N'importe quoi.

Antoine se tendit à l'évocation de sa sœur.

– Tu ne te demandes pas où elle en est ?

– À cette heure-ci ? Sûrement en after, dans une boîte alternative.

– Sûrement.

– On ne s'était pas garés ici ?

Les deux garçons s'arrêtèrent. Regardèrent autour d'eux. Leur voiture, précédemment garée à l'endroit précis où ils se trouvaient, ne l'était plus.

– Je crois que si, répondit Laurent.

Ils se regardèrent. Secouèrent la tête, incrédules.

– Tu es sûr ? demanda Antoine.

– Je crois que oui, répondit Laurent.

Ils remontèrent et redescendirent la rue, par deux fois, mais ils durent bien se rendre à l'évidence : la Lada n'était plus là.

– Incompréhensible ! s'exclama Antoine. C'est incompréhensible !

– Ils ont dû repérer la plaque allemande…

– On n'a rien entendu !

– On dormait…

– Mais enfin, pourquoi des types iraient voler une Lada ?!

– J'ai lu quelque part qu'il était plus simple et plus discret de voler une vieille voiture pourrie qu'une grosse voiture moderne.

– Laurent, putain ! On s'est fait voler notre bagnole !

Laurent haussa les épaules :

– Ça va, on a tout laissé à l'hôtel…

Antoine secoua la tête, sans cesser de le fixer. Alors, seulement, Laurent comprit. Il prit conscience qu'ils avaient quitté l'hôtel le matin même. Son visage se fit aussi livide que possible :

– Oh putain ! Les papiers ! Les affaires ! Les téléphones !

Tout était dans le coffre.

Antoine, par réflexe, porta la main à sa ceinture, et poussa un soupir de soulagement. Rectificatif : Laurent avait tout laissé dans la voiture. Antoine, lui, avait toujours ses papiers, son portefeuille, son téléphone. *Dans son sac banane.*

Ils s'assirent sur un banc, abattus. Le soleil écrasant ajoutait à l'impression de malaise. Laurent souffla, un moment.

– OK, qu'est-ce qu'on fait ? On est où, là ?

– Kumluca Köyü. On est à quarante minutes de Van.

– Bon. Moi, je n'ai plus rien sur moi. Il me reste un billet de 20 lires…

– Ça fait 6 euros.

Laurent prit sa tête entre ses mains. Antoine fouilla sa banane :

– J'ai pas beaucoup plus. 100, 200… 300 lires. Même pas 100 euros.

– Mais t'as ton passeport, et ton téléphone.

– Mais mon téléphone ne marche pas. Et… il n'a presque plus de batterie.

– Et ton chargeur ?

– Dans la boîte à gants.

Laurent se leva, furieux :

– Putain mais c'est pas possible ! Comment j'ai pu être aussi con !

– On pouvait pas savoir.

– Mon téléphone, mes fringues, mes papiers !

– Tu les remplaceras.

– J'ai pas de sous, Antoine ! Je suis à découvert, putain ! J'ai quitté mon boulot, j'ai rien qui m'attend ! Je sais même pas comment je vais payer mon loyer et je suis là, au cul du monde, à chercher une tombe qui n'existe pas !

Antoine baissa la tête. Laurent baissa les bras.

– Pardon, dit Antoine. J'aurais dû prévoir.

– Non, c'est moi. Personne n'aurait pu prévoir.

– Je te prêterai des sous. Bon, allez, on se bouge.

Il se leva, commença à marcher.

– On fait quoi ? Y a une ambassade dans le coin ? Un consulat ?

– À Ankara, sûrement. Mais c'est à trois jours de route. Quand on a une voiture.

Laurent le suivit, suant sous le soleil de plomb. Le village était vide : pas un commerce ouvert, pas un passant. Antoine se planta au bord de la route.

– On fait quoi, là ? lui demanda son ami. On va où ? C'est quoi, le plan ?

– On va à Van. On trouve un commissariat, on porte plainte, tu obtiens des papiers provisoires, on continue nos recherches. Si on retrouve pas la voiture, on retournera à Ankara faire les démarches nécessaires. Tu prendras l'avion au retour, et moi je me démerderai.

Laurent souffla encore, sceptique. Ils ne retrouveraient

jamais la voiture. La police ne lèverait pas le petit doigt pour une Lada. Il ne retrouverait pas ses papiers. Il avait tout perdu. Il était devenu un aventurier forcé. Il visualisa ce qui l'attendait : le retour à Ankara en stop. Les dettes qui s'accumulaient. Le retour en France, sans ses habits, sans ses papiers, sans…

– Putain, mon portable !

– Oui, je sais…

– Non, pas mon téléphone, mon ordinateur ! Mes notes ! Ah putain !

Tout le reste, après tout, n'était qu'un détail matériel. Un détail ennuyeux, du temps à passer dans les administrations, quelques heures de service en plus, une garde-robe d'été à reconstruire, mais son ordinateur ! Ses écrits, ses pensées, son journal, sa vie ! Certes, il avait fait des sauvegardes – un doute le prit : *les avait-il faites ?* –, mais ces dernières aventures, qu'il racontait, chapitre par chapitre, écrivant alors qu'Antoine conduisait… perdues, à jamais. De mauvaise grâce, il demanda :

– On y va comment, à Van ?

Un camion s'approchait, justement. Antoine se plaça au milieu de la route et leva le pouce. Le camion les dépassa, puis ralentit, et enfin s'arrêta. Avant de courir vers le camion, Antoine eut un regard vers son ami :

– Tu viens ?

Laurent ne bougea pas. Il regretta d'avoir traité mentalement son ami de touriste et se jura de ne plus jamais se moquer des porteurs de sac banane. Puis le klaxon du camion le sortit de ses pensées, il courut et grimpa dans la cabine.

9.

Van

Van était une grande ville aux fondations anciennes. Elle était principalement peuplée de Kurdes, depuis 1915. Avant cette date, le peuple majoritaire était arménien, comme dans toute la région. C'est ce que leur apprit Ahmet, le chauffeur du camion. Il avait peut-être soixante ans, peut-être quarante. Il était petit, sec, et ses yeux malins disparaissaient au fond de ses orbites. Il semblait ravi de pouvoir démontrer l'étendue de sa connaissance de la langue anglaise, glanée au cours d'un long séjour sur la côte ouest des États-Unis, où il avait vécu grand train jusqu'à ce qu'il se fasse attraper par les autorités et renvoyer dans son pays. Il mitrailla les garçons de questions, compatit aux malheurs de Laurent et écouta avec attention l'histoire d'Antoine, qui se confia très vite, pour expliquer ce qu'ils faisaient à traîner dans le *mezarlik* de Kumluca. Puis, Ahmet se mit à parler et rien ne put l'arrêter. Il raconta la quête de ses origines à lui, le secret qui les entourait. Sa famille, installée dans la région depuis des siècles, massacrée durant le génocide – oui, ils étaient arméniens –, ne laissant que les enfants et quelques convertis. Lui-même n'avait pris connaissance de son passé que tardivement, ayant été élevé dans la foi musulmane, comme la plupart de ses camarades de classe. Il avait appris le turc à l'école et le kurde à la maison. Dans son village, seuls trois Arméniens avaient échappé à la mort, dont son grand-père. Ahmet tâchait aujourd'hui de ne rien cacher à ses enfants – il en avait quatre. Il était passionné d'histoire, et retraça pour les garçons, dans un patois anglo-turc, toute celle de Van. Van qui, en arménien, signifiait tout simplement « village ».

Trois mille ans auparavant, Van s'appelait Tushpa. Elle était la capitale du royaume urartéen, qui s'étendait, à son apogée, sur l'Arménie, l'Iran, la Syrie et l'Irak. Ahmet encouragea fortement les garçons à visiter le Van Kalesi, les vestiges de la forteresse de Van, souvenir ténu de cette civilisation disparue, et quasiment inconnue. Car après eux vinrent les Perses, les Grecs et donc les Arméniens, qui s'implantèrent durablement, malgré les vagues d'envahisseurs suivants : les Parthes, les Romains, les Sassanides, l'Empire byzantin, les Arabes, les Seldjoukides, les Mongols, et finalement les Ottomans, pendant plus de cinq siècles. Durant quatre cents ans, la région fut relativement en paix. Mais au cours de la Première Guerre mondiale, la population arménienne fut décimée par les Turcs, sous divers prétextes. Harcelés, les Arméniens se révoltèrent finalement et se tournèrent vers la Russie, seule capable de les aider. Les Russes envahirent la ville, la sauvant de son funeste sort pendant quelques semaines, mais elle fut vite reprise, dans le sang. Pressés par la révolution de 1917, les sauveurs tsaristes abandonnèrent Van à son destin. En 1920, le traité de Sèvres accorda la région à l'Arménie, mais les soldats d'Atatürk ne tardèrent pas à reprendre leurs possessions, bafouant ce traité qu'ils jugeaient injuste.

La vieille ville de Van, détruite par les affres de la guerre, fut rasée. On reconstruisit une ville moderne, à quelques kilomètres seulement, pour un avenir optimiste. Ironie du sort, la région étant située entre plusieurs plaques tectoniques, elle fut victime de multiples séismes au cours du XXe siècle, provoquant régulièrement morts et destructions, comme un écho vengeur aux massacres du passé.

– Il y a un vieux proverbe arménien qui dit : « Van dans ce monde-ci, le paradis dans le prochain », dit Ahmet pour conclure, alors qu'ils entraient dans la ville. Pour bien des Arméniens, ce monde-ci fut de courte durée.

Laurent et Antoine méditèrent sur tant de guerres et de batailles. Et tout ça pour quoi ? Certes, les paysages étaient beaux, la nature majestueuse, le lac puissant et apaisant. Les montagnes enneigées, au loin, contrastaient avec la sécheresse de ce mois de septembre. Mais la ville en elle-même n'avait aujourd'hui rien d'attrayant. Des constructions modernes, des grandes avenues embouteillées, une chaleur étouffante. S'ils avaient visité le Van Kalesi, la vieille ville, les métiers à tisser, le port de plaisance, ils auraient peut-être succombé à son charme, mais ils avaient mieux à faire : il fallait déposer plainte.

Ils remercièrent Ahmet, qui repartait dans quelques heures et leur proposa gentiment de refaire le voyage inverse s'ils en sentaient la nécessité. Antoine offrit de lui laisser 100 *liras*, mais Ahmet secoua la tête en souriant et répondit quelque chose en turc, puis son camion repartit dans le bruit et la fureur de la circulation vanoise – *vanienne ? Vaniote ?*

– Qu'est-ce qu'il a dit ? demanda Laurent.

– Quelque chose comme : Pas pour les enfants du pays.

Laurent secoua la tête : Antoine n'était ni touriste, ni aventurier, ni indigène : il était les trois à la fois.

Le commissariat occupait le rez-de-chaussée d'un immeuble de bureaux, un bâtiment perdu dans une rue quelconque. C'était un jour idéal pour déposer plainte : il n'y avait pas un chat. Pourtant, lorsque Antoine s'adressa au policier qui tenait l'accueil, celui-ci sembla ennuyé, et pas seulement parce qu'il était forcé d'utiliser ses quelques notions d'anglais. Les deux amis s'assirent sur un banc, et attendirent. Une demi-heure. Une heure. Une heure et demie. Ils reparlèrent de l'histoire d'Ahmet. Antoine s'était senti particulièrement sensible au destin tragique de cet endroit dont la géographie n'inspirait que le calme et la paix :

– Tu sais que les Turcs refusent encore l'emploi du mot « génocide » ?

– Tu crois qu'ils sont les seuls ? T'entends souvent parler du génocide des Algériens par les Français ? Tu vois souvent le gouvernement français s'excuser pour un siècle d'occupation ?

– Rien à voir ! s'exclama Antoine, un peu trop fort pour le couloir vide. Sans vouloir minimiser les atrocités de la guerre, c'était une *guerre*, avec des victimes dans les deux camps, pas un massacre unilatéral.

– Le génocide des croisades, perpétré sur les non-chrétiens ?

– Il s'agit de conquêtes de terres étrangères, pas de massacres de populations locales sur un territoire interne.

– Alors le génocide de la Saint-Barthélemy ? On parle de guerres de religion, mais combien de catholiques ont péri sous les coups des huguenots ?

– Ce n'est pas pareil, c'était essentiellement politique…

– Exactement comme les Arméniens. Pour réaffirmer la présence ottomane. Des horreurs, des massacres, mais reconnaître publiquement que la sémantique nous place au même niveau que les nazis, je peux comprendre que la pilule ait du mal à passer.

– Tout de même, un million de victimes…

– Et qui se pose en donneur de leçons ? L'Europe, avec sa politique colonialiste meurtrière ? La Grande-Bretagne en Inde, la France en Afrique, l'Espagne et le Portugal en Amérique du Sud, les Pays-Bas aux quatre coins du monde…

L'Europe, avec ses millions de morts dans les tranchées de la Première Guerre ? La Russie, avec ses dix-huit millions de déportés sous Staline ? L'Amérique, avec ses massacres indiens et ses millions d'esclaves africains…

– C'était au XIXe siècle…

– Vraiment ? Parce que la condition des Noirs aux États-Unis a changé radicalement avec l'arrêt de l'esclavage ? Tu ne trouves pas ça paradoxal, cette Amérique autoproclamée championne de la liberté après avoir vaincu Hitler, qui dénonçait la Shoah en fermant les yeux sur les lynchages des Noirs ?

– Bon, alors, qu'est-ce que tu dis ? Tous pourris, c'est ça ?

Laurent secoua la tête et demanda :

– Tu te souviens, quand on voyait des mecs se battre, au lycée ?

Antoine leva les yeux au ciel.

– Ouais…

– Voilà. Toi, tu levais les yeux au ciel et tu passais à autre chose. Moi, j'avais cette curiosité de savoir *pourquoi*. Pourquoi ils en venaient aux mains ? Qu'est-ce qui avait pu déclencher la bagarre ?

– Et alors, pourquoi ?

– La même chose chaque fois : des histoires de possessions, de filles, d'ego. Des bêtises, nées de frustrations. Des prétextes, simplement pour en découdre, pour se sentir vivant, pour transformer en une douleur palpable les affres de son âme. L'homme se bat parce qu'il s'ennuie. Certains, comme toi, ou moi, respirent en attendant que passe la colère. Certains s'expriment par la plume, d'autres par la voix, d'autres par les poings. L'homme se bat depuis la nuit des temps et se battra toujours. Sauf en Suisse, peut-être. Mais franchement, tu as envie de vivre en Suisse ?

– Donc, tu penses que la violence est inéluctable ? Que l'humanité est condamnée à un cycle sans fin de guerres et de massacres ? Que chaque homme, au fond, est mû par un désir de nuire ?

– Pas toi ?

– Je crois en l'exemple. Peu importe ce que font tes voisins, tu as le choix de faire le bien, de ne pas rentrer dans la mêlée, et ce choix, peut-être, en inspirera d'autres. Qu'un seul marche et les autres suivront.

– Personne n'aime les héros, Antoine. Ils nous renvoient à notre propre lâcheté. Qu'un seul marche et on le laissera mourir.

Antoine ouvrit la bouche pour lui répondre. L'histoire lui donnait tort, mais il aimait à penser que le progrès n'était pas seulement scientifique. À sa manière très personnelle, sans rites ni religion, il était probablement celui des deux hommes qui faisait preuve d'une *foi.* Il *espérait*, en somme. Mais avant qu'il puisse répondre, le policier de l'accueil leur fit signe et dit, d'un ton qui semblait exaspéré :

– Vous pouvez y aller.

Le commissaire avait une moustache qui eût trouvé sa place dans un film pornographique des années quatre-vingt, une chemise dont les boutons ouverts donnaient à entrevoir sa poitrine, recouverte d'une toison brune, et la rondeur des hommes d'action qui ont abandonné le terrain depuis quelques années. Il les invita à s'asseoir d'un signe, et leur demanda, dans un anglais sommaire, ce qui les amenait dans ces lieux.

Antoine tâcha de s'en expliquer du mieux qu'il put, mêlant quelques mots de turc à un anglais qu'il rendit simple, pour ne pas asseoir sa supériorité langagière. Le commissaire eut quelques regards en coin pour Laurent, qui resta silencieux durant les explications d'Antoine, et leva le sourcil lorsque celui-ci fit la liste des éléments qui leur avaient été volés. Quand il eut fini ladite liste, le policier moustachu ne s'adressa pas à Laurent mais à Antoine, pour lui demander laconiquement :

– Vous avez vos papiers ?

Antoine fit passer ses papiers sur la table, papiers que le commissaire inspecta longuement. Quelque chose sembla l'ennuyer.

– Vous aviez une voiture de location ? Avec le macaron ?

– Non, non. C'était ma voiture. Je suis entré avec en Turquie.

– Vous êtes venu de France ?

– D'Allemagne. Je l'ai achetée en Allemagne.

– Mais c'est une voiture russe.

– Une Lada, oui. D'occasion.

– Vous avez acheté une voiture russe alors que vous étiez en Allemagne ?

Antoine savoura l'ironie de la chose et acquiesça sympathiquement. Le commissaire soupira et se gratta la joue. Il eut un petit bruit de succion. Laurent suivit du regard une mouche qui allait de la lampe de bureau au plafond, du plafond à la lampe de bureau.

– De quand date-t-elle ?

– 2000.

– Et elle roule toujours ?

– Très bien.

– Bon, d'accord. Je ne pense pas qu'on va la retrouver. Mais laissez-moi votre numéro, et je vous préviendrai si ça arrive.

Il tendit une feuille de papier vierge à Antoine, qui commença à noter son numéro, mais s'interrompit en se rappelant :

– Mon téléphone ne marche pas. Il ne reçoit plus d'appels. Et mon chargeur était dans le coffre, alors… ça ne sert à rien.

Le commissaire haussa les épaules, comme si cette information ne lui était d'aucune espèce d'intérêt.

– Je peux peut-être repasser demain, reprit Antoine.

Le commissaire fit la moue.

– Repassez demain, alors.

Il y eut un petit temps. Pour lui, la conversation était terminée. Il s'attendait à ce que Laurent et Antoine se lèvent et quittent son bureau, afin qu'il se dévoue à une tâche plus importante. Une sieste, soupçonna Laurent.

– … C'est tout ? demanda Antoine. Mon ami a besoin de papiers provisoires, il a tout laissé dans le coffre. Et j'attends une déclaration de vol, pour la voiture. Un document officiel.

La moustache réagit à peine. Il lui tendit à nouveau une feuille de papier vide :

– Allez-y, faites votre déclaration.

Antoine le défia du regard. Quelque chose l'énervait. Une seule chose, à part sa sœur, pouvait le mettre dans un état de rage inattendue : l'injustice.

– Non.

– Non ? fit la moustache.

– Non, c'est vous qui allez prendre ma déposition. Vous allez m'écouter, vous allez me poser toutes les questions que vous ne m'avez pas posées – la couleur de ma voiture, les circonstances exactes du vol –, vous allez rentrer tout ça dans un ordinateur, vous allez enregistrer ma plainte, vous allez signer et tamponner un papier que vous allez me donner. Ensuite, vous allez noter très précisément tout ce que mon ami a perdu, et vous allez lui donner des papiers provisoires. Et peut-être qu'une fois votre travail effectué, nous consentirons à vous laisser vaquer à vos occupations. C'est clair, ou voulez-vous que je me répète ?

Le commissaire ne broncha pas, mais Laurent perçut dans le reflet de son iris une lueur dont il avait appris à se méfier. Une lueur qu'il avait vue dans le regard de bien des hommes. Une lueur de haine, d'humiliation et de mépris mêlés, trois sentiments qui, de sa courte expérience terrestre, ne faisaient jamais bon ménage. Puis le moustachu reprit, d'une voix étrangement calme :

– Vous et votre… ami, vous êtes mariés ?

Laurent regarda Antoine. Antoine comprit immédiatement ce qu'insinuait la moustache. Mais au lieu de le détromper, son sens aigu de la droiture lui fit dire :

– Pardon ?

– Vous êtes ensemble ? Amoureux ? En couple ?

– Qu'est-ce que cette question vient faire dans notre déclaration de vol ?

– Ça vous arrange, qu'il ait perdu ses papiers ?

– Ça… m'arrange ?

– Vous venez ici, avec une voiture d'occasion, une voiture pourrie, que vous vous faites « voler », avec tous ses papiers… Et vous, comme par hasard, vous avez gardé les vôtres… Qu'est-ce qui me prouve qu'il est français ?

Laurent sentit venir l'orage. Il fit signe à Antoine :

– Viens, on s'en va. Merci pour tout, vraiment, on va aller…

– Rassieds-toi, Laurent, dit Antoine en tremblant de colère, sans quitter des yeux M. Moustache. Je suis avocat, monsieur ! Mon ami est journaliste ! On nous a volé notre voiture ! Si vous ne remplissez pas immédiatement une déclaration de perte…

– Oui, quoi ? demanda le commissaire. Vous allez faire quoi ?

– Viens, Antoine, insista Laurent, laisse tomber.

– Ce que je vais faire ? Je vais prendre votre nom, votre adresse et votre matricule, et j'irai me plaindre à Ankara. Et s'il le faut, je vous attaquerai en justice. Quant à mon *ami*, à qui vous n'avez pas adressé la parole depuis que nous sommes rentrés, il va écrire un article, sur vous, sur vos méthodes et sur votre incompétence !

Le policier resta un moment sans rien dire. Puis il appuya sur un buzzer et dit très calmement quelques mots en turc. Enfin, il regarda Laurent et lui demanda :

– Tu es d'où, l'Africain ?

– Ne réponds pas, Laurent.

– De Bretagne, répondit Laurent.

– Non… en Afrique, tu viens d'où ? redemanda le commissaire.

– Cameroun.

– Cameroun. Je vois.

Deux hommes en uniforme entrèrent dans la pièce, sans rien dire. Leur supérieur leur montra Laurent du menton. Ils le saisirent aux épaules.

– Qu'est-ce que vous faites ? demanda Antoine d'une voix ferme.

Mais le commissaire, l'ignorant, s'adressa directement à Laurent :

– Si tu t'énerves, on te cogne. Si tu restes calme, ça va bien se passer.

Laurent resta calme. Laurent avait déjà compris. Laurent pressentait que cette histoire ne se terminerait pas bien pour lui. Partout dans le monde, depuis la nuit des temps, il savait que l'homme noir n'était qu'une victime potentielle, un esclave en liberté, un mort en sursis. L'homme noir était le premier à mourir dans les films américains, le premier à être soupçonné en cas de litige, le premier à être contrôlé dans la rue, le dernier à recevoir une promotion. Dans les pays du monde entier, même en Afrique, les épidermes les plus sombres étaient les plus persécutés. Bien sûr, il n'y voyait aucune justice, mais il en avait pris l'habitude, et se consolait généralement en se disant qu'« à vaincre sans péril on triomphe sans gloire », ou qu'il avait échappé à un cumul de stigmatisations en ne naissant ni homosexuel, ni handicapé, ni femme. Antoine, lui, avec l'assurance de l'homme blanc, éleva la voix et intima à la moustache, d'un ton péremptoire, de lâcher son ami.

– Je vous jure que si vous n'obtempérez pas tout de suite…

– Tais-toi ! cria le commissaire.

Il tenait à la main le passeport d'Antoine, qu'il brandissait comme un crucifix. Il le jeta dans un tiroir et referma le tiroir à clé.

– Maintenant, tu m'écoutes. Je t'ai laissé ta chance, tout à l'heure, de repartir avec ton copain. Si tu veux le récupérer, c'est 1 500 lires.

– QUOI ?

– J'ai dit tais-toi !

Il ordonna à ses hommes d'emmener Laurent en cellule, ordre qui fut mis immédiatement à exécution. Puis il se retourna vers Antoine :

– Ta voiture, on ne va pas la retrouver. Elle est volée. Tu veux ton petit copain ? Rapporte-moi 1 500 lires, sinon je le renvoie en Afrique.

– Rendez-moi mon passeport.

– Quel passeport ? fit le moustachu, sans ciller.

– Rendez-moi mon passeport.

– Je te le rends si tu me rapportes mon argent.

– Voilà ce que je vais faire : je vais aller à Ankara.

– Non. Tu n'auras pas le temps. Si demain je n'ai pas mon argent, il part.

– Je prendrai le prochain vol.

– Sans passeport ?

Antoine fulmina.

– Ce n'est pas possible, pas possible, vous êtes un commissaire assermenté par un État laïque…

– Et toi, tu es un petit pédé de Français qui couche avec un petit pédé d'Africain.

– Vous allez payer pour ça.

– Moi ? Je vais payer ? Connais-tu les montagnes de la région ? On te lâche sans eau, sans carte et sans chapeau, en quelques heures tu es mort. Pas de coups, pas de traces, rien. Un pauvre petit pédé de touriste égaré. Maintenant, casse-toi avant que le tarif ne passe à 5 000 lires.

Antoine parvint à garder contenance en traversant les couloirs du commissariat. Lorsqu'il arriva dans la rue, il vomit dans une poubelle. Il se releva, en sueur, sans parvenir à calmer les tremblements de ses mains. C'était la première fois qu'il était traversé par une sensation de terreur, sans être dans un avion. Il était et avait toujours été un garçon rationnel. Son cerveau cartésien écartait immanquablement toute crainte infondée. Il regarda autour de lui : ses pieds étaient au sol. Il ne risquait pas de s'écraser. Certes, on lui avait volé sa voiture, ses papiers avaient été confisqués, son ami était enfermé. Mais à cet instant précis, au moins, il ne risquait pas de descendre en piqué et de finir carbonisé par une explosion de kérosène. Ses tremblements s'arrêtèrent. Il sentit l'adrénaline parcourir tout son corps et, l'espace d'un instant, il ne put décider si c'était une sensation horrible ou exaltante.

Il ordonna ses pensées : que faire en premier ? Libérer son ami. Un compte à rebours était enclenché. Bien sûr, un lecteur détaché de l'état de détresse de notre héros eût pu arguer que les menaces du commissaire n'étaient probablement pas réelles, qu'il n'avait pas grand intérêt à renvoyer un Français au Cameroun, au risque de s'attirer des ennuis par la suite, mais d'abord Antoine n'avait aucune envie d'exposer son ami à une épopée judiciaire, ensuite il n'avait nullement le détachement émotionnel nécessaire pour tenter un coup de poker.

Il se rua sur le premier distributeur automatique venu, inséra sa carte, composa son code, demanda 1 500 *liras*. Après tout, 1 500 lires, ce n'était que 500 euros. Il serra les dents lorsque la machine lui demanda de patienter, et poussa un juron lorsque sa carte ressortit : son plafond de retrait était dépassé. Il tenta de retirer moins, mais eut la même sentence : plafond de retrait dépassé. Il se rappela que sa banque l'autorisait à retirer 600 euros par semaine, et les maudit pour cela. Son premier réflexe fut de décrocher son téléphone, puis il se rappela qu'il ne pouvait pas téléphoner, et il se maudit pour cela.

Il demanda autour de lui le chemin d'un *Internet kafe*, entra, quelques minutes plus tard, dans le premier qu'il trouva et compta l'argent qui lui restait : 260 lires. Il demanda un poste, s'assit et se connecta. Puis, seulement, il réfléchit. *Par quoi commencer ? Qui contacter ? Que demander ?* Pour récupérer la capacité de téléphoner, il tenta de se connecter à son service clients, mais il n'avait ni son code ni son identifiant. Il envoya un mail à sa banquière concernant le retrait, mais il savait qu'elle ne pourrait lever le plafond. Il se concentra : quand avait-il retiré de l'argent pour la dernière fois ? Il y avait eu la Lada, bien sûr, puis les hôtels, les restaurants… Quand pourrait-il à nouveau retirer ? De toute façon, il n'avait pas le choix : soit il avait l'argent le lendemain, soit son ami serait en danger. Il pourrait toujours mendier un délai auprès de la moustache, mais… Il se figea. Il prenait le problème à l'envers, pressé par le délai imposé par le commissaire. Il ne devait pas trouver 1 500 lires. Il devait retrouver les papiers de Laurent. Il devait retrouver la voiture.

Il rejoignit Ahmet devant la vieille ville. Le chauffeur, qui venait de prendre son chargement, sembla enchanté de le retrouver. Il comprit néanmoins à la mine paniquée d'Antoine que quelque chose de grave venait de se passer. Sur la route de Kumluca, notre héros tâcha de raconter sans trop s'échauffer au chauffeur du camion les dernières heures qui s'étaient écoulées. Ahmet acquiesça régulièrement et finit par secouer la tête, comme si le récit d'Antoine était une goutte d'eau sur des années d'exaspérations silencieuses. Puis il lâcha simplement :

– *T'urk'akan…*

Ce qu'Antoine comprit être l'arménien pour « les Turcs ».

Antoine continua son raisonnement. Il fallait retrouver la voiture, sans l'aide de la police. Il fallait retourner à Kumluca, frapper à toutes les portes, chercher de l'aide, un témoin, une piste. Si Ahmet pouvait le laisser à l'endroit où il l'avait trouvé, juste devant le cimetière, il se débrouillerait. Mais Ahmet secoua la tête, encore.

Pendant quelques minutes, il continua de conduire en silence. Puis il s'arrêta devant un garage.

Antoine crut un moment qu'il avait là des réparations à faire, ce qui, au regard de l'ancienneté de son véhicule, n'était pas du luxe, mais le vieux chauffeur encouragea le jeune homme à descendre et à le suivre.

C'était un garage de bord de route, à l'activité pour le moins calme. Quelques voitures reposaient entre des pneus et des outils. Le garagiste, un jeune homme de taille moyenne, sortit de son bureau lorsqu'il aperçut Ahmet s'approcher. Les deux hommes se prirent dans les bras, d'une manière aussi tendre que virile. Puis Ahmet montra le jeune homme et dit à Antoine :

– Karim. *My son.*

Karim, à l'œil aussi vif que son père, écouta patiemment le récit de celui-ci, ponctuant çà et là d'onomatopées variées le monologue d'Ahmet. Puis, se tournant vers Antoine, il le mitrailla de questions, sur la voiture, l'endroit où ils se l'étaient fait voler et ce qu'elle contenait. Comme eût dû le faire, à vrai dire, un véritable commissaire de police. Aussitôt que l'interrogatoire fut fini, Karim embrassa son père et sortit du garage, comme un fou. Antoine resta là, un instant indécis, puis Ahmet lui fit signe de la tête : *Suis-le.*

C'était un de ces moments où l'on doit offrir aveuglément sa confiance à une personne qu'on ne connaît qu'à peine. Souvent, c'est une erreur, l'expérience et la raison l'emportant sur l'instinct. En général, c'est loin d'être la meilleure des choses à faire, mais parfois, c'est la seule. Vous l'aurez compris, Antoine était un garçon raisonnable. En temps normal, il aurait agi tout à fait autrement, mais son ami était en danger, il n'avait pas le temps de tergiverser. Il courut derrière Karim – qui était déjà assis au volant de son pick-up – et prit la place du mort. Il avait à peine claqué la porte que Karim démarrait.

– Les voitures de location sont souvent volées, dit le fils d'Ahmet, dans un anglais très correct. C'est un deal entre la police et les loueurs. Elles sont volées, récupérées, rendues au loueur. L'assurance paie, ou les touristes, quand ils n'ont pas pris l'assurance. Mais les voitures locales, on n'y touche pas. Ils ont dû voir la plaque allemande.

Karim appuya sur l'accélérateur.

– On va où ? demanda Antoine. À Kumluca ?

– Non, ça ne sert à rien, personne n'aura rien vu. Ou ne voudra rien dire.

– Ça ne peut pas être quelqu'un de là-bas ?

– On ne vole pas dans son propre village.

Antoine acquiesça et se tut. Karim reprit :

– On va poser des questions. Il faut faire vite.

Ils n'allèrent pas jusqu'au cimetière.

Karim sortit de la route principale et partit vers les hauteurs.

Ils atteignirent, après une vingtaine de minutes, une sorte d'entrepôt fermé. Ils descendirent du pick-up. Un œil inattentif eût pu croire que les lieux étaient abandonnés, mais Karim tambourina sur le rideau de fer, et un personnage gras, sale et adipeux – une sorte d'allégorie de ferrailleur du siècle précédent – intervint pour arrêter le boucan, lui criant quelques mots en kurde. Du moins, Antoine supposa que c'était du kurde. Comme il devina la teneur de la conversation qui suivit. Karim demanda au gros bonhomme s'il pouvait lui rendre un service, une pièce particulière qu'il cherchait pour son client – il désigna Antoine. Le Kurde refusa d'abord, mais Karim se montra persuasif, haussant le ton tout en plaisantant, et le bonhomme, méfiant, accepta d'aller jeter un œil dans l'arrière-boutique. Karim entama la deuxième phase du projet : Laisse-nous rentrer, il fait chaud, j'ai envie de pisser, je regarderai mieux et plus vite, je sais ce que je cherche, pas toi. Encore une fois, le ferrailleur commença par secouer la tête, mais Karim sortit le grand jeu : des éclats de voix si perçants qu'il convainquit sa victime d'ouvrir la grille.

En pénétrant dans l'entrepôt, Karim fit signe à Antoine de se taire, et d'aller fouiller discrètement, pendant qu'il occupait le gros.

L'entrepôt était à la fois un garage, une casse et un bazar. Des dizaines de voitures côtoyaient des mobylettes, des motos, des tables, des chaises, des téléviseurs, des pièces détachées. Antoine se concentra et parcourut du regard chaque voiture : Ford, Fiat, Renault, Dacia, BMW, Mercedes, Citroën, Seat, mais de Lada, point. Il avait à peine terminé son inspection que le gros mécanicien lui déversa une tonne d'injures dessus en lui reprochant d'aller et venir là où il n'avait rien à faire. Antoine s'excusa par un geste, croisa le regard de Karim et secoua la tête. Karim montra la sortie. Visiblement, il n'avait pas trouvé la pièce manquante et présentait ses excuses au mécano. Il lui mit la main sur l'épaule et demanda, sur le ton de la confidence, s'il n'avait pas vu passer une Lada par ici. Antoine entendit très clairement : *Lada*. Mais le gros eut un ricanement méprisant et Antoine saisit deux mots : *Irané* et *Oguzcengiz*.

Lorsqu'ils furent à nouveau dans le pick-up, Karim expliqua à Antoine ce qu'ils s'étaient dit, ce qui corrobora grossièrement son interprétation gestuelle.

– Il a dit *Irané* plusieurs fois… Ça veut dire l'Iran ?

– Les Iraniens, dit Karim. La frontière n'est qu'à une heure et demie de route de Van. Il pense qu'une Lada ne peut être vendue qu'aux Iraniens.

– Et *Oguzcengiz* ?

Karim soupira.

– C'est un nom : *Oguz Cengiz*. Un parrain local, important et dangereux. C'est lui qui vend des voitures aux Iraniens.

– Donc si ma voiture est destinée à l'Iran, il sera au courant ?

– Peut-être pas directement, mais au bout de la chaîne, oui.

Antoine réfléchit. Il réfléchit vite. *Oguz Cengiz*.

– Et cet Oguz Cengiz, il est vraiment dangereux, ou… ?

– Très dangereux, oui.

Antoine inspira, expira, puis prit une décision qui ne lui ressemblait pas, impulsive et irrationnelle :

– Comment je peux le rencontrer ?

Karim soupira à nouveau. Il décrocha son téléphone.

Ils retournèrent dans les environs de Van. Le soleil déclinait et l'angoisse d'Antoine montait. Chaque heure qui passait rapprochait sa Lada de la frontière iranienne, si elle n'était pas déjà de l'autre côté. Karim lui expliqua qu'ils prenaient le temps, en général, d'effacer les numéros de série, de repeindre, parfois, ou de changer les plaques. Il raconta aussi qu'Oguz Cengiz était un nom très commun en Turquie, l'équivalent de Jean Dupont en France. Il supposait que ce n'était pas son vrai nom. Certains le pensaient à moitié iranien, car il avait la maîtrise d'une grosse partie du trafic de morphine qui transitait du Croissant d'or jusqu'en Europe. À vrai dire, les voitures ne représentaient sans doute qu'une part minime de ses revenus, et Karim se disait qu'il ne s'en servait que pour faire des cadeaux discrets aux familles de ses associés iraniens. Antoine se demanda si le vol ne pouvait avoir été commis par un simple quidam, mais Karim balaya cette supposition : mis à part la mafia turque, très organisée, la délinquance était minime autour du lac de Van.

Ils s'arrêtèrent devant un restaurant de grillades, et Antoine comprit d'abord que Karim avait faim. Mais le généreux garagiste le détrompa, comme avant lui son père. Il se dirigea vers un jeune homme en tenue de serveur et lui fit signe de les rejoindre. Le jeune homme, tout juste sorti de l'adolescence, s'approcha et embrassa Karim sur les deux joues. Puis Karim montra le jeune homme et dit à Antoine :

– Aziz. *My son.*

Aziz, le fils de Karim, travaillait dans ce restaurant de grillades pour se faire un peu d'argent de poche avant la reprise des cours. Antoine s'étonna que Karim, à qui il donnait la trentaine, ait un fils aussi grand, mais il ne s'embarrassa pas de questions inutiles. Karim était déjà en train de cuisiner son fils, qui, gêné, rechignait à lui donner les réponses attendues. Mais Karim coupa court et haussa le ton, indiquant l'urgence de la situation, et Aziz se fit beaucoup plus loquace. Karim nota un numéro de téléphone et l'appela illico. Sa conversation dura en tout et pour tout trente secondes, puis il raccrocha, embrassa son fils et fit signe à Antoine qu'il leur fallait repartir.

Comme tous les adolescents, Aziz fumait de l'herbe. Comme tous les adolescents, il avait des amis qui dealaient. Et ses amis avaient des amis qui leur fournissaient la drogue. C'est à l'un de ses amis que Karim avait passé un coup de fil, une fois obtenu le numéro de la bouche de son propre fils. C'est donc ce garçon, Iskender, qu'Antoine et Karim rencontrèrent quelques minutes plus tard dans un espace public. Il fut déçu, bien sûr, quand Karim lui avoua qu'il ne comptait pas acheter une grosse quantité de drogue, inquiet quand Karim déclara être le père d'Aziz, mais rassuré quand le père d'Aziz indiqua qu'il ne voulait aucunement lui faire la morale. Au contraire, il avait besoin d'un service.

– Quel genre de service ? demanda Iskender.

Karim hésita à lui demander, de but en blanc. Il préféra préparer le terrain. Désignant Antoine, il expliqua schématiquement son problème. Ses aventures passées, sa confrontation avec la police locale, qui mangeait notoirement dans la main d'Oguz Cengiz. En bref, serait-il possible de rencontrer quelqu'un qui, éventuellement, saurait indiquer à ce brave garçon dans quel entrepôt miteux serait parquée sa Lada ? Iskender regarda Karim comme s'il avait parlé chinois et Antoine hésita entre plusieurs interprétations : soit il ne travaillait pas du tout pour Oguz, soit il n'avait pas un poste à la responsabilité suffisante pour leur offrir l'esquisse d'une réponse, soit il doutait très franchement qu'il soit possible de récupérer un bien volé des mains du susdit Oguz. Puis Iskender répondit par un mélange des deux suppositions d'Antoine : le jeune dealer n'avait jamais rencontré Oguz en personne, mais il s'avérait que son fournisseur/supérieur/n+1, un quadragénaire nommé Nuri, le connaissait et entretenait avec lui un rapport fort cordial. Cependant, Nuri, Oguz et tout leur cercle rapproché avaient sûrement autre chose à faire, car ils célébraient ce soir même l'anniversaire d'un proche de Cengiz – son père, apparemment. Ce fut en tout cas ce que traduisit Karim à Antoine, qui tentait encore de deviner l'âge d'Iskender. *Vingt ans peut-être ?*

– Et toi, demanda Antoine, tu n'es pas invité ?

Iskender secoua la tête. Antoine insista :

– Mais si tu passais un coup de fil à Nuri, tu pourrais peut-être t'incruster ?

Iskender ne parut pas comprendre. Karim traduisit. Le garçon leva les yeux au ciel :

– Pourquoi j'irais là-bas ? C'est loin, dans les montagnes.

– Tu ne serais pas seul, dit Antoine, je viendrais avec toi.

Karim interrompit notre Breton téméraire pour lui faire part de ses doutes :

– Ce n'est pas une bonne idée. Moi, je ne mettrais pas les pieds là-bas. Le gang de Cengiz, ce ne sont pas des tendres. Tu n'as qu'une vie.

Je n'ai qu'un seul meilleur ami, se dit Antoine.

– Alors ? demanda-t-il à Iskender.

Le jeune revendeur haussa les épaules :

– Il y a un match, ce soir. Besiktas-Galatasaray.

Antoine posa son téléphone devant lui et le glissa vers Iskender. Une petite merveille technologique qui n'avait que trois mois d'âge.

– Si j'entre à la soirée, il est à toi.

Iskender considéra l'enjeu, le soupesa du regard. Eut une petite moue en pensant au match. Puis il planta ses yeux dans ceux d'Antoine et Antoine sut qu'il avait gagné. Gagné le droit de faire la plus grosse bêtise de sa courte vie.

La mobylette d'Iskender peina dans les montées. Il ne devait pas avoir l'habitude de transporter un gaillard avec lui. La nuit était tombée et Antoine, tout en resserrant sa prise, espéra que Laurent allait bien, que personne ne l'avait passé à tabac, ou humilié, ou torturé. C'était surtout une excellente façon de détourner son attention de ce qui l'attendait, car s'il se mettait à réfléchir à ce qu'il s'apprêtait à faire, la panique eût tôt fait de le paralyser. Le vent se levait et la température se rafraîchissait considérablement à mesure qu'ils progressaient vers les hauteurs. Antoine n'avait ni veste ni pull, ceux-ci étant restés dans la Lada. Après ce qui lui parut une éternité, ils arrivèrent en vue d'une immense villa d'où parvenait une musique festive et traditionnelle. *La gueule du loup*. En fait de l'important dispositif de sécurité qu'il s'était imaginé, ils croisèrent deux vigiles goguenards et passablement éméchés qui accueillirent Iskender avec bonhomie, sans même prendre véritablement connaissance de son identité. Iskender gara sa mobylette entre les belles voitures du parking.

– Bon, dit-il à Antoine. Tu ne donnes pas mon nom. Et si tu te fais prendre, tu es mon ami d'enfance parti vivre en France, OK ?

– OK. Merci.

Iskender tendit la main. Antoine, bon joueur, y logea son téléphone.

– Je repars dans une heure, maximum, dit le dealer. Si tu es là, OK, sinon tu te débrouilles.

– Entendu.

Ils se dirigèrent tous deux vers la musique et pénétrèrent dans la grande villa percée de larges ouvertures. Une centaine de personnes, majoritairement des hommes – quelques prostituées, mais aussi quelques enfants –, dansaient, mangeaient, buvaient autour de la somptueuse piscine de la cour intérieure. Antoine perdit de vue Iskender. *Alea jacta est*, se dit-il en franchissant le Rubicon.

Heureusement pour lui, la fête était déjà bien entamée et personne ne fit vraiment attention à ce Breton qui s'installa discrètement à l'une des tables joliment dressées pour l'occasion. Il tenta de comprendre qui était qui, mais la luminosité n'était pas optimale et il ne parlait pas assez bien le turc pour saisir les conversations alentour, que la musique recouvrait pour la plupart. Il se rendit compte alors qu'il n'avait *aucun plan.* Il s'était jeté tête baissée dans ce qui était probablement l'endroit le plus dangereux de la région, même si ces mafieux ressemblaient pour l'instant à n'importe quelle famille méridionale célébrant leur patriarche autour d'un méchoui. Antoine avait besoin d'aide, d'un appui. Karim n'était plus là, il ne pouvait compter que sur Iskender. Il le retrouva aisément, entouré de quelques hommes plus âgés, et attendit qu'il aille chercher des grillades pour lui demander :

– Qui est Oguz ?

Iskender sursauta, se reprit et l'engueula :

– Je t'ai dit, on ne se connaît pas !

– Montre-le-moi du doigt.

– Je ne sais pas qui c'est, je ne veux pas savoir qui c'est. Tout ce que je sais, c'est que… tu vois le vieux, là-bas ?

Antoine se retourna dans la direction qu'il pointait. Un petit homme, discret, qui pouvait avoir soixante ans ou quatre-vingt-dix – mais comment faisaient ces Turcs pour ne pas avoir d'âge ? –, était assis sur une chaise et tapait des mains, en rythme, à la fête.

– C'est lui, le père d'Oguz.

Antoine se demanda un instant si cet homme pourrait l'aider à retrouver la Lada, puis il chassa cette pensée absurde de son esprit et se retourna vers Iskender, qui s'était éclipsé. Antoine le chercha du regard, mais il y avait de moins en moins de lumière. La fumée des grillades lui rappela qu'il n'avait rien mangé depuis ce matin, alors il fit ce qu'un jeune dealer turc ferait dans sa position : il se remplit une assiette et mangea. Une jeune femme au décolleté impressionnant s'approcha de lui et lui lança une phrase basique en turc. Il fit mine d'avoir la bouche pleine, mais elle s'assit à côté de lui. Il donna le change en lui parlant anglais. Elle sourit, impressionnée, et répondit dans un anglais encore meilleur que le sien. Il esquiva habilement quelques-unes de ses questions, mais lorsqu'elle se fit trop insistante, il s'excusa en prétextant un besoin de se trouver à boire. Il fendit la foule et entra dans l'immense cuisine ouverte attenante à la cour. Il croisa un groupe d'hommes qui en sortaient, bière dans une main, pistolet dans l'autre. En sortant, ils tirèrent des coups de feu en l'air. Le bruit assourdissant faillit percer les tympans d'Antoine. Instinctivement, il s'était accroupi. Seul dans la cuisine, il souffla. La raison s'insinua dans son esprit aventurier et il comprit que le plus important était désormais de sortir d'ici. Sous l'emprise de l'adrénaline, il avait cru naïvement pouvoir attendrir le cœur d'un bandit, mais il savait à présent que Karim avait raison. D'un moment à l'autre, il pouvait se retrouver exposé, les genoux cassés, enterré vivant de l'autre côté de la villa. Il n'était pas un héros. Un homme entra dans la cuisine, saisit un grand couteau et une saucisse qu'il se mit à couper d'une main experte. Il lança quelques mots à Antoine, dont le seul que celui-ci comprit fut *bira*. Antoine se ressaisit, ouvrit mécaniquement le frigo, en sortit deux bières et en montra une à l'homme, en attente d'un geste d'approbation. L'homme tendit la main en avalant un morceau de saucisse et considéra Antoine lorsque celui-ci déposa la bière fraîche au creux de sa paume. C'était un quinquagénaire déjà bien éméché, massif mais bedonnant.

– Tu es qui, toi ? demanda-t-il à Antoine.

– Moi ? Je... je suis... je suis ami d'Iskender, répondit Antoine dans un turc approximatif.

– Qui ça ?

– Iskender. Il... là-bas, dit-il en désignant vaguement la piscine.

– Connais pas. Tu parles pas turc ?

Antoine secoua la tête.

– *No... I'm french.*

– Français ? reprit l'homme en anglais. Et qu'est-ce que tu fous à ma soirée ?

Une coulée glaciale parcourut l'échine d'Antoine. *Ma soirée.* Il avait dit « *ma* soirée ».

– Votre... votre soirée ? On est... on est chez vous ?

L'homme acquiesça. Imperceptiblement, la respiration d'Antoine se fit plus silencieuse. Il inspecta l'apparence du présumé propriétaire : ses chaussures étaient propres, sa chemise impeccable, une chaîne en or massif reposait sur sa poitrine. Et il portait une Rolex au poignet. Antoine était seul, dans la cuisine, face à Oguz Cengiz.

– Tu es qui, petit Français ?

– Je suis… Antoine, dit Antoine en déglutissant.

Oguz traversa Antoine du regard, puis héla un autre quinquagénaire, plus fluet, mais qui portait à la main un calibre impressionnant. Il montra Antoine et demanda en substance :

– C'est qui, lui ?

L'homme de main haussa les épaules.

– Il dit qu'il connaît Iskender, c'est qui Iskender ?

L'homme de main haussa à nouveau les épaules. Plus vif que l'éclair, Oguz saisit le pistolet du gorille et le lui pointa dessus.

– C'est quoi, ce service de sécurité de merde ?

Antoine sentit ses sphincters se relâcher. Il était sur le point d'évacuer ses grillades de la manière la moins élégante du monde, lorsque le canon du pistolet du maître des lieux se braqua sur lui. Tous les muscles de son corps se contractèrent soudain, ce qui lui épargna de justesse un petit moment d'embarras.

– Et toi, petit Français, tu ne sais pas qui je suis ?

Antoine ouvrit la bouche, mais pas un mot ne sortit.

– Réponds ! Je suis qui, putain !

– Vous êtes… vous êtes Oguz Cengiz, chuchota Antoine.

– Merci ! dit Oguz Cengiz. Et tu crois que tu peux t'incruster chez moi, manger ma nourriture, boire mon alcool et repartir vivant ?

Antoine comprit que sa dernière heure était arrivée. Pourtant, malgré ou grâce à la panique, son vocabulaire s'ordonna dans sa tête et il trouva le courage de dire :

– Je suis un touriste. Ce matin, on m'a volé ma voiture, une Lada. Ma voiture a peu d'importance, mais dans la Lada, il y avait les papiers de mon meilleur ami et aujourd'hui, il est en prison. Tout ce que je voudrais, c'est récupérer ses papiers.

Il reposa la bière sur la table et ajouta :

– Je n'ai pas bu d'alcool. Je suis désolé pour les grillades.

Et voilà, se dit-il en fixant le canon du pistolet. *Ma dernière phrase aura été : Je suis désolé pour les grillades.* Ça ne fit pas rire Oguz. Il jura en anglais, jura à nouveau en turc, engueula vertement son homme de main, désigna Antoine et décrivit par le menu ce qui l'attendait dans les prochaines minutes. De cette logorrhée ottomane, Antoine comprit « casser », « taper », « Français », « jambes », « terre » et sa respiration se limita à un mince filet d'air. Le gorille héla deux autres gorilles, leur montra Antoine, parla brièvement. Les deux gorilles empoignèrent violemment Antoine, mais alors qu'ils le traînaient vers la sortie, le patriarche entra, aperçut Antoine, les gorilles et Oguz, qui s'était remis à manger des saucisses.

– Qu'est-ce qui se passe ?

– Rien, papa, rien. Retourne danser.

Les gorilles reposèrent légèrement Antoine et le tirèrent lentement mais fermement vers la sortie, sous l'œil intrigué du grand-père. Antoine comprit alors que quelles que soient les paroles qu'il prononcerait, elles seraient sans doute les dernières. Il concentra ce qui lui restait de raison, rassembla tout le vocabulaire turc assimilé en quelques jours, et cria :

– *Fransiz degilim ! Ben türküm !*

« Je ne suis pas français ! Je suis turc ! »

Puis il répéta les deux phrases qu'il maîtrisait le mieux :

– *Benim dedesi, Ivan ve Maria Dertli arıyorum ! Onlar öldü, ama onların mezarlarını arıyorlar !*

« Je cherche mes grands-parents, Ivan et Maria Dertli ! Ils sont morts, mais je cherche leur tombe ! »

Et à nouveau :

– *Fransiz degilim ! Ben türküm !*

Sur le pas de la porte de la cuisine, Antoine lut dans les yeux d'Oguz que cette déclamation patriotique lui importait peu. Mais le patriarche, en revanche, fit un geste à son fils, qui prononça un mot qui arrêta les gorilles. De joyeuse et égrillarde, l'attitude du grand-père se fit sérieuse et attentive. Très lentement, il s'approcha d'Antoine, vint se mettre sous son nez, le dévisagea des pieds à la tête et lui dit finalement, en turc, après une longue inspection :

– Tu es le petit-fils de Maria Dertli ?

*

Laurent avait eu le temps d'imaginer tous les scenarii possibles. Lorsqu'il avait découvert sa cellule, il avait presque été déçu. Sans doute influencé par des images de *Midnight Express*, il s'attendait à trouver de la boue, de la paille et des chaînes. Mais la cellule était propre, fonctionnelle et ne sentait pas si mauvais. Certes, le lit était dur, mais il avait connu des chambres d'hôtel plus spartiates. Il s'assit et prit son mal en patience. Il craignait surtout que les sous-fifres du commissaire turc n'entrent, matraque en main, pour le tabasser ou lui infliger un châtiment qui conviendrait, dans leur système de valeurs archaïque, à son homosexualité présumée. Mais à mesure que les heures passèrent, il se rendit à la raison : il n'avait pas affaire à des brutes sanguinaires. Personne ne vint le déranger dans ses méditations, ni même, comme il l'avait craint, en plein milieu de la nuit, durant laquelle il dormit un peu, malgré la fraîcheur des lieux, mais d'un seul œil. Avant de s'endormir, il avait passé la journée à méditer. Une méditation entrecoupée de sursauts au moindre bruit suspect, sursauts suivis d'une série d'hypothèses peu rassurantes sur ce qu'il pouvait subir dans ce commissariat du fin fond de la Turquie, mais une méditation prolongée. Cela faisait longtemps qu'il ne s'était pas retrouvé ainsi en tête à tête avec lui-même, sans téléphone, sans lecture, sans occupation, sans soleil pour bronzer, dans le silence et le doute. À vrai dire, tant qu'il ne subissait pas d'outrages à sa personne, la perspective d'un voyage au Cameroun l'amusait plutôt. Se retrouver dans le pays d'origine de sa mère aux frais du gouvernement turc lui donnerait, au pire, un excellent sujet d'article. *Moi, français, déporté.* Il ridiculiserait le commissaire moustachu, l'affaire prendrait, il finirait par obtenir des excuses nationales. Rirait bien qui rirait le dernier. Le procès lui semblait si gagné d'avance qu'il lui paraissait invraisemblable que la moustache n'y ait pas pensé plus en détail. Ainsi, il voyait deux issues plus réalistes : soit le commissaire le relâcherait, le lendemain, sans tambour ni trompette, en l'incitant à aller se faire voir ailleurs, soit il serait tenté d'étouffer le scandale en étouffant, au sens propre, un prisonnier africain anonyme dans sa cellule, puis en se débarrassant du corps. Voilà pourquoi il ne dormit qu'à moitié, les sens en alerte, les yeux rivés vers la porte de sa cellule, prêt à hurler, à griffer – au moins ne pas se rendre sans combattre. Lorsque son imagination ne s'égarait pas dans les méandres du pire, il pensait à Antoine. Il savait exactement ce qu'il était en train de faire : assis devant un ordinateur, il remuait ciel et terre. Il inondait de mails ses amis, ses contacts, la police française, le ministère de l'Intérieur. Ce n'était qu'une question de minutes avant qu'un officiel français passe un rapide coup de fil à un officiel turc, qui téléphonerait à un commissaire divisionnaire, qui téléphonerait au moustachu, qui se confondrait en excuses, et relâcherait Laurent. Ou alors il nierait, raccrocherait, furieux, et viendrait lui-même éclater les genoux du pédé africain qui hantait sa cellule. Puis les heures passèrent, le coup de fil mit du temps à arriver et Laurent finit par penser, à tort – mais que le doute s'insinue vite dans un esprit isolé ! –, qu'Antoine s'était peut-être résigné à ne rien tenter, par peur des représailles, ou dans l'espoir incertain que les mots du moustachu n'étaient que des menaces en l'air.

Oui, les pensées de Laurent tournèrent, rebondirent, moulinèrent, macérèrent dans sa fragile boîte crânienne. Il pensa à sa famille, à ses amis, aux filles qu'il avait connues, à ses aspirations, aux grands projets d'écriture qu'il n'avait jamais mis en route… S'il sortait de cette cellule en bonne santé, il se jura d'aller au bout de ce premier livre dont il parlait souvent à ses conquêtes potentielles. Il se surprit également à penser à Anna. Ce qu'elle faisait, où elle était. Ses reparties cinglantes. Ses yeux. Sa peau. Son corps, vigoureusement sailli par le veilleur de nuit. Des pensées fort peu catholiques lui traversèrent l'esprit, qu'il chassa, par culpabilité.

Au matin – quelle heure était-il ? – il fut réveillé par le bruit de la grille qui s'ouvrait. C'était l'instant. Si le jeune policier en uniforme était entré dans la cellule, Laurent se serait débattu. Mais le jeune policier se tenait en retrait, derrière la grille, immobile. Laurent cligna des yeux. Dehors, faisait-il jour ? Seule l'extinction des néons lui avait indiqué l'arrivée de la nuit. Le jeune policier lui fit signe, et dit quelque chose en turc que Laurent interpréta comme : *Lève-toi.* Il s'exécuta, s'approcha de l'entrée, encouragé par les acquiescements du petit maton. Il parcourut, incertain, les couloirs du commissariat, mais ne fut pas conduit dans une salle d'interrogatoire, ni dans un bureau attenant. Ils débouchèrent dans le hall, et le jeune policier lui montra la sortie, sans plus de cérémonie que si Laurent était simplement entré pour demander un renseignement. Le policier retourna dans le couloir. Laurent jeta un regard circulaire, mais personne ne faisait attention à lui. Il s'avança vers la lumière – il faisait donc jour – et fut ébloui par l'éclat du matin. Lorsqu'il parvint à discerner à nouveau les contrastes, il découvrit Antoine, qui l'attendait, debout, serein, adossé à sa voiture.

Laurent se frotta les yeux, se pinça, mais Antoine et la Lada étaient bien là. Les deux hommes se prirent dans les bras. Le moustachu les aurait vus qu'il aurait sans doute craché par terre et détourné le regard. Puis Antoine contourna la voiture et se mit au volant. Laurent ouvrit la porte passager : sa veste l'attendait sur le siège. Avec ses papiers. Et toutes ses affaires.

– Mec… comment t'as fait ?

– Si je te raconte, tu ne vas jamais me croire.

Antoine démarra et s'éloigna au plus vite du commissariat. Laurent fouilla son portefeuille. Tout y était, jusqu'au dernier centime.

Pendant que la voiture progressait vers les hauteurs, et seulement une fois qu'il se fut assuré que Laurent n'avait subi aucun outrage physique, Antoine raconta ses aventures des dernières vingt-quatre heures. Laurent fut stupéfait, abasourdi. Il ne réagit que par des grimaces involontaires et des onomatopées, buvant les paroles de son ami en convoquant une telle attention que lorsqu'ils se garèrent finalement, il eût été incapable de dire depuis combien de temps ils étaient partis – vingt minutes. Antoine sortit de la voiture. Il s'était arrêté dans son récit au même moment que toi, ami lecteur : lorsque papy Cengiz demandait à Antoine si Maria était bien sa grand-mère. Laurent sortit également, mais prit avec lui sa veste et son sac, au cas où.

– On est où, là ? demanda-t-il.

Antoine marchait déjà d'un bon pas.

– Nous sommes à Gürpinar, répondit-il en endossant le rôle du guide touristique. Une petite ville de six mille habitants. Mais lorsqu'il était peuplé d'Arméniens, le village portait un autre nom : Hayots-Tzor.

– Super. C'est censé me dire quelque chose ?

– Dans la mythologie arménienne, c'est dans la vallée d'Hayots-Tzor que Haïk vainquit Bel, l'envahisseur assyrien, et qu'il put ainsi offrir à son peuple un territoire à sa mesure.

– Hm. Qui est Haïk ?

– Un héros légendaire, descendant de Noé, patriarche de la

nation arménienne. Il aurait donc vécu ici il y a quelques milliers d'années.

– Et qu'est-ce qu'on fait là ?

Antoine fit un signe du menton. Laurent regarda d'abord autour de lui : ils venaient de remonter les allées d'un petit cimetière. Antoine lui montrait une pierre tombale, sur laquelle était simplement inscrit :

Maria Dertli
1937-1990

Ivan Dertli
1939-1999

La première sensation qu'éprouva Laurent, passé la surprise, fut éminemment personnelle et quelque peu honteuse : il se sentit inutile. Sans son aide, sans argent, sans téléphone, Antoine était parvenu en quelques heures à le sortir de prison, à retrouver leur voiture, à récupérer leurs affaires et à trouver la tombe qu'ils ne devaient pas trouver.

Antoine avait surtout eu beaucoup, beaucoup de chance. Le père du plus grand bandit de la région était un ami d'enfance de sa grand-mère, Maria Dertli. Il le soupçonna même, lorsqu'il lui parla de Maria, des étoiles dans les yeux, d'avoir été longtemps amoureux d'elle.

– Elle était très belle, tu sais, lui avait-il confié.

Il avait passé le reste de la nuit à écouter Mehmet – c'était le nom du vieil homme – lui parler de Maria. Et d'Ivan aussi. Mais moins.

– Attends, attends, l'interrompit Laurent. Je me perds. Tu veux dire qu'il connaissait les deux ? Maria *et* Ivan ?

– Oui. Enfants, ils jouaient ensemble.

Laurent conclut logiquement :

– Donc, Maria et Ivan étaient amis d'enfance.

Antoine secoua la tête :

– Non. C'est là que ça se complique. Maria et Ivan étaient frère et sœur.

Mehmet avait connu les Dertli dans les années quarante, juste après la guerre. Ils habitaient le même village. Abbas Dertli, leur père, était le libraire de Gürpinar. Un intellectuel, ouvert d'esprit. C'était le temps du kémalisme, qui avait instauré la laïcité comme principe fondateur de la Turquie moderne. Abbas était né bien avant le siècle. Il avait voyagé de par le monde, vécu longtemps à Istanbul et s'était installé à Gürpinar depuis quelques années. Il était doux et patient, conseillait aux villageois les poèmes de Nâzim Hikmet, mais aussi les romans de Dumas, Mark Twain ou Agatha Christie. Il n'élevait jamais la voix. Sa femme, la mère d'Ivan et Maria, était beaucoup plus jeune que lui. Le village l'évoquait autant pour sa beauté que pour sa discrétion. Mehmet avait un an de moins que Maria, un an de plus qu'Ivan. Maria était aussi vive et effrontée qu'Ivan était timide et renfermé. Elle entraînait le petit Mehmet dans les pires aventures, abusant de son droit d'aînesse. C'était une période transitoire, l'école n'enseignait pas de matières religieuses et les femmes du pays pouvaient croire à une émancipation accélérée. Maria, en tout cas, en était déjà assurée, du haut de ses sept ans. Mehmet était tout le temps fourré chez eux, préférant la voix et les yeux clairs de cette jeune et jolie fille à la rudesse de ses propres parents. Dans l'intimité de leur maison, le père, Abbas, passait le plus clair de son temps libre à lire, tandis que la mère, au prénom incertain, s'occupait des tâches ménagères. Parfois, Mehmet l'avait aperçue, se livrant solitairement à d'étranges rites religieux, qui n'avaient rien à voir avec l'islam – que ses parents à lui continuaient de pratiquer avec ferveur, au mépris de la laïcité encouragée, préfigurant la remontée des années cinquante. Mehmet avait vu Maria grandir et devenir une ravissante jeune fille de douze ans, pas encore une femme, mais en possédant déjà les attributs. Puis, un jour d'automne, Abbas Dertli mourut. Il avait des frères, qu'il ne voyait plus depuis longtemps, mais qui réapparurent pour saisir la maison. La mère de Maria et d'Ivan dut trouver du travail. On dit qu'elle fut un temps gouvernante dans une grande famille de la région. Un jour, Maria recroisa Mehmet dans la rue. Son regard avait changé. Elle avait désormais la distance qu'une jeune fille non mariée devait imposer à un garçon qui n'était pas de sa famille. Il la pressa de questions, mais elle lui dit simplement qu'ils devaient déménager. Elle l'embrassa sur la joue, effleura la commissure de ses lèvres, et ce fut la dernière fois qu'il la vit.

– Donc, reprit Laurent, ta grand-mère vivait ici.
– Oui.
– Elle est partie au début des années cinquante.
– Exact.
– Ton père l'a enterrée ici en 90.
– *Yes.*
– Et le père de ton père… était aussi son oncle ?

Antoine acquiesça. Il ajouta :

– Ça expliquerait le scandale. Ça expliquerait pourquoi ils seraient allés en Allemagne en 57.

– Ou avant 57. Peut-être qu'ils habitaient là-bas.

– Ça n'explique pas pourquoi Maria s'est retrouvée en prison.

– Non, ça, non. Mais ça expliquerait peut-être pourquoi ton père s'est brouillé avec son père à lui… En apprenant qu'il était né d'un inceste.

Antoine mit un moment avant d'acquiescer. Tout comme « génocide », « inceste » était un mot difficile à accepter.

– Et la voiture, alors ? Comment t'as fait ?

Retrouver la voiture avait pris trois mots et deux coups de fil. Mehmet avait parlé à son fils, Oguz avait parlé à son homme de main, l'homme de main avait décroché son téléphone. Une heure plus tard, la voiture était là.

– Et… pour la prison ?

Cengiz avait téléphoné personnellement au commissaire, ce qui s'était avéré bien plus efficace qu'une quelconque voie diplomatique.

En partant, Mehmet avait serré Antoine dans ses bras, contre son cœur, et lui avait glissé à l'oreille :

– *Güvenli yolculuk.*

« Bon voyage. »

Lorsque les deux jeunes hommes retournèrent à Van et s'allongèrent sur leurs lits respectifs pour une sieste bien méritée, ils furent traversés d'une étrange sensation. Une sorte de nostalgie. Ils venaient d'atteindre la fin du voyage. Il allait falloir songer au retour. Puis Antoine consulta sa messagerie.

Un mail l'attendait, envoyé aussi à Laurent.

C'était un mail d'Anna, sobrement intitulé : *Histoire de Heinrich.*

10.
Autriche, 1938

Ce jeudi-là, le cours du professeur Rosenthal fut nimbé de mélancolie : habituellement si plein d'humour et d'esprit, il ne put masquer une certaine amertume, peut-être même une crainte. Ailleurs, le monde se préparait à la grande boucherie. Les Japonais et les Chinois avaient déjà commencé. Les Russes se purgeaient eux-mêmes. Ici, en Autriche, on espérait. Tout le monde n'espérait pas forcément la même chose, d'ailleurs. Certains espéraient l'annexion à une « grande Allemagne » que le chancelier du Reich préparait ouvertement. D'autres espéraient le maintien de cet État austrofasciste dans lequel ils vivaient depuis cinq ans, caractérisé par son catholicisme d'État et son opposition au marxisme et au nazisme. Heinrich, lui, espérait un sursaut de raison. Il repensa à cette phrase de Dostoïevski, un de ses auteurs favoris : « Vivre sans espoir, c'est cesser de vivre. »

Il avait choisi d'étudier le droit, mais il aurait aussi bien pu étudier la médecine, la poésie ou la musique : sa position de benjamin le libérait des responsabilités familiales écrasantes. Il ne dirigerait jamais les usines de la puissante famille von Markgraff, c'était d'ailleurs la seule chose sur laquelle lui et ses parents étaient d'accord. Il leur en vouait même une certaine reconnaissance. Pour le reste, il était en constante rébellion contre toutes leurs opinions. Son frère aîné, Gunther, était le portrait craché de son père : il pensait comme lui, parlait comme lui, mangeait comme lui. Friedrich, le cadet, ne valait guère mieux. S'il était plus discret, ses idées et ses convictions étaient encore plus rétrogrades que celles de ses aïeux. Paradoxalement, on avait laissé Heinrich relativement tranquille durant toute son enfance et son adolescence, ce qui l'avait poussé à construire son propre système de pensée, en le puisant dans les livres et les journaux étrangers, ne se contentant pas de ceux qui ornaient la bibliothèque familiale.

Il était né en 1920, ni désiré ni attendu. Il avait huit ans de différence avec Friedrich, dix ans avec Gunther. Ils étaient aussi grands, blonds et athlétiques que Heinrich était petit, brun et peu doué pour le sport. Pour toutes ces raisons, c'étaient principalement des domestiques qui l'avaient élevé – sa propre mère évitant de se confronter trop souvent à ce petit dernier un peu raté. Il s'était souvent identifié au vilain canard d'Andersen. Mais comme le canard, il avait puisé dans ce rejet ses forces et son originalité. La proximité des domestiques – jardinier, cuisinière, maître d'hôtel – lui avait fait prendre conscience de sa position privilégiée. Extrêmement privilégiée.

Au lendemain de la Première Guerre, l'Empire austro-hongrois démembré avait laissé place à un pays exsangue, ruiné, en miettes. Les vainqueurs ignorèrent le souhait d'une majorité de la population de se voir rattachée à l'Allemagne et définirent une Autriche aux nouvelles frontières, dont la capitale, Vienne – tenue par un mouvement socialiste –, concentrait un tiers de la population et s'opposait aux forces traditionalistes des campagnes.

Le chômage était au plus haut, la monnaie au plus bas, la population avait faim. Mais Heinrich, lui, vivait comme un prince dans le *Herrenhaus* des von Markgraff. S'il était un secteur de l'économie qui avait profité de la guerre, c'était celui des marchands d'armes. Or, les fusils et les canons que fabriquaient les von Markgraff étaient les meilleurs du pays. Du moins, c'est ce que soutenait son père. Lorsqu'il se vantait, c'est-à-dire régulièrement, il rappelait également qu'ils contrôlaient toute la chaîne de fabrication : de la forge qui produisait l'acier aux usines de mécanique diverses, des mines de fer et de charbon jusqu'aux bateaux et aux camions qui acheminaient leurs marchandises, tout leur appartenait. Il ne cachait pas son modèle, allemand bien sûr : Krupp. Alfred Krupp, le « roi du canon », un des hommes les plus riches de son temps, avait construit un empire que Wilhelm von Markgraff rêvait d'égaler un jour. Mais pour cela, il lui faudrait une autre guerre. *Patience, papa*, pensait Heinrich. *Tu l'auras.* Il ne soupçonnait pas qu'elle arriverait si vite.

Pourquoi avait-il choisi le droit ? Il aimait l'idée de défendre des innocents, des causes, des gens qui n'avaient pas les armes pour se battre. Et puis il se plaisait, loin du manoir, à l'université de Vienne, qui concentrait alors près de six siècles d'histoire.

– *Herr Professor ?* J'ai une requête à vous soumettre.

Heinrich aimait beaucoup Rosenthal, comme la plupart des étudiants, du moins ceux qui n'étaient pas séduits par les nazis. Rosenthal n'hésitait pas à laisser entendre sa défiance à leur égard, voire à celui de Schuschnigg, le chancelier autrichien.

Quatre ans auparavant, le chancelier Dollfuss, qui dirigeait le pays vers une dictature centralisée, avait été assassiné par des sympathisants pro-nazis, et Schuschnigg avait pris sa place. Dollfuss refusait un mariage avec l'Allemagne, arguant que l'Autriche était catholique, l'Allemagne protestante, et qu'il était entendu que deux religions ne pouvaient cohabiter. Schuschnigg avait continué à esquiver les menaces de Hitler, mais en ce jeudi 10 mars 1938, il essayait surtout désespérément d'éviter une guerre.

Heinrich les haïssait tous. Hitler, Dollfuss, Schuschnigg, ses parents, ses frères, leurs idiotes de femmes. Il aimait Joyce, Dostoïevski, Hugo, Hesse, Goethe, Rilke et Shakespeare. Il considérait les domestiques et les nourrices comme sa famille, et les aimait tendrement, mais bon nombre d'entre eux cédaient à présent aux sirènes du nazisme. Il aimait le professeur Rosenthal, justement parce qu'il encourageait les étudiants à penser par eux-mêmes, à lire autant de philosophie et de poèmes que de codes civils et de livres de droit.

– De quoi s'agit-il, Heinrich ? dit Rosenthal en se retournant.

– Mes parents. Ils ont fait la demande que je les rejoigne au manoir. Ils pensent que Vienne n'est pas sûre, ces jours-ci.

– Entendu. Je vous excuse. Mais n'oubliez pas votre mémoire.

Décidément, Rosenthal était préoccupé. Sinon, Heinrich ne s'en serait pas sorti à si bon compte.

– *Herr Professor ?* Tout va bien ?

Rosenthal soupira profondément, et dit à Heinrich, en aparté :

– Qu'en pensez-vous, von Markgraff ? Est-ce que tout va bien ?

Hitler avait martelé son intention d'intégrer l'Autriche à son grand Reich, comme il l'avait fait avec la Rhénanie et la Sarre. Il eût obtenu gain de cause en 1934, à la mort de Dollfuss, si Mussolini n'avait pas déclaré son soutien à Vienne. Mais à présent, toutes les voies diplomatiques étaient épuisées, et Schuschnigg venait de jouer son va-tout : un référendum, pour ou contre le rattachement.

– Vous avez entendu son discours, hier, *Herr Professor ?* « Une Autriche libre et allemande, indépendante et sociale, chrétienne et unie »…

– Et alors ? Est-ce l'Autriche que vous voulez ?

Heinrich sonda son professeur du regard :

– En tout cas, je ne veux pas d'une Autriche hitlérienne.
– Nous l'aurons, pourtant.
– Je ne crois pas. Schuschnigg a remonté l'âge des votants à vingt-quatre ans, pour éviter les jeunes sympathisants nazis.
– Ça ne suffira pas. Rentrez chez vous, Heinrich, et prenez soin de vous.

Heinrich ne mit même pas une heure à rentrer au manoir. Il était parvenu à convaincre ses parents, par un tour de force mental, de lui offrir une moto. Une superbe BMW R12, deux cylindres, un seul carburateur, avec une fourche télescopique à amortisseur hydraulique, un bijou qui pouvait dépasser les 100 kilomètres à l'heure. Il soupçonnait ses parents d'avoir cédé en espérant secrètement qu'il raterait un virage et se tuerait sur le coup, leur épargnant ainsi de longues années de désaccords politiques.

Heinrich était de gauche. Il aurait peut-être adhéré au SPAD, le parti ouvrier social-démocrate, si celui-ci n'avait pas été interdit par le Front patriotique de Dollfuss, il y a quatre ans. Mieux encore – ou pire, selon ses parents –, il aurait aimé adhérer au KPO, le parti communiste, si celui-ci n'avait pas été dissous en 1933, par le même homme. Il avait lu *Das Kapital*, les trois volumes. Il en avait été bouleversé. Le capitalisme était un système injuste et aliénant, amené à être remplacé par un mode de production fondé sur la propriété commune. C'est l'expérience que tentaient les Russes, qu'il admirait profondément. Serait-il prêt à renier ses origines, sa famille, son confort pour s'engager dans une voie politique ? Il allait répondre à cette question de façon imminente.

Il laissa son casque dans l'entrée et se débarrassa de son manteau. Il connaissait les moindres recoins du manoir. Le majordome l'accueillit avec un sourire, et Heinrich lui offrit un livre qu'il venait de finir – *Le Conte de deux cités*, de Dickens. Il monta directement à sa chambre et s'allongea sur son lit. Il espérait ne pas avoir à croiser ses parents avant le dîner, même s'il ne les avait pas vus depuis plusieurs mois. Puis il pensa à Sarah.

Tout à l'heure, il était passé la voir, avant de rentrer au manoir. Cela faisait près d'un an qu'ils se fréquentaient. Sarah était la fille la plus enjouée, la plus optimiste, la plus intelligente et la plus ouverte d'esprit qu'il ait jamais connue et, pour ne rien gâter, elle était ravissante. Ils s'étaient rencontrés à la bibliothèque, comme dans un film : entré en collision avec elle au détour d'un couloir, il l'avait aidée à ramasser ses livres, avait croisé ses grands yeux noirs, était tombé immédiatement amoureux. La réciproque avait pris plus de temps : Sarah avait autre chose à faire que fréquenter des garçons. Son père était dentiste, elle avait décidé de devenir médecin. Toute autre place que major de promotion serait pour elle un échec personnel. Et puis, qu'allait-elle faire avec un garçon de la haute, catholique de surcroît ? Sarah Mandelbaum se marierait avec un Levi ou un Cohen, que ses parents lui présenteraient. De toutes les façons, son avenir amoureux n'était qu'accessoire, car seules comptaient sa carrière, les vies qu'elle sauverait, la fierté de ses parents. Alors, Heinrich avait lutté. De poèmes en chansons, il l'avait courtisée. Jouant d'abord la carte de l'amitié, se dévoilant petit à petit. Il avait compensé par son assurance les quelques centimètres qui lui manquaient. Et la chaste Sarah avait fini par trouver à son goût le jeune aristocrate.

Ensemble, ils se moquaient de l'étroitesse d'esprit des nazis, des fascistes, des conservateurs, des imbéciles de tous bords. Ils se tenaient la main et parlaient de livres, de cinéma, de musique. Ils avaient pleuré de rire devant *Les Temps modernes*, frissonné à l'unisson devant *Frankenstein*, souri devant *King Kong*, rêvé avec Fred Astaire, Errol Flynn ou Clark Gable. Ils dansaient sur le jazz de Louis Armstrong, Benny Goodman ou Glenn Miller et rêvaient d'Amérique tout en dénonçant sa politique impérialiste et son système financier. Ils n'avaient pas encore fait l'amour, mais leurs discussions enflammées et leurs baisers passionnés suffisaient à Heinrich. Il souriait en pensant au jour où il présenterait à ses parents une jeune fille juive de classe moyenne, qu'il appellerait *sa femme*.

– Si tu as le moindre problème, appelle-moi au manoir, lui avait-il fait promettre.

– Le moindre problème ? avait-elle repris, en souriant. Tu crois que je ne sais pas résoudre un problème ?

Et elle l'avait embrassé, sur les lèvres, avant qu'il ne reparte. Elle avait peur de cette moto, mais il sentait, lorsqu'il la prenait derrière lui et que la vitesse augmentait, qu'elle le serrait plus fort et que son bas-ventre dégageait des ondes de chaleur des plus excitantes.

Au repas, il trouva son père et son frère aîné dans une conversation déroutante. Ils mentionnaient « le parti », les prochaines réunions, les derniers propos du dirigeant, les semaines à venir. Il comprit avec effarement qu'ils parlaient du parti nazi. Même si la perspective de partager le toit et le sang d'une famille de nazis lui fit horreur, il dut bien leur reconnaître un certain courage – modéré d'un opportunisme certain. Le parti était interdit sur le territoire autrichien, au même titre que le KPO.

– De quoi parlez-vous ? demanda-t-il innocemment.

Son père le foudroya du regard, puis consulta silencieusement Gunther, qui acquiesça.

– Assieds-toi, Heinrich, lui dit-il.

– Quoi ? Pas de reproches ? Pas de questions sur ma vie dissolue ? Ce doit être important, répondit Heinrich en s'asseyant.

– Ça l'est, dit Gunther d'un ton sec.

Le père leva la main, et Gunther se tut. Puis Wilhelm von Markgraff reprit :

– L'Autriche va disparaître.

– Tu es déjà au courant des résultats du référendum ? Je suis très impressionné, papa…

– Il n'y aura pas de référendum.

Heinrich secoua la tête, incrédule. Mais son père continua :

– Demain matin, les frontières seront fermées et les troupes allemandes concentrées à Salzbourg. Göring demandera la reddition sans condition du pays.

– Schuschnigg refusera.

– Schuschnigg sera forcé de démissionner. Demain soir, l'Autriche appartiendra au Reich et Hitler aura réussi l'Anschluss.

Heinrich resta silencieux, un instant.

– Comment le savez-vous ?

– Nous sommes allés à Berlin, intervint alors Gunther. Négocier.

– Vous êtes allés à Berlin ?

Wilhelm se leva et partit chercher une petite boîte de bois, qu'il ouvrit. À l'intérieur se trouvaient des papiers et plusieurs brassards. Heinrich en saisit un et le détailla. Il ne put s'empêcher de faire le malin :

– Savez-vous qu'en Asie, la croix gammée est un symbole d'éternité ? On le retrouve en Inde, en Chine…

– L'heure n'est plus à la plaisanterie, Heinrich.

– Père, je savais que vous étiez un conservateur, un catholique de la pire espèce, et je soupçonnais Gunther d'être un peu arriéré, mais je ne vous savais pas nazi.

– Je suis conservateur. Je tiens à ce que ces murs, ce manoir, ces usines, cette fortune restent les nôtres. Ils n'aiment pas les étrangers ? Moi non plus. Les nazis ne font pas dans la demi-mesure, mais ils ont le vent en poupe, leur économie est florissante et que tu le veuilles ou non, demain, Hitler sera notre nouveau chancelier.

– Ils stigmatisent les religions, interdisent la presse, musellent l'opposition, cantonnent la femme à son rôle de mère, commettent les pires crimes, non, effectivement, ils ne font pas dans la demi-mesure.

– Et pourtant, demain, toute cette famille adhérera au NSDAP.

– Pas moi, merci.

– Si, Heinrich, toi aussi !

Il avait haussé la voix.

– Les nouveaux patrons arrivent et ils sont d'humeur guerrière. Nous pouvons faire des affaires faramineuses, si nous graissons les bonnes pattes et levons bien haut notre bras en criant : *Heil Hitler !*

– Jamais !

La gifle partit sans prévenir. Wilhelm avait une jambe un peu fragile, mais des poignets solides. Heinrich fut surpris par la vigueur du coup.

– Écoute-moi bien, car je ne le répéterai pas. Tu feras les études que tu voudras, le métier que tu voudras, mais quand je dirai de mettre ta croix gammée et ton costume de fils obéissant, tu le feras. C'est clair ?

– Oui, père, dit Heinrich en se tenant la joue.

Le lendemain matin, les prédictions de Wilhelm von Markgraff se révélèrent exactes. Schuschnigg fut réveillé à 5 heures du matin par la douce nouvelle que l'armée allemande était à sa porte. Hitler avait même eu l'élégance d'envoyer un télégramme à Mussolini, pour le prévenir de ses intentions. Ce fut le début de tractations qui durèrent toute la journée. Heinrich n'attendit pas. Il savait très bien ce que signifierait l'arrivée des nazis au pouvoir. Il sauta sur la moto et partit rejoindre Sarah, qui était en cours. Il pénétra dans l'amphithéâtre et s'avança jusqu'à elle.

– Heinrich, qu'est-ce que tu fais là ?

– Tu dois rentrer chez toi. Maintenant. Crois-moi, tu dois rentrer chez toi.

– Le cours finit dans une heure.

– Je t'attends à la sortie.

Lorsque le cours se termina, il l'attendait, comme promis. Elle était presque fâchée :

– Mais qu'est-ce qui te prend ?

– C'est une question de minutes. Il faut aller prévenir ton père.

Sur la moto, il tenta de lui expliquer, mais le bruit du moteur couvrit ses mots. Ils entrèrent dans le cabinet du père de Sarah, il était en consultation. Heinrich essaya de lui résumer ce qui se passait : si les nazis pénétraient en Autriche, elle serait la première victime. La réaction de Sarah fut aussi adorable que naïve :

– Heinrich… Je suis autrichienne. Mes ancêtres étaient viennois, ma mère s'appelle Rachel *Wiener*. Littéralement « la Viennoise ».

– Ça ne suffira pas.

– L'Autriche n'est pas un pays nazi.

– Si, crois-moi. Ils accueilleront les Allemands avec des drapeaux et des bouquets de fleurs.

Une cliente sortit et Heinrich pénétra dans le cabinet du docteur Mandelbaum avec précipitation. Le dentiste, lui, les accueillit avec joie :

– Ah ! Heinrich, Sarah, écoutez, Schuschnigg va faire une allocution.

La radio était allumée. Heinrich aimait beaucoup le père de Sarah, un homme doux et généreux. Il se fichait de sa religion, affichant une passion pour la science et les progrès en chirurgie dentaire. C'était un homme heureux.

– « Le gouvernement allemand a remis aujourd'hui au président Miklas un ultimatum lui ordonnant, dans un délai imposé, de nommer au poste de chancelier une personnalité désignée par le gouvernement allemand. En cas de refus, les troupes allemandes envahiraient l'Autriche. »

Le sourire du dentiste s'effaça.

– « Le président Miklas m'a demandé de faire savoir au peuple d'Autriche que nous avons cédé à la force parce que nous refusons, même en cette heure terrible, de verser le sang. »

– Quoi ? Ils ont cédé ?

– « Nous avons donc décidé d'ordonner aux troupes autrichiennes de n'opposer aucune résistance. Je prends donc congé du peuple autrichien, en lui adressant cette formule d'adieu allemande, prononcée du plus profond de mon cœur : Dieu protège l'Autriche. »

– Qu'est-ce que… qu'est-ce que ça veut dire ? demanda le dentiste.

– Ça veut dire que les nazis arrivent, dit Heinrich. Je vous conseille de fermer votre cabinet pendant quelque temps. L'air va vite devenir irrespirable.

– Jamais, dit Sarah.

Heinrich la regarda. Il était fou amoureux de cette femme.

Le soir même, la foule se déchaîna, frappant les juifs qu'elle croisait, brisant les vitres de leurs commerces. Heinrich conduisit Sarah chez elle, tandis que le dentiste les suivait dans sa petite Volkswagen. Le lendemain matin, la huitième armée de la Wehrmacht pénétra sur le sol autrichien. Elle fut accueillie par des cris de joie et des saluts hitlériens. Le Führer lui-même entama une marche triomphale jusqu'à Vienne, électrisant les foules à chaque étape. Trois jours plus tard, sur la Heldenplatz, deux cent cinquante mille personnes s'amassaient pour apercevoir le « sauveur de l'Autriche ». Durant les semaines qui suivirent, des dizaines de milliers d'opposants politiques, journalistes et juifs furent arrêtés, emprisonnés ou envoyés en camp de concentration. Les réactions étrangères furent tièdes.

Le père de Sarah finit par fermer son cabinet et sortir de moins en moins. Sarah continua d'aller à l'université, tentant d'ignorer le danger. Heinrich et elle se disputaient souvent à ce sujet. Il l'implorait de se cacher, citait les exemples de nombreux amis juifs, harcelés, emprisonnés, disparus. Mais Sarah résistait encore, jusqu'au jour où elle comprit que sa résistance perdrait aussi sa famille. Un jeune nazi, étudiant comme elle la médecine, la prit pour cible. Il commença par tenter de la séduire, un peu brutalement, et vécut très mal d'être éconduit. Il décida alors de détruire la réputation de Sarah, et d'attirer l'attention du parti sur la famille Mandelbaum. Mais lorsqu'ils arrivèrent à leur porte, prêts à démolir, briser, enflammer, confisquer, ils ne trouvèrent personne.

Heinrich jouait, lui aussi, un jeu dangereux. Il avait accepté ce rôle d'enfant modèle, de bon petit Aryen, mais il avait également rejoint un groupe de résistance à dominance communiste. Il avait seulement été sidéré de voir à quel point ses camarades et lui étaient jeunes. Pas un seul n'avait plus de trente ans. Ils décidèrent d'imprimer une gazette libre, de prendre contact avec des correspondants étrangers, et d'aider tout prisonnier politique, intellectuel harcelé, ou minorité religieuse. Heinrich fit passer le cas de Sarah au tout premier plan. Le docteur avait les moyens de payer, mais ni lui ni sa femme ne voulaient quitter l'Autriche. Sarah avait également une petite sœur et un petit frère. Heinrich fit faire des faux papiers pour toute la famille, avec un nom bien catholique. Il sillonna la région et trouva une maison attenante à un cabinet, à Baden, une petite ville située à moins de 30 kilomètres du manoir. Il se présenta comme agissant pour le compte d'un ami et assura la négociation.

Puis il roula jusqu'à la maison des Mandelbaum, leur confia les faux papiers, et les conduisit jusqu'à leur nouvelle demeure.
– Surtout, leur dit-il, vous devez désormais vous appeler comme c'est écrit sur vos papiers. Même dans le cadre de la famille, les enfants n'ont pas droit à l'erreur. Faites-leur répéter, inlassablement. Ils ne peuvent pas se tromper, à l'école.
– Bien sûr, dit le docteur.
– Sarah devra travailler, abandonner les cours, du moins pour le moment.
– Elle pourra travailler avec moi, au cabinet.
– Parfait.

La maison plut à la famille. Après tout, ils avaient plus d'espace qu'à Vienne et le loyer était moins cher. Sur le pas de la porte, le docteur serra la main de Heinrich et lui dit, droit dans les yeux :
– Merci. Merci pour tout.
Puis il disparut à l'intérieur, et Sarah sortit. Elle le prit dans ses bras et l'embrassa.
Bonne nuit, lui dit-il.
– Je viens avec toi.
– Quoi ? Où ça ?
– Au manoir. À moins que je ne sois pas assez bien pour tes parents ? demanda-t-elle en souriant.
Elle était impeccablement habillée, ni prude ni dévergondée, avec un sens du chic digne des Parisiennes les plus snobs.
– Tu n'es pas trop sous le choc ?
– Je veux être à toi, ce soir.
Heinrich acquiesça, comprit. Mesura les risques.
Il roula jusqu'au manoir, et ce fut le majordome qui, le premier, eut un regard appréciatif pour Sarah.

Au dîner, ils arrivèrent ensemble. Toute la famille était assise : Wilhelm, Katharina, la mère, Gunther, Friedrich et leurs femmes respectives, Ursula et Gabriele. Ils n'avaient pas encore d'enfants, mais quand Heinrich entendait parler leurs femmes, il se disait qu'elles n'avaient sûrement pas trouvé le manuel. Sarah, bien sûr, fit une impression immédiate. Heinrich vit friser la moustache de son père. Après tout, elle était grande, élancée, élégante. Il sut qu'elle saurait tenir sa place et faire preuve d'esprit quand il le fallait. Alors, rassuré, il la présenta :

– Père, mère… Voici Adelheid.

Adelheid Gerber ne revint pas souvent au manoir. Elle resta à Baden, discrètement, à travailler au cabinet de Herr Gerber, cet excellent nouveau dentiste. La suite des événements donna raison à leur discrétion. Les violences et les actes de malveillance à l'encontre des juifs et opposants divers augmentèrent à mesure que se tendait la situation internationale. La nuit du 9 au 10 novembre, ou nuit de Cristal, déchaîna les foules enragées sur la population juive, sous un prétexte fallacieux. Les casseurs de Vienne furent parmi les plus zélés, incendiant quarante synagogues, tuant trente juifs, en blessant cent. Sarah/Adelheid ne laissait rien paraître en public mais pleurait à chaudes larmes dans les bras de Heinrich en apprenant le sort de ses amies viennoises. Elle rejoignit le groupe de résistance, dont les actions, pour l'heure, se limitaient à écouter du jazz et à lire des livres interdits par le nouveau régime. Ils apprirent à se cacher, à avoir une double vie. Ils étaient une dizaine de jeunes rebelles, jamais d'accord sur leurs goûts mais unis contre la tyrannie nazie. Le plus âgé d'entre eux n'avait pas vingt-deux ans.

L'année suivante, le Reich engloutit la Pologne et la Tchécoslovaquie. Enfin, la France et le Royaume-Uni réagirent et déclarèrent la guerre à Hitler.

– C'est l'affaire d'un an, disait Heinrich. Dans un an, l'Autriche redeviendra l'Autriche.

Mais au fond, le pensait-il vraiment ? Les jeunes Autrichiens étaient fiers et heureux de faire partie d'une nation glorieuse, ils s'engageaient dans l'armée, lisaient *Mein Kampf*, paradaient en arborant fièrement le brassard à la croix gammée et l'uniforme des Jeunesses hitlériennes.

Une année passa encore et en avril 1940, Hitler lança ses offensives. En trois mois, il prit le Danemark, la Norvège, les Pays-Bas, la Belgique – contournant ainsi la formidable ligne Maginot imaginée par les arrogants Français – et entra dans Paris, triomphalement, le 14 juin.

Les juifs qui avaient eu le malheur de rester devaient remettre à la police tous leurs effets personnels – voitures, vélos, postes de radio. Leurs rations alimentaires étaient limitées, leur période de couvre-feu augmentée.

Un an plus tard, la Hongrie, la Bulgarie, la Slovaquie avaient adhéré au pacte tripartite qui liait l'Italie et le Japon à l'Allemagne. Le IIIe Reich avait englouti l'Europe. Seule l'antique Grèce résistait encore, mais plus pour longtemps.

En juin 1941, les Autrichiens étaient au comble de la joie. Ils avaient clairement choisi le bon poulain – ils n'avaient pas choisi, se disait Heinrich, mais c'était un détail pour eux. Les von Markgraff aussi jubilaient – ils avaient signé avec la Wehrmacht d'importantes commandes et réalisé de juteux bénéfices. Ils avaient usé de leur influence pour épargner à leurs trois fils une mobilisation militaire. Leurs brus étaient tombées enceintes, en même temps. Et même leur vilain petit canard, Heinrich, entre deux cours de droit, s'investissait dans la vie interne du parti et envisageait désormais une carrière politique. Oui, au mois de juin 1941, tout leur souriait. Même le temps, splendide.

Heinrich, en secret, étouffait. Il rejetait profondément le cynisme de cette famille qui s'enrichissait sur les morts et les souffrances des populations étrangères. Il détestait cette étiquette de marchand d'armes qui lui collait à la peau et qui, paradoxalement, lui ouvrait toutes les portes de l'administration nazie. À Vienne, il s'était rapproché de la *Kommandantur*, et était devenu très proche notamment de l'*Oberleutnant* Werner, un militaire de carrière d'une trentaine d'années, plutôt bonhomme, qui l'avait pris en affection. Werner lui confiait régulièrement en aparté les succès du Reich, croyant lui faire plaisir, assassinant en réalité chacun de ses espoirs.

C'était une période étrange. Heinrich aurait dû être lui-même au comble de la joie, fier de ses origines, de sa famille, de la grandeur allemande, et c'était ce qu'il affichait en public. Pourtant, il était tourmenté, déchiré. C'était souvent Sarah qui devait lui rendre le sourire, et elle avait trouvé, depuis leur première tentative – pas très fructueuse –, bien des manières d'y arriver. Il aimait son humour, sa façon à la fois cartésienne et romantique de penser, son sourire, ses lèvres, ses yeux, ses seins, la courbe de ses reins. Elle aimait son courage, sa détermination, sa bonté de cœur, enfouie sous des couches de bienséance nazie.

Le 22 juin, il fut invité par Werner à se rendre à Berlin, pour assister à la finale du Championnat allemand de football, qui opposait le FC Schalke 04 au Rapid de Vienne. C'était la première fois qu'il allait à Berlin et il ne put s'empêcher d'être impressionné par le gigantisme de la ville. Il apprécia particulièrement le nouvel aéroport de Templehof, conçu par Albert Speer, dont les courbes parfaites accentuaient l'ampleur. Et que dire de l'Olympiastadion, rempli à ras bord de près de cent mille spectateurs en délire ? Ce fut un match exceptionnel. Schalke menait 2-0 huit minutes après le coup d'envoi. À l'heure de jeu, ils inscrivirent leur troisième but, la messe était dite, les Allemands tombaient à la renverse de bonheur. Mais trois minutes plus tard, Georg Schors réduisit le score et relança le suspense. Quelques minutes encore et Franz Binder marqua à son tour, ramenant les Viennois à un petit but. Binder, encore, provoqua l'égalisation sur un penalty transformé. Et ce fut toujours lui qui, sur un coup franc, inscrivit son troisième but, offrant la victoire aux Autrichiens. Le stade *vibra*. Heinrich lui-même se laissa gagner par la fièvre des vainqueurs. C'est alors que l'*Oberleutnant*, se penchant vers lui, lui dit :

– Aujourd'hui, l'Europe. Demain, le monde.

Heinrich se retourna, interloqué.

– Le Führer est entré en Russie, continua Werner.

– En Russie ? Mais je croyais que nous avions un pacte de non-agression ?

– Il est vital de propager notre politique. Avec le front de l'Est, vous allez devenir encore plus riche, Herr von Markgraff.

– Mais la Russie est immense ! Comment compte-t-il… ?

– Avec quatre millions de soldats, cinq mille tanks et cinq mille avions. Et puis les Russes n'en peuvent plus de ce régime dictatorial, ils nous accueilleront en libérateurs. Vous verrez, ce sera réglé avant l'hiver.

Les premières semaines furent fidèles aux prédictions du militaire, mais l'hiver arriva et le front s'enlisa. Rien n'est plus fédérateur qu'un ennemi commun, et Staline utilisa les nazis pour unifier son peuple afin qu'il marche au pas et serve de chair à canon. Pour chaque Russe tué, il en revenait deux.

En octobre 1941 commencèrent les déportations de juifs, par milliers, vers les camps de l'Est. En novembre, les chambres à gaz fonctionnaient.

C'est à cette période que la cellule de résistance commença à projeter sérieusement une action contre le régime nazi.

Ils avaient pris contact avec d'autres groupes, mieux organisés, plus âgés aussi. Leur symbole de reconnaissance était O5.

Le 5 représentait la cinquième lettre de l'alphabet, E. OE étant l'abréviation d'Österreich, Autriche.

Chacun, dans le groupe, avait ses compétences particulières. Otto travaillait dans une imprimerie, il pouvait clandestinement imprimer leurs tracts et leur revue. Mark était cheminot, il pouvait connaître les arrivées et les départs des convois militaires. Heinrich, outre ses compétences légales, avait un accès particulièrement libre à l'administration nazie. Sarah avait des connaissances médicales – elle continuait à étudier en secret. Eva, enfin, cuisinait pour le groupe et rédigeait leurs comptes rendus de séance, ou les articles qu'ils publiaient sous le manteau. Eva était une drôle de jeune fille : ses deux parents étaient morts dans un accident de voiture et lui avaient laissé un petit pécule, suffisant pour louer un appartement en ville. Elle était très discrète, lisait beaucoup, parlait peu. Elle ressemblait un peu à Sarah, même si elle était plus petite, moins élégante, moins lumineuse. Heinrich la soupçonnait d'être en secret amoureuse de lui. Ou de Sarah, peut-être. En tout cas, elle était fascinée par leur couple.

Ce soir-là, ils débattirent de l'action qu'ils pourraient coordonner. Heinrich en avait assez d'écouter du jazz et d'imprimer des tracts :

– Ils tuent des gens et nous, nous disons des poèmes.

– Tu veux faire quoi ? Nous sommes cinq, ils sont des millions.

– C'est le symbole qui compte. Il faudrait accomplir une action exemplaire. C'est maintenant, pendant qu'on ne dépend de personne. Tant qu'on n'a pas d'enfants, pas de métier véritable. C'est maintenant qu'on doit leur montrer ce qu'est le courage.

– Du sabotage ? proposa Mark.

– C'est trop peu. Il faut tuer. Il faut assassiner un officier.

– Tu ferais ça ? Toi ? demanda Otto, pas convaincu.

– Et pourquoi pas ? répliqua Heinrich. J'ai accès à la *Kommandantur*. Je demanderai à voir mon ami, Werner. Et je lui tirerai une balle en plein front. Si tu savais comme j'en ai assez d'entendre ses âneries antisémites.

Sarah secoua doucement la tête.

– Tu n'as pas d'enfants, mais tu as une famille. Moi aussi. Otto aussi, et Mark. Et Eva a une famille aussi : nous.

– Alors on fait quoi ? On reste là, bien sagement, à attendre ?

– Non, bien sûr. On va réfléchir. Mais pense que si l'un d'entre nous franchit cette ligne, il est prêt à mourir.

En sortant, après l'avoir ramenée chez elle, à moto, Heinrich prit sa fiancée à part :

– Je suis prêt à mourir.

– Moi pas. Et je ne veux pas te perdre.

– Toi pas ? Après tout ce qu'ils ont fait aux tiens ?

– Aux *miens* ? Les miens, ils sont dans cette maison, au chaud. Et les nôtres, rien ni personne ne nous empêchera de les faire lire, apprendre, réfléchir.

– Les nôtres ? demanda Heinrich.

Sarah sourit, et posa sa main sur son ventre.

Heinrich rentra chez lui, ce soir-là, avec des idées qui circulaient beaucoup trop vite dans sa tête. Sarah était *enceinte*. Il allait être papa, en même temps que ses frères. Il allait devoir accélérer les choses, l'épouser, et vite. Elle allait devoir continuer de potasser son catéchisme, chose qu'elle ne supportait pas. Et surtout, il allait devoir parler à ses parents.

Il trouva son père au salon, écoutant du Wagner. Il était rare que Wilhelm von Markgraff soit encore levé passé 10 heures du soir. Heinrich décida de saisir cette occasion :

– Bonsoir, père.

– Heinrich ! Qu'est-ce qui t'amène au manoir ? Quelle heure est-il ?

– 11 heures moins le quart.

– *Mein Gott*, je n'ai pas vu le temps passer.

– Je vous sers un cognac ?

Wilhelm considéra son fils et ce qu'il venait de lui dire. Il était peut-être raciste, conservateur et nazi, mais il n'était pas le dernier des imbéciles :

– Qu'as-tu encore fait ?

– Moi ? Rien, répondit Heinrich en versant une large rasade d'alcool à son père.

– Allons, réponds. Tu veux changer de voie, finalement ? T'engager dans la marine ? Courage et droit au but, garçon.

– Je veux me marier.

Wilhelm accusa le coup.

– Avec qui ?

– Avec Adelheid, bien sûr. Tu l'as vue plusieurs fois.

Le père soupira profondément.

– Oui, oui… Elle est très jolie. Mais voir une fille pour passer le temps, c'est quelque chose, se marier, c'est autre chose. Pourquoi veux-tu te marier ? Elle n'est pas enceinte, au moins ?

Heinrich hésita à lui confier la vérité, et opta pour :

– Je l'aime, elle m'aime. Nous nous aimons.

– Pour le moment, oui, mais tu es si jeune !

– Père…

Wilhelm von Markgraff réfléchit un instant. Après tout, ses deux fils étaient mariés avec des pimbêches fortunées, peut-être pourrait-il laisser le cadet choisir une fille qui avait du caractère.

– Il faudrait au moins que je rencontre ses parents. Que fait son père ?

– Il est dentiste. Un très bon dentiste.

– Son nom ?

– Wilfried Gerber. Il travaille à Baden. Adelheid est son assistante.

– Il est au parti ?

– Nazi ? Non, mais Adelheid a fait son *Reichsarbeitsdienst.*

Le RAD, ou *Reichsarbeitsdienst*, était le service civil qui précédait le service militaire obligatoire. Adelheid avait judicieusement choisi de s'y inscrire, pour asseoir sa couverture.

– Et elle envisage, appuya-t-il, de s'engager dans la Wehrmacht.

– Ah. Et c'est pourquoi tu souhaites l'épouser ?

Heinrich ne répondit pas, Wilhelm prit ce silence pour un aveu. Il regarda la pendule et partit vers sa chambre en disant simplement :

– *Gute Nacht, Heinrich.*

– Père ?

Wilhelm s'arrêta au pied de l'escalier, se retourna et dit négligemment, en évitant de regarder son fils au fond des yeux :

– Je vais y réfléchir.

Heinrich dormit au manoir, abandonnant toute pensée guerrière. Il s'imagina au bras d'Adelheid, tout de blanc vêtue, et son sourire ne s'effaça pas de la nuit.

Le lendemain, Wilhelm décrocha son téléphone et appela un ami qu'il avait connu dans les tranchées, lorsqu'il était lui-même sous-officier. Son ami avait suivi une carrière dans la police, puis s'était vu proposer une retraite anticipée lorsqu'il avait perdu sa jambe gauche – une vieille plaie mal soignée qui avait dégénéré en gangrène. Il passait l'essentiel de son temps à boire et à dormir, mais ne rechignait pas à rendre service à de vieux camarades, moyennant rémunération, bien entendu. Wilhelm l'employait donc régulièrement, soit pour une besogne discrète, soit pour une enquête, car il avait encore beaucoup d'amis dans la police.

– Bonjour, Kurt, je ne te dérange pas ?

– Wilhelm ! Quel bon vent t'amène ?
– J'ai besoin d'un service.
– Tout ce que tu veux.
– Mon fils cadet, Heinrich… fréquente une fille. Elle vit à Baden, mais ils se sont connus à l'université.
– Et tu veux que je lui casse les jambes ? fit Kurt, en référence à quelques leaders syndicalistes dont il avait dû débarrasser son patron.
– Non, pas cette fois-ci, dit Wilhelm en souriant. Son père est dentiste, à Baden, et il n'a pas adhéré au parti. Je voudrais que tu vérifies qu'il n'ait pas un passé social-démocrate, ou pire, communiste.
– Ça la foutrait mal, effectivement.
– Il s'appelle Gerber. Wilfried Gerber. Tu peux t'en occuper ?
– C'est comme si c'était fait.

Quelques jours plus tard, Heinrich passa au cabinet du docteur Mandelbaum, pour une visite de courtoisie, et pour préparer le terrain. Quels mots emploierait-il pour lui demander la main de sa fille ? Il avait longtemps réfléchi. Bien sûr, le docteur devait se douter que la question arriverait un jour ou l'autre. Mais Sarah lui avait confié que son père, en grand philosophe, l'avait mise en garde :
– Heinrich est un bon garçon, je le sais, mais sa famille n'est pas du même monde que nous. Ils ne te laisseront pas l'épouser, ma chérie. Vous vous aimez, je le vois bien, mais un jour, vous devrez renoncer l'un à l'autre.
Quelle ne serait pas sa surprise, s'il parvenait à convaincre son père.
Il était en train de travailler à la formulation de sa demande, lorsqu'il constata que le cabinet était fermé. Il jeta un œil à sa montre : il était en plein milieu des horaires d'ouverture. Il toqua à la vitre, personne. Il sonna à la porte, personne dans la

maison. Il s'inquiéta. Ce matin, déjà, lorsqu'il avait téléphoné, il s'était étonné que personne ne lui réponde. Il sonna à la porte d'à côté, qui s'ouvrit sur la voisine, une femme assez ronde, d'une quarantaine d'années. Il ne l'avait jamais aperçue auparavant.

– Oui ?

– Pardonnez-moi de vous déranger, j'avais rendez-vous avec le docteur Gerber, j'ai une dent qui me lance terriblement.

– Vous n'êtes pas le premier à me dire ça. Le docteur est parti, je crois.

– Parti ?

– Ce matin. Avec sa famille.

– Quoi ? Je veux dire… Je connais un peu sa fille… Elle est grande, très jolie…

– Elle était avec eux.

Une intuition saisit Heinrich. Il se retourna. La petite Volkswagen du père était toujours là. Il considéra la voisine : méritait-elle sa confiance ? De toute façon, il n'avait pas le temps de tergiverser :

– Leur voiture est là. Comment sont-ils partis ?

Un voile passa dans les yeux de la voisine. Pouvait-elle lui faire confiance, à lui ?

– Des hommes sont venus, tôt ce matin. Leur véhicule m'a réveillée.

– Des militaires ?

– Non, non, des civils.

– La Gestapo ?

– Je ne crois pas. Les murs sont fins, j'entendais les hommes qui disaient : Dépêchez-vous, dépêchez-vous…

– Dépêchez-vous de quoi ?

– De faire leurs valises, je suppose.

– Ils avaient leurs valises ?

– Oui.

– Et après ?

– Après ils sont montés dans le camion. Et ils sont partis. Je crois que…

Elle hésita à finir sa phrase. Heinrich la regarda, attendit.

– Je crois qu'ils étaient juifs, dit-elle à voix basse.

– Qui ? Les hommes ?

– Non ! Les Gerber. J'entendais les hommes qui disaient : *Eile, juden, eile !*

« Dépêche-toi, juif, dépêche-toi. »

Heinrich blêmit. Il remercia la voisine, du bout des lèvres. Rassembla ses pensées. Que s'était-il passé ? Comment ? Qui ? Pourquoi ?

Il savait le sort qu'on réservait aux juifs du territoire du Reich. On les mettait dans un convoi et ils terminaient en camp de concentration, sans espoir de retour. Il sauta sur sa moto, se rendit au bureau de poste le plus proche et appela Mark, oubliant les règles de sécurité les plus élémentaires.

– Qu'est-ce que tu veux ? Je travaille !

– Je dois te voir ! Maintenant !

Heinrich fonça vers le tronçon où Mark était affecté et le prit à part.

– Mark, pas le temps de t'expliquer, Sarah a été arrêtée.

– Sarah ?

– Adelheid ! Sais-tu s'il y a un convoi qui part pour la Pologne aujourd'hui ?

– Un convoi ?

– Un convoi de juifs !

– Adelheid est juive ?

– Mark ! Réponds-moi.

– Quel jour sommes-nous ?

Heinrich se concentra.

– Jeudi.

– Jeudi, oui, il y en a un qui part à midi.

– À midi. Quelle heure est-il ?

Il était midi passé de quinze minutes.

– Il aura peut-être du retard.

– Du retard ? Ici, en Autriche ?

Heinrich partit le plus vite qu'il put, prenant tous les risques sur la route. Vingt minutes plus tard, suant et tremblant, il débarquait à la gare de Vienne, sans aucune idée précise de ce qu'il allait faire. Instinctivement, il passa son brassard, toujours plus efficace pour lier le contact avec les nazis. Il s'approcha d'une patrouille, proche des voies.

– *Heil Hitler.*

– *Heil Hitler*, répondirent-ils en chœur.

– Le convoi, est-il déjà parti ? Le convoi de midi ?

Ils se regardèrent, perplexes, mais l'un d'eux répondit :

– Le convoi de juifs ? Oui, il est parti.

Heinrich se décomposa intérieurement, mais garda contenance :

– Qui est en charge des listes ? À qui dois-je m'adresser ?

– Les listes ? demanda le militaire.

– Peu importe. Quelle voie ? demanda Heinrich, fermement.

Le militaire montra une direction, que Heinrich s'empressa de prendre. Il trouva, fort heureusement, un groupe de soldats qui encadraient le personnel de gare. Il s'approcha de celui qui semblait le plus gradé et employa un ton péremptoire :

– *Heil !* Je suis Heinrich von Markgraff, des usines von Markgraff. Nous soupçonnons qu'il puisse y avoir du personnel à nous dans votre train, montrez-moi la liste.

– La liste ?

– La liste des juifs montés dans le convoi. Le convoi de midi. Vite !

Le responsable fut si décontenancé par l'attitude confiante du jeune homme qu'il lui tendit automatiquement la liste. Heinrich, qui n'avait pas une minute à perdre, parcourut méthodiquement les centaines de noms qu'elle contenait, jusqu'à tomber sur Gabriel Mandelbaum, Hanna Mandelbaum, Jacob Mandelbaum, Rachel Mandelbaum et Sarah Mandelbaum. Son sang se glaça. Le monde s'arrêta de tourner.

– Herr von Markgraff ? demanda le militaire.

– Le convoi, fit Heinrich en tâchant de se reprendre, est-il parti à l'heure ?

– *Ja, natürlich.*

Heinrich regarda l'horloge la plus proche. Il était midi passé de trente-cinq minutes.

– S'arrête-t-il, en chemin ?

– Ce sont des informations confidentielles…

– S'arrête-t-il à Brno ?

Le militaire secoua la tête, et concéda :

– Prochain arrêt : Breclav.

Heinrich roula à 110 kilomètres à l'heure, tout en calculant. Il regrettait d'avoir été si peu attentif en cours de mathématiques. Il y avait, de Vienne à Breclav, une centaine de kilomètres. Il pouvait y être en une heure, une heure et demie tout au plus. À quelle vitesse irait le train ? Lentement, sûrement, comme tous les trains qui transportaient du bétail ou des êtres vivants. Il s'accrochait à cette idée, mais il poursuivrait le train jusqu'en Pologne, s'il le fallait, et si sa moto tenait.

Il parvint à la gare de Breclav, qu'il ne connaissait pas. Il entra, regarda autour de lui, demanda à une autre patrouille. Oui, le train devait passer par ici, mais il s'arrêtait en bordure de la gare. Dans quelle direction ?

Il remonta sur sa moto, roula quelques minutes, longeant la voie ferrée, et finit par l'apercevoir. À l'arrêt. Un long train, des wagons à bestiaux. Il repéra immédiatement les responsables du convoi, en tête de train. Des SS. Avec eux, ce serait plus difficile. S'il avait réfléchi plus longuement, il en aurait conclu qu'il ne pouvait rationnellement pas les convaincre de relâcher Sarah. Mais il était grisé par la vitesse, par la peur, par l'impossibilité totale de concevoir une vie sans elle.

Il n'attendit même pas d'être descendu de sa moto pour agresser le SS responsable :

– Qu'est-ce que c'est que ce bordel ? J'ai roulé depuis Vienne !

Le SS pointa sa mitraillette vers lui, mais Heinrich continua, encore plus fort, comme si de rien n'était :

– On me prend ma secrétaire particulière, et on croit que je vais laisser faire ? Comment je fais, moi, pour savoir qui je vois demain matin, 8 heures ?

– Halte ! Restez où vous êtes !

– Baissez cette mitraillette, vous êtes ridicule ! Faites descendre immédiatement Sarah Mandelbaum.

– Jeune homme, personne ne descend de ce train.

– Sarah Mandelbaum ! C'est ma secrétaire. Elle a été raflée par des abrutis.

– Qui es-tu, toi ?

Heinrich arriva face au soldat et reprit son souffle. Il plongea lentement la main dans son blouson et en sortit ses papiers, qu'il tendit au soldat.

– Heinrich Markgraff ? lut le SS.

– *Von* Markgraff, précisa le jeune homme. Ça vous dit quelque chose ?

– … Les armes ?

– Bravo ! Pas si bête ! Je suis celui qui a fondu la mitraillette que vous tenez entre les mains. Qu'est-ce que c'est ? Un Maschinenpistole 38 ?

– … 40.

– Ah, le petit nouveau, très bien, vous en serez satisfait. Bon, maintenant rendez-moi mes papiers et faites descendre ma secrétaire. À moins que vous n'ayez envie d'appeler l'état-major pour vérifier mon identité ?

Le SS resta interdit quelques secondes, puis demanda :

– Quel nom, vous m'avez dit ?

Heinrich et le soldat s'avancèrent vers le wagon numéro 12. Heinrich espérait que Sarah ne ferait pas preuve d'un héroïsme exagéré. Elle était capable de refuser de descendre, si ses parents ne l'accompagnaient pas. Il aurait dû y penser avant, mais il était complètement impossible de justifier le sauvetage d'une famille entière. Heureusement, il n'eut pas à la convaincre. Lorsque le SS cria son nom, une jeune fille s'avança, docilement, et descendit du wagon. Elle portait les habits de Sarah, avait la coiffure de Sarah, mais ce n'était pas Sarah.

C'était Eva.

Heinrich ne dit rien. Eva le prit dans ses bras et chuchota à son oreille :

– Je t'expliquerai.

Lorsqu'ils remontèrent sur la moto, le train repartait.

– Où est-elle ? Dis-moi qu'elle n'est pas dans le train !

– Non, non… Elle n'est pas dans le train.

Mais sa mine assombrie ne présageait rien de bon.

– Où est-elle, alors ?! s'écria Heinrich, qui sombrait dans la folie.

Eva regarda vers ses pieds.

– J'ai passé la nuit avec elle. Nous avons parlé, toute la nuit. Elle m'a dit, pour toi, pour le bébé…

– Et ce matin ?

– Ils sont venus à l'aube, ils étaient fermes, mais ne nous ont pas frappés. Sarah n'était pas là. Elle était partie marcher, voir le soleil se lever. Je devais l'accompagner, mais… j'étais trop fatiguée pour me lever.

– Mais pourquoi as-tu pris sa place ?

– J'ai pensé à elle, à vous, au bébé. Je me suis dit que c'était trop triste, trop injuste, alors… je me suis fait passer pour elle.

Heinrich considéra cette brave Eva, toujours dans l'ombre de Sarah. Capable d'un héroïsme insoupçonné.

– Je ne pouvais pas savoir qu'ils nous emmèneraient directement dans un train. J'ai eu peur, Heinrich, tellement peur… Nous étions entassés là-dedans, cinquante, cent par wagon… Ça sentait la pisse et le vomi…

– Qui étaient ces gens ? Ceux qui sont venus ? La Gestapo ?

– Non, non, c'étaient des civils. Ils nous ont remis directement au personnel du train. Ils avaient découvert les véritables identités des Mandelbaum.

– Et Sarah ? Sarah ? Où est-elle ?

– Elle se cache sans doute. Il faut la retrouver.

Eva évitait ses regards. Heinrich la prit par le bras.

– Eva, tu ne me dis pas tout ! Parle !

Elle se mit à pleurer.

– Hier soir, on parlait de la cellule, on parlait d'héroïsme… de mourir pour une cause. Elle me disait que tout ce qui la retenait, c'était sa famille…

– Et nous ! Et moi ! Et le bébé !

– Elle nous a suivis jusqu'à la gare. Au moment de monter dans le train, je l'ai aperçue, au loin. Elle me faisait signe… Elle levait cinq doigts.

Heinrich et Eva roulèrent jusqu'à Vienne au plus vite, mais ils étaient deux sur la moto et ils durent s'arrêter en chemin pour reprendre de l'essence. Heinrich voulait passer par la *Kommandantur*. Werner saurait lui en dire plus sur cette milice privée qui avait traqué la famille de sa future femme. Tout était encore possible. Tant que Sarah était en vie, tout était possible.

Lorsqu'ils se garèrent dans la cour, un ballet de véhicules leur mit la puce à l'oreille. Des ambulances allaient et venaient.

– Reste là, toi, dit-il à Eva. Je vais voir à l'intérieur.

Dans le hall, il trouva Werner, l'air préoccupé.

– Ah ! Heinrich ! Quel bon vent vous amène ?

– Vous avez eu du grabuge ?

– Ce n'est rien… Une jeune terroriste a pénétré ici en tirant sur des soldats. Il y a cinq blessés, mais personne n'est mort.

– Une… terroriste ?

– Jolie, par ailleurs. Elle va être fusillée, si ce n'est pas déjà fait. Voulez-vous assister à l'exécution ?

Intérieurement, Heinrich perdit toute capacité à répondre, entendre, penser. Les murs de son cerveau s'effondrèrent en même temps. À peine trouva-t-il la force de secouer la tête.

– Je ne vous savais pas aussi sensible. C'est monnaie courante, vous savez. Allons, venez avec moi.

L'*Oberleutnant* le prit par le bras et l'entraîna à travers le bâtiment. Pendant tout le trajet, Heinrich espéra. Il espéra que ce n'était pas Sarah, n'importe qui, mais pas Sarah. N'importe qui, mais pas la mère de son futur enfant. Mais lorsqu'ils débouchèrent dans la petite cour intérieure, il faillit défaillir de douleur. Sarah avait été frappée au visage et aux bras. Ses habits étaient déchirés. *Dieu merci*, elle portait un bandeau sur les yeux et ne pouvait pas le voir.

– Tenez, mettez-vous là, Herr von Markgraff, dit Werner.

Elle releva la tête. Elle avait entendu. Elle *savait* qu'il était là.

Elle se mit à pleurer en silence.

Heinrich dut se convaincre que son propre esprit flottait ailleurs, que cette scène n'était pas réelle, ou il serait tombé à genoux en implorant Werner de laisser la vie sauve à son amour, sans résultat, bien sûr. Elle avait *tiré sur des Allemands*.

Il parvint même à sourire à son ami, en pleurant intérieurement.

Il détailla Sarah, tentant de fixer dans sa mémoire les dernières images qu'il aurait d'elle, vivante. Les boucles de ses cheveux. Sa peau, sa bouche.

– Jolie, n'est-ce pas ? Je vous l'avais dit. Quel dommage…

Werner fit signe au peloton. Trois fusils, seulement, se levèrent. Sarah ouvrit la bouche et dit :

– *Ich liebe dich.*

« Je t'aime. »

Quelqu'un hurla un ordre. Les coups de feu partirent. Le corps de Sarah retomba. Heinrich eut la sensation de mourir. Un métal en fusion emplit ses artères, il perdit la vue, l'ouïe, l'odorat. Son cœur se figea et il sut qu'il ne battrait plus jamais. Ce n'était plus lui, à présent, qui existait. C'était un autre.

– En parlant de femme, quand me présenterez-vous enfin cette fameuse Adelheid ? Depuis le temps que j'en entends parler, j'aimerais voir si elle est à la hauteur de ce que je me suis imaginé !

Heinrich regarda machinalement Werner. Plaisantait-il ? Avait-il obtenu des aveux de Sarah ? Mais non, c'était Eva qui possédait encore ses faux papiers. Alors, quoi, était-il sincère ? Pouvait-il sincèrement faire preuve d'autant de détachement alors qu'une femme de vingt-deux ans venait de mourir sous les balles de ses soldats ?

– Il y a un bal, ce soir, ici même. Pour célébrer les récentes victoires du front de l'Est. Joignez-vous à nous, et amenez-moi votre fiancée, *ja* ?

Heinrich sortit de la *Kommandantur*, comme un robot. Eva comprit en le voyant. Elle s'effondra en larmes, mais il lui dit, d'un ton plus violent qu'il ne s'en serait cru capable :

– Ne pleure pas. Attends. Attends qu'on soit partis.

Ils s'éloignèrent à moto, montèrent chez Eva. Là, elle pleura à chaudes larmes. Pas lui. Il n'avait plus aucune sensation.

– Eva. Lorsque tu étais dans le camion, tu entendais ces hommes parler ?

– Oui, dit-elle en sanglotant. Mais ils n'ont rien dit d'important.

– Qui était leur chef ?

– Un poivrot, avec une jambe de bois.

Une jambe de bois. Heinrich releva la tête et regarda Eva.

– Et qui était son chef, à lui ?

Eva haussa les épaules.

– Il n'a pas parlé de quelqu'un ? Quelqu'un qui serait satisfait du travail ? Quelqu'un qui le paierait ?

Eva se concentra, se souvint.

– Si. Il a dit : Wilhelm sera content.

Lorsque Heinrich revint au manoir, seul, il s'arrêta un instant, et fuma une cigarette. Il n'avait jamais fumé auparavant. Mais il n'avait jamais eu, comme à cet instant présent, un désir violent d'en finir au plus vite avec cette vie qui lui brûlait la peau.

Ils l'attendaient tous, au salon. Toute la famille von Markgraff. Et ils le regardaient, tous, comme un paria. Il ne dit rien, il les laissa dégainer.

– Qu'est-ce que tu croyais ? demanda Gunther. Qu'on était stupides ?

Le jeune homme au cœur en miettes regarda son père, qui ne dit que :

– Une juive.

Heinrich baissa la tête, et son père reprit :

– Tu couchais avec une juive. Tu pouvais avoir n'importe qui. J'étais même prêt à te laisser épouser une provinciale, une prolétaire, une petite boulangère, mais non, tu as ramené une juive dans notre maison, sous notre toit.

– Tu ne pensais pas que le curé allait s'en rendre compte ? reprit Gunther.

– Tu as amené le déshonneur dans cette maison ! dit sa mère.

Wilhelm éleva la main : le rôle des femmes n'était pas de parler.

– Heureusement, Kurt est quelqu'un de discret. Personne ne sait. Ni l'administration ni le parti. Il a graissé les bonnes pattes. Ils sont partis directement dans le wagon. À cette heure-ci, ils devraient arriver à Cracovie.

Heinrich dit seulement :

– Sais-tu ce qu'ils vont leur faire, dans ce camp ?

– Je m'en contrefous ! s'exclama son père. Tu es un homme, tu es un nazi et tu es un von Markgraff ! Tu n'as rien à faire avec cette engeance !

– De toute façon, dit la femme de Gunther, j'avais bien vu qu'elle était louche.

– Ça c'est sûr, renchérit celle de Friedrich. Je m'étonne qu'elle ne nous ait rien volé.

– Tais-toi, dit Friedrich à sa femme.

Heinrich leva un sourcil. Son frère pensait-il autrement ?

– Et toi, dit-il à Heinrich, j'ai honte de t'appeler mon frère. Tu me dégoûtes. Tu ne vaux rien, moins que rien. Ne m'adresse plus la parole.

Heinrich baissa la tête. Sans rien ajouter, il monta dans sa chambre.

Il passa prendre Eva à 19 heures, à moto. Il avait enfilé une tenue de soirée et s'était éclipsé du manoir sans que personne le remarque. Elle portait une robe que Sarah lui avait offerte. Ils roulèrent paisiblement jusqu'à la *Kommandantur*. Il faisait froid, mais ils s'étaient chaudement couverts.

La fête battait déjà son plein lorsqu'ils pénétrèrent à nouveau dans le hall, pour la deuxième fois de la journée. Les décorations avaient remplacé les ambulances, la joie et l'allégresse avaient supplanté les tensions et les craintes. Un orchestre jouait avec emphase et les couples tournaient, tournaient. Il faisait bon vivre à Vienne, en 1941. Werner aperçut son ami et fondit droit sur lui :

– Heinrich ! Tu es venu ! s'exclama-t-il joyeusement.

Le jeune homme s'écarta et montra Eva, qui n'avait jamais été aussi belle.

– … Non ? reprit Werner sans y croire.

– *Oberleutnant*, je vous présente Adelheid Gerber, future von Markgraff.

Le couple fit sensation. Ils dansèrent du mieux qu'ils purent, tâchant d'occulter que le cadavre de Sarah reposait sans doute sous leurs pieds. Lorsque la nuit fut avancée et que l'alcool eut coulé à flots, Heinrich demanda à Werner :

– Dites-moi, connaîtriez-vous, dans le quartier, un… petit hôtel discret ?

– Mon ami, mais vous me demandez de cautionner une relation qui ne serait pas bénie par le sceau du mariage ? Comment refuser !

Il leur donna son adresse favorite : le Graben Hotel, vieille bâtisse du XVIIe siècle située dans une rue calme.

Sur le coup de minuit, Heinrich et Adelheid s'éclipsèrent, non sans avoir salué l'ensemble des convives.

Au Graben Hotel, ils choisirent une chambre qui donnait sur la rue, au premier étage. Ils laissèrent un généreux pourboire au réceptionniste, et fermèrent la porte à double tour. Puis Heinrich souffla, se retourna vers Eva et lui dit, avant de sortir par la fenêtre :

– Je reviens dans une heure.

Il gara sa moto à cent mètres du manoir.

Il s'avança dans la nuit et entra dans le garage.

Il saisit un jerrycan d'essence et le porta jusqu'au salon.

Prenant soin de ne pas en renverser sur ses habits, il arrosa généreusement les tentures, tapis, rideaux et boiseries. Puis il retourna au garage et remit le jerrycan vide à sa place. Enfin, il retourna dans le salon, ôta ses gants, gratta une allumette et admira pendant quelques secondes la traînée enflammée qui illuminait la pièce.

Il retourna à sa moto, sans même un regard en arrière pour voir le feu monter aux étages supérieurs.

Il démarra avant d'entendre les premiers cris.

Il grimpa la façade de l'hôtel, comme il l'avait descendue tout à l'heure, et retrouva Eva, qui ne dormait pas.

– Tout s'est bien passé ? demanda-t-elle.

Il ne répondit pas. Il ôta ses vêtements, les envoya aux quatre coins de la chambre, puis il se jeta sur elle et lui fit l'amour, avec rage.

À 3 heures du matin, il fut réveillé par Werner.

– Allô ?

– Heinrich, mon ami… Je suis désolé de vous réveiller…

– Quelle heure est-il ?

– Et pour cette nouvelle atroce… horrible… Mon pauvre ami…

– Quelle nouvelle ?

– Je suis désolé, désolé… Il va vous falloir du courage.

Il ne restait que des ruines et des cendres. Le *Herrenhaus*, essentiellement fait de bois, avait brûlé comme un fétu de paille. Du côté von Markgraff, six victimes. Du côté du personnel de maison, huit.

On ne fait pas d'omelette sans casser d'œufs, se dit Heinrich en contemplant la terre encore fumante, au petit matin.

Bien sûr, il s'ensuivit une petite bataille juridique pour déterminer qui seconderait ce jeune homme d'à peine vingt ans à la tête de la plus grosse entreprise d'armement d'Autriche, mais en ce qui concernait la direction, il n'y eut pas de doute : Heinrich avait perdu son père, sa mère et ses deux frères dans l'incendie. Il était le seul héritier de la fortune des von Markgraff.

Pendant les trois ans qui suivirent, il fut un entrepreneur modèle. Ses fusils et ses canons tuèrent plus de Russes qu'aucune autre nation du conflit. Pendant ce temps, il amassa une fortune considérable, qu'il transforma en diamants et en lingots. Il reconstruisit le manoir familial à l'identique. Il épousa Adelheid Gerber à l'été 1942 et offrit du vin à tous les employés de ses usines. Il voyagea beaucoup, aux quatre coins du Reich, mais aussi en Afrique du Nord, en Espagne, en France.

Puis, au début de l'été 1944, il disparut.

Juste avant le débarquement en Normandie, comme s'il l'avait senti venir, Heinrich von Markgraff s'évanouit dans la nature. Il avait emporté la majeure partie de sa fortune, qu'il avait sûrement fait passer à l'étranger, petit à petit, au cours de ses nombreux voyages.

Il était également parvenu à effacer toute trace de lui, de sa femme ou de sa famille. Il avait fait détruire le moindre document administratif ou policier relatif aux von Markgraff.

Enfin, quelques jours après sa disparition, ses usines explosèrent.

On ne sut pas comment la résistance autrichienne avait pu mettre la main sur tant d'explosifs, ni comment ils avaient pu étudier aussi précisément les bâtiments, on ne comprit pas pourquoi seules les usines von Markgraff furent ciblées, mais dans la débâcle nationale, on n'en fit pas plus grand cas que ça. Les usines, détruites, cessèrent de produire, les Alliés débarquèrent, Hitler se suicida, l'Allemagne perdit la guerre.

Après quelques années de tutelle, l'Autriche redevint l'Autriche.

Heinrich avait fui, avec sa femme, en Turquie.

Il s'était installé à Istanbul pour vendre des armes aux Turcs, qui entrèrent en guerre bons derniers, en février 1945.

Puis ils déménagèrent dans une petite ville reculée et isolée de tout, au fin fond de l'est du pays, où ils trouvèrent un manoir agréable pour élever leurs enfants au bord d'un lac, au soleil. Une petite ville qui, jadis, au temps des Arméniens, se nommait Hayots-Tzor.

11.
Gavar

L'aéroport de Van était quasiment accolé à la ville. Laurent avait compté quinze minutes porte à porte, de l'hôtel. Antoine eut l'embarras du choix en se garant au parking presque vide. Les deux amis pénétrèrent dans le hall de l'aéroport Ferit-Melen, un politicien du milieu du XXe siècle, né à Van, évidemment. Le vol avait du retard, ils s'assirent et commandèrent deux Coca glacés. Une heure plus tard, ils entendirent l'annonce, se levèrent et se dirigèrent vers la porte correspondante.

– Pas de regrets ? demanda Laurent.

– Je te dirai ça dans quelques heures.

Puis, au milieu des quelques passagers turcs qui venaient d'Istanbul, ils aperçurent une petite tête brune, qui ne put s'empêcher de sourire en les voyant.

– T'as grossi, non ? dit Anna à son frère.

– Ça y est, je regrette.

Antoine avait appelé sa sœur plusieurs fois, jusqu'à ce qu'elle décroche. Il lui avait envoyé des photos du périple, de la voiture, de Laurent et lui, et bien sûr de la tombe. Il avait lu son récit avec une attention soutenue, une histoire suffisamment intrigante, mystérieuse et douloureuse pour convaincre Antoine d'offrir un billet d'avion à sa sœur, afin qu'elle les rejoigne à l'endroit précis où s'achevait justement son récit.

Claudia n'avait pu cacher son amertume et sa tristesse lorsque Anna lui avait annoncé qu'elle allait repartir. L'aide-soignante devinait, bien sûr, que la jolie Française avait le sang nomade et elle ne se faisait pas d'illusions sur un éventuel emménagement à Eggenfelden, mais elle s'était habituée à cette petite boule de chaleur nocturne.

Adelheid n'avait pas eu de réaction, au début. Mais quand Anna l'avait prise dans ses bras, pour la dernière fois, en lui disant « merci » et « au revoir », il lui avait semblé que la lueur de ses yeux gris diminuait. Anna avait contemplé une dernière fois cette petite femme qui avait vécu mille vies, et était sortie avant de laisser paraître son émotion. Elle s'était retournée, sur le pas de la porte, pour lui lancer un dernier regard. Adelheid s'était éteinte, à nouveau, comme la première fois où elle l'avait aperçue.

Anna avait pris l'avion à Munich, passé la nuit à l'aéroport d'Istanbul – peu dormi – puis repris un avion plus petit, tôt le matin, qui l'avait menée jusqu'à Van.

La photo de la tombe l'avait troublée. Elle avait ressenti comme une invitation, un besoin de voir, toucher, sentir, *vérifier*. Peut-être se sentait-elle un peu jalouse, aussi, ou un peu coupable d'avoir si peu cru en l'entreprise de son frère, de ne pas l'avoir jugé capable de mener à bien la moindre aventure.

Les trois jeunes gens passèrent d'abord à l'hôtel, afin qu'Anna se lave, passe des habits propres et « plus légers », si c'était possible. Puis ils embarquèrent dans la vaillante Lada et remontèrent jusqu'au cimetière de Gürpinar.

– Alors, qu'est-ce qui s'est passé après ? demanda Laurent dans la voiture.

– Après quoi ?

– Heinrich et Eva… enfin, Adelheid. Ils se sont installés ici, au fin fond de la Turquie, et puis ?

– Après, c'était moins clair dans sa tête. De ce que j'ai compris, il a fini par la quitter, ou mourir. Elle s'est remariée, avec un type qui s'appelait Frank Koenig.

– Koenig, comme… ?

– Ouais, comme Koenig, le tortionnaire de Maria. C'est un nom hypercourant, au début j'y ai pas fait attention, mais maintenant qu'on sait qu'ils ont habité le même bled, ça se précise. Y a des chances qu'elle ait croisé ce type, et qu'il lui ait pas fait des choses sympas.

– Qu'est-ce que tu sais sur lui ?

– Rien, ou presque. Adelheid se refermait dès qu'on parlait de lui. Je sais juste qu'ils ont eu trois filles, Sibel, Sarah et Selma.

– Ils ont vécu toute leur vie à Gürpinar ?

– Non, ils ont encore déménagé. Dans un endroit secret. Une forteresse.

– Une forteresse ?

– Ouais, avec des hauts murs… Je sais, j'ai trouvé ça chelou aussi, c'est là que j'ai commencé à la perdre, mamie Eva.

– En Turquie ?

– Sûrement. Je ne sais pas. Ce que je sais, c'est que Sibel est morte, et Frank aussi. Ils ont eu un accident, je crois. Ou ils ont été tués. Ou alors c'est Heinrich qui a été tué. Ou les trois.

– Sibel, c'est un prénom turc.

– Et Sarah, c'est un prénom juif. Et Selma, c'est une ville aux États-Unis, où Martin Luther King a organisé une longue marche de protestation. Mais je pense pas que ça va nous aider.

– On est arrivés.

Ils descendirent de la voiture, entrèrent dans le cimetière, remontèrent les allées.

– Si j'ai bien compris, reprit Anna, Heinrich et Adelheid ont vécu ici. Ils auraient habité une grande maison, genre manoir.

On peut commencer par chercher un manoir. Ça doit pas être si courant, dans ce bled.

– Pas con, dit Laurent.

Mais Antoine secoua la tête :

– Il serait détruit, aujourd'hui. La région a subi plusieurs gros tremblements de terre, à partir des années cinquante. Tu n'as pas remarqué ? Il n'y a que des constructions récentes…

Anna se renfrogna, déçue et agacée que son frère puisse avoir raison.

Enfin, ils s'arrêtèrent devant la tombe. *Maria Dertli*, *Ivan Dertli.* Laurent resta en retrait. Anna passa sa main sur les lettres gravées dans la roche. Elle se recueillit, à sa manière. Puis elle annonça, avec un certain détachement :

– Donc, papy et mamie étaient frère et sœur.

Antoine acquiesça.

– Ça explique bien des choses, admit-elle.

– Pourquoi ils sont partis de Turquie ?

– Pourquoi cette famille est tordue. Il doit nous manquer un chromosome.

Antoine ouvrit la bouche pour répondre, mais elle le devança :

– Y a un truc qui colle pas.

– Quel truc ?

– Je sais pas, un truc.

Elle détailla attentivement l'inscription, puis recula d'un pas.

– C'est vous qui avez mis des fleurs ?

Laurent tourna la tête vers la tombe. Effectivement, elle était ornée de fleurs fraîches. Il regarda Antoine, qui contemplait, lui aussi, les gardénias.

– C'est toi ? demanda Laurent.

Antoine secoua la tête.

– Elles étaient là, hier ? redemanda Laurent.

– C'est facile à vérifier, intervint Anna. Suffit de voir la photo.

Antoine sortit son portable et revint quelques photos en arrière. Non, les fleurs n'y étaient pas. Ou plutôt elles étaient fanées.

– Quelqu'un a remis des fleurs, entre hier et aujourd'hui.

– Et quelqu'un avait déjà mis des fleurs avant ça.

– Si ça se trouve, tempéra Antoine, c'est automatique, ici.

– Ah ouais ? reprit Anna. Comment t'expliques que les autres tombes de l'allée soient pas fleuries, alors ?

Après un rapide coup d'œil, Antoine dut convenir que sa sœur avait raison.

– Donc, la question, c'est : *qui a fleuri la tombe* ?

– Je crois que tu sais très bien qui a fleuri la tombe.

– Moi ? Pourquoi je saurais ça ?

– Qui viendrait fleurir la tombe de ses parents ?

– … Papa ?

– Qui d'autre ? C'est pas Mehmet, en tout cas.

– Tu penses sérieusement que papa était ici hier ?

– Pourquoi pas ? Peut-être que le climat lui a convenu.

– N'importe quoi.

– C'est facile à savoir, intervint Laurent. Il suffit de demander à l'accueil.

À l'accueil, il n'y avait personne. C'était la pause-déjeuner. Ils patientèrent une petite heure, marchèrent dans les rues de Gürpinar, déjeunèrent, eux aussi. Retournèrent à la petite guérite du cimetière, trouvèrent enfin à qui parler : un employé d'une quarantaine d'années, sec et moustachu.

– Bonjour, dit Antoine avec chaleur.

L'employé ne répondit pas, fixant les trois jeunes gens avec indifférence, puis un léger intérêt pour Anna, et un subtil mépris pour Laurent.

– Excusez-moi, continua Antoine. Quelqu'un a déposé des fleurs sur la tombe de ma grand-mère. Maria Dertli.

L'employé haussa les épaules, attendit la question.

– Est-ce que c'est vous ? Qui avez fleuri la tombe ?

L'employé secoua la tête.

– Est-ce que… est-ce que vous avez vu passer quelqu'un ?

L'employé secoua la tête.

– Quelqu'un qui viendrait régulièrement déposer des fleurs… tous les mois, peut-être ?

L'employé ne prit même pas la peine de secouer à nouveau la tête. Il se contenta de fixer Antoine, un peu tristement. Anna leva les yeux au ciel et dit, un peu brusquement :

– Il y a des fleuristes, ici ?

L'employé regarda Anna, puis son décolleté, puis ses yeux. Il acquiesça, et leva un doigt.

Le fleuriste de Gürpinar n'avait pas réfléchi trop longtemps avant de trouver un nom à la boutique : *Gürpinar çiçekçi.* « Le fleuriste de Gürpinar ». En fait de fleuriste, ils découvrirent une ravissante jeune femme de leur âge. Elle parlait un anglais enjoué et dynamique, et Laurent constata qu'Antoine et Anna furent tout autant troublés par son sourire.

– Des fleurs pour le cimetière ? Oui, j'en livre souvent ! C'est à quel nom ?

– … Le client ou la tombe ?

– Si vous cherchez le client, alors il me faut la tombe, répliqua-t-elle du tac au tac, sans se départir de son sourire.

Antoine acquiesça, terrassé par sa logique, et répondit :

– Maria et Ivan Dertli.

– Ah oui ! J'y suis passée ce matin !

Les trois jeunes gens restèrent pétrifiés. C'était presque trop simple.

– Ce matin ?

– Des gardénias, c'est bien ça ?

– Exactement.

– Oui, oui, j'y étais ce matin. Le client paie par téléphone.
– Et… vous pourriez nous dire le nom de ce client ?
– Bien sûr, un instant, je regarde dans l'ordinateur.

Les trois jeunes gens attendirent en silence, dans une délicate senteur florale. La jeune femme consulta son écran et fronça les sourcils.

– Il y a un problème ?
– Non, non… mais c'est difficile à prononcer. Je vous l'inscris sur un papier.

Charles Lefèvre, difficile à prononcer ? pensa Laurent.

– Je vous mets l'adresse, aussi ? demanda-t-elle.
– S'il vous plaît, dit Antoine en souriant.
– Merci ! ajouta Anna en souriant un peu trop, pour singer son frère.

Le frère et la sœur se regardèrent, échangèrent des paroles silencieuses : *Arrête de te foutre de moi – C'est trop tentant – Je suis ton aîné – Je m'en fous.*

La fleuriste interrompit ce dialogue visuel en poussant le petit papier sur le comptoir. Antoine fut le plus prompt à l'attraper. Il le porta à hauteur d'yeux, et fronça à son tour les sourcils. Il était écrit :

Hripsimé Sergueïevna Kourganov
Grigor Lussarovitch Street – Gavar

Antoine consulta du regard Anna et Laurent, afin de vérifier qu'il n'était pas le seul à ne rien comprendre. Puis il se retourna vers la petite fleuriste :

– Et donc, cette… personne vous a commandé des fleurs pour les Dertli ?
– Tous les mois.
– Pardon ?
– La tombe est fleurie tous les mois. Le client paie à l'année.

Antoine acquiesça, hébété. Ce fut Anna qui demanda :
– Gavar, c'est la ville ?
– Oui.
– OK. Et c'est où, ça ? C'est loin d'ici ?
La fleuriste leva un doigt, puis fit une rapide recherche sur son ordinateur. Elle eut une petite grimace qui n'échappa pas aux trois jeunes gens, et répondit :
– C'est en Arménie.

Grégoire Ier l'Illuminateur, ou Grigor Lussarovitch, en VO, était né à la fin du IIIe siècle, en Arménie, donc. Élevé dans la religion chrétienne balbutiante, il eut le tort d'exprimer son courroux au roi lorsque celui-ci décida de célébrer des fêtes païennes. En représailles, il fut jeté au cachot – pendant treize ans, tout de même. Puis, un beau jour, le roi tomba malade, le fit venir, fut guéri miraculeusement et consentit à faire de l'Arménie la première nation chrétienne. Et Grégoire devint le premier catholicos d'Arménie, chef suprême de l'Église. Deux millénaires plus tard, il se retrouva naturellement sur de nombreuses plaques de rues, places et églises de cette petite enclave montagneuse. En trois clics, n'importe quel adolescent eût pu trouver ces informations, tout comme l'emplacement exact de Gavar – en bordure du lac Sevan, à moins de deux heures de route d'Erevan, la capitale. Mais ce que Laurent ne trouva pas sur Internet, c'est la moindre trace de Hripsimé Sergueïevna Kourganov. Tout au plus découvrit-il que :
– Hripsimé était une jeune vierge qui refusa de se donner au roi Tiridate IV d'Arménie, tiens, le même qui avait mis Grégoire en prison pendant treize ans.
– Et alors, qu'est-ce qui lui est arrivé ? demanda Antoine.
– À Hripsimé ? Voyons... Il lui a arraché la langue, ouvert l'estomac, brûlé les yeux, l'a tuée et taillée en morceaux.
– C'est tout ?

– Non. Après, elle est devenue sainte Hripsimé, martyre chrétienne.

– Qu'est-ce qu'on en a à foutre ? intervint Anna.

Ils s'étaient installés en terrasse, face au lac de Van ensoleillé. Anna dégustait pour la première fois les grillades au yaourt de ses ancêtres. Donc, Hripsimé était un prénom arménien, et féminin. Kourganov était un nom russe et Sergueïevna signifiait que ladite Hripsimé était fille de Sergueï. Cela était absolument normal : l'Arménie ayant été sous domination russe jusqu'à la révolution d'Octobre, puis soviétique jusqu'en 1991, nombre d'Arméniens portaient encore des patronymes hérités de l'ancienne Russie.

Attablés autour de leur repas, nos trois jeunes protagonistes laissaient leurs esprits voguer dans diverses directions. Laurent pensait à ses notes qu'il devrait rédiger, Anna pensait à Claudia, mais aussi à Adelheid et à Heinrich. Ces derniers jours, elle avait partagé leur quotidien.

– Tu as déjà pris ton retour ? lui demanda Laurent.

– Non, répondit-elle sans lever les yeux.

– Tu veux rentrer avec nous ?

– Non, répondit-elle de même.

– Qu'est-ce que tu vas faire, à Paris ?

Elle souffla. Il fallait bien rentrer un jour, affronter ses responsabilités, grandir. Un jour. Mais elle avait dix-neuf ans, c'était encore un peu tôt pour accepter de rentrer dans le rang. Plutôt que de répondre, elle préféra demander :

– Et toi ?

– Moi ? Retrouver du taf, déjà. Rattraper le temps perdu. Payer mes dettes, ne pas me faire virer de chez moi, expliquer à mes parents où j'étais parti, et puis écrire. Écrire tout ça.

Elle ne l'écoutait plus. Elle avait décroché au bout de trois mots.

– Donc, conclut-elle, on est turcs. On avait déjà commis le massacre de la Saint-Barthélemy et la guerre d'Algérie, maintenant on a le génocide arménien sur le dos.

Laurent sourit. Regarda Antoine. Elle surprit cet échange.

– Quoi ?

– Rien, rien, répondit Laurent sans cesser de sourire. On a déjà eu cette discussion.

Anna secoua la tête :

– Mariez-vous, qu'on en finisse.

Laissant glisser la taquinerie de sa sœur, Antoine demanda :

– Vous croyez qu'il est allé où, après ?

– Qui ça ? Papa ?

– Ça m'ennuie de l'appeler papa. Mais Charles, oui. Il vient ici, il enterre sa mère, il retrouve Ivan aussi, parce qu'Ivan était vivant en 90. Et puis après ça, il retourne en Autriche, enquêter sur le manoir.

– Ça, on ne sait pas. On sait juste qu'il a parlé à Arlene.

– Sérieusement ? Heinrich et Adelheid s'installent à Gürpinar, au fin fond de la Turquie. Maria et Ivan ont *grandi* à Gürpinar. Charles retourne à Gramatneusiedl, dans le manoir où Heinrich a grandi, dans le manoir qu'il a brûlé, évidemment qu'il enquêtait sur lui ! Évidemment qu'ils se sont croisés, ici, à Gürpinar, Heinrich, Adelheid, Maria, Ivan… Mais ce que je veux savoir, c'est *où* est allé Charles ensuite, et *qui* est cette Hripsimé.

Anna haussa les épaules :

– Moi, je pense que c'est pas son vrai nom. C'est un pseudo.

– Peut-être. Et peut-être même que ce n'est pas une femme. Peut-être que c'est un homme, qui aurait l'âge d'être Charles. Eh ! Peut-être que c'est Charles ?

– Eh ! Peut-être que tu fais une fixette ?

– Ou peut-être, nuança Laurent, peut-être que c'est une

femme et que c'est son vrai nom, et qu'elle n'a jamais croisé votre père.

– Bien sûr, admit Antoine, bien sûr.

Laurent attendit, rassembla ses pensées, reprit :

– Mais quoi qu'il en soit, cette personne envoie des fleurs chaque mois sur la tombe de vos grands-parents. Et à moins d'avoir affaire à une philanthrope excentrique, ça veut dire que cette personne les a connus.

Anna resta de marbre devant cet argument imparable. Ou alors elle pensait à son kebab. Antoine, convaincu, répondit :

– Et ça ne vous donne pas envie d'aller y faire un tour ?

Laurent écarquilla les yeux :

– En Arménie ? Tu veux rouler jusqu'en Arménie, maintenant ?

Antoine ne répondit rien, il se contenta de sourire. Laurent secoua la tête :

– Je ne sais pas si tu sais, mais on approche de la fin du mois de septembre, là. T'es censé reprendre quand le boulot ?

– On est le 27 septembre. Je reprends le 6 octobre.

– Le passage entre la Turquie et l'Arménie, c'est pas un peu compliqué ?

– C'est fermé. On peut passer soit par l'Iran, soit par la Géorgie.

– Mon Dieu, tu t'es déjà renseigné.

– Par l'Iran, c'est compliqué, continua Antoine. Il nous faut un visa, ça prendra du temps. Par la Géorgie, ça passe tout seul, pas besoin de visa, juste le passeport. Pareil en Arménie.

Anna avait relevé la tête. Elle suivait à présent la conversation :

– Tu veux vraiment y aller ?

– C'est douze heures de voyage, quinze heures si on traîne. Huit heures par jour, c'est jouable. On part demain matin, on passe la nuit en Géorgie, lundi soir on est à Gavar.

– Antoine, sérieux…

– C'est un village de sept mille habitants. On connaît la rue où elle habite, il n'y a qu'une personne au monde qui puisse porter ce nom, en vingt-quatre heures on l'aura retrouvée.

– Et après ?

– Après, on rentre.

– D'Arménie !

– On repart le 30 septembre. Le 6 octobre, 9 heures, je suis au boulot.

– Et si on a un pépin ?

– Quel genre de pépin ? Qu'on se fasse kidnapper ? Assassiner ?

– Qu'on ait un accident, qu'on tombe en panne.

– Cette fière voiture, tomber en panne ? Tu insultes la mère patrie, camarade !

– La mère patrie elle-même ne se doutait pas qu'elle roulerait encore.

– Ô homme de peu de foi. Eh bien, dans le pire des cas, j'aurai une bonne excuse pour arriver quelques jours en retard.

Laurent se mordit la lèvre. Chaque jour qui passait, il avait en tête l'image de son banquier laissant des messages furibonds sur la boîte vocale qu'il ne pouvait plus consulter. Mais ce fut Anna qui parla la première :

– Donc on vient de découvrir qu'on est turcs, et la première chose qu'on va faire, c'est visiter l'Arménie ? C'est tordu. J'aime bien. Je viens.

Antoine se tourna triomphalement vers Laurent :

– Tu vois ? Même Anna est d'accord.

Laurent leva les yeux au ciel.

– Par contre, ajouta-t-elle, demain, je me lève pas à 7 heures du mat.

L'heure du départ fut un sujet âprement discuté. Ils se décidèrent pour 8 heures, se levèrent à 9, partirent à 10, après avoir admiré Anna engloutir un somptueux petit déjeuner. Ils s'arrêtèrent au garage de Karim, afin de déposer trois bouteilles de vin, qu'il refusa d'abord, et n'accepta qu'au terme d'amicales démonstrations de politesse. Il serra la main de Laurent, eut un sourire appréciatif pour Anna, qui dormait sur la banquette arrière, et leur souhaita bon voyage. Ils roulèrent sans s'arrêter jusqu'à Iğdir, s'y garèrent sur le coup de 13 heures, tentèrent de réveiller Anna.

– Foutez-moi la paix ! dit-elle adorablement.

Laurent comprit lorsqu'il aperçut une boîte de barbituriques à ses côtés. Pour éviter, pensa-t-il, de longues conversations ennuyeuses avec ses aînés, elle avait préféré sombrer dans un sommeil artificiel. Il ne pouvait pas savoir alors que c'était au contraire pour ne pas leur transmettre ses angoisses. Il choisit de ne rien dire à Antoine, afin de ne pas mettre en péril cette sorte de trêve précaire qui s'était momentanément installée dans leur conflit familial.

Antoine et Laurent déjeunèrent rapidement, retournèrent à la voiture et se dirigèrent vers la frontière géorgienne.

– C'était pas la guerre, là-bas ? demanda Anna en émergeant, quelques heures plus tard.

– Bonjour, Anna, répondit Antoine, merci de te joindre à nous.

– Où ça ? intervint Laurent. En Arménie ?

– En Géorgie. C'était pas la guerre, y a un mois ?

– Euh… oui. Enfin, sur la partie nord. L'Abkhazie et l'Ossétie du Sud.

– L'Ossétie du Sud, c'est dans le nord ?

– Oui. Parce que l'Ossétie du Nord, c'est en Russie.

– Ah.

– En gros, les Géorgiens se sont beaucoup rapprochés des

Américains. Les Ossètes détestent les Géorgiens. Les Russes mettent de l'huile sur le feu en distribuant des passeports russes aux Ossètes et en soutenant leur désir d'indépendance. J'ajoute que la Géorgie est traversée par plusieurs gazoducs et oléoducs. Bref, conflit de territoire sur fond de gaz, pétrole et politique.

– T'es beau quand tu parles sérieusement.

Laurent ne sut si Anna était sarcastique ou encouragée par ses somnifères à une sincérité déconcertante, mais il n'eut pas le temps d'approfondir le sujet, car Antoine freina brutalement.

– Oh ! Ça va pas ou quoi ? s'écria Anna.

– On le prend ou on le prend pas ? demanda Antoine.

Laurent et Anna se retournèrent de concert : un jeune gringalet avait le pouce levé, au bord de la route. Il se mit à courir vers la Lada.

– Parce que si on le prend pas, faut se décider maintenant.

Ils n'en eurent pas le temps : le jeune gringalet ouvrit la portière arrière en démontrant sa reconnaissance, en anglais, de manière vocale et explosive :

– *Thank you ! Thank you !* Merci beaucoup ! J'attends depuis une heure ! Incroyable, cette voiture ! C'est une voiture russe, *yes ? Da ?* Lada ! Voiture très mauvaise. Mais avec une plaque allemande, peut-être le moteur il est meilleur, *ja ? Sprechen sie deutsch ? Not me !* Ha ! Ha ! Vous allez où, les amis ?

Et c'est ainsi qu'ils rencontrèrent Grigori.

Grigori avait vingt-quatre ans. Il était d'un naturel enthousiaste, optimiste et très loquace. Comme il le leur apprit au cours de l'heure qui suivit, il était né en Géorgie, mais ses quatre grands-parents avaient des nationalités différentes : turque et arménienne du côté de sa mère, née en Russie, russe et géorgienne du côté de son père, né en Géorgie. Les réunions de famille étaient mouvementées et finissaient souvent par des cris, parfois par des coups, toujours par des cuites. Il avait sept frères et sœurs, dont l'aîné, qu'il admirait, était pilote en Arménie. Il s'était essayé à de nombreux petits métiers – mécanique, électronique, vente, tourisme, import-export –, mais ne s'était jamais fixé sur un seul.

Lorsqu'il eut achevé sa logorrhée présentative – ce qui n'est probablement pas un vrai mot –, il bombarda de questions les trois jeunes gens.

Anna, qui avait abandonné à regret la jouissance exclusive de la banquette arrière, posa des lunettes de soleil sur ses yeux, un casque sur ses oreilles, avala un nouveau comprimé d'Hypnomax et laissa les garçons écouter ce bavard impénitent.

Lorsque Antoine, après avoir succinctement résumé ses propres aventures, lui demanda ce qu'il faisait sur cette route perdue, Grigori noya le poisson en répondant qu'il était allé visiter la famille et faire quelques affaires au passage, mais quand Laurent lui demanda de quel genre d'affaires il parlait, il se contenta de rire, de hausser les épaules et de faire un geste de la main qui pouvait vouloir tout dire. Laurent préféra ne pas approfondir le sujet, notant simplement que le jeune Russo-Turco-Arméno-Géorgien voyageait sans sac, et sans autres affaires que ses simples vêtements.

En approchant de la frontière, Anna se mit à ronfler et Grigori à parler de moins en moins.

– Tout va bien ? demanda Laurent.

– *Yes, yes, good. All good.* Quelle heure il est ?

Laurent regarda son portable : il était presque 17 heures.

– Ça va, continua Grigori. Ça devrait passer.

– Qu'est-ce qui devrait passer ?

– La frontière. À cette heure-ci, il y a beaucoup de voitures, on devrait passer sans problème.

Laurent nota le paradoxe dans cette phrase :

– Justement, s'il y a beaucoup de voitures, on va mettre plus de temps, non ?

– Oui, oui, non. *Not much time*. Pas beaucoup de temps.

Antoine, concentré sur la route, ne fit pas grand cas de cette contradiction. Enfin, ils arrivèrent en vue de la *Türkgözü sinir kapisi*, le poste-frontière. Mais à cette heure-ci de ce jour-là, de voitures il n'y avait point. Seuls deux ou trois véhicules attendaient patiemment l'aval des douaniers. Grigori blêmit et dit, un peu trop fort :

– Stop !

Antoine freina, automatiquement, à cent mètres du poste-frontière.

– Qu'est-ce qu'il y a ?

– Pas assez de voitures, dit Grigori en tremblant. Ils contrôlent.

– Bien sûr qu'ils contrôlent, répondit Antoine, et alors ?

– Quand il y a trop de véhicules, ils laissent passer. Là, ils contrôlent.

– Et alors ? On n'a rien d'illégal dans cette voiture !

– Nous, non, dit Laurent en regardant Grigori avec suspicion.

– *Please, open the box*, dit ce dernier.

– Quoi ?

– La boîte à gants, fit Laurent en ouvrant ladite boîte.

Grigori passa la main derrière son dos et en sortit, rapidement et discrètement, un petit calibre qu'il tendit à Laurent, la crosse en avant.

– *Please, hide.*

– Non mais ça va pas ? s'écria Antoine.

– *Not mine ! Not mine !*

– On ne va pas cacher un pistolet, tu sors de la voiture !

– Antoine, intervint Laurent.

Deux douaniers venaient de sortir de leur guérite, et faisaient de grands signes à la Lada. *Avancez, avancez.*

– On fait quoi ? On repart ?

– T'as pas plus louche, encore ? Tu veux qu'ils nous poursuivent ?

– *Sorry, sorry !* reprit Grigori.

Laurent prit le flingue, le fourra dans la boîte à gants et dit à Antoine :

– Avance. Sinon, on est grillés. Reste calme.

Et à Grigori, encore plus fermement :

– Toi. Du calme. Relax.

La voiture s'avança vers les douaniers.

– Non, dit Grigori, non. Le pistolet, c'est pas grave. C'est moi qu'ils recherchent. Ici, en Géorgie, c'est moi qu'ils recherchent.

Laurent se plaqua la main sur le visage – *Pas un nouveau voyage en cellule, par pitié.*

– On va pas faire demi-tour maintenant, décida Antoine. Tout va bien se passer.

Ils avancèrent jusqu'à la barrière. Devant eux, une voiture passa, sans souci. La barrière s'abaissa.

– *Papers, please*, demanda un des douaniers.

Antoine inspira, expira. Il tendit son passeport et sa carte grise.

Le douanier inspecta les deux documents, puis jeta un regard circulaire à Laurent, Grigori, et la petite adolescente qui dormait à l'arrière.

– Qu'est-ce que vous venez faire en Géorgie ? demanda-t-il dans un anglais de base.

– Tourisme, répondit Antoine.

Le douanier regarda Anna à nouveau. Puis Laurent. Laurent regarda le douanier. Puis Anna. Grigori, à l'arrière, regarda fixement l'appuie-tête.

– Lui aussi, dit le douanier en montrant Laurent. Papiers.

Laurent saisit ses papiers et les tendit au douanier.

– Et eux aussi, derrière.

Grigori hésita : sortir, courir le plus vite possible ? Laisser son arme dans la boîte à gants ? Bondir vers son arme, tirer sur le douanier ? Il implora Laurent du regard, qui secoua doucement la tête. Un coup à la fenêtre le fit sursauter : trop tard, un autre douanier lui bloquait le passage. Il feignit d'abord de ne pas trouver ses papiers, jouant le temps.

– Anna, réveille-toi, dit Antoine.

Mais Anna dormait à poings fermés. Laurent tenta de la secouer :

– Anna, debout. Tes papiers, ils sont où ?

Elle refusa catégoriquement d'ouvrir les yeux, et sa tête vint s'écraser contre la vitre. Le premier douanier s'approcha plus près de son visage, tandis que le second tendit une main péremptoire vers Grigori. Laurent déglutit : une jeune fille, droguée, visiblement turque, à qui on essayait de faire passer la frontière pour aller en Géorgie ? C'était le genre de chose qui entraînait une fouille de la voiture.

– Anna, putain !

Elle repoussa d'un réflexe la main de Laurent et s'enfonça vers le fond de la banquette arrière. Grigori dut abandonner ses papiers au douanier qui commençait à s'impatienter.

– Fouille son sac, dit Antoine à son ami.

Laurent saisit le sac à dos d'Anna et tenta de faire abstraction du bordel qu'il y trouva : des tampons, des barres de céréales, un stylo, une écharpe, deux canettes de Coca, une boîte de thon, des livres, un cahier, du déo, deux téléphones, des clés, des capotes, un vibromasseur, des crèmes, des médicaments, encore des médicaments, du shit, de l'herbe, des clopes, pas de passeport.

– Je suis désolé, elle… je vais fouiller.

Le premier douanier fixait toujours Anna avec suspicion. Le deuxième lui fit un signe, et ils disparurent dans leur guérite avec les papiers du petit groupe. Sitôt qu'ils furent hors de vue, Antoine se retourna vers Grigori :

– Pourquoi tu as une arme ?

– Je sais pas ! Je sais pas pourquoi je l'ai prise, que je suis con !

– Tu t'en es déjà servi ?

– Mais non ! Je sais même pas si elle est chargée.

– Pourquoi tu es recherché ?

Il haussa les épaules :

– Pour des conneries. Ah putain, putain, putain…

Laurent vit dans l'œil d'Antoine qu'il eût pu le jeter dehors. Mais il n'en eut pas le temps : le premier douanier ressortit avec les papiers des garçons.

– Elle, c'est qui ? fit-il en montrant Anna.

– Ma sœur, répondit Antoine.

Il émit un petit ricanement incrédule.

– Pourquoi elle dort comme ça ?

– Elle a pris des somnifères, expliqua Laurent.

– Pourquoi vous lui avez donné des somnifères ?

– Pas nous, elle.

– Putain, Anna, réveille-toi ! dit Antoine en lui mettant des petites claques.

– Eh ! Toi ! Tu la touches pas ! dit le douanier à Antoine.

– C'est sa sœur ! répéta Laurent.

– Toi, tu te tais !

Le second douanier sortit de la guérite, pressé. Il s'approcha du premier et lui dit quelques mots à l'oreille, en montrant Grigori. Grigori, tête baissée, sentit alors le regard des deux douaniers couler sur sa nuque.

– Sortez de la voiture, dit le premier douanier.

Grigori déglutit. Antoine souffla. Anna ronfla. Laurent ne bougea pas.

– Vous avez entendu ? Sortez de la voiture !

Grigori regarda autour de lui : en courant très vite, il aurait peut-être une chance. Laurent posa la main sur la poignée de la portière. Antoine le retint. Il se tourna vers le douanier et murmura, calmement, à travers la vitre baissée :

– *Başım köpük köpük bulut, içim dışım deniz…*

– *What ?* dit le douanier.

– Euh… Antoine ? dit Laurent.

– *… ben bir ceviz ağacıyım Gülhane Parkı'nda.*

Le douanier resta déconcerté un moment, mais beaucoup moins que Laurent et Grigori.

– *What did you say ?*

Alors, à nouveau, Antoine dit simplement :

– *Başım köpük köpük bulut, içim dışım deniz, ben bir ceviz ağacıyım Gülhane Parkı'nda.*

Les deux douaniers échangèrent un regard. Le premier dit quelques mots au deuxième, qui retourna vers la guérite. Puis, le premier douanier revint à Antoine, et lui dit à son tour :

– *Budak budak, şerham şerham ihtiyar bir ceviz ?*

Et Antoine conclut ce dialogue étrange par :

– *Ne sen bunun farkındasın, ne polis farkında.*

Le douanier soupira, frustré. Puis, il demanda à Antoine :

– *Who are you ?*

Antoine haussa simplement les épaules et répondit :

– *I am a friend of Oguz.*

Le douanier secoua la tête, serra les dents, mais recula d'un pas et fit signe à Antoine d'avancer.

– Nos papiers, exigea Antoine.

Le douanier l'affronta du regard, puis céda. Il rendit à Grigori son passeport, eut un dernier regard pour Anna endormie, et les laissa partir, visiblement à regret.

La voiture n'était qu'à quelques mètres du poste-frontière quand Laurent explosa :

– C'était QUOI, ça ?

– Quoi ?
– Ce coup de Jedi, là ? Cette manipulation mentale ?
Antoine ne put masquer un petit sourire de satisfaction :
– Mehmet m'a confié le mot de passe. Il change toutes les semaines. Crois-moi, on n'est pas très nombreux à le connaître.
– *You… You know Oguz Cengiz ?*
Antoine et Laurent se retournèrent sur Grigori, qui les fixait, empreint d'un soudain respect mêlé à une petite crainte naissante.
– On s'est croisés, oui, répondit Antoine.
Grigori acquiesça, hébété.
– Et ça veut dire quoi, ce mot de passe ? demanda Laurent.
– C'est un poème de Nâzim Hikmet, « Le noyer » :

« Ma tête est faite de nuées, la mer est en moi et autour,
Dans le parc de Gulhane, je suis noyer depuis toujours.
Un vieux noyer, fait de nœuds et de cicatrices.
Et personne ne le sait, ni toi ni la police. »

Lorsque Grigori se fut remis de ses émotions, et qu'il eut accepté de croire qu'Antoine n'était ni un baron de la drogue ni un intime d'Oguz Cengiz, il se mit à raconter. Sa vie, son œuvre, ses erreurs. Ses petits trafics, vols à la tire, arnaques diverses. Comment il s'était vu *persona non grata* dans son propre pays. Puis il raconta la guerre. Les déchirures. Sa famille, en partie russe, en partie arménienne, en partie ossète, et en grande partie géorgienne. Comment tout était plus simple, sous le bloc soviétique, jusqu'en 1991 : les gens n'avaient rien, ils étaient heureux. Ou plutôt : ils ne savaient pas ce que c'était qu'*avoir*. Maintenant, ils savaient et voulaient tout. Les voitures, les ordinateurs, les grandes télévisions, les vacances à l'étranger. La plupart des Géorgiens se tournaient vers le tourisme, le pays était connu pour son sens de l'hospitalité. D'autres, comme lui, ou quelques-uns de ses frères, cherchaient d'autres moyens de devenir millionnaires, pour pouvoir partir à Las Vegas, tout claquer et tout recommencer. Grigori parla, et parla. Il parla tant qu'Anna finit par se réveiller et crier :

– Mais tu vas fermer ta gueule !

Pour toute réponse, il éclata d'un grand rire enfantin. Comment en vouloir à un être qui éclate de rire quand on lui demande de se taire ?

– Mais tu es très belle, en fait ! Je ne savais pas, parce que je regarde ta nuque depuis trois heures et ta nuque est jolie, hein, aussi, mais pas autant que ton visage !

Imaginez un smiley grandeur nature et vous aurez une idée de Grigori.

– Oh, pitié, dit Anna en levant les yeux au ciel.

Le temps s'était rafraîchi. Ils avaient même traversé une pluie triste et mélancolique, que l'enthousiasme du jeune délinquant avait fait oublier. À présent, le soir tombait lentement sur les routes montagneuses de Géorgie.

– Il fait moche, là, remarqua Anna.

– Ça y est ? dit Antoine. Tu émerges enfin et le premier truc que tu trouves à dire, c'est : Il fait moche ?

– J'aime pas la voiture. On arrive bientôt ?

– Dis-moi, Grigori, il y a des hôtels, à… comment tu dis, déjà ?

– Akhalkalaki, répondit Laurent.

Grigori écarquilla les yeux, prenant cette question comme une insulte personnelle. Depuis qu'il était entré dans la voiture, il leur parlait de sa ville natale au nom imprononçable. À la fois pour leur dire qu'il n'y avait rien à y faire, qu'il rêvait – étant gamin – de Tbilissi, pour ses bars, ses boîtes de nuit et ses filles, mais aussi que la région d'Akhalkalaki était superbe, que ses parents habitaient toujours là, dans une grande maison où la famille se retrouvait tous les ans pour fêter Pâques. Et après ce qu'Antoine avait fait pour lui, ce serait lui cracher au visage que de refuser l'hospitalité dans sa propre maison.

– Qu'est-ce que t'as fait pour lui ? demanda Anna à son frère.

– T'occupe, tu dormais, répondit Antoine, moitié pour ne pas tirer la couverture à lui, moitié pour ne pas donner l'impression à Anna qu'il était fier d'avoir aidé un criminel.

Laurent soupçonna un mauvais plan – que peut-on attendre de quelqu'un qui transporte un pistolet avec lui, est recherché par la police de son pays et confesse bon nombre d'arnaques commises, si ce n'est d'être soi-même victime d'une nouvelle arnaque ? – mais il se dit à tort que l'histoire ne se répétait pas, et croisa les doigts en espérant ne pas être victime d'un nouveau vol de Lada – et en même temps, quel Géorgien sain d'esprit irait voler une voiture russe ?

Ils arrivèrent à Akhalkalaki dans le vent et la pénombre. C'était une ville de passage, équidistante de la Turquie et de l'Arménie, mais peuplée d'une majorité d'Arméniens : lorsque la ville fut rattachée à la Russie, au XIXe siècle, la majorité des musulmans qui l'occupaient émigrèrent en Turquie, tandis que les populations arméniennes affluèrent d'Erzurum. L'hiver y était rude, l'été paisible, et en cette fin de mois de septembre, le vent s'était levé.

En parcourant les choix architecturaux des rues, Anna eut l'étrange sensation de contempler une municipalité communiste de banlieue, mais les trois jeunes gens furent accueillis comme des princes par les parents de Grigori. En revanche, ils n'échangèrent pas la moindre parole directement avec eux : ils ne parlaient ni l'anglais, ni le français, ni l'allemand, à peine quelques mots de russe. Antoine, Laurent et Anna entendirent avec étonnement cette langue qui ne ressemblait à aucune dont ils eussent des notions.

Le géorgien, aux phonèmes proches de l'hébreu ou du farsi, avait survécu à près d'un siècle d'occupation soviétique. La tentative de Moscou, en 1978, de faire adopter le russe comme langue officielle en changeant la Constitution de Géorgie se solda par une révolte qui fit plier le Soviet suprême.

Malgré leurs origines diverses, les parents de Grigori s'étaient construit une identité en fixant leurs racines à Akhalkalaki, sans pour autant interdire à leurs enfants de s'ouvrir à d'autres cultures. Le désir de voyage sautant parfois une génération, la fratrie entière était disséminée aux quatre coins du monde.

Grigori, lui, minimisa l'incident de la frontière, rassurant comme il le pouvait sa mère qui, visiblement, n'avait pas de nouvelles de lui depuis quelques jours. Son père, un gaillard d'une soixantaine d'années aussi grand et fort que Grigori était chétif, le prit à part et lui demanda, sans que la mère l'aperçoive, des nouvelles de ce qu'il lui avait confié. Alors, Grigori se rapprocha de Laurent et demanda poliment :

– *My gun, please ?*

Laurent alla ouvrir la boîte à gants et vit, avec effarement, le fils remettre à son père le pistolet qu'il lui avait prêté, sans doute au cas où il croiserait un douanier récalcitrant.

La mère cuisina pour dix. Grigori apprit à ses nouveaux amis que la gastronomie géorgienne était connue pour être la meilleure du bloc soviétique, influencée, à l'ouest, par la Turquie et la Méditerranée, à l'est, par l'Iran et l'Arménie. Anna dévora avec plaisir les *khatchapouris*, sortes de pains recouverts d'œufs et de fromage, les *khinkalis* à la viande, des gros raviolis fourrés, et diverses salades, certaines évoquant les salades grecques, d'autres recouvertes de foies de volaille. La mère éclata de rire à plusieurs reprises en la regardant, et Laurent nota une similitude sonore avec son fils. Les parents posèrent de nombreuses questions aux trois jeunes gens, utilisant Grigori comme traducteur, et écoutèrent avec attention leur récit.

Lorsqu'ils eurent fini, le père prit une décision et en informa son fils. Grigori acquiesça.

– Qu'est-ce qu'il a dit ? demanda Anna.

– Il a dit que je devais t'épouser. Tu es d'accord ?

Anna resta silencieuse.

– Il possède une grande ferme, des dizaines de poulets, deux voitures !

Antoine se racla la gorge, préparant la réponse diplomatique appropriée que le frère de la fiancée devait donner. D'un côté, laisser Anna au fin fond de la Géorgie était une solution comme une autre pour assurer sa tranquillité d'esprit. De l'autre, il ne souhaitait pas à Grigori de passer le reste de ses jours à supporter Anna. Après tout, le jeune garçon avait l'air d'un brave type. Un bandit, certes, mais un bandit bien élevé, et souriant.

– Anna n'est pas…

– Je peux parler, Antoine, merci, dit Anna, prête à incendier Grigori et son père qui avait un pistolet.

Puis Grigori partit d'un nouvel éclat de rire, expliqua son trait d'esprit à sa mère, qui le rejoignit dans son hilarité. Même le père esquissa un sourire.

– Il dit que je dois vous emmener en Arménie, reprit Grigori. Comme ça, j'irai voir mon frère. Ça vous va ?

Antoine se mordit les lèvres.

– Bien sûr, avec plaisir.

Le soir, ils dormirent tous les trois dans la même chambre, sous d'épaisses couvertures – les nuits étaient fraîches à 1 700 mètres d'altitude.

– Tu es sûre, Anna ? Pas de regrets ? demanda Antoine dans le noir.

– De quoi tu parles ?

– Il n'est pas très grand, mais il est très gentil. Il ferait un bon mari.

– Ta gueule, dit Anna.

– C'est dommage, une belle occasion ne se représentera pas de sitôt.

– Je dors.

– Ça m'étonnerait, tu as dormi toute la journée.

– Laurent, tu peux dire à ton pote de se taire ?

Laurent hésita – quel camp choisir ? Il préféra l'ancienneté au charme :

– En même temps, deux voitures, des dizaines de poulets…

Anna avala un nouveau somnifère.

Le soleil revint le lendemain. Ils furent réveillés dans la nuit par les chiens, les poules, justement, et le coq, qui chanta à 3 heures, 4 h 20, 5 h 15 et juste avant 7 heures, déclenchant une bordée de jurons d'Anna contre tous les animaux qui vivaient encore sur la planète.

Un fumet odorant s'échappait des cuisines. Les parents de Grigori étaient levés depuis deux heures, au moins. La mère avait préparé des boulettes de viande, à emporter, et fait cuire du pain chaud pour les voyageurs matinaux.

Anna avala un litre de café, pour contrer l'effet des somnifères. Laurent remercia du regard la mère nourricière pour ses bontés. C'était la première fois depuis leur départ qu'ils dormaient chez l'habitant, et ils ne le devaient qu'à l'auto-stoppeur malhonnête qu'ils avaient fait passer illégalement dans son pays natal. Ledit Grigori apparut, changé, un sac de sport au bout du bras. Il posa la main sur l'épaule d'Anna et lui dit d'une voix forte :

– Tu es prête, ma chérie ?

Elle résista à l'envie de lui envoyer le café au visage.

Ils quittèrent à regret le foyer, et lorsque la Lada démarra, Grigori dit :

– Je veux acheter ta voiture.

Antoine le regarda, surpris.

– Je l'adore ! C'est une poubelle qui roule, personne ne va me la voler !

Si tu savais, pensa Laurent.

– Elle n'est pas à vendre, dit Antoine.

– Pourquoi ? Elle est à sa place ici, non ? Je te donne 500 euros !

Antoine secoua la tête.

– 600. 610.

– On doit retourner en France avec. Viens en France avec nous, je te la laisserai après.

Grigori fit mine de ne pas avoir entendu, émit un bruit de bouche étrange et dit :

– 611.

L'heure qui suivit fut consacrée à la montée numéraire, euro par euro. Anna regretta d'avoir bu tant de café. Lorsqu'il proposa 812 euros, elle le prit par la nuque et lui hurla :

– Mais tu vas te taire ! Tu peux te taire ! Tu peux comprendre qu'il y en a dans cette voiture qui ont envie de silence !

– Oui, ma chérie, répondit-il. Tout ce que tu veux.

Elle laissa échapper un râle de désespoir, tandis qu'il reprit, plus bas :

– 812 euros et 50 centimes.

Antoine freina brutalement.

– Quoi ? Qu'est-ce que j'ai dit ? demanda Grigori, innocent.

– La frontière est proche, répondit Antoine en montrant, à quelques centaines de mètres, le poste-frontière arménien.

– Et alors ? Tu n'as pas un autre poème ?

Antoine secoua la tête, et resta silencieux.

– Quoi ?

Du menton, il indiqua l'arrière de la voiture.

– Quoi ? répéta Grigori.

Le coffre d'une Lada Samara n'était pas le plus confortable du monde automobile, mais pendant quelques minutes, les trois jeunes gens profitèrent d'un moment de silence. Antoine soupira d'aise. Laurent retrouva ses pensées. Anna elle-même en fut reconnaissante.

Lorsqu'ils pénétrèrent en Arménie, la première chose qui les frappa fut la ruralité des paysages. Et le calme, tout simplement.

– On arrive dans longtemps ? demanda Anna.

– Trois heures, répondit Laurent.

– Quatre, rectifia Antoine.

Elle acquiesça, se tendit, vérifia sa ceinture. Elle devait reconnaître que si ennuyeux soit-il, Antoine était un bon conducteur, qui ne dépassait jamais les limitations de vitesse, respectait les distances de sécurité et effectuait systématiquement chaque contrôle visuel avant de tenter un dépassement, un arrêt, un virage. *Un papa, quoi.* Anna saisit son sac, l'ouvrit et se mit à chercher quelque chose.

– Eh ! Quelqu'un a fouillé dans mon sac !

– Comment tu sais ? s'étonna Laurent.

– Sans déconner, putain ! Vous fouillez pas dans mon sac ! C'est qui ?

– C'est moi. Je cherchais ton passeport, pour la douane. Mais je te rassure, j'ai rien trouvé.

Anna soupira et Laurent eut l'impression qu'elle rougissait un peu. Elle sortit son carnet et commença à écrire.

– À ton avis, demanda-t-il, qu'est-ce qu'il y a de vrai, dans cette histoire ?

– Comment ça ?

– Cette femme, là, qui t'a quand même raconté que son mari avait incendié le manoir où vivait toute sa famille.

– Ils avaient tué l'amour de sa vie.

– Oui… Enfin, à supposer que ce soit vrai, ça ne justifie pas forcément de commettre un meurtre de masse.

– En termes de meurtre de masse, je crois que ses parents nazis et fabricants d'armes étaient pas mal non plus. Et oui, tout est vrai.

– Elle t'a raconté tout ça d'un coup ? demanda Antoine.

– Oui, bien sûr. Dès que j'ai passé la porte. Bien sûr que non, Antoine, ça a pris des heures de taf !

– Excuse-moi d'avoir posé une question, je retourne à ma conduite et vous laisse entre grands reporters.

– Tous les jours, j'avais droit à un morceau d'histoire, continua-t-elle. Quand j'étais pas sûre, je lui faisais répéter. Je lui relisais des passages. Et puis j'ai rappelé Arlene, après. Pour vérifier.

– Arlene ?

– Arlene Brunner. La mère de Gustav.

Laurent se souvint. Bien sûr, Gustav, Gramatneusiedl, le thé. Il avait l'impression que c'était il y a au moins un mois. Et en y repensant, c'était le cas.

– Je lui ai raconté ce que m'avait dit Adelheid : le manoir, la mort des parents, Sarah… Elle se souvenait. Elle ne connaissait pas tous les détails, mais elle se souvenait des dates, des visages.

– Elle se souvenait que Heinrich avait assassiné toute sa famille ?

– Non, ça, je lui ai pas dit.

– Mais t'y crois ?

Anna réfléchit un moment.

– … Ouais, j'y crois. C'était la partie la plus précise du récit. Elle n'a rien vu, bien sûr, elle était à l'hôtel. Et il ne lui a rien dit, jamais. Mais elle *savait* que c'était lui.

– Et elle t'a confié ça, normal.

– Au bout de quelques jours, oui. Elle me prenait pour sa fille. Elle est vieille, elle perd la tête, elle va mourir. Qu'est-ce qu'elle risque ? Je vais te dire, elle avait l'air *soulagé*. Elle a pas dû le confier à beaucoup de gens avant moi.

– C'est dingue, quand même. Personne n'était au courant de son passé ?

– J'en ai parlé avec… une aide-soignante. Les pensionnaires vont et viennent, ils sont en fin de vie, le personnel tourne beaucoup. Ils écoutent les délires des vieux mais globalement, ça rentre par une oreille, ça ressort par l'autre.

– Ouais, enfin, elle était mariée à un nazi.

– Comme la plupart des femmes de son âge. C'était il y a longtemps. Elle habite même pas en Autriche, sans doute à raison. Elle a changé de nom plusieurs fois. Eva, Adelheid, Markgraff, Koenig… Et elle perd vraiment la tête. Ses souvenirs étaient précis jusqu'à la fin des années quarante. Après, elle a eu des enfants, ça, c'est sûr, mais… je sais pas, c'est comme si elle avait subi un trauma. Je veux dire, elle a subi un trauma pendant la guerre, mais après… il a dû lui arriver quelque chose. Je crois que son deuxième mari lui mettait des tartes. Ou la violait. Ou un truc comme ça.

C'était la première fois qu'Antoine entendait sa sœur parler aussi longtemps sans que ce fût une diatribe directement adressée à son encontre. Pour ne pas gâcher ce moment, il laissa Laurent continuer la conversation :

– Bon boulot, en tout cas. Tu as couvert toute l'histoire, vérifié tes sources, archivé, ordonné, rédigé. Tu m'épates.

Anna n'avait pas l'habitude des compliments. Elle ouvrit une canette de Coca et en but la moitié, manquant de s'étouffer.

– Et donc, ce mec, Heinrich… toi, tu l'excuses ?

– Je crois, ouais. Il a embrassé une cause.

– Il a tué ses parents, ses frères, vendu des armes au Reich…

– Ouais, ouais, ouais…

Mais il a fait tout ça par amour, pensa-t-elle.

– Dis donc, ta bagnole, elle fait un bruit bizarre, dit-elle à son frère.

Les trois jeunes gens tendirent l'oreille, et entendirent un bruit sourd et répétitif.

– Il est à l'arrière, le moteur ? demanda-t-elle naïvement.

Antoine freina, s'arrêta sur le bas-côté et partit délivrer le jeune Géorgien bavard qu'ils avaient oublié dans le coffre.

Grigori, choqué, mit un certain temps avant d'oser ouvrir à nouveau la bouche. Pendant ces longues minutes dans le coffre, il s'était demandé s'il avait eu raison de faire confiance à ces voyageurs étranges – malgré la beauté de la petite – et de mettre à l'épreuve leur patience par sa surenchère vocale. Il tenta ensuite de parler à Anna, en lui posant quelques questions de base auxquelles elle ne prit pas la peine de répondre. Puis il se tourna vers Laurent et lui demanda de mettre la radio – des chants religieux emplirent l'habitacle. Enfin, rassuré par la bonne humeur d'Antoine, il se remit à parler de tout et de rien, pendant les trois heures que dura le trajet jusqu'à Sevan, entrecoupées de visites d'églises et de paysages montagneux. Le lac Sevan culminait à 2 000 mètres d'altitude, et n'avait rien à envier – en charme, du moins – à celui de Van.

L'Arménie était un petit pays, si longtemps soumis à des vagues successives d'envahisseurs qu'il avait du mal à s'habituer à son indépendance récente, survenue, comme pour la Géorgie, suite au démantèlement du bloc soviétique, en 1991. Une architecture digne des plus grandes cités communistes apparaissait çà et là, au milieu d'une nature moyenâgeuse. Les jeunes gens croisèrent vaches, chevaux et chariots, quelques 4 × 4 modernes, mais aussi des bus et des camionnettes dont la mise en circulation devait avoisiner le début des années soixante. Lorsqu'ils pénétrèrent dans la ville de Sevan, à quelques centaines de mètres du lac, ils se crurent dans un album de Tintin. Ou de

Lucky Luke. Ou un mélange des deux : *La Ville fantôme au pays des Soviets.*

Sous le régime soviétique, Sevan connut une belle période de prospérité, grâce à de multiples usines, mais cette prospérité était bel et bien partie avec les Russes. La population diminuait depuis quinze ans et de nombreux bâtiments étaient abandonnés. Grigori, qui semblait bien connaître les lieux, les dirigea vers un petit aérodrome, en bordure de la ville, qui paraissait, lui aussi, abandonné. Puis il se pencha vers le volant et klaxonna trois fois. Rien ne se passa. Il klaxonna à nouveau, plus longtemps.

Un trentenaire barbu, lunettes de soleil sur le visage et chaîne en argent bien visible sur sa chemise entrouverte, apparut par une petite porte que Laurent aurait crue condamnée. Grigori sortit de la voiture comme un diable, écarta les bras et s'écria joyeusement :

– Vassili !

Ledit Vassili laissa alors échapper une telle bordée de jurons en avançant vers le petit Grigori que, l'espace d'un instant, Laurent se dit que des coups allaient partir, mais c'était mal connaître les Slaves : les deux frères s'embrassèrent joyeusement, Vassili soulevant son cadet dans les airs comme un fétu de millet.

Puis Grigori tendit le doigt vers les trois jeunes gens et tenta de les présenter à son aîné, mais avant qu'il ait pu dire deux phrases, Vassili enleva ses lunettes de soleil et cria une onomatopée enthousiaste. Anna leva les yeux au ciel, mais avant qu'elle puisse laisser échapper un soupir de mépris, le pilote géorgien s'approcha d'eux et caressa passionnément le capot de la Lada. Il était tombé amoureux au premier regard.

Antoine, Anna et Laurent eurent droit à une visite de l'aérodrome abandonné. L'« avion » de Vassili était un vieux monomoteur Cessna qui était sans doute à la pointe de la technologie à la fin des années soixante-dix. Antoine douta sérieusement qu'une telle antiquité puisse voler, surtout dans son état de conservation, et même Anna, qui se considérait pourtant comme une tête brûlée, refusa le tour du lac que leur proposa le pilote. Il leur assura vivre essentiellement du tourisme, ou du transport jusqu'à Erevan de voyageurs fortunés et pressés, mais Laurent comprit, à la mimique de Grigori, que cet engin avait surtout l'habitude de passer la frontière, chargé de substances aussi variées qu'illégales.

Ils prirent congé des frères géorgiens, qui leur indiquèrent le plus court chemin pour rejoindre la route de Gavar, non sans avoir échangé leurs contacts respectifs, ainsi que de viriles accolades. Grigori envoya un baiser à Anna à travers la vitre lorsque la voiture se mut, puis courut après la Lada en criant :

– 1 200 euros !

Anna le vit disparaître petit à petit, puis se retourna vers la route en souriant. Ce sourire n'échappa pas à Laurent, qui lui souffla, taquin :

– Ah, les garçons, ils sont vraiment trop nuls.

Anna le fusilla du regard, et demanda à son frère :

– On arrive bientôt ?

Une demi-heure plus tard, ils atteignirent Gavar, petite ville de quelques milliers d'habitants, essentiellement connue pour son cimetière de tombes médiévales dans la vieille ville voisine de Noradouz. Paradoxalement, les rues de Gavar inspiraient bien plus de vie que celles de Sevan. Au début, ils éprouvèrent des difficultés évidentes à communiquer, l'usage de l'anglais dans un village reculé des montagnes arméniennes n'étant pas des plus courants, ni des plus utiles, mais ils se réjouirent en constatant que la plupart des autochtones qu'ils croisaient parlaient le russe. Ou plutôt Antoine et Anna se réjouirent, d'abord parce que Laurent devint le traducteur officiel, les déchargeant de ce poste, ensuite parce qu'ils eurent le plaisir coupable de le voir s'échiner à retrouver son vocabulaire, qu'il n'avait pas révisé depuis le lycée. Néanmoins, après quelques tentatives peu glorieuses, il se rappela les bases de la grammaire, des déclinaisons, de l'alphabet, et le plaisir qu'il prenait à déchiffrer lentement la prose de Dostoïevski, sûrement encouragé par les jolies formes de Tania Andreïevna, sa jeune professeure de collège.

Ils trouvèrent rapidement la rue Grigor-Lussarovitch, qui reliait l'église au monastère. Ils furent surpris par une pluie aussi violente que passagère, et restèrent un moment dans la voiture à l'arrêt.

– On a un plan, demanda Anna, ou on va toquer à toutes les portes ?

– Il y a peut-être des boîtes à lettres, émit Laurent.

– On a pas de plan, avoua Antoine.

Ils étaient incapables de déchiffrer les lettres de l'alphabet arménien, langue si singulière qu'elle constituait à elle seule un groupe à part dans la famille indo-européenne – ses phrases étant composées de mots s'agglutinant.

La pluie se calma vite, ils sortirent de la voiture et remontèrent la rue, entourés de locaux. Une impression étrange les parcourut, chacun pour des raisons différentes. Laurent eut la désagréable impression qu'on le prenait pour un extraterrestre, impression accentuée lorsqu'il se mit à parler le russe. Anna se sentit étonnamment à l'aise, elle qui détestait les zones rurales, les fermes, la campagne et les animaux. Antoine, lui, détailla avec attention les traits des enfants, des hommes, des vieillards qu'ils croisaient, et y trouva une similitude inhabituelle avec les siens, pourtant si communs. Ils progressèrent vite, l'arrivée d'étrangers – et d'un homme à la peau noire – attirant la curiosité des enfants du village. Ils tapèrent à quelques portes, reçurent des regards étonnés, quelques sourires, des têtes secouées, mais pas d'information constructive pour localiser cette Hripsimé. Tous, néanmoins, leur indiquaient la même direction, avec ce mot, répété avec assurance : *P'vost.* Que pouvait bien dire ce mot exotique et mystérieux ? Ils comprirent quelques minutes plus tard, en arrivant devant le petit bureau de poste.

Fortuitement, celui-ci était ouvert et par un hasard aussi inattendu que bienvenu, l'employé, comme il le leur annonça lui-même, « baragouinait » le français. C'était un petit moustachu à lunettes qui devait approcher l'âge de la retraite. Sa famille, apprit-il aux jeunes gens, était disséminée dans l'Hexagone, entre Marseille et Lille. La diaspora arménienne était bien plus importante que les résidents : sur onze millions d'Arméniens, un tiers seulement habitait l'Arménie. Les autres étaient en Russie, aux États-Unis, en Iran, en France… L'employé eût pu continuer à parler encore et encore, mais Antoine finit par l'interrompre poliment. Ils étaient à la recherche de Hripsimé Sergueïevna Kourganov. La connaissait-il ? Habitait-elle le village ?

L'homme ôta ses lunettes, les nettoya, regarda à nouveau les trois jeunes gens, plus en détail cette fois. Ses yeux se posèrent sur Anna.

– C'est pour vous, c'est ça ?

Anna considéra l'employé de poste, sans comprendre. Oui, c'était bien à elle qu'il s'était adressé.

– Pour moi ?

– C'est vous qui voulez voir Hripsimé ? Pour…

Il fit un signe du menton, désignant le ventre d'Anna.

– Pour quoi ? fit Anna, qui nageait dans une piscine d'incompréhension.

– Qui est le mari ? demanda l'homme aux lunettes propres.

– Le mari ?

– Ou le fiancé, ou le petit ami ? C'est vous ? dit-il en s'adressant à Antoine.

– Du tout. Je suis le frère.

– Ah ! Alors c'est vous, fit-il à Laurent.

– Non plus, répondit Laurent.

– Il n'y a pas de mari, ajouta Anna. J'ai dix-neuf ans.

– Ah, fit l'employé de poste, déçu. J'avais mal compris. C'est que, voyez-vous, les jeunes femmes vont voir Hripsimé lorsqu'elles ont du mal à… tomber enceintes.

Anna resta interdite un moment. Ce fut Antoine qui reprit :

– Donc, cette Hripsimé… vous la connaissez ?

– Bien sûr ! Tout le monde la connaît ! C'est un petit village.

– Mais… personne n'avait l'air de savoir qui elle était.

– Ce serait admettre qu'ils sont allés la voir. Mais croyez-moi, tout le monde est allé la voir, au moins une fois.

– Pourquoi ne voudraient-ils pas qu'on le sache ?

– Par superstition. On raconte plein d'histoires sur Hripsimé. Des enfants qui ne seraient jamais ressortis de sa maison. Des jeunes filles qui auraient accouché d'un bouc. Des bêtises, évidemment, la plupart des gens d'ici sont trop crédules. Mais laissez-moi vous raconter ceci. Mon neveu, qui est américain, était parti en Irak, en 2003, et sa mère – ma sœur – n'avait pas de nouvelles de lui depuis plusieurs mois. Nous sommes montés voir Hripsimé, qui n'a pas dit un mot, m'a simplement montré la sortie. Elle a gardé ma sœur pendant trois jours, je n'ai jamais su ce qui s'était passé.

– Et son fils est revenu ?

– Il est revenu, oui, en pleine santé. Mais ma sœur est morte l'année d'après, dans son sommeil, sans qu'aucun médecin comprenne.

La maison de Hripsimé était perchée sur les hauteurs de Gavar.

De prime abord, elle ne différait pas de la plupart des maisons du village, mais en y regardant mieux, les jeunes gens constatèrent qu'elle était totalement isolée, et que la végétation y était plus dense qu'alentour.

Le vent s'était levé. C'était une scène d'ouverture idéale pour un film d'horreur.

Ils durent garer la Lada en contrebas, et grimpèrent à pied les derniers mètres qui les séparaient de la maison.

Quelques poules caquetaient en liberté.

– Donc, dit Anna, la personne qui vit derrière cette porte envoie des fleurs tous les mois sur la tombe d'Ivan et Maria Dertli.

– Et elle paie par carte bleue, ajouta Laurent en fixant la plus grosse pondeuse.

Antoine alla pour taper à porte, mais celle-ci s'ouvrit dans un long grincement. Une certaine chaleur se dégageait de l'intérieur, et nos trois protagonistes s'engagèrent courageusement dans le corridor.

Les murs, sombres, étaient faits de bois. De nombreuses icônes orthodoxes y étaient accrochées, mais aussi des objets étranges : poupées, pattes de poulet, crânes et autres artefacts. Un fumet appétissant vint leur titiller les narines et lorsqu'ils pénétrèrent dans la salle à manger, ils distinguèrent d'abord la marmite qui mijotait sur le feu, mêlant un délicieux parfum d'épices à celui de l'encens qui brûlait dans un coin.

Puis ils s'habituèrent à l'obscurité relative et le reste de la pièce leur apparut : des tableaux recouvraient les murs. Le sol était jonché de tapis, coussins et autres cadeaux que les villageois avaient dû lui faire, au cours des années passées.

Une autre porte s'ouvrit et Hripsimé entra, en pestant sur ceux qui avaient interrompu sa sieste.

C'était une femme de petite taille, dont le visage portait un siècle de rides, mais dont les jambes étaient celles d'une femme de cinquante ans. Son bassin, visiblement, la faisait souffrir, creusant un peu plus à chaque pas les sillons de son front. Ses petits yeux noirs étaient rentrés dans des cavités immenses. Son œil était vif et intelligent, mais elle usait de ses mains pour ne pas se cogner aux objets qui l'entouraient, des mains si ridées qu'elles trahissaient les nombreuses vies qu'elle avait eues.

Sa voix avait tant parlé qu'elle ne pouvait plus que crier ou murmurer.

Pourtant, sa diatribe s'arrêta aussitôt qu'elle aperçut Antoine.

Un moment, elle resta figée, statufiée, puis elle eut un pas de recul et détailla les deux autres personnes présentes dans la pièce, des têtes inconnues.

Laurent devina qu'elle allait faire tout un cas de sa couleur de peau. Que d'ici un moment, ses mains caresseraient son visage, tenteraient de passer dans ses cheveux frisés. Mais il n'en fut rien.

Ce fut le visage d'Antoine que Hripsimé caressa.

Puis elle dit, en les désignant :

– *Adin. Dva. Tri.*

« Un, deux, trois », traduisit Laurent.

– *Saditiess, diéti*, dit-elle directement à Laurent.

Elle retourna vers sa marmite, et versa une grande louche de soupe dans un bol. Antoine interrogea Laurent du regard.

– Elle nous a dit de nous asseoir.

Les trois jeunes gens s'assirent en même temps. Hripsimé apporta un bol à Laurent, et lui dit juste :

– *Yech.*

« Mange. » Laurent attendit un moment, sans rien dire. La soupe embaumait les épices. Il goûta, retint un cri : impossible de dire ce qu'elle y avait mis, la soupe était noyée dans le poivre.

Il souffla, aspira, provoqua le rire de la petite vieille, qui saisit un autre bol, l'emplit à nouveau et l'apporta à Anna.

– Non, non, mais vraiment…, s'excusa Anna.

– *Essen Sie, mein Enkelin.*

Anna écarquilla les yeux. Elle avait parlé en allemand. Sans qu'elle ait exprimé le moindre mot dans cette langue, la vieille lui avait parlé en allemand. Et pour lui dire exactement : « Mange, mon enfant. »

Hripsimé retourna à sa marmite, emplit un dernier bol et l'offrit cette fois à Antoine, en disant :

– *Senin çorba, benim prensim yiyin.*

Antoine resta coi à son tour. Anna se retourna vers lui :

– Qu'est-ce qu'elle a dit ?

– Elle a dit : Mange ta soupe.

Mais ce n'était pas cette invitation qui rendait Antoine muet. D'abord, elle lui avait parlé en turc. Ensuite, elle l'avait appelé *benim prensim.* « Mon prince ». C'était ainsi que Maria appelait Charles. Son prince.

– *Adin, dva, tri*, dit à nouveau la petite vieille.

Puis, en se montrant :

– Hripsimé Sergueïevna Kourganov.

Elle désigna Anna, interrogativement, qui s'apprêtait à goûter la soupe.

– Anna, lâcha-t-elle.

Hripsimé acquiesça et ajouta en souriant :

– Anna Karlovna von Markgraff.

Mais avant qu'Anna ait pu la détromper, ou manifester une quelconque surprise, la vieille dame à la soupe trop épicée montra Antoine et dit :

– Antoine Karlovitch von Markgraff.

12.

Russie, 1915

Sergueï Igorevitch Kourganov n'était pas un lâche. Il n'était peut-être pas une lumière, mais il n'avait jamais manqué de courage. Chaque fois que son père se retrouvait dans une énième bagarre d'ivrogne, il s'interposait naturellement, allant jusqu'à prendre des coups qu'il ne méritait pas. Lorsque sa mère subissait le courroux de son mari ivre, il n'hésitait pas à l'en empêcher, allant jusqu'à utiliser la force. Lorsque Igor Kourganov avait fini par décéder de ses blessures, Sergueï n'avait pas versé une larme. Il avait serré sa mère dans ses bras, pris avec lui un pain et un bâton, quitté Tsaritsyne et s'était enrôlé comme soldat dans l'immense armée de Nicolas II.

Pourtant, son enfance avait été heureuse, dans les forêts du Caucase, entre Sotchi et le mont Elbrouz. Ils n'avaient qu'une cabane et devaient braconner pour subsister, mais il aimait le silence et la nature. À la mort de son petit frère, ses parents avaient décidé que la ville serait moins rude. Ils avaient déménagé à Tsaritsyne – qui plus tard, après la chute du tsar, deviendrait Stalingrad et, encore plus tard, serait presque anéantie dans la bataille éponyme – et son père s'était mis à boire.

Sergueï était grand et fort, malgré la faim qui le tenaillait, lui et des millions d'autres Russes. Il était né dix ans avant le siècle. L'armée du tsar lui avait donné un fusil, un uniforme et des bottes. Les premières années, son service avait été relativement paisible – quelques révoltes à mater, quelques paysans à fusiller, quelques parades à subir, mais dès que la Sainte Russie était entrée en guerre contre l'Allemagne, il avait eu droit à son lot de batailles et de destructions.

Il avait été envoyé parmi les premiers sur le front autrichien, confiant et enthousiaste. L'armée comptait quatre millions de soldats, la plus grande armée de tous les temps. Il déchanta vite. La plupart des soldats étaient des paysans sans expérience, la plupart des commandants n'avaient pas une once de bon sens, donnant des ordres sans écouter l'avis de soldats confirmés. Le matériel était vétuste et l'artillerie obsolète. La cavalerie, fierté du tsar, était déjà dépassée dans cette guerre moderne.

Certes, dans les premiers mois, ils furent victorieux, mais au prix de pertes immenses qui démoralisèrent les plus vigoureux bellicistes. Lorsque l'armée allemande apporta son soutien à l'Empire austro-hongrois, Sergueï connut le goût de la défaite. Mais les commandants entêtés refusaient à leurs soldats le droit de repli, ajoutant à ce sentiment de futilité du combat qu'avaient les hommes l'impression très nette de n'être rien de plus que de la chair à canon. L'empire du tsar, malgré une campagne de russification active, ne comptait qu'une moitié de russophones, et la communication était ardue entre les Slaves, les Baltes ou les Ukrainiens.

En avril 1915, Sergueï fut renvoyé à Tsaritsyne, et caressa l'espoir secret d'être affecté à un poste administratif, ou mieux, recruté par la garde impériale. Mais on le mit dans un train, puis sur un chariot, sans lui dire où il allait, et au début du mois de mai, il se retrouva en territoire ottoman.

Sergueï Igorevitch n'était pas un lâche. Il venait de subir un an de batailles, d'obus, de tirs en rafales, de grenades. Un an à voir ses compagnons d'un jour disparaître le lendemain, à assister à des amputations quotidiennes, sans anesthésie, à des injustices, à des défaites – des jours de désespérance totale. Pourtant, rien ne l'avait préparé à ce qu'il vécut en Turquie. Jusqu'ici, sa vision de la guerre était dure, impitoyable, mais empreinte d'un certain honneur, d'un certain code, d'une sorte de logique. Minée par l'incompétence sans doute, mais on tâchait au moins de préserver les civils, les femmes et les enfants des barbaries du terrain. On se désolait des villages bombardés. Certains de ses camarades, galvanisés par une propagande primaire ou une simple envie de connaître une dernière fois le corps d'une femme avant de mourir, se laissaient aller à des débordements sur les civiles, mais si un officier de l'armée impériale venait à l'apprendre, c'était la corde ou une balle dans la nuque. Un vrai tsariste eût cent fois préféré une mort précoce à une vie sans honneur. Mais en territoire ottoman, c'était précisément la population civile – la population chrétienne – qui avait été ciblée.

Chaque village qu'ils inspectèrent avait été pillé. Chaque Arménien tué. Les corps avaient été enterrés à la hâte, ou laissés à la merci des bêtes. Les fenêtres, les portes, les escaliers, les boiseries avaient été volés. Seules les femmes les plus belles avaient été épargnées et emmenées pour être réduites à un esclavage sexuel. Les cadavres d'enfants se mêlaient à ceux de leurs parents, de leurs grands-parents. Les têtes coupées des professeurs, maires, notables étaient exposées à toute vue.

Sergueï se douta bien qu'ils n'étaient pas venus dans un but humanitaire – la Russie louchait sur le contrôle des détroits turcs – mais s'il parvenait à sauver quelques âmes innocentes, son enrôlement n'eût pas été totalement inutile.

Le 3 mai, à Dilman, ils vainquirent l'armée turque, qui se retira à Ourmia, y trouva un renfort de dix mille Kurdes et tenta de reprendre la plaine de Salmas. Pendant ce temps, les Russes reprenaient un à un les bastions du vilayet de Van : Tutak, Padnos, Malazgirt. Le 15 mai, ils chassèrent à nouveau l'armée de Khalil Bey, qui se retira cette fois en direction de Mossoul. Le 17, ils libérèrent Ahlat et contrôlaient tout le nord du lac. Ils rejoignirent d'autres détachements de l'armée du Caucase, dont l'avant-garde était déjà entrée dans Van. Sergueï ne pouvait se douter de l'ampleur du massacre. Il ne pouvait concevoir qu'un homme ait pu commanditer le meurtre d'un million d'êtres humains, avec pour unique raison leurs croyances. Dans son Caucase natal, au moins cinq religions cohabitaient. Sa mère mêlait dans ses prières l'orthodoxie, la mythologie slave et les superstitions locales. En entrant dans Van, il eut un aperçu sans appel de la folie meurtrière dont pouvaient faire preuve les hommes. Les cadavres jonchaient jusqu'à la moindre ruelle. Six mois auparavant, la ville avait cinquante mille habitants, dont deux tiers d'Arméniens. Il n'en restait plus que quelques centaines. Poussés à bout, harcelés, traités comme des moins que rien, ils avaient fini par se révolter. Van comptait parmi les seules villes qui avaient pu organiser une résistance arménienne. Ils étaient affamés, à bout de forces. Plus de dix mille boulets de canons avaient été tirés par les Turcs, qui avaient redoublé de rage en apprenant l'imminente arrivée des Russes, n'épargnant alors ni les écoles ni les hôpitaux. Pourtant, ces mêmes hôpitaux – chrétiens –, tenus par des volontaires étrangers, américains ou français, soignaient à présent les soldats turcs qui avaient été abandonnés sur les lieux.

Le soir venu, derrière les murailles de Van, Sergueï eut enfin un peu de répit, au coin d'un feu, avec les autres soldats, pour oublier quelques instants ce spectacle atroce qui lui avait remué les entrailles.

– Qu'est-ce que tu vas faire, après ? avait-il demandé à son ami le plus proche. Quand la guerre sera finie ?

– Parce que tu crois que la guerre va s'arrêter ? Laisse-moi te dire ce que je vais faire : mourir. Sur le front autrichien, allemand ou la tête coupée par un Turc. Et si la guerre se termine, pauvre de moi ! Je vais retourner dans mon village, cultiver du millet qui ne veut pas pousser, pour un salaire de misère, pour un patron que je hais.

– Tu n'aimerais pas te marier ?

– Tu as vu ma gueule ? Qui voudrait de moi ? Elle serait probablement trop moche pour que j'aie le courage de l'engrosser. Et tant mieux, après tout ! Comment veux-tu que j'élève un gosse, avec ma paie de soldat ?

Trois semaines plus tard, l'ami en question était mort. Non pas d'une tête coupée, mais d'un pied gangrené.

Le bataillon de Sergueï dut repartir vers l'est, de village en village, de bataille en bataille. Plusieurs soldats arméniens volontaires les accompagnaient, et il se lia d'amitié avec un ou deux d'entre eux, qui lui racontaient les légendes et les traditions de leurs ancêtres. Il se plaisait à les écouter, trouvait leur philosophie moins pessimiste que celle de ses compatriotes. Il repensa à son ami mort. La nuit dernière, à Van, il s'en était ouvert naïvement à son supérieur :

– Ce qui me rassure, avait-il conclu, c'est qu'il n'est pas mort en vain.

Son supérieur, un jeune lieutenant, un peu moins bête que les autres, avait secoué la tête et répondu sans même y réfléchir :

– Ne dis pas de bêtises. Tout le monde meurt en vain.

– Nous avons sauvé ces pauvres diables, non ?

– Vraiment ?

Sergueï regarda son supérieur avec crainte. Celui-ci ne prit même pas la peine de vérifier qu'une oreille indiscrète pouvait les écouter :

– Regarde autour de toi : nous repartons déjà. L'armée impériale n'a pas les ressources nécessaires pour lutter sur plusieurs fronts en même temps.

– Mais…

– Dans quelques jours, les Turcs auront repris la ville. Chaque Arménien que tu vois ici sera mort. Nous avons prolongé leur agonie, voilà tout.

L'officier tendit à Sergueï une flasque d'eau-de-vie.

– Tu es un brave garçon, soldat, alors écoute-moi bien : rien de bon n'arrive par les armes. Les médecins sauvent des vies, pas nous.

Sergueï contempla la flasque un instant, hésita à boire, mais finit par le faire, encouragé par le jeune officier. L'alcool l'enhardit :

– Si je peux me permettre… pourquoi vous êtes-vous engagé, mon lieutenant ?

L'officier se posa un instant la question. *Pourquoi ?*

– Pour rendre mes parents heureux. Tes parents sont encore en vie ?

– Ma mère, seulement. J'espère.

– Quel âge as-tu ?

– Vingt-cinq ans, mon lieutenant.

– Tu as une femme qui t'attend, au pays ?

Sergueï secoua la tête.

– Moi, j'en ai deux. Quand je reviendrai, si je reviens vivant, il faudra que je choisisse. Mes parents penchent vers l'une, moi vers l'autre.

Sergueï hocha la tête.

– Je vais te dire, soldat : j'ai grandi dans la soie. J'ai toujours été révolté par l'indécence de notre fortune, quand tant de gens autour de nous mouraient de faim, mais voilà, mon éducation m'oblige à appuyer ces écarts, à respecter ces étiquettes exaspérantes imposées par la cour. Tu ne le sais pas, soldat, mais tu es un homme libre. Ne te laisse pas écraser par le devoir. Vis, tant que tu le peux.

Le lieutenant fit grande impression sur Sergueï, qui toute la nuit pensa à ses paroles. Mais la véritable rencontre qui eut raison de ses principes moraux et patriotes eut lieu dans un petit village, pillé, dévasté, comme les autres. Sergueï et son bataillon avaient été envoyés en reconnaissance à la recherche de vivres, de biens précieux ou de survivants.

Il s'enfonça dans les petites ruelles du village, et finit par s'y perdre. Il s'arrêta un instant, épongea la sueur qui coulait sur son front et réfléchit à sa vie. Il n'avait jamais – du moins pas depuis l'enfance – pensé à vivre autrement que par devoir. Il n'avait jamais pensé à ce qui lui plairait, à quel métier il pourrait aimer. Il avait pris les armes comme on prend le train. C'est alors qu'il entendit la plainte. *Un petit cri étouffé.* Était-ce un rire, à mieux écouter ? *Non, définitivement un cri.* Il se leva, tendit l'oreille, marcha vers l'origine du bruit. Il pénétra dans une petite maison qui avait dû être bien tenue, avant d'être forcée et réduite au vide ménager. Un couple avait vécu ici et, à en juger par les livres et ce qui restait de décoration, un couple d'intellectuels. Le mari devait être instituteur, ou ingénieur. Les cris venaient d'une petite pièce attenante au salon, dans laquelle avait été laissé intact un petit berceau.

Une petite chose humaine, qui ne devait pas avoir plus de quelques mois, braillait et gigotait dans des langes souillés. Les assaillants n'avaient pas eu le courage d'assassiner un bébé. Ils l'avaient simplement laissé là, à la merci du destin. C'était la chose la plus triste et la plus merveilleuse que Sergueï ait jamais vue.

Il lui donna de l'eau, d'abord. Lui fit mordre son petit doigt en guise de téton. Il ôta ses langes, la nettoya : c'était une petite fille. Il tâcha de lui passer des langes propres. Comme par enchantement, elle cessa de crier et le regarda fixement.

Quelles étaient les chances de survie de ce bébé ? Pratiquement nulles. Qu'il la laisse là, elle mourrait de soif. Qu'il la signale à ses supérieurs, ils l'abandonneraient. Qu'il la confie aux Arméniens, elle mourrait avec eux. Qu'il la dépose, enfin, dans un hôpital ou un dispensaire, à supposer qu'il en trouve un, elle attraperait une maladie et ne passerait pas la nuit.

Cette vie mérite d'être sauvée, se dit le soldat.

Il resta là, un moment, à la regarder. Puis, l'idée la plus absurde qu'il ait jamais eue lui traversa soudain l'esprit. Mais comme la plupart des idées absurdes, elle était également poétique et sublime.

Comment sauver ce bébé ? Il n'y avait qu'une seule solution : il fallait l'emporter et fuir, fuir ce territoire en guerre.

Une fois dans son Caucase natal, il ne craignait pas de se cacher. Mais pour y arriver, il fallait d'abord échapper à la vigilance de ses propres troupes, se débarrasser de son uniforme pour ne pas risquer d'être fusillé à la première rencontre, éviter les armées turques, remonter, à la marche, de village en village, jusqu'en Russie.

Un périple de plusieurs centaines de lieues à travers ces terres dévastées, avec un bébé dans les bras – qu'il fallait nourrir.

Sergueï ne s'était jamais défini comme quelqu'un de romantique, mais qu'était le comble du romantisme, sinon mourir pour une cause ? Pour sauver une vie ? Et qui plus est, une vie vierge de tous les péchés de l'homme, de toutes ses tentations et ses maux, une vie, enfin, à laquelle tous les espoirs étaient permis ?

Ainsi, il prit la décision la plus importante de toute sa vie.

Pour ne pas attirer l'attention, il rejoignit son régiment et suivit ses camarades jusqu'au camp.

Le soir venu, il attendit que tout le monde soit endormi, vola quelques rations de nourriture, déjoua la surveillance des gardes et se mit à marcher, à la lumière de la lune, vers le petit village dévasté.

Il espérait seulement que le bébé serait toujours en vie.

Que ferait-il dans le cas contraire ? Reviendrait-il, en croisant les doigts pour que sa disparition n'ait pas encore été remarquée ? Mais ses souhaits furent exaucés, car il entendit les cris de la petite chose avant même d'arriver dans la maison. Combien de jours avait-elle survécu ? Deux ? Trois ? Une semaine ? Quelqu'un était-il venu secrètement la nourrir ? Il n'en sut jamais rien.

Il lui donna à boire quelques gouttes d'eau sucrée. Puis il passa un costume à sa taille qu'il trouva dans une des maisons, garda sa besace et ses bottes, se fabriqua à l'aide d'une écharpe un moyen de porter le bébé contre sa poitrine, et partit dans la nuit. Il fallait prendre le plus d'avance possible sur ses compatriotes.

Avant l'aube, il trouva une ferme abandonnée, en ruines, pénétra dans la grange, se fit un lit de paille, et dormit là pendant l'essentiel de la journée, se réveillant de temps en temps pour donner à boire et à manger à la petite. Il la nourrit à la façon des abeilles, mâchant pour elle des morceaux de pain et les rations nutritives qu'il recevait à l'armée.

Il fit de même pendant les jours qui suivirent, marchant la nuit, dormant le jour, volant sur la route les denrées dont il avait besoin. Il croisa plusieurs groupes de villageois, évitant soigneusement les uniformes des deux bords. Sa peau était tannée par le soleil, ses cheveux cachés par un béret : son physique ne pouvait pas trahir ses origines. Il prit soin de ne jamais ouvrir la bouche en public, feignant d'être muet. Le voyage fut rude, ses pieds, ses épaules, son dos le faisaient souffrir, mais beaucoup moins que son ventre. La faim le tenaillait à chaque heure, chaque minute, et il loua la générosité des quelques passants qui acceptèrent de lui laisser un morceau de pain, un fruit ou un bol de soupe, attendris par le bébé.

Il apprit à communiquer avec l'enfant, ou du moins à

comprendre ses souhaits. Il lavait ses langes dans les rivières qu'ils croisaient, la nourrissait à heures fixes, lorsqu'il le pouvait, la berçait lorsqu'elle avait trop chaud, ou trop soif. Un jour, il crut qu'elle avait de la fièvre, et se dit que c'en serait fini bientôt, qu'il avait fait tout cela pour rien. Mais elle survécut à la nuit, gazouillant au petit matin comme si de rien n'était.

Enfin, il arriva en Russie, où il crut pouvoir compter sur la générosité de ses compatriotes. Mais avec sa barbe et son costume arménien, il ressemblait à un vagabond, un Tsigane égaré. Malgré son phrasé impeccable et son bébé en bandoulière, on le rejeta sans vergogne. À peine un ou deux fermiers consentirent à lui accorder quelques cuillerées de goulasch et un peu de lait de chèvre pour le bébé.

Il s'arrêta quelques jours dans une ferme dont le propriétaire était un peu moins obtus et méfiant que les autres. Contre le gîte et le couvert, il mit sa forte stature et sa volonté de fer au service de la terre. Le paysan et sa femme avaient trois garçons qui s'étaient engagés dans l'armée. Deux étaient morts déjà, et ils espéraient de tout cœur le retour du troisième. Sergueï masqua comme il le put son scepticisme et retourna couper du bois. Il faisait beau temps et ces quelques jours furent un moment agréable, même si le déserteur dut effectuer le travail de trois jeunes gens vigoureux. La femme du paysan s'occupa de la petite, répétant à Sergueï combien elle lui ressemblait. Il avait prétendu que sa femme, une Géorgienne, était morte en couches. Un matin que le paysan était absent, sa femme fit à Sergueï des avances que celui-ci eut toutes les peines du monde à refuser. Vexée, elle raconta le contraire à son mari, et le soldat en fuite dut repartir à la hâte.

Il remonta jusqu'à Tsaritsyne, en charrette, à pied, en train, en bus, par tous les moyens de transport qui voulaient bien l'accepter. Il avait retrouvé figure humaine en travaillant à la ferme, loin des massacres et des batailles.

Lorsque sa mère ouvrit la porte de son petit appartement, elle faillit tomber à la renverse : son fils était en vie. Et il revenait avec une nouvelle arrivante. *Une bouche de plus à nourrir*, pensa-t-elle avec angoisse.

Sergueï lui raconta tout : le front, la Turquie, les massacres, son voyage.

Elle écouta attentivement les mots du jeune soldat et eut une réaction tendre et émue lorsqu'il décrivit la rencontre avec l'enfant, dans le petit village arménien. Elle ne lui reprocha rien, il était rentré vivant, c'était tout ce qui comptait.

– Et maintenant, Sergueï ? Moi, je fais de la couture et des ménages et j'ai à peine de quoi vivre. Toi, tu es un déserteur, tu risques la corde. Qu'allons-nous faire ? Tu y as pensé ?

Elle n'avait pas cinquante ans, mais en paraissait dix de plus, usée par la violence de son mari, des hommes, de la vie.

– On va partir.

– Partir ? Mais pour aller où ?

– Chez nous, maman. Chez nous.

Ils vendirent toutes leurs possessions, achetèrent une charrette, une mule pour la tirer, entassèrent ce qui leur restait et descendirent dans le Caucase, là où ils étaient heureux, là où Sergueï savait que personne ne viendrait les chercher. Ils trouvèrent une cabane, qu'il consolida. Il devait faire vite : il ne leur restait pas trois mois avant que l'hiver ne s'installe et recouvre entièrement la steppe boisée de neige. Il consacra chaque journée à rendre leur habitat meilleur, tandis que sa mère cuisinait les plantes et les champignons qu'elle était allée cueillir, ou les animaux qu'elle avait attrapés. Lorsque la neige tomba et les enferma dans la solitude et le silence, il se félicita : la cabane tint bon, et le poêle artisanal qu'il avait fabriqué suffisait amplement à les réchauffer. *Si l'enfant passe l'hiver, elle grandira*, se dit-il.

Pendant les deux années qui suivirent, l'enfant grandit. Elle se dota de cheveux noirs et bouclés, apprit à marcher, à prononcer ses premiers mots : « chaud », « froid », « neige », « lapin », « Sergueï » et « Natasha ».

Natasha, la mère de Sergueï, puisait dans ses souvenirs les connaissances des plantes, des fleurs, des écorces. Elle cuisinait des soupes aux orties ou aux ronces, et composait des baumes ou des onguents à partir des mauvaises herbes. Ils avaient peu de possessions, et encore moins de voisins, mais certains villageois venaient parfois demander conseil à la « sorcière » des steppes lorsqu'ils souffraient de maux de ventre ou d'un panaris. Natasha les traitait contre des œufs ou un poulet, selon l'importance de la douleur.

Sergueï, rentrant avec du bois, souriait en apercevant la volaille qui mijotait, car c'était le signe d'un paysan satisfait de sa consultation. Puis son sourire se teintait de mélancolie lorsqu'il se rappelait qu'il était condamné à ne jamais revenir parmi les hommes. Il avait déserté, insulté le tsar. La mère patrie ne pardonnait pas une telle faute à un homme, si bienveillant fût-il.

Parfois, cependant, les forces du destin semblent se réunir pour renverser une certitude qu'on croyait éternelle. La guerre fut impitoyable : près de deux millions de morts et cinq millions de blessés. La famine s'ajouta aux souffrances du petit peuple, déjà pauvre et humilié par la noblesse coupée du monde, inconsciente des réalités. Le tsar, aveuglé, refusa de réformer son gouvernement. Les premières petites révoltes furent réprimées dans le sang. Au début de l'année 1917, l'hiver fut particulièrement rude. Des grèves spontanées éclatèrent dans les usines, on manifestait pour avoir du pain. Puis la tension monta d'un cran, les slogans changèrent, on voulait à présent la fin de cette guerre inutile et meurtrière – *mais quelle guerre ne l'était pas ?* On envoya l'armée tirer sur les manifestants, mais progressivement, les soldats rejoignirent le camp adverse et armèrent leurs nouveaux camarades. Le tsar décida de dissoudre la Douma et nomma un nouveau gouvernement, mais il était déjà trop tard. Il abdiqua le 15 mars, laissant le champ libre à la première révolution soviétique. Les ouvriers se politisèrent, on créa des soviets, on débattit de tout. Mais toute révolution ouvre la porte à ceux qui se nourrissent de pouvoir et d'autorité : ce furent les bolcheviks qui emportèrent le morceau, avec, à leur tête, un avocat d'origine noble : Vladimir Ilitch Oulianov, dit Lénine. La révolution d'Octobre eut lieu la nuit du 7 novembre, dans une discrétion internationale totale. Les gardes rouges s'emparèrent du palais d'Hiver de Petrograd sans que la vie s'arrête dans les rues et les cafés. Dans les heures qui suivirent, un nouveau gouvernement fut formé, on rendit la terre aux prolétaires, on abolit la peine de mort, on instaura la journée de huit heures et on sépara l'Église de l'État.

Alors que deux siècles d'empire venaient d'être balayés en quelques mois, Natasha, la mère de Sergueï, renoua avec sa religion païenne, laissant l'orthodoxie aux ivrognes. Pendant les années qui suivirent, elle berça la petite des récits de l'Arbre-Monde, immense végétal qui faisait le lien entre toutes les parties de l'univers : le ciel, la terre et le monde du dessous. Elle lui parla de Svarog, dieu du ciel, et de Dajbog, dieu du soleil, qu'il fallait invoquer pour que l'hiver soit doux, elle lui parla de Rod, qui présidait aux destinées humaines, de Peroun, le puissant dieu du tonnerre, et de Stribog, le puissant dieu du vent. Elle lui parla des créatures fantastiques qui peuplaient les forêts, les rivières, les montagnes et même le foyer : n'avait-elle pas aperçu la petite figure poilue du Domovoï, qui vivait derrière le poêle ?

Sergueï, lui, n'avait plus rien à craindre du tsar, le pauvre Nicolas ayant été assassiné à l'été 1918. Régulièrement, il allait en ville, pendant quelques mois, effectuer des menus travaux, puis, lorsqu'il avait gagné quelques roubles, il revenait les bras chargés d'épices, de graines, de vêtements et de livres.

Il avait décidé d'offrir à l'enfant une éducation libre de tout dogme, et pour contrer les élucubrations de sa mère, lui avait appris très tôt à lire. La lecture était un des rares atouts que feu son père lui avait légués et il tenait à ce que l'enfant en profite. Il avait choisi de ne pas la nommer, car, après tout, quel droit avait-il sur elle ? Sa mère et lui l'appelaient *diévoushka* – « fille », en russe – et l'enfant pensait naturellement que c'était son prénom. Ainsi, en grandissant, Diévoushka développa un esprit vif et un appétit insatiable pour la connaissance et l'apprentissage. Chaque nouveau livre que lui apportait Sergueï était un bonbon acidulé qu'elle engloutissait en une journée.

Lorsqu'elle eut sept ans, Sergueï décréta qu'elle devait avoir une vraie éducation. Il s'était laissé séduire par les grands discours de Lénine sur l'enseignement, et constatait une alphabétisation débutante mais massive dans toutes les classes de la population. Natasha s'opposa fermement à cette idée, arguant qu'elle en apprendrait bien plus ici. Mais Sergueï eut finalement le dernier mot et l'inscrivit dans l'école du village le plus proche.

Ce fut un désastre. Le premier jour, Diévoushka dut subir les moqueries de ses camarades de classe quant à son prénom qui n'en était pas un. Les jours suivants, ce fut elle qui se moqua de sa maîtresse, car elle avait lu bien plus de livres qu'elle et maîtrisait la plupart des sujets que Mlle Petrov abordait timidement avec le reste de la classe. De plus, sa maison était trop loin de l'école, à trois heures de marche. Il lui fallait dormir dans un dortoir et ne rentrer que le dimanche. Après quelques mois, Sergueï reconnut son erreur, désinscrivit la petite de l'école et la ramena à la maison. Les années qui suivirent furent dures et belles. Natasha continua de faire de cette enfant une parfaite petite sorcière, Sergueï continua de lui apporter les livres qu'elle chérissait tant. Il n'osa pas avouer à sa mère que, la plupart du temps, il les volait dans les bibliothèques municipales si chères au cœur de Lénine. Elle ne lui en aurait pourtant pas voulu : la cabane de la forêt du Caucase restait singulièrement détachée de la frénésie communiste que vivait le pays.

Lorsque Diévoushka eut treize ans, Sergueï comprit que la petite fille d'autrefois était en train de devenir une femme. Un jour, elle voudrait étudier, devenir médecin, ingénieure ou institutrice. Quand ce jour viendrait, il lui faudrait les moyens de prendre un appartement en ville. Peut-être aussi que Sergueï avait un peu peur d'une vie recluse avec une adolescente grandissant chaque jour, et chaque jour de plus en plus jolie, lui qui n'avait connu en tout et pour tout que deux femmes dans sa vie. Peut-être enfin qu'il avait envie de voir du pays, sans porter de fusil dans les mains. Pour toutes ces raisons, un soir, sans réveiller Diévoushka, il embrassa sa mère, quitta la cabane, descendit jusqu'à Batoumi, en Géorgie, et s'engagea dans la marine marchande. D'un contrat de trois ans reconductible, il passa à cinq ans. Il traversa la Méditerranée, l'Atlantique et l'océan Indien. Il posa le pied en Australie, en Inde, en Indonésie. Pendant que l'Europe se préparait à s'entretuer à nouveau, il emplit ses yeux des paysages et des visages les plus exotiques qu'il eût jamais imaginé admirer.

Pendant ce temps, Diévoushka grandit encore. Natasha vieillissait, affaiblie par une maladie que les préparations végétales de sa petite-fille ne pouvaient éternellement soigner. Elle lui avait appris tout ce qu'elle savait, et l'élève avait fini par dépasser la maîtresse. Natasha avait *vu* dans ses rêves une destinée sanglante et mouvementée et avait accepté la venue de la mort, qui la mènerait dans des plaines herbeuses et verdoyantes. Elle n'attendait plus que le retour de Sergueï.

Lorsqu'il rentra, un matin de juin 1933, ce fut sa mère qui l'aperçut la première. Elle prenait le soleil, sur sa chaise, surveillant le potager qui jouxtait la cabane. Ses cris alertèrent Diévoushka, qui était en train de préparer le déjeuner. Elle sortit de la maison comme une flèche, sans y croire, et vit un homme approchant au loin, un sac sur l'épaule. Elle eût reconnu cette silhouette entre mille. Elle oublia la casserole sur le feu et courut, pieds nus, vers l'homme qui l'avait élevée. Elle l'enlaça si fort qu'elle craignit de lui faire mal, mais il en avait vu d'autres. Il la tint par les épaules et la contempla : elle n'était pas grande, mais elle était élancée et vive. Ses cheveux bruns et bouclés, retenus par un foulard qui était tombé pendant sa course, descendaient désormais jusqu'à sa taille. Son sourire dévoilait des fossettes de part et d'autre d'un visage bruni par la vie au grand air. Sergueï, quant à lui, avait pris les rides des marins, mais cela importait peu à la jeune fille des bois : il était *l'homme de sa vie.*

Elle avait connu quelques garçons, bien sûr. Elle était la sauvage, l'indomptable de la région, mais ne dédaignait pas de plaire à certains d'entre eux, et de recevoir des sifflements admiratifs, lorsqu'elle portait ses paniers de baumes miraculeux pour les vendre au marché, le dimanche. Elle aimait danser, aux bals du village, et s'était laissé embrasser, *pour voir*. Elle aimait par-dessus tout la petite lueur de peur qu'elle provoquait chez ces benêts d'adolescents. Après tout, elle avait été élevée par une sorcière, ne l'était-elle pas un peu, elle aussi ?

Toute la journée, elle montra à Sergueï comme elles avaient agrandi le potager, repeint les murs de la cabane, et les nouvelles potions qu'elle avait composées, associant les savoirs de Natasha à ceux des livres pharmacologiques qu'elle empruntait à la bibliothèque la plus proche. Le soir, il leur fit à toutes les deux le récit de ses voyages, leur offrit les épices et les bijoux qu'il avait rapportés des Indes, leur montra les photographies qu'il avait achetées lors de ses étapes, enfin il sortit de son sac de nouveaux livres pour Diévoushka, et elle lui sauta au cou et le couvrit de baisers.

Lorsque Natasha fut endormie et que Sergueï se retrouva seul avec l'enfant qu'il avait sauvée, dix-huit ans auparavant, il lui dit simplement :

– Et maintenant, je vais te raconter d'où tu viens.

Puis il lui fit le récit de ses origines. Il lui raconta la guerre, le front, les morts, la Turquie, enfin, et le village. Sa décision de la sauver et de déserter en même temps, sa longue remontée en la portant sur son ventre, les villageois qui l'avaient aidé, et son retour dans les forêts du Caucase, avec sa mère.

Elle écouta, muette comme une carpe, la bouche entrouverte, bouleversée. Enfin, il termina son histoire par ces mots :

– Le village dans lequel je t'ai trouvée se nommait Gürpinar. Auparavant, il s'appelait Hayots-Tzor. C'est le nom d'une vallée mythique arménienne, dont je te raconterai l'histoire une autre fois. Au-dessus de ton berceau, un mot était écrit, dans un alphabet que je ne connaissais pas. Je l'ai recopié, du mieux que j'ai pu. Le voici.

Elle saisit le papier que lui tendait Sergueï, défraîchi, usé par le temps :

Հոփսիմէ

Impossible de déchiffrer ces symboles étranges. Alors, Sergueï reprit :

– Pendant toutes ces années, je n'ai jamais pu en demander la signification. Mais un jour, au cours d'une escale, j'ai croisé, en Australie, un marin arménien, à qui je l'ai montré et qui me l'a lu à voix haute. C'est le prénom d'une sainte de là-bas. Et c'est ton prénom aussi : *Hripsimé*.

Hripsimé sourit. Puis, dans la chaleur de la nuit, elle saisit le visage de Sergueï entre ses mains et l'embrassa sur la bouche.

Il eut d'abord un mouvement de recul, une hésitation. Puis il se laissa embrasser, lui rendit son baiser. Il avait aimé cette femme depuis le jour de sa naissance jusqu'à aujourd'hui. Combien d'êtres humains pouvaient en dire autant ? Il ne lui avait jamais menti, ne s'était jamais fait passer pour son père. Il avait endossé un rôle de pédagogue tout en lui laissant la liberté de choisir. Enfin, il l'aimait et savait qu'il l'aimerait tant que durerait sa misérable vie. Il aimait le son de sa voix, les questions qu'elle posait, les réponses qu'elle donnait, l'âme qu'elle possédait, et depuis quelques heures, il aimait aussi son sourire, ses lèvres, ses yeux et sa peau.

Il avait quarante-trois ans, elle en avait dix-huit, mais il leur sembla à tous les deux que leur vie commença à l'instant où leurs lèvres se trouvèrent.

Ce qui leur parut si naturel le fut moins pour Natasha, qui les découvrit au petit matin, enlacés, dans le plus simple appareil. Elle conspua violemment son fils, et même après qu'il lui eut expliqué son ressenti, après que Hripsimé elle-même eut assuré à sa grand-mère adoptive que c'était elle, elle la première qui avait sauté sur Sergueï, en apprenant qu'ils n'étaient pas liés par le sang, Natasha n'accepta pas leur relation pécheresse. Elle maugréa que Lada, la déesse de l'amour, n'avait pas béni leur union et qu'elle ne pourrait la bénir, que la malicieuse Kupala, déesse du sexe, des herbes et de la magie, avait pris possession de la petite Diévoushka. D'ailleurs, qu'est-ce que c'était que ce nom étrange et imprononçable que son fils avait sorti d'un chapeau ? Elle avait toujours appelé la petite Diévoushka et continuerait de l'appeler ainsi. Et s'ils continuaient de s'adonner au péché de la chair, jamais Yarilo ne leur accorderait la fertilité qu'il offrait aux champs de blé.

Sergueï était écartelé entre les deux femmes de sa vie. Ne voulant pas perdre la bienveillance de sa mère, dont la santé déclinait de jour en jour, il se résolut à ne pas la contredire, masqua son attirance pour Hripsimé, la traita à nouveau comme une enfant, avec distance et autorité. Mais sitôt la nuit venue et Natasha endormie, les deux amants se retrouvaient et laissaient la passion dévorer leurs corps impatients.

Était-ce la colère ou l'aigreur qui la rongea, ou simplement la nature qui suivit son cours ? Natasha mourut dans l'année. Sergueï et Hripsimé, sur son lit de mort, tentèrent une dernière fois d'obtenir sa bénédiction, mais elle refusa catégoriquement et trépassa en invoquant Zirnitra, le dragon noir, dieu de la sorcellerie, lui proposant un pacte funeste et mystérieux.

Hripsimé pleura plusieurs jours durant la mort de sa tendre babouchka. Ils l'enterrèrent non loin de la maison et pendant un mois, par respect pour ses croyances, les amants passèrent de chastes nuits, dans des lits séparés.

Puis, libérés des interdits religieux et moraux, coupés du monde, ils laissèrent libre cours à leurs sentiments. Ce furent des mois d'une insouciance et d'un bonheur sans tache et, logiquement, le ventre de Hripsimé s'arrondit bientôt. Les dieux de Natasha n'avaient finalement pas été si courroucés par l'union clandestine des amants de la forêt.

Elle accoucha debout, dans sa cabane, sans l'aide de personne. Elle avait même interdit à Sergueï d'y assister et il patientait au-dehors, anxieux et nerveux. Elle avait accompagné sa grossesse de préparations médicinales qu'elle avait dosées selon les livres et les souvenirs de Natasha. La vie dans les forêts du Caucase était dure et belle, les marches étaient longues, que ce soit pour cueillir ou chasser, et le jeune corps de Hripsimé, ferme et musclé, était resté inchangé, si ce n'était la rondeur nouvelle de ses seins et la poche de son ventre qui contenait l'enfant.

Ce fut un garçon, qu'ils prénommèrent Nicolaï.

Tandis qu'à Berlin le chancelier Hitler, s'étant emparé du pouvoir, commençait à détruire la démocratie et à gonfler les effectifs de la Wehrmacht, tandis qu'à Moscou le « Père des peuples » Staline s'employait à « purger » son propre territoire et à remplir les goulags, tandis qu'à Londres Albert George devenait George VI, roi d'un Empire britannique qui recouvrait alors un cinquième des terres émergées du globe, et sur lequel le soleil ne se couchait jamais, tandis que le reste du monde s'apprêtait bien malgré lui à entrer à nouveau en guerre, Sergueï et Hripsimé, innocents et inconscients des misères étrangères, pouponnaient dans la nature.

Nicolaï grandit, comme Hripsimé avait grandi vingt ans auparavant, entre les arbres et les ruisseaux, à l'ombre des montagnes, entre les murs solides de leur cabane, au coin du poêle.

Lorsqu'il eut un an, il dit ses premiers mots. À deux ans, il gambadait dans les basses herbes. À trois ans, il mourut.

Il avait été pris d'une vilaine fièvre, que Hripsimé s'était efforcée de faire tomber. Il avait résisté pendant deux jours, et ses parents ne s'étaient pas plus inquiétés que ça. Après tout, il était de constitution robuste. Mais la troisième nuit lui avait été fatale : au matin, il était froid.

Sergueï avait été frappé d'une violente douleur, mais c'était la souffrance de Hripsimé qui l'avait le plus affecté : elle avait pleuré, crié, frappé sa tête contre les planches de la maison.

Lorsqu'elle avait fini par accepter de l'enterrer, elle n'avait pas pu prononcer un mot, ni même assister à la mise en terre. Sergueï s'était chargé seul de ce travail déchirant. Pendant plusieurs jours, Hripsimé ne mangea pas, but à peine. Elle dépérit et Sergueï en vint à craindre pour sa vie. Il dut tout lui réapprendre, pas après pas, comme à une enfant : à porter à sa bouche chaque morceau de pain ou de viande, à mâcher, à marcher, à se laver, à fermer les yeux pour dormir. L'état de profonde mélancolie de la jeune fille dura plusieurs semaines, et elle n'en sortit qu'à l'aide des premiers rayons de soleil du printemps. Assise sur une pierre, écoutant la rivière qui coulait en contrebas, elle prit conscience tout à coup du temps passé, du temps qu'il lui restait et de cet espace succinct, entre les deux, qui constituait *l'instant*. Elle porta la main à son ventre et constata qu'il avait gonflé à nouveau.

Elle retourna voir Sergueï et se mit nue devant lui. Il acquiesça, embrassa ce ventre béni de Lada et Yarilo, et laissa Kupala prendre possession de leurs êtres et souffler sur les braises ardentes de leur passion, qui reposaient, endormies, sous une couche de cendres.

– Nous devons partir, annonça-t-elle après l'amour.

– Partir ?

– Nous devons retourner à la civilisation. Nous fier à la médecine moderne. Je ne supporterais pas de perdre à nouveau un enfant.

Sergueï fit une moue sceptique :

– Crois-tu vraiment qu'il eût été sauvé ailleurs ?

– Je ne sais pas, mais je ne prendrai pas ce risque.

Sergueï savait que rien de bon ne viendrait de ce retour. Il avait vu ce qu'un déracinement peut provoquer, il avait assisté à la déchéance de son père, au malheur de sa mère. Il avait vu les dangers de la ville, et ses tentations. Il savait que Hripsimé, entourée de beaux garçons, oublierait sans doute bien vite le brave soldat qui l'avait sauvée jadis, et qui aujourd'hui voyait ses tempes et sa barbe grisonner. Mais il lui était absolument impossible d'aller contre sa volonté. Tous deux partirent un matin, après avoir embrassé les planches de la maison, emportant sur un chariot, tiré par un mulet, tous leurs livres, tout leur savoir, et toutes leurs possessions.

Ils s'installèrent à Ekaterinodar, qui depuis 1920 s'était vue rebaptisée Krasnodar. C'était une ville récente, qui s'était construite à partir de la fin du XVIIIe siècle autour d'une forteresse érigée par les Cosaques pour défendre, déjà, la Sainte Russie contre les ambitions turques de Selim III. Pendant la guerre civile qui suivit la révolution de 1917, Krasnodar avait plusieurs fois changé de mains, passant de l'Armée rouge à l'Armée blanche, et même à l'Armée verte, ces paysans volontaires qui s'opposaient aux deux factions.

Krasnodar était une ville agréable, moins dense que Tsaritsyne – que Sergueï ne parvenait toujours pas à appeler Stalingrad –, mais l'intégration du jeune couple fut aussi laborieuse que violente.

Certes, Sergueï avait connu le monde, mais pendant cinq années de voyages au long cours, il n'avait pas une seule fois remis le pied en Russie. En quelque sorte, il avait déserté l'Empire en sauvant Hripsimé, s'était tenu à l'écart de la révolution et n'avait eu, depuis, que très peu de contacts avec la grande ville, ou la société russe de manière générale. Que dire de Hripsimé, qui avait grandi surtout dans les livres et la nature ? Ils furent plongés dans l'URSS de 1937 comme dans un bain bouillonnant.

Sergueï avait craint qu'il leur soit reproché de ne pas être mariés par l'Église orthodoxe – Hripsimé n'était même pas baptisée – mais ce ne fut pas le cas. Depuis près de dix ans, toute religion était interdite et l'athéisme encouragé. La semaine de sept jours, qui se terminait, selon le calendrier chrétien, par un jour de repos, le dimanche, avait été remplacée par une semaine de six jours, dont le jour de repos, qui variait donc chaque semaine, ne permettait plus aux travailleurs de célébrer la messe dominicale. Noël et le Nouvel An étaient interdits, les quelques églises restantes étaient traitées comme des entreprises et lourdement taxées. Le couple que formaient Sergueï et Hripsimé était considéré comme un *mariage de fait*.

Le sort des chrétiens était à plaindre, mais celui des musulmans l'était encore plus : arrêtés, déportés, ou éliminés sans sommation. Le sort des juifs était comme suspendu entre deux idéologies : l'antisémitisme tsariste avait été farouchement combattu par l'idéal révolutionnaire et dénoncé par Lénine, mais l'antisémitisme personnel de Staline était difficile à contenir. Officiellement, on laissait vivre les juifs. Officieusement, ils étaient la cible des purges, au même titre que les intellectuels et les opposants politiques ou supposés.

Mais la religion n'avait jamais été le ciment du couple que formaient Sergueï et Hripsimé, tout au plus le sacré ajoutait-il un peu d'exotisme dans les préparations végétales de la jeune sorcière. Ce furent tous les autres aspects de la société qui les heurtèrent : la collectivisation massive, l'absence de propriété, l'absence d'intimité, l'autre toujours présent, partout.

D'abord, ils trouvèrent une place dans un logement collectif, séparés des autres occupants par un simple rideau. Sergueï, encore en forme malgré ses quarante-sept ans, trouva une place dans une usine de pneus, et Hripsimé, masquant sa grossesse, se fit employer chez un pharmacien. Il fut estomaqué de ses connaissances et encore plus de son vocabulaire soutenu. Lorsqu'il lui demanda si elle avait fait ses études à Moscou ou Saint-Pétersbourg – qui avait été renommée Petrograd, puis

Leningrad à la mort du commissaire du peuple – elle se contenta de hausser les épaules et de laisser élégamment planer le mystère. Il la plaça en caisse et elle fut chargée d'accueillir les clients. Elle découvrit ainsi de nombreux médicaments dont elle ignorait l'existence. Elle détaillait les étiquettes et rapportait à la maison les livres que le pharmacien consentait à lui prêter. Elle accoucha dans un des hôpitaux de la ville. Eût-elle visité des hôpitaux européens, elle eût constaté immédiatement la saleté qui régnait, l'inexpérience du personnel, l'ivrognerie des infirmiers ou le manque de moyens général, mais elle n'avait pas de points de comparaison, et il lui sembla si incroyable que des gens s'occupent d'elle, et gratuitement, que son séjour à l'hôpital fut, justement, une promenade de santé.

Ce fut une petite fille, de faible constitution, si faible que la sage-femme douta qu'elle survive à la nuit. Mais elle survécut, et aux nuits suivantes. Lorsque Sergueï et Hripsimé rentrèrent à la maison, ils furent saisis du regard doux et pénétrant de l'enfant. Ils surent dès les premiers instants que sa beauté lui causerait autant d'attentions que de désagréments. Elle était sage comme une image et, après quelques jours, les heureux parents décidèrent de lui donner le nom de la Sainte Vierge : Marie, Maria en russe. *Maria Sergueïevna Kourganov.*

La vie à l'usine n'était pas simple, mais Sergueï était un homme bon, travailleur et désintéressé. Il ne rechignait pas à l'ouvrage et ne cherchait pas l'avancement. Tout naturellement, on lui laissa les postes les moins physiques et on fit confiance à son jugement. Il intégra le syndicat par la petite porte, écoutant plus qu'il ne conseillait. Il se rapprocha d'un des contremaîtres, un jeune idéaliste dont le père avait un poste important dans le parti. L'idéaliste venait de se marier, avait un enfant en route et un bel appartement de fonction. Lorsqu'il entendit quelle vie menait Sergueï, il téléphona à son père, et la semaine suivante, Hripsimé découvrait son nouvel appartement : une pièce entière pour eux, avec une fenêtre qui donnait sur la rue, une petite chambre attenante pour le bébé, et l'eau courante.

Le pharmacien avait eu la gentillesse de la reprendre. Peut-être aussi que son joli minois ne déplaisait pas au client, et que les potions médicinales qu'elle fabriquait chez elle valaient amplement certains médicaments officiels prescrits par le parti. Bien sûr, la forêt lui manquait. Elle voyait l'eau couler – lorsqu'elle coulait : les coupures étaient légion – et elle se rappelait chaque rivière, chaque torrent, chaque ruisseau de sa région. Elle ne pouvait pas se procurer les herbes nécessaires à toutes ses tisanes, baumes et onguents, elle ne pouvait plus chasser les lapins ou les oiseaux qui se posaient sur les branches les plus basses des pins du Caucase, inconscients du danger qui les guettait. Une autre forêt s'était substituée à celle du mont Elbrouz : une forêt de visages. Tout homme n'était pas joyeux et optimiste, mais l'enthousiasme de Hripsimé finissait par percer n'importe quelle carapace. Elle aimait aussi les jeunes gens de la ville, qui portaient en eux un espoir et une foi inépuisables en l'humanité.

– La jeunesse, disait-elle à Sergueï, a cet avantage extraordinaire sur tous ces vieux barons qui croient tout savoir : c'est qu'elle peut devenir tout ce qu'ils n'ont jamais été, et réussir là où tous ont échoué !

Puis elle se reprenait, voyant sa mine déconfite, l'embrassait et le rassurait en disant :

– Mais jeunes ou vieux, peu m'importe, mon cœur n'est qu'à un seul.

Leur petit appartement recevait souvent des visiteurs, amis ou collègues. Hripsimé cuisinait, Sergueï écoutait, Maria les regardait, avec ses grands yeux noirs. On buvait de la vodka, on chantait, on oubliait pendant un instant la fatigue et l'omniprésence du pouvoir.

Un an passa encore, avant que Hripsimé ne tombe à nouveau enceinte. Cette fois-ci, ce fut un garçon, turbulent et bruyant, ce qui lui valut le prénom d'*Ivan*. Ivan IV, dit le Terrible, sanguinaire premier tsar de Russie, était connu pour ses sautes d'humeur et son tempérament vindicatif.

Ivan Sergueïevitch Kourganov naquit le 17 mai 1939. Trois mois plus tard, Molotov et Ribbentrop signaient le pacte germano-soviétique, garantissant la non-agression réciproque de l'Allemagne et de l'Union soviétique. Un accord secret prévoyait également le démembrement de la Pologne, dont l'ouest irait à Hitler et l'est à Staline, accompagnant la Lettonie, la Lituanie, l'Estonie, la Finlande et une partie de la Roumanie. L'« ordre nouveau » était en marche.

Hripsimé et Sergueï suivaient avec une inquiétude mesurée l'ascension de ce Hitler et de l'Allemagne nazie. Sergueï avait eu son lot de massacres, de guerres, de bourreaux, d'anéantissement de peuples. Hripsimé, du haut de sa courte vie, connaissait déjà les persécutions religieuses, politiques, intellectuelles. Bien sûr, l'Allemagne ne semblait pas amicale et tolérante, mais y avait-il mieux ailleurs ? L'Amérique, berceau du capitalisme, était tant diabolisée par le parti que tous les Soviétiques doués de raison finissaient par y croire, au moins un peu. Et puis ici, au moins, en Russie, ils appartenaient à une patrie si puissante que personne n'oserait s'y frotter – ils étaient saufs.

Le dimanche 22 juin 1941, à l'aube, toute la famille dormait paisiblement. Maria allait sur ses quatre ans, Ivan venait d'en avoir deux et faisait désormais ses nuits. Au même moment, à 2 000 kilomètres de Krasnodar, près de 3 000 avions allemands bombardèrent une soixantaine d'aérodromes russes. L'Armée rouge perdit 1 500 avions en l'espace de quelques heures. Lorsque les enfants se levèrent et exprimèrent leur faim, 4 000 chars et trois millions de soldats allemands avaient pénétré sur le sol soviétique : l'opération *Barbarossa* était enclenchée.

L'inquiétude gagna progressivement Krasnodar, à mesure que les nouvelles du front parvenaient à percer la carapace de propagande. Alors, de jour en jour, de semaine en semaine, l'inquiétude se mua en angoisse, l'angoisse devint terreur : les Allemands arrivaient. Les nazis allaient violer les femmes, tuer les hommes, piller les villes et les villages, fusiller les communistes – c'est-à-dire *toute la population*.

Le 25 juin, Minsk tombait. Ils avaient enfoncé le front de 400 kilomètres. Le 16 juillet, ils prenaient Smolensk, malgré une défense acharnée. Leur progression semblait régulière et inéluctable. Kilomètre par kilomètre, ils bombardaient, assiégeaient, avançaient. En octobre, ils avaient fait trois millions de prisonniers, et massacré plus d'un million de Juifs, de Tsiganes et de Russes. Ils venaient d'atteindre Moscou et Leningrad et la prise des deux villes leur paraissait acquise. Ils avaient conquis toute l'Ukraine et la Biélorussie. Le 30 octobre, ils lancèrent une offensive sur Sébastopol. En décembre, ils occupaient toute la péninsule de Crimée, et la panique gagna Krasnodar : les nazis étaient à 200 kilomètres, derrière le détroit de Kertch.

En ville, on ne parlait que de ça. La majorité des hommes s'engageait dans l'Armée rouge, pour avoir une chance de mourir en héros. Hripsimé s'efforçait de continuer de mener une vie normale, de ne pas transmettre à ses enfants les angoisses qu'elle cumulait en parlant à chaque client, recevant des nouvelles de plus en plus alarmistes du front.

Depuis le début du conflit, Staline avait changé son fusil d'épaule sur un point seulement : la religion était à nouveau autorisée, et même encouragée. En ces temps d'apocalypse, il était conseillé de prier.

En rentrant, ce soir-là, Hripsimé trouva son homme dans un tel état de concentration qu'elle crut d'abord que c'était justement à la prière qu'il s'adonnait. Il ne travaillait pas ce jour-là et aimait à passer son temps libre à s'occuper des enfants. Cela la fit sourire :

– Qui pries-tu là, Sergueï Igorevitch Kourganov ? Péroun, afin qu'il aide nos guerriers ? Ou le dragon Zirnitra, afin qu'il jette un sort aux nazis ?

Sergueï la regarda avec de grands yeux tristes.

– Que se passe-t-il ? demanda-t-elle en prenant peur. Les enfants vont bien ? Ivan, Maria ?

– Les enfants vont très bien, la rassura Sergueï. Ivan dort, Maria est chez la voisine.

Hripsimé porta la main à son cœur, et soupira de soulagement.

– Ils arrivent, ajouta-t-il.

– Qui ?

– Les Allemands. Sébastopol est assiégée, Moscou et Leningrad aussi.

– Je sais, je sais… Mais *assiégée* ne veut pas dire *vaincue.*

Sergueï regarda vers le sol. Un siège ne se terminait jamais par une retraite joyeuse. Un siège causait la famine, la soif, la désolation, l'aigreur. Quand les assaillants pénétraient finalement, leur rage de vainqueurs détruisait tout. Un siège ne laissait pas de place à l'espoir.

– J'ai peur pour toi, dit-il. Pour les enfants, et pour toi.

– Tu crois que je n'ai pas peur pour *toi*, moi ?

– Regarde-toi. Avec ta peau mate, tes yeux noirs, tes cheveux bouclés… Tu n'as pas de certificat de naissance…

– J'ai des papiers, je suis ta femme.

Ils s'étaient mariés, civilement, peu après la naissance de Maria.

– Oui. Mais si je ne suis pas là ? Qui te croira ? Tu as l'air d'une Tsigane.

– Je ne le suis pas.

– Tu crois que les nazis feront la différence ?

Hripsimé haussa les épaules, et demanda :

– Tu veux partir ?

Sergueï secoua tristement la tête.

– Quoi, alors ?

Il choisit soigneusement ses mots :

– Je ne veux pas mourir sans avoir eu la chance de te défendre.

Elle comprit, ouvrit la bouche en grand et répondit avec virulence :

– Non. Non, hors de question. Tu ne vas pas aller te battre. Tu as cinquante ans ! Tu as donné toute ta jeunesse à la patrie, et pour quoi ?

– Pour te trouver.

Les larmes lui montèrent aux yeux :

– Non. Non. Non. Écoute-moi bien, Sergueï Igorevitch : sans toi je n'y arriverai pas.

– Tu y arriveras très bien. Tu y arriveras sans doute mieux. Et puis je tousse, comme ma mère. Je crache du sang.

– Quoi ?!

– C'est la fumée de cette usine. Qui sait combien de temps il me reste ?

– Tu ne m'as rien dit ! Ce n'est rien, sûrement !

– Si ce n'est rien, j'ai eu raison de ne pas t'en parler.

– Ne me laisse pas seule.

– Tu n'es pas seule. Tu es la personne la plus sociable que je connaisse. Tu n'auras pas besoin de moi.

– Sergueï, tu parles comme si ta décision était prise !

Il sourit, tristement, encore. Tout son être était triste, mais apaisé :

– Ma décision est prise. Je me suis enrôlé aujourd'hui. Je pars demain matin au front.

Hripsimé pleura, supplia, implora, mais Sergueï était inflexible. Il préférait partir en héros que périr en lâche. Il embrassa ses deux enfants, sans leur montrer trop d'émotion, puis prit sa femme dans ses bras et la serra si fort qu'il eut peur de lui faire mal.

– Promets-moi que tu vas revenir, lui demanda-t-elle en retenant ses larmes.

– Ça, je ne peux pas te le promettre. Mais je peux te promettre autre chose : je n'ai aimé que toi, et jamais je n'aimerai une autre que toi.

Elle l'embrassa si fort qu'elle lui mordit les lèvres et la langue.

– S'il te plaît, reviens, dit-elle à nouveau lorsqu'il passa la porte.

Il eut un signe pour les enfants, un regard pour elle, et il partit.

Pendant les mois qui suivirent, Moscou, Leningrad et Sébastopol tinrent bon. Malgré les morsures du froid de l'hiver, qui fut impitoyable cette année-là, malgré la faim, les bombardements, les morts et la maladie, Moscou, Leningrad et Sébastopol résistaient aux Allemands. Pendant près d'un an, elles résistèrent. Et l'espoir revint en Russie. En janvier 1942, Joukov et Vassilievski rapatrièrent une trentaine de divisions réservées à une éventuelle attaque japonaise et lancèrent une contre-offensive sur Moscou. Non seulement celle-ci fut victorieuse, mais elle permit une avancée du front d'une centaine de kilomètres. Hripsimé se mit à *espérer*. Peut-être que sa chance tournait. Peut-être la Russie serait-elle sauvée, peut-être Krasnodar serait-elle épargnée. À l'été 1942, les Allemands, excédés, lancèrent une forte offensive vers Stalingrad. Le 7 juin, ils pilonnèrent Sébastopol avec une intensité accrue, et la ville se rendit dans les premiers jours de juillet. À la fin du mois, Stalingrad était encerclée.

Quelques semaines après son départ, sur la route qui menait à Stalingrad, un avion allemand mitrailla le régiment de Sergueï. Trois balles lui traversèrent le torse. Il se vida de son sang en repensant aux paroles de son ami défaitiste, mort de la gangrène à Van. Lui avait eu une belle vie : il avait aimé, il avait été aimé. Déserter et sauver ce bébé avait été la meilleure décision de sa vie. Il repensa aux lèvres de Hripsimé, aux yeux de Maria, au caractère d'Ivan, et il mourut, comme des millions d'autres, mais le sourire aux lèvres.

Hripsimé, même si elle s'en doutait, ne l'apprit que des mois plus tard, dans la panique provoquée par la chute de Sébastopol. Elle n'eut pas le temps de le pleurer, il n'y avait plus aucun doute : les nazis seraient bientôt là. Par le nord, ou par l'est, ce n'était qu'une question de semaines, de jours peut-être. Maria, à cinq ans, était capable de raison. Elle était timide mais appliquée. Ivan était turbulent, mais il était fort et capable d'affronter un long voyage.

Hripsimé fit ses bagages, calmement. Elle choisit précisément et méthodiquement ce qu'elle pouvait porter et ce qui serait utile. Elle cacha des roubles dans les ourlets de ses vêtements, dans les poches de ses sacs, se vêtit d'habits simples, modestes mais résistants – il faisait très chaud en ce mois de juillet – et quitta son logement.

– Où allons-nous, maman ? demanda Maria, qui n'avait pas compris qu'ils ne reviendraient pas.

– Là où personne ne pourra nous rattraper.

Les gens fuyaient le pays par centaines, par milliers, et Hripsimé n'eut aucun mal à convaincre un camion, puis une voiture de les rapprocher de la forêt de son enfance.

Lorsqu'elle y parvint, après plusieurs heures de marche durant lesquelles Ivan pleura, gémit, manifesta continuellement son mécontentement, elle faillit être brisée par l'abattement : la cabane avait subi plusieurs années d'intempéries.

Sans doute des vagabonds y avaient-ils habité, peut-être un arbre s'était-il écrasé sur le toit pendant une tempête, mais les souvenirs paradisiaques s'évanouirent à l'instant où elle la retrouva.

Les mauvaises herbes avaient poussé à travers les lattes du parquet, une colonie d'insectes avait investi l'ancien poêle, le vent s'engouffrait dans les espaces béants laissés par les planches qui étaient tombées.

Hripsimé s'assit dans un coin de la maison et pleura pendant quelques minutes, désemparée. Puis elle releva la tête et aperçut ses enfants qui jouaient avec les fourmis, comme elle, vingt ans auparavant. Elle essuya ses larmes et retroussa ses manches.

Ils habitèrent la cabane pendant deux ou trois semaines, malgré la faim, le manque d'ustensiles, et l'absence d'un homme fort pour couper du bois ou soulever les lourdes planches à reclouer aux murs. Hripsimé comprit néanmoins assez vite que cette situation ne pourrait pas durer. Elle devait aller chercher à manger, au village ou ailleurs. Il lui restait quelques roubles. Elle confia à sa fille la garde de son frère, promit d'être rentrée avant la nuit, et marcha d'un bon pas en direction du village le plus proche.

Celui-ci était presque désert. Elle trouva un couple de sexagénaires qui lui offrirent du pain et un peu de lait pour ses enfants. Elle apprit avec horreur ce qu'elle redoutait mais n'osait pas croire encore : Krasnodar était tombée, le 12 août, aux mains des nazis.

Si Krasnodar était tombée, la prochaine étape serait la Géorgie, bien sûr. Elle était sur leur chemin. Ils la trouveraient, dans la cabane, dans les montagnes. Ils la trouveraient, la violeraient et étoufferaient ses enfants. Les Allemands allaient vaincre, c'était sûr désormais. La Russie allait capituler, ou résister jusqu'à la mort. Il fallait fuir, oui, mais *où* ?

Ce fut en regardant ses enfants manger qu'elle eut la réponse.

Un pays, encore, était neutre.

À quelques jours de marche seulement, ce pays était en paix avec la Russie depuis 1918.

Un pays dont elle était, après tout, originaire.

Ils avaient massacré ses parents, ils lui devaient deux vies.

Elle en avait assez de cette guerre qui lui avait pris son mari. Qu'elle doive mendier, supplier, charmer ou vendre ses services, peu lui importait à présent, du moment que ses enfants puissent grandir en paix.

Elle ferma les yeux et pria Rod, Dajbog, Yarilo, Péroun, Zaria, Zorya, Svarog et tous les autres dieux de lui prêter de la chance et du courage.

À pied, en voiture ou en train, elle allait passer en Turquie, retourner dans son village natal, à Gürpinar, et revendiquer ses droits.

13.

Noradouz, 1990

La voiture de l'homme remonta péniblement jusqu'au fort de Noradouz.

Les fondations du fort avaient été posées par les Urartéens trois millénaires auparavant. Par un hasard historique, il avait été reconstruit par des vagues de civilisations successives et était aujourd'hui habité, mêlant plusieurs styles architecturaux, à la manière du palais de Dioclétien de Split, en Croatie. Mais au contraire du palais de Dioclétien, plusieurs familles n'y cohabitaient pas. C'était une seule et vaste maison, fortifiée, protégée par des grands murs, qui trônait majestueusement sur les hauteurs de cette petite ville d'Arménie.

L'homme s'arrêta devant le portail et descendit de la voiture – une vieille voiture russe en fin de vie, que la côte n'avait pas épargnée.

Il s'avança jusqu'à la grille et trouva le boîtier qui servait d'interphone.

Il contempla un instant la somptueuse demeure. Elle bénéficiait visiblement de tout le confort moderne, mais ses larges murailles la faisaient ressembler à un château fort en miniature. La végétation était dense, masquant les fenêtres des étages inférieurs. Il ne manquait que des douves.

Si j'étais un dictateur en fuite, c'est sûrement ici que je viendrais me réfugier, se dit l'homme. Et il fit sonner l'interphone.

D'abord, personne ne répondit. Il avait le temps. Il rappuya, plus longuement cette fois. Il entendit quelques sons indistincts, un grésillement, et la grille s'ouvrit.

Il remonta dans la voiture, fit démarrer péniblement le moteur, et s'engagea sur l'allée principale. La cour était recouverte de pierres plates, bien plus élégantes que du gravier. Il se gara, et sortit en même temps qu'une petite porte de service s'ouvrait.

– La sonnette ne marche pas, s'excusa la femme.

Elle avait automatiquement parlé anglais. Devinait-elle en lui le touriste ?

Elle s'approcha de quelques pas, sans animosité. Elle était plutôt pâle de peau, blonde, bien habillée. La petite quarantaine, sans doute. Son visage n'était pas marqué et la douceur se lisait dans ses yeux.

– *Hello*, dit l'homme.

– Oui, bonjour, pardon. Je peux faire quelque chose pour vous ?

Il lui sourit. Elle le considéra des pieds à la tête. Il devait avoir trente-cinq ans. Il était de taille moyenne, des traits droits, un regard franc. Sa voiture n'indiquait pas un représentant de commerce, ses habits éliminaient l'hypothèse locale, et s'il avait été ici pour faire des affaires avec son père, il eût été accompagné.

– Vous êtes allemande ? demanda-t-il.

Elle fut à la fois perturbée et agréablement surprise.

– D'origine, oui. Comment le savez-vous ?

Il reprit, dans la langue de Goethe, le plus naturellement du monde :

– Un léger accent. Pas dénué de charme, je vous rassure. Je suis fasciné par cette architecture, vous habitez ici ?

Le mystérieux voyageur parlait donc allemand. Elle lui sourit en retour :

– Oui, c'est une… maison familiale.

Il s'approcha de la muraille, posa sa main sur une pierre.

– Magnifique. Magnifique. Époque urartéenne, non ?

– Je… je crois, oui. Vous êtes historien ?

– Amateur, seulement.

Il tendit sa main vers la Teutonne et se présenta :

– Charles.

– Sibel, dit-elle en serrant sa main.

Une poignée forte, constata-t-elle, pas insensible au charme de Charles.

– Sibel. S-I, ou C-Y ?

– S-I.

– C'est un prénom turc. Un joli prénom.

– Merci.

– Phrygien, plus exactement, précisa-t-il. La civilisation phrygienne occupait une partie de l'Anatolie il y a trois mille ans. Cybèle était leur *Magna Mater*, leur Déesse Mère.

– Vous êtes bien renseigné.

– Seriez-vous turque ?

– Non, enfin… j'ai grandi en Turquie. Et vous, Charles ?

– À votre avis ? dit-il en souriant.

– … Français ? devina-t-elle.

– Breton.

Ami lecteur – et cette parenthèse s'adresse surtout aux plus jeunes d'entre vous –, il faut comprendre ce qu'était l'année 1990. Certes elle marquait la fin de la veste à épaulettes portée au-dessus d'un T-shirt, des justaucorps fluorescents, des guêtres et des coupes plateau et mulet, certes soixante-dix ans d'Union soviétique allaient se disloquer et rendre leur indépendance à quinze pays, mais malgré ces progrès incontestables, c'était une époque technologique lointaine et reculée. Le téléphone n'était pas portable, il était *filaire*, à moins de posséder une voiture de luxe. Apple vendait déjà des ordinateurs personnels, mais l'écran du Macintosh Classic, qui sortirait à la rentrée aux États-Unis, était en *noir et blanc*. Et mis à part quelques chanceux de Français qui bombaient le torse en pianotant sur leur glorieux Minitel, personne, dans le monde, ne pouvait bénéficier des forums de discussion en réseau, pour la bonne et simple raison qu'*Internet n'existait pas*. Oui, jeune ami, il fut un temps pas si lointain où ni Google, ni Facebook, ni Twitter n'existaient. Les gens n'avaient pas d'adresse mail, pas de numéro en 06, pas d'applications, pas d'iPhone, pas de Nokia, pas de Samsung. Les gens ne s'envoyaient pas de textos, pas de messages MSN, pas de photos. La photo était argentique. Les photographes amateurs et professionnels devaient apporter leur pellicule à développer dans un laboratoire et attendre plusieurs jours avant de savoir si le résultat était à la hauteur de leurs espérances. Lorsque les gens se téléphonaient, ils devaient *composer un numéro*, sauf certains privilégiés qui possédaient une touche *bis*. Lorsqu'ils rataient un appel, ils devaient appeler un *autre numéro* pour connaître celui de l'appelant. S'ils étaient hors de chez eux, ils utilisaient des *cabines téléphoniques*, et cherchaient dans un *bottin imprimé* les numéros des gens qu'ils espéraient joindre. S'ils voulaient se voir, ils devaient *se déplacer*, et convenir préalablement d'une heure et d'une adresse. Et pour se rencontrer, les gens n'avaient pas trop le choix : ils devaient sortir et *se parler*. Voilà pourquoi vous comprendrez aisément, ami lecteur, que lorsqu'une femme célibataire, d'un certain âge, vivant au fin fond de l'Arménie – qui n'avait pas encore affirmé sa souveraineté vis-à-vis du carcan soviétique – croisait un homme alliant une conversation charmante, une aisance naturelle et un esprit piquant *juste comme il faut*, elle ne se faisait pas prier pour prolonger la conversation et finir par l'inviter à dîner.

S'il l'avait pressée de questions au cours de l'après-midi qui suivit leur rencontre, il s'était assez peu dévoilé. Tout au plus avait-elle saisi qu'il était architecte, en France, d'où son intérêt pour la maison, mais que depuis quelques années, il voyageait là où la route le portait. Pas de mention d'une famille, pas d'alliance à l'annulaire et un je-ne-sais-quoi de familier, l'homme avait de quoi plaire. Une crainte lui traversa l'esprit : et si ses sœurs étaient plus rapides à faire le premier pas ? Mais elle balaya vite cette idée absurde.

Elle avait deux sœurs : une aînée, une cadette. L'aînée, Selma, secondait son père dans ses affaires et se brûlait la santé en heures tardives passées à travailler.

– Si nous la croisons, ce sera au repas : elle sort rarement, précisa Sibel.

Selma était dure, renfermée, s'efforçant de ressembler à son père, mais Sibel, qui voyait toujours l'espoir même là où il n'y avait plus rien à espérer, était persuadée que ses abords revêches cachaient un grand cœur et une profonde sensibilité. Sarah, leur petite sœur, la plus jolie des trois, était beaucoup moins sérieuse et appliquée : elle préférait ne pas travailler en profitant des largesses familiales. Sans que ses parents en sachent rien, Sarah vivait une homosexualité active, pourtant illégale et sévèrement réprimée en URSS. Au-delà de ses préférences sexuelles, elle haïssait et méprisait les hommes, tous autant qu'ils étaient. Pour avoir la moindre chance de lui plaire, le petit Français aurait dû être une petite Française. Aucune des sœurs n'avait d'enfant, aucune n'était mariée, toutes trois habitaient la résidence paternelle. N'eût été la tristesse de la situation, elles eussent savouré l'ironie du parallèle avec la pièce de Tchekhov où Olga, Macha et Irina partageaient une demeure familiale dans la campagne profonde de Russie, attendant désespérément que quelque chose se passe dans leur vie.

Une série de désagréments avaient rendu impossible un départ de Gavar, petite ville de vingt mille habitants, située à 100 kilomètres d'Erevan, dans laquelle ses parents avaient choisi de s'installer au début des années cinquante, lorsque la ville portait encore le nom de Nor Bayazid. Sibel n'avait qu'un an ou deux. Aujourd'hui, elle en avait quarante-deux, et rougit en laissant entendre à Charles qu'elle n'en avait pas encore quarante. Elle avait passé l'essentiel de sa vie ici, dans cette bourgade satellitaire de l'Union soviétique.

Sibel lui montra l'intérieur de la maison, la bibliothèque, la salle à manger – elle ne l'avait pas encore invité à partager leur repas. Le mobilier était antique, début du siècle peut-être, mais la maison était impeccable. Pas une trace de poussière, des murs au papier peint immaculé. L'opulence discrète, la richesse élégante. Pas de lustre clinquant, de billard ou de télévision gigantesque : un manoir « à l'ancienne ». Sibel lui montra le premier étage, où étaient les chambres. Là encore, des grands lits aux épais matelas et aux têtes sculptées, des coiffeuses aux miroirs gravés, des rideaux lourds et des tapis moelleux.

– Et au-dessus ? demanda Charles en pointant du doigt l'escalier.

– Au-dessus, ce sont les appartements de mon père.

En redescendant, ils tombèrent au salon sur la mère de Sibel, une septuagénaire fatiguée. Assise dans un fauteuil, tournée silencieusement vers la fenêtre, elle paraissait ne plus rien attendre de l'existence. Lorsqu'elle posa le regard sur Charles, il n'y vit pas l'once d'une lueur. Elle était veillée par une vieille domestique, locale sans doute, au regard dur et perçant, qui entra pour lui apporter une tisane.

Charles fut pris d'un étourdissement, qui n'échappa pas à Sibel. Il prétexta une fatigue due au voyage, et proposa à la jeune femme de rouler jusqu'au lac, pour prendre l'air. Elle ne se fit pas prier.

Véritable mer intérieure, le lac Sevan recevait les eaux de vingt-huit rivières. Il était entouré de villes, de villages, d'églises et de chapelles – parfois millénaires – perchées sur les hauteurs. Sibel et Charles visitèrent le monastère de Hayravank, érigé sur un piton rocheux, et celui des Saints-Apôtres, fondé en 874, dont il ne restait que deux églises. Ils parcoururent les allées du cimetière de Noradouz, Sibel racontant ses souvenirs d'enfance, Charles expliquant la signification de ces grandes stèles médiévales. Lorsque le soleil commença à tomber, il fut naturellement invité à dîner au fort.

Ils passèrent prendre Sarah en chemin, qui manifesta une méfiance immédiate vis-à-vis de ce voyageur français et un mépris total de sa voiture.

Sibel eut un regard vers sa montre et dit, avec une pointe d'inquiétude :

– On va être en retard.

Charles sentit les filles se tendre imperceptiblement.

Lorsqu'il gara la voiture, elles sortirent rapidement et Sibel eut un petit signe de tête, l'incitant à se dépêcher. Sarah avait pris de l'avance. Ils pénétrèrent tous deux dans la salle à manger, dont la table avait été dressée. La mère de Sibel était assise au fond, le regard dans le vague. La troisième sœur leva un regard agacé sur les retardataires – et étonné lorsqu'elle aperçut le nouvel arrivant. Au bout de la table trônait, impérial, un petit vieillard sec et autoritaire : Herr Frank Koenig, le *pater familias*.

– Pourquoi ce retard, Sibel ? demanda-t-il d'une voix calme.

– Pardon, père. Nous avons visité les monastères et nous n'avons pas vu l'heure. Je vous présente Charles, il voyage dans la région.

Selma, qui avait faim, se contenta d'un grognement. Si personne ne pouvait soupçonner l'âge véritable de Sibel, Selma portait sur son visage des années supplémentaires. Avait-elle endossé trop de responsabilités d'aînesse ? Elle n'avait que quarante-cinq ans, mais avec ses cheveux grisonnants et son front assombri, on lui en donnait cinquante.

– Charles ? reprit le père.

Il leva un sourcil et considéra le jeune Français, qui se sentit traversé d'un regard perçant auquel on ne pouvait rien cacher.

– *Ja*, Charles, répondit celui-ci.

Herr Koenig ouvrit la bouche pour répondre, mais Sibel l'interrompit :

– Charles est architecte. Il était fasciné par notre maison, alors je la lui ai fait visiter. Il a rencontré mère tout à l'heure, n'est-ce pas, mère ?

Adelheid Koenig sortit de sa léthargie, acquiesça vaguement, et retourna à son absence. Sibel fit un signe discret à Charles, et tous deux s'assirent à la grande table du fort de Gavar. Herr Koenig perdit le fil de ce qu'il allait dire, ou peut-être jugea-t-il que ce n'était finalement pas nécessaire, ou qu'il avait faim. Il ferma la bouche et tapa dans ses mains, deux fois. Aussitôt, deux jeunes domestiques entrèrent – des gens du coin, à n'en point douter – et servirent l'entrée, le vin et le pain. Les Koenig fermèrent les yeux, effectuèrent mentalement une prière discrète et commencèrent à manger.

Pendant quelques minutes, personne ne parla. Charles dévisagea chaque figure, l'une après l'autre. Sarah, franchement hostile, Adelheid, absente, Frank, sévère, Selma, dans l'ombre de son père. Sibel lui fit un clin d'œil.

– *Herr Koenig*, lança Charles, brisant le silence. De quelle origine êtes-vous ? Allemande ?

– Pourquoi cette question ? demanda Frank.

Charles envoya son plus beau sourire.

– La curiosité est mon plus grand défaut. Voyez-vous, je sais que Koenig est un nom allemand des plus courants, mais j'ai cru discerner dans vos paroles une nuance d'accent autrichien. Viennois, peut-être ?

Frank cessa de manger. Il n'avait pourtant prononcé qu'une seule phrase, depuis qu'ils étaient arrivés.

– Pour vos filles, c'est différent, continua Charles, le plus naturellement du monde. Leur allemand semble nimbé de consonances russes, ou arméniennes. Et c'est normal, puisqu'elles ont passé l'essentiel de leur vie ici. Mais je devine que vous n'êtes pas né en URSS… Je me trompe ? Peut-être est-ce un sujet délicat ? Auquel cas je vous demande pardon.

Frank avala sa bouchée, et dit :

– Je suis né à Vienne, oui.

– J'en étais sûr ! triompha Charles. J'adore cette ville. Ses musées, ses théâtres, ses escalopes panées, sa patinoire d'extérieur !

Sibel sourit discrètement, échangea un regard avec Selma, qui haussa les sourcils.

– Et vous, Adelheid ? L'Autriche également ? Ça ne vous manque pas trop ?

Elle arrêta de mâcher, consulta son mari du regard, qui lui accorda d'un hochement de tête la permission de répondre. Mais avant qu'elle ouvre la bouche, Herr Koenig demanda :

– Comment parlez-vous un allemand aussi bon ?

– J'ai vécu à Berlin pendant un an. Et que faites-vous, ici, si ce n'est pas trop indiscret ? Enfin… si vous n'êtes pas retraité. Sibel m'a dit que Selma travaillait pour vous ?

Selma lança un regard dévastateur à Charles, qui se reprit :

– *Avec* vous ! Pardon, ma maîtrise de l'allemand n'est pas parfaite, vous voyez… Alors, quoi ? Des affaires ? Des usines peut-être ? La métallurgie soviétique ?

– Je suis… Nous sommes dans…

– Nous sommes dans l'import-export, répondit Selma à sa place.

– Ah ! Curieux emplacement pour cette branche d'activité, non ? Mais pour le choix de la maison, vous avez tout bon, elle est magnifique !

– … Merci, dit Frank, déconcerté.

– Autre question, mais arrêtez-moi si je suis trop pressant. Voyez-vous, je m'intéresse particulièrement aux noms. Les noms de famille, de ville, les prénoms. Je trouve qu'ils reflètent une identité, qu'ils racontent une histoire, n'est-ce pas ? Même lorsqu'ils changent. Le changement de nom, c'est passionnant. On *s'invente une nouvelle vie*.

– Je ne vois pas quelle est votre question.

– J'y arrive. Les prénoms de vos filles : Selma, Sibel, Sarah. Selma est un prénom allemand, oui, mais turc aussi, vous n'ignorez sans doute pas qu'il est dérivé de l'arabe *salam*, « la paix ».

– Et alors ?

– Sibel est un prénom turc, également, ce qui n'est pas étonnant puisqu'elles sont nées en Turquie. Mais Sarah ? Sarah est un prénom hébreu.

Sarah regarda Charles attentivement.

– … Qui signifie, si mes souvenirs sont bons, « la princesse ».

Frank attendit, immobile.

– Or, je ne vois aucun signe de religion juive ici, il y avait du jambon en entrée, je vous ai même surpris à dire discrètement le bénédicité avant de manger, ce qui témoigne d'une foi catholique, malgré l'absence de signes religieux dans cette maison – pas de croix, pas d'icône orthodoxe… Si j'ose vous le demander un peu brutalement : pourquoi ce prénom ?

Frank resta de marbre. Les sœurs retinrent leur respiration.

– C'était une… amie. Très chère. À Adelheid et à moi.

– En Autriche ? demanda Charles. Avant la guerre ?

Cette fois-ci, Herr Koenig ne put répondre. Il en eut le souffle coupé.

– Pardon, je m'égare, dit Charles. Je ne voulais pas être indiscret.

La famille Koenig soupira, le coup de chaud était passé. Ils se remirent à manger. Puis Charles reprit :

– En quelle année êtes-vous partis, alors ?

Les fourchettes se figèrent. La tablée retint sa respiration à nouveau.

– … D'Autriche, je veux dire. Ce devait être juste après la guerre, non ? Pendant la guerre, peut-être ?

– À la fin de la guerre, consentit à dire Frank.

– Vous deviez être très jeune, non ? Une vingtaine d'années. Vous avez été mobilisé, je suppose ?

Cette fois-ci, les trois filles tournèrent leur visage de concert vers leur père, attendant une réponse, mais avant que celui-ci ouvre la bouche, Charles poursuivit :

– Je pose trop de questions, excusez-moi. Et vous, Sarah ! Vous m'avez l'air d'une jeune fille pleine de vie, vous n'avez jamais eu envie de voyager ?

Elle le fusilla du regard.

– Vous êtes effectivement bien curieux.

– C'est mon plus grand défaut. Et ma plus grande qualité. Voyez-vous, je suis persuadé, et vous excuserez la simplicité de mon raisonnement, que la parole libère. Que les questions sont essentielles. Que sans questions, il n'y a pas d'échange et que l'échange, c'est la vie même. Que le silence est une mort lente. Et qui voudrait d'une mort lente ?

Les Koenig n'avaient certes pas l'habitude de parler au repas, mais l'arrivée de Charles bouleversa leurs habitudes. Dans un allemand parfait, il bombarda de questions le maître des lieux et ses trois filles. D'abord déconcertantes, ses questions se firent plus douces, plus anodines, plus triviales. L'austère père de famille comprit qu'il n'avait rien à craindre de ce curieux Français, et se laissa peu à peu séduire par ce jeune homme affable et cultivé. Sarah, qui répondait au début par des piques ou des monosyllabes, finit par s'intéresser à cet homme qui avait visité plus de pays et de cultures au cours des trois derniers mois qu'elle-même durant toute sa vie, et lui posa autant de questions que Sibel, plus tôt dans la journée. Adelheid, pourtant sévèrement atteinte, se prit à rire à quelques-uns de ses traits d'esprit. Il connaissait tous les auteurs, toutes les époques, les civilisations passées. Il leur sembla presque qu'il connaissait mieux leur propre vie qu'eux-mêmes. Sibel le regarda, durant tout le repas, avec des yeux emplis de bienveillance. *Enfin*, quelqu'un allait mettre un coup de pied dans cette fourmilière aphasique qu'était sa famille. Elle vit même son père rire à plusieurs reprises, chose rare à laquelle elle n'avait pas assisté depuis plusieurs années. Seule Selma, l'impitoyable Selma au cœur de pierre, ne laissa pas tomber ses barrières. Soit qu'elle fût jalouse de sa sœur pour avoir déniché cet homme charmant, soit qu'elle fût jalouse de cet homme pour occuper une position centrale à table, elle se contenta de manger, bouchée après bouchée, le repas familial, sans quitter des yeux son assiette.

Le repas était délicieux – des spécialités locales, des mets traditionnels allemands, des produits simples et bons, et une tisane maison. Charles tint absolument à féliciter le cuisinier. En fait de cuisinier, c'était une cuisinière : la vieille domestique qu'il avait croisée tout à l'heure, dans le salon, apportant sa tisane, justement, à Adelheid.

Sibel se proposa de l'accompagner, mais il refusa, arguant qu'elle n'avait pas à se lever pour satisfaire ses propres lubies, et se contenta d'obtenir la direction des cuisines. La vieille domestique était en train de laver les assiettes, une par une, et de les déposer sur l'égouttoir. Ses deux aides s'affairaient ailleurs dans la maison. Quel âge pouvait-elle avoir ? Soixante-dix ans ? Quatre-vingts ? À la voir nettoyer vigoureusement ses plats, elle semblait en pleine possession de ses moyens physiques. Charles la regarda un instant, sans qu'elle sente sa présence, puis lui lança :

– *Nou kak jivioch ?*

Elle tressaillit et se retourna. L'homme qui était avec Sibel tout à l'heure venait de s'adresser à elle en russe, et de lui demander comment elle allait. Ou peut-être s'était-elle trompée. Peut-être avait-elle mal entendu. Après tout, son ouïe lui jouait parfois des tours. Mais ils étaient seuls dans cette cuisine, il ne pouvait s'être adressé qu'à elle.

– *Kak tibia zavout ?* demanda-t-il encore.

Cette fois, elle l'entendit très clairement. « Comment t'appelles-tu ? » lui avait-il demandé. Sibel lui avait-elle mentionné qu'elle était originaire de Russie ?

– Qu'est-ce que ça peut vous faire ? répondit-elle en russe.

Un petit sourire illumina son visage.

– Ça m'importe. Ça m'importe beaucoup. Comment t'appelles-tu ?

Elle secoua la tête.

– C'est un prénom arménien, consentit-elle à répondre.

– Je crois que je le sais, dit-il sans se départir de son sourire. Tu t'appelles Hripsimé. Comme la sainte.

Elle écarquilla les yeux.

– C'est Herr Koenig qui vous l'a dit ?

– Herr Koenig ? Non…

Il s'approcha, se planta devant elle, afin qu'elle puisse mieux le détailler. La perplexité se peignit sur son visage : elle ne l'avait jamais vu, pourtant il était *familier*. Son odeur, ses traits…

– Je m'appelle Charles Lefèvre, reprit-il calmement. Je tiens ce nom de ma mère adoptive, Martine Lefèvre. Mais mon véritable nom est Dertli. Et mon prénom, à l'origine, était Karl.

La respiration de la vieille dame accéléra. Elle chercha un appui pour se retenir, car ses jambes se mirent à trembler. Charles lui prit alors les mains.

– La femme qui m'a donné naissance s'appelait Maria. Maria Dertli. Elle a passé trente ans en prison et elle est morte dans mes bras. Je l'ai enterrée au cimetière de Gürpinar. C'était ta fille, Hripsimé.

La respiration de la vieille dame s'arrêta. Des larmes montèrent à ses yeux, qu'elle fixa profondément sur l'étranger, lorsqu'il ajouta :

– Et toi, tu es ma grand-mère.

14.

Vilayet de Van, 1942

Le voyage de Hripsimé dura dix-huit jours. Elle connaissait le moyen de traverser les montagnes du Caucase sans repasser par la côte géorgienne et suivit un chemin qui serpentait entre les monts Dykh-Taou et Chkhara. Maria et Ivan furent courageux et endurants. Ils grimpèrent sans trop se plaindre les paysages montagneux et lunaires qu'ils découvraient pour la première fois.

Ils dormirent à la belle étoile, dans des grottes que leur mère dénicha. À Koutaïssi, ils passèrent la nuit dans une auberge, désertée par les touristes. Un bus les mena, le lendemain, jusqu'à Akhaltsikhé, à la frontière de l'Union soviétique. Pendant trois jours, ils marchèrent, ne s'arrêtant que dans les petits villages. Ils dormaient chez l'habitant, que Hripsimé rémunérait en roubles, en vêtements, en bijoux. Lorsqu'elle vit sa mère sourire et lâcher un soupir de soulagement, la petite Maria demanda :

– Maman, on est où ?

– En Turquie, lui répondit Hripsimé.

Dans la soirée, ils arrivèrent à Ardahan, petite ville récupérée par la Turquie depuis une vingtaine d'années. Autour d'eux, pas de guerre, de soldats, de nouvelles du front : ils avaient pénétré dans un pays en paix.

Leur voyage était loin d'être terminé et ils n'étaient pas au bout de leurs peines : Van était encore à 500 kilomètres, Hripsimé ne parlait pas un mot de turc et voyager sur les routes – lorsqu'on était une jeune femme accompagnée de deux enfants – n'était pas, en 1942, chose aisée.

Faisant fi des éléments et contre mauvaise fortune bon cœur, Hripsimé avança, jour après jour. En voiture, à pied ou en charrette, elle se rapprocha de son but, se faisant comprendre en n'exprimant qu'un seul mot, une seule direction : Van. Elle dut résister aux assauts des conducteurs entreprenants, des paysans misogynes, des russophobes de tout poil. Elle fut traitée de tous les noms et considérée comme une gitane, une mendiante, une moins que rien. Mais parfois, les gens la prenaient en pitié, voyant ses deux enfants, polis et sages, malgré leurs yeux affamés. Ils lui offraient une soupe ou un morceau de pain, sans comprendre pourquoi elle s'obstinait à vouloir atteindre la ville de Van. Qui l'attendait là-bas ? lui demandait-on. De la famille, des amis ? Rien de tout ça, répondait-elle, mais elle devait aller à Van.

Juste avant qu'elle n'y parvienne enfin, elle laissa les enfants émerveillés batifoler dans le lac, en bordure de la ville. Elle-même s'y baigna, à l'abri des regards indiscrets, savourant un moment d'innocence et de joie, évitant de penser à Sergueï. Elle se dit que ses enfants étaient heureux, à cet instant, en s'aspergeant d'eau fraîche. Ils étaient totalement inconscients des menaces qui pesaient sur eux, sur elle, sur toute la famille, de la guerre, des massacres, des persécutions, de la fragilité de leur existence.

Elle n'avait plus d'argent, plus de biens à offrir. Elle avait tout abandonné dans ce voyage périlleux et absurde, pourtant elle sentait, elle *espérait* que tout cela ferait sens. Elle sécha et rhabilla ses enfants, puis entra dans la ville, à pied, en portant Ivan dans ses bras. Toutes les constructions étaient récentes.

Van avait été entièrement rasée, vingt-cinq ans auparavant. Une architecture moderne avait recouvert les cicatrices des massacres de son peuple d'origine. Personne n'eût pu deviner que de telles atrocités – Sergueï lui avait tout raconté en détail – avaient été commises ici même, dans cette ville agréable, ensoleillée, paisible.

Les trois Kourganov se placèrent à l'entrée d'une route et attendirent que passe une voiture, ou une camionnette. Le patron du café où elle avait offert une dernière citronnade à Maria lui avait indiqué la direction de Gürpinar, à moins d'une heure de voiture. Ils n'attendirent pas longtemps. Le chauffeur d'un camion s'arrêta et demanda quelque chose, en turc, qu'elle ne comprit pas.

– Gürpinar ? demanda-t-elle.

Il acquiesça, et lui fit signe de monter. Il tenta de lui faire la conversation, mais elle se contenta de hocher la tête en souriant, et s'il crut au début qu'elle était timide, il comprit assez vite qu'elle ne parlait pas la langue. Déçu, il se concentra sur la route et ne brisa le silence que pour annoncer, en montrant un village dans lequel ils venaient d'entrer :

– Gürpinar.

Ce fut de manière quasi religieuse que Hripsimé et ses enfants parcoururent les ruelles de son village natal. Gürpinar n'avait pas été assiégée, affamée, détruite. Les vieilles bâtisses du siècle précédent tenaient bon. Quelques années plus tard, à la fin des années cinquante, elles seraient à leur tour rasées par un séisme, mais pour l'heure, l'architecture montagnarde était la même que vingt ans auparavant. Les Arméniens avaient simplement été effacés.

Elle croisa le regard de quelques hommes. Les plus jeunes exprimèrent silencieusement un intérêt poli, de ceux qu'on exprime lorsqu'on croise une belle jeune femme de vingt-sept ans, mais dans les yeux des hommes plus âgés, elle sentit autre chose. Un sentiment étrange, nimbé de fascination, de crainte, de honte et de mépris. Elle ne comprit que bien des semaines plus tard que son visage leur rappelait les faits terribles qui s'étaient déroulés dans toute la Turquie trois décennies auparavant. Sans toutefois en être absolument certains, car dès que Hripsimé ouvrait la bouche, nul ne pouvait se douter qu'elle était autre chose qu'une jeune mère russe fuyant la barbarie nazie.

Hripsimé s'assit au pied de la fontaine de la petite place du village et tenta de rassembler ses esprits tandis que ses enfants commençaient déjà à exprimer à nouveau leur faim croissante.

Jusqu'ici, elle avait aveuglément suivi son plan, pour les mettre tous les trois à l'abri des bombes. Elle était parvenue à les mener en territoire neutre : la Turquie avait signé un pacte de non-agression avec l'Allemagne nazie, l'année précédente.

Mais à présent, elle n'était qu'une réfugiée, une intruse, une vagabonde. Elle n'avait pas réfléchi à *l'après*, elle s'était concentrée sur cette fuite en avant. Qu'allait-elle faire, dans ce village où elle ne connaissait personne, dont certains, sûrement, avaient massacré sa famille, et dont elle ne connaissait même pas la langue ? Elle s'en voulut d'avoir été si naïve.

Qu'espérait-elle ? Qu'on lui déroule le tapis rouge ? Que les villageois, rongés par le remords, lui rendent ses biens et lui implorent un pardon miséricordieux ? Quel intérêt aurait-elle à dévoiler son identité, en admettant qu'elle parvienne à communiquer ? Que récolterait-elle à part de la haine, dans l'éventualité où elle parviendrait à prouver ses dires ?

Maria releva la tête vers sa mère et aperçut de lourdes larmes couler silencieusement sur son visage. Hripsimé ne parvint plus à faire bonne figure devant ses enfants : un abattement profond la saisit et elle laissa les sanglots traverser tout son corps. Maria ne sut comment réagir à cette situation inédite et, après un moment d'hésitation, elle se contenta de prendre sa mère dans ses bras. Même Ivan arrêta un moment de se plaindre, hébété.

Si Hripsimé avait été un homme, aux habits élimés, à la barbe longue, sentant le vieil alcool et la sueur, elle aurait sûrement été traitée différemment. On aurait expulsé *manu militari* ce vagabond russe du village, le priant d'aller se faire pendre ailleurs. Mais on traita Hripsimé avec de l'incompréhension plutôt que de la hargne. Les habitants, sans toutefois l'aider, tentèrent de savoir la raison qui avait mené une jeune femme bien habillée et ses deux enfants à ce village perdu du vilayet de Van. Lorsqu'ils comprirent qu'elle ne répondrait à aucune de leurs questions, ils se résolurent à faire appel à la personne la plus à même de parler une autre langue, le libraire du village. Un homme distingué, âgé d'une soixantaine d'années : Abbas Dertli.

Ils menèrent Hripsimé et ses enfants jusqu'à la petite librairie, et les encouragèrent à entrer. Elle fut instantanément rassurée à la fois par les livres qui jonchaient la petite pièce sombre et par le regard plein d'empathie qu'Abbas eut en découvrant Maria et Ivan. Elle avait appris à détecter les prédateurs masculins, et à changer de trottoir, ou du moins à s'en méfier. Lorsque Sergueï était là, il n'y avait pas de problème. Mais lorsqu'elle était seule, malgré ses airs farouches, elle provoquait immanquablement chez le sexe opposé un certain désir, poli, masqué, affiché ou indécent. Dans les yeux du vieil homme, elle ne lut aucune trace de désir, elle ne perçut que douceur et curiosité.

– Vous êtes russe ? demanda-t-il dans un russe impeccable.

Hripsimé opina. Il se tourna vers les enfants.

– Bonjour. Comment vous appelez-vous ?

Maria articula son nom et celui de son frère.

– Moi, Abbas, répondit-il avec un clin d'œil.

Le vieux libraire revint vers Hripsimé :

– D'où venez-vous ?

– Krasnodar. Nous marchons depuis un mois.

Il ouvrit grand les yeux.

– Un mois ? Mon Dieu… pourquoi ne vous êtes-vous pas arrêtée à Erzurum ou Kars ? Ce sont des villes plus grandes, il vous serait plus facile de…

Hripsimé secoua la tête.

– Avez-vous des amis, ici ? De la famille ?

À nouveau, elle secoua la tête, mais avec moins d'assurance.

– Comment vous appelez-vous ?

Hripsimé retint son souffle. Son prénom eût évidemment dénoncé ses origines arméniennes.

– Natasha.

– Natasha. Et le père de… ?

Elle secoua la tête, et lui fit comprendre d'un regard que le père n'était plus. Il parut véritablement affecté de la nouvelle, et se tourna vers Maria :

– Venez, les enfants, dans la salle attenante, j'ai du papier et des crayons de couleur. Vous pourrez dessiner pendant que votre mère et moi discutons.

Maria et Ivan ne se firent pas prier, et Hripsimé entrevit un petit salon attenant à la boutique, confortablement meublé, dans lequel ses enfants laissèrent libre cours à leurs pulsions artistiques.

– Alors, le père est… ? reprit-il en laissant la porte entrebâillée.

– Mort au front. Nous avons fui les nazis. Avec mon visage de gitane, nous ne ferions pas long feu s'ils nous attrapaient.

– Étiez-vous déjà venue ici, à Gürpinar ?

– Pas que je m'en souvienne.

– Je ne vis ici que depuis cinq ans. J'ai plutôt l'habitude des grandes villes. Ne serait-il pas plus simple pour vous d'y trouver un travail ?

– Non. Pas la ville. Nous sommes arrivés au terme de notre voyage.

– Mais pourquoi Gürpinar ?

À nouveau, elle ne répondit pas tout de suite.

– Nous sommes fatigués. Nous ne voulons plus fuir. Une femme seule et ses deux enfants sont plus vulnérables dans une grande ville.

Si elle voulait rester ici, il allait falloir trouver un travail, un logement, malgré la barrière de la langue. Or, la seule personne avec qui elle pourrait communiquer se tenait en face d'elle. Abbas Dertli était son seul espoir. Dans les montagnes, dans la forêt, dans la nature, elle aurait pu survivre seule. Mais ici, il lui fallait un allié, un sauveur. Alors, elle mit sa fierté de côté, et lui demanda, tout simplement :

– Pouvez-vous nous aider ?

Abbas Dertli était né en 1879, à Constantinople, l'ancienne Istanbul, sous le règne du sultan Abdülhamid II. Bien sûr, l'Empire ottoman n'était alors plus aussi vaste que lorsque Soliman le Magnifique contrôlait presque toute la Méditerranée, d'Alger à Damas, ainsi que la vieille Europe continentale, de Belgrade à Bakou. Mais malgré l'insurrection bosniaque, le soulèvement bulgare et la récente défaite contre les Russes, les familles nobles ottomanes gardaient ce sentiment de supériorité qu'avaient inspiré pendant des siècles les habitants de la Sublime Porte. Les Dertli n'étaient pas nobles, mais ils étaient riches. Ils possédaient une compagnie de transport maritime, et diverses ramifications qui leur permettaient, à la naissance d'Abbas, de se comporter en bons bourgeois conservateurs. En deuxième garçon de la famille, il n'eut pas à supporter la pression mise sur l'aîné, et put s'adonner avec une liberté relative à sa passion : la littérature.

L'Empire, à la fin du XIXe siècle, était fortement influencé par plusieurs puissances coloniales, la France et le Royaume-Uni en tête. Ainsi Abbas avait-il appris le français, l'anglais, le russe, l'italien, afin de pouvoir lire dans le texte Hugo, Shakespeare, Dante ou Tolstoï. Ses parents espéraient vaguement faire de lui un diplomate, mais il préféra rester dans les livres. Il tenta d'écrire, publia deux romans et un recueil de poésie, qui rencontrèrent un certain succès d'estime, mais pas assez pour lui ouvrir les portes de l'indépendance financière. Il se résolut donc à se mettre au service d'écrivains meilleurs que lui, et ouvrit une librairie à Constantinople.

Il avait trente-cinq ans quand la Première Guerre mondiale éclata. Il échappa à l'enrôlement la première année, tandis que ses compatriotes essuyaient des défaites sévères en Égypte et dans le Caucase, mais se retrouva malheureusement en uniforme lorsque le sultan ordonna le massacre des populations chrétiennes – arméniennes ou assyriennes –, officiellement par crainte de les voir pactiser avec les Russes. Abbas n'assassina pas une âme humaine, mais témoin actif des atrocités commises sur des populations civiles par de jeunes soldats incapables de recul et de discernement, il resta dégoûté à jamais de toute violence. Il fit appel à ses parents pour qu'ils le sauvent de l'armée, et après quelques échanges de lettres, il fut rapatrié dans sa chère Constantinople.

La fin de la Première Guerre mondiale sonna le glas de l'Empire ottoman, qui avait traversé huit siècles, régné sur la Méditerranée et tant effrayé l'Europe. Il fut démembré par les vainqueurs et perdit la Syrie, l'Irak, le Liban, la Palestine, la Jordanie, la Thrace… Il fut mis sous tutelle et devint, pour quelques années, une colonie. Humiliation suprême pour d'anciens maîtres que de devenir asservis.

Le bouleversement fut tel qu'une âme révolutionnaire s'empara du pays et mena à l'avènement d'une Turquie moderne. Le sultanat fut aboli, la république proclamée, et Mustapha Kemal fut élu président en 1922.

Abbas allait alors sur ses quarante ans. Il ne s'était jamais marié. Il avait toujours préféré la compagnie des livres à celle des femmes. Sa famille, au cours des bouleversements qu'avait connus le pays, avait été ruinée. Comme les grandes fortunes nobles confrontées à la révolution industrielle, ces bons bourgeois conservateurs n'avaient pas senti le vent de la révolution laïque et progressiste devenir ouragan. Seule la bibliothèque d'Abbas tenait toujours, contre vents et marées. Il n'avait pas l'âme d'un homme d'affaires, mais il s'était installé dans la vieille ville, Stamboul, dont les prix des loyers allaient monter en flèche. Sa librairie, désormais fréquentée par la classe moyenne émergente, avait dû s'agrandir et embaucher du personnel. Par sens du devoir familial, il avait accueilli ses deux frères, des idiots qui n'avaient jamais ouvert un livre, pour y travailler avec lui. Mais quiconque a lu *Le Voyage de M. Perrichon* comprendra que lorsqu'on sauve la vie à une fripouille, la fripouille n'en éprouve aucune reconnaissance, mais choisit plutôt d'en vouloir à son sauveur pour l'humiliation infligée. Ainsi, le frère aîné d'Abbas, Mustafa, qui avait été élevé pour devenir un chef, supportait mal de devoir répondre aux directives de son petit frère, ce lâche, ce réformé, ce poète raté. Un jour, fouillant dans ses lettres, il eut le plaisir de découvrir un secret qu'Abbas avait pris soin de cacher à sa famille durant toute sa vie. Sans hésiter, Mustafa le menaça de faire éclater ce secret à la face du monde, qui à coup sûr condamnerait le pauvre Abbas. Le libraire n'eut pas le choix. Il dut abandonner sa librairie à ses béotiens de frères, et quitter la ville dans laquelle il avait toujours vécu, qui portait désormais le nom d'Istanbul. D'une certaine manière, ce fut un mal pour un bien. À cinquante ans, Abbas n'avait jamais voyagé. Il parcourut donc le pays, s'arrêtant ici ou là, occupant divers emplois liés aux belles lettres ou à la traduction, et son parcours le mena quelques années plus tard au vilayet de Van. Il avait traversé cette région pendant la guerre, dans des circonstances particulièrement traumatisantes, mais dans ce contexte de paix, il fut frappé par la beauté des paysages. Il finit par s'installer à Gürpinar, et ouvrir une librairie, en se disant que les livres avaient le pouvoir de réparer les consciences, afin de ne pas connaître à nouveau les mêmes barbaries.

Lorsque cette jeune femme brune, à la chevelure épaisse, et ses deux enfants aux yeux clairs entrèrent dans sa modeste librairie, peut-être son visage lui rappela-t-il toutes ces jeunes filles massacrées ou réduites à l'esclavage qu'il avait croisées trente ans auparavant, mais elle parlait un russe tellement pur qu'à aucun moment il n'eût pu soupçonner Natasha d'être née Hripsimé. Ce qu'il se dit en revanche, c'est qu'il avait enfin l'occasion de *réparer*, autrement que par la lecture et les belles paroles, le tort commis par ses compatriotes dans ce même village.

– Bien sûr, répondit-il donc. Bien sûr que je peux vous aider.

Le libraire possédait une pièce inoccupée, attenante à sa cuisine. Il installa un grand lit, dans lequel Maria, Ivan et Hripsimé purent se reposer, enfin. Il leur donna à boire et à manger, une bassine pour se laver, et il récupéra des vêtements propres auprès des habitants du village, pour les enfants et pour leur mère. Ne sachant que trop bien que rien n'est gratuit en ce bas monde, Hripsimé insista pour payer ces services rendus : elle faisait le ménage, la cuisine, réorganisa les étagères de la librairie, concocta au libraire des tisanes pour ses maux de tête. Cette situation provisoire durait toujours à l'automne, sans que personne se soit plaint. Sans que ce fût vraiment formulé, une nouvelle famille s'était formée dans la maisonnée.

Abbas commença à apprendre le turc à Maria et Ivan, et Hripsimé, qui tendit d'abord une oreille intriguée, finit par se joindre aux leçons. L'hiver fut rude, cette année-là, et le froid du dehors entraîna une promiscuité forcée. Hripsimé découvrit un homme foncièrement bon, toujours à l'écoute, déployant parfois des trésors de patience pour amener son interlocuteur vers la vérité. Il semblait prendre du plaisir, bien sûr, à l'éducation des enfants, car il n'en avait lui-même jamais eu, mais il n'outrepassait pas sa position d'hôte, ni n'abusait de son autorité masculine. Avec Hripsimé, il n'était pas débordant d'affection, mais affichait toujours une politesse et un respect total.

Un soir, tandis que les enfants dormaient, elle pensa à Sergueï, à son corps qui lui manquait, à leurs ébats d'alors. Elle se glissa hors de son lit, en silence, et monta prudemment les marches qui la séparaient de la chambre d'Abbas. À soixante-deux ans, il était encore bien conservé, et ses yeux étaient doux. Elle ouvrit la porte et le trouva en train de lire, à la lumière d'une chandelle. Était-ce pour elle, pour oublier un instant dans les plaisirs du corps tout ce que la guerre lui avait pris ? Ou pour lui, pour le remercier de sa patience et de sa générosité ? Sans doute un peu des deux. Ses yeux posèrent sur elle un regard interrogatif. Elle s'assit sur le lit, et le fixa pendant un long moment. Il ne semblait pas avoir la moindre idée de ce qui allait se passer. Elle s'approcha, alors, et l'embrassa. Il ne réagit pas, ne lui rendit pas son baiser, se contentant de la regarder, comme frappé de stupeur. Elle caressa son visage, son torse, descendit vers ses parties intimes. En posant la main sur son membre, elle constata que celui-ci était mou et, malgré ses attentions, il ne se dressa pas.

– Natasha…, dit simplement Abbas, d'une voix douce.

Elle prit sa main, et la posa sur son sein. Il secoua doucement la tête.

– Je ne te plais pas ? demanda-t-elle.

Il déglutit. Soupira. Et demanda à son tour :

– Pourquoi fais-tu ça ? Si c'est pour me remercier, tu n'en as pas besoin…

– Pas seulement. Parce que j'en ai envie.

Il prit alors un air mi-désolé, mi-amusé.

– Alors, si c'est le cas, j'ai bien peur de ne t'être d'aucun secours…

– Même si tu n'es pas dur, il y a d'autres moyens.

– Tu ne comprends pas. Ce n'est pas que tu ne me plaises pas, tu es une femme ravissante, et n'importe quel homme serait flatté et honoré, comme je le suis, de t'avoir dans son lit…

– Alors, quoi ?

– Alors, alors… Tu ne comprends pas ?

Elle secoua la tête, interdite.

– Il y a des gens, vois-tu, qui n'ont aucune appétence pour certaines choses… Il y a des gens qui n'aiment pas la viande, d'autres qui ne supportent pas le poisson… même si tout le monde leur dit que ces choses-là sont délicieuses et qu'il est naturel de les aimer.

Hripsimé comprit soudain :

– Tu n'aimes pas les femmes ?

– Je les aime, comme tu peux les aimer, toi. Je n'ai simplement pas d'attirance pour elles. Aujourd'hui, je peux mettre ça sur le compte de l'âge. Par le passé, il a fallu prétendre que je préférais les livres…

Les yeux de Hripsimé s'arrondirent lorsqu'elle comprit finalement :

– Tu aimes les hommes ?

Abbas eut un sourire triste :

– Si je te le disais, cela pourrait se retourner contre moi. Mes propres frères, en me menaçant de révéler ce qu'ils avaient percé à jour, m'ont forcé à l'exil. Mais oui, mon enfant, j'aime les hommes. Voilà pourquoi tu m'excuseras de ne pas pouvoir satisfaire tes envies. Et puis, franchement, Natasha, regarde-moi. Je suis un vieil homme sans charme, il te faut quelqu'un de jeune et vigoureux. Tu mérites mieux que moi.

Parfois, sans trop savoir pourquoi, une âme humaine choisit de mettre son destin dans les mains d'une autre âme humaine. Abbas avait confié à Hripsimé son secret le plus lourd, alors elle décida de lui rendre la pareille :

– Je ne m'appelle pas Natasha. Je t'ai donné ce nom pour ne pas révéler mes origines. Je suis née dans ce village, il y a vingt-sept ans. Mes parents ont été assassinés par les Turcs. J'ai été recueillie, bébé, par un soldat russe qui m'a élevée, avec sa mère, dans les montagnes du Caucase. Aujourd'hui, la guerre m'a tout pris. Mon mari, mes rares possessions. Il ne me reste que mes enfants et mon nom, mon véritable nom : Hripsimé. Voilà pourquoi je suis revenue ici, à Gürpinar. Hormis ma Russie en guerre, c'est le seul endroit où j'aie vécu.

Deux âmes blessées s'étaient trouvées. Abbas Dertli, libraire homosexuel, s'était révélé à Hripsimé Sergueïevna Kourganov, survivante du grand massacre. L'un comme l'autre éprouvèrent alors une confiance à toute épreuve et leurs liens, à partir de cette nuit-là, n'en furent que plus puissants.

L'hiver passa. Après l'hiver vinrent le printemps et le début de la débâcle pour les Allemands.

Hripsimé et ses enfants perfectionnèrent leur connaissance de la langue turque, et profitèrent des nombreux livres à leur disposition pour progresser, jour après jour.

Il aurait été sensé de prêter à Hripsimé des envies de vengeance contre ce peuple qui avait assassiné ses parents, mais elle n'avait aucun souvenir de cette haine et de cette barbarie, elle avait grandi en citoyenne des forêts, et elle découvrait avec plaisir cette culture millénaire turque, grâce au meilleur ambassadeur qui soit.

Abbas mena l'enquête, discrètement, et finit par retrouver la trace des parents de Hripsimé. Pendant quelque temps, elle ne voulut pas savoir, puis, un matin, elle lui demanda : « Alors ? »

Son père, Hakob Minassian, était instituteur. Il n'était marié que depuis peu à la belle Inna, qui n'avait que dix-neuf ans quand elle avait donné naissance à Hripsimé. Ils n'avaient pas d'autres enfants. Ils avaient été fusillés, et enterrés dans une fosse commune. Abbas emmena Hripsimé voir la maison de ses parents, une modeste bicoque sans charme particulier. Lorsqu'ils croisèrent le propriétaire, un Turc à peine plus jeune qu'Abbas, celui-ci considéra Hripsimé avec curiosité, et sans doute un peu de crainte. Mais elle ne voulut pas faire de scandale, et ils rentrèrent tous deux à la librairie, en silence. Un peu plus tard dans l'après-midi, elle se planta devant Abbas, et lui demanda simplement :

– Veux-tu m'épouser ?

Il éclata de rire, puis il comprit qu'elle était sérieuse.

– Tu serais un bon père pour mes enfants, reprit-elle. Tu es un grand pédagogue, et un homme bon. Je ne sais pas quand la guerre se terminera, mais ici, avec toi, nous sommes en sécurité.

– Mon enfant, je suis encore une fois flatté de ta proposition, mais ne penses-tu pas pouvoir trouver mieux ? N'y a-t-il pas dans le village, ou ailleurs, un homme qui sera en mesure de t'aimer mieux que moi ?

– Je ne veux pas être aimée comme cela, répondit-elle du tac au tac. J'ai déjà aimé, j'ai déjà été aimée, mon cœur n'appartiendra qu'à un seul homme. Je ne veux pas être aimée comme cela, mais je veux que mes enfants aient un père, et je n'en vois pas de meilleur que toi. Veux-tu de nous, Abbas Dertli ?

Le mariage eut lieu à l'été, et tous les conviés envièrent secrètement ce vieux libraire d'avoir trouvé une si jolie jeune femme, à son âge. Maria et Ivan devinrent donc Dertli, et prirent la nationalité turque.

Hripsimé et Abbas tenaient la librairie, et le temps passa.

À l'été 1943, les Soviétiques reprirent Belgorod, Orel, Kharkov et le bassin du Donetz. Fin septembre, ils arrivèrent à Kiev. Le 6 novembre, Kiev était libérée. Rasée, pillée, mais libérée. En janvier 1944, l'Armée rouge atteignait l'ancienne frontière avec la Pologne. À la fonte des neiges, fin février, ils entamèrent leur inévitable avancée vers les Carpates. En avril, ils reprenaient Odessa, Sébastopol en mai. En juin, leurs alliés américains, britanniques et canadiens débarquaient en Normandie. Minsk tomba le 3 juillet, la Roumanie se souleva et Bucarest céda le 31 août. Sofia le 9 septembre. Varsovie fut libérée le 18 janvier 1945, Cracovie le lendemain. Les Russes entrèrent en Autriche le 30 mars, prirent Vienne le 13 avril. Trois jours plus tard, deux millions et demi de soldats soviétiques s'attaquaient à Berlin, aidés de 6 000 chars, 7 000 avions et 40 000 pièces d'artillerie. Le Führer se suicida le 30 avril, la reddition définitive de l'Allemagne nazie fut signée le 7 mai.

Le front de l'Est, à lui seul, avait causé trente millions de morts, dont vingt-sept millions de Russes, presque autant de civils que de soldats. Les villes, les villages, les écoles, les hôpitaux, les gares et les routes étaient détruits. Le pays, cet immense colosse grand comme un continent, était en ruines.

Hripsimé fut soulagée à l'annonce de la mort de Hitler, et à celle de la fin des combats. Elle fut horrifiée d'apprendre qu'une seule bombe, lancée par les Américains, avait détruit une ville entière, au Japon. Suivie par une autre, trois jours plus tard. Elle pleura toutes les larmes de son corps au lendemain de la reddition japonaise, et maudit la folie des hommes et l'orgueil des nazis.

Alors, Abbas fit ce qu'il savait faire de mieux : il répara.

Il apprit à Hripsimé les bases de la langue allemande.

Elle protesta, bien sûr, au début, mais il lui rappela que lui-même avait appris le russe, la langue des ennemis des Turcs, qu'il avait combattus. Il avait découvert Pouchkine, Dostoïevski, les pièces de Tchekhov. Il avait alors compris qu'aucun peuple n'est entièrement mauvais, et aucun homme entièrement perdu. À Hripsimé, il fit découvrir Goethe et Heine, lui raconta Schiller, Kleist, et le théâtre de Bertolt Brecht. Enfin, il lui conseilla Hermann Hesse, et Hripsimé peina en déchiffrant chaque mot mais finalement admit qu'elle avait été bouleversée par *Le Loup des steppes*. Tel était Abbas Dertli : l'incarnation de la sagesse et de la bonté.

– As-tu été aimé ? lui demanda un jour Hripsimé, avant de s'endormir. Un homme t'a-t-il appris les plaisirs de la chair ?

Il sourit et son regard se perdit dans ses souvenirs. Oui, il avait aimé, et été aimé. Des étudiants étrangers, son professeur, des marins de passage… Il avait même eu un grand amour. Un poète reconnu dans le milieu stambouliote. Ils s'étaient aimés en secret pendant plusieurs années, peut-être même décennies, et c'étaient ses lettres qu'avait dénichées son frère, en fouillant dans son bureau. Il était mort, heureusement, et n'avait pas eu à subir la déchéance publique, mais Abbas gardait de lui un souvenir si tendre que chaque lecture d'un de ses poèmes faisait monter des larmes à ses yeux.

Les années qui passèrent furent sereines et éclairées, et Maria et Ivan grandirent dans un climat familial chaleureux. Ils avaient tous deux de bons résultats à l'école, lisaient plus de livres que la majorité de leurs camarades, et voyaient en Abbas une figure paternelle qui ne se mettait jamais longtemps en colère, et qui avait toujours quelque chose de nouveau à leur apprendre.

Lorsqu'il tomba malade, à l'hiver 1947, Hripsimé n'eut pas de crainte : après tout ce qu'ils avaient traversé, jamais Chernobog, le dieu de la malchance, ne ramènerait à lui son doux mari. Mais les voies des dieux sont impénétrables, et toutes les potions, médicaments et prières que concocta Hripsimé ne purent contrer la maladie. Au début de l'année suivante, Abbas Dertli mourut. Une de ses dernières nuits passées sur terre, Hripsimé lui avait demandé :

– Ne regrettes-tu pas de nous avoir accueillis ? Qu'as-tu pu y gagner ?

Il avait longuement considéré la question, et entre deux pénibles respirations, avait répondu :

– Je ne regrette rien. J'y ai gagné ce que j'ai toujours regretté de ne pas avoir construit : une famille. J'ai été heureux.

La bonté incarnée s'éleva vers les cieux et rejoignit en paix les millions de morts de ces années de guerre. Hripsimé le pleura comme on pleure un mari, Maria et Ivan comme on pleure un père. Maria allait sur ses onze ans, et la mort d'Abbas la fit grandir d'un coup. Son œil se teinta d'une mélancolie qu'elle ne perdit jamais tout à fait. Ivan, lui, à l'approche des neuf ans, fut plus pragmatique : il pleura pendant une semaine entière, mouillant ses draps, cassant des objets. Puis il se calma, soudain, et passa à autre chose.

Au début, Hripsimé se contenta de tenir la librairie, et même si elle n'avait pas la culture, ni tout simplement la maîtrise de la langue qu'avait Abbas, elle avait été acceptée par les locaux, qui continuaient d'aider la jeune veuve à subvenir à ses besoins en achetant des livres. Tenir la caisse, vérifier le stock, réapprovisionner, telle avait été sa vie pendant les cinq dernières années, et elle était parfaitement capable de continuer seule.

Elle aurait sans doute tenu la librairie jusqu'à la fin de sa vie, et les enfants auraient grandi paisiblement à Gürpinar, s'ils avaient eu le choix. Mais la vie est ainsi faite qu'elle peut reprendre en un instant ce qu'on croit acquis. Et pour un Abbas Dertli généreux et désintéressé, il y avait un Mustafa Dertli, avare, égoïste et cupide.

Mustafa entra un jour dans la librairie, accompagné d'un homme de loi. Il était le frère aîné, et à ce titre, tous les biens de son défunt frère lui appartenaient.

Abbas n'avait jamais eu un mot cruel pour quiconque, mais Hripsimé avait bien compris le genre d'homme qu'était Mustafa par le simple récit de ses méfaits. Elle ne fut donc pas surprise de son caractère, tout au plus impressionnée par sa brutalité. Ni marque de politesse, ni la moindre expression de tristesse, ni même un soupçon d'empathie envers la veuve de son frère. Elle fut sommée de déguerpir au plus vite.

Mustafa avait mené son enquête : elle n'était qu'une survivante du grand massacre, de la chienlit chrétienne. Lorsqu'elle argua que ses enfants étaient aussi ceux d'Abbas, il balaya l'argument avec mépris : les dates ne correspondaient pas, et il savait pertinemment, pour des raisons qu'elle ne pouvait que connaître aussi, que son frère ne pouvait pas avoir d'enfants naturels. Pour clore définitivement toute discussion, il menaça de déshonorer la mémoire d'Abbas en révélant ses préférences contre nature.

Hripsimé n'eut pas le choix, elle se plia aux injonctions de cet être abject, en pensant à la réaction qu'aurait eue Abbas : un haussement d'épaules, une tête secouée, et un regard signifiant que ce genre d'êtres humains ne valaient pas la peine d'un combat.

Elle rassembla ses affaires, et partit s'installer temporairement dans la maison d'une amie, qui la lui loua pour un prix dérisoire.

Ayant paré au plus pressé, il fallait penser à la suite : elle n'avait plus de mari, pas d'économies, pas de travail, mais elle avait deux enfants. Elle n'avait aucune envie de se remarier, et puis qui voudrait d'elle ? Sans dot, à trente-trois ans, avec deux enfants déjà grands… Elle n'avait plus l'innocence et la fraîcheur de ses années de jeunesse. La guerre et les soucis avaient creusé des rides sur son front, et même si elle était très séduisante, elle ne se voyait pas comme telle.

Elle demanda autour d'elle, chez le boucher, sur les marchés, à l'école… Elle n'avait pas encore une maîtrise parfaite de la langue turque, et on hésitait à lui confier certains emplois. Et puis, surtout, elle était une immigrée. Pouvaient-ils vraiment faire confiance à une Russe, l'ennemie héréditaire ? Elle accepta divers menus travaux : ménage, jardinage, traductions… L'une de ses employeuses, moins hermétique que d'autres, lui parla d'un jeune couple qu'elle connaissait. Un couple d'étrangers, assez aisés, qui s'étaient installés dans la région. Ils avaient déjà une petite fille et la femme allait bientôt accoucher d'un deuxième enfant. Le mari étant souvent absent, ils auraient sûrement besoin d'une femme à tout faire, a fortiori polyglotte. Elle avait bien mentionné qu'elle parlait allemand, non ?

Lorsque Hripsimé se retrouva face aux grilles du manoir, elle hésita à sonner. Un pressentiment étrange, un goût amer au fond de la bouche. Était-ce simplement le fait de travailler pour des Allemands, ceux qui six ans auparavant avaient tué son mari ? Elle chassa cette pensée : tous les Allemands n'étaient pas nazis, et si ce jeune couple s'était réfugié en Turquie, c'était sans doute pour échapper à la barbarie. Elle sonna.

L'homme qui lui ouvrit n'avait pas l'air d'un domestique. C'était un grand Turc, massif même, qui accueillit Hripsimé d'un air froid et suspicieux.

– Qu'est-ce que tu veux ? demanda-t-il sans ménagement.

– J'ai rendez-vous avec Adelheid Koenig, répondit Hripsimé sans se démonter.

Le gorille accompagna Hripsimé jusqu'à la maison. Ils traversèrent un jardin bien entretenu, dont elle s'amusa à reconnaître les plantes et les fleurs. L'exotisme de certaines lui fit pressentir ce que l'intérieur du manoir lui confirma : les Koenig étaient très riches. Ce n'était pas un luxe dispendieux et tape-à-l'œil, d'ailleurs le manoir était caché par des arbres, et on ne pouvait l'apercevoir de la route. À la façon des riads marocains, l'opulence était à l'intérieur, dans les ornements et l'attention apportée aux détails de la décoration. Elle aperçut d'abord une petite fille blonde qui jouait dans le salon avec des cubes de bois. Elle devait avoir deux ou trois ans. Elle releva la tête vers Hripsimé et considéra muettement sa longue chevelure bouclée. Hripsimé lui sourit, mais elle n'eut pas le temps d'ouvrir la bouche qu'elle entendit :

– Par ici.

Le gorille la mena alors dans une autre pièce, confortablement ornée de canapés et fauteuils aux motifs vénitiens. Sur une liseuse, une jeune femme au ventre très rond était assise, le regard perdu vers l'extérieur, comme si son esprit était déjà un peu absent. Elle n'avait pourtant pas encore trente ans. Hripsimé fut frappée par la pâleur de son teint. Lorsqu'elle l'entendit s'approcher, elle se retourna soudain et la considéra des pieds à la tête. Elle sourit timidement et lui dit, en allemand :

– Ah, vous êtes la jeune femme dont m'a parlé Mme Kemal.

– Oui.

Il y eut un silence, puis Hripsimé ne put s'empêcher d'ajouter :

– Votre maison est magnifique.

Adelheid sourit plus franchement et l'invita à s'asseoir. Elle congédia le gorille, qui s'éclipsa, non sans méfiance, et reprit :

– Il a peur que j'en dise trop. C'est l'homme de main de mon mari, il s'occupe de moi… et me surveille. Vous parlez allemand ?

– *Ja*, enfin… mal. Mais je… le comprends. Si vous ne parlez pas trop vite.

Adelheid acquiesça, intriguée.

– Comment avez-vous appris la langue ? Vous êtes d'ici ?

– Je suis née ici, mais j'ai grandi en Russie.

– En Russie ? reprit Adelheid, surprise.

– *Ja*… j'ai fui pendant la guerre et je suis revenue à Gürpinar. Mon mari était libraire, il m'a appris à lire l'allemand.

– Bien… c'est bien. Nous ne sommes pas allemands, au cas où vous vous poseriez la question. Nous sommes autrichiens.

– Ah, fit Hripsimé, qui ne voyait pas très bien la différence.

– Nous avons été envahis par les nazis, et nous avons fini par fuir, nous aussi. Vous voyez, nous sommes deux réfugiées, vous et moi.

Adelheid eut un sourire bienveillant. Hripsimé se dit qu'elle aimait bien cette femme. Elle ne lui avait pas parlé, jusqu'à présent, comme on parle à une domestique.

– Nous avons perdu tant d'amis, pendant cette guerre. Ceux qui sympathisaient avec les idées du Führer, et ceux qui en étaient victimes… Je devine que vous-même, la guerre a dû vous prendre…

– Mon premier mari. Au front.

– Ah. C'est terrible, je suis désolée. Mais vous êtes trop modeste, vous vous débrouillez très bien en allemand ! remarqua-t-elle, discrètement ravie.

– Merci.

– Vous avez des enfants ?

Hripsimé hésita. Elle avait résolu de mentir à ce sujet, ne voulant pas effrayer un employeur potentiel avec deux bouches de plus à nourrir. Mais elle n'eut pas le cœur de tromper la jeune femme :

– Oui, deux. Maria et Ivan.

– Quel âge ont-ils ? Parlent-ils allemand, eux aussi ?

– Onze et neuf ans. Ils en savent quelques mots, mais…

– Ils pourraient jouer avec Selma ! Elle manque cruellement d'amis.

Hripsimé sourit à son tour.

– J'attends un deuxième enfant, comme vous voyez, reprit Adelheid en posant la main sur son ventre. J'espère que ce sera un garçon. Frank veut absolument un garçon.

– Frank, c'est… ?

– Herr Koenig, mon mari. Il travaille beaucoup, je suis souvent seule dans cette grande maison. Que savez-vous faire, euh… ?

– Hripsimé.

– Pardonnez-moi. Hripsimé ? C'est un nom turc ?

– Arménien, répondit-elle.

– Arménien. Vous êtes… enfin… ?

– Mes parents étaient arméniens, oui. Je ne les ai pas connus.

– Mon Dieu, c'est horrible, n'est-ce pas ? Quelles années horribles nous avons traversées… Mais vous savez, je crois que des temps meilleurs nous attendent. Je crois que le meilleur est à venir.

Hripsimé acquiesça, sans trop y croire.

– Quelles sont vos compétences, Hripsimé ?

– Je sais cuisiner, tenir une maison. Je sais les vertus médicinales des herbes et des plantes, j'ai travaillé longtemps dans une pharmacie, et dans une librairie. Je parle le russe, le turc, un peu d'allemand.

Adelheid acquiesça, lentement, puis demanda :

– Vous êtes veuve, m'a dit Mme Kemal ?

– Oui, j'ai perdu mon second mari cet hiver. Son frère a

repris la maison et la librairie, alors… j'ai vraiment besoin d'un emploi.

Frau Koenig écarquilla les yeux et porta sa main à son ventre.

– Il vient de bouger ! Je suis sûre que c'est un garçon. Si c'est une fille je l'aimerai tout autant, mais Heinrich voudrait tellement un garçon…

– Heinrich ?

– Je veux dire Frank, bien sûr ! Heinrich est… un surnom.

Elle sembla s'en vouloir de ce lapsus, mais Hripsimé n'en fit pas grand cas.

– Je vais vous faire une confidence : j'ai surtout besoin d'une amie. Ici, je n'ai personne à qui parler. Je ne peux pas sortir souvent, je ne parle pas le turc… Voulez-vous être mon amie, Hripsimé ?

– Madame ?

– Oui, bien sûr, il faudra tenir la maison, faire la cuisine et tout cela. Mais ce que j'aimerais vraiment, c'est de la vie dans ce grand manoir ! Que vos enfants courent un peu partout et que je puisse avoir quelqu'un à qui me confier… Voulez-vous ce poste-là ?

– Bien sûr, madame. J'en serais honorée.

– Il n'y a qu'une seule compétence, à vrai dire la plus importante de toutes, que vous devez posséder : savez-vous tenir votre langue ?

– Je vous demande pardon ?

– Savez-vous vous taire ? Mon mari est un homme très discret, et tout ce qui se dit entre ces murs ne doit pas en sortir, même les conversations les plus banales, même les détails les plus anodins.

Hripsimé pensa alors qu'elle avait su tenir ses origines secrètes pendant des années auprès de toute la ville. Mais elle se contenta de répondre :

– Oui, je sais tenir ma langue.

Hripsimé, Maria et Ivan firent leur entrée la semaine suivante au manoir des Koenig. Les enfants découvrirent la maison, émerveillés, comme s'ils pénétraient dans un château. Ils avaient une chambre réservée, attenante à celle de leur mère.

Hripsimé sut très vite se rendre indispensable : cuisinière, femme de ménage, assistante maternelle, secrétaire particulière, elle cumulait les postes avec brio.

Il n'était pas difficile d'apprécier Adelheid, elle était d'un naturel calme et doux. Elle semblait avant tout souffrir de la solitude, et d'un certain mal du pays. Elle avait confié un jour à Hripsimé toute la complexité de cette nostalgie : son pays s'était donné joyeusement à l'envahisseur nazi, avait été ravagé par la guerre, avait commis les pires exactions sur son propre territoire… Comment lui pardonner ? Et en même temps, comment oublier ces paysages, cette gastronomie, cette langue qui avaient été les siens la majeure partie de sa vie ? Hripsimé tentait, du mieux qu'elle pouvait, de lui rendre le sourire, malgré une maîtrise limitée de l'allemand qui ne pouvait rivaliser avec la culture d'Adelheid. Mais l'entente était mutuelle et la sympathie réciproque.

Avec Herr Koenig, les choses ne furent pas aussi simples.

Frank Koenig passait la majorité de son temps en voyage, nouant telle ou telle affaire, signant tel ou tel contrat. La première fois qu'il rencontra Hripsimé, il la dévisagea longuement. Il n'était pas grand, et il était plus jeune qu'elle, mais dans son œil, il n'y avait ni la tendresse d'Adelheid ni sa sérénité. Cet homme avait abandonné une grande partie de son humanité, si toutefois il en avait eu une. Peut-être par le passé avait-il connu des drames qui avaient terni une humeur joyeuse, mais quoi qu'il en soit, aujourd'hui il était froid et incisif.

– Ma femme a pris la liberté de vous offrir une position dans la maison, commença-t-il. Avez-vous déjà tenu un manoir ?

– Seulement ma propre maisonnée, monsieur.
– Herr Koenig.
– Pardon ?
– Vous m'appellerez *Herr Koenig*.
– Bien, Herr Koenig.
Bien sûr, Adelheid ne l'avait pas encouragée à l'appeler par son prénom, mais elle n'avait pas non plus abordé le sujet de l'étiquette. Frank Koenig était un homme qui avait l'habitude de commander, et qu'on lui obéisse.
– Vos enfants… ils parlent allemand ?
– Un peu, oui, Herr Koenig.
– Ils ne doivent en aucun cas nous adresser la parole, ni à Frau Koenig ni à moi. Ma femme désire qu'ils jouent avec Selma, et après tout pourquoi pas, mais ils ne doivent pas oublier leur position de domestiques.
– Entendu, Herr Koenig.
– Dès qu'ils seront en âge d'aider, nous leur trouverons une utilité dans la maison. Nous n'allons pas nourrir inutilement deux bouches supplémentaires.
– Bien sûr, Herr Koenig.
Il eut alors un moment de recul, et la dévisagea plus longuement. Elle ne connaissait que trop ce genre d'hommes, ceux qui ne vivent que pour le pouvoir et n'aiment inspirer que la crainte. Mais il lut dans les yeux de Hripsimé qu'avec elle, ce serait différent. Il ne savait pas encore ce qu'elle avait vécu, quels chemins escarpés elle avait empruntés, quelles souffrances elle avait éprouvées, quelles montagnes elle avait soulevées, mais il comprit qu'elle avait traversé trop d'épreuves pour le craindre. Malgré les apparences, malgré leurs positions sociales opposées, tous deux surent immédiatement que leurs volontés s'opposeraient toujours, et rendraient impossible un rapport de dominé à dominant. Hripsimé soutint son regard et sembla lui dire qu'à

partir de ce jour, elle serait là, dans cette maison, et qu'il ne serait jamais son maître.

Elle sut également, dès la première seconde de leur entretien, dès le premier regard qu'il posa sur elle, elle sut qu'il la désirerait. Ce jour viendrait où Frank Koenig poserait ses mains sur elle, dans un couloir, dans une chambre à l'étage, et où elle devrait se défendre. Elle sut qu'elle ne devrait jamais laisser la moindre ouverture ni donner le moindre signe d'encouragement, sans quoi il saisirait cette opportunité pour la déshonorer.

Heureusement pour elle, il n'était pas souvent à la maison. Il voyageait beaucoup, et lors de ses voyages, Hripsimé vivait avec une grande sérénité dans cette maisonnée recomposée, avec la douce Adelheid, la petite Selma, Maria et Ivan qui couraient à travers les grands couloirs du manoir.

Adelheid accoucha d'une deuxième fille, en 1948, qu'ils prénommèrent Sibel. Frank ne cacha pas sa déception, et pendant quelques mois il ne remit pas les pieds au manoir. Puis, quelque chose dut mal se passer dans ses affaires, car il se retrouva, en quelque sorte, assigné à résidence. Pour une raison inconnue de Hripsimé, il semblait ne pas pouvoir quitter Gürpinar. Il tournait, comme un lion en cage, dans son salon. Il ouvrait un roman, et le jetait au loin, après seulement quelques pages.

Il se mit à boire, pour tromper l'ennui. Les cris de Sibel lui portaient sur les nerfs, d'autant que l'accouchement n'ayant pas été simple pour Adelheid, elle passait l'essentiel de ses journées alitée.

Hripsimé veillait beaucoup sur Selma et Sibel. Maria et Ivan étaient assez grands, désormais, pour s'occuper tout seuls. Frank se retrouvait souvent dans la même pièce que Hripsimé, tandis qu'Adelheid se reposait, là-haut, dans la chambre. Il tentait de faire bonne figure, mais l'alcool aidant, Hripsimé sut que le jour approchait.

La confrontation eut lieu, comme elle l'avait pressenti, un soir d'hiver. Selma et Adelheid dormaient déjà. Un feu crépitait dans le salon. Hripsimé venait seulement de calmer Sibel et profita un moment de la tranquillité du foyer. Frank entra, silencieusement, et se tint dans l'embrasure de la porte.

Il se contenta de la dévisager.

Elle avait fermé les yeux et, au début, ne se rendit pas compte qu'il était là, tapi dans l'ombre. Lorsqu'elle finit par sentir sa présence, elle ouvrit les yeux, se retourna brusquement, l'aperçut et sursauta.

Il eut un petit rire amusé.

– Je ne voulais pas vous déranger, dit-il en souriant, avec un œil mauvais.

– Je vous laisse, Herr Koenig.

Elle allait pour sortir, mais il l'en empêcha physiquement, bloquant la porte.

– Vous êtes très belle, Hripsimé, dit-il entre ses dents.

Elle put sentir les effluves d'alcool qui accompagnaient ses paroles licencieuses. Elle se tint là et détourna le regard. Il porta sa main à ses cheveux, qu'il caressa, fasciné.

– Herr Koenig, laissez-moi passer.

– Bien sûr, bien sûr, fit-il en s'écartant.

Mais alors qu'elle s'avançait prudemment, il la retint par le bras et l'attira violemment vers lui.

– Herr Koenig ! protesta-t-elle.

– Allons, laisse-toi faire… Tu me plais.

Il saisit son visage et l'approcha de ses lèvres. Elle résista tant qu'elle put mais il finit par lui voler un baiser, et tenta de faire pénétrer sa langue dans sa bouche.

– Non, dit-elle. Non. Non.

Il saisit sa taille d'un bras, agrippa sa poitrine de l'autre. Sa poigne se fit plus menaçante, plus brutale. Il enserra ses fesses et la colla contre lui. Elle tenta de se débattre, mais il était plus fort. Elle ne pouvait ni le frapper ni le mordre. Elle ne pouvait qu'attendre, en pleurant, l'inéluctable.

Puis ils entendirent un bruit. Une présence. Quelqu'un. Frank lâcha immédiatement Hripsimé, un instant seulement avant que la silhouette de Khalid, le grand Turc qui leur servait d'homme à tout faire, apparaisse à l'autre bout du couloir.

Hripsimé baissa la tête et monta dans sa chambre, silencieusement.

Lorsqu'elle passa devant Khalid, il ne put que remarquer les larmes qui avaient coulé sur ses joues, et il releva vers son patron un regard lourd de sens.

Hripsimé s'enferma dans sa chambre et tourna la clé à double tour. Elle s'assit sur le lit et reprit son souffle. Ses mains tremblaient.

Dans la nuit, elle ne parvint pas à trouver le sommeil.

Elle maudit les hommes de ne pas savoir se contrôler, elle remercia le colosse turc – qui n'était pourtant pas la personne la plus sympathique du manoir – de s'être trouvé là fortuitement.

Puis elle se demanda ce qu'elle allait faire. Elle pourrait partir, bien entendu, mais cette place était si confortable ! Ses enfants avaient un toit, une éducation, ils étaient nourris, n'avaient pas froid l'hiver… Que faire ? Comment trouver ailleurs une meilleure opportunité ? Et d'ailleurs, ne connaîtrait-elle pas ailleurs les mêmes tourments ? Avant ce soir, elle n'avait pas la moindre raison de vouloir partir… Recommencerait-il, ce démon ? Bien sûr qu'il recommencerait. Et cette fois-ci, il n'y aurait peut-être personne pour les séparer.

Le lendemain, elle ne le croisa pas. Il était parti tôt, à la ville, et elle en fut profondément soulagée. Elle réveilla les enfants, les nourrit, s'occupa de la toilette d'Adelheid, qui semblait étrangement joyeuse.

– Madame va bien ce matin, remarqua Hripsimé.

– Oui, c'est la perspective du mouvement. Je dépéris lorsque je suis enfermée. Comme tout le monde, je pense.

– Du mouvement ?

– Nous partons. C'était une option dont nous discutions, ces derniers temps, mais Frank a pris sa décision. Nous quittons la Turquie.

Hripsimé ne cacha pas sa surprise.

– Vraiment ?

– Vous n'êtes pas sans remarquer que les affaires de Frank ne vont pas très fort… et qu'il tourne en rond ici, au manoir… et qu'il boit, et qu'il a l'alcool mauvais, et…

– Madame ?

– Enfin voilà, nous partons ! Nous vendons la maison.

Hripsimé resta muette, quelques secondes. Adelheid remarqua sa mine déconfite, ou du moins déconcertée, et reprit :

– Mais ne vous en faites pas ! Vous venez avec nous !

– Moi ? demanda Hripsimé, les yeux ronds.

– Vous ! Et Ivan, et Maria. Vous comprenez, Frank voulait tout quitter au plus vite, laisser derrière lui toutes les relations que nous avons nouées, partir comme un voleur, mais je lui ai tenu tête ! Vous auriez dû me voir, Hripsimé ! Je lui ai dit que vous étiez exemplaire, que vos enfants étaient des anges, à qui d'ailleurs Selma était beaucoup trop attachée pour les lui arracher. Alors voilà, il a grogné, protesté, mais finalement il a cédé : si rien ne vous retient ici, vous venez avec nous !

Hripsimé resta bouche bée, à nouveau.

– Eh bien ! Vous ne dites rien ? N'êtes-vous pas contente ?

– Mais… enfin… où allons-nous ?

Un grand sourire parcourut le visage d'Adelheid :

– C'est là le plus beau, Hripsimé, nous retournons chez vous !

– En Russie ? s'écria Hripsimé.

– Mais non ! Enfin, si, d'une certaine manière… Nous allons en République socialiste d'Arménie !

15.

Arménie, 1991

Charles ouvrit les rideaux de sa chambre, la même depuis six mois, et contempla le lac de Sevan. Il faisait beau. *Tant mieux*, pensa-t-il. Aujourd'hui était un grand jour. Aujourd'hui, il dévoilait son jeu.

Les premières semaines, il s'était contenté de rester dans la région. Il avait fait plusieurs fois le tour du lac, travaillant ici et là, prenant des photos, marchant dans les montagnes, vagabondant. Puis, en repassant par Gabar, il était venu rendre une nouvelle visite de courtoisie à la famille Koenig. Ils s'étaient alors aperçus à quel point il leur avait manqué.

Cela faisait presque deux ans maintenant qu'il avait quitté la France. Deux ans qu'il voyageait, sans attaches, à la recherche de ses origines. Il avait appris à se rendre discret, sympathique, charmant. C'était à ce prix qu'on gagnait la confiance des hôtes. Il avait appris que le rapport qu'impose un voyageur lui permettait – ou non – de se retrouver invité, et pas seulement client. Il pouvait cuisiner, conseiller, écouter, amuser, selon les besoins des familles qu'il rencontrait. Chaque fois, il tâchait de comprendre leurs manques, leurs espoirs déçus, et de combler ceux-ci. C'était plus facile, bien sûr, chez les femmes seules, qu'il charmait aussitôt, mais il se faisait aussi souvent accepter des familles, jouant des tours aux enfants, apportant des bras supplémentaires au *pater familias* et se contentant d'un rapport mesuré, discret et poli avec la mère.

Avec les Koenig, il avait adapté sa stratégie. Coup de chance, il était tombé d'abord sur Sibel. Avec Selma ou Sarah, la tâche eût été plus ardue. Sibel avait fait office de cheval de Troie. Une fois dans la famille, il les avait réveillés, à coups de questions indiscrètes, pour montrer aussi qu'il n'était pas un voyageur idéaliste, une engeance qu'à coup sûr Herr Koenig détestait, puis il avait calmé ses ardeurs, en abordant des sujets moins polémiques, et en faisant d'éclatantes démonstrations d'autodérision.

Lorsqu'il revint, la famille entière – à l'exception de Selma, bien sûr – l'invita à rester quelques jours. Alors, il entra dans la deuxième phase de son plan. La première semaine, il resta très proche de Sibel, sans toutefois lui donner de faux espoirs. Lorsqu'elle se montra un peu trop insistante, il prétendit – ce qui n'était pas, au fond, entièrement faux – avoir été meurtri par une histoire d'amour qui le poussait aujourd'hui à ne pas s'engager, par crainte de souffrir encore. Ce qui ne les empêchait pas, bien au contraire, de profiter de leur compagnie mutuelle, compagnie qu'il appréciait particulièrement, lui assura-t-il. Puis, pour se rendre utile dans la maison, et ne pas avoir l'air d'un parasite, il proposa d'effectuer des courses régulières et des petits travaux d'intérieur – allant jusqu'à passer un après-midi entier à couper du bois, spectacle que ne manqua pas d'apprécier Sibel.

Trois semaines plus tard, Charles était toujours l'invité du fort de Noradouz.

Régulièrement, il évoquait la possibilité d'un départ prochain – il se sentait si coupable d'abuser ainsi de leur hospitalité – mais un concert de voix le retenait et annihilait chaque fois ses velléités nomades.

Un matin, Herr Koenig vint le trouver au petit déjeuner.

Charles avait pour habitude de prendre son café tôt, avant le reste de la maison.

– Pouvez-vous m'emmener en ville aujourd'hui ? demanda le vieil homme, sans « bonjour » ni « s'il vous plaît ».

– Bien sûr, répondit Charles.

Ils avalèrent leur café, et ils partirent.

Dans la voiture, Herr Koenig semblait perdu dans ses pensées. Ils roulèrent pendant quelques minutes, puis Charles brisa le silence :

– Tout va bien, Herr Koenig ?

– Hein ? Oui, oui.

– Vous semblez préoccupé. Ce n'est pas la santé, au moins ?

– Non, non, tout va bien de ce côté-là.

Un ange passa dans la voiture, et Charles se concentra sur la route. Quelques secondes plus tard, Herr Koenig dit simplement :

– J'ai vendu une certaine quantité de marchandise à un acheteur.

Charles continua à conduire, ne sachant pas si c'était là la fin de son histoire, ou s'il y aurait une suite. Puis, le vieil homme reprit :

– Dans le même temps, un autre vendeur a fait une meilleure offre que la mienne. Mais je crois savoir que l'autre vendeur n'a pas la marchandise sous la main. Marchandise que je possède, moi, l'ayant acquise au prix fort.

– Je vois.

– Ce que j'ignore, c'est qui joue qui. Est-ce l'autre vendeur qui essaie de récupérer le marché par un bluff, ou est-ce mon acheteur qui essaie de faire baisser le prix de la marchandise ?

– Et… qui rencontrez-vous aujourd'hui ?

Herr Koenig eut un moment d'hésitation, puis répondit :

– L'acheteur.

– Un Arménien ?

– Un Russe.

– Et l'autre vendeur ?

– Un Chinois, répondit le vieil homme entre ses dents, avec mépris.

Charles avait remarqué depuis longtemps qu'il ne portait dans son cœur ni les Chinois, ni les Africains, ni la plupart des peuples étrangers.

– Est-elle périssable ?

– Plaît-il ?

– La marchandise, reprit Charles. Est-elle périssable ? De quel type de marchandise s'agit-il ?

Herr Koenig transperça Charles du regard. Que cherchait-il à savoir ?

– Est-ce de la nourriture, des médicaments ? Y a-t-il une date d'expiration ?

Le vieil homme sembla peser le pour et le contre, puis répondit :

– Ce sont des… pièces de mécanique.

– Et où sont-elles entreposées ?

À nouveau, les yeux perçants de Frank scrutèrent Charles attentivement.

– Est-ce un lieu sec, humide ? Sont-elles bien emballées ? Risquent-elles d'être détériorées ?

– Elles sont en lieu sûr, mais là n'est pas la question. J'ai payé ces pièces.

– Leur valeur va-t-elle baisser d'ici un an ou deux ?

– Je ne pense pas, non.

– Alors vous êtes en position de force. Restez sur votre prix, et s'il n'accepte pas, refusez la transaction. S'il vient à vous, c'est qu'il attend un geste de votre part.

– Si la transaction échoue, je vais me retrouver avec des dettes à honorer.

– Vous trouverez un autre acheteur.

Herr Koenig eut une petite moue sceptique.

– Si c'est l'acheteur qui bluffe, reprit Charles, mieux vaut ne pas travailler avec un partenaire qui cherche à mégoter sur les termes du contrat. Si ce sont les Chinois, alors l'acheteur reviendra vers vous.

– Je ne trouverai pas d'autre acheteur. Pas pour cette marchandise.

Charles réfléchit un instant, puis répondit :

– Demandez-lui des actions.

– Quelles actions ?

– Votre acheteur, vous m'avez bien dit qu'il était russe ?

– Oui, et alors ?

– Vous savez comme moi que le bloc soviétique va bientôt s'effondrer.

– Comment pouvez-vous affirmer ça ? demanda sèchement Herr Koenig.

Charles eut un regard rapide vers lui. L'homme avait vu des empires se disloquer, et pourtant il ne pressentait pas l'immense changement qui viendrait à coup sûr.

– La démission d'Eltsine, répondit Charles, la tentative de putsch… La guerre froide est finie, la perestroïka de Gorbatchev est un échec, le Mur est tombé… Je ne vois pas une autre issue possible. C'est l'affaire de quelques années, de quelques mois peut-être.

– L'URSS a déjà survécu à des famines, à des crises bien plus graves, à une guerre qui leur a pris des millions d'hommes valides…

– La guerre était le flambeau qui les unissait. L'URSS a tenu autour de la guerre froide, cristallisée autour de la haine des capitalistes. D'ici un an peut-être, ou deux, ou trois, le pays va s'ouvrir au marché mondial. Votre acheteur russe a bien une entreprise, verrouillée par l'État ? Cette entreprise va se privatiser. Demandez-lui des parts. Aujourd'hui, ces parts ne valent rien, car la Russie ne vit que sous perfusion étatique. Mais dans deux ans, trois, cinq ? Faites-lui une ristourne, exigez des parts.

Herr Koenig ne dit rien. Sa moue avait disparu.

Charles patienta à la sortie d'un hôtel d'Erevan, tandis que le vieil homme rencontrait son contact. En sortant de l'hôtel, il n'eut pas de signe de connivence avec son chauffeur du jour, et Charles ne put percevoir s'il était satisfait ou dépité. Mais alors qu'ils étaient sur le chemin du retour, Herr Koenig demanda brusquement :

– Combien de temps comptez-vous rester en Arménie ?

– Je ne sais pas, répondit Charles. Pourquoi cette question ?

– Vous parlez l'allemand, le français… d'autres langues encore ?

– Eh bien… quelques-unes, à vrai dire…

– L'anglais ? L'espagnol ?

– L'anglais, oui. L'espagnol, je le comprends.

– Le russe ?

– J'en ai des notions.

Herr Koenig opina silencieusement, puis demanda de but en blanc :

– Voulez-vous travailler pour moi ?

Il était rare de croiser des étrangers, dans l'Arménie soviétique de 1991. Il était encore plus rare de croiser des étrangers polyglottes, et il était rarissime d'en croiser qui n'avaient pas l'intention de repartir au plus vite.

– Quel genre de travail ? demanda Charles.

Pendant les semaines qui suivirent, la fonction de Charles fut principalement de conduire le vieil homme à Erevan, où il déjeunait avec des acheteurs, des vendeurs, des politiciens ou des amitiés professionnelles. Toujours des hommes. Koenig était robuste, même s'il avait passé les soixante-dix ans. Ses cheveux blancs ne pouvaient mentir, mais ses jambes le portaient d'un rendez-vous à l'autre d'un pas ferme et assuré.

Un jour, Frank laissa Charles se joindre au rendez-vous. Il exigea cependant un silence total et une attention accrue. Charles comprit vite ce qu'il attendait de lui : les acheteurs parlaient entre eux une langue que le vieil homme maîtrisait mal, le français. Charles n'eut qu'à tendre l'oreille, puis à répéter à Herr Koenig les mots qu'il avait entendus. Sa présence aux rendez-vous se fit de plus en plus récurrente, son avis de plus en plus demandé, et il se rendit vite indispensable, à l'irritation grandissante de Selma.

Jusqu'ici, elle assistait fidèlement son père dans ses besognes, pensant comme lui, mangeant comme lui, vivant comme lui. Hélas pour elle, l'arrivée de Charles dans la famille fut une bouffée d'air, un regard neuf, un contrepoint parfois, et la fit passer quelque peu au second plan aux yeux de son père. Elle ne cherchait même pas à cacher son aversion pour Charles, et le prit un jour entre quatre yeux pour lui dire :

– Écoute-moi bien, le Français. Peut-être que ton numéro de charmeur a fait tourner les têtes de mes sœurs et de ma mère, mais dis-toi bien ceci : je suis sa fille. Je suis sa fille aînée. À sa mort, c'est moi, tu entends, qui hériterai de l'entreprise, c'est moi qui reprendrai la direction et la première chose que je ferai sera de te renvoyer à Paris, compris ?

Charles se contenta de sourire, sans rien répondre, ce qui eut pour effet de la mettre hors d'elle. Si ses yeux avaient pu parler, ils auraient hurlé, mais elle se contenta d'affirmer :

– J'arracherai ce petit sourire arrogant.

Au rendez-vous suivant, ce fut Charles, encore, qui accompagna Frank. À chaque rendez-vous, on évoquait la marchandise, la mécanique, le stock, l'argent, mais rarement le produit lui-même. Charles n'étant pas un idiot, il avait compris depuis longtemps de quoi il s'agissait, mais il savait que la discrétion était de mise, et qu'il valait mieux que ce soit Frank en personne qui choisisse, au moment opportun, de le mettre dans la confidence.

Et ce jour était arrivé.

En septembre 1991, ce fut d'abord la région du Haut-Karabagh qui déclara son indépendance, suivant de près l'Azerbaïdjan. Trois semaines plus tard, l'Arménie elle-même accédait à cette indépendance. En décembre, à Minsk, l'Union soviétique était dissoute. Gorbatchev démissionnerait quelques jours plus tard. Le plus grand pays du monde, qui regroupait cinq religions, soixante langues et une centaine d'ethnies, venait d'imploser.

Le monde avait changé, et Charles savait, lorsque Herr Koenig descendit au petit déjeuner ce matin-là, qu'il ne serait plus jamais perçu comme un simple chauffeur.

– Allons dans le jardin, lui dit le vieil homme, après avoir mangé méthodiquement des œufs, du pain et bu du café.

Ils s'assirent sur un banc, et Charles remarqua pour la première fois un petit dossier que Frank portait avec lui. Il avait l'air calme et décidé.

– Tu avais raison, Charles Lefèvre.

Charles sourit modestement.

– Je me trompais, et tu avais raison. Ce qui va advenir maintenant, je l'ignore, mais nous nous réveillons dans un monde nouveau.

– Est-ce une mauvaise chose ? demanda le Français.

– Bon ? Mauvais ? Qui peut le dire ? Les Russes étaient de fervents royalistes, ils sont devenus de bouillants communistes, et maintenant ? Je suppose qu'ils vont se lancer dans un capitalisme effréné. Mais le bien et le mal ? Qui peut oser se dire un homme bon ? Tous les saints ont un jour fauté, et les plus monstrueux bourreaux l'ont été parce qu'ils étaient persuadés de lutter pour la meilleure des causes.

– Ainsi, selon vous, personne ne mérite d'être jugé et personne ne mérite d'être félicité ?

Le vieil homme laissa échapper un soupir teinté d'une certaine mélancolie. Puis il demanda :

– As-tu entendu parler du Code de Hammurabi ?

– C'est une stèle, je crois.

– Une stèle babylonienne, oui, retrouvée au siècle dernier. Un texte de loi du royaume d'un souverain qui vivait il y a trois mille ans, dans l'actuel Irak. La société est alors divisée en trois castes : les bourgeois, les prolétaires, les esclaves. L'un des articles définit la peine qu'encourt un homme qui, à coups de poing, aurait fait avorter une fille de bourgeois : 5 sicles d'argent. Si elle est morte, on tuera sa fille. S'il s'agit d'une prolétaire ou d'une esclave, la peine se limitera à quelques sicles d'argent. Les Babyloniens n'étaient pas des monstres inhumains, ils obéissaient à des règles qu'ils croyaient justes. Comme les Romains au faîte de leur empire, comme les colonisateurs européens, comme les nazis et les Soviétiques. Parmi ces gens, ces esclavagistes, ces meurtriers, vivaient sans doute des esprits vertueux, des résistants, qui étaient jugés alors comme des terroristes, mais que les générations suivantes ont érigés en héros. Jusqu'à l'empire suivant.

– Pourtant, il y a des hommes qui n'ont jamais tué, volé, pillé…

– Et on peut leur reprocher de n'avoir rien fait, justement. Vous, les Français, ne valez pas mieux que les autres. Napoléon est pour vous une figure héroïque, un conquérant, mais pour toute l'Europe, c'était un fou sanguinaire. Louis XVI aimait profondément son peuple, mais ce peuple l'a guillotiné, a déboulonné les statues royales et sauvagement assassiné les nobles, puis les bourgeois, puis les plus modérés des révolutionnaires, puis les plus enragés…

– Alors il n'y a pas d'espoir ? Pas de sens à la vie ? Nous sommes tous des monstres ?

– Non. Nous sommes tous des hommes, ni bons ni mauvais.

Charles réfléchit un instant.

– Avec tout mon respect, Herr Koenig, je ne suis pas d'accord avec vous.

– Tu es un idéaliste, Charles Lefèvre.

– Je ne pense pas, non. C'est vrai, les codes évoluent au cours des siècles et l'esclavage a existé pendant des millénaires. Pour autant, certains sont nourris de haine et de rancœurs, tandis que d'autres aiment réparer et construire.

– Tu ne penses pas que la même personne puisse, au cours d'une vie, être traversé par ces courants opposés ? Tu ne penses pas que la vie balance ces pantins dans des tourbillons de tourments, puis dans des moments d'accalmie ? Un homme qui n'aura jamais quitté son village ni médit de personne, qui n'aura aimé qu'une seule épouse, et se sera contenté de labourer ses champs aura-t-il vécu ? Aura-t-il connu le monde autrement que par son petit prisme médiocre et limité ? Se sera-t-il confronté aux crimes, à l'héroïsme, à la guerre, à l'homme dans ce qu'il a de plus abject et de plus sublime ? Comment peut-il, lui, se permettre de juger quiconque ? Qu'a-t-il connu, vraiment, sinon le périmètre de ses pâturages ?

– Le voyage vous manque donc tant que ça, Herr Koenig ?

Le vieil homme s'arrêta, surpris. Cela faisait longtemps qu'il n'avait pas parlé avec autant d'emphase. Il s'étonna de voir que ce petit Français faisait ressortir des émotions, des envies, des doutes qu'il avait enterrés depuis plusieurs années. Quant au petit Français, il se surprit à trouver attachant ce vieil homme ordinairement si fruste et si revêche.

– En parlant de voyage, il y a quelque chose que je ne comprends pas, commença Frank, sans répondre à la question.

Il ouvrit son dossier et fit mine de le relire, calmement.

– Tu es français. Tu es architecte. Tu es marié, tu élèves une famille, tu as deux enfants, deux jeunes enfants. Et puis, il y a deux ans, tu pars. Tu disparais dans la nature. Tu quittes ta femme, ton pays, tes enfants, pour aller où ? Et pour faire quoi ? Et pourquoi, au grand pourquoi, te retrouves-tu ici, au cul du monde ?

Charles sourit. D'abord, parce que Herr Koenig avait pris le temps de diligenter une enquête, et c'était bon signe. Cela voulait dire qu'il envisageait de lui confier des responsabilités plus importantes, et qu'il voulait vérifier que Charles n'était ni un imposteur, ni un voyou, ni un espion. Ensuite, parce qu'il avait suffisamment brouillé les pistes pour que malgré ses réseaux, Koenig ne retrouve pas sa trace pendant ces deux dernières années.

– Je suis parti, c'est vrai, répondit-il. Et vous, Herr Koenig, n'avez-vous jamais eu envie de partir ?

– Je ne suis pas le sujet de cet interrogatoire, répondit Frank.

Charles soupira, et son regard se perdit à l'horizon, vers le lac.

– J'aurais pu rester, oui. M'occuper de ma famille. Voir le temps passer et vieillir sereinement. Mais quelque chose s'est emparé de moi : le besoin d'ailleurs. Au début, je pensais que ce serait l'affaire de quelques semaines, quelques mois peut-être, et puis l'aventure a pris le pas. J'ai suivi cette piste qui m'a mené jusqu'ici, en Arménie, au cœur de l'ancien empire de Tigrane.

– Et maintenant ? C'est le bout du chemin, pour toi ? Tu comptes t'arrêter ici ? Épouser Sibel, lui faire à son tour des enfants ? Et l'abandonner, un jour ?

Charles considéra Frank Koenig. Le vieil homme était plus attentif qu'il y paraissait.

– Non, répondit Charles. Je ne veux pas faire souffrir Sibel. Parce que c'est vrai, un jour, je partirai. Mais en partant, qui sait, je pourrai peut-être vous servir ? Parce que partir est la seule chose que vous ne pouvez faire.

Koenig le considérait avec intérêt désormais.

– Comment ça ?

– Vous êtes coincé en Arménie. Visiblement, il est trop dangereux pour vous d'aller en Afrique, ou en Asie. Moi, je le peux.

– Ainsi, tu voudrais travailler pour moi ?

Charles opina.

– Sais-tu au moins ce que nous vendons ? demanda le vieil homme.

– Il faudrait avoir bien peu de jugeote pour l'ignorer. Vous vendez des armes. Hier à la Russie, demain au Soudan, l'année prochaine au Pakistan.

Herr Koenig hocha la tête. Charles avait deviné. Il était décidément bien dégourdi.

– Et ça ne te pose aucun problème ? Nous parlions de la morale, du bien, du mal. Vendre des armes n'est pas particulièrement une affaire de bienfaiteurs. Ces armes, un jour, vont tuer, menacer, terroriser.

– Avez-vous déjà tué un homme, Herr Koenig ? Ou une femme ?

– Encore une fois, ce n'est pas toi qui poses les questions.

– Moi, je n'ai jamais tué, reprit Charles. Aucun de mes amis n'a tué. J'ai grandi dans un monde en paix, et même si j'ai voyagé, je me suis souvent demandé si j'en aurais été capable, si j'aurais pu commettre la seule action qui, de tout temps, a été condamnée et punie par une peine équivalente.

– Tu ne tueras personne en travaillant pour moi.

– Mais ces armes que vous vendez le feront, et nous faciliterons ce travail. À vrai dire, qui tue les gens ? Le médecin, lorsque son scalpel dérape. Le patron d'une entreprise, lorsque son employé se suicide. Le pilote, lorsque l'avion s'écrase. Bien sûr, ce n'est pas intentionnel, mais ils commettent l'acte meurtrier. Vous, vous vendez des armes, mais vous n'appuyez pas sur la gâchette. Sans vous, quelqu'un d'autre vendrait les mêmes armes. Et cette cause que vous servez, n'est-elle pas bonne ? La résistance française sous l'Occupation, n'était-ce pas une cause noble ? Et les guerres d'indépendance, les rébellions contre un dictateur ?

– Ce genre de question ne se pose pas. Nous vendons à ceux qui achètent, qu'ils soient dictateurs ou rebelles.

– Je n'ai jamais subi une guerre, et heureusement d'ailleurs, mais je me demande. Je me demande comment j'aurais agi. Je veux apprendre, je veux comprendre, je veux me confronter à cette part d'humanité meurtrière, pour comprendre pourquoi, comment naissent les conflits. Pour aller au fond de moi, et trouver dans les recoins sombres de mon âme une réponse aux questions qui me taraudent. Oui, je veux comprendre, et pour comprendre, je veux vous servir, vous qui vendez des armes, comme votre père avant vous, et comme son père avant lui.

Frank mit un temps à saisir les mots que venait de prononcer Charles.

– … Qu'est-ce que tu as dit ?

Le jeune homme, sans perdre de son flegme, reprit le plus naturellement du monde :

– J'ai dit que votre père, comme vous, vendait des armes.

Le rouge monta au front de Herr Koenig :

– Qui te l'a dit ? Adelheid, j'en suis sûr. Elle ne peut pas tenir sa langue.

– Adelheid ne m'a rien dit, Herr Koenig.

– Comment sais-tu que mon père vendait des armes ?

– Il les manufacturait même. Déjà, au siècle dernier, lorsque l'Autriche était encore un puissant empire, qu'elle n'avait pas perdu la Yougoslavie, la Hongrie, la Serbie, la Roumanie et la Pologne, les Markgraff fournissaient l'empereur François-Joseph Ier, et c'est lui-même qui leur avait accordé la précieuse particule qui faisait la fierté de tout le clan.

Les yeux du vieil homme se firent vitreux. Soudain, il n'était plus maître de la discussion.

– Quelle particule ?

– « Von ». Elle n'est pas apparue comme ça. Il a bien fallu la décerner. Tout va bien ? Vous semblez perdu, Heinrich.

– Comment m'avez-vous appelé ?

– Heinrich. Heinrich von Markgraff. Détendez-vous, voyons.

Le visage du vieil homme se fit alors aussi pâle que s'il s'était trouvé devant un spectre.

– … Comment sais-tu ?

– Je le sais parce que je suis allé à Gramatneusiedl, visiter le manoir familial qu'un soir d'été, en pleine guerre, vous avez vous-même incendié, devenant ainsi l'unique héritier de la fortune familiale.

Heinrich cessa de respirer, un long temps. Puis, lorsqu'il parvint à retrouver un peu de souffle, il ne parvint qu'à articuler :

– Comment… Comment… ?

– Était-ce un accident ? Qui peut savoir ? Et puis c'étaient des monstres, des nazis… Mais leurs femmes aussi ? Et les domestiques ? Méritaient-ils de mourir ?

– Qui es-tu ? parvint à articuler Heinrich.

– De toute façon, c'était il y a si longtemps… Tout le monde a oublié.

Heinrich se leva alors, et marcha vers la maison.

– Herr von Markgraff ! le héla Charles.

– Tais-toi ! Ne prononce pas ce nom…

– Qui s'en soucie ? La guerre est finie depuis cinquante ans…

– Qui es-tu ? À la solde de qui ? Des Russes ? Pourquoi m'envoient-ils un Français ?

Charles secoua la tête calmement.

– Heinrich… Je ne suis pas un espion, encore moins un tueur. Tu t'es battu toute ta vie contre cette famille qui te bridait, tu as affiché un nazisme de façade mais je sais bien qu'au fond, tes usines n'ont pas brûlé par hasard. Tu as disparu, comme moi. Tu es parti, et tu n'es jamais revenu.

– Comment peux-tu savoir ?

– Comment n'est pas important. Certaines choses, je les ai apprises, d'autres, je les ai devinées. À la fin de la guerre, tu es venu en Turquie, et tu as vendu des armes au gouvernement turc, lorsqu'ils ont finalement rejoint le conflit. Les Turcs se sont alors retournés contre toi, parce que tu étais dangereux, parce que tu en savais trop, parce que tu étais *l'ennemi*. Alors tu es parti, tu as fui, encore.

– Tais-toi, tu ne sais pas…

– Que le marché de l'armement a connu une période de gel brutal ? Je sais. Que tu n'en pouvais plus de cette vie recluse, de cette famille que tu n'avais pas totalement choisie ? Je sais. Que les Russes t'ont accueilli sans savoir pleinement qui tu étais ? Je sais. Que tu as toujours voulu un fils, et que le jour où ce fils est enfin arrivé, on te l'a dérobé ? Je sais aussi.

Les jambes du vieil homme tremblaient à présent, lorsqu'il demanda :

– Mais enfin qui es-tu ? Qu'est-ce que tu veux de moi ?

– Ce que j'attends de toi ? Que tu m'apprennes tout ce que tu peux. Que tu me laisses te servir du mieux que je peux. Que tu me racontes ce que tu n'as jamais osé, ou pu, raconter à personne. Que je puisse te *comprendre* et ainsi me comprendre, comprendre quel est ce sang qui coule dans mes veines, et que je puisse, un jour, te succéder. Qui je suis ? N'as-tu pas compris ? Mon prénom d'origine a été francisé lorsque j'étais encore un nourrisson, et mon nom, *Lefèvre*, était celui de ma mère adoptive. Mon oncle, Ivan Dertli, s'est fait passer pour mon père durant la majeure partie de ma vie. Il s'est occupé de moi lorsque ma véritable mère, Maria Dertli, s'est retrouvée enfermée dans une prison de Berlin-Est. À ma naissance, c'est toi, Heinrich, qui m'as baptisé. Mon nom est Karl von Markgraff, et je suis ton fils.

*

Heinrich avait toujours voulu un garçon.

Il avait toujours tout fait pour ne pas devenir comme son père, ce nazi, ce baron d'industrie, ce conservateur de la pire espèce, ce bourgeois nanti, cet être du passé. Il avait été jusqu'aux pires extrémités pour se débarrasser de cette famille qui l'encombrait, lui pesait sur les épaules, il avait dynamité ses usines, il avait changé d'identité. Il avait coupé tous liens avec la famille von Markgraff, mais sitôt qu'Adelheid avait accouché, il avait senti monter en lui une aigreur, une frustration, celle de ne pas avoir d'héritier mâle, un garçon à qui apprendre les ficelles du métier, la vie. Un garçon avec qui partager ce qu'un homme ne peut partager qu'avec un homme. Lentement, insidieusement, les idées archaïques de son père s'étaient glissées dans son esprit. Il s'était surpris à regretter la dynastie, les domestiques, le manoir, les usines. À la naissance de sa deuxième fille, il était entré dans une profonde dépression. Il s'était mis à boire, à perdre le contrôle, à s'abîmer. Il s'était mis à désirer cette jeune Russe au nom arménien et au visage turc. Plus il buvait, plus il sentait le démon du désir s'emparer de son être. Et plus il se voyait devenir mauvais, plus il se détestait. Un soir, il était allé trop loin. Il fallait partir, encore, effacer cette identité qui lui collait à la peau, recommencer, encore. L'exil et l'aliénation dans un pays qui n'est pas le vôtre peuvent vous faire perdre la raison. C'était ce qui était arrivé à Adelheid, au fil des années. Sans amis, sans amour, sans horizon, elle s'était laissée glisser hors de ce monde, comme une présence fantomatique. Lui avait résisté. Il était là, et bien là. Il attendait le moment où il allait pouvoir revivre. Un signe, il attendait un signe.

Lorsqu'ils s'étaient installés au fort de Noradouz, il n'avait pas prévu que Hripsimé suivrait, mais Adelheid avait insisté, et il avait cédé. Le fort était plus grand que leur maison de Gürpinar, et Hripsimé avait ses propres appartements, pour elle et ses enfants. Heinrich avait fait tous les efforts pour boire moins, et se concentrer à nouveau sur le travail. Mais le visage et les courbes de cette maudite domestique l'obsédaient, et il avait recommencé.

Hripsimé, elle, avait bien remarqué que désormais, Herr Koenig faisait l'effort de ne pas la croiser le soir. Mais lorsqu'il la croisait, il ne pouvait s'empêcher d'essayer à nouveau. La conversation déviait sur le désir, ses frustrations, sa beauté à elle. Elle aurait pu céder, peut-être, après tout il n'était ni laid ni repoussant, mais elle savait qu'en cédant, elle mettrait le doigt dans un engrenage qui ne pourrait que mal se terminer. Alors, elle résistait, tant qu'elle pouvait, parfois verbalement, parfois physiquement, parfois en tâchant tout simplement de l'éviter. Il n'était pas souvent au fort, et elle passait beaucoup de temps en ville, pour les courses et les affaires de la maison.

En arrivant en Arménie, alors soviétique, elle avait eu l'impression étrange de revenir chez elle et de découvrir en même temps un nouvel endroit. D'abord, l'Arménie n'avait pas subi les destructions massives du front de l'Est. La propriété privée, exclue en URSS, était plus ou moins tolérée ici. En outre, la plupart des gens parlaient l'arménien, une langue aux consonances rondes et roulantes, même si le russe était enseigné de manière obligatoire à l'école. Hripsimé ne ressentit jamais un sentiment d'exclusion. Son visage était celui d'une Arménienne. Les gens, dans la rue, la prenaient pour une locale. Elle dut donc, en plus de l'allemand qu'elle tentait de perfectionner pour communiquer avec les filles Koenig, apprendre l'arménien. Ce fut plus facile pour Maria et Ivan, qui saisirent rapidement les rudiments de la langue. À la maison, entre eux, ils communiquaient en turc, parfois en russe, jamais en arménien. Selma et Sibel également devinrent vite trilingues sans la moindre difficulté. Au fort de Noradouz, c'était la tour de Babel : les quatre langues s'entremêlaient joyeusement dans une cacophonie maîtrisée, et les premières années s'écoulèrent paisiblement, du moins en apparence.

À l'extérieur, dans le reste de l'URSS, c'était le chaos.

Dans les dernières années staliniennes, on pouvait être envoyé au Goulag pour un simple oubli de ses papiers d'identité. Plus de deux millions de Soviétiques y pourrissaient, et le tout-puissant NKVD dirigeait filatures, arrestations, tortures, jugements, envois dans les camps. La peine de mort, abolie en 1947, avait été réinstaurée trois ans plus tard. L'antisémitisme battait son plein, l'Église était interdite, la terreur constante. L'Arménie se situant géographiquement loin de Moscou, les purges étaient moins lourdes qu'en Russie, mais en 1948, soixante mille Arméniens avaient été envoyés au Kazakhstan.

Après la guerre, pour compenser les pertes humaines, Staline avait pourtant autorisé une politique d'immigration ouverte, et la diaspora arménienne vivant en France, en Grèce ou dans les pays du Moyen-Orient était arrivée au pays dans l'espoir d'une vie meilleure et d'un logement solide, pour finalement comprendre que rien n'avait été prévu pour accueillir les cent cinquante mille migrants.

À la mort de Staline, en mars 1953, l'ancien chef du NKVD, Lavrenti Beria, qui prétendait avoir lui-même empoisonné le

« Père des peuples », s'empara brièvement du pouvoir, avant d'être assassiné par le Politburo dans des circonstances mystérieuses. Au cours de son bref règne, il fit relâcher un million de détenus de droit commun du Goulag. Ce qui semblait être une mesure hautement humaniste fut un désastre : la Russie n'était aucunement préparée à recevoir autant d'anciens prisonniers, et une vague de vols, viols et crimes s'abattit sur le pays.

Puis Khrouchtchev accéda à son tour au pouvoir, lança la déstalinisation de l'URSS et permit un redressement économique de l'Arménie : on construisit des immeubles, on accorda une certaine liberté culturelle et religieuse, on accepta l'expression mesurée d'un sentiment national. Le pays respira.

Frank Koenig, insensible au sort de la nation russe – jadis son modèle politique –, reporta sa frustration sexuelle sur sa femme et, à l'hiver 1954, Adelheid retomba enceinte. Au comble de la joie, il se mit à espérer qu'enfin ses vœux seraient exaucés. Pendant la grossesse, il combla sa femme de toutes les attentions, libéra son emploi du temps pour passer plus de temps à Noradouz, et même Sibel et Selma, pourtant habituées à un père froid, sec et distant, furent ravies de découvrir une facette plus douce et affectueuse de leur *Vater*.

L'accouchement, hélas, se passa encore plus mal que les deux précédents. L'enfant ne voulait pas sortir.

Après plusieurs heures d'efforts, on pratiqua une césarienne.

Adelheid perdit beaucoup de sang, et la petite Sarah naquit.

Frank eut toutes les peines du monde à masquer son mécontentement, mais lorsque le docteur lui annonça qu'au vu des suites de l'opération et de sa condition physique il serait préférable pour Adelheid de ne pas avoir d'autre enfant, il s'enferma dans son bureau et y resta plusieurs jours, rageant et tapant du poing.

Pendant les années qui suivirent, Herr Koenig devint lentement l'irascible personnage que Charles rencontra à son arrivée au manoir. Il était cassant, sec, tyrannique. Selma, qui avait connu un père plus doux, s'entêta dès lors à obtenir auprès de lui une reconnaissance qu'il n'aurait accordée qu'à un fils. Sibel, plus philosophe, apprit à l'accepter tel qu'il était, sans non plus trop rechercher son approbation. Sarah, en revanche, grandit sans père. Il lui en voulait de ne pas être née garçon. Il fut impitoyable avec Adelheid, et terrible avec le personnel de maison. Seule Hripsimé, pour une raison qu'elle ne s'expliquait pas elle-même, semblait lui inspirer désormais une sorte de respect mêlé d'une certaine crainte. Elle espéra que sa résistance avait enfin payé, mais elle comprit hélas trop tard qu'il avait simplement changé de cible. Une jeune fille travaillait désormais à plein temps pour la maison, une jeune fille qui, il n'y a pas si longtemps, était encore une enfant : Maria.

En 1957, Maria avait vingt ans.

Le système éducatif soviétique universel, bien que mis à mal par des années dévastatrices de guerre, s'axait désormais sur les sciences et les mathématiques en particulier. Or, Maria avait tout sauf un esprit mathématique. Elle était une jeune fille rêveuse et discrète, qui trouvait plus de plaisir dans la nature et les balades que dans les salles de classe. N'ayant aucune appétence ni aucun talent particulier pour des hautes études scientifiques, elle était devenue femme de chambre du fort de Noradouz, tandis qu'Ivan, à tout juste dix-huit ans, faisait le chauffeur de la famille.

Maria n'avait peut-être pas la beauté sauvage et irradiante ni l'énergie débordante de sa mère, mais ses traits étaient jolis, sa taille était fine, et sa jeunesse excusait son manque d'assurance. Plusieurs garçons du village l'avaient entreprise, mais elle aspirait à mieux. Elle était véritablement fascinée par les récits de voyages et d'aventures, et n'avait pas vraiment d'amis pour partager cette passion. Les jeunes Arméniens soviétiques revendiquaient beaucoup leur nationalisme et rêvaient plutôt à l'indépendance qu'au départ. Maria, elle, était née en Russie et avait passé la majeure partie de son enfance en Turquie, dans un pays ouvert et progressiste, bien moins répressif que celui dans lequel elle vivait désormais. Elle portait sur les choses un regard différent de celui des Arméniens « pure souche ».

Selma et Sibel, qui jadis voyaient Maria comme une grande sœur, faisaient désormais la très nette distinction entre leur statut d'héritières et sa position de soubrette. Hripsimé, sa mère, était tout le temps au four et au moulin, et Ivan était plus intéressé par les filles que par sa famille.

Maria était assez solitaire, et par un tour du destin, la personne en qui elle trouva un confident fut Herr Koenig.

À trente-sept ans, Frank était encore jeune et bien portant. Ses cheveux ne s'étaient pas encore teintés de gris, et son naturel colérique le maintenait dans une nervosité et une forme olympique.

Il n'avait pas vu grandir Maria, trop occupé à courtiser sa mère, et il avait toujours eu pour elle une indifférence totale. Mais souvent, l'indifférence est le brasier de l'intérêt de l'autre. Maria avait longtemps fantasmé sur cet homme puissant, autoritaire, différent, cet Européen polyglotte qui faisait trembler son petit monde et que même sa mère craignait. Un jour, ils se retrouvèrent seuls dans une pièce de la maison.

Il était assis, prenant des notes, elle entra pour faire la poussière. Si elle avait lu le théâtre de Feydeau, elle aurait pu prédire que ce genre de situation menait invariablement au vaudeville, mais elle entra, naïve, époussetant les étagères. Il la considéra pendant quelques minutes, innocente qu'elle était.

– Quel âge as-tu, Maria ? demanda-t-il, droit, à son habitude.

Elle fut surprise de la question, mais répondit en baissant les yeux :

– Vingt ans, Herr Koenig.

Il acquiesça et on eût dit qu'il venait de découvrir une nouvelle personne dans la maison.

– Es-tu heureuse ?

– Moi ? demanda-t-elle en écarquillant les yeux.

– À vingt ans, on est heureux, non ?

– Je ne me plains de rien, répondit-elle.

Et elle recommença son travail.

– À quoi rêves-tu ? reprit-il.

– À quoi je rêve ? répéta-t-elle, sans comprendre où pouvait bien aller cette conversation.

– Tu as bien des rêves, des envies. Même fous. Même irréalisables. C'est à vingt ans qu'on doit rêver, ou on ne rêvera jamais.

Elle se posa longuement la question.

– Herr Koenig, j'aimerais… peut-être, un jour…

– Te marier ? Avoir des enfants ?

– Oh ! Non… Ça, je ne suis pas pressée.

– Alors, quoi ? Parle.

– Voyager.

Heinrich opina, à nouveau, et fit alors quelque chose de très inhabituel : il sourit. Maria sourit en retour.

– Vous aussi, Herr Koenig ?

– Oui, moi aussi, admit-il.

Après tant d'années d'indifférence, enfin, il l'avait remarquée. Ils échangèrent encore quelques mots, polis, mesurés, mais ils savaient tous deux qu'au-delà des mots, l'essentiel était ailleurs : ils avaient noué un lien, et s'étaient mutuellement avoué une envie de partir.

À compter de ce jour, il y eut d'autres discussions, d'autres croisements, d'autres sourires. Comme les enfants qui jouent avec le feu, Maria provoquait des rencontres accidentelles avec son patron. Elle ne savait que trop qu'elle bravait un interdit, que la raison lui aurait probablement soufflé d'éviter ces entretiens, que les limites de la décence étaient de plus en plus floues, mais elle se sentait si flattée de recevoir l'attention de cet homme complexe et impressionnant qu'elle continua de le voir, en secret, jour après jour.

Elle était suffisamment intelligente pour le cacher parfaitement, pour ne pas se vanter de ce lien si particulier auprès de quiconque, pour ne faire ni allusions, ni sous-entendus, ni plaisanteries sur le sujet. Personne, dans la maison, ne pouvait s'en douter, et surtout pas Hripsimé, qui lui aurait évidemment défendu bec et ongles d'y retourner, et lui aurait probablement trouvé un emploi dans une autre maison.

Hripsimé, elle, pensait que tout allait pour le mieux dans la maisonnée. Herr Koenig était calme, les filles jouaient, Adelheid se remettait lentement de sa grossesse éprouvante. Quant à ses enfants à elle, ils étaient beaux, épanouis, vifs, et ne manquaient de rien.

Lorsqu'elle avait quitté la Russie, à la mort de Sergueï, en pleine guerre, son plus grand souhait était qu'ils survivent, ne meurent pas de faim, ou de maladie. Aujourd'hui, ils avaient eu une éducation, étaient en bonne santé, et Hripsimé attendait sereinement le moment où l'un des deux allait lui exprimer son désir de se marier et, à son tour, de fonder une famille.

Si on lui avait promis cette vie lorsqu'elle avait franchi le Rubicon et retrouvé le village de ses ancêtres, elle aurait signé sur-le-champ.

Un soir d'orage, le tonnerre la réveilla et elle fut prise d'un doute : avait-elle bien refermé la fenêtre du salon ?

Elle alluma une lampe à pétrole et s'en fut vérifier.

En retournant à sa chambre, elle entendit des bruits de pleurs étouffés, qui venaient de la chambre de sa fille.

Elle frappa à la porte doucement, et les pleurs cessèrent. Elle tourna la poignée et passa la tête. Elle trouva Maria recroquevillée sur le sol, la tête enfouie entre ses genoux. À la vue de sa mère, la jeune fille se releva et essuya ses larmes, mais ne put dissimuler la rougeur de son teint.

– Ma petite princesse, qu'est-ce que tu as ? demanda Hripsimé.

Maria secoua la tête, et aucun mot ne sortit de sa bouche.

– Parle, s'il te plaît. Que se passe-t-il ?

Hripsimé prit sa fille entre ses bras et Maria s'abandonna à l'étreinte, laissant exploser des sanglots jusqu'ici retenus. Hripsimé se contenta de lui caresser la tête et de l'embrasser sur le front. Petit à petit, Maria retrouva son calme.

– Qu'est-ce qu'il y a ? demanda Hripsimé à nouveau. C'est un garçon, c'est ça ?

Maria écarquilla les yeux et regarda sa mère.

– Quoi ? continua celle-ci en riant. Tu crois que je suis aveugle ? Tu crois que je ne sais pas que ma petite princesse attire tous les regards ? Le contraire serait étonnant. Alors, quoi, tu as mis ton cœur entre les mains d'un imbécile qui t'a manqué de respect ?

Maria ne répondit pas, mais baissa le regard en haussant les épaules.

– Je le connais, cet idiot ? Ce crétin qui fait du mal à ma fille ? Veux-tu que j'aille lui remonter les bretelles ?

Maria secoua la tête tristement.

– Alors ta vieille mère ne s'est pas trompée, c'est bien un garçon ?

Maria acquiesça, et se remit à pleurer.

– Aïe, *boje moï*, revoilà les grandes eaux… Ce n'est rien, ma petite chérie, tu en auras d'autres, des peines de cœur, tu sais, mais ces peines-là sont celles qui te rappellent que tu es en vie, alors il ne faut pas les craindre.

Hripsimé ouvrit ses bras à nouveau, et Maria y pleura silencieusement pendant quelques minutes encore.

Lorsque Hripsimé retrouva son lit, elle soupira en se disant que vingt années étaient passées comme un claquement de doigts. Elle avait quarante-deux ans désormais. Sa jeunesse était derrière elle, et elle allait un jour, sans doute, devenir grand-mère. Elle ne pouvait pas savoir que ce jour arriverait si vite, ni qu'il serait le déclencheur d'une telle tragédie. Pour l'heure, elle s'amusait de savoir que sa fille avait sûrement un amoureux. Elle ne pouvait pas imaginer que l'homme qui lui avait manqué de respect dormait à quelques mètres de là, à l'étage du dessus.

Elle l'apprit quelques semaines plus tard, lorsque sa fille fut prise de fièvre et de vomissements. Hripsimé lui prodigua des soins et lui fit boire des tisanes appropriées, mais elle constata cn l'auscultant quc sa poitrine avait gonflé. Elle n'en fit pas grand cas, mais fut prise d'un soupçon, et Maria le sentit. Honteuse, elle évita dès lors sa mère du mieux qu'elle put.

Un soir, Hripsimé pénétra dans sa chambre et lui intima de se dévêtir. Maria dut obéir, et exhiber son ventre qui, lui aussi, commençait déjà à s'arrondir. Hripsimé vacilla sous le choc et s'assit sur une chaise. Elle tenta de garder son sang-froid :

– Peux-tu d'abord me dire, avec précision, le jour où c'est arrivé ? Ou y a-t-il eu plusieurs occasions ?

Maria se mit à pleurer, à nouveau.

– Maria, réponds-moi.

– Le soir où tu m'as trouvée, pleurant dans ma chambre.

– Il n'y a pas eu d'autres possibilités, ni avant ni après ?

Maria secoua la tête, rouge de honte.

– Cela fait donc trois mois.

Hripsimé soupira. Le droit à l'avortement avait été instauré à la révolution d'Octobre, en 1917. Mais vingt ans plus tard, il avait été supprimé. Bien sûr, elle pouvait utiliser ses savoirs et ses herbes, mais l'opération, illégale, était très dangereuse.

– Ce garçon, reprit-elle, il sait que tu attends un enfant ?

À nouveau, Maria secoua la tête.

– Pourquoi ne le lui as-tu pas dit ? demanda Hripsimé.

Maria haussa les épaules. Hripsimé leva les yeux au ciel et reprit :

– Bon. Voilà ce qui va se passer : je vais aller le voir, je vais lui parler, et il va t'épouser. Les gens ricaneront de savoir qu'un bébé naîtra six mois plus tard, mais…

– Non, maman, c'est impossible.

– Impossible ? Pourquoi, impossible ? Il est mort ?

– Il est marié.

Hripsimé se prit la tête à deux mains.

– Pourquoi ? Pourquoi es-tu allée te mettre en tête de fréquenter un garçon marié ?

– Ce n'est pas moi, maman. C'est lui. C'est lui. Moi, je ne voulais pas, mais nous nous sommes retrouvés seuls, il était très insistant, j'ai essayé de me débattre, de dire non, mais…

– Comment t'es-tu retrouvée seule avec un homme marié ?

Maria la regarda tristement, sans rien oser dire.

Alors, Hripsimé comprit. Tout à coup. Brusquement.

Elle foudroya sa fille du regard, et sa fille comprit qu'elle avait compris.

Hripsimé se leva d'un bond, et Maria crut qu'elle allait crier, faire un scandale, réveiller la maisonnée au milieu de la nuit, mais elle ne fit rien. Elle se contenta de regarder Maria, fixement. Seul le tremblement de sa main trahissait la rage sourde qui la traversait.

– … Lui ? Lui ?

Maria acquiesça en pleurant.

– Herr Koenig ?

Elle acquiesça encore.

Hripsimé se rassit, et un calme étonnant la saisit. Elle demanda à sa fille de tout lui raconter, et sa fille lui raconta tout. Les rencontres, les flirts, les sous-entendus, les récits de voyages… et puis, un soir, la limite franchie. La main qu'il lui avait prise, le baiser qu'il lui avait volé, et le reste, ce moment insoutenable de violence imposée, ce plaisir montant qu'elle n'avait pas su s'empêcher de ressentir, mêlé à la douleur, cette honte qui l'avait prise ensuite, lorsqu'elle s'était rhabillée. Elle avait retourné la scène mille fois dans sa tête, depuis. Était-elle coupable ? Ne l'avait-elle pas voulu, fantasmé, espéré, ce moment ? Mais le moment venu, prise de panique, ne lui avait-elle pas dit non ? Plusieurs fois même ? Son corps n'avait-il pas assez exprimé le refus ? Et ce plaisir qu'elle avait ressenti malgré tout, malgré la violence et la douleur, ne la rendait-il pas aussi coupable que lui ? Non, lui assura Hripsimé. Non, elle n'avait rien à se reprocher. Il avait abusé de sa jeunesse et de sa naïveté.

– Mais toi, maman, quel âge avais-tu lorsque tu m'as donné naissance ? Mon âge, ou presque ! rétorqua Maria.

– C'était différent. J'aimais ton père, plus que tout. Et ton père était libre de m'aimer.

– Mais moi aussi, je l'aimais…, tenta faiblement Maria.

– Non, mon ange, non. Peut-être étais-tu attirée, impressionnée, mais l'aimer, non. Et lui… lui… il n'aurait pas dû. Il n'aurait pas dû te toucher.

Le lendemain, elle guetta l'occasion la plus propice de se retrouver seule avec Herr Koenig. Il dut sentir qu'elle savait quelque chose, car elle perçut dans ses yeux un éclair de crainte.

– Un mot, Herr Koenig.

– J'ai du travail, pas maintenant.

– Maintenant, Herr Koenig. Un mot.

Ils passèrent dans son bureau, au dernier étage, et un frisson parcourut Hripsimé lorsqu'elle imagina que c'était ici, peut-être, que s'était déroulé l'inracontable.

– Qu'est-ce que tu veux ? demanda-t-il lorsque la porte fut refermée.

– Elle est enceinte.

– … Qui ça ?

– À votre avis, qui ça ? Ma fille. Maria. Elle est enceinte, Herr Koenig.

Il se raidit immédiatement. Sa réaction chassa le moindre doute qu'aurait pu avoir Hripsimé quant à sa responsabilité.

– … Qu'est-ce que ça peut me faire ? répondit-il, un peu trop tard.

– Elle est enceinte de vous, Herr Koenig.

Il hésita un instant sur la démarche à suivre. Nier en bloc ? À quoi bon ? Ils étaient seuls dans le bureau, si elle avait voulu faire un esclandre public, elle l'aurait déjà fait. Ainsi, *elle était enceinte*. Il avait suffi d'une fois.

– Comment peux-tu en être sûre ?

– Qu'elle est enceinte ? Croyez-moi, je sais reconnaître une grossesse. Qu'il est de vous ? Il ne peut être de personne d'autre, Herr Koenig. Je suis bien placée pour savoir qu'elle m'a dit la vérité.

– Pourquoi me racontes-tu ça ? Qu'attends-tu de moi ?

– Herr Koenig, elle va avoir un enfant. Sa vie va changer. Les gens vont jaser. Par votre faute, elle devra s'en occuper et subir la honte d'un père inconnu.

– Qu'elle se marie. Qu'elle trouve un jeune homme de la ville, elle ne doit pas manquer de prétendants…

– Personne ne voudra d'une femme enceinte de trois mois, Herr Koenig.

– Qu'est-ce que tu veux ? De l'argent ?

Hripsimé le considéra. Elle s'était attendue à une réaction bien plus violente, un déni total, des cris, un scandale, un renvoi, mais il était bien plus intelligent et pragmatique que les bourgeois de Feydeau.

– Pendant les prochains mois, elle tâchera de cacher sa grossesse. Elle portera des vêtements amples pour qu'on ne remarque pas sa prise de poids. À la fin, il faudra lui payer un petit appartement, en ville, sans doute, et lui attacher un médecin. Après la naissance, il faudra lui trouver, à elle, une position ailleurs. Et une nourrice, pour l'enfant.

Herr Koenig acquiesça, mais ajouta :

– … Si c'est une fille.

Hripsimé le regarda, sans comprendre.

– Si c'est une fille, reprit-il, alors oui, on fera comme tu dis. Mais si c'est un garçon… je le garderai.

Hripsimé fronça les sourcils.

– Mais… et Adelheid ?

– Je lui dirai la vérité. Elle comprendra. Nous prétendrons qu'il est notre fils à tous les deux. Personne ne devra savoir. Maria aura sa position et moi, j'aurai un fils.

Lorsque Hripsimé retourna voir sa fille, elle lui expliqua les termes du contrat. Maria opina tristement de la tête. Elle s'était attendue à bien pire. L'exil, la lapidation, l'humiliation publique… Le prix à payer n'était finalement pas si élevé.

Lorsqu'elle se retrouva seule dans sa chambre, ce soir-là, une main sur le ventre, elle pensa à l'avenir.

Il serait sans doute préférable que ce soit un garçon. Herr Koenig l'élèverait, et elle pourrait continuer à imaginer une vie de liberté, une vie de voyages.

Les mois passèrent. Le plan de sa mère fut mis à exécution.

On cacha sa grossesse comme on le pouvait. Seul Ivan fut mis dans la confidence, mais elles lui turent l'identité du père : il était déjà prêt à aller lui casser la figure.

Maria sentit peu à peu un être bouger dans son ventre. Elle découvrit cette sensation unique de porter en soi un ersatz d'être humain, cette communication muette et fusionnelle entre un bébé et sa mère. Il avait faim et le lui signalait. Parfois, il donnait des coups de pied. Parfois, il se reposait.

Dans les dernières semaines, on lui trouva un petit logement en ville. Hripsimé la visitait tous les jours, lui apportant des herbes calmantes. Enfin, elle arriva au terme. Les jours qui précédaient, elle fut prise d'un accès de mélancolie.

– Si c'est une fille, comment vais-je l'appeler ? demanda-t-elle à sa mère.

– Comme tu voudras.

– Je pourrais lui donner le nom de ta mère, ou de celle de papa. Natasha, ou Inna. Un nom arménien ou un nom russe.

Hripsimé sourit. Elle avait eu tellement d'identités. Minassian, Kourganov, Dertli. Arménienne, russe, turque.

– Et si c'est un garçon ? Herr Koenig ne me laissera jamais le nommer.

– Comment l'appellerais-tu, s'il te laissait le choix ?

Maria baissa les yeux, et répondit à mi-voix :

– Je sais déjà comment il va l'appeler.

– Comment ça ? s'étonna Hripsimé.

– Il m'en avait parlé. De son désir d'avoir un garçon. Il savait déjà comment il voulait le nommer : Karl. Comme Karl Marx.

Hripsimé sourit :

– Herr Koenig voulait nommer son enfant d'après Karl Marx ?

– Il m'a dit qu'il était communiste, dans sa jeunesse. Alors voilà, pour moi, cet enfant s'est toujours appelé Karl. Dans mon imagination, je ne parviens pas à l'appeler autrement.

– Karl, alors.
– Karl, répéta Maria tristement.

L'accouchement eut lieu quelques jours en avance.
Hripsimé, heureusement, était là.
Elle fit bouillir de l'eau, appliqua une préparation de son cru sur le ventre de sa fille, et accompagna la poussée, encourageant et rassurant Maria. Tout se passa bien. Le bébé vint au monde en quelques heures et lança son premier cri d'une voix stridente. Entre ses jambes, Hripsimé aperçut un petit membre flageolant : c'était un garçon. Elle essuya le bébé, l'enveloppa dans un linge propre et le tendit à sa fille. Maria, suant, le visage rouge, épuisée par l'effort, mais souriant à travers ses larmes, découvrit son fils et lui dit tendrement :
– *Benim prensim Karl.*
Le 11 novembre 1957, alors qu'en Russie on célébrait le lancement réussi du premier satellite artificiel dans l'espace, *Spoutnik*, tout en cachant l'explosion nucléaire de la centrale de Mayak qui provoquait un nuage radioactif trente ans avant Tchernobyl, alors qu'en Algérie la guerre d'indépendance faisait rage contre les Français, alors qu'aux États-Unis des étudiants noirs faisaient pour la première fois leur entrée dans un lycée réservé aux Blancs, sous la garde de l'armée, alors que la Chine de Mao Zedong s'apprêtait à connaître la famine la plus meurtrière de son histoire, à Gavar, en République socialiste d'Arménie, Karl von Markgraff naissait.

Maria resta allongée pendant quelques minutes, l'enlaçant maternellement, sous le regard apaisant de Hripsimé, puis celle-ci se mit à nettoyer la petite pièce dans laquelle Maria venait d'accoucher. Lorsqu'elle eut fini, le petit Karl était en train de téter le sein de sa mère. Maria l'observait avec tout l'amour qu'un être humain peut avoir pour un autre être humain, et lorsqu'elle releva la tête vers sa mère, Hripsimé sut avant même qu'elle prononce les mots ce qu'elle allait dire :

– Je ne peux pas l'abandonner, maman. C'est mon fils.

Comment pouvait-il en être autrement ? Hripsimé savait, pourtant, quelle serait la solution la plus sage et la plus évidente pour l'avenir de Maria.

Sans ce bébé, elle pourrait se reconstruire, ailleurs, reprendre des études, trouver une position digne et un travail dont elle pourrait être fière. Elle avait la vie devant elle, elle avait amplement le temps de trouver un autre homme, plus jeune, libre, qui l'épouserait et lui donnerait d'autres enfants.

Le petit Karl, de son côté, grandirait, gâté par son père, couvé par ses trois sœurs, au fort de Noradouz.

C'était une solution évidente, mais Hripsimé se souvint de ce moment terrible où elle avait perdu Nicolaï, son premier enfant. De cette peine atroce qu'elle ne souhaitait à personne, et surtout pas à sa fille.

Sa perte, à elle, était irrévocable et naturelle : Chernobog lui avait pris la vie, et personne ne pouvait aller contre la décision des dieux.

Aujourd'hui, elles pouvaient agir, empêcher l'abandon. Mais ce choix entraînerait tellement de sacrifices qu'on ne pouvait le prendre à la légère.

– Ma fille, répondit Hripsimé, je comprends ta peine. Mais n'est-ce pas la solution la plus simple que de l'abandonner ? Tu auras d'autres enfants…

– Non, maman, non. Je ne peux pas le laisser.

– Tu es jeune, tu changeras d'avis.

– Non. Je me tuerais, plutôt.

Et Hripsimé sut alors qu'elle était décidée, et son cœur se tordit car elle comprit que si sa fille ne changeait pas d'avis, c'était probablement la dernière fois qu'elle la voyait. Elle s'assit à ses côtés et lui dit calmement :

– Ma fille, écoute-moi. Si tu es sûre de toi, si vraiment tu veux garder l'enfant, il faudra fuir. Fuir sans te retourner. Car Herr Koenig te retrouvera, où que tu sois. Il faudra fuir là où il ne pourra pas t'atteindre.

– Oui, j'y suis prête. Je peux partir dès ce soir.

Hripsimé eut un temps de réflexion, puis reprit :

– Tu ne pourras pas voyager seule, il faudra qu'Ivan parte avec toi.

– Il acceptera, maman, il sera trop heureux de quitter le pays.

– Vous devrez vous faire passer pour un couple de jeunes mariés.

– Oui.

– Vous êtes turcs, il vous sera plus aisé de quitter le territoire. Il faudra rendre visite à Aghassi Petrovitch Bagramian, un employé communal dont j'ai sauvé le fils en lui administrant des remèdes. Il vous délivrera un laissez-passer.

– Oui, oui. Je le ferai. Où irons-nous, maman ?

– Maria, écoute-moi bien : si tu pars, c'est pour la vie. Tu ne reviendras jamais ici, je ne te reverrai jamais.

– Pars avec nous, maman, qu'est-ce qui te retient ici ?

– Il faudra que je couvre vos traces. Ici, je serai plus utile qu'ailleurs, et puis vous pourrez prétendre que vous fuyez une famille qui désapprouve votre union. Maria, es-tu bien décidée ? Il sera très difficile de trouver un travail, de nourrir ton fils. Ne serait-il pas plus heureux avec Herr Koenig ?

– Il ne sera jamais plus heureux qu'avec sa mère, qui l'aime. Et je l'aime, maman, je l'aime déjà. Plus que tout au monde.

Alors, Hripsimé sut que sa fille avait en elle la même force de volonté qui l'avait portée, durant toutes ces années. Un désir de survie absolu. Une résistance surhumaine à l'adversité.

– Si ta décision est prise, il faut agir ce soir. Je vais rentrer et parler à Ivan. Il ira voir Aghassi Petrovitch, il se chargera des papiers, et il passera te prendre ensuite.

– Où irons-nous, maman ? En Turquie ?

– Non, ma fille, vous ne pourrez pas quitter le territoire soviétique. Et en Turquie, Herr Koenig vous retrouverait.

– À l'est, alors ? Vers le Kazakhstan ? J'irai jusqu'en Sibérie, s'il le faut.

– Il vous retrouvera aussi. Herr Koenig n'est pas n'importe quel homme, il a un réseau sur tout le territoire, des contacts partout. Il n'y a qu'un seul endroit, je pense, où il ne devinera jamais que vous vous soyez réfugiés.

– Parle, maman, j'irai là-bas.

– Il faudra prendre le train et remonter au nord, traverser la Géorgie, la Russie, l'Ukraine, entrer en Pologne.

– En Pologne, maman ? C'est là que nous irons ?

– Non, vous irez encore plus loin. Vous irez vous installer à Berlin.

Hripsimé alla trouver son fils, et lui expliqua toute la situation. Il ragea d'entendre que le responsable de cette affaire n'était autre que Herr Koenig, mais sa mère parvint à le calmer. Il comprit immédiatement la mission qui lui était confiée. À vrai dire, l'aventure le tentait bien.

– Une fois que vous serez installés, tu m'écriras. Pas ici, bien sûr. Tu écriras à Hassmig Miyokan, la coiffeuse de Gavar, c'est une amie.

Ivan acquiesça.

– Élever un enfant n'est pas rien, Ivan, je sais que je te demande beaucoup. Tu n'es pas obligé d'accepter.

– Quel fils ferais-je ? Quel frère ? Et puis, c'est temporaire. Quand le bébé aura grandi, Maria retrouvera un mari. Nous pourrons cesser de jouer la comédie. Je n'ai que dix-huit ans, ma vie est devant moi.

Hripsimé le serra dans ses bras, implorant silencieusement Zywienia, Morana et Siwa que tout se passe bien.

Ivan accomplit brillamment sa mission. Hripsimé lui avait confié quelques roubles et quelques petits bijoux pour graisser d'éventuelles pattes. Il rassembla ses affaires, récupéra les laissez-passer et partit chercher Maria.

Ensemble, ils prirent le train de nuit pour Kiev et s'endormirent assez vite.

Hripsimé savait cependant que sa conduite vis-à-vis de Herr Koenig était particulièrement importante. Si elle lui mentait en prétendant que c'était une fille, il additionnerait deux plus deux en constatant la fuite d'Ivan et Maria, et alors son courroux retomberait sur Hripsimé. Si, au contraire, elle lui disait la vérité, alors elle pourrait tout à fait prétendre que ses enfants avaient fui de leur propre chef. Pour les mêmes raisons, il ne fallait pas attendre que le médecin passe, le lendemain, et constate l'absence de Maria. Elle alla donc directement trouver Herr Koenig dans son bureau, ce soir-là.

– C'est un garçon. Il est en bonne santé.

Il bondit de sa chaise, traversé par plusieurs émotions contradictoires :

– Vraiment ? Il est né, déjà ? Comment ?

– Elle a été prise de contractions aujourd'hui. J'étais à son chevet. Le bébé est arrivé. Elle dort, avec lui. Vous pourrez le voir demain.

Tant de questions se bousculaient dans la tête de Heinrich.

Dans quel ordre faire les choses ? *Parler à Adelheid d'abord* ? Non, bien sûr que non. Il fallait d'abord voir le bébé.

Maintenant ? Il était trop tard. *Demain, à la première heure.*

Et puis quoi ? *Revenir avec lui à la maison ?*

– Bonne nuit, Herr Koenig.

– Bonne nuit, Hripsimé, répondit-il, hagard.

Cette nuit-là, il ne parvint pas à dormir.

Un garçon. Un héritier. Il avait un héritier mâle, enfin.

Il n'était pas vieux, pas même quarante ans. Il pourrait profiter de son fils, lui apprendre la vie, partager ses doutes et ses aspirations. Il souriait, malgré le bouleversement qu'allait provoquer cette nouvelle dans la cellule familiale.

Le lendemain, à 8 heures, il frappa à la porte de l'appartement.

Il avait conduit seul la voiture, car Ivan étant le frère de Maria, il ne voulait pas subir le jugement de celui-ci. De toutes les façons, il ne l'avait pas vu ce matin, au petit déjeuner.

Personne n'ouvrit la porte. Il frappa à nouveau, sans comprendre. Où étaient-ils passés ? Était-elle sortie avec le bébé, dans le froid ? Il ne neigeait pas, mais tout de même, ce n'était pas très prudent. Il patienta quelques minutes encore, puis retourna au fort et alla trouver Hripsimé :

– Elle n'était pas là.

Hripsimé feignit la surprise :

– Pas là ?

– Dans l'appartement. Personne ne m'a répondu.

– Elle était sûrement dehors, à faire prendre l'air au bébé.

– En novembre ? J'ai attendu vingt minutes !

Hripsimé composa le visage de quelqu'un qui trouve ça suspect. Puis elle répondit :

– J'ai les clés de l'appartement.

– Donne.

– Je viens avec vous.

Dans la voiture, Herr Koenig fulminait :

– Où peut-elle être ?

– Calmez-vous, Herr Koenig. Hier soir, elle était décidée. Elle comprenait, comme moi, que l'enfant serait mieux avec vous.

Lorsqu'ils ouvrirent la porte de l'appartement, ils ne trouvèrent évidemment personne. Herr Koenig ouvrit la porte de l'armoire et constata la disparition de ses vêtements. Il hurla et frappa du poing la porte de l'armoire.

– Toi ! Toi ! dit-il à Hripsimé, en la menaçant du doigt. Tu sais ! Tu sais où elle est !

À nouveau, elle composa une expression de crainte et de désarroi :

– Mais non, Herr Koenig, je vous assure que… Je ne vois pas où elle pourrait être partie. Elle n'a pas d'autre famille que nous, pas d'amoureux…

– Comment peux-tu en être sûre ? Tu mens ! Tu me mens !

– Herr Koenig, pourquoi aurais-je concouru au départ de ma propre fille ? C'est absurde. Elle ne doit pas être loin, nous allons la retrouver…

Lorsqu'ils revinrent au manoir, Heinrich ne mit pas longtemps à découvrir l'absence d'Ivan.

– Ils sont partis ! Tous les deux !

Hripsimé sentit son pouls s'accélérer. Décidément, elle aurait pu être actrice. Elle courut à la chambre d'Ivan, ouvrit ses armoires et réagit avec autant de violence que Heinrich :

– Les imbéciles ! Les imbéciles !

Herr Koenig la regarda, enragé. Était-elle dans le coup ? N'avait-elle sincèrement aucune idée des plans de ses enfants ? Quoi qu'il en soit, il ne pouvait pas risquer de lui faire confiance, même quand elle lui demanda : « Herr Koenig, par pitié… Si vous les retrouvez, tenez-moi au courant. »

Il entra dans une rage folle, rage qu'il ne pouvait partager avec personne, car c'eût été dévoiler l'existence d'un enfant illégitime.

Hripsimé surveillait sa réaction et ses agissements. S'il s'était calmé, avait abandonné les recherches au bout de quelques jours, avait accepté que ce bébé était désormais perdu, était retourné à sa petite vie quotidienne, Hripsimé n'aurait rien fait de plus. Elle aurait continué de servir fidèlement la famille Koenig. Mais Herr Koenig ne se calma pas. Il remua ciel et terre, consacra toute son énergie à les retrouver, activa tous ses réseaux.

Et un jour, il les trouva.

Ivan et Maria étaient pourtant parvenus à dénicher un modeste logement à Berlin-Ouest. Ils s'étaient décidés à passer la frontière, se pensant ainsi en sécurité, même si tous les matins Ivan revenait à l'Est, où il avait conservé un emploi de chauffeur, dans l'attente de mieux.

Maria s'occupait du bébé, cuisinait, tenait le petit appartement.

Karl pleurait beaucoup, ne faisait pas encore ses nuits.

Souvent, Ivan rattrapait son sommeil dans la journée, mais ce jour-là, il était sorti avec le bébé tandis que Maria se reposait quelques heures.

Leur appartement se situait dans le quartier français, à Wedding, mais moitié parce qu'il ne maîtrisait pas encore la langue, moitié par nostalgie, et malgré le froid, Ivan avait à nouveau traversé la frontière, pour marcher le long de la Spree avec le petit Karl dans ses bras, emmitouflé dans une couverture.

Il passa devant le Pergamonmuseum, en grande partie détruit pendant la guerre, dont les œuvres d'art commençaient seulement à revenir d'URSS, et contempla la Brandeburger Tor, symbole de la scission Est-Ouest, fraîchement remise en état. Il s'arrêta un instant devant le Deutsches Theater, qui avait accueilli les premiers pas de la troupe du Berliner Ensemble de

Bertolt Brecht, un auteur dont Abbas était particulièrement friand, et qui venait de mourir, l'année passée.

Le célèbre Mur, d'abord fait de grillages et de barbelés, puis de briques, et enfin de béton, ne serait pas construit avant 1961, mais la différence des deux Berlin était déjà palpable.

Quatre ans plus tôt, au mois de juin, la hausse des prix et la baisse salariale avaient conduit les ouvriers à une manifestation monstre, sévèrement réprimée par les soldats soviétiques qui, en tirant sur la foule désarmée, avaient tué au moins cent cinquante personnes et fait des milliers de prisonniers. Le moral était au plus bas, l'exode vers l'Ouest était massif, et Ivan, même s'il restait attaché à l'URSS, se disait qu'il finirait, lui aussi, par sauter complètement le pas.

En revenant à la maison, il aperçut une camionnette de police garée devant l'immeuble. Il n'aurait pas dû en faire plus cas que ça, mais à son grand étonnement, le modèle n'était pas celui des véhicules militaires français. Il reconnut immédiatement un véhicule de la Stasi, et son instinct lui commanda de rester à distance. Que venait-il faire ici, à l'Ouest?

Quelques instants plus tard, trois agents en uniforme sortirent de l'immeuble, en poussant dans le dos une jeune fille à peine réveillée.

Un frisson glacial parcourut l'échine d'Ivan lorsqu'il reconnut Maria.

Elle ne semblait pas comprendre ce qui lui arrivait, pourquoi on l'arrêtait, ce qu'elle avait fait de mal, mais elle entra dans la camionnette. Une fois assise, elle jeta un regard à travers la vitre, et son regard croisa celui d'Ivan. Leur échange ne dura pas plus de trois secondes, mais dans ces trois secondes, Ivan comprit tout ce que lui disait sa sœur : *Je ne sais pas où je vais, mais je ne crois pas qu'ils vont me relâcher. Ils venaient pour lui, pour Karl. Occupe-toi de lui. Fuis. Sauve-le.*

Ivan, sonné, regarda la camionnette qui démarrait, puis il

pesa le pour et le contre. Avaient-ils laissé un agent stationné là-haut, dans l'appartement ? Reviendraient-ils plus tard ? Il avisa un gamin qui jouait dans la rue, lui fila une pièce et lui confia la mission d'aller vérifier si l'appartement était vide. Le gamin fit un aller-retour express et confirma que la voie était libre. Sans doute Maria leur avait-elle fait croire qu'ils ne reviendraient que dans quelques jours. Quoi qu'il en soit, Ivan n'avait que peu de temps. Il ramassa ses affaires à la hâte, et celles du bébé. Il remplit une valise, et prit ses jambes à son cou.

Hripsimé était en train de faire les courses pour la maison lorsque Hassmig vint la trouver, dans la rue. Hassmig était une veuve d'une cinquantaine d'années, dont Hripsimé appréciait beaucoup la compagnie. Elle était la coiffeuse du village et, à ce titre, voyait passer tout le monde chez elle, et recueillait tous les derniers potins.

La semaine précédente, elle avait apporté à Hripsimé la lettre qu'Ivan n'avait pas manqué de lui envoyer, sitôt installé à Berlin, pour la rassurer. Hripsimé avait embrassé la lettre sous le regard attendri de Hassmig, puis l'avait prise dans ses bras et, pour la remercier, lui avait offert une miche de pain qu'elle venait d'acheter. Mais cette fois-ci, le visage de Hassmig semblait fermé lorsqu'elle dit à son amie :

– Hripsimé, il a appelé.

– Qu'est-ce que tu dis ?

– Ivan, ton Ivan, il a appelé.

Hassmig avait fait installer le téléphone dans l'arrière-boutique, et souvent, c'était chez elle que les plus démunis recevaient des nouvelles de leur famille ou de leurs aimés.

– Il va rappeler ce soir, à 5 heures. Il veut te parler, il avait l'air très sérieux.

Quelques heures plus tard, Hripsimé attendait, seule, devant le téléphone. Hassmig lui avait fait couler un thé noir, et l'avait laissée, pour lui donner un peu d'intimité, prétextant une course.

Le téléphone sonna à l'heure dite, Hripsimé décrocha nerveusement :

– Allô ?

– Maman ? demanda Ivan.

– Oui. Oui, c'est moi. Comment vas-tu, mon fils ?

– Tu es seule ?

Elle entendit alors, dans l'écouteur, un bébé qui se mit à pleurer.

– Oui, oui, je suis seule. Ce sont les cris de Karl que j'entends ?

– Oui, c'est le bébé.

– Tout se passe bien ? Pourquoi voulais-tu m'appeler ?

– Maman, ils l'ont prise.

– Qui ça ?

– La police. Ils sont venus chercher Maria, chez elle, chez nous, et ils l'ont prise. Ils ont trouvé je ne sais quel prétexte et ils l'ont enfermée. C'est Karl qu'ils voulaient. J'étais sorti. Elle est en prison, maman.

– En… en prison ?

– J'ai demandé autour de moi, à des amis ouvriers. C'est le genre de prison dont on ne sort pas. Je suis le chauffeur d'un cadre du parti, il s'est renseigné pour moi : elle a été accusée d'espionnage. L'ordre est venu de loin. De Moscou peut-être.

Hripsimé sentit sa gorge se serrer.

– Mais… comment ?

– Comment n'est pas important. L'ordre ne peut venir que de Herr Koenig. Personne d'autre n'aurait intérêt à la voir disparaître.

– Herr Koenig…, murmura Hripsimé entre ses dents.

– Maman, ce n'est pas tout. J'étais sorti, lorsqu'ils sont venus.

Depuis, je me cache, maintenant je dois partir. Je vais partir avec le bébé. Je vais aller en…

– Ne me dis pas. Ne me dis pas où tu comptes aller.

– Mais…

– Ne me dis rien, ne dis rien à personne, ou il te trouvera.

– Entendu.

Hripsimé acquiesça, stoïque.

– Mais pour Maria, reprit Ivan, j'ai entendu dire que la Stasi n'avait rien à envier à notre NKVD. Les prisons allemandes ne sont pas aussi cruelles que notre Goulag, mais tant qu'ils voudront la détenir, il nous sera impossible de faire quoi que ce soit.

Hripsimé resta muette de douleur et de haine.

– On ne peut que prier pour elle, conclut-il tristement.

– Je prierai, mon fils. Je prierai tous les jours.

– Je vais raccrocher, maman. J'ai l'impression que tout le monde me surveille. Je vais partir.

– Sois prudent, mon fils. Sois heureux. Ne cherche pas à me joindre.

– Je t'aime, maman.

– Moi aussi, mon fils, mon Ivan. Moi aussi, je t'aime.

Il raccrocha.

Elle resta immobile un instant, le combiné collé à son oreille, dans l'arrière-boutique silencieuse du petit salon de coiffure.

Ainsi, sa fille était en prison.

Enfermée pour une faute qu'elle n'avait pas commise.

Subissant l'injustice des hommes, après avoir connu le déshonneur auprès de l'un d'entre eux.

Ainsi donc, Herr Koenig était allé jusque-là.

Il avait commandité l'arrestation d'une jeune fille innocente, une jeune fille dont la seule et unique faute avait été de ne pas avoir su résister à ses assauts.

Ainsi donc, ce marchand d'armes, ce Frank Koenig, ce

Heinrich von Markgraff, car tel était le nom qu'elle avait lu en fouillant dans ses papiers, avait le pouvoir de demander à Moscou ce genre de faveur. Il ne servirait donc à rien de le dénoncer au NKVD, ils lui mangeaient dans la main. Et si le NKVD venait pour l'arrêter, elle, que leur dirait-elle ? Rien, heureusement, elle ne savait rien. Seulement qu'Ivan allait passer à l'Ouest, chez ces chiens de capitalistes. Tant mieux pour lui. Tant mieux pour le petit Karl. Où iraient-ils ? En Angleterre, en Italie, en Espagne ? Peu importait, tant qu'il était en vie, tant qu'il parvenait à passer la frontière. Et bien sûr qu'il y parviendrait. Ivan était malin, débrouillard. Bien plus méfiant que sa sœur, aussi. Le cœur de Hripsimé se serra à nouveau en imaginant sa fille enfermée dans une geôle.

Ainsi donc, Heinrich von Markgraff était allé jusque-là pour obtenir un héritier. Eh bien, se jura Hripsimé, Rod, Péroun et Svarog ne suffiraient pas à maudire ce diable d'homme, et tant qu'elle serait sur cette terre, tant qu'il lui resterait le moindre souffle, tant que ses pieds la porteraient, elle consacrerait toute son énergie à l'empêcher d'atteindre son but.

Elle concocterait des potions qu'elle masquerait dans ses soupes et ses tisanes, et qui les rendraient stériles et impuissants, lui et ses trois filles.

Elle s'assurerait personnellement qu'aucun autre enfant ne viendrait égayer le fort de Noradouz, et que ce maudit homme, ce nazi, ce marchand d'armes s'étoufferait, année après année, dans sa propre bile, enfermé dans une tour d'ivoire et dans sa propre solitude.

16.

Retour vers le présent

Un demi-siècle plus tard, Antoine Karlovitch von Markgraff rouvrit les yeux.

Anna Karlovna von Markgraff, elle aussi, sortait du même rêve brumeux.

Quelle heure pouvait-il bien être ? Combien de temps avaient-ils dormi ?

Avaient-ils vraiment dormi ?

Face à eux, assise sur une petite chaise, se tenait leur arrière-grand-mère, Hripsimé Sergueïevna Kourganov, qui les regardait tendrement, avec un éclair de malice au coin de l'œil. Antoine se leva instinctivement, alla à elle et la prit dans ses bras. Il fut surpris de la force de l'étreinte qu'elle lui rendit. Anna, d'abord hésitante, finit par se joindre à eux, sans trop savoir si la longue histoire qu'elle venait d'entendre lui avait été racontée, ou si elle en avait simplement rêvé.

Laurent Delaume, lui, se demanda un instant s'il n'était pas de trop.

Mais lorsque leur étreinte familiale s'acheva, lorsque Antoine et Anna s'assirent à nouveau pour reprendre leurs esprits, c'est à lui, Laurent, que s'adressa Hripsimé, en russe, pour prononcer ces mots qu'il traduisit par la suite, tant bien que mal :

– Maintenant, c'est à vous de décider si l'histoire s'arrête, ou si vous voulez qu'elle continue. Si l'histoire s'arrête, retournez d'où vous venez, mes enfants, et reprenez votre vie.

Antoine et Anna se regardèrent.

– Mais… Charles ? commença-t-il. Qu'est-ce qu'il est devenu ?

– Marchand d'armes, répondit Anna. Le mec a quitté sa famille pour aller vendre des armes avec son papa nazi.

– Mais… après ? Est-ce qu'il est toujours vivant ? demanda Antoine à Laurent.

Et Laurent traduisit, en russe, la question d'Antoine à Hripsimé, et Hripsimé répondit, en russe, à Laurent :

– Heinrich, Adelheid, Selma, Sibel, Sarah, Karl : six von Markgraff. Deux sont morts, deux sont partis, deux sont encore ici.

– Adelheid est partie, nota Anna.

– Qui est mort ? demanda Antoine. Qui est encore ici ?

Hripsimé eut un petit sourire, en remarquant l'empressement de son arrière-petit-fils. Et répondit :

– Selma et Sarah vivent encore ici. Elles tiennent une petite auberge en bordure de Gavar. Au dernier étage du fort de Noradouz, il y a un grenier, fermé à clé. Selma et Sarah ont chacune une clé, suspendue autour du cou. Pour pénétrer dans le grenier, il faudra récupérer l'une ou l'autre de ces clés. Dans le grenier se trouve la réponse à vos questions.

Puis Hripsimé disparut sans un mot dans une pièce adjacente, les laissant tous les trois.

– Il y a une clé au cou de Selma et Sarah, qui permet d'ouvrir un grenier ? reprit Antoine. Qu'est-ce qu'il y a, dans le grenier ?

– Heinrich, enchaîné, qu'elles nourrissent un jour sur deux, répondit Anna.

– Mais surtout : qui est mort et qui est parti ? Il reste Heinrich, Sibel et Charles.

– Tu veux dire *Karl* ? le reprit Anna.

– Oui, voilà, Karl. Donc on est maintenant autrichiens, russes, turcs et arméniens, répéta Antoine, incrédule.

– Et surtout, on s'appelle *von Markgraff*, ajouta sa sœur. Ça claque. On dirait le méchant d'un jeu vidéo. Bon, après, on est nazis. Ça claque moins.

– Pas sûr que ce soit héréditaire, nuança Laurent.

Antoine s'assit, pour concentrer ses pensées, et assimiler l'énorme somme d'informations qu'ils venaient de recevoir.

– Bon, qu'est-ce qu'on fait ? On veut savoir la suite ou on s'arrête là ? On rentre à la maison ou on va chercher cette clé ?

Anna était songeuse.

– … Anna ?

– On a deux tantes qui vivent dans cette ville.

– Demi-tantes, précisa Laurent.

– Quel âge elles ont, maintenant ? demanda Anna.

Les garçons se regardèrent, rassemblant leurs souvenirs.

– *Dreiundsechzig und dreiundfünfzig*, répondit Hripsimé en entrant dans la pièce, comme si elle avait parfaitement entendu et compris.

– Soixante-trois et cinquante-trois, traduisit Anna. L'aînée, c'est celle qui détestait Karl. La petite, c'est celle qui déteste les hommes. Je vais m'occuper d'elle.

– Et moi de l'autre, répondit Antoine.

– *Hayır, sen değil. Benimle kal*, lui dit Hripsimé en posant la main sur l'épaule.

« Non, pas toi. Toi, tu restes avec moi. »

– *Neden ?* demanda-t-il.

« Pourquoi ? »

– Tu lui ressembles trop, répondit-elle dans la même langue, en passant la main sur son visage. Toi, tu restes avec moi, c'est mieux.

Antoine acquiesça et traduisit pour ses amis. Les regards se tournèrent vers Laurent.

– OK, c'est moi qui m'occupe de Selma. Une Autrichienne

élevée en Turquie et en Arménie, aucune chance qu'elle soit raciste, si ?

Hripsimé secoua la tête doucement, comme si elle comprenait, encore.

– Bon. Elle est où, cette auberge ? demanda Anna.

En fait d'auberge, il s'agissait d'un bar, pas très fréquenté, et de quelques chambres à l'étage, rarement utilisées. Mis à part le cimetière de Noradouz qui attirait quelques amateurs et spécialistes de khatchkars – les antiques pierres tombales de l'Église apostolique arménienne –, dire que Gavar n'était pas un haut lieu du tourisme était un euphémisme certain. Une poste, un petit centre commercial, quelques restaurants, une boulangerie et un bar interlope, Le Darling, devant lequel Anna et Laurent étaient stationnés pour mettre au point un plan d'approche.

– Comment ils feraient, dans les films ? demanda Laurent.

– Déjà, on aurait des flingues, répondit Anna. Et on saurait se battre.

– Je sais me battre. J'ai fait six ans de karaté.

– Tu mens.

– J'ai arrêté en quatrième. Mais bon, je suis ceinture marron.

– Parfait. Tu leur casses la gueule et on repart comme des fleurs.

– Super-plan.

Ils restèrent un moment silencieux.

– Ça va, toi ? reprit Laurent. Ça fait beaucoup d'infos d'un coup, quand même…

– Ça va, répondit Anna.

Un ange passa, à nouveau.

– J'ai toujours cru que je ne le connaîtrais jamais. Pour moi, c'est un fantôme, ce mec.

– Ton père ?

– Ouais. On savait juste que c'était un enfoiré qui avait quitté maman. Et puis on apprend qu'il est allé sortir sa mère de prison, OK, en fait, c'est un héros. Et puis finalement il vendait des armes. Ah ouais, non, c'est bien un enfoiré.

– Il avait peut-être ses raisons.

– Non, mais je m'en fous, je le connais pas. Il m'a pas élevée, il était pas là, c'est pas mon père, quoi. Mais par contre… de savoir qu'il y a des tordus pareils dans la famille, ça me rassure. Jusqu'ici, je croyais être la seule. Quand tu grandis et que ton frère, c'est un Playmobil, tu te poses des questions.

– Tu sais, moi je pense que vous avez plus de points communs que vous ne pensez, avec Antoine.

– Ah ouais ? Vas-y, je t'écoute.

– Vous êtes généreux, altruistes. Idéalistes. Et je crois que vous faites tous les deux énormément d'efforts pour ne pas ressembler à l'autre.

Anna laissa passer un autre petit angelot. Puis elle reprit :

– Bon, c'est quoi le plan ?

Laurent et Anna pénétrèrent dans le bar, sans trop savoir à quoi s'attendre. Ils avaient décidé de se faire passer pour un couple d'amis en vadrouille dans le quartier. Des gentils touristes, curieux de découvrir les produits et les habitudes locales. La première chose à faire était de localiser ces clés, de valider leur existence et d'établir un premier contact avec l'ennemi. Comment ils parviendraient à récupérer une des clés était une tout autre problématique.

L'endroit était presque vide. Seule une petite tablée, au fond, jouait aux cartes. Une télévision allumée retransmettait MTV et derrière le bar, il n'y avait personne. Laurent et Anna s'approchèrent lentement de la tablée : trois moustachus entre deux âges, aux cheveux noirs et aux épais sourcils, jouaient avec une femme d'une soixantaine d'années, aux cheveux gris et au visage fermé. Une femme qui, visiblement, possédait des traits européens. Elle découvrit le couple de touristes qui venait d'entrer dans le bar, leva un sourcil pour signifier la rareté de l'événement, et prononça laconiquement ces trois mots à l'adresse de Laurent :

– *We are closed.*

Laurent s'arrêta net. Ni « Bonjour » ni « Que puis-je faire pour vous ? », donc. Il rassembla son vocabulaire et répondit, du russe le plus pur dont il soit capable :

– Bonjour, messieurs-dame. Mon amie pourrait-elle utiliser vos toilettes ?

La tablée s'arrêta de jouer, et se retourna vers Laurent, comme un seul homme. Un Noir qui parlait russe ? Voilà une anecdote qu'ils se raconteraient pendant les dix prochaines années. Les moustachus se retournèrent ensuite vers l'Européenne, visiblement la patronne, attendant son verdict, et celle-ci indiqua une direction à Anna, d'un bref mouvement de tête, ajoutant – en russe cette fois :

– Au fond à droite.

Laurent se retourna vers Anna et lui fit signe à son tour. Anna acquiesça et se dirigea vers les toilettes. En y arrivant, elle remarqua une autre femme, de dos, qui se lavait les mains. Lorsqu'elle se retourna, Anna constata qu'elle était plus jeune que la patronne, dix ans de moins, aisément.

Elle n'était pas vilaine. Ses cheveux étaient encore châtains, coupés court. Elle portait un jean assez moulant, une chemise dont les manches étaient retroussées au niveau des avant-bras et, à son cou, un collier au bout duquel était suspendue une petite clé argentée. Sarah eut un léger mouvement de recul lorsqu'elle aperçut Anna, et Anna fut forcée de constater qu'il y avait entre elle et sa demi-tante un petit air de famille.

Elle s'excusa et pénétra dans les toilettes, sentant sur son dos le regard intrigué – et peut-être un peu troublé – de Sarah.

Laurent, lui, se retrouva à faire le planton devant les quatre joueurs. Sans même le regarder, Selma demanda brusquement :

– Vous venez d'où ?

Laurent ne sut pas vraiment s'il s'agissait, comme avec le commissaire turc, d'une remarque raciste ou d'un simple intérêt modéré, alors il répondit :

– France.

Selma émit un petit *pff* entre ses lèvres, indiquant tout simplement son mépris des Français, bien plus que ses doutes quant au fait que Laurent soit effectivement français. Alors, rassuré sur ce point, préférant de loin un racisme anti-Français qu'anti-Noirs, ce dernier tendit le doigt vers les cartes et demanda :

– Poker ?

Selma le regarda à nouveau, brièvement, acquiesça d'un grognement, et retourna à ses cartes. Il sourit, et demanda à nouveau :

– Texas Hold'em ?

Cette fois-ci, tous s'arrêtèrent de jouer, et considérèrent cet étranger qui semblait avoir l'intention de venir se faire plumer en Arménie.

Alors, Selma tira une chaise et invita Laurent à s'asseoir.

*

Lorsque Antoine se retrouva seul avec Hripsimé, pendant un long moment, ni l'un ni l'autre ne parla. Ils se dévisagèrent, en silence.

Elle sortit s'occuper de ses poules. Il la suivit naturellement.

Il y avait quelque chose de surréaliste à contempler cette femme sans âge, dont le corps ne semblait pas souffrir des ravages du temps, et à se dire qu'il était le fils du fils de sa fille. Qu'elle était née au milieu d'une guerre, en avait traversé une autre, qu'elle avait assisté à la création et à la chute de l'URSS. Qu'elle avait perdu ses parents, assassinés, son premier mari, tué au front, son deuxième mari, mort de vieillesse, sa fille, enfermée dans une prison de Berlin-Est, son fils, exilé en France et qui ne l'avait jamais revue, et son petit-fils, Karl. Et qu'aujourd'hui elle était là, à donner à manger à ses poules, tandis qu'Antoine la regardait, simplement.

– *Kızgın olmamalısın*, dit-elle sans le regarder.

« Tu ne dois pas être en colère. »

– Je ne suis pas en colère, répondit-il.

– Tu ne dois pas lui en vouloir. Tu es perdu, tu ne te connais pas encore, mais tu cherches, mon petit prince, tu cherches.

Antoine essayait tant bien que mal de suivre la logorrhée de Hripsimé. Avait-elle dit « Tu ne *le* connais pas encore », ou « Tu ne *te* connais pas encore » ?

– Je cherche, oui.

– À Batumi, tu trouveras un bateau. Le capitaine est un Arménien, Arakel Krikorian. J'ai soigné et sauvé son fils, il vous prendra avec lui.

– Batumi ? C'est où, ça, Batumi ?

– Le voyage n'est pas fini, mon petit prince. Il faudra que tu te perdes, que tu perdes ton nom, pour pouvoir le retrouver.

– Que je me perde ?

– Toi et ta sœur, oui. Tant qu'on ne s'est pas complètement perdu, on ne peut pas complètement se connaître.

Et sur ces mots, elle retourna vers la maison.

*

Laurent regarda ses cartes : un 8 et un 4 de pique. Rien de bien glorieux.

Depuis quelques minutes, il perdait, round après round. Mais ils ne jouaient pas des sommes énormes, seulement de quoi entretenir le suspense. Et il avait un plan. D'abord, perdre, se faire accepter de la tablée. Ensuite, sur un gros coup, amasser tout l'argent qu'il y avait sur la table. Finalement, exiger de Selma qu'elle lui donne son collier, en échange de l'argent. Comme dans les films, à défaut de flingues, de bouteilles de whisky et de tables qui volent.

En attendant, il ne gagnait pas. C'était la seule faille de son plan : il n'était pas un très bon joueur de poker. En général, lors des petits tournois qu'organisaient ses amis, il perdait.

Mais aujourd'hui, il avait une mission, et il comptait bien s'en acquitter.

Assise au bar, Anna l'observait, sceptique, depuis quelques minutes, lorsqu'une voix la fit se retourner :

– *Can I help you ?*

C'était Sarah, bien sûr. Elle semblait plutôt souriante, et Anna ne connaissait que trop ce genre de sourire.

– Oui, merci, répondit-elle en anglais. C'est quoi, l'alcool local ?

– Du vin. Ici, on boit du vin.

– Ah. Il n'y a rien de plus fort ?

Sarah s'étonna de l'audace de la jeune fille, puis répondit :

– … Raki ?

– Raki, très bien.

Anna n'était pas en réalité une grande amatrice des boissons à base d'anis – le pastis, l'ouzo, l'arak – et elle aurait préféré un mojito ou une caïpirinha, mais il ne fallait trop faire la difficile.

Sarah ouvrit une bouteille et servit deux petits verres de raki, qu'elles sifflèrent rapidement.

– C'est ton petit ami ? demanda-t-elle à Anna en désignant Laurent.

– C'est un ami, nuança-t-elle.

Sarah acquiesça, et reprit :

– D'où venez-vous ?

– De France.

– Ah oui ? Où ça, en France ?

– Paris.

Les yeux de Sarah se teintèrent d'une pointe de jalousie.

– Vous connaissez ? lui demanda Anna.

– Je n'y suis jamais allée, non.

Et Anna comprit que c'était un regret.

– … Vous êtes européenne ?

– Moi ?

– Vous avez le teint et les cheveux clairs, lui fit remarquer Anna.

– Je suis née ici. Mes parents… en Autriche.

– *Sprechen sie Deutsch ?*

– *Ja, natürlich*, répondit Sarah avec un petit sourire en coin. *Und du ?*

– J'ai des origines allemandes.

– Ah oui ?

– Oui. Mon grand-père.

Elle avait failli répondre « Mon grand-père était nazi », mais elle n'était pas certaine du sens de l'humour de sa demi-tante.

– Et qu'est-ce que tu viens faire ici ? demanda la barmaid. On ne voit pas beaucoup de touristes…

Anna eut un regard pour Laurent, très sérieusement plongé dans sa partie de cartes, puis fit signe à Sarah de la resservir, tout en répondant :

– On se balade. On est descendus en voiture depuis l'Allemagne. On cherche l'aventure.

– Ce n'est pas ici que tu vas trouver l'aventure…

– Tu serais surprise, dit Anna en soutenant son regard.

Sarah ne sut masquer le petit trouble qui commençait à la saisir :

– Et… tu dis que ce n'est pas ton petit ami ?

– William ? Non… Pas du tout.

Ils s'étaient accordés sur le fait de se nommer William et Cindy. Chacun, évidemment, ayant choisi le prénom de l'autre.

– Pourquoi ? Il n'est pas vilain…

– Non, mais… je n'aime pas les hommes. Et lui n'aime pas les femmes, alors…

– *Ach so ?* s'étonna Sarah.

En disant ça, Anna espéra soudain que l'homosexualité était dépénalisée en Arménie. C'était le cas, depuis 2003 seulement, mais en se confiant à la mauvaise personne, elle aurait pu aisément avoir des ennuis. Elle opina, et avala sans ciller son deuxième verre de raki.

– Et… quel âge as-tu ? demanda Sarah.

– Vingt-sept, mentit Anna. Et toi ?

– Quarante-trois, mentit Sarah.

Elle ne faisait pas ses cinquante-trois ans, de toute façon. Elle devait s'entretenir régulièrement, car son corps était assez athlétique. Elle était plutôt de petite taille, comme Anna, mais ses bras étaient musclés et sa taille fine. En état d'ébriété, si elles s'étaient rencontrées en boîte et que Sarah y était allée au culot, Anna aurait pu la suivre. Sarah leur resservit à toutes les deux un verre de raki, qu'elles descendirent en se scrutant.

– Qu'avez-vous prévu de faire aujourd'hui ? demanda Sarah.

Anna la regarda, indécise. La laisser tâtonner ou y aller au chalumeau ?

– William va jouer au poker. Moi, je vais faire des bêtises.

Elle put voir Sarah rougir, juste en face d'elle, comme si elle venait d'être atteinte par une vague de chaleur inattendue.

– Comment tu t'appelles ? demanda Sarah.

– Cindy, répondit Anna en maudissant mentalement Laurent. Et toi ?

– Sarah.

Anna acquiesça, sourit en dévoilant la blancheur de ses dents, et lui dit :

– Alors, Sarah, on y va ?

Au chalumeau, donc.

*

Hripsimé commença à préparer à manger. Lorsque Antoine s'interposa et proposa son aide, elle refusa d'abord. La place des hommes n'était pas dans la cuisine. Mais il revint à la charge, saisit un oignon, et commença à le couper.

– *Aïe, boje moï...*, fit-elle en le voyant massacrer ce pauvre légume.

Par des gestes précis, elle lui montra comment faire, et il accepta humblement de se plier à ses directives. Pendant un petit temps, elle contempla, sidérée, son arrière-petit-fils travailler consciencieusement au repas du soir. Puis ils travaillèrent de concert et, lorsqu'ils eurent fini, tandis que la soupe mijotait sereinement dans la marmite, elle mena Antoine dans le salon, et lui tendit une tasse de tisane.

– Merci, mais je..., protesta-t-il.

– C'est bon pour toi, répondit-elle en montrant son ventre.

Il avala la tisane, gorgée par gorgée, riche en menthe poivrée et en épices inconnues de son palais, tandis que Hripsimé allumait un bâton d'encens, déposait devant lui des cartes aux figures étranges, lançait sur un plateau de bois des petits osselets, en marmonnant des incantations dans une langue qu'Antoine ne connaissait pas.

L'esprit cartésien d'Antoine Lefèvre eût ri intérieurement de cette cérémonie de sorcellerie mystique, mais celui d'Antoine Dertli aurait déjà été plus tolérant, et celui d'Antoine Karlovitch von Markgraff contempla simplement ces gestes précis et chorégraphiés avec une béate fascination.

Lorsque Hripsimé eut fini, elle le regarda, droit dans les yeux, et secoua lentement la tête. Puis elle prit son visage entre ses mains, et le serra contre son cœur. À peine eut-il le temps de s'abandonner qu'elle se leva vivement, ouvrit un tiroir, en sortit une feuille de papier, qu'elle déchira en deux petits brimborions, sur lesquels elle écrivit un mot. Elle replia ces deux bouts de papier et les tendit à Antoine.

– Quand tu seras descendu du bateau, tu ouvriras celui-ci. Tu sauras alors où et qui chercher. Mais ne l'ouvre pas avant, pas avant !

Antoine acquiesça et glissa le papier dans sa poche gauche.

– Celui-là, tu ne l'ouvriras que lorsque tu seras arrivé au bout du chemin.

Antoine considéra le papier roulé sur lui-même.

Un petit bout de chose.

– Pas avant, tu m'entends ? Pas avant d'être arrivé au bout du chemin ! Répète. Promets.

– Pas avant d'être arrivé au bout du chemin. C'est promis.

Elle lui sourit, passa la main dans ses cheveux, et désigna sa poche droite, dans laquelle il enfouit le papier. Alors, elle éructa d'un petit rire satisfait, applaudit quelques secondes et retourna à ses cartes.

– Qu'est-ce qui est inscrit sur le second papier ?

Hripsimé répondit, mystérieuse :

– Tu le sauras quand tu seras arrivé *au bout du chemin*.

Antoine sourit à son tour, et acquiesça. Il se dit à la fois qu'il aurait tant aimé la connaître plus tôt et qu'il était si reconnaissant de l'avoir rencontrée.

Il n'osait pas dire à son arrière-grand-mère qu'il n'y aurait sûrement pas de suite au voyage, qu'après avoir pénétré dans le grenier, ce serait sûrement là, le bout du chemin, qu'il faudrait bien rentrer, ensuite, qu'en France l'attendaient Jennifer, Lebel & Blondieu, et le reste de sa vie. Mais il se contenta de sourire, et de demander :

– Ce bateau, d'où part-il, déjà ?

– Batumi.

– Et le nom du capitaine ?

– Arakel Krikorian. Son bateau s'appelle le *Pharaon*.

Antoine acquiesça à nouveau. Le *Pharaon*, à Batumi.

*

Anna pénétra dans une des petites chambres du Darling. Sarah la rejoignit peu après, la bouteille de raki à la main. Anna leva le pouce et s'en empara. Elle remplit deux verres, un pour chacune.

– Tu as vraiment vingt-sept ans ? demanda Sarah.

– Tu veux vraiment le savoir ? rétorqua Anna.

Sarah ricana, et reconnut :

– Tu n'as pas froid aux yeux, en tout cas.

Anna haussa les épaules et tendit à Sarah son verre de raki.

– On rentre bientôt, je m'ennuyais, je voulais faire une folie… Alors, on trinque à quoi ?

– À l'aventure ? proposa Sarah.

– À l'aventure.

Elles avalèrent toutes deux leur verre, et Anna les resservit immédiatement.

– Tu essaies de me rendre ivre ? demanda Sarah. Tu sais, je tiens très bien l'alcool.

– Moi aussi, répondit Anna. Dis-moi, ça fait combien de temps que tu habites ici ?

– À Gavar ? Trop longtemps.

– Pourquoi tu n'es pas partie, alors ?

– C'est compliqué. Des histoires de papiers.

– Si tu ne veux pas répondre, tu dois boire.

Sarah sourit en coin, et avala son verre de raki.

– La joueuse de poker, c'est ta mère ? demanda Anna.

– Ma mère ?

Elle éclata de rire.

– C'est ma sœur, reprit-elle. Elle sera folle de rage quand je lui raconterai que tu m'as demandé ça. Et toi, alors, ça t'arrive souvent d'aller dans une chambre d'hôtel avec une inconnue ?

Anna haussa les épaules, puis but à son tour. Elle les resservit et demanda :

– Le reste de ta famille, ils habitent ici ?

– Le reste de ma famille ?

– Tes parents ? Tes… enfants ?

– Pas d'enfants. Et mes parents… sont morts.

– Ah. Désolée, dit Anna, qui savait pourtant qu'elle mentait, au moins concernant sa mère. Morts de quoi ?

Sarah la regarda étrangement.

– Pourquoi tu me poses cette question ?

– Je ne sais pas, comme ça. Mais si tu ne veux pas répondre, tu dois boire.

– J'ai assez bu comme ça, dit Sarah en reposant son verre. Qu'est-ce qu'on est venues faire, ici ?

Anna se leva doucement et, sans ciller, ôta lentement son haut, dévoilant à Sarah ses sous-vêtements. Sarah sourit, et fit signe à Anna de s'approcher. Mais Anna secoua la tête, joueuse. Elle dégrafa son soutien-gorge, et le laissa tomber à terre. Puis elle remarqua que Sarah vacillait :

– Tout va bien ?

– Oui, oui… Ça va, ça doit être le raki… la chaleur…

– Je croyais que tu tenais bien l'alcool, dit Anna en se moquant gentiment.

– Je tiens bien l'alcool. Je ne sais pas ce que j'ai…

– Allonge-toi.

Sarah s'allongea un instant sur le lit, reprenant son souffle. Combien de verres avait-elle bus ? Trois, quatre ? Ce n'était rien, pour elle. Anna ouvrit sa chemise, pour lui donner de l'air.

– Tu as trop chaud ? Je vais t'aider…

– Une minute. Juste donne-moi… une… minute…

– Bien sûr, ne t'inquiète pas. Repose-toi.

Un silence s'installa dans la petite chambre d'hôtel.
Puis Sarah von Markgraff se mit à ronfler, paisiblement. Anna sourit, satisfaite. Deux cachets de Stilnox avaient suffi.

*

William était en bien mauvaise posture. Pourtant, cette paire de dames lui avait fourni un full, mais ce full avait été contré par un carré de 6. Il avait misé beaucoup trop sur ce coup, et il voyait alors son maigre pécule disparaître mise après mise, tour après tour. Ce n'étaient pas encore ce valet et ce 7 de cœur qui allaient faire des miracles, et il dut se résoudre à se coucher, encore, sans même voir la rivière. Bluffer, peut-être ? Bluffer sur une simple paire, les pousser à se coucher ? Impossible, il n'avait plus assez de jetons. La chance, décidément, n'était pas avec lui, mais il se battrait jusqu'à la dernière carte, car…

Il s'interrompit dans ses pensées stratégiques en apercevant Cindy, au bar, qui lui faisait de grands signes de la tête. Que voulait-elle donc ? Ne pouvait-elle pas le laisser travailler en paix à obtenir cette satanée clé ? Peut-être pourrait-elle lui avancer des liquidités ? Oui, en se re-cavant, il pourrait à nouveau espérer…

Il aperçut enfin ce qu'elle essayait de lui montrer, se balançant au bout d'une chaîne, dans sa main : une petite clé d'argent.

Lorsqu'elle fut sûre qu'il l'avait enfin aperçue, elle leva les yeux au ciel et se dirigea vers la voiture.

– *All-in*, dit-il sans même regarder les cartes qui lui furent distribuées.

Il était temps de quitter la table sur un dernier coup, avec panache. Il avança ce qui lui restait de jetons pour illustrer sa décision.

Les moustachus se regardèrent, étonnés. Ça ressemblait

beaucoup à un bluff. Tout le monde suivit. William regarda ses cartes : un 3 de pique et une dame de trèfle. Rien de transcendant. Mais à la rivière sortirent deux autres 3 et une autre dame, et William remporta le pot. On distribua à nouveau les cartes.

– *All-in*, dit-il encore, sans regarder non plus.

Tout le monde suivit à nouveau. Il souleva le coin des deux cartes distribuées : paire d'as. Il leva les yeux au ciel et soupira.

Lorsqu'il rejoignit Anna dans la voiture, il comptait les billets empochés : il avait quadruplé sa mise de départ.

– Qu'est-ce qui t'a pris tout ce temps ? demanda Anna.

– C'est vraiment le jeu le plus con du monde. Tu veux gagner, tu perds. Tu veux perdre, tu gagnes.

Il fit démarrer la voiture et ajouta :

– Heureusement qu'on ne va jamais les revoir, ils n'avaient pas l'air très contents de laisser un étranger repartir avec leur argent. Et toi ? Comment t'as fait ?

– Une magicienne ne dévoile jamais ses tours. Mais grouillons-nous. Elle risque de pas être très contente non plus, quand elle va se réveiller.

Ils passèrent chercher Antoine et Hripsimé.

Ils roulèrent tous les quatre jusqu'au fort de Noradouz, une imposante bâtisse désormais un peu défraîchie, de l'extérieur en tout cas.

Hripsimé avait les clés du portail, qu'Antoine utilisa pour les faire entrer dans la propriété vide. Ils admirèrent brièvement les murs épais et montèrent à l'étage. Antoine proposa son aide à Hripsimé, car les marches étaient raides, mais elle le repoussa d'une taloche.

Enfin, ils se retrouvèrent devant la porte du grenier.

Anna défit la clé de son cou, et ouvrit la porte.

Ensemble, ils pénétrèrent dans le bureau de Heinrich von Markgraff.

*

Dès 1992, les affaires avaient repris.

Le bloc de l'Est s'effondra et les frontières s'ouvrirent.

Charles s'était avéré un excellent négociateur.

Il devint simplissime pour lui de passer d'un pays à l'autre. Pour Heinrich et toute sa petite famille, c'était différent : ils étaient, en quelque sorte, assignés à résidence. Heinrich était toujours recherché par la CIA, le MI6, la DGSE, le Mossad, et diverses agences de contre-espionnage internationales, qui auraient été ravies de le poursuivre pour ses actions pendant la guerre, ou simplement de l'éliminer. En passant un accord avec les Russes, qui assuraient jusqu'ici son anonymat, à lui et sa famille, tant qu'il leur fournissait des informations et des armes, il avait choisi le bon poulain. Seulement voilà, l'URSS était tombée, et avec elle ses vieux accords. Il convenait à présent de se tenir à carreau, et il savait que tant qu'il resterait au fort de Noradouz, personne ne viendrait l'y trouver.

Pendant ce temps, Charles voyageait.

Il allait à la rencontre des dictateurs, des ministres, des services secrets.

Il négociait auprès des fournisseurs chinois, russes, français ou israéliens des fusils d'assaut, des pistolets automatiques, des bombes ou des missiles. Les missiles, bien sûr, étaient les éléments les plus chers, et donc les ventes les plus intéressantes.

Le trafic d'armes était – et est toujours – l'une des trois activités illégales les plus lucratives du monde – avec la drogue et la prostitution.

Le prix d'un pistolet oscillait entre 500 et 1 000 dollars, un fusil d'assaut : 2 000. Une mitrailleuse : 3 000, un lance-roquettes : 8 000. Un lance-missiles : 50 000. Un véhicule blindé : 1 million, le même prix qu'un missile Exocet. Un char lourd : 10 millions. Un hélicoptère Tigre : 20 millions.

Bien sûr, le vrai business, c'étaient les États eux-mêmes qui le faisaient. Un missile nucléaire : 100 millions. Un Rafale : 135 millions. Un sous-marin nucléaire : 2 milliards. Un porte-avions : 3 milliards. Mais dans les miettes des conflits, il restait toujours de quoi faire énormément d'argent.

Charles ne s'en tint pas au rôle du fidèle apprenti : il fit du zèle. Il prit des initiatives. Il se prêta au jeu, et devint un excellent joueur. D'année en année, il conquit des parts de marché, et devint l'un des acteurs principaux de la scène très privée de la vente d'armes internationale.

Dès 1992, et pendant presque une décennie, il couvrit le Soudan – fournissant à la fois les musulmans du nord et les chrétiens du sud. Puis il passa en Amérique centrale pour armer les différents groupes rebelles du Nicaragua, du Salvador et du Guatemala. Pendant que les États-Unis, eux, armaient les militaires indonésiens, Charles armait les Est-Timorais.

En 2002, il arma les rebelles talibans réfugiés au Pakistan, après les attentats du 11 Septembre. Il parvint à convaincre les Chinois de vendre des armes aux Indiens, il fournit les barons de la drogue mexicains dans les demandes les plus folles qu'ils pouvaient formuler : des lance-missiles, des tanks, des hélicoptères…

Pendant plus de dix ans, Charles voyagea aux quatre coins du monde et, en suivant les conseils avisés de son père, amassa pour lui une fortune considérable, dont nul ne pouvait imaginer alors qu'elle appartenait à un vieil homme, modeste seigneur du fort de Noradouz, une ruine rénovée, perchée sur une colline au milieu de l'Arménie.

Heinrich était à nouveau au faîte de sa puissance et de sa richesse, mais il ne pouvait sortir de son village. Ses explorations se limitaient aux vieilles allées du cimetière, dont il inspectait les antiques stèles avec une certaine nostalgie.

Même si ses jambes le portaient encore, même si sa santé n'était pas menaçante, son temps était révolu. Le vieux lion avait connu, grâce et à travers Karl, une seconde jeunesse. Il avait formé son apprenti, et il devait maintenant songer à son héritage.

D'abord, il renvoya Adelheid, dont la santé mentale commençait sérieusement à décliner, en Allemagne, dans un établissement de soins spécialisé. Il la fit passer par divers pays, usant de tous ses passe-droits diplomatiques, afin qu'aucun service ne puisse remonter jusqu'à lui. Et puis, personne ne se méfierait d'une vieille dame qui perdait la tête.

Ensuite, Heinrich rédigea son testament.

Ses filles n'avaient toujours pas d'enfants. Sarah avait ouvert un bar, en bordure de Gavar, Sibel s'occupait de diverses œuvres de charité, mais Selma espérait, encore et toujours, faire partie de l'entreprise familiale. Hélas, ses origines la condamnaient elle aussi à l'assignation à résidence.

Lorsque Heinrich convoqua ses quatre enfants au fort, un jour de septembre 2003, cela faisait longtemps qu'ils ne s'étaient pas retrouvés dans la même pièce. Ils furent surpris d'y découvrir également un notaire.

– Mes enfants, dit Heinrich, nous ne sommes pas là pour faire du sentimentalisme. J'ai passé quatre-vingts ans, et un jour, je vais mourir. Quand ce jour viendra, il faudra vous mettre à l'abri. Mes filles, vous aurez le fort, votre maison, et une pension confortable. Quant à l'entreprise, c'est Karl qui en aura la direction et la propriété.

Charles, à ces mots, exhala un petit soupir de victoire. Enfin, après dix ans de travail acharné, de prises de risques insensés, de déchirements éthiques, le vieil homme reconnaissait sa valeur et leur filiation.

Sibel comprit, évidemment, les raisons de ce choix, mais elle savait aussi que si Sarah lui pardonnerait – Heinrich avait généreusement financé l'achat et la rénovation de son auberge –, Selma serait furieuse. Et en effet, celle-ci bouillonnait de rage :

– Père, pourquoi ? Je suis l'aînée, je sais tout de…

– Suffit, Selma. Tu es l'aînée, oui, tu as presque quinze ans de plus que Karl. Lui est encore jeune. Et surtout, il connaît le terrain. Il saura mieux que quiconque continuer le travail, et il travaillera avec toi. Tu es sa sœur, tu seras toujours sa sœur. Il ne t'abandonnera pas, n'est-ce pas, Karl ?

– Bien entendu, père.

Selma n'en crut pas un mot. Depuis toutes ces années, elle cherchait désespérément un moyen de confondre l'imposteur. Elle était persuadée qu'il possédait un agenda secret, mais elle devait bien admettre que jusqu'ici, il l'avait détrompée. Elle qui croyait qu'il serait parti au bout d'un an, en siphonnant les avoirs d'une commande particulièrement juteuse, et en les laissant tous deux, elle et son père, avec leurs seuls yeux pour pleurer, elle devait bien admettre qu'il était là depuis plus de dix ans, même s'il passait plus de temps à l'étranger qu'à Noradouz, et qu'elle voyait, comme son père, les contrats s'enchaîner, et les dollars s'accumuler. Il était bien le fils de son père, de ça, elle n'avait aucun doute. Il avait ça *dans le sang*. Mais elle cherchait, méthodiquement, un moyen de le disgracier, de le dénoncer, de le faire chuter de son piédestal et de récupérer enfin sa place légitime dans la hiérarchie familiale.

Charles, lui, remercia son père pour sa confiance, serra la main du notaire, embrassa ses sœurs et repartit pour l'Inde négocier un nouveau contrat. Quelque chose dans l'œil de Selma, un mauvais éclat inhabituel, lui laissa entendre qu'elle avait peut-être déterré un dossier contre lui, et l'encouragea à agir vite. Quelques jours plus tard, il téléphona au fort. Ce fut Heinrich qui décrocha.

– Père, comment va la santé ?

– Bien, bien, ne m'enterre pas trop vite.

– Allons, vous vivrez cent ans. Père, j'ai réfléchi à cette histoire de testament. Ne pensez-vous pas qu'il serait plus juste que Selma hérite de l'entreprise ?

– Tu te défiles ? Tu es le plus qualifié et le plus méritant. Selma parle beaucoup mais tu agis mieux.

– Entendu. Alors puisque cette question est réglée, j'aimerais que vous veniez me rejoindre.

– En Inde ?

– En Inde, oui. Mon interlocuteur serait ravi de vous rencontrer, moi, je serais ravi de vous montrer la maison que j'habite, et vous, je sais que vous seriez trop heureux de quitter enfin l'Arménie.

– C'est trop dangereux, Karl.

– Je vous fais affréter un avion privé. Pour vous et pour Selma. Il est grand temps qu'elle se sente investie, elle aussi.

– Mais…

– Je sais ce que vous allez me répondre. Les Allemands, les Russes, les Américains, la guerre. Mais les temps ont changé, père. Vous ne resterez que quelques jours, et ces quelques jours vous feront un bien fou.

– Je… vais y réfléchir.

– Parlez-en à Selma. Vous seul saurez trouver les mots pour la convaincre.

Heinrich en parla à Selma qui, même si elle soupçonnait, comme à son habitude, un mauvais coup de la part de son frère, fut flattée et tentée. Ce n'était peut-être pas la meilleure idée du monde, mais enfin il fallait bien convenir que partir sur le terrain était la chose qu'elle demandait depuis toujours. Et puis Karl avait gagné. Il avait pris le contrôle de l'entreprise, et cette main tendue constituait un beau geste de sa part.

L'avion fut affrété.

Le jour même du départ, pourtant, Selma fut prise d'un horrible pressentiment. Était-ce la peur de voler ? Soupçonnait-elle une trahison de son frère ? Sibel la trouva dans un état d'angoisse profonde et, pour la rassurer, lui dit :

– Ma sœur, je sais que tu entretiens avec Karl une compétition permanente pour l'amour ou la reconnaissance de père. Mais tu n'as pas à lui en vouloir, et tu n'as certainement rien à craindre de lui. Il n'a jamais fait de mal à une mouche.

– Souvent, les hommes cachent leur jeu.

– Tu vois le mal partout, Selma.

– Tu es trop naïve, Sibel.

– Sans doute. Mais j'ai aussi un cœur, que tu oublies parfois. Tu ne veux pas aller rejoindre Charles ? Très bien, moi, j'irai à ta place.

– Pardon ?

– Je prendrai ta place dans l'avion. J'ai trop envie de découvrir l'Inde, de revoir mon frère, de sortir enfin de l'Arménie !

– Mais… nous partons ce soir.

– Ma valise sera prête en quelques minutes. Alors ? Je te laisse décider.

Selma lutta toute la soirée entre son envie et son instinct mais finalement, elle choisit de suivre son instinct.

L'avion, cette nuit-là, s'envola avec Heinrich et Sibel.

Charles, bien sûr, n'était pas au courant.

Sinon, il n'aurait pas fait passer l'information à la CIA que Heinrich von Markgraff et sa fille survoleraient le Pakistan, cette nuit, dans un avion dont les codes du transpondeur étaient joints au message.

Il ignorait que ce serait sa sœur préférée, un ange descendu du ciel, un être absolument bienveillant, qui accompagnerait Heinrich.

Il n'avait exigé qu'une chose : qu'il n'y ait pas d'interrogatoire, pas de torture. Une fin nette, et sans bavure.

Le missile qui déchira la carlingue ne fit pas de détail.

Heinrich et sa fille furent tous deux éparpillés au-dessus du territoire pakistanais, dans une explosion de feu, sans même avoir le temps de se rendre compte de ce qui leur arrivait.

Quelques minutes plus tôt, le pilote avait sauté en parachute.

À quatre-vingt-trois ans, Heinrich von Markgraff venait de payer pour ses crimes.

Lorsque Charles apprit la mort de sa sœur bien-aimée, il se tordit de douleur. Ainsi, le cycle de souffrance ne s'arrêtait jamais. Il avait enduré pendant douze ans la froideur, le cynisme, la frustration de cette famille, en préparant sa vengeance, et la seule personne qui parfois lui apportait du baume au cœur, la seule de la famille qui vivait sans haine et sans venin venait de mourir par sa faute.

Il avait prévu d'afficher un deuil de circonstance, mais la perte de Sibel lui donna au contraire une déchirante sincérité.

Si dévasté qu'il soit, il n'avait pas de temps à perdre.

Il fit appliquer le testament, prit le contrôle de l'entreprise, ôta à ses deux sœurs le moindre pouvoir et la moindre responsabilité.

Il leur laissa l'auberge et le fort de Noradouz, car mieux valait à ses yeux une aliénation quotidienne discrète qu'une exposition publique de leur conflit, mais il déplaça les sommes gigantesques amassées ces dernières années au détriment de milliers de vies sur des comptes secrets, connus de lui seul.

Il acheta également à Hripsimé une maison sur la colline,

qu'elle voulut modeste, et lorsqu'il la retrouva, il lui dit simplement :

– Maria est vengée.

Puis Charles Lefèvre, qui pendant douze ans s'était fait von Markgraff, disparut dans la nature, et avec lui ce nom entaché de sang et de larmes.

*

Dans le grenier, Antoine, Anna et Laurent avaient trouvé au mur toutes les photos qui racontaient l'histoire de cette famille, qui confirmaient tout ce qu'ils venaient d'apprendre. Dans un tiroir du bureau reposaient les papiers de Heinrich. Des papiers au nom de von Markgraff, datés d'avant la guerre. En voyant les photos du jeune Heinrich, posant avec ses parents, ils ne purent nier sa ressemblance avec Charles et Antoine. Si Anna avait plutôt pris du côté de Hripsimé et de Maria, Antoine était indéniablement un von Markgraff.

Ce furent des sirènes de police qui interrompirent le récit de Hripsimé.

– Et maintenant, mes enfants, dit-elle en souriant, il vous faut fuir.

Laurent se figea, en entendant les sirènes se rapprocher :

– Quoi ? C'est pour nous, ça ?

– Selma et Sarah connaissent bien la police. Ils viennent jouer aux cartes tous les jours dans leur auberge.

Laurent blêmit : les trois moustachus étaient donc des policiers, et c'était à des policiers qu'il avait pris leur paye du jour. C'étaient des policiers qui avaient dû trouver Sarah inanimée, et à qui elle avait dû confier, furieuse, qu'il lui manquait son collier.

– Ils ne doivent pas voir Antoine, précisa Hripsimé, ou ils se vengeront sur lui. Il ressemble trop à son père. Filez, courez, ne vous retournez pas !

Antoine et Anna enlacèrent Hripsimé une dernière fois, et elle leur glissa, en allemand et en turc :

– *Geh und finde ihn. Git onu bul.*

« Allez le retrouver. »

Puis elle fit signe à Laurent, qui lui-même l'enlaça, et elle lui dit en souriant, en russe cette fois :

– *Vernites' tuda, otkuda vy prishli.*

« Retourne à l'endroit d'où tu viens. »

Était-ce un commentaire raciste ? Non, car elle le regardait avec bienveillance. Et alors qu'Antoine et Anna commençaient à descendre les marches quatre à quatre, Hripsimé murmura à Laurent, entre ses dents :

– *Metemetko.*

Laurent écarquilla les yeux. Avait-il bien entendu ? Elle acquiesça, en souriant, passa une main sur sa joue, et cria :

– *Poydite ! Poydite, zashchitite ikh !*

« Va ! Va les protéger ! »

Alors il dévala lui aussi les marches du fort de Noradouz, laissant la vieille sorcière seule au milieu du grenier, et entendit les sirènes qui se rapprochaient de plus en plus. Il courut jusqu'à la Lada dont Antoine avait déjà lancé le moteur, et lui hurla :

– Pousse-toi ! Je conduis !

– Pourquoi tu conduis ?

– Parce que tu conduis comme un papy ! Dégage !

Antoine, un peu vexé, passa sur le siège arrière, tandis qu'Anna, à la place du mort, acheva de boucler sa ceinture.

– Je te ferai dire que la sécurité, c'est essentiel sur la route, dit Antoine en bouclant la sienne.

Laurent claqua la portière et démarra pied au plancher. Antoine et Anna furent plaqués dans leur siège par l'accélération.

Deux voitures de police grises, plus modernes que la Lada, plus rapides et plus efficaces aussi, arrivaient effectivement vers eux, gyrophares allumés. Ils freinèrent et s'arrêtèrent, un nuage de poussière se forma. Ils étaient à cent mètres. Laurent fonça droit vers eux.

– Euh… Laurent ? demanda Antoine.

Les policiers sortirent de leurs voitures, et Anna les aperçut très nettement saisir des armes et les pointer vers la Lada.

– Oh putain ! Ils ont des flingues !

– Laurent, qu'est-ce que tu fais ? hurla Antoine.

– Ce que je peux ! hurla Laurent.

Les policiers, tout en visant, hurlèrent ce qui ne pouvait que signifier « halte » en arménien.

– Couchez-vous ! cria Laurent à ses passagers.

– Oh putain ! On va mourir ! cria Anna en se baissant vers l'avant.

– Tirez pas, tirez pas ! cria Antoine en se baissant sur la banquette.

Ils tirèrent. Le bruit des coups de feu se perdit dans le vrombissement du moteur et les hurlements des trois jeunes passagers. Laurent fit un petit écart et passa juste à côté des deux voitures, les frôlant légèrement. Un des policiers dut plonger pour éviter la Lada, et Laurent aperçut distinctement Selma et Sarah, dans les voitures de police, le visage écarlate, leur aboyant des ordres. Parfait. Juste parfait. Elles avaient ce pouvoir-là.

Mais la Lada passa. Laurent regarda autour de lui. Chance infinie, les policiers de Gavar tiraient mal : aucune vitre brisée, pas de pneu crevé.

– Tout le monde va bien ? demanda-t-il à la cantonade.

– Mais c'est qui, ces dingues ? répondit Anna en se relevant.

– Ah oui, pardon, c'est vrai que tu n'as jamais été confrontée à la police, rétorqua Laurent.

– Je connais très bien la police ! J'ai été deux fois en garde à vue ! Les mecs ne tiraient pas sur une voiture !

– Deux fois en garde à vue ? demanda Antoine, interloqué.

– C'est pas le moment, Antoine ! répondit Anna.

– OK, OK ! On fait quoi, là ?

Derrière eux, les policiers étaient remontés dans leurs voitures et commençaient à les suivre.

– Je sais pas, répondit Laurent. On fonce. On roule.

– Qu'est-ce qu'on risque s'ils nous attrapent ? demanda Anna.

– Tu veux vraiment savoir ? demanda Laurent.

– On a juste emprunté une clé, et gagné au poker ! On a rien volé !

– On est entrés illégalement dans une maison, répondit Antoine, et accessoirement notre père a fait assassiner leur père et leur sœur.

– Ils le savent pas, ça ! Que c'est notre père.

– Non, admit Laurent. Tant qu'ils ne voient pas Antoine.

Ils manquèrent de se prendre un camion qui arrivait en sens inverse. Tout le monde hurla de frayeur. Laurent eut le bon réflexe : il tourna le volant d'un coup sec, les pneus crissèrent, et la Lada passa. Le camion, lui aussi, freina, et finit en travers de la route, sans pour autant se renverser.

– Un film ! On est dans un film ! se répéta Anna en engouffrant son visage entre ses mains.

– Dans les films, ça se termine bien, tenta Laurent.

– Le camion va nous faire gagner quelques minutes, annonça Antoine en remarquant qu'il bloquait désormais la route derrière eux.

– Super, répondit Laurent. Quelques minutes sur quoi ? On va où ?

– Déjà, on sort de cette ville et on prend la grande route.

On n'a pas le choix de la direction : on fonce vers la Géorgie. C'est la seule frontière ouverte.

– OK, OK, OK. En admettant que notre Lada parvienne à distancer les bagnoles de sport qui nous poursuivent – et je peux d'ores et déjà t'affirmer que ce ne sera pas le cas –, comment on fait pour passer la frontière alors qu'on a des flics qui nous suivent ? Ils vont prévenir les douaniers, forcément !

– Pas forcément. C'est une affaire privée. Ils vont peut-être arrêter de nous poursuivre.

– Antoine, ils nous ont TIRÉ dessus ! Tu crois qu'ils vont arrêter de nous poursuivre ?

– Peut-être.

À nouveau, ils entendirent les sirènes retentir.

– Peut-être pas.

Laurent accéléra encore.

– Oh putain, est-ce que c'est possible de pas aller si VITE ? demanda Anna.

– T'es sérieuse, là ? répliqua Laurent. Tu préfères qu'ils nous rattrapent ?

Depuis que Laurent avait démarré le moteur, Anna sentait monter en elle des bouffées d'angoisse. Le camion, la route, la vitesse. Elle se voyait mourir mille fois. Elle avait pris sur elle pendant les trente premières secondes, mais à chaque virage, elle manquait de défaillir.

– Ça va ? demanda Laurent.

– Non, ça va pas ! J'ai eu un accident quand j'avais quatorze ans ! J'ai peur en bagnole ! J'ai peur, là ! On va mourir ! Va moins vite !

– T'as eu un accident ? demanda Antoine. Quel accident ?

– C'est pas le moment ! hurla Anna.

– Tu l'as pas dit à maman ?

– Antoine, c'est PAS LE MOMENT !

– OK, OK. Respire. Inspire. Expire. Ça va aller.

– Ça va pas aller ! dit-elle en suffoquant.

– Calme-toi !

– Me dis pas de me calmer sinon je vais te TUER ! dit-elle à son frère.

– OK, OK, intervint Laurent, on arrive sur la route, il y aura moins de virages, Anna.

– C'est déjà trop ! gémit-elle. On avait pas un autre moyen de transport ? Le train ? Y a pas de train ici ?

– Oh putain ! s'exclama Laurent. J'ai la solution.

– Le train ? demanda Anna.

– Le frère de Grigori. Comment il s'appelle, déjà ?

– Vassili, répondit mécaniquement Antoine.

– Vassili, c'est ça. Il a un avion.

– Non, dit Antoine. Non. Non, non, non.

– Mais oui ! dit Anna. Un avion !

– Ça peut marcher, fit Laurent. S'il n'est pas déjà reparti.

– On lui laissera la Lada ! ajouta Anna. Au pire, je le suce.

– Non, non, non, répéta Antoine, hors de question !

– Que je le suce ? demanda Anna.

– Que je monte dans cet avion !

– Il a une peur panique de l'avion, expliqua Laurent.

– C'est pas vrai ? demanda Anna, ravie et un peu moins angoissée.

– Non, c'est pas… Je… Quelqu'un a de l'eau ?

Antoine commençait déjà à suer, son pouls s'accélérait, sa respiration devenait de plus en plus rauque. Prendre un avion de ligne l'angoissait suffisamment, mais un petit coucou à hélice, avec ce fou de Géorgien ?

– OK, j'ai peur en avion ! On ne peut pas prendre cet avion !

– Tu as une meilleure idée ? demanda Anna.

– Oh mon Dieu, mon Dieu…, gémit Antoine.

Anna lui tendit une bouteille d'eau, qu'il vida entièrement.

– Respire. Calme-toi. Ça va bien se passer, lui dit-elle avec un grand sourire.

Lorsqu'ils arrivèrent en vue de l'aérodrome, les voitures de police qui les poursuivaient toujours n'étaient plus qu'à quelques centaines de mètres.

Laurent klaxonna le plus fort qu'il put, tout en freinant dans le gravier. Anna ferma les yeux et se mordit les lèvres jusqu'au sang. La voiture s'arrêta à quelques mètres seulement de la porte.

– Les bagages, vite ! ordonna Laurent.

Anna et Antoine sortirent de la voiture et se ruèrent vers le coffre tandis que Laurent klaxonnait à nouveau. *Allez, Vassili, allez, dis-moi que t'es là.*

– Vassili ! cria Antoine.

– VASSILI BORDEL SORS DE CETTE PUTAIN DE PORTE ! hurla Anna.

Vassili arriva, l'air hagard, surpris de tout ce bruit, en criant :

– *Hey, hey, hey !*

Puis il constata, dans l'ordre :

La Lada blanche de ses rêves, dans un nuage de poussière.

Laurent qui klaxonnait comme un forcené.

Anna et Antoine qui couraient vers lui, bagages à la main.

Au loin, les sirènes et les gyrophares des deux voitures de police qui arrivaient à pleine vitesse.

– Lance le moteur ! lui cria Laurent.

– Hein ? demanda Vassili, sonné.

Laurent lui lança les clés de la Lada, qu'il ne rattrapa pas. Elles retombèrent au sol.

– Tu peux garder la Lada, juste sors-nous de là !

– *What ?* répéta Vassili.

Puis Anna s'approcha de son visage et constata, dépitée :

– Oh putain. Il est bourré.

Vassili n'était pas bourré, il avait certes bu quelques verres de vodka, mais c'étaient surtout les deux joints qu'il venait de fumer, voulant tester la marchandise qu'il transportait avec toute la conscience professionnelle qui le caractérisait, qui le faisaient présentement planer, avant même d'avoir quitté le sol.

Anna le gifla, trois fois.

– *Hey, hey, hey*, protesta-t-il.

Elle le tira vers l'intérieur du petit aérodrome.

– On doit partir, va lancer le moteur ! Laurent, prends le sac d'Antoine !

Antoine, de son côté, tremblait de frayeur.

– Non, ça va aller. Partez, vous. Moi je… Moi je reste ici.

Laurent saisit Antoine par le bras, prit son sac sur l'épaule et suivit Anna et Vassili.

– Vite, cria-t-elle à Vassili, vite, on a pas le temps de discuter !

Ils coururent sur le tarmac jusqu'à l'avion.

Les sirènes se rapprochaient.

– Tu as fait le plein, au moins ? demanda Anna à Vassili.

– *What ?*

– Le plein ! *Gasoline !* Essence ! Il y en a dans l'avion ?

– … *I think yes*, répondit-il après un vrai temps de réflexion.

Anna leva les yeux au ciel et le poussa vers la cabine. Ils s'engouffrèrent dans l'appareil, et Vassili se mit aux commandes, machinalement. Laurent, sur le tarmac, avait toutes les peines du monde à convaincre Antoine :

– Antoine, viens !

– Non, non, je vais tout expliquer aux policiers, je suis sûr qu'ils vont comprendre, et puis moi je n'ai rien fait…

– Antoine, on est avec un avion qui transporte ILLÉGALEMENT des denrées en Géorgie, tu crois qu'ils vont dire quoi ?

– En même temps ils trafiquaient des armes… Peut-être qu'ils se connaissent ?

Un coup de feu déchira leur conversation. D'instinct, Laurent et Antoine se réfugièrent dans l'avion en moins de temps qu'il n'en faut pour dire « Ils ne se connaissent pas ». Les policiers étaient déjà là, et ils semblaient leur crier avec insistance de ne pas décoller.

Vassili, lui, qui contemplait machinalement les commandes de son appareil, se contenta de lâcher un :

– Wooooow.

Laurent et Anna le regardèrent, puis se regardèrent.

– On va mourir, dit Laurent.

– Si on arrive à décoller, ajouta Anna.

Laurent renversa une bouteille d'eau sur le visage de Vassili, qui se réveilla un peu.

– Vassili, démarre ce putain d'avion ! *TAKE THIS FUCKING PLANE OFF THE GROUND !*

– *OK, OK, cool*, répondit-il.

Vassili appuya sur un bouton, et le moteur se mit à tourner.

– Les gars, je me sens pas très bien, dit Antoine.

– Chuuuut, lui souffla Anna en caressant ses cheveux. Ça va aller, assieds-toi.

Elle boucla pour lui sa ceinture de sécurité, et s'assit à son tour dans un siège, tandis que Laurent refermait la porte de la petite cabine. D'autres coups de feu retentirent.

– *NOW, VASSILI, NOW !* hurla Laurent.

– *Hey*, répondit Vassili, *cool. It's cool.*

Il poussa une manette vers l'avant et l'avion se mut.

– Je me sens vraiment bizarre, ajouta Antoine.

– Ferme les yeux, lui dit Anna, abandonne-toi.

Deux des policiers se mirent à courir après l'avion, tandis que l'autre remonta dans la voiture, et démarra. *On est dans un film*, pensa Laurent.

– Vassili, par pitié, implora-t-il, si c'est la dernière chose que tu dois faire de ta vie, sors-nous de là.

– *Easy*, répondit Vassili.

Il appuya à nouveau sur la manette. L'avion accéléra. Les policiers du tarmac tirèrent encore, tandis que Laurent et Anna serraient les dents et enfonçaient leurs ongles dans le cuir des sièges.

– Ils tirent, là ! Ils tirent !

– Fonce, putain !

L'avion accéléra encore. La voiture de police, gyrophare allumé, se mit à sa poursuite.

– Oh mon Dieu, parvint seulement à articuler Laurent.

– Anna... qu'est-ce que t'as mis... dans la bouteille ? demanda Antoine, qui sombrait dans le sommeil.

– Que des bonnes choses, répondit Anna. Dors.

– Je vais... te... tuer...

– Moi aussi, je t'aime.

– *And here we go !* déclara Vassili.

L'avion décolla, pendant deux ou trois secondes, puis retomba lourdement sur la piste. Laurent et Anna hurlèrent de concert.

– Qu'est-ce qui se passe ? Pourquoi on a pas décollé ?

– *Not enough speed*, répondit Vassili, serein.

« Pas assez de vitesse. »

Il remit un coup d'accélérateur, la voiture de police arrivait désormais au niveau de l'avion. Le bout de la piste approchait dangereusement.

– Vassili, c'est maintenant, répondit Laurent.

– *Not now.*

– *Yes, now,* NOW, PUTAIN ! hurla Anna.

– *Now*, admit Vassili.

La voiture de police fit un virage violent, pour heurter l'avion. Et l'avion décolla, laissant derrière lui la voiture de police, les policiers, Selma, Sarah, le fort de Noradouz, Hripsimé et l'Arménie tout entière.

– Wooooooouuuuuuh ! hurla Anna. Oui ! Oui !

Elle embrassa spontanément Laurent.

– Je crois que je me suis pissé dessus, admit ce dernier.

– *OK, hang on !* dit Vassili.

– Qu'est-ce qu'il a dit ? demanda Laurent.

– Il a dit : Accrochez-vous.

Vassili tourna le volant, l'avion vira brutalement et Anna et Laurent hurlèrent à nouveau de concert. Puis l'avion se redressa, Vassili mit cap au nord, et tandis que la nuit tombait, tandis que derrière eux Antoine se tenait silencieux, ils aperçurent, au loin, là-bas, à l'horizon, de lourds et épais nuages vers lesquels ils semblaient se diriger. Ils entendirent le grondement du tonnerre et distinguèrent, déjà, un petit éclair.

– *Not good*, remarqua Vassili.

Anna et Laurent se regardèrent, muets, puis un ronflement sonore retentit dans l'habitacle. Ils se retournèrent pour découvrir Antoine qui dormait comme un bienheureux. Secrètement, ils l'envièrent.

Anna et Laurent avaient connu chacun des traumatismes et des émotions fortes. Anna avait eu son accident, et elle tremblait chaque fois qu'elle attendait les résultats d'un test VIH. Laurent, lui, avait eu très peur dans sa cellule, en Turquie, et il s'était par le passé retrouvé dans des situations similaires de danger. Tous deux avaient également subi quelques turbulences, lors de vols commerciaux. Mais rien de ce qu'ils avaient vécu n'était comparable à la terreur qu'ils s'apprêtaient à éprouver en entrant dans cet orage avec le petit Cessna que Vassili pilotait.

L'effet de la drogue s'estompait lentement, et il revenait peu à peu parmi eux. Ils découvrirent alors que Vassili réagissait fort différemment aux intempéries : il en riait, voire il en était friand.

La pluie s'abattit d'abord sur le petit appareil, obscurcissant le pare-brise. Le tonnerre déchira les tympans des passagers. Les éclairs menaçaient à tout instant de frapper le bimoteur. Mais tout cela n'était rien par rapport aux trous d'air et au vent. L'avion fut baladé comme un fétu de paille, à gauche, à droite, en avant, en arrière. Parfois, c'était comme s'ils chutaient de plusieurs centaines de mètres. Anna et Laurent sentaient leur corps tiré vers le haut de l'avion, et remerciaient le ciel que leur ceinture les retienne, puis Vassili, après un grand éclat de rire, reprenait le contrôle de l'avion et remontait alors, plaquant les passagers à leur siège, les dents serrées et les yeux fermés.

– On va mourir, putain, on va vraiment mourir ! articulait Anna.

– J'entends pas ce que tu dis ! criait alors Laurent.

– Je dis qu'ON VA MOURIR !

– Est-ce qu'on peut juste mourir plus vite ? Parce que là, mes intestins vont sortir de ma bouche !

– Qu'est-ce que tu dis ? hurlait Anna.

Alors, un coup de vent les envoyait vers la gauche, ils se retrouvaient la tête en bas, ou presque, et hurlaient à pleins poumons tandis que Vassili continuait de pouffer.

– Je vais vomir ! Je vais vomir ! hurla Laurent.

Vassili lui tendit sobrement un sac en papier, et Laurent eut à peine le temps de le saisir et de l'appliquer à son visage qu'il rendit les repas des trois derniers jours.

– Moi aussi ! cria Anna. Moi aussi !

Vassili fouilla lentement dans ses affaires, puis se retourna vers Anna en secouant la tête, l'air désolé :

– *Sorry. Only one.*

Anna le regarda avec des yeux de terreur. L'avion repartit en chute libre. Elle se saisit de son sac à dos, l'ouvrit, et à son tour dégobilla dans celui-ci.

– Je VEUX MOURIR ! dit-elle en sanglotant.

– Vassili, ATTERRIS ! hurla Laurent. *PUT THE PLANE DOWN !*

Et tout à coup, après quelques minutes de cauchemar qui leur parurent une éternité, ils sortirent de l'orage.

Plus de vent, plus de pluie, plus d'éclairs. Juste le vrombissement du moteur et les ronflements d'Antoine. Laurent se retourna vers son ami.

– Mais tu te FOUS DE MA GUEULE ? s'exclama-t-il.

Antoine ne l'entendit pas, réfugié au pays des rêves artificiels.

– C'est bon ? demanda Anna. On est sortis de l'orage ?

– *Good, all good*, fit Vassili en levant le pouce.

Laurent et Anna soufflèrent et se permirent même un petit rire nerveux, relâchant quelque peu leur tension et leur angoisse. Puis, un des moteurs se mit à crachoter, un bip régulier retentit dans l'habitacle, et un voyant rouge se mit à clignoter sur le tableau de bord.

– C'est quoi, ça ? demanda Anna.

– *Ah*, fit Vassili. *It's gas.*

– *Gas ?* L'essence ? Quoi l'essence ? QUOI L'ESSENCE ?

– *No more gas*, répondit Vassili.

Et tandis qu'Anna et Laurent, trop choqués pour comprendre l'étendue des conséquences de ce qu'il venait de dire, restaient bouche bée, tenant leurs sacs remplis de vomi fermement dans les mains, Vassili éteignit pragmatiquement le moteur, et l'avion se mit à descendre.

– Qu'est-ce que… qu'est-ce qu'il fait ? demanda Anna.

– Il plane, répondit Laurent. Il n'a plus d'essence. Alors, il plane.

– Mais… mais… c'est fait pour planer, cet avion ?

– Non.

– Il y a un aéroport où se poser ?

– Non.

Antoine ronfla de plus belle.

– *Let's go !* lança Vassili.

Et l'avion chuta, dans le silence de la nuit.

Anna et Laurent se saisirent mutuellement leur main libre, l'autre étant trop occupée à tenir leur sac, et se regardèrent.

– OK, là, on va mourir, dit Anna.

– Oui.

– On va vraiment mourir.

– Oui. C'est le moment de se dire des trucs qu'on s'est jamais dits.

– OK. Vas-y.

– Moi ?

– Dépêche-toi.

– Ton frère t'aime.

– N'importe quoi.

– Tu comptes beaucoup pour lui, t'es sa famille la plus proche, il se sent responsable de toi, il t'aime et il t'admire.

– N'importe quoi.

– Vas-y, à toi.

L'avion prit de la vitesse, ils aperçurent le sol qui se rapprochait.

– J'ai toujours eu envie de coucher avec toi, dit Anna brusquement.

– QUOI ?

– Je te trouve beau, et cool, et t'as toujours été sympa avec moi.

– Mais QUOI ?

– Et quand j'avais quinze ans, tu m'as pas draguée : c'est moi qui t'ai allumé.

– Ah ça merci !

– Et toi ?

– Et moi ?

– Comment tu me trouves ?

– Mais… enfin… Moi, je te trouve…

– OH PUTAIN !

Soudain, Vassili ralluma les moteurs et reprit le contrôle de la chute. Il redressa le Cessna et volait désormais à quelques mètres seulement du sol, en pleine nuit. Anna et Laurent hurlèrent de plus belle.

– Laurent ? On va mourir ! On va mourir ! Tu disais quoi ?

– Je disais que… je disais que moi aussi, je…

– *Let's go !* affirma Vassili.

Leurs mains resserrèrent leur étreinte. Vassili se rapprocha de la route, à dix mètres. Cinq mètres. Trois mètres.

– Moi aussi je te kiffe ! hurla Laurent.

Et l'avion toucha le sol. Il rebondit une première fois, puis une seconde fois. Anna et Laurent sentirent toutes leurs vertèbres se contracter. Enfin, l'avion roula.

– OH MON DIEU ! hurla Laurent.

Et après quelques longues secondes, l'avion finit par s'arrêter, en pleine route.

– Oh mon Dieu, répéta Laurent.

– Je croyais que tu croyais pas en Dieu, dit Anna en reprenant son souffle.

– Maintenant, je crois en ce que tu veux.

Dans leurs mains, ils tenaient encore leurs sacs de vomi.

– *Cool !* dit Vassili, et en se retournant, il leva sa main pour un *high five*.

Antoine, à l'arrière, dormait comme un bébé.

Lorsqu'ils descendirent de l'avion, Laurent et Anna embrassèrent littéralement la route.

– Sol, mon amour, dit Laurent. Plus jamais je ne te quitterai.

– Alors comme ça, tu me kiffes ? demanda Anna.

Il la regarda. Elle souriait en coin.

– C'est toi qui me kiffes, non ?

– Moi j'ai menti pour te faire sortir du bois. Je savais qu'au fond, t'étais un pédophile.

– Espèce de petite…

– Quand je vais dire ça à mon frère…

Puis Laurent la prit dans ses bras, et l'enlaça. Une longue et belle étreinte, qu'elle finit par accepter. Les deux jeunes gens se tinrent entremêlés, leurs corps encore tremblants serrés l'un contre l'autre, et Laurent sentit les seins d'Anna contre sa poitrine, et Anna sentit les mains de Laurent qui la protégeaient. Ils se regardèrent alors, encore sous le choc, et Anna annonça :

– On vient tous les deux de vomir nos tripes. C'est pas ce soir qu'on va se rouler des pelles.

Laurent se contenta de sourire, et l'enlaça à nouveau.

Vassili trouva aisément l'origine de la panne : une balle avait traversé le réservoir d'essence, vidant celui-ci alors qu'ils étaient en vol. Il sortit un rouleau d'adhésif et colmata le trou, à la géorgienne. Il avait quelques jerrycans qu'il versa dans le réservoir, et put à nouveau démarrer le moteur.

Antoine s'éveilla, comme une fleur, en entendant le bruit des hélices :

– Non ! Non ! Ne partez pas !

Alors, Vassili coupa le moteur, regarda Antoine, et passa la tête hors de la carlingue pour dire :

– *He's back !*

Antoine défit sa ceinture, encore un peu dans la brume, et sortit à son tour de l'appareil. Ils étaient sur une route géorgienne, en sûreté. Laurent et Anna dormaient sur le bas-côté, chacun dans un sac de couchage.

– J'ai raté quelque chose ? demanda-t-il à Laurent, en le réveillant.

Laurent reprit ses esprits, se souvint de la veille, et dit simplement :
– Rien d'extraordinaire.

Les hélices se remirent à tourner. Vassili positionna à nouveau son avion chéri, prêt à partir.
– *You don't come ?* demanda-t-il à Laurent et Anna.
– Non merci, répondit-elle.
– Sans façons, ajouta-t-il.
Vassili haussa les épaules, fit un signe d'au revoir, et dit :
– *It was cool. Bye-bye !*
Et l'aviateur fou repartit vers d'autres aventures.

Lorsque l'avion ne fut plus qu'un petit point dans le ciel, Antoine regarda autour de lui et demanda :
– Mais pourquoi vous vous êtes posés sur une route ?
– Antoine, dit Anna, on ne va jamais, *jamais* reparler de ce qui s'est passé hier soir.

Les trois jeunes gens s'étaient mis à marcher machinalement, sans savoir dans quelle direction ils allaient.
– Qu'est-ce qu'on fait, maintenant ? finit par demander Anna.
– Maintenant, répondit Antoine, on va faire du stop. Trouver une grande ville, avec un aéroport. Et on va rentrer.
– Oh mon Dieu, murmura Laurent, on va devoir reprendre l'avion.
– Faire du stop ? dit Anna. Faudrait déjà croiser une bagnole.
Ils furent interrompus par le klaxon retentissant d'un camion qui arrivait.
Antoine eut un petit regard pour sa sœur, et elle haussa les épaules.
Le camion s'arrêta, et le conducteur fut quelque peu

sceptique à la vue de ce trio inattendu, discutant à cette heure bien avancée du matin, sur une route perdue de Géorgie. Puis il leur adressa quelques mots en russe.

– Il nous demande où on va, traduisit Laurent.

– Demande-lui où il va, lui, dit Antoine.

Laurent le lui demanda. Et le conducteur répondit, sans savoir que ce simple mot allait encore changer la destinée de nos trois jeunes Bretons :

– *Batumi.*

Dans le camion, Laurent et Anna somnolaient, encore sous le coup de leurs émotions de la veille. Antoine, lui, était songeur.

– À quoi tu penses ? demanda son ami, en ouvrant un œil.

– À Hripsimé.

– Incroyable, cette femme. Tout ce qu'elle a traversé…

– Oui… Mais je ne pensais pas à ça. Quand vous êtes partis chercher la clé, elle m'a… prédit quelque chose.

Laurent ouvrit l'autre œil et se redressa.

– Quoi donc ?

– Elle m'a dit que… qu'il y aurait un bateau qui m'attendrait, à Batumi.

– Un bateau qui t'attendrait, toi ?

– Non, enfin… pas un bateau juste pour moi. Disons un cargo sur lequel on pourrait embarquer tous les trois.

– Comme ça, par miracle ?

– En allant voir le capitaine. Elle m'a donné son nom. Un Arménien qu'elle a aidé. Elle a sauvé son fils, je crois.

– Et après ?

– Et après, quoi ?

– Et après avoir embarqué sur ce cargo, avec ce capitaine arménien ?

– Il faut qu'on aille jusqu'à la dernière escale.

– Toi et moi ?

– Anna et moi.
– OK… Et après ?
– Après…
Antoine hésita à répondre. Tout cela semblait sortir de toute rationalité.
– Oui ? l'encouragea son ami.
– Après, je dois ouvrir un papier, sur lequel sont écrits notre destination et le nom de la personne que l'on cherche.
Laurent laissa échapper un long soupir.
– Ça fait beaucoup, Antoine, là…
– Je sais.
– On est le combien, déjà ?
– Le 1er octobre.
– Le 1er octobre. Tu dois reprendre le travail quand ?
– Le 6.
Laurent secoua la tête, sans rien dire.
– Laurent, elle m'a prédit qu'on irait à Batumi.
– C'est le plus grand port de Géorgie, s'il y a un bateau, forcément, ce sera à Batumi.
– Comment elle pouvait savoir qu'on passerait par là ?
– Elle a quatre-vingt-dix ans, elle fait cuire des soupes bourrées de drogues… elle délire, c'est tout.
– Mais si on arrive à Batumi, et qu'on trouve ce bateau, et qu'on rencontre ce capitaine, et qu'il accepte de nous prendre à son bord ?
– OK, Antoine, quand on arrive à Batumi, on ira chercher ce bateau. Mais s'il n'y a pas de bateau…
– … On rentre.
– On rentre.
– Il s'appelle comment, le bateau ? demanda Anna.

Le *Pharaon* était un navire marseillais passé entre les mains de divers groupes internationaux. C'était un cargo polyvalent capable d'embarquer 20 000 tonnes de marchandise, et en cela il appartenait déjà à un monde révolu. Les navires étaient de plus en plus gros, et de plus en plus spécialisés : pétroliers, gaziers, chimiquiers, porte-conteneurs… Certains pouvaient embarquer plus de 100 000 tonnes. À côté, le *Pharaon* faisait figure de petit poucet. Pourtant, lorsque Antoine, Anna et Laurent parcoururent le port de Batumi, entre les croiseurs russes et les grands voiliers de plaisance, ils ne mirent pas longtemps à le trouver : il était gigantesque.

– OK, il est là, concéda Laurent. Ça ne prouve rien. Il est peut-être là depuis des mois.

Antoine héla un marin qui passait :

– Hep, excusez-moi ! Le bateau, là, vous savez quand il repart ?

Le marin regarda sa montre et fit un geste de la main qui voulait dire « plus ou moins », en même temps qu'il répondit :

– Dans deux heures.

Les deux amis se regardèrent.

– Elle est balèze, la sorcière, quand même, admit Anna.

– Et… vous savez où on peut trouver le capitaine ? demanda Antoine.

– Le capitaine ? s'étonna le marin.

– Arakel Krikorian, précisa Antoine. C'est un ami.

Le marin considéra les trois touristes, en doutant très clairement du fait qu'ils puissent être amis avec le capitaine Krikorian. Mais il pointa du doigt un bâtiment, à quelques centaines de mètres, qui semblait être une cantine.

– OK, OK, OK, admit Laurent alors qu'ils se dirigeaient vers le bâtiment désigné par le marin, OK, il y a un bateau qui s'appelle le *Pharaon*, et ce bateau part dans deux heures, et le capitaine s'appelle comme elle t'a dit, et sans doute que quand tu vas lui demander si tu peux embarquer avec lui, il va dire oui, mais…

– Si *on* peut embarquer avec lui.

– Mais avant qu'il dise oui, Antoine, avant qu'il dise oui, il faut qu'on ait une discussion.

– Après, Laurent.

– Non ! Après il sera trop tard, tu te seras déjà mis en tête que c'est ton destin, que c'est la marche à suivre et que l'aventure est au bout du chemin…

– L'aventure n'est pas au bout du chemin ?

– Anna, dis-lui quelque chose, toi…

– Moi, j'ai envie de rencontrer ce capitaine.

– Antoine ! reprit Laurent, en le prenant par les épaules. Antoine ! Tu ne sais même pas où il va, ce navire.

– C'est vrai, admit Antoine. On va lui demander.

Il pénétra dans la cantine, suivi par Anna, qui adressa un grand sourire à Laurent. Il finit par les suivre à son tour, en maugréant.

La cantine était bien pleine, les marins profitaient d'un dernier repas sur la terre ferme avant de partir. Les odeurs de nourriture titillèrent les narines des trois jeunes gens, qui se rappelèrent alors qu'ils n'avaient rien mangé depuis la veille. Il restait quelques roubles à Laurent, alors ils partagèrent un plateau pour trois et calmèrent les ardeurs de leurs estomacs respectifs. Au caissier, Antoine demanda :

– Excusez-moi, je cherche le capitaine du *Pharaon*. Capitaine Krikorian ?

Le caissier haussa les épaules, et cria à la cantonade :

– Capitaine Krikorian !

Les clients se regardèrent, interloqués, mais deux ou trois paires d'yeux se tournèrent vers un homme grand, la cinquantaine, un nez proéminent, des yeux noirs perçants, et des cheveux noirs plaqués vers l'arrière. Il acquiesça et tendit le menton vers le caissier, comme pour dire : *C'est pour quoi ?*

Le caissier montra les trois jeunes gens, et les trois jeunes gens s'approchèrent de lui.

– Capitaine Krikorian ? demanda Antoine.

– C'est moi.

– Vous êtes bien le capitaine du *Pharaon* ?

– S'il y a un capitaine du *Pharaon*, alors oui, c'est moi, pourquoi ?

– Nous voudrions vous demander la permission d'embarquer avec vous.

Le capitaine leva un sourcil, et considéra les trois jeunes gens.

– Elle, non, fit-il en montrant Anna. Pas de fille à bord. Vous, en d'autres circonstances, peut-être. Mais là, mon équipage est au complet.

Antoine acquiesça. Puis il reprit :

– Nous venons de la part de Hripsimé.

– Hripsimé ? répondit le capitaine, amusé. Quelle Hripsimé ? La sainte ?

– Hripsimé Sergueïevna Kourganov. Hripsimé de Gavar. Hripsimé de Noradouz. Hripsimé qui, si elle dit vrai, a sauvé ton fils.

Le capitaine blêmit à l'évocation de ce nom, puis il reprit sa superbe et montra une chaise en face de lui.

– Assieds-toi.

Antoine s'assit, calmement.

– Et qui es-tu, toi, pour venir me réclamer une dette que je lui dois, à elle ?

– Moi, je suis son arrière-petit-fils.

Le capitaine leva à nouveau un sourcil, comme si la simple présence d'un parent de Hripsimé suffisait à l'impressionner.

– Et elle, ajouta Antoine en montrant sa sœur, c'est son arrière-petite-fille.

– Et lui ? fit Krikorian en montrant Laurent. C'est son oncle ?

– Lui, c'est notre ami, répondit Antoine sans se démonter.

Le capitaine Arakel Krikorian émit un bruit de bouche. Il n'aimait pas qu'on vienne lui dire comment mener ses affaires. Il aimait se dire qu'il était maître de son temps et de ses décisions. Et lorsqu'il était en mer, il était seul maître à bord. Il avait le pouvoir d'émettre un jugement ou d'unir deux âmes par le mariage. C'était un homme juste, ni bon ni méchant, mais toujours juste. Il portait toujours impeccablement l'habit, n'avait jamais un pli de travers. Il fumait les mêmes cigarettes grecques depuis des années, et dans chaque port, il avait ses habitudes. Il s'était marié, oui, trop jeune sans doute, et avait eu un fils, qu'il aimait à la folie sans trop le lui montrer. Un jour, ce fils était tombé malade et les médecins lui avaient dit qu'il ne fallait plus rien espérer. Mais sa femme avait parlé à sa cousine, qui vivait dans les hauteurs, et elles avaient mentionné Hripsimé. Il était allé la voir, avec son fils, dans sa cabane, entre les pattes de poulet et les icônes au mur. Elle avait observé l'enfant, puis le père, elle lui avait prescrit des tisanes et des pommades, elle lui avait donné des conseils précieux, et lorsqu'il avait voulu payer, elle avait simplement dit : « Plus tard. Plus tard, tu me paieras. » Et l'enfant avait survécu, et grandi, jusqu'à devenir un beau jeune homme. Et aujourd'hui, Arakel Krikorian avait en face de lui quelqu'un qui venait, pour la première fois depuis dix ans peut-être, lui parler de cette histoire, et le rappeler au bon souvenir de Hripsimé.

– Comment t'appelles-tu ? demanda Krikorian.

– Antoine, répondit le jeune homme.

– Toi et toi, pouvez-vous travailler sur le bateau ?

Il avait évidemment omis de pointer du doigt Anna.

– Bien sûr, acquiesça Antoine.

– Jusqu'où voulez-vous aller ?

– Jusqu'où allez-vous ? demanda Antoine.

Le capitaine éclata de rire, d'un rire sonore et tonitruant.

– Tu me demandes de te prendre avec nous, mais tu ne sais pas où nous allons ?

– C'est exact.

– Alors pourquoi veux-tu monter sur mon navire ?

– Parce que telle est ma destinée, capitaine Krikorian.

Laurent leva les yeux au ciel. Anna sourit. Arakel Krikorian soupira, et dit :

– Nous appareillons dans deux heures. Nous traversons la mer Noire, passons par le Bosphore, la mer de Marmara et le détroit des Dardanelles. Nous faisons escale au Pirée, à Izmir et à Beyrouth, en parcourant la mer Égée. Nous traversons la Méditerranée, jusqu'à Port-Saïd. Nous descendons le canal de Suez et la mer Rouge, faisons escale à Djeddah, Port-Soudan, Djibouti. Par le golfe d'Aden, nous débouchons dans la mer d'Arabie. Escale à Dubaï, dans le golfe d'Oman, puis Karachi, au Pakistan, et enfin notre destination finale : Bombay.

Bombay.

L'Inde, la dernière destination où Charles était allé. *L'Inde, un pays de plus d'un milliard d'habitants*, pensa Laurent. Autant chercher une aiguille dans une botte de foin.

– Combien de temps dure le voyage, capitaine ?

– Si Dieu est avec nous, nous arriverons dans vingt-huit jours.

– Vingt-huit jours ! s'écria Laurent lorsqu'ils furent sortis de la cantine. Vingt-huit jours, Antoine ! Vingt-huit jours de bateau !

– Vingt-huit jours, répéta Antoine, rêveur.

– Il est encore sous l'emprise des somnifères ? demanda Laurent à Anna.

– Non, là, il est tout seul, répondit-elle.

– Antoine, oublie Lebel & Blondieu, oublie Jennifer. Si tu rentres dans un mois… Bien plus que ça ! Parce qu'une fois en Inde, il te faudra encore chercher cette personne dont tu ignores le nom et dont j'espère vraiment que c'est ton père… Tu ne veux pas ouvrir le papier ? Comme ça, au moins, tu seras sûr que c'est en Inde.

– Je ne suis pas censé l'ouvrir maintenant.

– Ouvre le papier, Antoine.

– Seulement à la descente du bateau.

– Antoine, ouvre le papier.

– Non.

Laurent leva les yeux au ciel.

– Bien sûr, n'ouvre pas le papier. Il risquerait de s'enflammer et nous de disparaître dans une faille spatio-temporelle… OK. On sait maintenant qu'on doit aller en Inde. Pourquoi on ne prend pas un avion ? C'est plus court, plus efficace, plus logique !

– Tu me demandes ça, vraiment ? Tu veux ma mort ?

– Mais ton poste chez Lebel & Blondieu…

– Laurent, je me fous de Lebel & Blondieu ! Ça fait déjà quelques semaines que je me fous de Lebel & Blondieu ! Tu ne comprends pas ? Je ne veux pas de cette vie dont je me suis persuadé à grand renfort de conditionnement mental que c'était celle qui me convenait. Je ne veux pas vivre dans un étau de conformisme, je ne veux pas continuer à ignorer qui je suis, d'où je viens, ce que je veux !

– Et qu'est-ce que tu veux, alors ?

– Je veux prendre ce bateau ! Je veux prendre ce bateau et aller retrouver mon père. Et quand je l'aurai retrouvé, je lui mettrai sans doute mon poing dans la figure, et pas pour avoir vendu des armes pendant dix ans, ni pour avoir assassiné Heinrich, mais parce qu'il aurait pu nous envoyer un putain d'e-mail ! Une lettre ! Un pigeon ! Passer un coup de téléphone ! Il aurait pu nous dire qu'il était vivant, qu'il pensait à nous, même s'il ne pensait plus à nous ! Ce que je veux, Laurent ? C'est très simple : je veux vivre ! Et là, vois-tu, dans ce port, à ce moment précis, avec vous, je me sens plus vivant que je ne l'ai jamais été.

Il sentit alors un petit être l'enlacer, spontanément.

Anna avait pris son frère dans les bras et ne semblait pas vouloir relâcher son étreinte.

– C'est toi qui avais raison, Anna. J'ai vécu une vie de con pendant trop longtemps.

– Je sais. Mais c'est tellement bon de te l'entendre dire.

– Ça veut pas dire que je vais pas continuer à t'emmerder, quand tu bois trop, quand tu te drogues, quand tu couches avec n'importe qui.

– Je sais. Mais si tu le fais pas, qui le fera ?

Antoine passa sa main dans les cheveux de sa sœur :

– Tu viens avec moi, alors ?

– Qu'est-ce que j'ai de mieux à faire, de toute façon ?

Ils regardèrent tous les deux Laurent, et il ne trouva à répondre que :

– C'est plus un article. C'est définitivement un roman.

*

Le téléphone de Jennifer n'eut le temps de sonner que quelques secondes avant qu'elle ne décroche :

– Allô ? Antoine ? C'est toi ?

– C'est moi.

– Je suis dans le bus, attends, je sors. Ne raccroche pas, s'il te plaît !

– Je suis là.

Elle s'excusa, descendit du bus, s'assit sur un poteau :

– Antoine, j'ai presque plus de batterie, putain, j'avais pas prévu que tu m'appelles, c'est quoi ce numéro ? Tu es où ?

– Je suis à Batumi. En Géorgie.

Il appelait d'une cabine à pièces, qui jouxtait la cantine des marins.

– En Géorgie ? Qu'est-ce que tu fous en… ? Peu importe. Oublie. Laurent est avec toi ? Est-ce que vous allez bien ? Il ne vous est rien arrivé ?

– On va bien. Il nous est arrivé plein de choses, mais on va bien. Anna est avec nous aussi.

– ANNA EST AVEC VOUS ? Mais ta mère est morte d'inquiétude ! Elle a fait déposer un avis de disparition, elle…

– Je sais. Je suis désolé. On aurait dû vous tenir au courant.

– Pourquoi Anna est avec vous ? Qu'est-ce qui se passe ?

– Elle est partie avec nous, et c'est tant mieux. Il fallait qu'elle soit là.

– Mais qu'est-ce que vous faites ? Qu'est-ce que vous êtes partis faire ?

– Je vais te dire. Mais, Jen, il ne faut pas que tu en parles à maman, d'accord ?

– Oh putain, qu'est-ce que tu vas me dire ? Tu vas me quitter, c'est ça ?

– Non, mon cœur, je ne vais pas te quitter.

– *Mon cœur ?* Tu m'as appelée *mon cœur* ?

Jen sentit une larme couler le long de sa joue.

– Ça n'a rien à voir avec toi, ça n'a rien à voir avec *nous*, même. Je ne te reproche rien, ce n'est pas contre vous, et je suis désolé, sincèrement, si je te cause du souci. Ce que je fais c'est pour moi, et pour moi seul. Et j'en ai besoin. C'est quelque chose de nécessaire.

– Tu reviens quand, Antoine ?

Il hésita à lui donner une réponse précise. Il opta pour :

– Je ne vais pas revenir tout de suite.

Elle se retint, à l'autre bout du fil, de s'emporter. Antoine entendit qu'elle reniflait, qu'elle retenait un sanglot.

– D'accord, fit-elle tristement.

– Je ne peux pas te dire où je vais, parce que je ne le sais pas moi-même exactement. Ce que je peux te dire, c'est que je ne serai pas joignable, ni moi, ni Laurent, ni Anna, pendant un certain temps, mais que tout va bien.

– Et ton travail ?

– Je ne vais pas pouvoir y aller.

– Antoine…

– Tu pourras les prévenir, si tu veux, ou pas, de toute façon ils s'en rendront bien compte. Au fond, ça n'a pas d'importance.

– Pas d'importance ? Antoine… tu n'as pas rejoint une secte, au moins ?

– Non. Rien de tout ça.

Elle soupira, pas très rassurée.

– Tu fais une dépression ?

– Non. Je vais très bien.

– Alors, quoi ?

– Jen, tu me jures que tu ne répéteras rien à ma mère ? Tu pourras la rassurer, dire qu'on est partis en voyage, avec Anna et Laurent, mais rien de plus, tu me le jures ?

– Oui, oui, Antoine, juré.

– On est partis chercher mon père.

– …

– Jen ?

– … Ton père ? Il est vivant ?

– Embrasse ma mère. Dis-lui que je pense à elle.

– Antoine, attends, ne raccroche pas !

– … Oui ?

– Tu me manques.

– Toi aussi, tu me manques, mentit-il.

Les trois jeunes gens étaient en train de déballer leurs affaires, dans leur cabine, lorsque la sirène du *Pharaon* éclata et résonna à travers tout le port.

– Putain ! s'écria Anna.

– Va falloir t'y habituer, dit Laurent. Ce sera la même à chaque escale.

– C'est pas ça. Je trouve pas mon portefeuille. Je trouve pas mes papiers.

– T'as cherché partout ?

– Je viens de vider mon sac à dos, pour pouvoir le laver. On m'a volé mes putains de papiers !

– T'as lavé ton sac à dos ? demanda Antoine.

– C'est pas le problème ! répondit Anna.

– OK, c'est quand la dernière fois que tu les as utilisés ?

– Quand on a passé la frontière.

– Tu penses que Hripsimé te les a volés pendant ton sommeil ?

– Antoine, c'est pas drôle : je n'ai pas mes papiers !

Il leva les yeux au ciel. Combien de fois avait-il entendu cette rengaine. Anna perdait tout : ses clés, ses sous, ses lunettes de soleil. Il suffisait pourtant d'être organisé. D'assigner à chaque objet une place permanente. Quant à lui, il mettait toujours ses papiers dans la même poche, à l'intérieur de…

– Antoine ? demanda Laurent à son ami, en arrêt.

– Oh non. Non, non ! s'écria Antoine à son tour.

Il bondit sur ses pieds, ouvrit son sac et découvrit la poche habituelle, vide. Plus de portefeuille, plus d'argent, plus de papiers.

*

À quelques centaines de kilomètres de là, tandis que le *Pharaon* quittait le port de Batumi, des flammes brûlaient dans l'âtre de Hripsimé. Dans les flammes, les papiers et les effets personnels de ses arrière-petits-enfants dansaient, se recroquevillaient et disparaissaient, grâce à la complicité de Svarog, le dieu forgeron.

Hripsimé, elle, se reposait enfin sur sa couchette. Sa mission était accomplie. Elle pouvait enfin refermer le long chapitre de sa vie.

Elle ferma les yeux, et tandis que les odeurs d'épices et de papier brûlé emplissaient la pièce, elle rejoignit en songe Sergueï, Maria, Ivan et tous les autres.

17.

Sur le pont

Était-ce une malédiction jetée par sa sorcière d'aïeule ? Était-ce la nourriture de la cantine du port de Batumi ? Était-ce celle du *Pharaon*, ou un simple moustique, porteur de maladie ? Personne ne le sut vraiment, mais après une journée seulement de joie et d'excitation, à respirer le parfum des embruns et à se tenir debout face à l'océan, bravant les dangers qui l'attendaient, Antoine fut terrassé par la fièvre et un mal de ventre violent.

À peine avait-il la force d'avaler quelques gorgées d'eau pour calmer son front brûlant. Il ne put, en aucun cas, assumer les fonctions de mousse auxquelles il s'était engagé auprès du capitaine, et ce fut Anna qui dut tenir sa parole, et le remplacer dans les tâches envisagées, malgré le dédain misogyne, ou pour le moins machiste, du capitaine Krikorian.

– Tu iras aider aux cuisines, ordonna-t-il.

– Hors de question, dit Anna.

– Alors ce sera le nettoyage des latrines et des douches.

– Va pour les cuisines, dit Anna.

À la fin du XVIIe siècle, un « 74 standard », c'est-à-dire un vaisseau de guerre portant deux ponts d'artillerie et 74 canons, embarquait sept cent cinquante hommes d'équipage, dont cinq cents matelots, affectés à la navigation, à l'entretien du navire ou au combat, entassés sur 57 mètres de long, et c'était presque moitié moins d'hommes que sur un trois-ponts. L'équipage du *Pharaon* était composé d'une vingtaine d'hommes, et de nos jours, c'était déjà beaucoup.

Au sommet de toute la chaîne étaient le capitaine, son second, puis un deuxième et troisième officiers. Chacun d'entre eux était responsable d'un quart. Le quart, d'une durée de quatre heures, divisait la journée et permettait à l'équipage de ne jamais dormir complètement.

De même que le capitaine, le chef mécanicien était assisté d'un second, troisième, et ainsi de suite. Le timonier tenait la barre, l'électricien s'occupait du bon fonctionnement des circuits électriques, le manœuvre de tunnel veillait au chargement et au déchargement des marchandises, généralement des conteneurs, parfois du vrac en soute. Enfin les matelots, brevetés ou non, s'occupaient de la maintenance, de la navigation, de l'accostage des chalutiers et de toutes les tâches que le capitaine leur assignait.

Parfois, le navire accueillait des passagers, payants ou non, au bon vouloir du capitaine et de la compagnie, mais cette fois-ci, nos trois héros furent les seuls à en profiter. Laurent et Antoine partageaient une petite cabine de 12 mètres carrés, tandis qu'Anna, du fait de son sexe, bénéficiait de la cabine individuelle.

Les navires de commerce les plus modernes disposaient d'une piscine d'eau de mer intérieure et d'une salle de sport équipée de divers appareils de musculation. Sur le *Pharaon*, quelques tapis, quelques haltères et une table de ping-pong tenaient lieu de salle de sport. L'un des matelots, un jeune Russe, confia même à Laurent avoir travaillé sur un porte-conteneurs dernier cri qui incluait sauna et jacuzzi.

Aux cuisines, Anna apprit d'abord à peler des patates et à cuire des pâtes.

Trois repas par jour étaient servis, et lorsque, épuisée par le rythme, elle demandait au chef si ce n'était pas trop fatigant, il éclatait de rire. Son cousin était chef, lui aussi, mais sur un sous-marin. Il devait faire la cuisine pour trois fois plus de marins, avec trois fois moins d'espace de stockage, et sans aucune possibilité de réapprovisionnement pendant parfois soixante-dix jours. Alors…

Le chef était un grand Martiniquais nommé Jean-François, au sens de l'humour modérément lourd, et Anna ne soupçonnait pas qu'elle prendrait autant de plaisir à converser, en français, avec son supérieur. Il avait un véritable amour de la cuisine et du voyage, et avait trouvé sur ce cargo l'alliance parfaite entre ses deux passions. Voyant qu'Anna n'était pas insensible à ce qu'elle apprenait, ni la moins douée des apprenties, il prenait le temps de lui expliquer d'où venait telle ou telle épice. Celles de son île, bien sûr, la poudre à colombo, le bouquet garni, le piment de Jamaïque, mais aussi le clou de girofle, la cannelle, la muscade… Il avait une connaissance encyclopédique des origines des condiments et de leur histoire. Mais le sous-chef, un Grec de Thessalonique, entendant sans comprendre leurs bavardages culinaires, passait son temps à leur dire :

– *Hey ! Speak english !*

Alors, revenant à leur office, le chef notait les courses à venir dans un petit carnet, Anna se saisissait d'une serpillière, et nettoyait, pour la troisième fois de la journée, la salle à manger.

Néanmoins, Laurent et Anna avaient du temps libre. Pas forcément le même temps libre – Anna devait assurer les horaires du déjeuner, alors que les quarts du matelot bénévole de troisième classe Laurent Delaume variaient tous les jours –, mais suffisamment pour se reposer, méditer, et profiter du paysage.

Durant la traversée de la mer Noire, la côte turque était trop lointaine à admirer, mais lorsqu'ils pénétrèrent dans le Bosphore, Laurent partit réveiller Antoine et le força, plié en deux, à se joindre à eux. Assis aux premières loges, ils passèrent sous les trois ponts majestueux qui reliaient l'Europe à l'Asie, et lorsqu'ils regardèrent avec nostalgie les rives de la Sublime Porte, l'ancienne Constantinople, lorsqu'ils aperçurent le palais de Topkapi et les minarets de Sainte-Sophie et de la Mosquée bleue, ils se remémorèrent tout ce qui s'était passé depuis un mois, méditèrent sur leur périple et tentèrent d'imaginer ce qui les attendait encore.

Puis Antoine retourna se coucher. Son ventre était moins douloureux, mais une fatigue constante le clouait à sa couchette. L'un des matelots, qui sans être médecin avait quelques restes de ses études avortées, ne parut pas plus alarmé que ça. Le mal passerait, sans doute, avec le temps. Il avait connu trop de maladies étranges au cours de ses voyages qui s'étaient résolues avec du temps et du sommeil pour s'inquiéter de celle-ci.

La traversée de la mer de Marmara fut brève et agréable. Le soleil tapait fort et, entre deux services, Anna se faisait bronzer, en bikini, dans un endroit du pont peu exposé aux regards. Le premier jour, elle s'était allongée sur le premier espace disponible, mais l'un des matelots lui avait fait comprendre qu'au sein d'un équipage essentiellement masculin, il serait préférable pour sa propre sécurité de ne pas tenter le diable.

Lorsqu'ils traversèrent le détroit des Dardanelles, Anna et Laurent contemplèrent la proximité de ces collines boisées, et eurent la sensation de remonter un grand fleuve.

C'était ici que le grand roi Xerxès Ier, après une tentative ratée qui l'avait conduit à faire fouetter la mer en représailles, était parvenu à assembler, afin de faire passer ses troupes et conquérir la Grèce, un véritable pont de bateaux, encordés les uns aux autres. Près de sept cents navires formant deux bras de plus d'un kilomètre de long, et qui permirent à ses deux cent cinquante mille soldats de mettre à sac les orgueilleux Athéniens, malgré la résistance des Spartiates dans le détroit des Thermopyles, qui causèrent à eux seuls la mort de vingt mille Perses.

Vingt-cinq siècles plus tard, en 1915, tandis que plus loin, à l'est, Sergueï découvrait Hripsimé, la bataille des Dardanelles opposa l'Empire ottoman aux Alliés britanniques et français, s'achevant par un sérieux revers pour ceux-ci et, en comptant les maladies, par un demi-million de morts pour tout le monde.

Au Pirée, ils firent escale, et Laurent avait prévu de monter voir le Parthénon, mais l'escale, malheureusement, ne dura que quelques heures, et tout juste eut-il le temps de dévorer un ou deux souvlakis dans un restaurant d'Athènes qu'il devait déjà repartir. En aucun cas on ne l'attendrait, et si la cargaison était chargée et le feu vert donné, le bateau pouvait tout à fait repartir en avance.

À Izmir, Laurent n'eut même pas le temps de débarquer.

À Beyrouth, le bateau stationna pour la soirée, et Anna parvint à convaincre Laurent d'aller boire un verre en ville. Deux ans auparavant, un conflit avait opposé le Hezbollah aux forces israéliennes, et au mois de juillet, les bombes avaient plu sur Beyrouth, défigurant à nouveau la « ville qui ne meurt pas ». Mais déjà, dans le quartier de Gemmayzeh, une jeunesse insouciante investissait les bars, dansait et fumait cigarette sur cigarette, brûlant par les deux bouts une vie qui, si elle devait être courte, serait au moins riche et sans regrets. Laurent dévora houmous, kebabs et labneh, le fromage local, tandis qu'Anna mélangeait le vin et les cocktails.

– Alors ? demanda Anna. On en reparle ?

– De quoi ? demanda Laurent, sachant très bien de quoi elle voulait reparler.

– De ta déclaration, dit-elle en souriant.

Laurent soupira, et regarda une voiture qui passait trop près d'eux, dans la petite rue où ils s'étaient attablés.

– Oh, ça va ! reprit-elle. Il est pas là, il nous entend pas, on est tout seuls.

– Ça te fait quoi, d'avoir appris tout ça ?

– Tout quoi ?

– Tout ça, là… tes origines. Ton père.

– Ah, ça.

– Ouais.

Elle fit une grimace, reprit une gorgée de vin. Elle était déjà un peu grise.

– Chais pas, répondit-elle. C'est plutôt cool.

Laurent attendit qu'elle développe.

– Pour moi, y a rien de pire qu'une famille de gens ordinaires.

– Ordinaires ?

– Complaisants, dans le moule. Là, dans le genre pas banal, je suis servie.

– Qu'est-ce qui te fait peur dans la normalité ?

– Wow, ça y est, mon frère est pas là, tu le remplaces ?

– Non, mais sérieusement. T'as une attirance pour les emmerdes, non ? Dès que les choses sont calmes, ça te gratte, dès qu'une routine s'installe, tu fuis, dès qu'il n'y a pas de drame, tu…

– Ouais, ouais, c'est bon, j'ai compris. Je préférais quand tu me kiffais.

– Mais je te kiffe, patate.

Elle regarda dans son verre, soudain gênée.

– Ah ouais ?

– Alors ? Pourquoi tu tiens tant que ça au bordel dans ta vie ?

Elle eut un moment de réflexion. Puis elle finit par répondre :

– … Je sais pas.

Et elle ajouta :

– Je suis pas faite pour une vie normale.

– C'est marrant, je suis persuadé qu'au fond, tu as *envie* d'une vie normale, mais que tu as tellement *peur* de ne pas y arriver que tu préfères saboter toute tentative naissante.

– Tu sais, si t'essaies de me draguer, c'est pas comme ça qu'il faut t'y prendre. Enfin, je suis sûre qu'il y a plein de filles qui cherchent à mettre leur psy dans leur lit, mais moi, franchement…

– Qu'est-ce que tu cherches ?

– Hein ?

– Qu'est-ce que tu cherches, toi ?

– Ce soir, je cherchais un plan cul, mais c'est pas parti pour.

– Allez, s'il te plaît.

Elle le regarda au fond des yeux. Pendant un moment, elle faillit lui répondre : *Qu'est-ce que tu crois que je cherche ? Moi ! Je me cherche, moi. J'ai dix-neuf ans, je sais pas qui je suis, d'où je viens, où je vais. J'ai un grand frère qui va se marier, qui a acheté un appart, moi je sais pas si j'aime les filles ou les garçons ou les deux. Je sais pas ce que je veux faire plus tard, je sais même pas ce que je veux faire maintenant. Je sais pas qui est mon père, je veux pas savoir qui est ma mère et concrètement, malgré mes airs de j'ai tout compris à la vie, franchement, je crois que je ne sais rien.* Mais lui dire ça, c'eût été lui tendre une perche, lui dire : *Viens, viens me sauver, moi, pauvre ingénue.* Et le modèle de la demoiselle en détresse, plutôt crever que de s'y conformer. Alors, elle répondit :

– T'es chiant. Tu veux pas plutôt qu'on se roule des pelles ?

Laurent leva les yeux au ciel :

– Bien sûr. Mais après ?

– Après, on baise.

Laurent souffla à nouveau. Comment discuter avec quelqu'un qui menait la conversation à coups d'uppercuts ? Et en même temps, comment lui résister ?

– Anna, il y a le fantasme, et puis il y a la réalité. Et dans la réalité, je crois que tu te feras chier avec moi.

– Je te demande pas de m'épouser.

– Mais si *moi*, j'ai pas envie d'un coup d'un soir ?

Anna le considéra fixement, légèrement dessoûlée.

– OK, laisse tomber.

– C'est pas un rejet. Je te dis juste que j'ai trop de respect pour toi, que tu comptes trop pour moi pour banaliser un rapport sexuel.

– Et je devrais me sentir *flattée* ? Mais si, moi, j'ai juste envie de cul, j'en ai pas le droit ? C'est pas permis ? Parce que je suis une fille ? Parce que je suis jeune ? Dis-moi, le gentleman lover, t'as eu combien de meufs dans ta vie ?

Laurent s'arrêta, surpris par la question.

– Je vois pas le rapport.

– Allez, réponds. Dix, vingt, trente ? Cent ?

– … Pas cent.

– Ah ouais, quand même. Et toutes ces filles, t'étais amoureux d'elles ?

Laurent soupira :

– Toutes ces filles étaient pas la sœur de mon meilleur ami.

Anna secoua la tête :

– Et voilà : encore une fois, la victoire du patriarcat. Tu veux pas qu'on baise parce que tu me considères comme la propriété de mon frère.

Laurent avala son verre de vin, et dit :

– Allez, on va rater le bateau.

Sur le trajet du retour, ils ne dirent presque pas un mot. La magie était rompue. Le désir et la tension qui accompagnaient leurs pas sur le chemin du bar s'étaient totalement évaporés en revenant vers le cargo.

Ce soir-là, ils s'endormirent frustrés et mélancoliques.

Le lendemain, en fin d'après-midi, ils apercevaient les côtes africaines, et tandis que le soleil se couchait, le *Pharaon* entra dans Port-Saïd.

Dès la fin du XVIIIe siècle, Napoléon pensait à creuser un canal qui relierait la mer Rouge à la Méditerranée. On envoya des savants géographes pour en étudier la faisabilité, mais on constata qu'il existait une différence de près de dix mètres entre l'une et l'autre mer, ce qui aurait nécessité la construction d'un système d'écluses bien trop coûteux et complexe.

Il fallut attendre 1846 pour que des nouveaux relevés invalident ceux réalisés cinquante ans auparavant, découvrant une erreur de triangulation, et ramenant les deux mers quasiment au même niveau. Le canal ne nécessitant plus d'écluses, la permission fut accordée de commencer les travaux. Cent soixante et un kilomètres de long, huit mètres de profondeur, dix mètres de largeur.

Un million et demi d'Égyptiens travaillèrent pendant dix ans sur ce chantier titanesque. Le génie civil ne fit pas mentir son qualificatif : soixante-dix-huit dragues furent construites et acheminées depuis la France. Le pari était audacieux : la marine n'était alors composée que d'une minorité de bateaux à vapeur.

Le canal de Suez fut inauguré en 1869, mais l'industrialisation battant son plein, il ne commença réellement à devenir profitable qu'à partir de 1872. Les Britanniques – qui jusqu'ici s'étaient opposés au projet, tentant par tous les moyens d'en arrêter la construction – en devinrent les principaux actionnaires.

Le canal devint au cours du siècle suivant un enjeu diplomatique, politique et financier majeur, disputé par la France, l'Angleterre et l'Égypte, qui finit par le saisir, par la force, en 1956, légitimée par les Nations unies.

Après la guerre des Six-Jours, en 1967, les forces israéliennes occupant le Sinaï gardèrent le canal fermé pendant huit ans, immobilisant quatorze infortunés navires et leurs équipages pendant plus de trois mille jours.

Deux villes profitèrent du canal pour croître exponentiellement : Suez, bien sûr, et Port-Saïd, qui passa d'un simple campement d'ouvriers au début du chantier à une ville de six cent mille habitants lorsque le *Pharaon* y accosta.

C'est là que les bateaux attendaient, pendant quelques heures, l'autorisation d'entrer dans le canal.

C'est là également qu'Antoine revint à la vie, trouvant Laurent et Anna étrangement en froid.

– J'ai dormi longtemps ? demanda-t-il.

– Huit jours, répondit Anna.

– Ça y est, Lebel & Blondieu ont dû se rendre compte de mon absence.

– Comment tu te sens ?

– Ballonné. Mieux qu'hier. Moins bien que demain.

La traversée du canal eut lieu à l'aube. En ce début d'octobre, il ne faisait pas trop chaud. On eût dit une ligne d'eau calme posée sur le désert. Antoine, Anna et Laurent contemplèrent silencieusement les côtes qui défilaient. Puis Anna se leva en disant :

– Bon, c'est pas tout ça, mais faut que j'aille préparer le petit déj sinon Jean-François va encore râler.

– Regarde-moi ça, dit Antoine à Laurent avec fierté, lorsqu'elle fut partie. Sans alcool, sans drogues, notre petite Anna se lève avec les poules et part travailler en sifflant.

Laurent acquiesça, laissant son regard traîner sur les côtes africaines. Puis il finit par admettre :

– Il y a quelque chose que je ne t'ai pas dit.

– Sur Anna ? Ça y est, vous avez couché ensemble ?

– Mais enfin, ça va pas ?

Antoine haussa les épaules :

– Je croyais que c'était fait depuis longtemps.

– Mais t'es dingue ? T'es dingue ou quoi ?

– Franchement, vu sa collection de cas sociaux, t'es de loin ce qui peut lui arriver de mieux.

– Alors déjà : non, rien passé. Rien de rien de rien. Et ensuite, c'est pas du tout de ça que je voulais parler.

– OK. Je t'écoute.

– Juste avant de partir… Hripsimé m'a dit quelques mots.

– Elle t'a dit quoi ? De veiller sur nous ?

– Pas vraiment, non. Enfin si, aussi. Mais elle m'a dit surtout…

Laurent retourna ses mots dans sa tête, à nouveau, puis lâcha :

– Elle m'a dit de retourner à l'endroit d'où je viens.

– Ah. Mais… comme une insulte ?

– Non, non, elle a dit ça de façon bienveillante. Elle semblait dire que pour moi, il serait bon de *retourner à l'endroit d'où je viens.*

– … En Bretagne ?

– Non. C'est ça, le plus bizarre. Elle m'a dit, enfin j'ai vraiment cru l'entendre dire : *Metemetko*.

– … Metemetko ? répéta Antoine.

– Metemetko. Je suis sûr qu'elle a dit : Metemetko.

– OK… Et c'est quoi ?

– Je t'en ai jamais parlé ?

– Je crois pas, non…

– Metemetko, c'est le village de mon grand-père.

– … Au Cameroun ?

– Au Tchad. Il a émigré du Tchad pour aller au Cameroun.

– Hripsimé t'a dit de retourner à Metemetko ?

– Ouais. Et je l'ai regardée, et elle a fait oui de la tête, comme si elle disait : *Ouais ouais, j'ai bien dit Metemetko.*

Antoine eut un moment de réflexion. Laurent reprit, comme si son ami n'avait pas bien entendu :

– Elle connaissait le nom du village de mon grand-père. J'étais persuadé que c'était toi qui lui en avais parlé.

– Mais non ! Enfin j'ai peut-être déjà entendu ce nom avant, mais j'avoue que je l'avais complètement oublié. Tu es sûr qu'elle n'a pas marmonné un truc en russe, qui voulait dire autre chose ?

– Je suis sûr. Elle a dit *Metemetko.*

Un sourire naquit aux lèvres d'Antoine, et son ami ne sut discerner si dans ses yeux se reflétait plutôt une joie secrète ou une petite déception.

– Qu'est-ce qu'il y a ? demanda Laurent.

– Je n'ai jamais prononcé ce mot. Or, Hripsimé le connaissait. Je ne vois donc que deux possibilités, répondit Antoine. La première, c'est que mon arrière-grand-mère est une sorcière.

– Très probable, admit Laurent.

– La seconde, c'est que quelqu'un le lui a dit. Quelqu'un qui se serait renseigné sur toi. Sur nous.

– Quelqu'un, dans l'entourage de Hripsimé, se serait renseigné sur moi ?

– Elle nous a reconnus, Anna et moi, quand on est arrivés. Charles lui avait parlé de nous, je lui ressemble, OK. Mais elle connaît le nom du *village de ton grand-père*.

– Quelqu'un le lui a dit.

– Quelqu'un lui a parlé de nous trois. Et peut-être de ma mère, de ma famille, de Jen. Quelqu'un nous a surveillés, de loin. Quelqu'un qui communique encore avec Hripsimé.

– Charles ?

– Qui d'autre ?

Laurent considéra cette possibilité, et répondit :

– Depuis le début, il prendrait secrètement des nouvelles de toi ?

– Ou alors c'est une sorcière.

À choisir, c'était probablement l'option la plus séduisante. Car si ce n'était pas le cas, alors Charles n'avait pas oublié ses enfants, mais il ne les avait pas non plus contactés, ni même émis le désir de les revoir.

– Et ton grand-père, à toi ? l'interrompit Antoine dans le fil de ses pensées. Tu le connais ? Tu l'as déjà rencontré ?

– Non. J'ai visité plus de trente pays, mais pas celui de mon grand-père.

– Pourquoi ?

Laurent laissa échapper un soupir profond.

– Je sais pas. Peut-être parce que je me suis tellement construit en tant que Breton, Français ou Parisien que j'ai toujours eu peur de me retrouver face à la réalité.

– Quelle réalité ?

Qu'au fond, y a en moi un mec qui a vécu en case.

– Pas tant que ça, ce mec a émigré au Cameroun.

– Ouais, mais ses parents ? Ses frères ? Ma famille ? J'ai peur de me retrouver face à eux, et de rien avoir en commun.

– Hm.

– Mais je crois que j'ai encore plus peur d'avoir quelque chose en commun avec eux.

– Hm.

– C'est horrible, Antoine. Je suis devenu tellement français qu'il y a un putain de raciste qui sommeille en moi.

– Je comprends. Enfin, je peux pas comprendre vraiment, mais je peux essayer. Mais est-ce que tu en as peur comme moi j'ai peur de l'avion ?

– Peut-être pas autant.

– Alors le mieux, je crois, c'est d'affronter ta peur.

Laurent acquiesça, doucement, la tête baissée. Puis il dit :

– C'est fou comme l'être humain est un pantin fragile. Il fait le fier avec son libre arbitre, il nous tanne avec la liberté, mais dès qu'on lui dit que Dieu veut ceci, que sa mère veut cela, dès qu'une vieille sorcière arménienne lui donne un bout de papier, une soupe trop épicée et lui dit que c'est son destin, y a rien à faire, il fonce.

– Et en même temps, je préfère obéir à une vieille sorcière arménienne qu'à Dieu.

– Ou à Jennifer.

Antoine ne put s'empêcher de pouffer.

– Tu vas t'en sortir, sans moi ? demanda Laurent.

Antoine sourit, posa son bras autour des épaules de son ami, et ils contemplèrent en silence les côtes égyptiennes.

*

Lorsque le *Pharaon* accosta à Port-Soudan, Anna dormit mal. Elle tourna et se retourna dans son lit. Elle repensait à cette soirée à Beyrouth, aux mots que Laurent et elle s'étaient échangés. Elle lui en avait voulu de ne pas lui céder, elle n'avait pas l'habitude d'être rejetée. Mais plus elle y repensait, moins elle lui en voulait, et plus elle s'en voulait de lui en avoir voulu. Ce n'était pas simplement le rejet, c'était *lui*. Elle pensait à *lui*. Peut-être était-ce le bateau, l'aliénation, la proximité des marins russes. Il lui aurait pourtant été aisé de choisir n'importe lequel d'entre eux, plusieurs s'il le fallait, et de satisfaire ses désirs. Certains n'étaient pas repoussants, loin de là. Il lui aurait été si simple de se laisser aller et de « foutre le bordel », comme il disait, sur le bateau et dans sa vie. Mais ce désir, aujourd'hui, elle ne l'avait pas. Ou plutôt elle ne l'avait plus. C'était lui, et lui seul, qui occupait ses pensées. Et elle ne parvenait pas, comme elle faisait d'habitude, à le détester. À transformer en mépris la moindre mésentente. Au contraire, plus il se refusait à elle, plus il lui *plaisait*. Peut-être au fond n'était-elle finalement qu'une jeune fille de dix-neuf ans comme les autres jeunes filles de son âge ? Peut-être en était-elle capable ? Peut-être, osa-t-elle s'avouer, les yeux grand ouverts vers le plafond de sa cabine, peut-être était-elle – et le simple mot la faisait rougir et mordre son oreiller, désemparée –, peut-être était-elle *amoureuse* ?

Le lendemain, elle s'étonna de ne pas croiser Laurent au petit déjeuner. Ce n'était pourtant pas son quart. Antoine le remplaçait, ce matin-là. Plus tard, entre deux services, elle le chercha dans sa cabine. Elle avait décidé de lui dire quelque chose. Quoi exactement, elle n'y avait pas encore réfléchi, mais quelque chose. Mais il n'y était pas. Elle traversa le bateau, la salle des machines, les cales : aucune trace de lui. Elle demanda à son frère :

– Je ne trouve pas Laurent. Tu l'as vu aujourd'hui ?

Antoine acquiesça, en souriant.

– Qu'est-ce qu'il y a ? Pourquoi tu souris ?

– Pour rien, pour rien. Il a débarqué à Port-Saïd.

– Quoi ? Il a raté le départ du bateau ? Mais… il faut le dire ! Il faut le dire au capitaine !

– Il n'avait pas l'intention de revenir. Il a décidé de retourner au village de son grand-père. Au Tchad. En traversant le Soudan.

– Hein ? Mais… le Soudan ? C'est pas dangereux, le Soudan ?

– Si.

– Y a pas la guerre, au Soudan ?

– Si.

– Et t'es pas en panique ?

– Il va s'en sortir.

– Comment tu sais ? Comment tu peux savoir ? Tu l'as laissé partir ?

– C'est un grand garçon.

– Pourquoi tu l'as laissé partir ?! demanda Anna, sentant les larmes monter.

– Anna… il va revenir.

Elle planta son frère, et fila dans sa cabine, où elle claqua la porte, et se jeta sur le lit en pleurant. *Peut-être*, se dit-elle, *peut-être qu'après tout je suis une idiote de dix-neuf ans, comme les autres, à pleurer pour un garçon.* Et cette pensée la rendit furieuse, mais d'une certaine manière, la rassura aussi.

Alors, seulement, elle aperçut la lettre, posée sur son oreiller :

Anna.

Je te demande pardon si j'ai pu te laisser sans même te dire au revoir, vois-tu, je crois que si je n'étais pas parti en douce, je ne serais pas parti du tout. J'ai des choses à découvrir, en moi, de moi, et qui ne concernent que moi.

J'ai pris beaucoup de plaisir à vous voir, ton frère et toi, découvrir ces choses, les accepter, grandir, évoluer.

Cela fait tant d'années que je te connais, Anna, et tu restes toujours pour moi la petite fille qui posait trop de questions. Mais très vite, tu es aussi devenue la très jolie – trop jolie – jeune fille que tu es aujourd'hui, et que j'ai toujours, c'est vrai, secrètement désirée.

Depuis quelques jours, ou quelques semaines, tu es bien plus que ça. J'ai du désir pour toi, oui, mais je crois que ce n'est pas tout.

Je suis un garçon aimant. J'aime mes parents, ma famille, mes frères et sœurs, j'aime ton frère aussi, et toi je t'aime également. Mais toi, je t'aime autrement. Toi, je t'aime mieux. J'aime ton esprit, ta vivacité, ton intelligence. J'aime ton humour, ta volonté, ton cœur qui bat même si tu fais tant d'efforts pour ne pas le montrer. Et oui, j'aime ton visage, ton sourire, ton rire et tes ronflements.

La raison me dira – nous dira – que ce n'est pas sérieux, que je confonds le désir et l'amour, mais vois-tu, je ne crois pas. Tu m'as demandé combien j'ai connu de filles, et si chaque fois j'étais amoureux et si chaque fois j'y croyais, la réponse est non, chaque fois je n'y crois pas, mais avec toi, j'y crois, et j'ai peur d'y croire, et de ce qui peut se passer. J'ai peur, Anna, de ne pas contrôler ce qui m'arrive, d'être emporté par la bourrasque de vie que tu es, de me perdre dans tes yeux et dans ton mouvement perpétuel. J'ai peur de souffrir aussi, et quand j'y pense c'est tellement candide de ma part, car j'ai vingt-six ans, car tu en as dix-neuf, car je suis le grand et toi la petite, mais j'ai peur de souffrir en me frottant à toi, car comme la Carmen de Bizet, je t'entends fredonner : Et si je t'aime, prends garde à toi…

Mais je t'aime, petite Anna.

Je te connais depuis toujours, et je crois bien que ce sentiment qui me traverse n'est autre que l'amour.

Prends bien soin de toi et de ton frère.

À bientôt, j'espère.

Laurent

À la lecture de sa lettre, la multitude de sentiments qui traversèrent Anna se lièrent en une puissante vague qui abattit toutes les digues, creva toutes les barrières et détruisit toutes les défenses de cette petite adulte. Elle se laissa pleurer, sans trop savoir encore si c'était de joie ou de tristesse, et l'émotion souleva sa poitrine en de violents soubresauts, et elle rit à gorge déployée, à travers ses larmes, de savoir que quelqu'un l'aimait ainsi, qu'elle l'aimait en retour et surtout, surtout, de découvrir qu'elle en était capable.

*

Tandis que le *Pharaon* s'éloignait vers Djibouti, Laurent arpentait les rues ensoleillées de Port-Soudan. Le jour s'était à peine levé que la température approchait déjà des trente degrés. Il savait que ce n'était rien encore par rapport à la fournaise qui l'attendait à Khartoum, 500 kilomètres plus au sud, et dans les terres arides. Port-Soudan était une ville relativement paisible et même, comparativement au reste du pays, touristique. Certaines enseignes proposaient des plongées dans la mer Rouge, les étrangers pouvaient boire de l'alcool en toute discrétion et les hôtels promettaient des piscines privées. Mais la charia était bien entrée en vigueur, renvoyant les lois d'un pays du XXIe siècle au Moyen Âge : quarante coups de fouet pour un verre de whisky, la prison ferme pour en avoir distillé. Dans les textes, le voile n'était pas obligatoire, mais il était porté par toutes, sous peine de se voir humiliée, emprisonnée ou fouettée. Les expatriées elles-mêmes s'attachaient les cheveux et évitaient de laisser dépasser une épaule dénudée. Pour un vol, un Soudanais risquait une main coupée. La loi autorisait jusqu'à quatre épouses à l'homme, et à la femme les droits que son mari voulait bien lui accorder. L'adultère confirmé pouvait entraîner, selon les cas, cent coups de fouet, un bannissement d'un an, ou la mort par lapidation.

Le Soudan, l'ancienne Nubie, tirait son nom de l'arabe *balad-as-sudaan*, ce qui signifiait littéralement le « pays des Noirs ». Ce pays immense, trois fois la France en superficie, avait connu depuis son indépendance, en 1956, bien plus d'années de guerre que d'années de paix. Au cours du siècle précédent, ses principaux ennemis étaient les Égyptiens et les Anglais. Mais il était devenu son propre ennemi, déchiré par les luttes intestines.

La première guerre civile, dès l'indépendance proclamée, avait duré dix-sept ans, opposant les États du Sud à ceux du Nord, et au sein même des coalitions, les marxistes aux non-marxistes, les musulmans aux chrétiens, les Noirs aux Arabes, les hommes aux hommes. La paix, fragile, dura dix ans, et en 1983, le gouvernement de Khartoum décida d'imposer la loi coranique à l'ensemble du pays. À nouveau, le Sud, d'une culture tribale, chrétienne ou animiste, prit les armes. À cette nouvelle guerre civile vinrent s'ajouter sécheresses, famines, pénuries et coups d'État. Le dernier en date permit à un colonel de prendre le pouvoir et de ne jamais le rendre.

En 2003, les tribus du Darfour se rebellèrent contre le pouvoir en place, et en retour, celui-ci envoya les Janjawids, terribles milices arabes qui semèrent la mort et la destruction, militairement appuyées par les Chinois. Que venaient faire les Chinois dans cette galère ? Ils venaient exploiter les gisements de pétrole découverts au Sud-Soudan, précisément : au Darfour.

Le gouvernement de Khartoum avançait jusqu'ici le chiffre de dix mille morts, mais les Nations unies en soupçonnaient trente fois plus, sans même faire mention des trois millions de réfugiés dans les pays voisins.

Or, le pays voisin du Darfour, c'était le Tchad.

Mais les milices de Khartoum ne s'arrêtèrent pas à la frontière, elles continuèrent leurs massacres jusque dans le pays voisin, et le Tchad, à son tour, entra en guerre civile.

Le petit village de Metemetko était à 50 kilomètres à peine de la frontière entre le Tchad et le Darfour. C'était donc cette poudrière que Laurent allait devoir traverser s'il voulait atteindre le village de ses ancêtres.

Il commença par trouver une chambre d'hôtel en ville. Le choix était restreint, mais il décida d'aller dans celui qui vantait sa piscine sur le toit.

Une fois ses bagages déposés dans la chambre, il redescendit dans le hall de l'hôtel et croisa un Français, trop heureux de rencontrer un compatriote, qui lui tint la jambe une bonne heure et, pour résumer, ne l'encouragea ni à poursuivre son entreprise ni à croire à une sortie de crise prochaine au Darfour, au Soudan et au Tchad.

– Tu comprends, dit-il à voix basse, le tutoyant au bout de trois minutes de conversation, ils n'ont pas d'autre option, vraiment, que de rester en guerre.

– C'est-à-dire ? demanda Laurent, pas persuadé d'avoir vraiment envie d'entendre la réponse.

– Ça fait cinquante ans qu'ils sont en guerre, plus même, si tu comptes les rébellions face aux Égyptiens et aux Anglais. Les hommes ne connaissent que ça, c'est leur métier, c'est leur business – et il y en a qui gagnent très bien leur vie grâce à la guerre. D'une certaine manière, c'est carrément leur culture.

Laurent écouta avec un certain scepticisme le Français rougeaud, dégoulinant de sueur, continuer sa théorie :

– C'est comme la mafia sicilienne : tout le monde participe, à divers degrés. Les civils qui volaient des poules s'engagent dans la résistance et le rêve de l'ascenseur social permet à des pauvres gars de devenir des chefs de guerre. Et le rebelle qui signe un accord de paix et passe dans l'armée régulière se retrouve alors face à ses anciens frères d'armes, comment tu crois qu'il peut accepter ça ? Mais qu'est-ce qu'il peut faire d'autre à part se battre ? Alors il devient trafiquant de drogue, ou passeur de migrants, et continue à vivre sur le dos de la guerre. Et Khartoum le montre du doigt, en disant qu'il n'est qu'un criminel, et qu'il est impossible, inutile même, de tenter un dialogue. Les Chinois ont leur pétrole, le gouvernement empoche, et tout le monde continue de mourir, dans les campagnes.

Laurent sortit de l'hôtel, étourdi par tant de noirceur.

Qu'était-il venu faire ici ? Qu'espérait-il ?

Il avait pourtant lu des articles, vu des reportages, s'était renseigné, mais rien ne l'avait préparé à la réalité du terrain, et il n'était même pas encore sur le terrain ! Il s'assit à la terrasse d'un café, face à la mer, rempli de locaux – des hommes – plus que d'expatriés. Il demanda un thé, qu'il trouva particulièrement sucré, et quelques beignets, qu'il mangea en songeant à sa situation. Il n'avait pas de visa, était entré illégalement dans le pays. Ne ferait-il pas mieux de rentrer en France, et dès maintenant ? N'avait-il pas commis une erreur de débutant en se croyant plus fort, plus malin que la guerre ?

– *Kaif tamam* ? entendit-il à sa gauche.

Il crut que cette question ne lui était pas adressée, mais la voix reprit :

– *Hey ! Kaif tamam ? How are you ?*

Il se retourna. L'homme, enturbanné, devait avoir une petite cinquantaine d'années. Il souriait à Laurent, et Laurent put compter les dents qui lui manquaient : trois.

– *Hello*, fit Laurent.

– *Kaif tamam is : How are you*, traduisit l'homme.

« Comment vas-tu ? »

– *Ah, OK. Good, thank you.*

– *No, no. Then you say : Tamam al, hamdulillah.*

Laurent sourit. L'homme tentait simplement de lui inculquer les formules de politesse locales. Alors, il répéta :

– *Tamam al.*

– *Hamdulillah*, insista l'homme.

– *Tamam al, hamdulillah*, s'appliqua Laurent.

L'homme applaudit généreusement, et demanda, en anglais :

– Tu viens d'où ? Tu t'appelles comment ? *Me, Youssouf !*

Et il tendit à Laurent une main chaleureuse, que Laurent saisit en répondant, en anglais aussi :

– France. Ça se voit tant que ça que je suis un touriste ?

– Oh oui ! Tu n'as pas de turban !

Et il éclata d'un rire tonitruant. Laurent acquiesça.

– La France ! J'adore la France. Le Louvre, Versailles, Notre-Dame !

– Vous y êtes allé ? demanda Laurent, intrigué.

– Non ! Mais je connais. Comment tu t'appelles ?

– Laurent.

– Laurent, fit Youssouf en écarquillant les yeux. Ça, ça n'existe pas ! Tu es chrétien ?

– Ma mère.

– Et toi ?

Laurent fit un signe de la main et une moue équivoque.

– Ici, les églises, on peut y aller ! ajouta Youssouf. Chaque homme est libre de pratiquer la religion qu'il veut ! Mais Laurent, ça n'existe pas. Ici, tu peux t'appeler *Lotfi*.

– Lotfi ? reprit Laurent, amusé.

– Ça veut dire « le doux », « le gentil » ! Tu as l'air gentil, alors Lotfi, oui ?

– Si tu veux, acquiesça Laurent. Et toi, tu viens d'où ?

– Moi ? El-Genaina, chez les Massalit, mais je ne suis pas massalit, moi, je suis musulman.

– El-Genaina ? demanda Laurent. C'est au Darfour, non ?

– Oui ! C'est la capitale du Gharb Darfour. Mais il y a trop de guerre, alors je suis parti. Moi, je voulais faire des études. Alors, Khartoum, ma belle Khartoum. Et j'ai étudié les arts, et l'histoire, et l'archéologie. Mais il n'y a personne pour apprendre, alors maintenant, je conduis un camion.

Laurent acquiesça encore, fasciné par le personnage.

– Et toi, Lotfi ? reprit Youssouf. Qu'est-ce que tu fais là ? D'où tu viens ? Oui, de France, je sais, mais la couleur de ta peau, elle n'est pas française, *al'asud* !

– *Al'asud ?*

– Le noir. *Lotfi al'asud.*

– Ma mère est du Cameroun. Mon grand-père, du Tchad.

– Ah, le Tchad ! C'est beau, le Tchad ! Mais là, il ne faut pas y aller, c'est dangereux, le Tchad. Enfin, ça dépend où !

– Metemetko. Pas très loin d'El-Genaina.

Youssouf fit la moue, et secoua la tête :

– Ah non, non, non, pas bon, ça, pas le moment. Les gens, là-bas, ils sont tués, toujours. Par les Janjawids, qui se prétendent arabes, mais en réalité, ce sont des mercenaires baggaras ! Les Baggaras, ce sont des nomades.

Laurent écoutait, mais Youssouf parlait très vite.

– Alors, tu vas faire quoi ? reprit-il.

– Je ne sais pas. Je vais peut-être repartir en France.

– Tu es arrivé quand ?

– Ce matin, avoua piteusement Laurent.

– Non ! Impossible ! Tu ne peux pas partir comme ça ! Tu n'as pas vu le pays ! C'est un beau pays, ancien, violent, mais beau !

Sans doute, se dit Laurent, *mais dangereux.*

– Quel âge tu as, Lotfi ?

– Moi ? Vingt-six ans.

– Tu as l'âge de mon fils. Enfin, tu as l'âge qu'il aurait s'il était vivant.

Laurent n'osa rien dire. Youssouf le considérait en souriant.

– Il est mort ?

– Oui. Et ma femme, et ma fille, aussi, tués par les Fours, ou par des Janjawids, je ne suis pas sûr. Et puis peu importe, ils sont morts, c'est comme ça, Dieu l'a voulu. Moi, non, mais Dieu l'a voulu.

– Je suis désolé.

– Pourquoi ? Ce n'est pas ta faute, hein ! Et puis tu vois, Dieu est grand, il m'a mis sur ta route. Moi, je vais à Khartoum, *inch Allah*, avec mon camion. Je n'aime pas voyager seul, tu vas venir avec moi, Lotfi.

– Moi ? demanda Laurent, amusé.

– Tu vois quelqu'un d'autre ici qui s'appelle Lotfi ? Tu vas venir avec moi et tu vas me parler de la France, et moi, je vais te montrer les pyramides de Méroé, le temple d'Amon, à Naqa, et celui d'Apédémak, le dieu-lion, à Musawwarat es-Sofra. Je te montrerai le Nil Bleu et quand nous arriverons à Khartoum, nous irons boire un *chai*, et alors tu choisiras si tu veux rentrer en France, ou braver la mort en allant vers la guerre.

Cette nuit-là, Laurent dormit mal, dans la chaleur étouffante. Il avait pourtant été bercé par le chant des muezzins, qui partaient des mosquées de la ville à l'heure des cinq prières.

Croyait-il en Dieu ? Absolument pas. Il était un athéiste anticlérical convaincu, pourtant, perdu dans ses pensées et dans la ville, quelqu'un était venu lui tendre la main.

Était-ce complètement inconscient de la part de Laurent de suivre cet homme dont il ne savait rien ? Et puis, qu'est-ce qui l'attendait à Khartoum ? Khartoum n'était pas Metemetko, aucun de ses ancêtres ne venait de Khartoum, ni même du Soudan, mais il avait ressenti une impression étrange, dans les rues de Port-Soudan, comme si les traits de certains hommes, sous leurs turbans, lui étaient familiers.

Le lendemain matin, à l'heure dite, il rejoignit Youssouf au lieu de rendez-vous, qui s'illumina à sa vue et lui tendit un gobelet de café, fortement parfumé à la cardamome et au gingembre.

Le camion de Youssouf devait avoir vingt ou trente ans, mais chaque fois, avant de lancer le moteur, il faisait une courte prière, et le moteur partait.

– *Kaif tamam ?* demanda Youssouf.
– *Tamam al, hamdulillah*, répondit Lotfi.
Ce qui signifiait : « Tout va bien, grâce à Dieu. »

Pendant les cent premiers kilomètres, ils longèrent les collines de la mer Rouge et la passe d'Aqaba. Il faisait beau, comme toujours à cette période, et chaud – on était entré déjà dans la saison sèche, mais la vue de la mer apaisa Laurent. Youssouf parlait de choses légères, plaisantait, montrait les collines, souriait et klaxonnait lorsqu'ils croisaient un camion.

– Il y avait un train, avant, qui allait jusqu'à Khartoum, mais il a été fermé. Trop dangereux, ou pas assez de passagers, pas assez de business. Ici, comme partout, tout marche au business.

Après une heure et demie de route, le camion quitta tout à coup la mer, vira à droite et s'enfonça dans les terres arides. Pendant deux heures, ils traversèrent de temps en temps des petits villages, ou des petites villes.

Youssouf le bombarda de questions, sur sa vie, la France, ses aventures, les raisons qui l'avaient mené ici. Laurent était impressionné de la maîtrise qu'avait son chauffeur de la langue anglaise. Youssouf lui apprit qu'en plus de l'arabe, l'anglais était également, depuis trois ans seulement, langue officielle du pays.

Ils s'arrêtèrent à Haiya pour acheter de l'eau et du thé, car ils entamaient ensuite une portion de route de plus de trois heures, dans le désert, sans aucune autre étape. Youssouf se fit plus sérieux.

Pendant cette portion, il enseigna à Lotfi des rudiments d'arabe. S'ils venaient à se faire arrêter, il devrait convaincre les assaillants qu'il était musulman. Il commença par une petite prière des plus simples, verset 202 de la deuxième sourate du Coran : *Rab-banā ātinā fid dunyā hasanatan – wa fil ākhirati hasanatan – waqinā azāban nār* : « Notre Seigneur, accorde-nous une belle part dans ce monde ainsi qu'une belle part dans l'au-delà, et protège-nous contre le châtiment du feu. »

Lotfi répéta, plusieurs fois, les consonances gutturales auxquelles il n'était pas habitué, ayant appris, plus jeune, pour faire plaisir à sa mère, le Notre Père et d'autres prières catholiques avec la plus grande lassitude.

Lorsqu'il eut maîtrisé la première prière, Youssouf passa à la suivante, un peu plus longue, cette fois : *Rab-banā lā tozigh qulūbanā – ba'da iz haddaytanā – wa hablanā milla-dunka rahma – innaka antal wahhāb* : « Notre Seigneur, ne laisse pas dévier nos cœurs après que Tu nous as guidés, et accorde-nous Ta miséricorde ; en vérité, Toi seul es le Grand Donateur. » Sourate III, verset 9.

Et lorsqu'il eut appris celle-ci, Youssouf en trouva une autre, et ainsi de suite, si bien que Laurent finit par se demander s'il n'avait pas été converti à son insu, dans un camion, au milieu du désert, sur la route de Khartoum. Il fit part à Youssouf de ses doutes et celui-ci éclata de rire, puis redevenant subitement sérieux, lui dit à voix basse : *Ashhadu allâh illâha illâ-l-lâh, wa-'ashhadu'anna Muhammadan rassûlu-l-lâh* : « J'atteste qu'il n'y a pas de divinité en dehors de Dieu et que Mahomet est l'envoyé de Dieu. »

– La voilà, la Chahada. Tu vois, elle est très simple. Devenir musulman, ce n'est pas plus compliqué. Ce qui est compliqué, vois-tu, c'est de le rester.

Alors, il raconta sa vie au jeune homme. Sa jeunesse, grandissant en pleine guerre civile, admirant ces hommes forts de la famille qui étaient morts au combat, puis comprenant peu à peu l'absurdité de cette guerre interminable. Ses études, pendant les dix ans de paix relative, et puis la reprise et l'enlisement des conflits, l'arrivée de la charia, les interventions risibles des Nations unies…

– Tu n'adhères pas à la charia ? demanda Laurent.

– Qu'est-ce que tu veux que je te dise ? Moi, j'ai étudié les Lumières, et la Révolution. La séparation de l'Église et de l'État. Moi, je suis un bon musulman, tu sais, pas parce que je fais les cinq prières, pas parce que j'ai fait le pèlerinage à La Mecque, mais parce que j'aime mon prochain, quelle que soit sa religion. Et même si c'est un mécréant, comme toi, je souhaite que Dieu le sauve quand même. Mais je crois que quand les imams ou les prêtres viennent dicter les lois, rien de bon ne peut arriver. Pas parce qu'ils sont pires ou meilleurs que les politiciens, mais parce qu'ils ont autre chose à faire que de dicter des lois, ils ont des âmes à sauver, des consciences à apaiser, ils ont l'amour à prêcher, les souffrances à soulager.

Il lui montra un nuage rouge, vers l'horizon :

– Regarde, c'est le haboob. La tempête de sable. Heureusement, elle ne vient pas sur nous.

Tandis que Laurent contemplait le nuage au loin, secrètement soulagé de ne pas devoir braver l'ouragan, Youssouf raconta la suite de sa vie. Son mariage arrangé, mais heureux, la naissance de ses enfants. Ses premiers voyages, avec le camion. Sur la tragédie qu'il avait endurée en perdant toute sa famille d'un coup, il ne s'étendit pas. Il préféra parler de la France, de la liberté, de l'avenir du jeune Lotfi :

– Et toi ? Tu as une femme ? Tu es marié ?

– Pas encore, non.

– Pourquoi ? Tu n'es pas moche ! Les Françaises, elles sont racistes ?

– Non, non. Enfin, certaines, si, mais il y en a beaucoup qui ne le sont pas.

– Alors, qui vas-tu épouser ? Une Noire, ou une Blanche ?

– Je ne sais pas si je vais me marier. Je ne sais pas si je crois au mariage.

– Infidèle ! Mais le sexe, alors ? Et les enfants ? Ils vont grandir dans le péché ?

Laurent ouvrit la bouche pour répondre, mais Youssouf le coupa :

– Je plaisante. Tu as raison, va, ne te marie pas. Profite !

Laurent sourit, et regarda la route désertique, il remarqua un tube de pierre ou de métal qui la longeait.

– Le pipeline des Chinois, expliqua Youssouf. Il va de Port-Soudan aux Korkofan du Sud, 1 500 kilomètres plus bas.

Après des heures de discussions théologiques, politiques et parfois simplement ludiques, les deux hommes arrivèrent à Atbara, une petite ville d'où partait la rivière du même nom, un affluent du grand Nil. Ils sortirent du camion pour se dégourdir les jambes, soulager leurs vessies et boire un autre *chai*. La température était encore montée, avoisinant les quarante degrés. Le camion n'était pas climatisé, et un air chaud entrait dans l'habitacle pendant qu'ils roulaient. Laurent avait acheté un turban, pour se fondre dans la masse et se protéger du soleil.

Lorsqu'il redémarra, Youssouf annonça joyeusement :

– Dans une heure, nous sommes à Méroé !

Laurent se demanda quelle surprise pouvait bien les attendre au milieu du désert. Il ne pouvait pas savoir que Méroé, cité antique de Nubie, était cinq siècles avant Jésus-Christ la capitale du royaume de Koush, une civilisation qui perdura durant des millénaires.

C'est en tout cas ce que lui apprit fièrement Youssouf en pénétrant sur le site archéologique, quasiment désert, une heure et demie après sa prédiction, laissant Lotfi bouche bée à la vue des trois nécropoles qui regroupaient quelque deux cents pyramides, des grandes statues d'animaux et même des bains royaux.

– La civilisation a résisté aux Égyptiens, mais elle s'est finalement éteinte après les attaques des Romains et des Éthiopiens.

Laurent marcha entre les pyramides, hautes de quelques mètres, souvent décapitées par des pilleurs de tombes, par la guerre et le temps, jadis somptueuses sûrement, mais toujours dignes. Il était le seul touriste à parcourir les grandes allées ensablées, et il écoutait Youssouf lui raconter mille détails sur chaque bâtiment, que le routier qui aurait préféré être guide touristique connaissait comme s'il l'avait construit.

Ils repartirent rapidement, et après une bonne demi-heure de route, s'arrêtèrent à Naqa, où ils visitèrent les temples d'Amon, dieu égyptien aux mille formes, et d'Apédémak, divinité nubienne à tête de lion. Encore une fois, pas de touristes. Seuls quelques chameaux, les pattes avant entravées par une corde, s'abreuvaient au puits creusé à même le site.

Enfin, ils terminèrent par Musawwarat es-Sofra, un immense complexe de temples et de ruines, qui acheva de convaincre Laurent de la splendeur de cette civilisation éteinte depuis deux millénaires.

Sur le chemin du retour, alors que la nuit tombait doucement sur les dunes de sable du Soudan, Laurent resta silencieux. Il remarqua que Youssouf devenait nerveux à mesure que l'ombre gagnait sur la lumière. Il leur restait encore trois bonnes heures de route. Son enthousiasme et sa fierté avaient obscurci son sens pratique, et lui avaient fait oublier l'heure qui passait.

Étaient-ce les nids-de-poule, plus difficiles à discerner dans l'obscurité, qui l'inquiétaient ?

Laurent comprit plus tard, alors que seuls les phares du

camion illuminaient faiblement la longue route désertique, les craintes de Youssouf.

Une barrière se dressait devant eux, les forçant à s'arrêter. Youssouf se tendit, mais tâcha de le masquer, et montra à Lotfi un visage souriant :

– Tu te souviens de tes prières ? lui demanda-t-il à voix basse.

Puis il descendit du camion et s'approcha de la barrière.

Alors qu'il venait de déplacer celle-ci, les deux hommes entendirent des voix virulentes, en arabe, et aperçurent des torches qui s'approchaient.

Youssouf, calmement, leva les mains et parla, fort mais d'une voix mesurée, à ceux qui semblaient assez mécontents qu'il ait lui-même déplacé la barrière. Laurent aperçut alors les hommes, au nombre de trois, armés de fusils type Kalachnikov, et qui les pointaient vers Youssouf.

Celui-ci semblait tenter de les convaincre qu'il n'avait rien fait de mal, et dans sa logorrhée sympathique, Laurent l'entendit plusieurs fois citer le nom d'Allah. L'un des deux hommes, inspectant le camion, aperçut alors Laurent, et braqua immédiatement son arme sur lui en lui hurlant des ordres de façon très insistante. Laurent se glaça et une sueur froide coula le long de son dos. Il regarda Youssouf, qui, sans perdre son sourire, lui fit signe de descendre du véhicule. Laurent s'exécuta, lentement. L'homme qui le braquait continuait de lui hurler après. Clairement, il attendait quelque chose de Laurent, et surtout, il attendait de Laurent qu'il le *comprenne*.

Youssouf se mit à leur expliquer, en montrant du doigt Laurent, qui il était, et pourquoi il ne parlait pas, et Laurent entendit cette fois le nom « Lotfi », répété de manière compatissante. Les hommes, désormais, regardaient tous les trois Lotfi, et ils se mirent à lui aboyer dessus.

Laurent sentit que sa dernière heure était venue.

Il allait mourir ici, exécuté au beau milieu du désert, pour avoir voulu revoir le village de ses ancêtres. Que n'était-il pas resté à Paris, tranquillement, devant la télé ? Que n'était-il pas allé à Londres, avec Antoine, boire avec insouciance quelques bières dans les pubs anglais, ne risquant qu'une migraine le lendemain, ou une addition trop salée ? Mais non, il avait voulu *l'aventure*, et désormais il était là, trop pétrifié pour bouger, persuadé que la moindre parole proférée en anglais ou en français ou toute autre langue que l'arabe le ferait passer pour un espion, un otage potentiel, un traître, et qu'il serait abattu sans autre forme de procès.

Il regarda Youssouf, qui l'encourageait du regard. Mais l'encourager à quoi ? Puis, Youssouf fit un signe discret, le signe de deux mains qui se joignent, signe qui, pour les chrétiens, annonçait et accompagnait une prière.

Laurent regarda alors les trois hommes, ferma les yeux et dit :

– *Ashhadu allâh illâha illâ-l-lâh, wa-'ashhadu'anna Muhammadan rassûlu-l-lâh.*

Puis il embraya automatiquement sur :

– *Rab-banā lā tozigh qulūbanā – ba'da iz haddaytanā – wa hablanā milla-dunka rahma – innaka antal wahhāb.*

Et ainsi, il récita le plus fidèlement qu'il put les leçons de Youssouf, prière après prière, jusqu'à ce que ledit Youssouf, venant à sa rescousse, l'interrompe en l'excusant auprès de ces messieurs pour son manque de conversation. Que voulez-vous, Lotfi était gentil, mais un peu simple.

Les trois hommes continuèrent d'aboyer quelques paroles salées, puis ils baissèrent leurs armes et firent signe à Youssouf de repartir au plus vite, non sans une grimace de mépris pour ce pauvre Lotfi.

Dans le camion, ils roulèrent en silence pendant quelques

minutes, puis Youssouf le philosophe dit simplement, en haussant les épaules :

– *As-Sudan.*

« Le Soudan. »

Deux heures plus tard, au milieu de la nuit, de grandes lignes à haute tension qui bordaient la route, ainsi que des débris variés, pneus, chaises brisées, matelas éventrés, cadavres d'animaux, leur indiquèrent qu'ils arrivaient enfin à Khartoum. Youssouf invita son jeune ami à passer la nuit dans sa modeste demeure. Il habitait, seul, un petit appartement, en bordure de la grande ville. Demain, Laurent irait trouver un logement qui lui conviendrait mieux, mais pour ce soir, mieux valait limiter les risques. Laurent dormit sur le sol, la tête sur une couverture roulée, et juste avant qu'il ne s'abandonne dans les bras de Morphée, le chauffeur-guide lui demanda :

– *Kaif tamam ?*

Et Laurent répondit :

– *Tamam al, hamdulillah.*

Au petit matin, il fut réveillé par l'odeur des beignets qu'on faisait frire.

En bas de chez Youssouf, une femme assez ronde, délicatement voilée, préparait le thé, le café et le petit déjeuner. À Khartoum, on n'allait pas dans les cafés, mais on s'asseyait sur des petits tabourets en plastique autour des *sitta-chai*, les dames du thé.

En parcourant la ville, Laurent croisa des vendeurs à la sauvette. Un petit marché offrait au client toutes sortes de paniers d'osier. Les *rickshaws*, ou *tuk-tuk*, des petits taxis montés sur des vélos, que l'on trouvait en masse à Hong Kong lorsque les Anglais dirigeaient la ville, sillonnaient les rues de la capitale soudanaise. Ici et là, des livreurs de blocs de glace apportaient à qui le demandait le moyen le plus direct de se rafraîchir, ou de conserver ses aliments. C'était une course contre la chaleur, car même en plein hiver, il n'était pas rare d'atteindre trente-cinq degrés. Laurent s'étonna de l'hospitalité des Soudanais, qui sitôt qu'ils apprenaient qu'il était français l'invitaient à boire le thé dans leur maison, ou à partager un jeu de cartes local.

Youssouf n'abandonna pas pour autant son rôle de guide auprès du jeune cousin Lotfi : il le mena au « quartier d'affaires », deux grandes tours démesurées appartenant aux deux compagnies pétrolières qui régnaient sur l'économie du pays avant la guerre, il y a une éternité, donc.

Il lui montra les restaurants les plus réputés, les souks des quartiers populaires, et l'emmena enfin à l'île de Tuti, là où se rencontraient le Nil Bleu, qui prenait sa source en Éthiopie, et le Nil Blanc, descendant du lac Victoria.

Sous le pont suspendu qui reliait l'île à la capitale, les hommes buvaient un thé, un café, ou un jus, en regardant passer le temps, en rêvant à la paix.

– Alors, tu vois, Lotfi, te voilà à Khartoum. À l'est, le désert, la mer Rouge, l'Érythrée et l'Éthiopie. À l'ouest, le Darfour et le Tchad. Partout, la guerre, la famine, la sécheresse. Mais ici, on boit le *chai*.

Laurent avala une gorgée du breuvage brûlant et trop sucré et, tout en se demandant ce qu'il ferait demain, il remercia le ciel d'être là aujourd'hui.

*

À quelques milliers de kilomètres de Laurent, Anna, Antoine et le *Pharaon* voguaient paisiblement dans des eaux pourtant aussi peu clémentes. Lorsqu'ils quittèrent Djibouti et entrèrent dans le golfe d'Aden, Antoine fut surpris d'entendre le capitaine donner un ordre pour le moins inhabituel : les lances d'incendie, tournées vers l'extérieur, déversaient l'eau dans la mer telles des fontaines latérales.

Ce fut un marin des Balkans qui lui en donna l'explication : les pirates somaliens sillonnaient la mer d'Arabie.

À l'origine, c'étaient de simples pêcheurs qui vivaient dans la partie la plus stable de la Somalie, mais pour protester contre les chalutiers et les cargos qui faisaient fuir le poisson et les empêchaient d'exercer leur activité, ils s'étaient mis à leur faire peur, prenant en otage les équipages et les encourageant à passer au large.

Ce faisant, ils s'étaient rendu compte que cette activité était bien plus lucrative que la pêche, et les millions de dollars qu'ils percevaient des compagnies pétrolières étaient redistribués dans les villages, encourageant la population à protéger les pirates, et alimentant ainsi une économie tout entière, fondée sur la piraterie.

Les lances allumées envoyaient un signal clair à d'éventuels agresseurs : *Nous saurons nous défendre.*

Antoine déglutit, et n'avoua la raison de cette curieuse manœuvre à Anna que lorsqu'ils furent sortis de ces eaux périlleuses.

Les jours s'étirèrent, de côte en côte, d'escale en escale, chaque port ressemblant au suivant.

Dans le golfe d'Oman, ils firent escale à Dubaï, cette mégalopole expansive, et contemplèrent du bateau l'hôtel Burj al-Arab, qui ressemblait à une voile géante perchée sur la mer, et le plus grand building du monde, la future tour Burj Dubaï, qui devait, une fois achevée, dépasser les 800 mètres de haut. Antoine était persuadé qu'Anna mourait d'envie de découvrir les boîtes de nuit de la ville, réputées pour être démesurées, elles aussi, mais il fut surpris d'apprendre qu'elle préférait rester à bord.

À Karachi, au Pakistan, ils descendirent pour se perdre dans les rues de cette ville de plus de vingt millions d'habitants, la plus peuplée du monde musulman. Ils achetèrent quelques épices, traversèrent rapidement un des malls de la ville, passèrent devant un musée et remontèrent sur leur *Pharaon*, qui entama la dernière étape de sa traversée.

Enfin, après vingt-huit jours de voyage, comme l'avait prédit le capitaine, ils atteignirent la destination espérée.

Lorsqu'en 1534 les Portugais s'emparèrent de sept îles voisines, ils nommèrent cet archipel, idéal pour accoster, Bom Bahia, « bonne baie ». Au fil des siècles, l'île fut remodelée en une seule, puis finalement raccordée au continent, et elle passa longtemps aux mains des Britanniques, avant que l'Inde n'accède enfin à l'indépendance, en 1947, mais le nom, lui, resta, et Bom Bahia devint Bombay, ou Mumbai, la capitale du Maharashtra, la cité des rêves, la ville la plus peuplée d'Inde.

Anna et Antoine prirent congé du capitaine, non sans l'avoir chaleureusement remercié, et posèrent le pied, sans papiers, sans identité, sur le sol du deuxième pays le plus peuplé du monde.

– Et maintenant, on va où ? demanda Anna à son frère.

Alors, Antoine plongea la main dans sa poche, et ouvrit le premier papier.

18.

Hyderabad

En pénétrant sur le territoire indien, Antoine et Anna n'avaient ni papiers, ni portefeuille, ni téléphone. Ils étaient aussi démunis qu'un réfugié en Europe, à ceci près que leur couleur de peau n'attirait pas le mépris, mais au contraire un intérêt particulier de la part des enfants, qui se jetaient sur eux en espérant l'aumône.

Après un mois de travail sur le *Pharaon*, ils avaient tout de même reçu un petit salaire. En descendant du port, ils s'offrirent le luxe de monter dans un *rickshaw*, qui les mena jusqu'au vieux centre, les fit payer beaucoup plus cher que ce qu'ils auraient dû payer, et tenta absolument de les faire entrer dans le magasin d'un cousin à lui. Ils refusèrent poliment et s'installèrent dans un café où ils commandèrent deux *chais*. Sans le savoir, ils venaient de vivre la même expérience à Bombay que Laurent à Khartoum. Sauf que l'Inde était plutôt déchirée par le tourisme que par une guerre civile, et l'on risquait bien plus d'y mourir sur la route que dans une embuscade.

L'Inde était un immense territoire gluant et grouillant sur lequel les voyageurs en quête de spiritualité, comme les explorateurs et les conquérants du passé, venaient s'échouer et finissaient soit par repartir, en emportant un bout de ce pays ou en jurant de ne jamais y remettre les pieds, soit par se dissoudre dans la masse hétéroclite. D'Alexandre le Grand à l'Empire britannique, tous avaient fini par jeter l'éponge.

En Russie, c'était le froid glacial et la résistance jusqu'à la mort de ce peuple obtus qui avaient anéanti les soldats de Napoléon, et plus récemment ceux de la Wehrmacht, au prix d'innombrables vies humaines.

En Inde, la résistance était intérieure. Les puissances étrangères venaient et s'emparaient de ces montagnes, les plus hautes du monde, de ces côtes somptueuses, de ces palais de contes de fées, mais une fois rendus maîtres, ils se retrouvaient désemparés face à la philosophie désabusée des Indiens, qui semblaient dire : *Je serai encore là dans des centaines d'années, quand toi et tes enfants, vous serez rentrés dans votre pays froid et mécaniquement ordonné.*

Et le glaive du conquérant finissait par s'émousser, ou par rouiller, sur tant de résistance passive, et les maîtres d'un jour ou d'un siècle, épuisés par les moustiques, la chaleur ou la maladie, s'effondraient ou repartaient, la queue entre les jambes, laissant derrière eux ce monde grouillant, étouffant, et la chaleur sèche de l'après-mousson.

Anna et Antoine furent frappés, heurtés même, par la saleté, les odeurs et les bruits de Bombay.

Les ordures jonchaient le sol.

Tout était décrépit, mal entretenu.

– Bon, dit Antoine, on est en Inde. Le cauchemar hygiénique de Jennifer. Les règles de base : on ne boit que de l'eau en bouteille, on ne mange pas de crudités, on se lave les mains avant de passer à table.

– Cinquante roupies que tu tombes malade avant moi.

– Après ce que je viens de vivre sur le bateau, je crois que mon estomac est en béton.

– Chiche de manger ce truc, là ? dit-elle en pointant du doigt un vendeur à la sauvette.

– Pas chiche.

– Pas fun, maugréa-t-elle.

– Un petit point sur notre situation. Le positif : on est là. Le négatif : pas de papiers, pas de téléphone, très peu d'argent.

– On est pas encore là-là.

– Très juste.

Antoine sortit à nouveau le petit papier de Hripsimé, sur lequel étaient écrits deux mots :

Azkanouche
Hyderabad

Le premier mot, *Azkanouche*, était sûrement le nom de la personne qu'ils devaient retrouver. Le second, *Hyderabad*, était la capitale de l'État d'Andhra Pradesh. À la frontière de l'Inde du Nord et du Sud, les musulmans et les hindous y cohabitaient en paix depuis des lustres.

– D'où ma question suivante : est-ce qu'on traîne à Bombay, à faire les touristes, ou est-ce qu'on file à Hyderabad ?

– Antoine, on vient de passer un mois sur un bateau pour faire plaisir à notre vieille sorcière d'arrière-grand-mère. C'est pas pour faire du shopping : on a un trafiquant d'armes à retrouver.

– Qui est aussi notre père. C'est loin, Hyderabad ?

Anna héla le serveur, et lui posa la question. Le serveur eut un geste de la tête que les deux jeunes gens eurent par la suite à souvent rencontrer : une sorte de dodelinement, de gauche à droite, qui signifiait autant oui que non.

– C'est-à-dire ? En train, c'est combien de temps ?

– *Not long*, répondit-il.

« Pas longtemps. »

– C'est-à-dire ? redemanda Anna.

Il eut une petite moue, dodelina à nouveau de la tête, et répondit :

– Quinze heures.

Antoine acquiesça, en soupirant.

– C'est toujours moins que vingt-huit jours, remarqua Anna.

En demandant le chemin de la gare aux locaux qu'ils croisaient, nos deux héros finirent par arriver à la Chhatrapati Shivaji Maharaj Terminus, qui douze ans auparavant était encore nommée la Victoria Terminus. Construite à la fin du XIXe siècle, mêlant un style néogothique victorien à des éléments indiens, elle comptait probablement parmi les plus belles gares du monde.

Un mois plus tard, le 26 novembre, vers 10 heures et demie du soir, c'est dans cette même gare que deux terroristes islamistes ouvriraient le feu, armés de fusils AK-47 et de grenades, tuant plus de cinquante personnes, tandis que leurs collègues semaient la terreur et la mort ailleurs dans la ville.

Mais en ce 29 octobre, à part une cheville foulée en glissant sur un aliment laissé au sol, ou une attaque gastrique en consommant un *lassi* à la provenance douteuse, Anna et Antoine ne risquaient pas grand-chose, et après une queue qui leur sembla interminable, ils apprirent, dépités, que le prochain départ pour Hyderabad se ferait à la Mumbai Lokmanya Tilak Terminus Railway Station, qu'ils pouvaient cependant rejoindre en prenant un bus. « Quel bus ? » demanda Antoine. Mais il reçut en retour le fameux dodelinement de tête.

Finalement, ce fut un train de banlieue dans lequel ils s'embarquèrent, l'EMU Slow Local, et qui les mena à bon port, après quarante minutes compressés dans un bain d'humanité. À la gare, il fallut faire la queue une nouvelle fois, en résistant à la tentation de doubler tout le monde, comme le faisaient sans vergogne les locaux.

En arrivant au guichet, lorsque Antoine demanda un billet pour Hyderabad, le fonctionnaire répondit, en anglais :

– Avez-vous rempli le formulaire ?

– Le formulaire ? répéta Antoine, poliment.

– Le formulaire pour votre demande de billet.

– Je vous demande un billet, là, maintenant. Deux billets, même.

– Mais avez-vous rempli le formulaire ?

– Quel formulaire ?

Le guichetier, sans aucune forme de politesse, fit signe à Antoine de se mettre sur le côté et un homme joufflu, passant devant lui, se mit à converser en hindi avec le guichetier. Antoine se dit qu'il allait revenir vers lui, mais non, l'ignorant royalement, il continua à servir les clients suivants.

– Excusez-moi…, dit Antoine après avoir laissé passer trois personnes.

– Il faut le formulaire ! Allez chercher le formulaire.

Ce fut Anna qui finalement trouva les papiers et les fameux formulaires qui leur permettraient d'obtenir les précieux sésames. Alors, seulement, le guichetier annonça :

– Ce train est complet.

Et il fit signe à nouveau à Antoine de passer sur le côté. Anna se pencha et lui dit en anglais, droit dans les yeux :

– Écoute-moi bien, toi, on va monter sur ce putain de train, alors soit tu nous vends tes putains de billets, soit je passe derrière ton putain de comptoir, et je t'arrache ta putain de langue.

Sur le quai, ils constatèrent l'absence globale de signalétique pour trouver leur wagon, et la longueur – immense – de leur train. À bout de patience, ils finirent par entrer dans le premier wagon venu, et tentèrent, tels des saumons, de remonter la foule à la recherche de leur compartiment, tandis que le train commençait à se mouvoir.

Ils avaient pris des billets en classe *sleeper*, des banquettes qui se transformaient en couchettes. En théorie, cela signifiait six personnes par compartiment, mais lorsqu'ils parvinrent enfin au leur, une dizaine d'Indiens – portant deux ou trois bagages par personne – s'étaient déjà entassés sur les banquettes, dont une famille au grand complet, avec un bébé qui hurlait déjà.

De toutes les façons, même sans le bébé, qui trouva la force de pleurer toute la nuit, il eût été impossible de dormir. Les vendeurs d'eau, de *chai* et d'autres grignotades passaient régulièrement en annonçant leurs denrées de manière sonore. Les voyageurs parlaient, vivaient, dormaient, flatulaient, jetaient leurs ordures par les fenêtres et ne semblaient pas se poser plus de questions que ça lorsque le train s'arrêtait, en pleine voie, parfois pendant une heure. À chaque escale, tout le monde descendait se restaurer, mais il fallait toujours être attentif à sa place qui, si elle était abandonnée plus de deux minutes, trouvait immédiatement un nouvel occupant.

Et lorsqu'un calme relatif emplissait la cabine, les blattes et les souris sortaient, pour le plus grand bonheur d'Anna.

La durée théorique du voyage – quinze heures – fut allongée de six. Bien sûr, en *sleeper class*, il n'y avait pas de climatisation, et en cette saison chaude, Antoine et Anna suèrent comme des bœufs en route pour l'abattoir.

Les arrivées en gare n'étaient absolument pas annoncées, et chaque fois Antoine tentait d'apercevoir la ville où le train s'était arrêté, sans pour autant perdre son siège ou sa couchette, guettée par des hommes envieux de ce luxe relatif. Puis il constatait, hélas, un retard grandissant, et fermait les yeux en espérant vainement une heure ou deux de sommeil.

Heureusement, Hyderabad étant le terminus de ce train, ils

ne purent rater leur arrivée. Une marée humaine descendit comme un seul homme, emportant poules, bébés et bagages, et Anna eut ce mot qui résuma leur impression à tous les deux :

– Une douche. Mon royaume pour une douche.

La première nuit, ils dormirent à l'hôtel. Un grand hôtel de luxe, dans lequel ils purent prendre un long bain froid, se sécher avec des serviettes propres et odorantes, et utiliser avec bonheur du vrai papier toilette, dont ils conservèrent un rouleau dans leurs affaires, au cas où. Ils s'endormirent avant le coucher du soleil, et furent réveillés par les femmes de ménage, à 11 heures, le lendemain matin. Ayant largement dépassé leur budget, ils se retrouvèrent donc à la rue, frais et dispos, pour une journée de recherche.

Ils n'avaient pas tout à fait saisi l'ampleur d'Hyderabad.

Sept millions d'habitants, c'étaient les aires urbaines de Lyon, Marseille, Toulouse, Bordeaux et Nice additionnées. Et au sein d'un pays dont la densité venait de les frapper de plein fouet, ils devaient retrouver une personne dont ils ne connaissaient qu'une partie du nom : Azkanouche.

À midi, il faisait trente-huit degrés, et ils suaient à nouveau dans leurs vêtements propres. Le temps, ici, s'étirait longuement. Les embouteillages congestionnaient la ville, et ils mirent près de deux heures à atteindre la mairie, après avoir été baladés entre assemblée régionale, palais de justice et salles communales. Une fois à la mairie, ils passèrent encore un temps infini à obtenir le service concerné, puis, lorsqu'ils lui expliquèrent qu'ils recherchaient quelqu'un du nom d'Azkanouche, les yeux du fonctionnaire – pourtant étonnamment aimable et compréhensif – s'arrondirent en deux soucoupes incrédules.

– Ce n'est pas un nom indien, expliqua-t-il.

– Mais est-il possible de savoir s'il habite dans cette ville ? demanda Antoine.

– Avez-vous son adresse ?

– Non, c'est ce que nous cherchons, justement, répondit notre héros.

– Quel âge a-t-il ?

– Nous ne savons pas.

– Est-ce un homme, une femme ?

– Nous ne savons pas.

Le fonctionnaire regarda Antoine et Anna d'un air désemparé. Puis il secoua la tête, et cette fois, ce n'était pas un dodelinement.

Une étrange impression de déjà-vu saisit Anna. La dernière fois, il avait fallu qu'elle couche avec un inspecteur de police pour obtenir l'information. Mais la dernière fois, ils avaient un nom complet, une date de naissance, une description, une date d'arrivée dans le pays. Et au vu des policiers bedonnants qu'ils avaient croisés à la circulation des carrefours d'Hyderabad, la contrepartie sexuelle était hors de question.

Lorsqu'ils sortirent, dépités, du *town hall*, le jour commençait déjà à décliner. Ils recomptèrent les quelques billets qui leur restaient, et décidèrent de faire dans l'économie.

Anna avait eu, par le passé, des expériences de camping spartiates. Antoine, même si Jennifer l'avait habitué à un certain degré d'exigence en ce qui concernait le confort de leurs voyages, se targuait d'avoir l'esprit ouvert et, même s'il appréciait une chambre bien rangée, ne se définissait pas comme un maniaque de la propreté. Mais tous deux découvrirent cette nuit-là qu'il était possible de vendre – pour un prix dérisoire, certes – une petite chambre crasseuse, sans toilettes, sans douche, avec des rats qu'ils entendaient courir entre les lits dès l'extinction des feux.

Après avoir tenté toute la nuit, sans succès, d'obturer le passage des rongeurs, Antoine finit par sortir prendre l'air, à l'aube, et trouva sa sœur assise sur une chaise en plastique, qui fumait une cigarette roulée. Sa main tremblait.

– Toi non plus, tu n'arrives pas à dormir ?

– Antoine, y a des *rats* dans notre chambre.

– Je sais, je sais.

– Je suis allée jusqu'aux toilettes, là, dans la cour, j'ai allumé la lumière…

– … Des cafards ? devina-t-il.

– Des dizaines. Des dizaines de bestioles qui sont parties en grouillant autour de l'interrupteur.

– Je sais.

– Antoine, c'est pas possible. On peut pas rester là.

– Non.

Ils partagèrent un profond soupir.

– Ce mec, là, reprit Anna, cet Azkanouche…

– Si c'est un mec, précisa Antoine.

– … On va pas le retrouver en deux jours.

– Non.

– Je sais même pas comment on va faire pour le retrouver, mais si on le retrouve, ce sera pas en deux jours.

– Non.

– Qu'est-ce qu'on fait, Antoine ?

– Je sais pas.

Il s'accroupit au sol, et tendit la main vers Anna. Elle le regarda sans comprendre.

– Qu'est-ce que tu veux ?

Il montra sa cigarette, à moitié consumée.

– Ma clope ? Tu veux ma clope ?

– Une taffe.

Anna laissa tomber sa mâchoire, sidérée. Son frère, Antoine

Lefèvre, l'homme qui était toujours en maîtrise totale de lui-même, le chantre de la rationalité, son frère voulait fumer une cigarette ?

– Tu déconnes, là ?

– Juste une taffe, ça va.

Elle tendit l'objet du délit, il inhala et recracha lentement la fumée.

– Mais tu crapotes pas ? Et tu tousses même pas ? Qui êtes-vous et qu'avez-vous fait de mon frère ?

– J'ai eu une petite période où je fumais en cachette.

– … Toi ? Pourquoi ? Pour avoir l'air cool ?

– Même pas. Je fumais tout seul, dans ma chambre. Je parle de ça, j'étais ado, hein…

Il tira une nouvelle bouffée.

– Mais pourquoi t'as arrêté ? Et pourquoi tu fumais, alors ?

– J'ai arrêté à cause de Jennifer, je pense. Et j'ai fumé parce que… papa fumait.

– Papa fumait ?

– Des gauloises blondes.

– Tu te souviens de ça ?

– C'est l'odeur. La première fois que j'ai senti cette odeur, ça m'a rappelé papa. Alors, j'ai demandé à maman la marque de ses cigarettes, et… voilà.

Anna le laissa terminer la cigarette qu'elle avait roulée. Puis elle dit :

– On est peut-être là pour un mois.

– Un mois avec les rats, acquiesça Antoine.

– Non. Justement. Si on est là pour un mois, on va trouver un appart.

– … Et comment on va le payer ?

– On va travailler.

Antoine acquiesça, séduit et étonné par la réaction de sa sœur. Puis il doucha son enthousiasme :

– Je sais pas si tu as entendu parler du salaire moyen, ici, mais…

– On va utiliser nos compétences. Je suis sûre qu'il y a des Français qui vivent ici. Les Français sont partout. Moi je peux faire jeune fille au pair, toi tu peux donner des cours particuliers. Il doit au moins y avoir une Alliance française, ou un truc comme ça. On dépose une annonce, on se bouge le cul, on trouve un taf, un réseau. Et quand on sera installés, on retrouve Azkanouche.

Antoine observa sa sœur, sans rien dire. Puis il sourit. Depuis quand avait-elle cette montagne de volonté, et cet esprit d'initiative ? Était-ce simplement de le découvrir désemparé, d'apprendre son honteux passé de fumeur ? Avait-elle tant *changé*, depuis trois mois, ou avait-elle toujours été cette même personne, aux yeux de tous sauf de son frère ?

– Qu'est-ce que t'en penses ? demanda-t-elle.

Il pensa à la nuit qu'ils venaient de passer. Aux rats, aux cafards. Pouvaient-ils descendre plus bas ? Alors, il sourit et répondit :

– C'est toi le chef.

Bien sûr, le plan initial eut quelques accrocs, et ils durent encore passer quelques nuits dans des établissements d'un niveau d'hygiène équivalent à celui-là, mais à force d'abnégation et de volonté, Anna parvint à se faire embaucher dans un restaurant de gastronomie française, et ce fut Antoine qui se retrouva bombardé précepteur, dans une grande famille pourtant britannique, mais qui cherchait quelqu'un pour préparer les enfants à leur prochain voyage à Paris. Anna trouva même plaisir à découper des frites et piquer des entrecôtes, et elle était souvent désignée pour aller déclamer la liste des plats du jour aux clients, car son joli sourire et son petit accent *frenchy* faisaient des merveilles. Par l'intermédiaire de ses collègues de cuisine, elle trouva un appartement à 8 000 roupies par mois – environ 100 euros – tout à fait convenable, au troisième étage d'un immeuble pas trop délabré, dans le quartier de Charminar, la mosquée aux quatre minarets. C'était un quartier musulman de la ville, animé et bondé, quadrillé de ruelles et de bazars.

Dans l'appartement, il y avait un matelas, quelques casseroles, quelques meubles, rien de plus que le strict minimum, et c'était tout cc qu'ils désiraient, après tout : rien de plus qu'un peu d'intimité.

Pendant leur temps libre, ils parcouraient la ville, à pied, en bus, ou à vélo. Antoine avait récupéré et retapé un vieux vélo rouillé, que lui et Anna se partageaient un jour sur deux.

En cherchant sur Internet, ils avaient découvert qu'Azkanouche était un prénom féminin arménien, qui signifiait « la femme aux secrets ». De circonstance, donc. Ils savaient désormais qu'ils recherchaient une femme.

À chaque nouvelle relation qu'ils nouaient, ils posaient la même question : « Est-ce que tu connaîtrais, ou aurais-tu entendu parler d'une Azkanouche qui vivrait ici, à Hyderabad ? » Mais chaque fois, la tête dodelinait. Aishwarya, oui. Abhidhya, oui. Avinash, Ashwini, Amitabh, Abhijeet, ils connaissaient. Az-Zahra, Asmaa, Azhaar ou Aziza, peut-être. Mais Azkanouche ? Quel nom étrange.

Antoine et Anna eurent l'idée d'approcher la communauté arménienne de la ville, mais celle-ci n'existait pas. Des chrétiens arméniens s'étaient effectivement installés en Inde et en Asie, au cours des siècles, fondant ici et là quelques églises, mais ils s'étaient tous retirés pendant l'occupation britannique.

Au bout de quinze jours, nos deux héros s'étaient acclimatés au temps chaud et sec, à la ville surpeuplée, au bruit et aux odeurs d'épices et de déchets brûlés. Mais ils n'avaient pas avancé d'un iota sur leur recherche.

Alors, quand Anna rentra à la maison et annonça : « J'ai peut-être trouvé quelque chose », Antoine arrêta sur-le-champ ce qu'il était en train de faire – le ménage, pour changer – et pressa sa sœur de questions.

Pour comprendre le caractère nouveau et exceptionnel de la discussion qui s'ensuivit, il faut te replonger, lecteur, dans l'année 2008.

En 2008, Vladimir Poutine laissait la présidence de la Russie à Dmitri Medvedev, et personne ne soupçonnait alors qu'il reviendrait au pouvoir quatre ans plus tard, sans jamais l'avoir vraiment quitté.

En 2008, l'Espagne gagnait le Championnat d'Europe de football, après quarante ans de disette. En tennis, les titres se partageaient entre Federer, Nadal et Djokovic chez les hommes, et chez les dames entre les sœurs Williams.

En 2008, la banque Lehman Brothers faisait faillite et entraînait le début de la crise des *subprimes*.

En Irak et en Afghanistan, les attentats suicides étaient aussi meurtriers que quotidiens. En France, le dernier poilu mourait. Aux États-Unis, Barack Obama était élu.

En 2008, dans le monde, la firme Apple présentait son tout nouveau téléphone, l'iPhone 3G, capable de se connecter à l'Internet via les réseaux téléphoniques.

Et en 2008, on parlait beaucoup de ce nouveau site Web gratuit qui permettait à tous les gens qui possédaient une adresse mail valide de se créer un « profil », puis de partir à la recherche de nouveaux « amis ».

Ce petit paragraphe pour rappeler qu'en 2008, si Google avait déjà dix ans, Facebook n'était qu'une petite entreprise naissante, dont l'interface française n'était arrivée qu'en mars de cette année-là, et il n'était pas automatique d'y rechercher quelqu'un. D'ailleurs, en 2008, beaucoup de gens n'y étaient pas inscrits. Oui, en 2008, il existait encore des gens dans le monde qui n'avaient pas de « profil Facebook ».

Antoine, par exemple, pourtant curieux de tout, n'avait qu'entendu parler de ce site, dans de douloureuses circonstances, à Budapest, et lorsque Anna lui apprit qu'elle y avait trouvé quelque chose, il fallut d'abord qu'elle lui explique en quoi, exactement, consistait ce réseau social, avant de faire le récit de sa découverte.

Une heure plus tôt, elle était en train de lire ses messages dans un café Internet local – car en 2008 posséder un smartphone connecté en permanence était encore rare – et avait eu l'idée de taper dans la barre de recherche de Facebook le nom d'Azkanouche. À sa grande surprise, elle avait trouvé plusieurs occurrences, principalement issues d'Arménie, ou de la diaspora arménienne. Ce n'était donc pas un prénom si rare.

En faisant défiler, longuement, la liste des Azkanouche du monde entier, elle s'était arrêtée soudain sur un profil, telle une chercheuse d'or découvrant une pépite : une jeune étudiante, qui résidait à Hyderabad, se nommait Shanti Azkanouche Khan.

– Incroyable ! s'écria Antoine. Et alors ?

– Alors, je l'ai *demandée en amie*, répondit Anna.

– Tu l'as quoi ?

Il fallut alors expliquer à Antoine ce que voulait dire cette expression étrange. Puis les deux descendirent au café Internet local, et Anna lui montra sa découverte. Le profil ne contenait pas de photos de la jeune fille, plutôt des illustrations artistiques, des œuvres d'art, des paysages… qui contrastait avec le profil d'Anna, très explicite.

– Bon, dit Antoine, je ne sais pas si c'est elle qu'on cherche, mais c'est la seule Azkanouche qu'on ait sous le coude, on ne va pas faire la fine bouche.

Le lendemain, la jeune fille avait accepté la demande d'Anna. Celles-ci se mirent alors à correspondre, Anna lui expliquant, en substance, le but de leur recherche : ils étaient à la recherche de leur père, Charles Lefèvre. Ou Karl von Markgraff. Ou peut-être Charles Dertli. On leur avait parlé d'une Azkanouche, à Hyderabad, qui le connaîtrait peut-être.

La jeune fille répondit poliment, sur le réseau, qu'elle aurait aimé pouvoir les aider, mais qu'elle ne connaissait ni Charles, ni Karl, ni aucun des noms évoqués. Elle ne connaissait à vrai dire pas de Français ni d'Arméniens, et c'était uniquement parce qu'ils trouvaient ce prénom joli et original que ses parents le lui avaient donné, son père étant musulman et sa mère hindoue.

Néanmoins, elle leur proposait de boire un thé en ville, afin qu'ils lui racontent leur histoire de façon plus détaillée. Le rendez-vous fut pris, et quelques jours plus tard, Antoine et Anna rencontraient la jeune fille.

Lorsqu'ils pénétrèrent dans l'hôtel à l'intérieur duquel se trouvait le café qu'elle avait choisi, Anna comprit avant même qu'elle n'arrive que Shanti n'était probablement pas issue d'un milieu populaire : les prix étaient presque européens, ce qui, pour un établissement indien, était d'autant plus inaccessible à la majorité de la population.

L'Inde était un système de castes, dont les *Brahmins*, les prêtres, occupaient le sommet de la hiérarchie, et dont les *Dalits*, les intouchables, étaient voués à balayer les rues, à ramasser les ordures et à nettoyer les cadavres.

Anna, en l'attendant, eut le pressentiment que Shanti Khan appartenait à la haute bourgeoisie, et que son comportement hautain et dédaigneux l'horripilerait très vite. Mais les préjugés sont faits pour être démontés, et quand elle entra dans le café, Shanti commença par s'excuser platement pour son petit retard.

Ni trop grande, ni trop apprêtée, ni trop maquillée, elle exhalait un naturel désarmant. Elle était absolument magnifique, et sa façon de s'habiller montrait qu'elle ne passait pas des heures à réfléchir à ce qu'elle allait porter, mais elle était le genre de fille que tout habillait, et dont le sourire éclatant serait toujours le plus bel ornement.

Quand ses grands yeux noirs se posèrent sur Antoine, Anna était certaine qu'il serait désarçonné par sa beauté, mais ce fut Shanti qui eut un petit moment de trouble, ne s'attendant pas elle-même à se retrouver devant un garçon aussi charmant.

– Je ne savais pas trop où vous donner rendez-vous, finit-elle par dire, dans un anglais parfait. Est-ce que ce n'est pas trop *snob*, ici ? Un peu, non ?

Anna haussa les épaules, et Antoine répondit, très posément :

– C'est très bien. Merci d'avoir accepté de nous rencontrer.

– Avec plaisir ! Même si je ne sais pas trop ce que je peux faire pour vous aider... Je suis toujours ravie de rencontrer des étrangers. Ici, à Hyderabad, on a tendance à rester en vase clos.

– Vraiment ? demanda Anna.

– Bien sûr ! On reste en famille, on ne se lie pas à quelqu'un qui n'a pas les mêmes revenus ou les mêmes origines que nous. Vous savez, nous sommes une société particulièrement rigoriste. J'ai la chance d'avoir des parents à l'esprit ouvert, mais les traditions ont la vie dure, ici.

Anna sourit. Elle lui plaisait.

– Pardon, reprit-elle, je viens de m'asseoir et je parle déjà trop.

– Pas du tout, répondit Antoine. C'est vraiment gentil de nous accorder du temps.

Shanti, en souriant, découvrit ses dents blanches et ses fossettes, et l'intuition d'Anna fut confirmée : Antoine était à son goût. Tandis que ledit Antoine lui expliquait, dans les grandes lignes, les raisons de leur présence à Hyderabad, et que Shanti l'écoutait, fascinée par son teint clair et ses traits anguleux, Anna se demanda comment il était possible qu'elle puisse avoir saisi en deux phrases et un regard ce qui se passait dans la tête de la jeune Indienne, alors que son frère sortirait probablement du rendez-vous en disant, comme le nigaud qu'il était : « Cette fille est très sympa. »

Shanti Azkanouche Khan posa mille questions à Antoine et Anna, envia leurs récits de voyages, tremblant et riant avec eux. Puis elle répondit à leurs propres questions avec naturel et sincérité.

Elle avait dix-huit ans. Sa mère, Saravati Khan, était une brillante avocate. Son père, Mohamed Ibrahim Khan, un industriel du BTP.

Elle était fille unique, et finit par admettre que ses parents, dans l'impossibilité d'avoir un enfant par voie naturelle, l'avaient adoptée.

Elle était née au Sri Lanka, comme en témoignait son teint de peau, plus sombre que celui des Indiens du Nord.

Elle étudiait la médecine, et rêvait de finir ses études en Europe, très probablement à Londres. Elle aimait les voyages, la gastronomie, la littérature, le cinéma, la musique, les concerts, la comédie musicale. Elle aimait aussi se mêler discrètement à ceux que certaines camarades de classe considéraient avec mépris comme le « petit peuple ». Elle aimait danser, nager, manger, vivre.

Pourquoi Azkanouche ? Sa mère s'était liée d'amitié avec une Américaine d'origine arménienne, lors de ses études, et c'était sans doute en repensant à elle qu'elle avait décidé de lui donner ce second prénom. Lorsqu'elle apprit qu'Antoine et Anna revenaient d'Arménie, elle les pressa de questions, et ils tâchèrent d'y répondre sans trop enjoliver la réalité, et sans dévoiler non plus les circonstances qui les avaient menés à fuir le pays, poursuivis par la police.

Anna et Antoine sortirent du rendez-vous sans la moindre information qui puisse les rapprocher de leur père.

– Très sympa, cette fille, dit Antoine.

Trois jours passèrent, et même s'ils tâchaient de le masquer, le manque d'indices, l'absence totale de piste plombaient le moral du frère et de la sœur.

Anna reçut un nouveau message de Shanti. Ses parents n'étaient pas à la maison, ce week-end, et elle avait proposé à quelques amis de passer. Ils étaient donc les bienvenus, et elle joignait son adresse et un petit smiley.

– Tu veux y aller ? demanda Antoine à sa sœur.

– C'est pas comme si on croulait sous les invitations. Mais je pense surtout que c'est toi qu'elle veut voir.

– N'importe quoi.

– T'as pas remarqué comment elle te regardait ?

– Elle était intéressée par ce qu'on racontait, c'est tout.

– Oui, oui. Et par tes yeux.

– N'importe quoi, répéta-t-il. Elle a dix-huit ans.

– Et c'est bien connu, les filles de dix-huit ans ne tombent pas amoureuses.

Antoine haussa les épaules et retourna à son ménage.

Shanti habitait une maison cossue de Jubilee Hills, le quartier huppé de la ville, au centre d'une sorte de résidence de haute sécurité, tenue par un gardien qui, après avoir reluqué Antoine et Anna de haut en bas, décrocha son téléphone pour vérifier s'ils étaient bien sur la liste des invités.

Shanti ouvrit les bras en grand et s'écria :

– *Hey !* Vous êtes venus !

Un peu trop d'énergie pour parvenir à masquer son trouble, pensa Anna.

La maison était gigantesque, meublée avec goût, des pièces d'artisans du monde entier, sans luxe dispendieux, mais toujours juste.

Shanti n'avait invité que trois amis de son âge : un garçon qui, en comparaison avec Antoine, semblait tout juste sorti de l'adolescence, et deux filles un peu rondes et immédiatement sympathiques.

Tous vivaient dans le même quartier, étudiaient qui le droit, qui l'ingénierie, et semblaient ouverts et cultivés.

Anna n'avait pas l'habitude de fréquenter des gens de son âge, et les regarda au début d'un œil amusé, mais ils étaient si joyeux, sans l'ombre d'un jugement, que lorsqu'ils se mirent à préparer des mojitos et sortirent des micros pour un karaoké, elle suivit de bonne grâce.

– Cent roupies si tu chantes une chanson, lui glissa Antoine.

– Ça te coûtera beaucoup plus cher que ça, prévint Anna.

Mais l'alcool aidant, elle finit par se laisser tenter et massacra joyeusement *Let It Be* devant l'assistance hilare.

Elle ne put s'empêcher de surveiller Shanti qui, sous ses airs détendus, jetait discrètement des regards en coin à Antoine en remettant une mèche de ses cheveux en place, et se mordit les lèvres lorsqu'il entonna *We are the Champions* de Queen.

Vers 2 heures du matin, les amis de Shanti se décidèrent soudain à rentrer. Antoine et Anna allaient suivre le mouvement, mais Shanti posa sa main sur le bras d'Anna en disant simplement :

– *Stay.*

« Restez. »

Quand ils se retrouvèrent tous les trois, Shanti sembla soudain beaucoup plus calme et assurée, et lorsqu'elle demanda à

Anna : *Do you smoke ?*, « Tu fumes ? », Anna opina, étonnée. Oui, bien sûr, elle fumait, mais elle ne soupçonnait pas que la jeune Indienne s'adonnait à ce vice.

Shanti monta alors prestement dans sa chambre, et redescendit avec un paquet d'herbe qui, lorsqu'elle l'ouvrit, embauma le salon.

– Ah oui ? fit simplement Antoine, étonné.

– *Can you roll ?* demanda Shanti à Anna.

« Tu peux rouler ? »

Pendant qu'Anna roulait le premier joint, Shanti se rapprocha d'Antoine.

– Alors, lui demanda-t-elle, est-ce que tu es déjà sorti avec une Indienne ?

Antoine laissa échapper un petit rire, puis, lorsqu'il comprit qu'elle attendait une réponse, il se racla la gorge et répondit, gêné :

– Non. Mais à vrai dire, je n'ai pas eu… énormément d'histoires.

– Ah oui ? Combien ?

– C'est un peu embarrassant. Demande à ma sœur, c'est elle, l'experte.

– Réponds, demanda Shanti en posant son index sur son ventre. Je ne vais pas te juger. Moi, j'ai connu trois hommes.

Antoine déglutit, et rougit un peu. Puis il leva un doigt.

– Une ? Une seule ? s'écria-t-elle. Pas possible !

– Et pourtant, fit-il.

Le portable de Shanti sonna. Elle regarda qui appelait, se leva et leur dit, juste avant de sortir de la pièce :

– Désolée, je dois décrocher.

Anna, concentrée sur la confection de son joint, regarda Antoine, sans mot dire, avec un petit sourire en coin.

– Quoi ? finit-il par demander.

– Je te l'avais dit.

– Mais tu délires ! Elle est jeune, elle me taquine, c'est tout.
– Comme tu veux. Tu la trouves comment ?
– Très sympa, mais ce n'est pas la question.
– Jolie, quand même.
– Très jolie. Très très jolie. Et très jeune.

Anna finit de rouler, s'empara d'un briquet, et tira la première taffe.

– En tout cas, moi, je serais toi, j'irais.
– Tu irais où ?
– Mais qu'il est con, c'est pas possible. J'irais jusqu'où Shanti voudrait que j'aille. Et je pense qu'elle a l'air de savoir ce qu'elle veut. Et ce qu'elle veut, c'est toi.

Anna tendit le joint à Antoine.

– Non, merci.
– Je t'assure, c'est exactement ce qu'il te faut.
– Merci, mais non.

Shanti revint dans le salon :

– Désolée, urgence copine. Une question vestimentaire. C'est réglé.

Anna montra le joint et s'excusa à son tour :

– J'ai commencé sans toi…
– Tu as bien fait, dit Shanti.

Elle s'empara du joint, tira à son tour une longue bouffée, et retourna s'asseoir à côté d'Antoine.

– Alors, lui dit-elle en souriant, une seule ?

Il rit à nouveau, un peu bêtement. Elle lui tendit le joint. Il déglutit. Encore. Un ange passa dans la pièce.

Puis il saisit le joint.

– Il va le faire, dit Anna en français.
– Ta gueule, répondit-il dans la même langue.

Et il tira la première bouffée de sa vie d'un joint de cannabis.

Bien sûr, il toussa. Shanti retint son rire.

– Voilà, t'es contente ? demanda-t-il à Anna.

– Tu crapotes, lui dit-elle. Faut retenir la fumée.

– C'est ta première fois ? lui demanda Shanti, en souriant.

– Ça se voit tant que ça ?

– Essaie d'inhaler vraiment, lui conseilla la jeune fille d'une voix douce, une petite taffe, mais une grande inspiration.

Antoine leva les yeux au ciel, puis il regarda sa sœur, hilare. Il consulta sa raison et son instinct, eut un petit soupir, puis il abandonna cette bonne vieille raison qui l'avait accompagné toute sa vie, et tira une nouvelle bouffée.

– Garde-la dans tes poumons, murmura Shanti en posant la main sur sa poitrine. Laisse-toi envahir par la *Baba*, et maintenant, souffle.

Antoine souffla, longuement, en expulsant la fumée.

– *Baba ?* demanda Anna.

– C'est comme ça qu'on appelle l'herbe, ici, répondit Shanti.

Antoine resta assis sur le canapé, immobile.

– Alors ? demanda la jeune fille.

– Oh mon Dieu, répondit-il.

Il lui sembla soudain que la pièce s'ouvrait autour de lui, que la musique, en fond sonore, résonnait désormais pleinement dans ses oreilles, que la main de la jeune fille posée sur son bras était d'une douceur infinie, et il sourit comme un imbécile heureux. Shanti prit encore une taffe, et lui rendit le joint en disant :

– *Again.*

« Encore. »

Il ne se fit pas prier, cette fois. Il prit une autre bouffée, peut-être plus profonde, et la garda de longues secondes dans ses poumons. Il sentit la main de la jeune fille aux yeux noirs qui prenait la sienne, avec tendresse et bienveillance. Il exhala la fumée. Le monde se mit à tourner, doucement, comme un bateau céleste.

– Alors, cette deuxième ? demanda-t-elle en tirant à nouveau.

– Incroyable, répondit-il.

– La deuxième, c'est toujours la meilleure.

Et elle l'embrassa. Ou plutôt, des coussins de peau s'écrasèrent sur ses lèvres. Il perçut le goût du mojito, l'odeur de la *Baba* et un parfum de camphre et d'encens se mêler dans sa bouche. Il ferma les yeux et il lui sembla, l'espace d'un instant, être complètement ailleurs et n'avoir jamais été aussi présent. Le baiser continuait, et il sentit la langue de la jeune Sri-Lankaise entrer à la recherche de la sienne. Leurs deux langues se nouèrent dans une danse sensuelle, suivant le rythme de la musique.

Antoine attendit, logiquement, d'être rattrapé par l'inévitable vague de culpabilité : l'image de Jennifer secouant la tête de dépit, laissant couler une larme de douleur ou, au contraire, affichant un visage fermé, sourd, condamnant la faute impardonnable de l'homme qu'elle devait épouser. Mais, fut-ce l'effet de l'herbe, l'électricité que provoquait la langue de la petite Indienne, la distance ou le temps ?, il eut beau sonder sa conscience, nulle trace de culpabilité. Inexplicablement, il ne ressentait que le plaisir d'être ainsi embrassé, l'ivresse du moment et le désir de cette jeune personne, aux lèvres si douces et à l'assurance si déroutante.

Puis Shanti se détacha et ils se rappelèrent qu'ils n'étaient pas seuls dans la pièce.

– Je vais peut-être vous laisser, dit Anna.

– Mais non, reste. *We're having fun.*

« On s'amuse. »

Elle se leva et s'approcha d'Anna, doucement, comme un chat. Anna remarqua alors que ses pieds étaient nus, et qu'un tatouage ornemental recouvrait son pied gauche. La jeune Française tendit la main vers le joint, mais Shanti prit elle-même une nouvelle bouffée et, approchant ses lèvres de celles d'Anna, lui souffla calmement au visage. Anna inspira la fumée de Shanti, et Shanti l'embrassa à son tour, délicatement.

Anna fut agréablement surprise par le baiser.

– Tu es belle, lui dit Shanti.

Elle ne semblait pas ivre, ou dans un état qu'elle regretterait demain. Elle était parfaitement maîtresse de ses actions. Anna, intriguée mais amusée du culot et de la sérénité de cette fille, peut-être plus culottée qu'elle, et plus sereine sûrement, répondit :

– Toi aussi, tu es belle. Tu es très très belle. Et moi, je suis très très ouverte d'esprit. Mais là, même pour moi, c'est un peu trop demander. Alors je crois que le mieux, c'est que tu t'amuses avec mon frère, et que moi je reste ici à rouler un autre joint.

– Comme tu veux, fit-elle, mutine.

Elle retourna vers Antoine, qui la contempla s'avancer comme sur des coussins d'air, et lui tendit la main. Il saisit calmement cette main tendue, et elle l'invita à la suivre, dans une douceur et un calme déconcertants. Antoine ne put que se lever, et elle l'embrassa à nouveau. Il tourna ensuite un visage interrogatif et hébété vers sa sœur.

– Profite, dit-elle à son frère.

– Ça ne te dérange pas, vraiment ? demanda Shanti à Anna.

– Tu es sûre que tes parents ne vont pas rentrer ? demanda Anna à Shanti.

– Mon père est à Banda Aceh, en Indonésie. Il reconstruit le pays, depuis le tsunami. Et ma mère est à New Delhi, à trois heures d'avion.

Anna acquiesça. Shanti amorça un mouvement vers les escaliers, tenant toujours Antoine par la main.

Antoine, qui regardait toujours Anna fixement, ne parvint qu'à articuler :

– Anna, je…

– Ce qui se passe à Hyderabad reste à Hyderabad, t'inquiète.

– Je t'aime.

– Moi aussi. Passe une bonne soirée.

Et il suivit Shanti dans les couloirs de la grande maison.

Autour de lui, les murs tanguaient, le temps s'étirait et se contractait, mais la chaleur de la main de la jeune fille sublime qu'il était en train de suivre vers une destination inconnue envoyait des ondes érotiques dans tout son corps.

Ils pénétrèrent dans la chambre de Shanti Azkanouche Khan, une vaste chambre de princesse orientale. Elle lâcha sa main, en silence, alluma un bâton d'encens, trois bougies, et mit une musique envoûtante. Puis elle s'approcha de lui et s'arrêta, à quelques centimètres de son visage.

– *And now ?* dit-elle simplement.

« Et maintenant ? »

Il se pencha et l'embrassa.

Il lui embrassa les lèvres, les joues, les yeux, la gorge et les oreilles. Il passa ses mains sur son visage, dans ses cheveux et autour de sa taille. Elle se lova contre lui et il sentit alors son corps souple et chaud parfaitement imbriqué au sien. Puis, soudain, elle se défit de lui et lui demanda d'enlever sa chemise. Antoine s'exécuta, elle lui aurait demandé de sauter par la fenêtre, il l'aurait fait sans hésiter. Elle le mena jusqu'au lit et l'allongea sur le ventre. Elle partit chercher de l'huile, dans sa commode.

Elle ôta son pantalon, et vint s'asseoir sur le bas de son dos. Elle était très légère, mais Antoine sentit contre ses vertèbres l'humidité de son entrejambe mêlée à une chaleur irradiante. Elle versa sur son dos de l'huile de coco parfumée, et commença à le masser, d'abord par des caresses qui le frôlaient à peine, puis avec la paume de ses mains qui voguaient sur toute la surface de sa peau, enfin par des empoignades vigoureuses de chacun de ses muscles.

– *Do you like ?* lui susurra-t-elle à l'oreille.

« Tu aimes ? »

Oh oui, il aimait, à n'en point douter. Et lorsqu'il sentit que son tour était venu de lui rendre la pareille, lorsqu'il essaya de se retourner, elle referma l'étreinte de ses jambes, agrippa ses épaules et l'en empêcha, en murmurant pour toute explication :

– *Let me take care of you.*

« Laisse-moi m'occuper de toi. »

Et elle reprit son massage sensuel et tonique, et cette fois elle parcourut ses épaules, ses bras, ses mains, sa nuque, ses oreilles, ses pieds, ses mollets, ses cuisses, ses fesses, puis elle le retourna calmement et massa son membre dressé, qu'elle finit par engloutir, laissant exploser dans sa bouche toutes les tensions d'Antoine Lefèvre accumulées depuis trois mois.

Il se surprit à crier, traversé par des spasmes violents.

Puis il resta immobile, allongé, les yeux figés vers le plafond, tandis que la belle Indienne reposait sa tête sur son ventre.

C'était la première fois qu'un être humain se consacrait entièrement à son plaisir, sans aucune autre envie que celle d'offrir, sans même l'espoir d'un retour.

Ils restèrent ainsi, sans bouger, pendant quelques minutes.

Puis il regarda Shanti, dans la demi-pénombre, à la lueur des bougies, et se dit que c'était la plus belle fille qu'il ait jamais vue. Alors, il s'approcha d'elle et l'embrassa, à nouveau, jouant avec sa langue, pendant que ses mains parcouraient les cuisses de la jeune fille, et finissaient par trouver le chemin de son intimité. Il ôta délicatement son haut, et son soutien-gorge. Il lécha et embrassa chaque morceau de peau qu'il découvrait, et il lui semblait qu'elle avait le goût d'ailleurs, un goût d'aventure et d'interdit. Enfin, il ôta sa petite culotte de coton et enfouit sa langue dans ces territoires humides. Il l'entendit gémir, et savoura la symphonie de ses gémissements grandissants.

Lorsqu'elle sentit qu'elle allait venir, elle tenta de se dégager, mais il agrippa ses fesses et continua sa sérénade linguale. Elle fut prise de tremblements, et explosa à son tour, dans un superbe cri qu'elle ne sut pas retenir. Elle se recroquevilla alors et resta dans cette position fœtale, dos à lui, pendant dix bonnes minutes.

– Ça va ? demanda-t-il.

Elle acquiesça, sans ajouter un mot. Puis, délicatement, sans se retourner, sa main chercha son membre et quand elle le trouva, elle constata que celui-ci était encore bien dur. Elle regarda alors Antoine, un grand sourire traversant son visage, et lui demanda :

– Tu as encore envie ?

Il acquiesça, candide. Était-ce l'effet de l'herbe ou simplement de la beauté de Shanti ? Il avait la sensation très nette de ne jamais avoir ressenti encore pareille excitation, pareil désir. Elle se leva et retourna à sa commode. Il admira les courbes de son corps, ses petites fesses musclées, ses petits seins ronds, son petit ventre rebondi, ses longs cheveux noirs qui descendaient jusqu'au bas de son dos, masquant un large tatouage à l'esthétique orientale. Elle saisit un préservatif et en ouvrit l'emballage. Elle le déroula d'une main experte le long du sexe d'Antoine, et l'embrassa encore.

Alors, il la souleva entre ses bras et la déposa sur le lit, afin d'admirer ses yeux de jais, sa peau ambrée, son corps encore luisant de l'huile qui avait coulé sur elle. En l'embrassant, il entra en elle. Ils se mordirent les lobes, enfoncèrent leur langue dans leurs oreilles, se saisirent les mains, les jambes, les bras et les cheveux, s'abandonnèrent dans une valse intime et somptueuse qui les mena tous deux sur le chemin de l'extase et de la béatitude, et il n'y eut ni gagnant ni perdant, seulement deux enfants jouant à des jeux d'adultes, avec délice, passion et volupté.

Lorsqu'ils se reposèrent, leurs corps et leurs âmes repus de tant d'amour, Antoine resta éveillé, bouleversé de ce qu'il venait de faire. Toutes ces années de sexe convenu, bienséant et policé lui sautèrent alors au visage. C'était comme s'il s'était interdit de vivre, comme s'il s'était refusé à ôter le bandeau qui le rendait aveugle dans un monde de regards. C'était comme si cette jeune Indienne de dix-huit ans lui avait appris, lui avait rendu un nouveau sens.

Pendant quelques instants, tandis que la sublime jeune fille dormait contre son aisselle, il s'écouta respirer, et il lui sembla que le rythme de sa respiration avait changé.

Anna, de son côté, s'était roulé un autre joint, avait monté la musique pour ne pas entendre les ébats de son frère. Elle avait fumé toute seule, et s'était endormie sur le canapé du salon. Elle avait rêvé, sans surprise, de sexe et de luxure, croisant en songe des fantasmes, des ex, son frère, Shanti et Laurent. À Laurent, elle avait tenté de faire entendre raison, de le convaincre de s'adonner avec elle à la bête à deux dos, sans succès, puis le sol s'était ouvert entre eux, il avait chuté dans le précipice, elle avait crié son nom et s'était réveillée brusquement.

La bougie était éteinte, et la maison silencieuse.

Elle s'était mise en quête d'un frigo, dans lequel, sûrement, elle trouverait une bouteille d'eau pour étancher sa soif. La cuisine était immense, à l'américaine. Elle avait trouvé non pas une mais plusieurs bouteilles. Elle avait avalé un bon litre d'eau fraîche, calmant ainsi la fièvre qui entourait cette nuit.

Puis elle était partie explorer cette immense maison, aux nombreuses pièces inutiles. Elle avait joué un moment avec le grand billard, admiré la salle de bains avec bain bouillonnant, et s'était ensuite retrouvée dans ce qu'elle devinait être le bureau de la mère de Shanti.

Elle avait laissé traîner son regard sur les photos qui recouvraient le mur, et avait commencé à détailler celles-ci : la mère, une belle femme, l'air sérieux, posait avec ce qui devait être des personnalités indiennes.

Sur de nombreuses photos, elle reconnut Shanti, à divers âges de sa vie. Enfin, trônant sur son bureau, une photo de famille : le père, la mère, la fille. Anna ne tilta pas, au début.

Juste une impression bizarre, lorsqu'elle regarda à nouveau la photo.

Puis elle la saisit et l'approcha de ses yeux. Il faisait sombre, après tout.

Elle alluma la lampe qui trônait sur le bureau.

– Antoine. Antoine ! chuchota-t-elle.

Rien à faire, il ne voulait pas se réveiller.

Elle secoua son épaule.

– Antoine ! chuchota-t-elle le plus fort qu'elle put.

Il se réveilla, en sursaut, se demandant où il était.

Anna avait dû retrouver la chambre de Shanti, s'approcher à pas de loup du corps nu de son frère, et parvenir à le réveiller sans réveiller Shanti, qui dormait, recroquevillée, de l'autre côté du lit.

– Chut, lui dit Anna. Viens.

– Hein ?

– Viens avec moi. Ramasse tes vêtements.

– Mais quelle heure il est ?

Shanti eut un petit grognement, Anna plaqua sa main sur la bouche de son frère.

– Tais-toi. Viens… avec… moi.

Il sortit de la chambre, ses habits sous le bras, et commença à se rhabiller en protestant :

– Mais ça va pas, la tête ? Qu'est-ce qui se passe ? Ses parents sont rentrés ?

– Viens, juste viens.

Elle le mena au bureau de Saravati Khan.

– Qu'est-ce qu'il y a ? Qu'est-ce qu'il y a, putain ? demanda-t-il à voix basse.

Elle tendit la main et lui montra la photo.

– C'est quoi, ça ?

– C'est Shanti et ses parents.

Antoine regarda la photo, sans comprendre. La fille, souriante, la mère, souriante, le père, souriant.

– Pourquoi tu veux que je regarde cette photo ?

– Regarde mieux le père.

Antoine regarda mieux le père, barbu, chevelu, souriant. Le père, plus âgé que la dernière photo qu'il avait vue de lui. Car le père, c'était Charles.

– C'est pas possible, dit-il sans quitter la photo des yeux.

– Mohamed Ibrahim Khan, c'est Charles. Charles qui s'est converti à l'islam. Ou qui fait semblant, mais franchement, il joue le jeu à fond. J'ai regardé sur Internet, Mohamed Ibrahim Khan, c'est bien un homme d'affaires qui reconstruit des maisons en Indonésie, et y a pas beaucoup de photos, mais sur toutes les photos, c'est Charles.

– Putain, dit seulement Antoine. Putain.

– Le mec s'est installé ici après l'Arménie, il avait déjà préparé sa nouvelle vie. Il avait déjà rencontré Saravati, il était peut-être même déjà marié. Il avait déjà adopté Shanti. S'il l'a adoptée.

– Comment ça, s'il l'a adoptée ? De quoi tu parles ?

– C'est ce qu'ils lui ont dit, mais si c'était sa vraie fille ?

– Elle est née en 90, il était même pas arrivé en Arménie !

– Il a pu rencontrer sa mère avant, on sait pas, peut-être que sa mère c'est une autre nana, qu'on connaît pas…

Antoine leva la main, il s'efforçait de calculer. Il n'avait jamais été aussi pressé de calculer :

– Elle a été conçue en 89 ! Papa était encore en France !

– C'est pas le problème ! Adoptée ou pas adoptée, c'est notre sœur !

– Demi-sœur. Demi-sœur adoptive. Oh putain, putain, putain, qu'est-ce que j'ai fait ?

– T'as rien fait, dit Anna fermement. T'as rien fait. Tu savais pas.

– Il faut lui dire, il faut lui expliquer…

– Il faut *rien* lui dire du tout ! On va pas lui coller ça sur les épaules, elle va jamais s'en remettre, je le sais. Je le sais, Antoine.

– Alors, quoi ?

– On s'en va. On a eu ce qu'on voulait. On connaît la prochaine étape.

– Et on la laisse là, sans un mot ? Pas question !

– Tu lui écriras. Tu lui enverras un mail, tu lui mentiras, tu trouveras une excuse. Tu mentiras mieux par mail. Tu lui diras que t'as quelqu'un en France, que tu as été rongé par le remords, tu vois, c'est même pas un gros mensonge.

– Oh putain…

– Allez, Antoine, ressaisis-toi. Je sais, je dis beaucoup de conneries, j'en fais aussi pas mal, mais là, je te jure, faut que tu me fasses confiance, c'est ça qu'on doit faire, et on doit le faire maintenant.

Ils quittèrent la grande maison, en silence, et rentrèrent chez eux. Anna avait raison : ils avaient obtenu l'information qu'ils recherchaient.

Charles Lefèvre, alias Mohamed Ibrahim Khan, était en Indonésie.

Le lendemain, ils quittèrent leurs emplois et obtinrent leurs soldes.

Ils rendirent l'appartement et récupérèrent leur caution avec laquelle ils achetèrent une petite moto. Ce fut Antoine qui la conduisit, en roulant à gauche, sur les routes délabrées, évitant les nids-de-poule, les vaches, les accidents. Ils ne roulaient que de jour, pour éviter les ivrognes.

En trois jours, ils furent rendus à Chennai, le plus grand port de la côte est, qui douze ans auparavant portait encore le nom de Madras.

Sur la route, Antoine resta très silencieux, sa sœur s'efforça de respecter son mutisme et pendant ces trois jours de trajet, ils n'échangèrent que peu de paroles.

Lorsqu'ils rendirent la moto, Anna saisit son frère par les épaules, le regarda au fond des yeux et lui dit :

– Tu pouvais pas savoir.

Antoine ne répondit rien. Alors, elle reprit :

– Je sais que tu vas lui envoyer un message, mais écoute-moi, parce que je suis une fille, et je sais ce qu'elle ressent. Si dans ce message elle perçoit qu'il y a une ouverture, que tu es tenté, que tu aimerais la revoir même si tu lui assures ne pas pouvoir, elle ne te lâchera pas. Elle te répondra, et tu lui répondras, et un jour elle apprendra la vérité et elle sera dévastée. Si, au contraire, tu es ferme, si elle comprend que c'était juste du cul et que Jennifer est beaucoup plus importante pour toi qu'elle le sera jamais, alors son orgueil l'empêchera de te poursuivre, et elle se remettra plus vite.

Antoine soupira, et acquiesça.

– Maintenant, on va prendre un bateau, on va aller en Indonésie, et on va retrouver notre père.

Au port de Chennai, l'actualité les rattrapa : les attaques terroristes de Bombay provoquèrent une vague de panique chez tous les Occidentaux qui résidaient en Inde. Le malheur du pays fit leur chance : ils trouvèrent une famille française qui s'apprêtait à reprendre la mer, sur leur catamaran, en direction de Banda Aceh.

Ils leur proposèrent de l'argent, leur savoir-faire, leur gratitude éternelle, mais la famille n'accepta de les prendre que lorsqu'elle apprit qu'ils avaient déjà passé un mois sur un cargo, et comprit qu'ils sauraient se rendre utiles à bord. Sans ouragan, tornade ou autre catastrophe naturelle, le voyage devait durer une petite semaine.

Une paille, pensa Anna.

Juste avant de partir, Antoine envoya sa missive à Shanti. Il tâcha de suivre du mieux qu'il put les directives d'Anna, même si cette lettre lui coûta beaucoup. Il envoya aussi un mail à Laurent, dont ils étaient sans nouvelles depuis l'escale de Port-Soudan, pour le prévenir que dans huit jours, si les eaux du golfe du Bengale étaient clémentes, ils seraient en Indonésie.

Sur le pont du catamaran, alors qu'ils venaient de sortir de la rade, Anna surprit son frère dans ses pensées, le regard tourné vers les côtes indiennes qui s'éloignaient.

– Ça valait la peine au moins ?

Il tressaillit, et la regarda sans comprendre.

– Shanti. Cette nuit. C'était bien, au moins ?

Et dans son regard, elle comprit que ce soir-là, il s'était passé bien plus qu'une simple histoire de fesses. Dans ses yeux, elle lut que malgré tout ce qu'elle pourrait lui dire, malgré toute la raison du monde, un jour, il irait la retrouver.

19.

Le bout du chemin

– Terre, terre ! cria Jonathan.

Il était le plus jeune rejeton de la famille Dunoyer-Garcia, les hôtes maritimes d'Anna et Antoine.

Au début, le courant avait eu du mal à passer, Antoine sortant peu à peu de sa petite mélancolie mutique, Anna supportant mal le roulis que provoquaient les vagues houleuses de l'océan Indien. Puis Antoine avait repris du poil de la bête, Anna s'était habituée à dormir en tanguant, et le soleil était sorti.

Les Dunoyer-Garcia formaient une famille recomposée. Christophe Dunoyer avait la petite cinquantaine, Marine Garcia la grande quarantaine. L'aîné des enfants, Mickaël, allait sur ses quinze ans, boutons d'acné et appareil dentaire de rigueur. Il était tombé amoureux fou d'Anna, et tentait toujours d'être sur le pont lorsque l'océan était calme et qu'elle en profitait pour bronzer un peu. La fille, Théodora, avait douze ans, mais la crise d'adolescence n'avait pas encore tout à fait frappé, et elle était la plus contemplative du lot. Enfin, Jon, le petit dernier, un gamin de neuf ans débrouillard, malin et expansif, avait trouvé en Antoine un bon copain lorsqu'il était sorti de sa petite dépression. Jusqu'à la fin du périple, ils étaient devenus inséparables.

Après avoir vogué sur un cargo gigantesque, Anna et Antoine découvrirent les subtilités d'un modeste deux-coques. La navigation à voile était la passion de Christophe et Marine, et au cours de leurs courtes soirées – le sommeil ne tardait pas à les prendre – nos jeunes héros en apprirent bien plus sur le sujet qu'ils n'auraient imaginé. Marine et Christophe s'étaient rencontrés sur la mer, et tâchaient d'y être le plus souvent possible. Un point, cependant, les divisait : l'opposition monocoque/catamaran.

– Non, non, vraiment, rien ne vaut un cata ! s'exclamait Christophe.

– Face au vent, c'est quand même plus compliqué, nuançait Marine.

– Certes, mieux vaut naviguer au vent arrière ou sous le vent. Mais les moteurs sont séparés, donc les manœuvres sont plus faciles.

– Bien sûr, disait Antoine. Bien sûr.

– Le virement de bord est plus agréable sur un mono, lui assurait Marine.

– Plus agréable, non, plus facile, oui, concédait Christophe.

– Sur un cata, l'ancrage prend beaucoup plus de temps, ajoutait Marine.

– Ah oui ? demandait poliment Anna.

– Les catas sont plus économiques, plus équilibrés et je ne parle même pas de la manœuvrabilité ! assurait Christophe.

– On est pas d'accord, concluait Marine.

– On est pas d'accord, confirmait Christophe, en s'excusant.

Antoine et Anna avaient été plutôt discrets sur les derniers mois de leur vie, mais huit jours de cohabitation entraînaient forcément des questions de plus en plus intimes.

– C'est une longue histoire, prévint Anna.

Et ils s'étaient mis à raconter la longue histoire des trois derniers mois à la famille Dunoyer-Garcia, estomaquée, avide d'apprendre la suite de chaque chapitre, mais quelque peu sceptique.

Huit jours plus tard, au tout début du mois de décembre, le jeune Jonathan, en vue de Banda Aceh, petite ville de l'extrême nord-ouest de l'Indonésie, criait donc :

– Terre, terre !

Antoine et Anna rassemblèrent leurs affaires, aidèrent à la manœuvre d'accostage, firent leurs adieux, Antoine promettant à Jon qu'ils s'écriraient, Anna enlaçant Mickaël en collant ses seins contre sa poitrine, provoquant immédiatement une solide érection chez l'adolescent, et lui offrant le début d'un scénario pour son onanisme vespéral.

Ils remercièrent mille fois Christophe et Marine, qui ne pouvaient s'empêcher de les soupçonner d'avoir largement exagéré, voire inventé, le récit de leur quête paternelle, et descendirent enfin sur la terre ferme.

Et sur la terre ferme, arborant un large sourire qui allait d'une oreille à l'autre, leur ami Laurent les attendait.

Ils se prirent dans les bras, tous les trois, s'embrassant et riant de ces retrouvailles inespérées.

– Mec, t'es vivant ! constata Antoine.

– Et crois-moi, c'était pas gagné, répondit Laurent.

Anna le regarda, heureuse et gênée à la fois. Tant de temps s'était écoulé depuis sa lettre de déclaration, qu'elle avait gardée au fond de son sac et relisait de temps en temps, lorsqu'il lui fallait retrouver le sourire. Bien des garçons l'avaient aimée, mais aucun ne lui avait jamais écrit une aussi jolie lettre, et aucun, surtout, ne la connaissait depuis aussi longtemps que Laurent. En l'observant, elle remarqua qu'il avait changé, lui aussi. Mûri, peut-être. Son ventre se noua, et elle comprit qu'il lui avait terriblement manqué.

*

L'Indonésie était un archipel de plus de treize mille îles, dont la surface totale était aussi grande que celle du Soudan. Mais avec deux cent cinquante millions d'habitants, soit sept fois la population du Soudan, c'était en nombre de croyants, et de loin, le premier pays musulman du monde.

L'île de Sumatra seule, sur laquelle Anna et Antoine venaient de poser le pied, équivalait presque, en superficie et en population, à tout l'Hexagone français. La majeure partie de cette population vivait sur les côtes. De par sa position sur la ceinture de feu, l'île était soumise à une grande activité volcanique, et souvent frappée par des séismes.

Le 26 décembre 2004, à 160 kilomètres de Banda Aceh, à 30 kilomètres de profondeur, la zone de subduction entre la plaque indienne et la plaque d'Andaman se rompit, sur une longueur de 1 200 kilomètres. L'énergie déplacée par cette rupture, d'une valeur équivalente à 30 000 bombes d'Hiroshima, produisit un séisme de magnitude 9, qui se propagea vers la côte indonésienne, formant des vagues jusqu'à 35 mètres de haut. Un raz-de-marée, ou, comme les Japonais l'appellent, un tsunami, toucha le sud de l'Inde, l'ouest de la Thaïlande, Sri Lanka, les Maldives, le Bangladesh, la Malaisie, Singapour, jusqu'aux côtes de l'est de la Somalie et à celles de l'ouest de l'Australie.

Tous ces pays furent plus ou moins rudement atteints.

La Malaisie, protégée par l'île de Sumatra, déplora une centaine de victimes. En Inde, en Thaïlande, à Sri Lanka, les morts se comptèrent en milliers. Mais de tous les pays, ce fut l'Indonésie, voisine de l'épicentre, qui fut la plus touchée : cent soixante-dix mille morts, un demi-million de personnes déplacées. Toute la population de Montpellier, disparue en seulement quelques minutes meurtrières. Des milliers d'habitations détruites ou sous les eaux, des villages entiers complètement rasés. Cette catastrophe s'inscrivit également sur le long terme : lorsque la mer se retira, lorsque les problèmes humains furent pris en compte, les blessés remis, les traumatismes entendus, les morts enterrés – du moins ceux qu'on avait retrouvés –, une montagne de problèmes juridiques s'éleva. Un grand nombre de propriétaires fonciers étaient morts, les titres de propriété détruits ou perdus, les héritiers lointains retranchés dans les montagnes. L'absence de structures sanitaires entraîna l'apparition d'épidémies, le travail dut se réorganiser autour des débris, l'île était paralysée par la violence de la catastrophe.

Lorsque le tsunami frappa, Charles vivait à Hyderabad.

Cela faisait un an que Heinrich et Sibel étaient morts, et pendant tout ce temps, Charles avait été très occupé à disparaître, à effacer ses traces, pour pouvoir renaître sous les traits de Mohamed Ibrahim Khan.

Cela faisait longtemps, en réalité, qu'il menait cette double vie.

Il avait rencontré Saravati lors de sa première mission en Inde, en 1993. C'était une jeune avocate brillante, enjouée et fantasque. Elle avait été élevée par des parents merveilleux, qui lui avaient laissé poursuivre la voie qu'elle désirait et n'avaient jamais mis sur ses épaules la pression du mariage. Mais elle s'était mariée tout de même, avec son meilleur ami, duquel elle avait divorcé lorsqu'ils s'étaient rendu compte de leur manque absolu de passion.

La passion emporta en revanche Charles et Saravati. Il avait utilisé l'une des identités qu'il s'était créées, celle de Mohamed Ibrahim Khan, un Indien de Pondichéry, dont les ascendants étaient sans doute un peu britanniques et français, mais il avait prétendu ne connaître que l'anglais et l'allemand.

Il savait déjà qu'un jour viendrait où il s'affranchirait des von Markgraff, et que ce jour-là, qu'il ait triomphé ou échoué dans son entreprise, il ne faudrait pas qu'ils puissent le retrouver. Mohamed Ibrahim Khan était la couverture parfaite. Il était un musulman modéré, qui buvait de l'alcool et ne priait pas. Saravati et lui tombèrent donc en amour, et il finit par l'épouser, sans rien lui dire de sa famille arménienne ou de son activité de trafiquant d'armes. Il n'était pas complètement faux, d'ailleurs, de prétendre qu'il travaillait dans l'import-export.

Saravati était parfaitement compréhensive quant aux longs voyages de son mari, elle-même étant amenée à sillonner le pays, et lorsqu'ils se retrouvaient, ils n'étaient jamais en manque d'histoires à se raconter. La seule blessure de Saravati était son impossibilité à donner la vie : un utérus atrophié lui autorisait une vie sexuelle parfaitement épanouie, mais enterrait ses rêves d'enfants. Ils décidèrent donc d'adopter, et accueillirent la petite Shanti alors qu'elle allait déjà sur ses cinq ans.

Ce fut une enfant douce et curieuse de tout, et lorsque les voyages de Charles lui laissaient un répit, il préférait rentrer dans sa nouvelle famille, s'occuper de sa fille, plutôt que rentrer au fort de Noradouz et affronter la dureté des Koenig.

Lorsque Heinrich mourut, Charles dut réorganiser sa vie.

D'abord, en prenant le contrôle de la fortune familiale et en déplaçant celle-ci à travers diverses sociétés écrans et paradis fiscaux.

Ensuite, en se faisant oublier, à Hyderabad, sous l'identité de Mohamed, le bon père de famille indien.

Il en était à se demander à quelle cause il allait dévouer son immense capital quand le tsunami frappa les côtes indonésiennes. Saravati et Shanti – alors une jeune adolescente – étaient dévastées par tant d'infortune.

Il fonda donc une entreprise de construction et partit pour Banda Aceh.

*

En parcourant les rues de la ville qui, à 200 kilomètres de l'épicentre du tsunami, avait été ravagée par la vague, nos trois héros se dirent que quatre ans plus tard, la reconstruction avait été efficace.

Un élan de solidarité internationale avait permis l'investissement d'une somme massive dans les travaux.

Ils s'assirent à la terrasse d'un café et commandèrent des jus de fruits frais. Autour d'eux, aucun signe ne laissait croire qu'il y a quatre ans, toute la ville était détruite.

– En résumé, reprit Laurent, le mec s'est converti à l'islam, s'est marié avec une hindoue, a adopté une Sri-Lankaise et a reconstruit l'Indonésie.

Antoine et Anna avaient décidé de ne pas lui raconter tout de suite leur nuit avec Shanti. Ce serait pour plus tard, lorsque Antoine se retrouverait seul avec son meilleur ami, sans le cynisme d'Anna.

– Ouais, confirma-t-elle. Et je sais pas si tu as remarqué, mais sur plein de logements, y a une petite plaque qui dit *MIK Entreprise*.

MIK, c'étaient les initiales de Charles : Mohamed Ibrahim Khan.

– OK, dit Laurent. Vous vous êtes renseignés sur l'entreprise ?

– On s'est renseignés, répondit Antoine. Grosse entreprise.

– Et toi alors ? demanda Anna. Comment t'as fait pour nous rejoindre ?

Laurent sourit et mima un avion.

– En dansant ? le taquina-t-elle.

– Khartoum-Bombay, Bombay-Jakarta, Jakarta-Banda Aceh. Deux jours.

– Khartoum ? demanda Antoine.
– C'est même pas ce qui m'étonne le plus, ajouta Anna. Comment t'as pu te payer les billets ?
Laurent acquiesça en pointant Anna du doigt.
– Bonne question d'Anna Lefèvre.
– Tu as vendu un rein ? demanda-t-elle.
– Presque. J'ai vendu un article.
– Mais non ? s'exclama Antoine.
– Trois, même.
– Alléluia ! ajouta Anna.
– Mais… comment ? demanda Antoine.

Alors, Laurent leur raconta le Soudan, ses craintes, la réalité du terrain, sa rencontre avec Youssouf. Son arrivée à Khartoum, sa découverte de la ville.

Sa rencontre avec des hommes armés ne l'avait pas encouragé à continuer son exploration, mais il fut pris par le démon de la curiosité.

Youssouf le présenta à son cercle d'amis, dont beaucoup venaient du Darfour, souvent de régions très éloignées l'une de l'autre – le Darfour étant particulièrement vaste. Certains n'avaient aucune envie de retourner dans cette zone de conflits. D'autres rêvaient d'indépendance et de la fin des combats. D'autres, enfin, passaient souvent à El-Obeid, El-Fasher, El-Genaina, et dans certains villages du Sud, soit pour y croiser leur famille, soit pour leur apporter des denrées, soit parce que leur travail les y menait.

Lorsque l'un d'entre eux, Samir, proposa à Laurent de l'accompagner, celui-ci accepta tout de suite. S'il avait passé la nuit dessus, il serait sûrement resté dans la sécurité relative de Khartoum. Mais il était parti, avec Samir, et avait découvert ce qu'était un monde en guerre.

Tout le monde, ou presque, était armé. Des enfants de huit

ou neuf ans portaient parfois un fusil en bandoulière. Les villages étaient désertés, les animaux errants en devenaient parfois les seuls occupants. Pourtant, ceux qui étaient restés continuaient de vivre. Ils n'avaient pas le choix. Ils attendaient, pragmatiques, la fin des atrocités des Janjawids ou leur fin à eux, qu'ils espéraient rapide.

En revenant de cette première incursion au Darfour, Laurent ne parvenait pas à se débarrasser d'une sensation amère qui lui tordait le ventre. Une sensation d'impuissance et de peur mêlées. Alors, ne pouvant en guérir, il s'était mis à écrire. Très vite, les quelques lignes étaient devenues quelques pages, et il les avait envoyées, au culot, à quelques organes de presse française.

Vingt-quatre heures plus tard, il avait une réponse positive, et le rédacteur du quotidien lui demandait s'il pouvait écrire sur un autre sujet, plus précis.

Laurent retourna donc sur le terrain, avec Samir d'abord, puis avec d'autres. Lorsqu'il était avec eux, il prêtait main-forte, portait les cargaisons, aidait à réparer les soucis mécaniques, se faisait discret en croisant une patrouille. Sur la route, il apprenait l'arabe, écoutait à la radio les chanteurs locaux, ou les trompettes *waza*, l'instrument du pays.

Le mal de ventre ne passait pas. Il n'avait rien pourtant, ni fièvre ni maux de tête, juste un organe coincé, comprimé.

Il avait vu des choses atroces. Personne ne s'était fait tuer devant ses yeux, mais il avait vu des amputés, des mutilés, des cadavres qui pourrissaient, mangés par les mouches. Des familles ravagées, tant de visages éteints, tant de regards vides, tant de destins brisés, tant d'espoirs assassinés.

La guerre ne quittait pas ses tripes. L'écriture elle-même ne résolvait rien, elle n'était qu'un exutoire, afin que tout ce qu'il voyait et vivait ne soit pas complètement vain. Mais c'était un coup d'épée dans l'eau, un pet de moustique. La catastrophe était si ample, la racine de tous ces maux si profonde qu'on ne pouvait l'appréhender, encore moins la résoudre. On ne pouvait que désespérer, et tenter de survivre.

Il venait tout juste de commencer à rédiger son troisième article quand il avait reçu le mail d'Antoine.

Aurait-il dû rester, continuer sa correspondance avec le monde européen, blanc, en paix, vivant, serein ? Rester dans le pays de ses ancêtres, à tenter de réparer l'irréparable ? Non. Il serait devenu l'ombre de lui-même. Il fallait qu'il parte, qu'il oublie les âmes perdues, qu'il pense aux vivants, aux fortunés, dont il faisait partie. Il se sentait un peu sale, un peu lâche, en réservant ses billets.

Mais il avait, lui aussi, besoin de vivre.

Il s'était confronté à l'inhumanité, en témoin, comme toujours. Il était allé jusqu'à ses propres frontières. À présent, il fallait partir. Rentrer. Il savait désormais qu'il ne voyagerait plus de la même manière, qu'il aurait toujours en tête Metemetko, ce village qu'il n'avait pas pu atteindre, dont son grand-père s'était échappé.

Il n'oublierait jamais ni les privilèges de sa condition ni cette prise de conscience d'impuissance à sauver le monde.

Il ne parviendrait jamais à effacer complètement cet arrière-goût amer de honte et de culpabilité.

Il avait envoyé son article, serré chaleureusement Youssouf dans ses bras, et il était parti.

– Mon héros, dit Anna sans ironie. Mon reporter de guerre.

Laurent sourit tristement.

– Ton père a dû être fier, non ? En achetant le journal ? En lisant ton article ?

– Ça, quand il a vu mon nom…

– Et ta mère ? demanda Antoine.

– Elle était furieuse. Elle m'a demandé ce que je foutais là-bas, si j'avais l'intention de me faire tuer, et si j'allais bientôt rentrer.

– Et alors… Metemetko ?

– Ah, oui… Metemetko, répéta Laurent, avec un sourire triste. J'y suis pas allé.

– Pourquoi ?

Il soupira.

– Trop dangereux, avec la frontière à passer… Et le village n'est pas accessible facilement, il n'est pas sur un grand axe. Mais je me suis rapproché suffisamment pour savoir que je n'avais pas vraiment envie d'y aller.

– Non ?

Laurent secoua la tête, et ajouta :

– Mon grand-père venait de là-bas, et avant lui, des générations de mes ancêtres ont vécu dans ce village. Mais il est parti, pour une bonne raison. Il est parti parce qu'il se disait qu'ailleurs, ce serait mieux. Il est parti parce qu'il s'est dit que ce village ne le définissait pas, en tant qu'être humain. Il a traversé le Tchad, puis le Cameroun, il est allé jusqu'à Douala où il s'est installé et a fondé une famille. Et ma mère, en grandissant, a compris que son père venait d'ailleurs, et la graine était plantée. Elle s'est mise, elle aussi, à se dire que plus loin, ce serait peut-être mieux qu'ici. Et elle est partie. Elle est allée jusqu'en France, et elle y a fondé une famille. Et moi, j'ai grandi en me disant qu'ailleurs, ce serait peut-être mieux. Et je l'ai cherché, cet ailleurs, pendant des années. Et même si j'aime voyager plus que tout, j'ai compris au Soudan que mon grand-père avait raison, que ma mère avait raison, que je leur étais reconnaissant d'avoir fait ce voyage, d'avoir pris ce risque, d'être allés vivre dans un pays nouveau, dans un territoire inconnu. Alors, quand elle m'a engueulé, au téléphone, je lui ai dit « Merci, maman ». Et je lui ai dit que je l'aimais.

– Et alors ?

– Elle m'a engueulé, encore. C'est sa façon de me dire qu'elle tient à moi.

Plus tard, en arpentant les rues de Banda Aceh, ils s'amusèrent à dénombrer les logements où était apposé le sigle de l'entreprise de Charles.

– Donc, en 2003, reprit Laurent, il fait assassiner son père. Il devient le chef de tout le bazar, et il se reconvertit en bienfaiteur de l'humanité.

– … de l'Indonésie, nuança Anna.

– Pour autant, est-ce qu'il a arrêté de vendre des armes ? demanda Antoine.

– Je crois bien, oui, répondit Laurent. En fait, au Soudan, j'ai appris quelque chose qui était lié, d'une certaine manière, à votre histoire.

– Il avait une autre femme et des enfants cachés ?

– Ça, je ne sais pas. Non, j'ai appris qu'en 2003, il y avait eu un gel des ventes d'armes.

– Un gel ?

– Oui. En 2003, le rythme et l'intensité des combats ont brutalement baissé, pendant quelques mois, et pas qu'au Soudan, je crois, parce qu'il y avait une pénurie d'armement. Comme si un acteur prédominant du marché avait brusquement décidé de se retirer, annulant toutes les commandes en cours.

– Selon mes informations, dit Anna laconiquement, ça n'a pas suffi à sauver la planète.

– Non, mais ça confirmerait à la fois l'importance qu'avait prise Charles dans le domaine et sa retraite anticipée.

Antoine parut songeur.

– Antoine ? demanda son ami.

– Donc, tout ça, en fait… ces dix ans passés auprès de Heinrich… Il préparait sa vengeance ?

– Probablement, oui. Après, il a sûrement aussi été séduit par le personnage. Je veux dire, personne n'est tout blanc ou tout noir, il y a forcément des zones grises. Et on ne passe pas dix ans à vendre des armes et à gagner des millions de dollars sans être un peu atteint. Mais à mon avis, son havre de paix, son retour à la normalité, c'était sa famille indienne.

– Saravati et Shanti.

– C'était ce qui le faisait tenir. Il devait se dire que le reste était un jeu, un jeu auquel il était terriblement doué.

– Et à la mort de Heinrich, il a brusquement quitté la partie.

– Ouais, dit Anna. Ou alors c'est un psychopathe.

– Tu as rencontré Shanti, non ? lui répondit Antoine. Tu crois qu'elle a été élevée par un psychopathe ?

– Qui peut savoir ? fit Anna.

– Charles, répondit Antoine. Charles peut savoir. Mohamed Ibrahim Khan peut savoir.

Ils trouvèrent aisément une antenne de MIK.

L'entreprise n'était pas une boîte de BTP traditionnelle, elle faisait aussi dans le lien social et le bénévolat. Aussi, les bureaux étaient toujours ouverts à des bonnes volontés.

Ils entrèrent, tous les trois, et s'approchèrent de la jeune fille de l'accueil, une Indonésienne qui les accueillit avec le sourire et les aborda immédiatement en anglais :

– Bonjour ! Bienvenue chez MIK ! Que puis-je faire pour vous ?

– Bonjour, dit Anna avec un grand sourire fabriqué. Nous sommes français, on risque de passer quelques mois ici, on se demandait si on en profiterait pas pour faire un peu de bénévolat !

– Quelle bonne idée, dit la jeune fille. Est-ce que vous connaissez le travail de MIK ?

– Pas tout à fait, répondit Anna. Faites comme si on ne savait rien.

– OK, répondit la jeune fille en souriant. MIK, c'est une entreprise qui a été fondée par un millionnaire indien, au lendemain du tsunami. On fait principalement des logements, avec des matériaux écoresponsables, à prix raisonnables, pour s'inscrire dans la durée. On fait appel à des architectes locaux et internationaux, et toute la main-d'œuvre est locale. Ensuite, on réinvestit la majorité de l'argent dans des coopératives, de l'artisanat, des restaurants, des boutiques… Et on construit aussi des antennes sociales, des écoles, des cliniques de dépistage…

– Mais… il a investi combien, le millionnaire indien ?

La jeune fille écarta les bras :

– Plusieurs dizaines de millions. Centaines, même.

– Il doit être un peu une star, ici, non ?

– Non, il est très discret. Et puis, l'entreprise a été reprise par des Indonésiens. Lui en fait toujours partie, mais il est resté en retrait.

– Où se trouve le siège social de l'entreprise ?

– À Medan.

– Medan ? répéta Antoine.

– Sur la côte est. À douze heures de route. Mais si vous avez d'autres questions, vous pouvez parler à M. Darmawan, c'est le responsable local. Je crois qu'il n'est pas en rendez-vous.

Elle toqua à la porte et passa la tête avant même qu'il ne réponde.

– Monsieur Darmawan, dit-elle en anglais, ces trois jeunes gens voudraient avoir quelques renseignements sur l'entreprise, vous avez un moment ?

– Bien sûr, répondit-il dans un anglais parfait, entrez, entrez.

– Ils voudraient peut-être faire du bénévolat. Ils sont français.

– Ah, *la France* ! s'exclama-t-il en VF. *Paris, la tour Eiffel !*

– Vous connaissez ? demanda Antoine poliment.

– Non, non, un jour, peut-être. Asseyez-vous !

La jeune fille de l'accueil dit quelques mots en indonésien, il la remercia dans la même langue, et elle referma la porte. C'était un petit homme d'une quarantaine d'années, habillé très simplement, en short et polo.

– Alors ? dit-il aux trois Français lorsqu'ils se retrouvèrent seuls. Que puis-je faire pour vous ?

– Nous étions juste un peu curieux du fonctionnement de l'entreprise. Votre assistante nous a dit que c'était une entreprise indienne ?

– Ah ! Non, non, non, c'est une entreprise indonésienne. Enfin, avec des fonds internationaux, mais…

– Mais elle a été fondée par un Indien, non ?

– M. Khan, oui, oui. Mais il s'est retiré très vite du conseil de direction. Aujourd'hui, ce sont des Indonésiens qui dirigent.

– Et ce M. Khan, qu'est-ce qu'il est devenu ?

– Eh bien… il a d'autres chats à fouetter.

– Vous le connaissez ?

– Moi ? Non, je ne l'ai jamais rencontré. J'ai été embauché il y a deux ans, il ne faisait plus partie du conseil.

– Il n'a donc aucun lien avec l'entreprise ?

– Vous êtes à sa recherche ? fit-il en souriant. Vous savez, c'est un millionnaire, il est sûrement sur son yacht, dans une crique paradisiaque.

– Non, non, excusez-nous, fit Antoine, ce n'est pas ce que nous voulions savoir.

– En fait, si, fit Anna. C'est exactement ce que nous voulons savoir.

– Anna ?

– Nous sommes journalistes, et monsieur est photographe, dit-elle en montrant Antoine. Nous faisons une enquête sur l'après-tsunami, comment la reconstruction a été gérée. Nous allons donc faire du bénévolat, et voir un peu comment les choses se passent de l'intérieur.

– … Je vois, fit M. Darmawan. Dans ce cas, ce n'est pas à moi que vous devez parler…

– Nous irons bien sûr rencontrer les cadres de Medan, mais c'est aussi la vision d'un employé local, d'un chef de structure qui nous intéresse. Ou plutôt, nous voudrions savoir quel est pour vous le degré d'opacité de l'organigramme de la société.

– Mais… aucun, je vous assure ! Rien n'est caché au public !

– Mohamed Ibrahim Khan. Pourquoi est-il parti ?

– Parti ? Il n'est pas parti.

– Vous avez dit qu'il n'était plus dans le conseil.

Le petit homme sourit, et malgré le ton péremptoire d'Anna, il eut de l'empathie pour elle :

– Vous êtes sûre que vous êtes journalistes ? Vous ne semblez pas avoir fait beaucoup de recherches préalables…

– C'est un article de fond. Nous partons du terrain.

– Quel âge avez-vous ? demanda-t-il, avec le même sourire.

– Nous ne sommes pas journalistes, admit Antoine. Nous sommes des étudiants en journalisme. Nous devons écrire un article, pardonnez Anna et son ton un peu brusque.

Anna se retourna vers son frère, choquée d'avoir été trahie.

– Je comprends mieux, dit le petit homme. Alors… M. Khan est un millionnaire, milliardaire, peut-être, même. MIK n'est qu'une branche de ses activités. L'entreprise est indonésienne. Elle est dirigée par des Indonésiens, paie ses impôts en Indonésie, et son siège social est situé à Medan. Mais elle appartient, par un montage financier simple, à un conglomérat plus important, dont M. Khan est l'un des actionnaires.

– Donc, M. Khan n'est pas en Indonésie.

– Depuis que je travaille, il n'a pas mis les pieds ici. Peut-être est-il passé par Medan, mais ça m'étonnerait. MIK est une entreprise indépendante.

– Et ce groupe, comment s'appelle-t-il ?

Le petit homme regarda les trois jeunes gens, touché par leur façon naïve et sans filtre de mener un interrogatoire, et répondit :

– A&A. Vous savez, vous auriez pu trouver toutes ces réponses sur le Web.

– A&A est un groupe valorisé à 876 millions d'euros, lut Laurent.

Ils s'étaient réfugiés dans un café Internet pour approfondir leur recherche.

– 876 millions ? s'exclama Anna. Putain, ça rapporte, les armes.

– Pas que les armes, continua Laurent. Le groupe, spécialisé dans le BTP, possède diverses entreprises de construction à travers le monde. Mais aussi des agences d'architecture, des banques spécialisées dans le microcrédit, des start-up, des journaux, des sites d'information, des restaurants, des cliniques privées…

– Ouais, OK, ils sont partout, comprit Antoine.

– S'ils possèdent tout ça, ils devraient pas être beaucoup plus gros ? demanda Anna.

– Ils pratiquent une politique d'anti-expansion, continua de lire Laurent. Ils investissent la majeure partie de leurs ressources dans les salaires, la recherche et le développement. En revanche, je vois Mohamed Khan comme membre fondateur, mais il n'est plus au conseil d'administration.

– C'est qui, le PDG ?

Laurent resta silencieux, un moment.

– Alors ?

– Charles Picaud.

– Charles Picaud ?

– Il n'y a rien sur lui. Sur sa page Wikipédia, ça dit juste qu'il est né en 1957, à Paris.

– Le type est né en 1957, comme papa ?

– *Picaud*, reprit Laurent, ça me dit quelque chose.

Il fouilla de plus belle.

– Ah ! Voilà. « Pierre Picaud, ou François Picaud, ou François-Pierre Picaud. » C'est le type qui a inspiré Dumas pour le personnage d'Edmond Dantès.

– Edmond Dantès ?

– C'est le héros du *Comte de Monte-Cristo.* Il est envoyé en prison, s'échappe, trouve un trésor et, devenu riche, se venge de ceux qui l'ont trahi.

– Super, merci d'avoir balancé la fin, dit Anna.

– OK, donc Charles Picaud, dit Antoine. Le mec a abandonné son identité.

– Je dirais plutôt qu'il a *retrouvé* son identité, nuança Laurent.

– Et l'entreprise s'appelle A&A, ajouta Anna. Comme *Antoine & Anna.*

– Attends, attends, dit Antoine. Le siège social du groupe, il est où ?

Laurent consulta l'ordinateur du petit café, et annonça :

– … En France.

– En France ? répéta Antoine.

– En France ! s'écria Anna. On a fait quatre mois de voyage pour apprendre que Charles est en France !

– En *territoire français*, précisa Laurent. Le siège social du groupe se trouve à Nouméa. En Nouvelle-Calédonie.

Antoine, Anna et Laurent se regardèrent, longuement. Puis, Anna dit simplement :

– Eh ben, on va aller à Nouméa.

La Nouvelle-Calédonie était une île grande comme deux fois la Corse, et peuplée d'autant d'habitants. Située en Océanie, à 1 500 kilomètres à l'est de l'Australie, elle était française depuis 1853, date à laquelle Napoléon III décida d'y implanter une colonie pénitentiaire, renforçant ainsi sa présence dans le Pacifique. Au sud-ouest de l'île, une petite garnison militaire, sobrement appelée Port-de-France, deviendrait rapidement une ville qui prendrait le nom de Nouméa. Avec près de deux cent mille habitants, Nouméa était la ville française la plus éloignée de Paris, à plus de 16 000 kilomètres de la capitale, soit quasiment, pour nos trois petits Bretons, le bout du monde.

En 1870, afin de varier les plaisirs carnés à disposition, on introduisit une douzaine de cerfs sur l'île, en provenance de Bali ou de Java.

Les cerfs s'acclimatèrent si bien au pays qu'aujourd'hui leur population, estimée à deux cent mille têtes, est la plus grande population de cerfs rusa du monde. C'est la raison pour laquelle, le 14 décembre 2008, lorsque nos trois héros s'assirent enfin à la terrasse d'un restaurant de Nouméa après deux semaines de voyage, on leur laissa le choix entre du rôti de cerf, un steak de cerf et du ragoût de cerf.

De Banda Aceh à Jakarta, ils avaient d'abord subi quatre jours de bus, s'arrêtant çà et là en bord de mer, nageant dans les eaux cristallines de Sumatra, ou s'abritant des ondées soudaines.

À Jakarta, Antoine et Anna s'étaient présentés à l'ambassade de France, où ils avaient longuement tenté d'expliquer comment ils avaient perdu leurs papiers sur un cargo, traversé l'Inde illégalement, et étaient arrivés en Indonésie sur un catamaran, grâce à l'aide généreuse d'une famille de marins.

Grâce au témoignage de Laurent – qui, lui, les avait, ses papiers – et à la prévoyance d'Antoine – il conservait toujours une copie virtuelle des siens –, ils obtinrent des papiers provisoires les autorisant à quitter le territoire.

Ainsi, ils purent prendre des billets d'avion pour Nouméa – en France, donc. Ils embarquèrent sur un premier vol de huit heures, pour Sydney, avant lequel Antoine avala deux somnifères, suivant les conseils d'Anna, et qu'il passa donc intégralement à sommeiller.

Ils patientèrent quelques longues heures à l'aéroport, ne pouvant entrer sur le territoire australien avec leurs papiers provisoires.

Enfin, après un seul Stilnox et seulement trois heures de vol, ils se posèrent à Nouméa, et leurs petits yeux fatigués contemplèrent, émerveillés, le lagon bleu et les montagnes couvertes de végétation.

Ils déjeunèrent, de cerf, puis se rendirent dans le premier hôtel venu, au confort pour le moins spartiate, où ils dormirent pendant au moins douze heures. Seul Antoine, éveillé, ayant dormi pendant tout le voyage, partit faire un tour en ville.

Il longea la côte, admira les plages de sable blanc et finit par entrer dans l'eau, sublime.

Les vacanciers de Noël n'étaient pas encore arrivés, la mer lui appartenait.

Il loua un *paddle*, une grande planche sur laquelle on se tenait debout pour pagayer. Il pagaya prudemment, laissant les rayons du soleil taper sur ses épaules bronzées. Il croisa une tortue, dont il aperçut distinctement les contours lorsqu'elle passa sous sa planche, et des dizaines de poissons.

Lorsqu'il atteignit la rive de la petite île d'en face, il tira son *paddle* au sec et s'allongea sur le sable chaud.

Il était parti, à la base, pour quelques jours en Autriche.

Ils avaient traversé l'Europe, la Turquie, la Géorgie, l'Arménie, passé un mois sur un cargo, un autre mois en Inde, huit jours et huit nuits sur un catamaran, deux semaines en Indonésie et ils étaient à présent à Nouméa, une ville qu'il n'aurait jamais imaginé ni même désiré visiter il y a encore quelques mois.

Mais il était là, alangui sur cette plage, avec pour seule musique le flux et le reflux de la mer sur le sable, et il se demanda sincèrement s'il s'était déjà senti aussi heureux.

Lorsque enfin Anna et Laurent se réveillèrent, Antoine les attendait, impatiemment, depuis au moins deux heures.

Il avait même pris le temps d'appeler sa mère, qui après avoir éclaté en sanglots lui avait dit :

– J'ai cru que tu ne reviendrais jamais. J'ai cru que je t'avais perdu, toi aussi.

– Mais non, maman, mais non, ne pleure pas. Jennifer, ça va ?

– …

– Maman ?

– Je ne sais pas, ça fait un mois que je ne l'ai pas vue.

– Bon. Si tu la vois, si elle t'appelle, dis-lui que je vais sans doute bientôt rentrer. On approche de la fin.

– La fin de quoi, Antoine ?

– La fin du chemin.

L'immeuble du siège social de A&A avait été construit à Nouville, une presqu'île, jadis une île pénitentiaire, qui accueillait aujourd'hui un complexe hôtelier, un théâtre, un lycée, une université, le Sénat coutumier – où siégeaient les représentants des huit aires coutumières de la culture traditionnelle kanake – et le musée du bagne.

L'immeuble A&A était un grand cube de verre et de bois, à l'intérieur duquel on avait fait pousser des pins et diverses plantes de l'île.

Nos trois héros entrèrent dans le hall, et s'assirent sur la longue banquette qui trônait à l'accueil. Puis ils attendirent.

Le hall dégageait une impression de calme et de sérénité,

comme si l'architecte avait voulu amener un havre de nature dans un bâtiment administratif.

La réceptionniste, une Kanake d'une trentaine d'années, finit par s'approcher d'eux pour demander :

– Vous attendez quelqu'un ?

– Oui, répondit Anna. Nous attendons Charles Picaud.

Elle sembla déroutée par la réponse.

– Vous avez rendez-vous avec lui ?

– Non, répondit Anna. Mais nous avons tout notre temps.

– M. Picaud n'est pas là, s'excusa la réceptionniste. Je peux peut-être vous renseigner ?

Anna échangea un regard avec Laurent, puis avec Antoine, puis revint à la jeune femme :

– Vous le connaissez ? Vous l'avez déjà vu ?

– M. Picaud ? Oui, enfin… Je l'ai déjà vu, bien sûr, mais… il n'est pas souvent là.

Anna sourit, et montra Antoine du doigt. Et ce fut Antoine qui dit :

– Je suis son fils.

La réceptionniste dévisagea Antoine, et elle ne mit pas longtemps à repérer la familiarité des traits.

– Et moi, ajouta Anna, je suis sa fille.

– Et moi, ajouta Laurent, j'aimerais beaucoup le rencontrer.

Ils étaient assis dans une salle de réunion, depuis bien dix minutes.

D'abord, la réceptionniste avait cherché à savoir *comment*, *pourquoi*, qu'est-ce qu'ils faisaient là ? Mais elle-même s'était vite reprise. S'ils étaient effectivement les enfants de M. Picaud, cela ne la regardait pas.

Elle était remontée à son poste, avait décroché son téléphone et passé un coup de fil. Elle avait opiné, plusieurs fois, au combiné. Elle avait eu un regard pour Antoine, et avait prononcé les paroles suivantes à voix basse, en cachant sa bouche. Puis elle avait raccroché, souri à nos héros, et fait signe d'attendre.

Quelques instants plus tard, une femme, blonde, la quarantaine sportive, était sortie de l'ascenseur et les avait invités à la suivre :

– Bonjour, je suis Nadine Leguellec, l'assistante de M. Wema. Si vous voulez bien me suivre, il va vous recevoir dans quelques instants.

Ils l'avaient donc suivie, tous les trois, et elle les avait installés dans cette salle, autour d'une table ovale où pouvaient siéger dix personnes.

– Je peux vous offrir quelque chose à boire ? De l'eau, un Coca ?

Mais les trois jeunes gens n'avaient envie de rien.

Alors, elle les avait laissés seuls, et ils attendaient, depuis maintenant un bon quart d'heure.

Puis la porte s'ouvrit et M. Wema entra. Métis, à moitié kanak par son père, il avait la cinquantaine débonnaire d'un homme qui n'avait jamais manqué de rien, et la rondeur de celui qui avait toujours un peu trop mangé.

– Bonjour, dit-il simplement. Je suis Michel Wema, directeur de la communication de A&A.

– Enchanté, Michel, dit Anna.

– Monsieur Wema, dit Laurent.

Michel Wema aperçut alors Antoine, et le dévisagea longuement. Puis Antoine tendit la main vers lui et dit :

– Bonjour, monsieur Wema. Je suis Antoine Lefèvre.

Leurs deux mains se serrèrent, et Michel tenta de voir au fond des yeux d'Antoine s'il ne se fichait pas de lui. Puis il s'assit et les regarda tous les trois.

– Je vous écoute, commença-t-il.

Antoine tourna le regard vers Anna, qui expliqua posément :

– On voudrait voir notre père.

– Charles Picaud, précisa Antoine.

– Oui, je vois. Et vous ? demanda Michel à Laurent en se tournant vers lui.

– Un ami, dit Anna.

– Je vois. Je vois. Donc, vous prétendez être les enfants de Charles Picaud.

– Nous sommes ses enfants, oui.

– Mais vous ne portez pas le même nom.

– Charles Picaud s'appelait Mohamed Ibrahim Khan, ce que vous n'ignorez sûrement pas. Avant ça, il s'appelait Charles Lefèvre, ce que vous savez peut-être. À la naissance, il se nommait Karl von Markgraff, et ça, je suis sûr que vous l'ignoriez.

– M. Picaud ne porte, à ma connaissance, qu'un seul nom.

– Vous le connaissez bien ? demanda Antoine.

– Je le connais, oui.

– Alors si vous le connaissez, vous l'aurez sûrement reconnu dans mes traits. Comme tous ceux que nous avons croisés, et qui le connaissaient. En fait, vous m'avez déjà reconnu, et vous savez que je dis vrai, sinon vous ne nous auriez pas reçus. Vous auriez appelé le service d'ordre.

– Je peux toujours appeler le service d'ordre.

– Mais vous ne le ferez pas. Parce que vous auriez peur de la réaction de Charles. Charles, que vous avez essayé de joindre pendant quinze minutes, sans succès. Parce que, comme d'habitude, il est introuvable.

Michel Wema regarda Antoine, longuement, dans les yeux. Puis il saisit l'attaché-case avec lequel il était entré dans la pièce, l'ouvrit, et en sortit deux enveloppes, pleines, de la taille d'une brique.

Il posa les enveloppes sur la table, en poussa une vers Antoine, et l'autre vers Anna. Puis il sortit deux feuilles de papier et un stylo.

– Dans chacune de ces enveloppes, il y a 250 000 euros. Elles sont à vous, à la condition que vous signiez ce papier

Laurent écarquilla les yeux. Il y avait un demi-million d'euros sur cette table. C'était beaucoup d'argent, plus d'argent qu'il n'en avait vu au cours de sa vie. Anna saisit une enveloppe, et l'entrouvrit. Effectivement, elle était remplie de billets, d'une couleur qu'elle n'avait, jusqu'ici, jamais vue, elle non plus. Antoine, lui, resta digne, et demanda stoïquement :

– Je suppose qu'en signant ce papier, on déclare qu'on n'est pas les enfants de Charles Picaud ?

– Et vous vous engagez à quitter la Nouvelle-Calédonie, et à ne plus chercher à le voir, sous peine de poursuites judiciaires.

Antoine et Anna échangèrent un regard, puis Antoine reprit :

– Je ne sais pas ce qui m'étonne le plus : que sur une entreprise estimée à 876 millions d'euros, on ne nous en propose que 500 000… ou que ce papier, clairement, existait déjà, dans l'éventualité où nous nous présenterions.

Michel Wema ne cilla pas. Un ange passa. Puis il répondit :

– Bien. Je vais être très franc, puisque nous jouons cartes sur table. Personnellement, je crois que vous n'êtes que des petits arnaqueurs qui tentent le coup de leur vie. Mais vous êtes très bien renseignés, et vous, je ne peux pas nier une ressemblance physique avec M. Picaud. Mais une ressemblance physique ne fait pas tout.

– Et un test ADN ? demanda Anna.

Michel Wema soupira :

– Prenez l'argent, c'est un conseil d'ami. Vous pouvez repartir aujourd'hui en ayant gagné un demi-million d'euros, ou vous préparer à une bataille juridique qui durera des années. Nous, nous avons des ressources illimitées. Vous, vous avez… quoi ?

Antoine soupira, et répondit :

– La vérité.

Anna repoussa l'enveloppe, et dit à son tour :

– Vous pouvez dire à votre patron que s'il veut nous acheter, au moins qu'il ait la décence de nous le dire en face.

Ils se dirigèrent vers la sortie.

– C'est marrant, glissa Laurent à Anna, je m'attendais à ce que tu sois beaucoup moins…

– Et qu'il aille BIEN SE FAIRE ENCULER ! hurla Anna à Michel.

Au rez-de-chaussée, ils sortirent de l'ascenseur et se dirigèrent vers la porte de verre, furieux. Mais au moment où ils passaient devant la réceptionniste, celle-ci fit signe à Laurent. Il s'approcha, curieux, et elle lui glissa un petit papier dans la main.

Lorsqu'ils arrivèrent à l'air libre, Anna laissa éclater sa colère :

– Le connard ! Ah mais le connard !

– Il efface ses deux enfants, comme ça, avec du fric, dit Antoine en secouant la tête. Je sais même pas si j'ai encore envie de le rencontrer.

– Oh, si, on va le rencontrer, dit Anna. D'abord parce que je sais pas si ça vient de lui ou de son putain de conseil d'administration, et je veux l'entendre de sa bouche. Ensuite parce que si ça vient de lui, je veux lui mettre mon poing dans la gueule.

– Les gars ? les interrompit Laurent.

– Quoi ? firent Anna et Antoine, d'une seule voix.

Laurent tendit alors le papier que lui avait donné la réceptionniste :

– Je sais pas si c'est pour mes beaux yeux ou pour notre histoire, mais on a un rendez-vous.

Sur le papier était écrit :

Les 3 Brasseurs / 19 h

Un quart d'heure avant le rendez-vous, ils étaient là, à la brasserie susmentionnée, à guetter l'arrivée de la jeune femme, une bière posée devant eux.

– Est-ce que vous croyez qu'elle nous a menti ? demanda Antoine.

– La réceptionniste ? demanda Anna.

– Sur quoi ? demanda Laurent.

– Est-ce que Charles était dans l'immeuble ? Est-ce qu'il nous surveillait, tout du long ? Ça expliquerait aussi notre quart d'heure d'attente.

– Je ne crois pas, dit Anna. Elle avait l'air sincère. Et à vrai dire, je ne crois pas que Charles n'ait pas envie de nous rencontrer.

– Qu'est-ce qui te fait dire ça ?

– Ce n'est pas un mauvais homme.

– Ah oui ? Le mec a fait assassiner son père et sa sœur, il a vendu des armes pendant dix ans, et ce n'est pas un mauvais homme ?

– Il s'est vengé. Il jouait un personnage. Avant ça, il a sorti sa mère de prison, il est allé l'enterrer en Turquie. Tu parles d'un trauma.

– Et aujourd'hui, le mec dirige un groupe qui vaut un milliard d'euros, intervint Laurent. Votre père, c'est Indiana Jones.

– Sauf qu'Indiana Jones n'a pas tué son père, répondit Antoine.

– Charles a tué son père qui avait lui-même tué son père, répliqua Anna. Et, excuse-moi, il n'a pas incendié un manoir en massacrant tous les occupants. Il a juste donné une info à la CIA. Techniquement, il ne l'a pas tué.

– Bonsoir, dit la réceptionniste.

Les trois jeunes gens sursautèrent et se retournèrent vers elle. Elle s'était changée, et portait une robe plus légère.

– Ah. Tant mieux, vous êtes venus tous les trois, reprit-elle. J'avais peur que vous pensiez que c'était un rendez-vous, euh…

– … galant, termina Laurent.

– Voilà. Non pas que… enfin, vous êtes très charmant, mais…

– Asseyez-vous, l'invita poliment Antoine.

– Merci, fit-elle en s'asseyant.

Le serveur passa pour commander, elle prit une bière, elle aussi. Il y eut un petit temps, gênant. Puis elle prit la parole :

– Je voulais juste vous dire… J'espère que vous dites la vérité. Que tout ça, ce n'est pas une question d'argent. Ce que je ne crois pas.

– Ce n'est pas une question d'argent, lui assura Antoine.

– Notre père est parti il y a vingt ans, sans laisser d'adresse, expliqua Anna. Nous voulons le retrouver.

– Cela fait quatre mois qu'on est partis à sa recherche, ajouta Laurent.

– Je vois. Je vois, dit-elle. Moi aussi, j'ai grandi sans père. Voilà, c'est idiot, je sais, et ça n'a rien à voir, il est mort, d'un cancer, quand j'avais huit ans.

– Je suis désolé, dit Antoine.

– Non, non, je ne dis pas ça pour ça, enfin… Bon. Allons-y. M. Picaud ne vit pas à Nouméa.

Les trois jeunes gens retinrent leur souffle. Elle allait leur apprendre, enfin, la réponse à la question qu'ils tentaient d'élucider depuis quatre mois.

– Il ne vit pas non plus en Nouvelle-Calédonie.

Anna leva les yeux au ciel. Encore ? Encore un voyage ?

– Il vit sur un voilier. Il possède un voilier, un grand voilier, en bois.

– Comment le savez-vous ? demanda Antoine.

– Il me l'a dit. Il m'a parlé de son bateau, un jour. Nous n'avons pas échangé beaucoup de mots, mais… il m'a parlé de son bateau.

– Comment s'appelle-t-il, ce bateau ?

– Je ne sais pas. Mais ce que je sais, c'est qu'il revient ici, tous les deux mois, pour son conseil d'administration. Mais vous devriez… Si vous voulez le rencontrer, si j'étais vous, mieux vaudrait le croiser à l'arrivée du bateau.

– À Nouméa ?

– Non. Il accoste dans une petite crique, à l'extrémité nord du pays. Puis il monte dans sa voiture, stationnée devant une grande maison aux reflets métalliques, la sienne, donc, et il descend jusqu'à Nouméa.

– Vous dites qu'il revient tous les deux mois, nota Laurent. C'était quand, la dernière fois ?

Elle sourit à Laurent, et répondit :

– Ça fera bientôt deux mois.

Les trois jeunes gens se regardèrent. Puis Antoine demanda :

– Et cette crique, elle s'appelle comment ?

Ils dormirent à nouveau à l'hôtel, ce soir-là.

Le lendemain matin, ils passèrent au magasin de sport, et achetèrent une grande tente, et une plus petite, pour Anna, ainsi que divers articles de camping, et quelques vêtements propres.

À 11 heures, ils prirent le bus, rempli de Kanaks qui partaient travailler ou rejoindre leur famille dans les terres.

Cinq heures plus tard, ils arrivaient à Koné, au milieu de l'île. Ils descendirent, se sustentèrent dans le petit snack local, et montèrent dans le bus suivant, qui les mena, en deux heures, cette fois, jusqu'à Koumac.

À Koumac, ils changèrent encore de bus, et quelques heures plus tard, le chauffeur les arrêta en pleine route, tandis que la nuit commençait à tomber. Il leur montra une piste qui partait vers le nord, et leur dit simplement :

– C'est à 19 kilomètres.

Ils se mirent à marcher, dans l'ombre, et heureusement, la lune, ce soir-là, était presque pleine. Leurs sacs n'étaient pas trop lourds, mais la sangle des tentes sciait douloureusement les épaules d'Antoine et de Laurent.

Ils firent plusieurs pauses, et se félicitèrent d'avoir prévu autant d'eau pour le chemin. Mais ils marchaient d'un bon pas et quatre heures plus tard, un peu avant minuit, ils arrivèrent enfin sur la crique de Poum.

Cette nuit-là, ni le vent ni la pluie ne soufflaient, et ils s'endormirent à la belle étoile, épuisés par leur long trajet.

Le lendemain passa comme une véritable journée de vacances, leur première peut-être.

Ils parcoururent la plage, à l'aube, les pieds dans l'eau, entre les étoiles de mer, ils nagèrent, plongèrent et tentèrent d'attraper au harpon les loches qui pullulaient dans la crique.

Ils repérèrent assez facilement la grande maison blanche aux reflets métalliques, au pied de laquelle un ponton laissait deviner que viendrait s'y amarrer un petit zodiac.

Ils dressèrent donc les tentes à cet endroit.

Puis ils marchèrent jusqu'à un gîte voisin, qui, à défaut de les accueillir comme clients, leur fournit de l'eau et des vivres.

Le soir, ils se couchèrent tôt, autour d'un feu.

Le jour d'après passa, comme le précédent.

Puis le jour suivant.

Au matin du quatrième jour, Antoine déclara tout à coup :

– Je vais rentrer.

Anna n'était pas encore assez réveillée pour réagir. Ce fut Laurent qui répondit :

– Tu déconnes, là ?

– Non. Je crois que j'en ai assez. Je vais rentrer.

– Ça fait quatre mois qu'on le cherche ! Il arrive, là !

– Peut-être.

– Quoi, peut-être ? dit Anna.

– Ou peut-être qu'il a accosté à Nouméa, qu'il a fait son conseil d'administration, et qu'il est reparti en mer. Quoi qu'il en soit, ça m'est égal.

– Elle était sincère, Antoine, intervint Anna. Elle disait la vérité. Regarde, là, sur la colline ! Elle nous a décrit sa maison ! C'est celle-là !

– Sûrement. Mais je ne suis plus sûr de vouloir le rencontrer.

– Alors, on fait quoi ? demanda Laurent. On rentre ?

– Moi, j'ai envie de le rencontrer ! s'écria Anna. Moi, je reste là.

Antoine eut un regard tendre pour sa sœur, puis répondit :

– Moi, je rentre. Je ne vous demande pas de me suivre. À vrai dire, je crois qu'il est temps pour moi d'être un peu seul, et d'aller régler mes affaires.

– Mais…, commença Laurent.

– Restez. Attendez-le. Rencontrez-le. Vous me raconterez.

– T'es sûr ? demanda Anna.

– Oui. Je l'ai cherché jusqu'au bout du monde. Et je crois que c'est l'essentiel. De l'avoir cherché. L'essentiel, c'est de poser des questions, pas forcément d'avoir toutes les réponses.

Laurent sourit.

– Et maintenant, conclut Antoine, j'ai envie de rentrer à la maison.

Sa sœur et son meilleur ami acquiescèrent, puis se levèrent, et le prirent dans leurs bras.

*

Le téléphone sonna, longuement, et cette fois, elle ne décrocha pas au bout de la première sonnerie. Son répondeur s'enclencha.

Antoine rappela, une première fois. Répondeur, encore.

– Jen, c'est Antoine, dit-il. Réponds-moi.

La troisième fois qu'il appela, elle finit par décrocher :

– Allô ?

– Jen ? C'est moi.

– …

– Antoine.

– Oui, je sais. Je sais que c'est toi.

– Comment ça va ?

– …

– Allô ?

– Comment ça va ? Tu me demandes comment je vais, *moi* ? Après six mois sans nouvelles ? T'es sûr ? Tu veux vraiment savoir ?

– …

– Ben ça va, Antoine. Je bosse, je sors, je vais au cinéma, j'ai une vie normale, quoi. Et toi, t'es où ?

– À Nouméa.

– … À Nouméa, super. Tu fais de la plongée ? T'as vu des tortues ?

– Je vais rentrer.

– …

– Tu as entendu ?

– Oui, j'ai entendu. Tu vas rentrer. OK, tu vas rentrer quand ?

– Là. Je vais prendre un avion, et je vais rentrer.

– …

– Jen ?

– OK, tu vas rentrer. Ben c'est super.

– Qu'est-ce qui se passe ?

– Qu'est-ce qui se passe ? Qu'est-ce qui se passe ? Il se passe que t'es parti six mois faire le tour du monde !

– La moitié du tour du monde.

– Ben termine, Antoine, termine. Ce serait con de s'arrêter en si bon chemin.

– Tu veux pas me revoir ?

– …

– Jen ?

– Je sais pas, Antoine, je sais pas. Je sais pas qui je vais retrouver.

– …

– …

– Jen ?

– … Oui ?

– T'as rencontré quelqu'un ?

– …

Antoine l'imagina, les dents serrées, les yeux fermés, à l'autre bout du fil. Il laissa échapper un profond soupir, mais c'était un soupir de soulagement.

– Il s'appelle comment ?

– Antoine, enfin ! Je vais pas te dire comment il s'appelle.
– Pourquoi ?
– …
– Il s'appelle comment ?
– Karim.
– …
– …
– C'est sérieux ? demanda-t-il.
– J'en sais rien, Antoine, écoute, rentre, on en parlera.
– OK.
– …
– …
– T'as vu ton père, alors ?
– Je te raconterai.
– Bon vol.
– Je t'embrasse.
– Moi aussi.

Et il raccrocha. En quelques secondes de conversation téléphonique, sans même prononcer les mots, Jennifer venait de le quitter.

*

Lorsque Antoine partit de Poum, Laurent et Anna se retrouvèrent seuls.

Absolument seuls au monde.

Une demi-heure s'écoula, avant qu'elle dise :

– Bon, il est parti-parti, là, il va pas revenir ?
– Non.

Ils se jetèrent l'un sur l'autre.

Ils s'embrassèrent, s'enlacèrent, s'ôtèrent mutuellement leurs vêtements, roulèrent au sol et firent sauvagement l'amour, vite, très vite, au cas où Antoine reviendrait.

Puis ils se reposèrent, quelques minutes.
Et recommencèrent.

*

À l'aéroport de Sydney, lorsque l'hôtesse le réveilla, Antoine avait une escale de plusieurs heures. Il avait récupéré son nouveau passeport à Nouméa, et pouvait désormais sortir et découvrir la ville. Il passa la douane et entra sur le sol australien. Mais alors qu'il allait prendre un taxi qui l'emmènerait flâner dans les rues de Sydney, il se ressaisit, et retourna dans le grand hall des départs.

Là, il resta debout, un instant, et *écouta*.

Il écouta le bruit des gens qui passaient, des annonces, des couples qui se disaient au revoir, des familles, des employés, le son des valises à roulettes qui glissaient sur le sol marbré. Il écouta le bruit du monde qui s'apprête à s'envoler.

Puis il ouvrit les yeux, et contempla le grand panneau d'affichage.

Il se mit à lire toutes les destinations auxquelles il n'avait jamais pensé, toutes ces villes dont il ne savait rien : Manille, Mexico, Beijing, Tananarive, Johannesburg, Alger, Buenos Aires, Oslo, Rio, La Paz, La Havane, Los Angeles, Montréal, Singapour, Moscou, Tokyo, et toutes les autres.

Il sentit alors, dans sa poche, un papier.

C'était le second papier de Hripsimé, celui qu'il devait ouvrir lorsqu'il serait arrivé *au bout du chemin*.

Alors il comprit.

Sans même l'ouvrir, il comprit que rien n'était écrit dessus.

Que c'était un symbole, un artefact, un porte-bonheur.

Que tant que le bout du chemin ne serait pas atteint, Hripsimé veillerait sur lui, sous la forme d'un petit brimborion de papier, roulé au fond de sa poche.

Qu'en lui confiant ce papier, elle lui confiait les rênes de sa destinée.

Alors, un frisson lui parcourut l'échine.

*

À l'aube, Anna se réveilla la première.

Elle contempla un instant le si beau garçon qui dormait encore.

Hier, après l'amour, et l'autre amour, et le troisième amour, ils avaient parlé, longuement. Comme ils n'avaient sans doute jamais parlé à personne.

Ils ne savaient pas où les mènerait cette histoire, mais ils savaient qu'ils en avaient envie et qu'à ce moment précis de leurs vies, c'était exactement ce dont ils avaient besoin.

Laurent était un amant très doux, et très viril. Elle n'avait jamais autant embrassé un homme qu'hier soir. Une fille, peut-être. Un homme, jamais.

Elle le regarda dormir, attendrie. Elle déposa un doux baiser sur son front, puis sortit de la tente.

Elle s'avança vers la mer et trempa ses pieds dans l'eau.

En relevant les yeux, elle aperçut le voilier.

Il était loin, encore, mais il s'approchait, peu à peu, voguant vers la maison blanche aux reflets métalliques.

Anna resta debout, figée, dans le silence du petit matin, à contempler le navire qui manœuvrait, à présent, pour mouiller dans la crique.

C'était un vaisseau superbe, cent pieds, au moins. Deux mâts, une poupe surmontée d'une sculpture de licorne. Un vrai bateau de pirate.

Le navire s'immobilisa, au milieu de la crique, et enfin, un homme en sortit, et monta sur le pont.

Il était torse nu, et à cette distance, Anna pouvait voir qu'il portait une barbe. Il tourna la tête vers la plage, et la remarqua enfin.

Elle fit un signe, de la main.

Il fit un signe, en retour.

20.

Dans l'avion

Lorsque la consigne de sécurité retentit, Antoine n'éprouve pas la moindre angoisse. Il ne se tord pas les mains, ne grince pas des dents. Pas la moindre goutte de sueur ne perle à son front.

Lorsque les roues de l'appareil quittent la piste, il entend son cœur accélérer. Mais ce n'est pas la peur de mourir, c'est l'excitation de l'inconnu, l'envie d'un ailleurs, la promesse d'une aventure. C'est ce qui soufflait aux Vikings, aux Aborigènes, aux Indiens, aux explorateurs espagnols de pousser toujours plus loin leur frêle esquif, leur si dérisoire embarcation, face à un océan gigantesque, bravant les dieux instables des mers, du vent et du tonnerre.

C'est l'audace de l'être humain, cette si petite chose orgueilleuse, c'est le désir de savoir, la soif d'apprendre, le besoin de découvrir. C'est l'amour de l'inconnu, la perspective de trembler, de rire, d'être découragé, rassuré, de tout perdre ou de tout gagner, de chercher, sans fin, la réponse aux questions que l'on se pose.

De vivre, enfin.

Lorsque Antoine regarde par le hublot, il contemple un océan de nuages, qui s'étend à perte de vue, frappé par le soleil, et semble trôner impérialement au-dessus de leurs petites destinées. Ses mains se mettent à trembler, sa vision se trouble, ses jambes s'enfoncent dans le fauteuil et pour la première fois de sa vie, l'adrénaline du voyage lui procure une violente sensation d'euphorie.

Il est alors exactement à sa place.

Comme toutes les drogues, il sait qu'on ne sort pas facilement des griffes de celle-ci, qu'il y aura encore un voyage, et encore un autre ensuite, qu'ils ne seront peut-être, au fond, qu'une fuite en avant, mais qu'est la vie, sans cette fuite, sans cet instinct de survie ? Comment vivre sans danger, sans doute, sans braver l'ignorance et affronter fièrement ses craintes les plus enracinées ?

Comment avoir l'audace de prétendre être en vie si l'on vit sans oser ?

Il repense à son père, à sa quête effrénée, inachevée, éternellement insatisfaite, à son voyage qui dure depuis vingt ans.

Pour la première fois, il ne lui en veut plus. Pour la première fois, il lui pardonne. Peut-être même l'envie-t-il.

Antoine se rappelle qu'il n'a que vingt-six ans, que le temps passé n'a servi qu'à devenir l'homme qu'il sera, à présent.

À ce moment précis, et pour la première fois, il n'appréhende plus sa propre vie. Il comprend que le danger n'est qu'un synonyme de l'aventure.

Il connaît le nom de cette sensation qui le traverse, cette sensation unique, la plus difficile à conquérir, la plus précieuse à conserver : la liberté.

Il a reposé la tête contre le hublot, il a fermé les yeux, et sans même s'en rendre compte, il s'est mis à rêver.

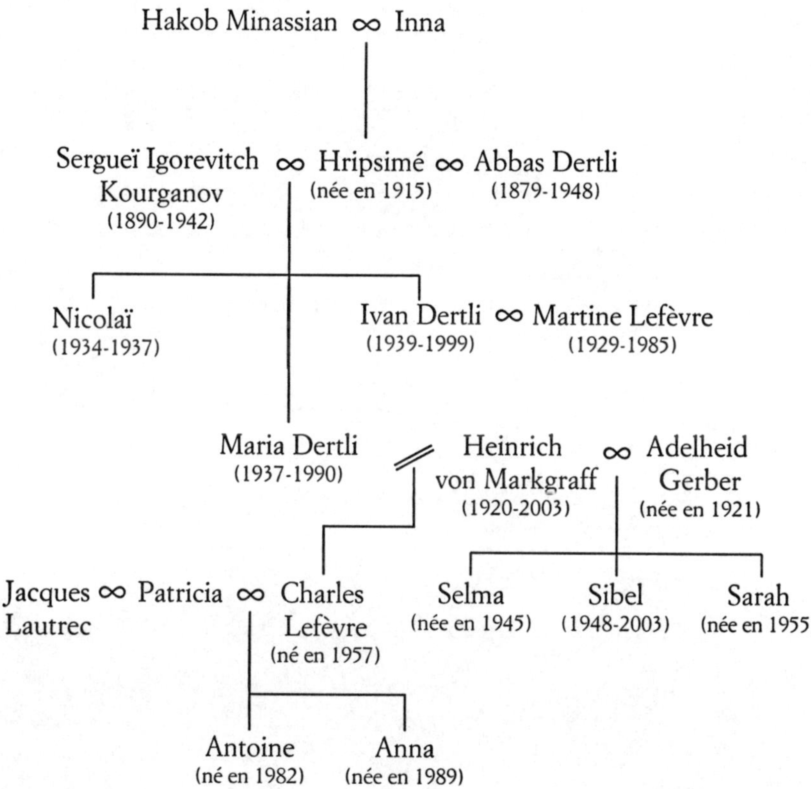
Hakob Minassian ∞ Inna
Sergueï Igorevitch Kourganov (1890-1942) ∞ Hripsimé (née en 1915) ∞ Abbas Dertli (1879-1948)
Nicolaï (1934-1937)
Ivan Dertli (1939-1999) ∞ Martine Lefèvre (1929-1985)
Maria Dertli (1937-1990)
Heinrich von Markgraff (1920-2003) ∞ Adelheid Gerber (née en 1921)
Jacques Lautrec ∞ Patricia ∞ Charles Lefèvre (né en 1957)
Selma (née en 1945)
Sibel (1948-2003)
Sarah (née en 1955)
Antoine (né en 1982)
Anna (née en 1989)

DU MÊME AUTEUR

LE CERCLE DES ILLUSIONNISTES, Les Cygnes, 2014.

LE PORTEUR D'HISTOIRE, Les Cygnes, 2012.

EDMOND, Albin Michel, 2016.

INTRA-MUROS, Les Cygnes, 2017.

Composition IGS-CP
Impression CPI Bussière en novembre 2019
Éditions Albin Michel
22, rue Huyghens, 75014 Paris
www.albin-michel.fr

ISBN : 978-2-226-32873-1
N° d'édition : 22276/05 – N° d'impression : 2048599
Dépôt légal : septembre 2019
Imprimé en France